Die Tochter des Pilgers

Stephen Lawhead

Die Tochter des Pilgers

Roman

Aus dem Englischen von
Rainer Schumacher

Weltbild

Die englische Originalausgabe erschien 2001 unter dem Titel
The Mystic Rose

Genehmigte Lizenzausgabe
für Verlagsgruppe Weltbild GmbH,
Steinerne Furt, 86167 Augsburg

Übersetzung: Rainer Schumacher
Umschlaggestaltung: Zero Werbeagentur, München
Umschlagmotive: FinePic, München; The Bridgeman Art Library,
Berlin; Artothek, Weilheim
Gesamtherstellung: Bagel Roto-Offset GmbH & Co.KG,
Gewerbegebiet Sachsen-Anhalt Süd, Kirchweg, 06721 Schleinitz
Printed in Germany
ISBN 3-8289-7887-8

2008 2007 2006 2005
Die letzte Jahreszahl gibt die aktuelle Lizenzausgabe an.

Für
Jeff, Susie und Hailey

ATLANTISCHER OZEAN
BANVARD
NORWEGEN
SCHOTTLAND
NORDSEE
ENGLAND
LONDON
N
W
O
S
PARIS
RÖMISCHES REICH
FRANKREICH
SANTIAGO DE COMPOSTELA
BILBAO
SPANIEN
PALENCIA
VENEDIG
ARLES
GENUA
LIXBONA
BARCELONA
ROM
KALIFAT DER ALMOHADEN
CHRISTLICHES GEBIET
MUSLIMISCHES GEBIET
CAITRÍONAS WEG

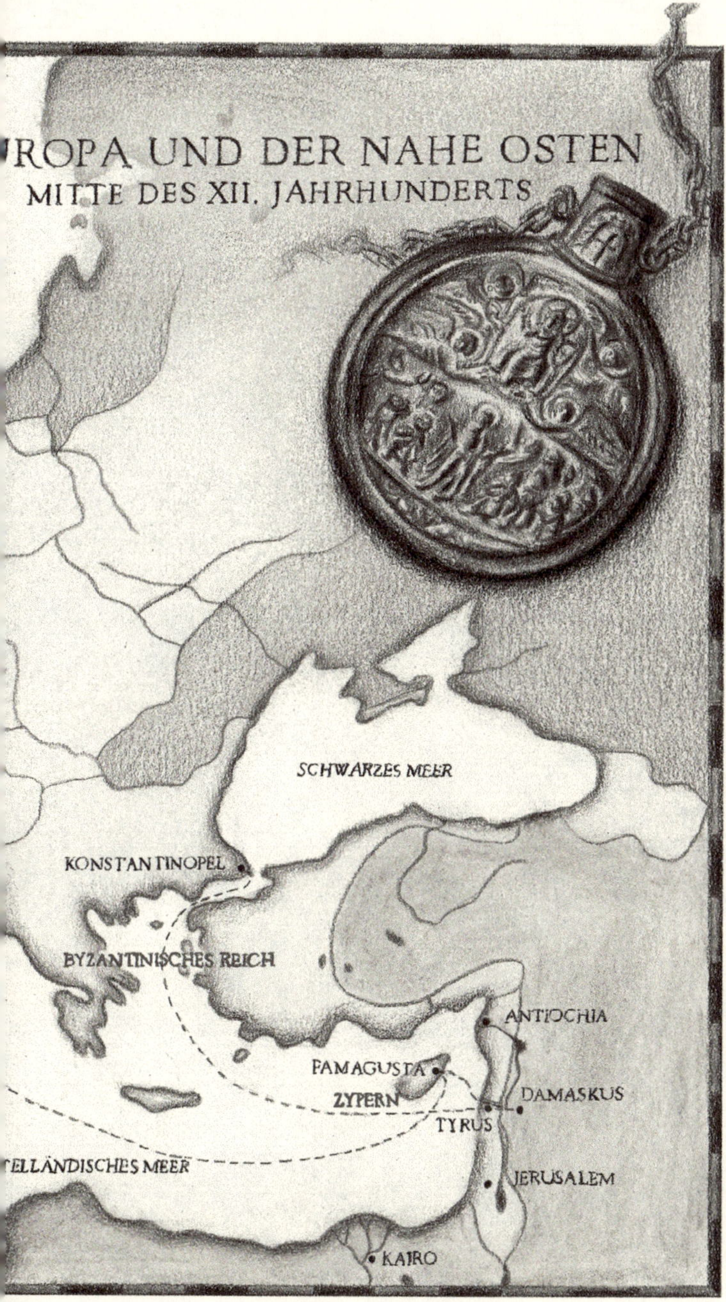

ROPA UND DER NAHE OSTEN
MITTE DES XII. JAHRHUNDERTS
SCHWARZES MEER
KONSTANTINOPEL
BYZANTINISCHES REICH
ANTIOCHIA
FAMAGUSTA
ZYPERN
DAMASKUS
TYRUS
ELLÄNDISCHES MEER
JERUSALEM
KAIRO

Die Hauptpersonen des Romans

Die Bruderschaft

Gordon Murray, der Erzähler
Genotti, Zweiter Prinzipal des Inneren Tempels
De Cardou, Zaccaria und Kutch, Mitglieder des Inneren Tempels

Die Nordleute

Caitríona, genannt Cait, Tochter von Duncan Murdosson
Duncan Murdosson, Herr zu Banvarð in Caithness
Alethea, genannt Thea, Duncans jüngere Tochter
Haemur, Steuermann im Dienste Duncans und Caitríonas
Otti und Olvir, Seeleute im Dienste Duncans und Caitríonas
Rognvald von Haukeland, ein norwegischer Kreuzritter
Yngvar, Svein Knorpelknochen und Dag Steinbrecher, seine Gefolgsleute

Die syrischen Muslime

Abu Sharma, ein junger Arzt
Muqharik, Wesir von Sultan Mujir ed-Din in Damaskus

Die Herren des Westens

Renaud de Bracineaux, Komtur des Ordens der Armen Soldaten Christi und des Tempels Salomons zu Jerusalem (Templer)
Félix Baron d'Anjou, de Bracineaux' Gefährte
Gislebert, Sergeant der Templer

Manuel Komnenos, Kaiser von Byzanz
Philippianos, ein Bürger von Byzanz

Die spanischen Christen

Bertrano, Erzbischof von Santiago de Compostela
Ginés, ein Fischer und Lotse aus Porto Cales
Bruder Matthias, ein junger Mönch aus dem Kloster von Vitoria
Carlo de Coruna, Magistrat und Gouverneur von Palencia
Paulo und Rodrigo, zwei spanische Ritter

Die spanischen Muslime

Hassan Salah Ibn Al-Nizar, Fürst des Hauses Tashfin
Al-Fadil Halhuli, Katib und Aufseher von Fürst Hassan
Mahdi und Pila'i, Dienerinnen im Palast des Fürsten Hassan
Danji, Frau von Fürst Hassan
Jubayar, Eunuch im Dienst des Fürsten Hassan
Ali Waqqar, Anführer einer Räuberbande

Die Bewohner des Verborgenen Tals

Bruder Timotheus, ein Priester
Dominico, Dorfältester von Pronakaelit
Annora, Äbtissin des Ordens des Klais Mairis
Efa und Siaran, Ordensschwestern

27. August 1916
Edinburgh, Schottland

Eine junge Frau aus meinem Bekanntenkreis hatte einen Geist gesehen. Normalerweise hätte ich solch einer melodramatischen Belanglosigkeit keinerlei Aufmerksamkeit geschenkt, wären da nicht zwei bedeutsame Tatsachen gewesen. Erstens: Der Geist war am helllichten Tag im selben Landhaus erschienen, wo auch ich und meine Frau eben jenes Wochenende verbrachten. Und zweitens: Der Geist war Pemberton.

Was diese unheimliche Kuriosität noch seltsamer machte, war die Tatsache, dass die Erscheinung genau in dem Raum sichtbar wurde, den wir bewohnt hätten, wäre bei meiner Frau nicht früher am Tag eine Erkältung ausgebrochen, die uns zu einer vorzeitigen Abreise gezwungen hatte. Wir waren in die Stadt zurückgekehrt, damit sie die Nacht bequemer in ihrem eigenen Bett verbringen konnte. Anderenfalls wären wir sicherlich selbst Zeugen der Erscheinung geworden und hätten Miss Euphemia Gillespie, einer jungen Dame von zwanzig Jahren und Tochter eines anderen Gastes, der dort das Wochenende verbrachte und mit dem meine Frau und ich recht gut bekannt waren, das Erlebnis erspart.

Gerüchten zufolge wurde Miss Gillespie von einem seltsamen Geräusch aus ihrem Mittagsschläfchen geweckt und sah sich einer großen, hageren Gestalt gegenüber, die am Fuße ihres Bettes stand. Die Gestalt war in einen dunklen Anzug gekleidet, hielt ihren Hut in den Händen und war, wie Miss Gillespie berichtete, triefend nass, »… als wäre sie ohne Regenschirm in einen furchtbaren Schauer geraten«. Die junge Dame wurde von Furcht gepackt und schrie überrascht auf, woraufhin die Erscheinung sich ihr vorstellte, sich entschuldigte und mit einem verwirrten Gesichtsausdruck entschwand.

Wie auch immer, die wahre Bedeutung dieses Ereignisses wurde mir indessen erst bewusst, als uns zwei Tage später die Nachricht von Pembertons Tod erreichte, zusammen mit jener vom Verlust der RMS *Lusitania* am frühen Nachmittag des 7. Mai 1915, was ungefähr der Zeit entsprach, da Miss Gillespie den Geist gesehen hatte.

Diese geisterhafte Erscheinung hätte vermutlich noch weit größeren Wirbel ausgelöst, wäre die Geschichte nicht vom Untergang der *Lusitania* überschattet worden. Die täglichen Flugblätter waren voll gehässigen Zorns ob dieser neuesten Grausamkeit unserer Feinde: Ein Luxusliner war ohne Vorwarnung von einem deutschen U-Boot torpediert worden und hatte 1200 Zivilisten mit sich in sein feuchtes Grab gerissen. Der *Edinburgh Evening Herald* veröffentlichte eine Liste der vermissten Personen, welche anhand der Passagierliste erstellt worden war. Unter all den Fahrgästen, die sich für die Reise von Liverpool nach New York eingeschifft hatten, befanden sich auch ein paar Dutzend Amerikaner; beim Rest handelte es sich um Europäer unterschiedlicher Nationalität. Pembertons Name stand ebenfalls auf dieser Liste. So kam es, dass ich den Tod eines lieben und engen Freundes betrauerte, während der Rest der Welt über die Tatsache nachgrübelte, dass der Krieg eine furchtbare Wendung genommen hatte.

Natürlich grübelte ich über die Bedeutung des geisterhaften Vorzeichens nach und hätte der Angelegenheit ohne Zweifel gebührende Aufmerksamkeit geschenkt, doch ich wurde alsbald vom raschen und besorgniserregenden Verfall der Gesundheit meiner Frau abgelenkt. Die Erkältung, die sie sich an jenem Tag auf dem Land eingefangen hatte, war zusehends schlimmer geworden, und als der Arzt schließlich Influenza diagnostizierte, war es bereits zu spät. Zwei Tage später verschied meine über alles geliebte Gefährtin und Partnerin, die mir 44 Jahre lang treu zur Seite gestanden hatte.

Innerhalb von nur einer Woche hatte ich die beiden Menschen verloren, die mir am meisten bedeuteten. Ich war hilflos und gebrochen. Wo ich doch eigentlich hätte erwarten können, dass mir einer über den Tod des anderen hinweghelfen würde, hatte ich nun niemanden. Beide waren gegangen, und ich musste nun sehen, wie ich alleine zurechtkam. Die Kinder waren ein Trost, das ist wahr; doch sie führten ihr eigenes geschäftiges Leben, und es dauerte nicht lange, da wurden sie von ihren persönlichen Angelegenheiten zurückgerufen, sodass ich mich wohl oder übel allein meiner Qual stellen musste.

Nach der Beisetzung meiner geliebten Caitlin versuchte ich, meine Arbeit in der Firma wieder aufzunehmen, doch rasch stellte sich heraus, dass ich im Hin und Her der Juristerei weder Freude noch Trost fand. Tatsächlich empfand ich schon seit einiger Zeit kein Vergnügen mehr bei meiner Arbeit. Nun jedoch kam mir alles nur noch unendlich mühsam vor, lediglich der höfliche Umgang mit meinen jüngeren Kollegen war mir noch möglich. Ich ertrug die tägliche Qual drei Monate lang; dann zog ich mich zurück.

Die ganze Zeit über hatte ich mich gefragt, wie es nun wohl um die Zukunft der Bruderschaft bestellt war. Täglich erwartete ich, gerufen zu werden, doch nichts dergleichen geschah. Allmählich beschlich mich das Gefühl, dass der Tod unseres Führers unserer geheimen Organisation den Todesstoß versetzt hatte – angesichts des erbarmungswürdigen Zustands, in dem sich mein Geist befand, hätte mich das auch nicht überrascht, wie ich gestehen muss. Doch wie auch immer, die Mühlen unseres Ordens mögen ja langsam mahlen, aber sie mahlen außerordentlich fein.

Aufgrund der unglücklichen Umstände von Pembertons Tod konnten wir aus dem Inneren Kreis das Ableben unseres Führers erst offiziell anerkennen, nachdem bestimmte Formalitäten gewahrt worden waren. Jetzt verstehe ich das, damals jedoch nicht.

Außerdem folgte Evans – unser geschätzter zweiter Prinzipal – wegen des Krieges einer vorsichtigen und konservativen Politik.

Es wäre nicht das erste Mal gewesen, dass ein Passagier, der als ertrunken galt, plötzlich bei bester Gesundheit wieder auftauchte. Also warteten wir, bis an Pembertons Tod kein Zweifel mehr bestehen konnte, und bereiteten uns darauf vor, das Ableben unseres unschätzbaren Führers auf unsere Art zu betrauern.

In der Zwischenzeit frönte ich gezwungenermaßen der Muße. Da mir nun so viel freie Zeit zur Verfügung stand, beschäftigte ich mich mit allerlei kleinen Aufgaben, die ich für angenehm hielt, während ich täglich nach der Post Ausschau hielt – noch immer wartete ich auf den Ruf, der irgendwann kommen musste.

Der Frühling wich dem Sommer, und die Tage wurden immer länger. Die Nachrichten vom Krieg in Europa – die Zeitungen nannten ihn inzwischen den »Großen Krieg« – wurden immer zahlreicher und düsterer. Ich zwang mich, die Berichte zu lesen, die mich krank machten – und das umso mehr, nehme ich an, da doch mein eigenes Leben von Verzweiflung beherrscht wurde. Natürlich dachte ich in dieser Situation häufig über die Dinge nach, die mir in letzter Zeit widerfahren waren.

Immer und immer wieder erlag ich der Melancholie, erinnerte mich an die glückliche Zeit, die ich mit meiner Frau verbracht hatte, und brütete trübselig über diese grausame Zeit sowie die vielfältigen Schwächen der menschlichen Gestalt. Dennoch, ich versank nicht im Sumpf der Verzweiflung. Oft dachte ich über Pembertons Versuch nach, an der Schwelle zum Jenseits Kontakt zu mir aufzunehmen. Dabei kam ich zu folgendem Schluss: Jenes schicksalhafte Wochenende auf dem Land war schon seit einiger Zeit geplant gewesen – es war Teil der Konfirmationsfeierlichkeiten des Sohnes eines gemeinsamen Bekannten –, und Pemberton hatte davon gewusst. Ich war in der Tat überrascht gewesen, als er mir erklärt hatte, ebenfalls mit der Familie bekannt zu sein. Wäre Caitlin nicht krank geworden, wären wir in dem Zimmer gewesen und hätten ihn gesehen. So jedoch erschien er an dem Ort, von dem er glaubte, mich dort zu finden, was allerdings nicht mehr der Fall war.

Aber warum ich? Warum nicht Genotti, de Cardou, Zaccaria oder Kutch? Warum nicht Evans, unsere Nummer Zwei? Was hatte er versucht, mir zu sagen?

Die Frage nagte an mir, bis ich eines Tages beschloss, Miss Gillespie aufzusuchen, in der Hoffnung, so eine Antwort zu bekommen. Ich schrieb ihr und vereinbarte Ort und Zeitpunkt unseres Treffens: Kerwood's Teehaus in der Castle Street, ein ruhiger Ort, wo wir uns diskret über die Angelegenheit unterhalten konnten. Mein Gast stellte sich als eine jener modernen, emanzipierten jungen Frauen heraus, die Mode und Manieren nur von ihrem persönlichen Geschmack abhängig machten und nicht von Tradition, Anstand oder, ja, auch nicht von Bescheidenheit. Sie trug einen jener schimmernden Mäntel mit kleinen Quastenreihen die gesamte formlose Länge hinunter und dazu einen gelb gepunkteten Hut sowie Handschuhe. Selbstbewusst, gebildet und häuslichen Dingen gegenüber vollkommen gleichgültig, enthüllte sie mir stolz, dass sie sich bald als Krankenschwester ausbilden lassen würde, um tatkräftig zu den Kriegsanstrengungen beizutragen.

Trotz ihrer absichtlich provokanten Art erwies sich Miss Gillespie alsbald als eine kompetente und besonnene junge Person und nicht im Mindesten überspannt. Auch besaß sie einen feinen Sinn für Humor – was ich schnell feststellte, nachdem der Tee serviert war und das Gespräch sich dem Zweck dieses Treffens zuwandte. »Um Ihnen die Wahrheit zu sagen, Mr Murray, ich weiß nicht, wer von uns der Ängstlichere war. Wenn Sie seinen verwirrten Gesichtsausdruck gesehen hätten! Der arme Kerl … wäre er ein Schellfisch gewesen, den man aus dem Meer gezogen und mitten auf die Waverley Station geworfen hätte, er hätte nicht überraschter dreinblicken können. Er war der höflichste Geist, den Sie sich vorstellen können.«

»Oh, das kann ich mir sogar sehr gut vorstellen.«

Miss Gillespie blickte mich über den Rand ihrer Tasse hinweg an. »Daddy hat mir erzählt, Sie würden den fraglichen Gentleman kennen.«

»Ich kannte ihn sogar recht gut, und ich kann Ihnen sagen, dass es ihn sicherlich zutiefst erschreckt hat, sich plötzlich im Schlafzimmer einer Lady wiederzufinden.«

Sie lächelte. Ihr angenehmes, rundes Gesicht erhellte den trüben, verregneten Samstagnachmittag. »Ich wollte ihn wirklich nicht erschrecken. Aber als ich aufgewacht bin und ihn da am Fuß meines Bettes gesehen habe, groß und zerzaust und triefend wie ein Regenrohr … Nun, ich fürchte, ich habe ihn furchtbar angeschrien.«

»Ich nehme an, Sie waren verängstigt.«

»Zuerst ja, doch die Furcht schwand sofort, als ich sah, wie perplex er war.«

»Perplex?«

»Ja«, sagte sie und nickte nachdenklich, »das ist das richtige Wort. Er schien nicht so recht zu wissen, wo er war. Sie wissen doch, wie das ist … Da geht man in Gedanken versunken seinen Angelegenheiten nach, und dann schaut man nach oben und … Wo bin ich?« Sie lachte. »Mir passiert das andauernd. Erzählen Sie mir jetzt nicht, Ihnen sei das noch nie passiert.«

»Es soll schon vorgekommen sein«, gestand ich und genoss Miss Gillespies lebhafte Gesellschaft. »Einmal habe ich mich im Royal Museum wiedergefunden, ohne mich auch nur im Geringsten daran erinnern zu können, wie ich dorthin gelangt war.«

»Nun, so sah er für mich aus … als wüsste er nicht genau, wo er sich befand oder wie er dorthin gekommen war.«

»Haben Sie gewusst, dass er an Bord des Schiffes gewesen ist, das die Deutschen torpediert haben?«

»Daddy hat es mir erzählt.« Ernst schüttelte sie den Kopf und schwieg einen Augenblick lang; dann sagte sie: »Das würde zumindest erklären, warum er so nass war.«

»Hat er irgendetwas gesagt? Hat er überhaupt ein Geräusch gemacht?«

»Das hat er in der Tat. Er sagte, es täte ihm Leid, mich

gestört zu haben; er nannte mir seinen Namen und bat mich um Verzeihung. Dann wünschte er mir einen guten Tag – wenigstens glaube ich, dass es das war, was er gesagt hat. Ich bin nicht ganz sicher.«

»Warum nicht?«

»Zu diesem Zeitpunkt löste er sich bereits wieder auf, verstehen Sie? Er ist nicht einfach so verschwunden.« Sie schnippte mit den Fingern. »Er verblasste allmählich … es war, als würde sich eine Wolke vor die Sonne schieben und alles plötzlich trübe werden.«

»Ich verstehe. Nun …« Ich betrachtete die junge Frau. So sehr ich die Information auch zu schätzen wusste, sie brachte mich der Lösung des Mysteriums, das meinen Geist so sehr plagte, kein Stück näher.

Konzentriert legte Miss Gillespie die Stirn in Falten. »Da war noch etwas.«

»Ja?« Ich beugte mich vor, bereit, mich sofort auf jedes noch so kleine Stück Information zu stürzen.

»Das hatte ich bis jetzt vergessen«, sagte sie langsam, als versuche sie, sich genau zu erinnern. »Kurz bevor er vollends verschwunden war, sah er mich an und sagte – wenn ich mich recht entsinne – irgendetwas wie: ›Der Schmerz wird im Frieden verschluckt und die Trauer in der Herrlichkeit.‹«

Diese Botschaft war ausgesprochen unverständlich. Sie ergab keinen Sinn für mich, und von allen Dingen, von denen ich wünschte, dass Pemberton sie gesagt hatte, erschien mir dieses als das Unbedeutendste. »Verzeihen Sie mir, Miss Gillespie, aber sind Sie sicher, dass er das gesagt hat?«

Sie schüttelte vehement den Kopf. »Nein, Mr Murray, ich bin ganz und gar nicht sicher. Er war nur sehr schwach zu hören, zumal er sich zu diesem Zeitpunkt schon fast vollständig aufgelöst hatte. Doch es klang für mich so.« Sie betrachtete mich mit einem hoffnungsvollen Gesichtsausdruck. »Hat das irgendeine Bedeutung für Sie?«

»Ich fürchte nein«, seufzte ich. »Aber vielleicht wird sich noch etwas daraus ergeben.« Wir tranken unseren Tee und verabschiedeten uns dann voneinander. »Ich danke Ihnen, meine Liebe, dass Sie sich die Zeit genommen haben, um mit einem alten Wichtigtuer zu sprechen«, sagte ich, als wir uns trennten. »Bitte, grüßen Sie Ihre Eltern von mir.«

Der Regen hatte aufgehört, und so begleitete ich sie noch bis zur Ecke, bevor wir endgültig getrennte Wege gingen. Da der Himmel nun hell und klar geworden war und ich nichts Dringendes mehr zu erledigen hatte, beschloss ich, ein, zwei Runden im Park zu drehen. Ich ging zu dem kleinen Platz ein kurzes Stück die Straße hinunter und betrat den Park durch ein Eisentor. Ein paar Kinder waren zum Spielen hierher gekommen; sie lachten und juchzten, während sie in Begleitung eines Terriers munter umhersprangen. Eine junge Mutter fuhr ihr Baby in einem großen schwarzen Kinderwagen herum und hielt dann und wann an, um die Decken zurechtzuzupfen, wobei sie ihr Kind die ganze Zeit über in abgöttischer Liebe anstrahlte.

Ich schlenderte eine Weile über die vom Regen gewaschenen Kieswege, genoss die frische Luft und beobachtete, wie die Wolken über mir sich auflösten und ostwärts Richtung Nordsee trieben. Nach einiger Zeit setzte ich mich auf eine Bank und döste ein – nur für einen Moment, wie ich glaubte, doch als ich wieder erwachte, stellte ich fest, dass die Sonne bereits hinter dem Horizont verschwunden war. Ein kalter Wind wehte aus dem Westen heran, wo sich dunkle und bedrohliche Wolken angesammelt hatten.

Ich hatte den Eindruck, als seien dies die Wolken des Krieges, Schatten des großen Bösen, die nach Osten eilten, um die Dunkelheit zu nähren, die dort bereits wucherte. Der politische Sumpf der europäischen Adelshäuser zog unaufhaltsam eine Regierung und eine Macht nach der anderen in den alles vernichtenden Morast hinab. Die Kämpfe, die sich inzwischen auf mehrere Fronten ausgedehnt hatten, wurden Tag für Tag härter, brutaler und bösartiger. Und bis jetzt war kein Ende in Sicht.

Die Pracht des Sommertages war, so sinnierte ich, wie unser

Leben hier auf Erden: kurzlebig und auf allen Seiten von Dunkelheit umgeben.

In dieser düsteren Stimmung machte ich mich auf den Heimweg, und als ich schließlich mein Haus erreichte, hatte sich das Wetter drastisch verschlechtert. Im selben Augenblick, da die ersten Regentropfen auf das Pflaster hinter mir fielen, öffnete ich die Tür.

Rasch ging ich hinein, und als ich die Tür wieder hinter mir schließen wollte, fiel mein Blick auf einen kleinen gelbbraunen Briefumschlag auf der Fußmatte. Ich drehte ihn herum und sah meinen Namen, ordentlich mit schwarzer Tinte geschrieben. Mein Herz schlug immer schneller, während ich den Umschlag öffnete und die knappe Botschaft las: *Heute Abend.*

Erstes Buch

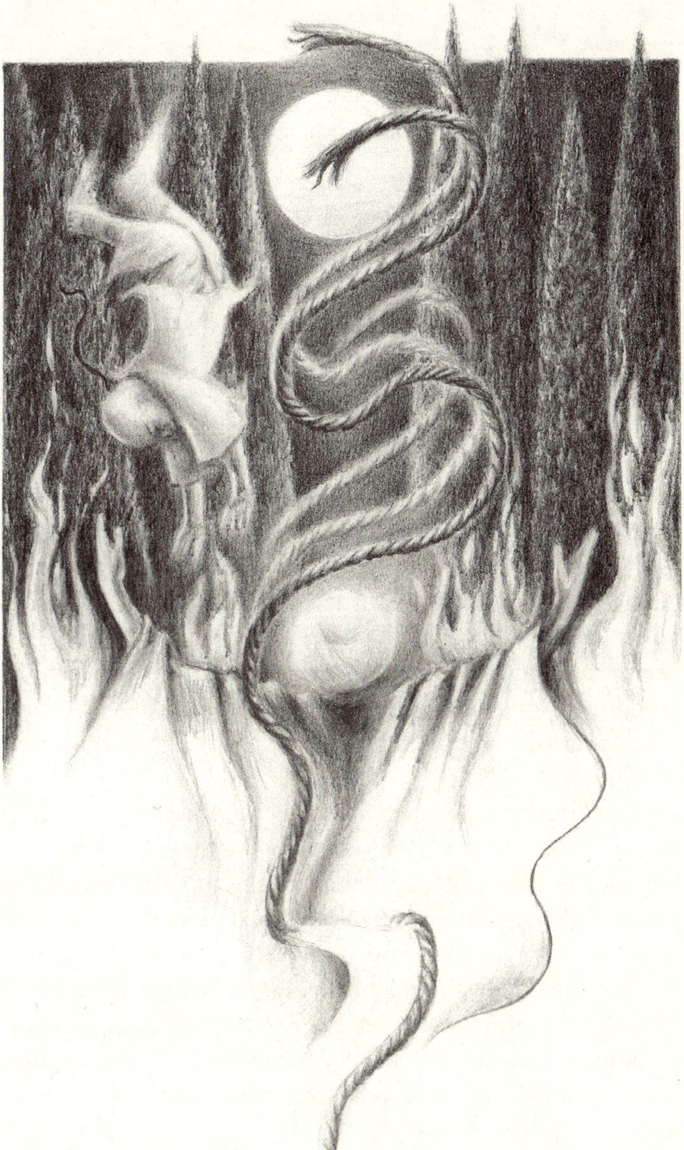

Auf Anordnung des Patriarchen von Konstantinopel wurde die Braut auf einem Silberbett, das mit einem golddurchwirkten Tuch bedeckt war, aus der Kathedrale getragen. Allein auf dieser breiten, glitzernden Fläche wirkte sie verängstigt, eingeschüchtert und weit jünger als ihre dreizehn Jahre. Vor ihr liefen hundert schwarz gewandete Mönche, die das Gloria sangen, gefolgt von dem steifen, würdevollen Erzbischof mit seiner hohen, mit Rubinen und Elfenbein besetzten Seidenmitra. Der beeindruckend ausstaffierte Geistliche trug einen großen Silberrahmen, welcher das Heilige Tuch enthielt, das Tuch mit dem unauslöschlichen Bild Christi, einen der größten Schätze von Byzanz.

Verschleiert von einem feinen Silbernetz, das von ihrer goldenen Hochzeitskrone bis zu ihren von weißen Strümpfen verhüllten Zehen reichte, schimmerte die schlanke Gestalt der jungen Frau im Licht von zehntausend Kerzen, als sie von acht schwarzen Äthiopiern in gelben Tuniken durch die stehende Gemeinde getragen wurde. Der edle Bräutigam folgte seiner Braut auf einem weißen Pferd. Er führte eine graue Stute hinter sich her. Beide Tiere trugen scharlachrote Schabracken mit Silberrand und weiße Straußenfedern auf ihren silbernen Kopfbedeckungen.

Von ihrem Platz hoch oben in der Galerie aus blickte Caitríona stumm vor Staunen auf das prächtige Spektakel hinab; sie hatte noch nie etwas gesehen, das auch nur halb so prachtvoll gewesen wäre, und sie wusste, dass sie so etwas vermutlich auch nie wieder sehen würde. Alles, von den goldenen Kronen bis hin zu den purpurnen Weihrauchwolken, die wie himmlische Nebel durch die Luft trieben, bewirkte einen Zauber von Macht und Reichtum, der ihr den Atem verschlug.

Als die Hochzeitsprozession unter der oberen Galerie der Hagia Sophia hindurchzog, eilten alle Zuschauer auf die andere Seite und beugten sich über die Marmorbalustrade, um zu sehen, wie die riesigen, eisenverstärkten Türen der Kirche weit geöffnet wurden und das frisch vermählte Paar auf einem Teppich aus Rosenblüten die Kathedrale verließ. Die Menge, die seit Sonnenaufgang vor der Kirche gewartet hatte, brüllte vor Freude, als sie den kaiserlichen Zug erblickte, der sich in Richtung Triconchos-Palast auf den Weg durch die Stadt machte, wo in der Perlenhalle das offizielle Hochzeitsbankett stattfinden würde.

»Nun, mein liebes Herz«, sagte Duncan zu seiner Tochter, »was hältst du davon?«

»Es war sehr tapfer, dass du mich hierher gebracht hast«, erwiderte Caitríona. »Das habe ich schon immer an dir bewundert, Papa.«

»Nachsichtig, vielleicht … aber warum tapfer?«

»Weil«, antwortete Caitríona, und ihre Lippen formten sich zu einem spöttischen Lächeln, »ich nun gesehen habe, wie eine einfache Nichte des Kaisers zu ihrer Hochzeit ausstaffiert und behandelt wird, und ich werde nun nicht weniger für meine Trauung verlangen.«

Duncan schnalzte mit der Zunge und entgegnete: »Würde ich auch nur das geringste Anzeichen dafür sehen, dass du dich dazu herablassen würdest zu heiraten, ich schwöre, die Kathedrale würde eine noch weit großartigere Zeremonie zu sehen bekommen als die, die hier gerade stattgefunden hat.«

»Bringt einen König und ein goldenes Bett«, trällerte Cait. »Lasst es uns hier und jetzt vollbringen.«

»Ist es wirklich zu viel verlangt, dass ein Vater hofft, der Schatz seines Lebens würde wenigstens ein klein wenig Glück in der Ehe finden?«

»Um den Fortbestand der edlen Familie zu sichern, ja.« Cait

runzelte gefährlich die Stirn. »Sieh mich an, Papa, und sag mir die Wahrheit: Welcher Mann, der noch ganz bei Verstand ist, würde mich schon heiraten?«

»Jeder Mann, mein Herz, wenn er auch nur den Hauch einer Chance hätte.«

»Papa!«

»Es gibt vielleicht schönere Frauen«, räumte Duncan taktvoll ein; »aber die Schönheit der Seele überdauert die Verlockungen des Fleisches bei weitem.«

»Zeig mir einen Mann, der sich von der Schönheit der Seele bezaubern lässt, und ich zeige dir einen Eunuchen.«

Duncan seufzte. Dass seine Tochter sich weigerte, angemessen zu heiraten, war ihm schon lange ein Dorn im Auge. Während Cait selbst glaubte, dass es ihre fehlende Lieblichkeit sei, die die Männer auf Abstand hielt, so vermutete ihr Vater stark, dass mehr die schier unglaubliche Schärfe ihrer Zunge der Grund dafür war. Warum nur, bei Gott, war sie so dickköpfig und stur? Das war wohl der Familienfluch, erkannte Duncan.

»Mein armer, armer Papa«, gurrte Cait und hakte sich bei ihrem Vater unter. »Geschlagen mit einer undankbaren Tochter, die ihm von Sonnenauf- bis -untergang das Leben zu einer einzigen Qual macht. Oh, wird dieses unerträgliche Elend denn niemals enden?«

Sie verließen ihren Platz an der Marmorbrüstung und folgten den anderen Adeligen von der Galerie hinunter. Im Außengang angekommen, schlossen sie sich dem langsam dahinziehenden Strom von Menschen an, die zu der breiten Treppe schlurften, welche zum Raum unter der Hauptkuppel hinunterführte. »Ich denke mal«, sinnierte Duncan, »es gibt Schlimmeres, als eine Tochter zu haben, die sich für die Königin von Caithness hält.«

Cait lachte. Der Klang erfreute ihren Vater, der das Echo der Stimme ihrer Mutter darin hörte. Leider war das alles, was sie von ihrer Mutter geerbt hatte; Caitríonas grüne Augen und ihr langes schwarzes Haar waren ihr eigen. Groß und langgliedrig wie ihre Vorfahren – ihre Statur ließ die prahlerischen griechischen Schönheiten geradezu dürr erscheinen –, war sie eine kräftig gebaute Frau, die allein schon aufgrund ihrer imposanten Erscheinung zurückhaltendere Vertreterinnen ihres Geschlechts dominierte.

Nur wenige Männer konnten es an Entschlossenheit und klarem Denken mit seiner willenstarken Tochter aufnehmen, gestand sich Duncan ein, und noch weit weniger waren erpicht darauf, es überhaupt zu versuchen. Das alte Blut, das durch ihre Adern floss, enthielt viel zu viel keltische Wildheit und viel zu wenig adelige Kultiviertheit. Duncan wusste, dass man von ihr sagte, sie fühle sich mit einem Speer in der Hand wohler als mit einer Spindel – aber was sollte es? Wenn Cait an einem vorüberging, roch man den Duft der See und den von taunassem Heidekraut, und der belebende, stürmische Wind der Highlandmoore war in ihrem Haar und in ihrem ungestümen, überschwänglichen Wesen.

Cait war sich durchaus bewusst, wie andere über sie dachten. Aber wo andere Frauen sich nur in kostbarem Samt und Seide wohl fühlten, zog sie grobe Stiefel und Reithosen vor, und anstatt mit gelangweiltem Blick am Herd zu sitzen und zu nähen oder zu sticken, ging sie mit den Hunden auf Jagd – wenn das so sein sollte, dann war es eben so. Nach Caits Meinung konnten ihre scheuen, schwärmerischen Geschlechtsgenossinnen niemand anderem die Schuld für ihr trostloses Leben geben als sich selbst.

»Papa, habt ihr, du und Sydoni, auch hier geheiratet?«, fragte sie und blickte zum Mosaik der Heiligen Familie hinauf, die mit prachtvollen purpurfarbenen Gewändern vor vergoldeten Heiligenscheinen dargestellt war.

»Hier? In der Hagia Sophia?« Duncan blickte zu ihr hinüber, um zu sehen, ob sie ihn nicht nur necken wollte, doch sie schien die Frage vollkommen ernst zu meinen. »Nein, nicht hier. Solch eine Pracht lag weit außerhalb unserer spärlichen Möglichkeiten.« Er hielt kurz inne und rief sich die Ereignisse wieder ins Gedächtnis zurück. »Auch glaube ich mich daran erinnern zu können, dass eine Hochzeit in der Kathedrale eine zehnmonatige Verzögerung bedeutet hätte. Ich fürchte, keiner von uns beiden hätte eine solch lange Wartezeit überlebt; bis dahin hätte uns das Feuer der Leidenschaft zu Asche verbrannt.«

Cait täuschte Entsetzen vor. »Angesichts eines solch farblosen Juwels der Tugend wie dir, mein lieber Papa, erstaunt es mich, dass man euch überhaupt gestattet hat zu heiraten. Wo habt ihr denn einen Priester gefunden, der sich bereit erklärt hat, die Eheschließung durchzuführen?«

»Wir wurden in der Kirche von Christus dem Erlöser getraut. Padraig wusste davon, doch andererseits weiß er ja immer alles. Wie es der Zufall will, liegt die Kirche nicht weit von hier. Wenn du sie gerne sehen möchtest, könnten wir heute Abend dorthin gehen.«

»Wenn ich möchte ...«, schalt ihn Cait. »Es ist der einzige und alleinige Zweck dieser Reise, deine pflichtbewusste Tochter zu jedem Fußstapfen deiner großen Pilgerfahrt zu schleppen, und das weißt du ganz genau.«

Duncan ergriff ihre Hand und küsste sie. »Du bist wahrhaft ein Schatz, mein Licht.«

»Ich wünschte, Sydoni wäre hier«, sagte Cait. »Und auch Padraig. Ich bin sicher, sie hätten so manche Geschichte zu erzählen.«

»Oh, das hätten sie in der Tat«, stimmte ihr Duncan mit einem Hauch von Wehmut in der Stimme zu. Er erinnerte sich an den Tag vor mehr als zwanzig Jahren, an dem er und Sydoni in dieser Stadt getraut worden waren, und an die Nacht, in der sie ihre Verbindung gefeiert hatten. »Nun«, fuhr er nach einem Augenblick fort und drückte die Hand seiner Tochter, »schon um ihretwillen sollten wir diesen kurzen Aufenthalt genießen und uns anhören, was sie zu sagen haben, wenn wir wieder nach Hause zurückkehren.«

Sie erreichten die Treppe, folgten der Menge und schlossen sich genau in dem Augenblick den Menschen in dem riesigen Vestibulum an, da die kaiserliche Familie den Altarraum verließ. Die warägische Garde des Kaisers rückte still, aber zielstrebig in die Menge vor und hatte rasch eine Doppelreihe gebildet, die vom Altarraum bis zu den großen Außentüren reichte; dann drehten sie sich um, standen Schulter an Schulter hinter ihren goldumrandeten Schilden und hoben die Zeremoniallanzen. Die Lanzenspitzen bestanden aus purem Gold und waren an den Schäften mit scharlachroten Wimpeln umwickelt; dennoch waren sie scharf. Nachdem dieser schützende Gang errichtet war, marschierten andere Gardisten hindurch und machten den Weg frei.

»Der Kaiser und die Kaiserin!«, sagte Cait. Sie genoss das imperiale Schauspiel sichtlich.

»Geh nur, Liebes«, sagte Duncan. »Ich werde hier warten.«

Cait ließ seinen Arm los und eilte nach vorne. Sie drängte sich durch die sich sammelnde Horde und spähte über die Schultern der Waräger, um einen Blick auf Kaiser Manuel und Kaiserin Irene sowie auf ihre gelbgesichtige Tochter zu werfen, wie sie aus der Kirche schwebten. Der kaiserlichen Familie folgten der Patriarch und der Erzbischof. Eine Dreierreihe von Priestern trug Laternen und sang; ihre Stimmen hoben und senkten sich in gleichmäßigen Wellen.

Nachdem die Priester vorüber waren, traten die beiden Reihen der kaiserlichen Gardisten je drei Schritt aufeinander zu, schwenkten um und marschierten aus der Kirche. Sofort drängten sich die Menschen hinter sie, um zu sehen, wie der Kaiser vor der Kirche Hände voll Gold unter das Volk warf. Der kaiserliche Zug lief weiter, die jubelnde Menge mit ihnen, und Cait stemmte sich gegen den Strom, um wieder in die Kirche und zu ihrem Vater zurückzukehren.

Geschickt wand sie sich zwischen den dicht gedrängten Menschen hindurch, die der Prozession hinterhereilten, und schließlich erreichte sie die Stelle, wo sie ihren Vater verlassen hatte – aber er war nicht länger im Vestibulum. Cait blieb stehen und schaute sich um, konnte Duncan jedoch nirgends sehen. Gerade wollte sie hinausgehen, um ihn draußen zu suchen, als sie ihn im schwach beleuchteten Altarraum entdeckte. Duncan stand neben einer der gigantischen Porphyrsäulen, um den aus der Kirche strömenden Massen aus dem Weg zu gehen.

Cait kämpfte sich weiter gegen den Strom in Richtung ihres Vaters durch. Als sie näher kam, sah sie, dass er mit jemandem redete; wer das war, konnte sie nicht erkennen, denn der Fremde war von der Säule verdeckt, aber dem Gesichtsausdruck ihres Vaters nach zu urteilen, war das Gespräch alles andere als herzlich.

Duncan hatte die Stirn in Falten gelegt, die Lippen hatte er aufeinander gepresst und sein Kinn trotzig vorgeschoben. Seine Augen funkelten in einem kalten Feuer, das furchteinflößend, doch normalerweise nicht leicht zu entfachen war.

Tatsächlich hatte Caitríona ihn bis jetzt nur ein einziges Mal so gesehen: als eine uneingeladene Gruppe von Dänen es sich am Strand unterhalb des Gutes gemütlich gemacht, drei gute Zuchtkühe gestohlen, geschlachtet und gebraten hatte. Als Duncan davon erfahren hatte, war er hinuntermarschiert und hatte die Dänen in ihrem Lager zur Rede gestellt. Die krakeelenden Dänen waren noch mal mit einem blauen Auge davongekommen, dachte Cait; sie hatten sich lediglich entschuldigen und für die drei Kühe zweifach bezahlen müssen. Nun sah sich Duncan keinen plündernden Dänen gegenüber, doch sein Gesichtsausdruck war der gleiche – regelrechter Zorn prägte seine edlen Züge.

Die plötzliche Fremdartigkeit der Situation jagte Cait einen Schauder der Angst über den Rücken. Sie spürte, wie sich ihr die Nackenhaare sträubten, und ihr Magen zog sich zusammen. Sie senkte den Kopf, um sich schneller durch die Menge zu drängen. Nachdem sie näher herangekommen war, rief sie ihren Vater beim Namen. Er hörte sie und drehte sich um. In diesem Augenblick erschien das Gesicht des anderen Mannes aus dem Schatten der Säule, und Cait konnte es deutlich sehen: Er trug einen grauen, sorgfältig gestutzten Bart, der in krassem Gegensatz zu seinem weißen Haar stand, welches ihm lang und ungekämmt in die Stirn hing. Über seinem linken Auge war eine lange, dünne Narbe zu sehen, die seinem Gesicht einen verächtlichen Ausdruck verlieh; dies zusammen mit der Wildheit in seinen dunklen Augen ließ ihn insgesamt so erbarmungslos und böse wirken, dass Cait unwillkürlich schauderte.

Dann, als hätte er die junge Frau gesehen, die auf sie zu eilte, verschwand der Mann wieder hinter der Säule. Cait sah das Funkeln seiner gefletschten Zähne, als er erneut in den Schatten tauchte. Duncan drehte sich zu ihm um, und die beiden setzten ihr Gespräch fort.

Cait wich einer Gruppe jubelnder Menschen aus, drängte sich mitten durch eine andere hindurch und erreichte schließlich ihren Vater. Der bärtige Mann war verschwunden. Sie blickte zu der Stelle, wo er gestanden hatte, und kurz sah sie noch einen weißen Mantel mit einem roten Kreuz auf dem Rücken in der Menge verschwinden.

»Wer war das, Papa?«, fragte sie und trat neben ihren Vater. Duncan starrte geradeaus und schien sich intensiv auf ihre Frage zu konzentrieren. Er versuchte, etwas zu sagen, doch die Worte blieben ihm im Halse stecken.

»Papa?« Caits Tonfall wurde drängend.

Duncan drehte sich zu seiner Tochter um und rang sich ein schwaches Lächeln ab; sein Gesicht war plötzlich grau geworden. Dann verlor er das Gleichgewicht und griff nach der Säule, um sich abzustützen.

Instinktiv versuchte Cait, ihn zu stützen. »Was ist los?« Noch während sie sprach, blickte sie auf die andere Hand ihres Vaters, die er unmittelbar unter den Rippen auf die Brust gedrückt hatte. Blut rann zwischen den Fingern hindurch.

»Papa!«

»Cait ...«, erwiderte er. »Er ... Er ...« Duncan schaute auf seine Wunde hinab und schauderte. »Ah! Um der Liebe Gottes willen!«, stöhnte er und biss vor Schmerz die Zähne zusammen. »Ah!«

»Hier ...« Cait schob ihren Arm unter den seinen, um ihn

besser stützen zu können. »Setz dich und ruh dich aus.« Dann drehte sie den Kopf und rief: »Helft mir! Irgendjemand, bitte! Er ist verwundet!«

Doch Caits Schrei ging in dem allgemeinen Tumult unter, und jene, die ihr am nächsten standen, schenkten ihr schlicht keine Beachtung. Langsam half sie ihrem Vater auf den Boden und setzte ihn an den Sockel der Säule. Duncan ließ sich gegen den purpurfarbenen Stein fallen. »Beweg dich nicht«, sagte Cait. »Ich werde Hilfe holen.«

Sie wollte loslaufen, doch Duncan ergriff sie am Handgelenk. »Nein, Cait«, sagte er mit zitternder Stimme. »Bleib.«

»Bevor du dich versiehst, bin ich wieder zurück.« Sie stand auf, doch ihr Vater ließ sie nicht los.

»Dafür ist jetzt keine Zeit mehr, mein Licht. Bleib bei mir.«

»Vater, bitte«, flehte Cait. »Lass mich Hilfe suchen.« Sie löste seinen Griff und drehte sich erneut um.

»Caitríona, nein!«, rief er. Kurz hatte seine Stimme ein wenig von ihrer alten Kraft zurückgewonnen. »Es gibt nur einen, der mir jetzt noch helfen kann, und ich werde bald vor ihm stehen. Bleib, und bete mit mir.«

Cait machte wieder kehrt und kniete sich neben ihn. Sie schob ihm den Arm hinter den Kopf und kämpfte gegen die Panik an, die ihr Herz umklammerte und ihren Blick vernebelte.

»Hör zu, Cait. Ich liebe dich wirklich sehr.«

»O Papa, ich liebe dich doch auch.«

»Dann versprich mir, dass du nicht versuchen wirst, mich zu rächen«, sagte Duncan. Kalter Schweiß sammelte sich auf seinem aschgrauen Gesicht. »Lass es hier enden.«

»Ich verstehe nicht. Wer war dieser Mann? Warum hat er das getan?«

»Versprich es mir!«, hakte Duncan nach und richtete sich ein Stück auf. Die Anstrengung ließ ihn vor Schmerz verkrampfen und husten. Blut rann aus seinem Mundwinkel. »Ich kenne dich, Cait. Versprich mir, dass du mich nicht rächen wirst.«

»Also gut, ich verspreche es.« Sie tupfte ihm das Blut mit dem Saum ihres blauen Mantels ab. »Und jetzt lehn dich zurück, und ruh dich etwas aus.«

Nachdem er Cait das Versprechen abgenommen hatte, ließ Duncan sich wieder gegen die Säule sacken. »Gut«, seufzte er. »Gut.«

Cait legte ihrem Vater die Hand auf die Wange. »Bitte, Papa«, hakte sie hartnäckig nach. »Ich muss es verstehen.«

»Bete für mich, Caitríona.« Duncan schloss die Augen.

»Das werde ich ... jeden Tag. Aber ich muss es verstehen.«

»Renaud ...« Duncan hustete erneut. Mehr Blut quoll aus seinem Mund und färbte Zähne und Kinn rot. Cait wischte es weg.

Renaud ... Zuerst hatte der Name keinerlei Bedeutung für Cait. Dann kehrte die Erinnerung wieder zurück. »Renaud de Bracineaux? Der Templer?« Sie suchte im Gesicht ihres Vaters nach einer Antwort auf dieses Mysterium. »Warum?«

Duncan öffnete die Augen wieder und versuchte zu lächeln. »Die arme Alethea ... Ich bin froh, dass sie nicht hier ist. Sie ist nicht so stark wie du ...« Er hustete und sackte weiter nach unten. »Kümmere dich um sie, Cait.«

»Schschsch.« Cait drückte ihn an sich, als könne sie den Tod allein durch ihre Umarmung aufhalten. »Ich werde über sie wachen.«

Duncan hob die Hand, ergriff Caitríonas Kinn und drehte ihr Gesicht so, dass er es sehen konnte. Sein Blick war verschleiert, und seine Stimme zitterte. »Nimm mein Herz ...« Er schnappte nach Luft, Schmerz lag in seiner Stimme, und er musste sich jedes einzelne Wort hart erkämpfen. »Bring es nach Hause. Sag Padraig, er soll ... er soll es in der Kirche begraben. Er wird wissen, was zu tun ist.«

Unfähig, etwas zu sagen, nickte Caitríona schlicht.

»Sydoni«, krächzte Duncan. »Sag Sydoni ... dass meine letzten Gedanken ihr gegolten haben.« Seine Stimme klang plötzlich weich und dünn wie Spinnenfäden. »Sag ihr, dass ich ... Gott danke ...«

»Ich werde es ihr sagen.« Tränen rannen Cait über die Wangen und tropften auf die Hand ihres Vaters.

Duncan hob die Hand und küsste die Tränen mit blutverschmierten Lippen; Caitríona ergriff sie und drückte sie sich an die Wange. »Mein liebes Herz«, sagte er. Duncans Stimme war nur noch ein schwaches Flüstern. »Ich gehe jetzt.«

Mit einem Seufzen sackte er gegen die Säule zurück. Bei diesem letzten Atemzug glaubte Cait kurz ein Flackern in Duncans Augen zu sehen und ihn den Namen ihrer Mutter sagen zu hören … *»Ah, Rhona …«* Es war nur der Geist eines Satzes, Worte, gesprochen an der Schwelle zu einer anderen Welt, und Duncan war tot.

Das mattgraue Licht eines neuen Tages fiel auf das dunkle Wasser des Bosporus, als Cait schließlich zum Schiff zurückkehrte. Sie stand an der Reling und starrte mit rot umrandeten Augen auf den schmutzig gelben Strahl, der durch die graue Wolkendecke stieß wie ein glühend heißer Schürhaken durch Sackleinen. Nach einer Weile drehte sie den Kopf in Richtung der berühmten sieben Hügel von Byzanz, die allesamt in purpurfarbenen Nebel und Rauch gehüllt waren, als würden sie um Caits ermordeten Vater trauern.

Caitríona hörte hinter sich auf dem Deck Schritte, drehte sich jedoch nicht um.

»Guten Morgen, Frau Caitríona.« Die Stimme gehörte Haemur, ihrem alten Orkney-Steuermann, einem treuen und vertrauenswürdigen Diener und der einzigen Person auf der Welt, der Duncan erlauben würde, die *Persephone* ins Heilige Land zu fahren. Fähig, aber ungebildet, sprach Haemur nur Nordisch durchsetzt mit einigen Brocken Gälisch. »Wann seid Ihr gestern Nacht zurückgekehrt? Ich hatte mir schon Sorgen gemacht, dass ...«

Cait drehte sich um, und Haemur sah ihren Gesichtsausdruck. Seine Hände flatterten wie die Flügel eines erregten Vogels. »Frau Caitríona«, keuchte er, »was ist passiert?« Dann, als bemerke er jetzt erst, dass sie allein war, fügte er hinzu: »Wo ist mein Herr Duncan?«

»Er ist fort, Haemur«, antwortete Cait mit brüchiger, leerer Stimme.

Der Seemann blickte die junge Frau verständnislos an. »Kommt er vielleicht später?«

»Nein.« Cait schüttelte den Kopf. »Er ist tot, Haemur.«

Der ältere Seemann rieb sich mit der rauen Hand über das rote Gesicht. Die Tränen traten ihm in die blassen blauen Augen. »Ich verstehe.« Unvermittelt drehte er sich um, ging zu seiner Bank am Heck und tupfte sich die Augen ab. Cait rief ihn wieder zurück.

»Es tut mir Leid, Haemur.« Sie ging zu ihm, ergriff seine schwielige Hand mit beiden Händen und berichtete ihm, was sich in der Kathedrale ereignet hatte. Es war rasch erzählt, dann sagte sie: »Der Leichnam wird später am Tag bestattet werden, und wir werden an der Zeremonie teilnehmen. Im Augenblick möchte ich erst einmal, dass du die Männer weckst und das Schiff bereitmachst.« Haemur blickte sie verständnislos an. »Tot? Seid Ihr sicher?«

»Ja«, bestätigte Cait. »Wir müssen sofort Segel setzen. Ich habe uns eine Mole im Neuen Hafen besorgt – ein Stück nördlich des Leuchtturms.«

»Der griechische Hafen? Wo die Getreideschiffe anlegen?«

»Genau der. Dort werden sie uns nicht suchen.«

»Wer?«, fragte Haemur.

Doch Cait hatte sich schon wieder umgedreht. »Ich werde jetzt in meine Kabine gehen, um mich zu waschen und umzuziehen.«

Sie stieg die Holztreppe in den Frachtraum hinunter, der in drei Abschnitte unterteilt war. Den ersten, vorne am Bug, teilten sich die beiden Männer, die Haemur zur Hand gingen; der mittlere, größte Abschnitt stellte den eigentlichen Laderaum dar, wo die Vorräte aufbewahrt wurden, und der dritte am Heck war wiederum in zwei Passagierkabinen aufgeteilt. Cait und Alethea teilten sich eine, und die andere gehörte Duncan.

Cait legte die Hand auf den hölzernen Türgriff und öffnete leise die Tür. Trübes Morgenlicht fiel durch das runde Fenster über der Koje, in der Alethea schlief. Cait setzte sich auf die Bettkante und betrachtete die junge Frau. Alethea war fünfzehn Jahre alt – bisweilen sah sie allerdings weit jünger aus und benahm sich auch so – und besaß Sydonis dickes, glänzendes dunkles Haar sowie deren glatte gelbbraune Haut. Doch das war nicht das Einzige, was sie mit ihrer Mutter gemeinsam hatte. Alethea war schlank und langgliedrig, besaß eine hohe, glatte Stirn und große dunkle Augen.

Bei Aletheas Geburt war Cait fast zwölf gewesen; zwar hatte sie sich zunächst über ihre Babyschwester gefreut, doch diese Freude ließ rasch nach. Alethea betrachtete Caits Verhalten ihr gegenüber als bei weitem zu streng; sie hatte den Eindruck, als hätte ihre ältere Schwester ständig etwas an ihr auszusetzen. Diese wiederum hielt Thea für flatterhaft und rücksichtslos – was sie in der ihr eigenen Offenheit auch immer wieder kundtat – und glaubte, dass die jüngere Schwester viel zu oft ihren Launen folgte, was überdies noch allzu oft geduldet wurde. Tatsächlich hätte Alethea eigentlich gar nicht an Bord dieses Schiffes sein sollen. Als sie jedoch erfahren hatte, dass Duncan plante, mit Caitríona ins Heilige Land zu fahren, um ihr all die Orte zu zeigen, die er und Padraig auf ihrer langen Pilgerfahrt besucht hatten, hatte sie so lange gejammert und gebettelt, bis ihr Vater nachgegeben und ihr ebenfalls erlaubt hatte mitzukommen.

Für einen Moment saß Cait einfach nur da und lauschte Aletheas ruhigem, gleichmäßigem Atmen; dann streckte sie die Hand aus und legte sie auf die Schulter des Mädchens, dort wo die Decke heruntergerutscht war. Theas Haut fühlte sich warm an, und ihr Gesicht wirkte friedlich und zufrieden; Cait wollte ihre Ruhe nicht stören. *Nein*, dachte sie, *soll sie den letzten Frieden genießen, den sie für lange Zeit haben wird. Die Trauer wird noch früh genug beginnen.*

Cait stand wieder auf und schlich zu der Seemannskiste am Fuß des Bettes. Sie öffnete sie, holte einen sauberen Mantel und andere Kleidungsstücke heraus, ging auf Zehenspitzen wieder hinaus und lief in die Kabine ihres Vaters. Dort schaute sie sich erst einmal um, doch abgesehen von der Seemannskiste und einem Paar Stiefel war nichts von Duncan zu sehen.

Cait nahm eine große, flache Messingschüssel vom Haken, stellte sie auf die Seemannskiste und füllte sie mit Wasser aus einem Krug. Dann zog sie sich aus, wusch sich und ließ das Wasser den Schweiß, die Qual und die Tränen des vergangenen Tages hinwegspülen. Das Wasser fühlte sich gut auf ihrer Haut an, und sie wünschte sich, die Schüssel wäre groß genug, um ihren ganzen Körper darin eintauchen zu können – wie die großen Emaillebecken im *Harem* des Kalifen, von denen ihr Vater ihr vor so langer Zeit erzählt hatte.

Nachdem sie fertig war, trocknete sie sich mit einem Leinentuch ab, und schließlich gab sie sich ihrer Erschöpfung hin und legte sich aufs Bett ihres Vaters. Sie schmiegte sich in die Kuhle, die sein Körper auf der Koje hinterlassen hatte, und schloss die Augen vor dem düsteren Albtraum des vergangenen Tages.

Doch Cait konnte weder Ruhe noch Schlaf finden und ebenso wenig von der Kette von Ungeheuerlichkeiten ausspannen, die sie nach dem Tod ihres Vaters hatte erdulden müssen. Allein der Gedanke an die Ungerechtigkeit ihrer Notlage brachte ihr Blut zum Kochen.

Denn angesichts einer Leiche in ihrer Kathedrale hatten die Kirchenmänner die *Scholien* gerufen. Als Cait von dem Truppführer befragt wurde, hatte sie den Namen des Mörders genannt, und sofort brachte man sie zum Magistrat, der sich ihre Geschichte höflich angehört und sie dann an den Konsul von Konstantinopel verwiesen hatte, einen ungehobelten, nüchternen Mann mit kurz geschnittenem grauem Haar. Der Konsul saß auf einem thronähnlichen Stuhl neben einem Tisch, auf den man gerade das Essen aufgetragen hatte; er hörte Cait zu, während sie ihre Anklage wiederholte. Sie erzählte ihm alles so, wie es geschehen war … doch nur, um gesagt zu bekommen, das sei vollkommen unmöglich.

»Ihr müsst Euch irren, Frau«, sagte der Konsul unverblümt. Sein Griechisch war zwar anders als das, was Cait bisher gehört hatte, aber dennoch gut zu verstehen. »Renaud de Bracineaux ist der Komtur der Tempelritter von Jerusalem. Er ist ein Priester der Kirche, ein Beschützer der Pilger und Bewahrer des Glaubens.«

»Das mag ja sein«, räumte Cait ein, »aber ich habe ihn mit meinen eigenen Augen gesehen. Und mein Vater hat ihn vor seinem Tod mit Namen genannt.«

»Das sagt Ihr. Es ist ein Jammer, dass Euer Vater seine Anschuldigung nicht noch vor jemand anderem hat wiederholen können ... vor einem der Priester vielleicht.« Er blickte auf den Tisch und streckte die Hand nach einem Becher aus. »Es tut mir Leid.«

»Wollt Ihr damit etwa sagen, dass Ihr nichts zu tun gedenkt?« Cait hatte das Gefühl, als gäbe der Boden unter ihren Füßen nach ... als würde sie in ein bodenloses Loch stürzen, ohne etwas dagegen unternehmen zu können.

Der Konsul lächelte sie abschätzig an. »Selbst wenn Eure Behauptungen auch nur im Entferntesten möglich sein sollten, könnte ich aufgrund Eurer Aussage allein nichts gegen diesen Mann unternehmen.«

»Weil ich eine Frau bin.«

»Weil Ihr *allein* seid.« Der Konsul runzelte die Stirn und seufzte mitleidig und erbost zugleich. »Es tut mir wirklich Leid. Aber in solchen Fällen ist das Gesetz eindeutig: Ohne Bestätigung von mindestens zwei Zeugen kann ich nichts tun.«

»Die Kirche war voller Menschen«, erklärte Caitríona. »Irgendjemand muss doch gesehen haben, was geschehen ist.«

»Und wo sind diese Leute?«, fragte der Konsul und schaute sich in dem außer ihnen leeren Raum um. »Wo sind sie zu finden?«

»Verspottet mich nicht, mein Herr!«, knurrte Cait in kaltem Tonfall. »Ich weiß, was ich gesehen habe, daran gibt es nichts zu deuteln.« Sie hob den Saum ihres Mantels und zeigte ihn dem Konsul. »Das!«, sagte sie und schüttelte wütend den Stoff, »was ich hier trage, ist das Blut meines Vaters. De Bracineaux hat ihn erstochen. Wenn Ihr nichts deswegen unternehmen wollt, werde ich es tun.«

»Ich rate Euch dringend, noch einmal darüber nachzudenken.« Wütend erhob sich der Konsul von seinem Stuhl. »Renaud de Bracineaux ist ein Mann von hohem Ansehen, dem man große Wertschätzung entgegenbringt – ein Freund und Günstling sowohl von König Balduin von Jerusalem als auch von Kaiser Manuel. Er ist Gast des Basileus, und nur wegen Eurer spärlichen Beweise werde ich ihn nicht behelligen. Des Weiteren möchte ich Euch warnen: Solltet Ihr diese Anklage weiterhin so beharrlich vortragen, wird man Euch mit aller Härte in die Schranken weisen.«

»Oh, mit den Anklagen bin ich fertig«, informierte Cait den Beamten kalt. »Euer Urteil mag ich ja akzeptieren, aber nicht die Ungerechtigkeit erdulden.«

Mit diesen Worten machte sie auf dem Absatz kehrt und marschierte aus dem Raum. Auf der Straße weinte sie, während sie zur Kathedrale zurückging, um sich wieder neben ihren Vater zu setzen und auf den Leichenwagen zu warten, der Duncans sterbliche Überreste in die Kirche bringen würde, wo er und Sydoni geheiratet hatten. Nach kurzer Verhandlung kam man zu einer Übereinkunft: Eine großzügige Spende an das Kloster überzeugte die Brüder davon, Duncan auf heiligem Boden zu bestatten – und gemäß Caitríonas Bedingungen.

Sie überließ es den Bestattern, den Leichnam für die Beerdigung vorzubereiten, und mietete sich eine Sänfte zum Neuen Hafen. Nachdem man sie dort lange hatte warten lassen, räumte ihr der überarbeitete Hafenmeister zwei Tage Liegerecht ein – natürlich ebenfalls gegen eine beachtliche Gebühr.

Zu dieser Zeit ging die Sonne bereits unter, und so kehrte Cait in die Kirche von Christus Pantokrator zurück, um dort zu beten und am Leichnam ihres Vaters zu wachen, den man inzwischen gewaschen, in ein sauberes Leinentuch gewickelt und vor dem Altar aufgebahrt hatte. Cait blieb die ganze Nacht über in der Kirche; sie entzündete Kerzen und lauschte den gesungenen Totengebeten der Mönche. Als die Totenwache vorüber war, verließ sie die Kirche und weckte die Sänftenträger, die sie dafür bezahlt hatte, draußen zu warten. Die Träger hatten sie durch die noch immer dunklen Straßen zum venezianischen Kai gebracht, wo sie sich von einem Boot zu ihrem wartenden Schiff hatte hinüberrudern lassen.

Nun lag Cait reglos auf dem Bett ihres Vaters und lauschte den Geräuschen der Mannschaft, die über das Deck stapfte, um das Schiff in Bewegung zu setzen. Cait erinnerte sich an den Tag, als Duncan die beiden Männer angeheuert hatte – zwei Brüder aus Hordaland im Westen Norwegens. Der ältere mit Namen Otti war ein großer, hart arbeitender Kerl, der durch einen furchtbaren Schlag auf den Kopf ein wenig einfältig geworden war; damit war seine Lehrzeit als Wikinger zwar vorüber gewesen, doch auf lange Sicht hatte ihm das wohl das Leben gerettet. Der jüngere hieß Olvir. Er war ein ruhiger, gutmütiger Junge, gut ein Jahr älter als Alethea. Seit dem Tod seiner Eltern war es seine Aufgabe gewesen, sich und seine älteren Geschwister zu ernähren und vor Schwierigkeiten zu beschützen.

Nach einer Weile hörte Cait ein Platschen gefolgt vom Knall des Ankers auf Deck, und kurz darauf spürte sie eine Veränderung im rhythmischen Schaukeln des Schiffes. Sie hatten sich in Bewegung gesetzt. Einen flüchtigen Augenblick lang war Cait versucht, an Deck zu gehen und Haemur zu befehlen, nach Hause zu segeln … aber nein, noch nicht.

Bald, aber jetzt noch nicht.

Cait schlief eine Weile, doch als sie wieder aufstand, war sie nervös und keineswegs ausgeruht. Erneut wusch sie sich das Gesicht, zog sich ein frisches Kleid an und schlang sich einen schönen Webgürtel um die Hüfte; darein steckte sie dann die mit Silber gefüllte Börse ihres Vaters sowie einen schmalen Dolch, der einst ihrer Urgroßmutter gehört und den ihr Großvater Murdo mit auf seine große Pilgerfahrt genommen hatte. Darüber zog sie schließlich ein Übergewand aus exquisitem dünnem Stoff – ein dunkles zum Zeichen der Trauer. Schließlich suchte sie sich dann noch einen Schal aus, den sie sich um Kopf und Hals wickelte, sodass die Enden über den Rücken hinunterfielen. Nachdem sie fertig war, ging sie auf Deck zum Frühstücken und um darauf zu warten, dass Alethea aufstand und sich zu ihr gesellte. Doch ihre Schwester war bereits wach. Wie immer war sie gerade mal halb angekleidet, bemerkte Cait säuerlich. Thea trug weder Hut noch Schuhe, sondern lediglich ein ärmelloses Hängekleid, das ihre schmalen Oberarme und Schultern enthüllte. Sie stand am Bug und schlug erregt mit den Händen auf die Reling.

Als Caitríona sich ihr näherte, wirbelte sie herum. »Wo ist Papa? Was ist passiert?«, verlangte sie zu wissen. »Haemur wollte es mir nicht sagen. Warum fährt das Schiff?«

»Thea«, sagte Caitríona und streckte die Hand nach ihrer Schwester aus, »hör mir zu …«

»Haemur hat gesagt, er würde nicht mit uns kommen«, fiel ihr Thea ins Wort, deren Gesicht plötzlich rot anlief. »Warum sagt er so was?«

»Komm. Setz dich zu mir.« Cait legte ihrer Schwester die Hand auf den Arm und lief auf die überdachte Plattform unter dem Mast zu.

Alethea machte zwei Schritte und blieb dann stehen. »Nein! Sag es mir jetzt! Warum tust du das?« Sie hatte so laut gesprochen, ja gebrüllt, dass die Seeleute sich nach den beiden Frauen umdrehten.

»Bitte, Alethea, das ist unschicklich. Jetzt komm, und …«

»Sag es mir!«, verlangte Thea und verschränkte die Arme vor der Brust.

»Also gut«, schnappte Cait, die allmählich die Geduld verlor. »Papa kommt nicht mit uns, weil er gestern überfallen worden ist, als wir die Kirche verlassen wollten.«

»Ist Papa verletzt? Wo ist er? Ich muss zu ihm.«

»Nein.« Cait schüttelte sanft den Kopf. »Papa ist angegriffen und getötet worden.«

»Aber wo ist er? Wenn er verwundet ist, muss ich zu ihm.«

»Du hörst mir nicht zu, Thea …«

»Du hättest ihn nicht allein lassen sollen. Du hättest …«

»Alethea«, sagte Cait in scharfem Tonfall. »Vater ist tot. Er ist angegriffen und getötet worden. Ich war bei ihm, als er gestorben ist.«

»Du hast mich absichtlich zurückgelassen!«, schrie die junge Frau, und die Tränen traten ihr in die Augen.

Caitríona trat dicht an ihre Schwester heran und packte deren Arm unmittelbar über dem Ellbogen. »Hör auf damit!« Als Alethea nicht darauf reagierte, schüttelte Cait sie. »Hör dir doch nur einmal an, was du da sagst! Wenn du nicht vernünftig reden kannst, halt den Mund.«

»Das ist *deine* Schuld!«, heulte Alethea. »Und jetzt werde ich ihn niemals wiedersehen!«

Cait packte die Wut. »Glaubst du wirklich, ich habe Vaters Tod verursacht, um dich zu ärgern?«, schnappte sie. »Denk einmal in deinem Leben nach, Thea, nur ein einziges Mal!«

Das Gesicht der dunkelhaarigen jungen Frau schien in sich zusammenzufallen. »Er kann nicht tot sein.« Die Tränen rannen ihr über die Wangen, und ihre Schultern begannen zu zittern. »Oh, Cait, was sollen wir jetzt nur tun?«, schluchzte sie. »Was sollen wir tun?«

Thea vergrub das Gesicht in den Händen und warf sich Cait an die Brust. Cait nahm die junge Frau in die Arme und spürte, wie Aletheas Tränen durch den Stoff ihres Kleides drangen. »Wir werden ihn betrauern«, murmelte sie und rieb Aletheas glatte, weiche Schulter, während sie mit trockenen Augen auf die große Stadt und ihre berühmten Hügel starrte, »und wir werden ihn begraben … Und dann«, fügte sie für sich selbst hinzu, »werden wir ihn rächen.«

»Erzähl es mir«, jammerte Thea in ihrem aufreizendsten Tonfall. »Ich werde keinen Schritt tun, wenn du es mir nicht sagst.«

»Je weniger du weißt, desto besser. Dann wirst du dich an weniger erinnern müssen.«

Die beiden Frauen gingen gemeinsam über die breite Straße, während die Sonne allmählich unterging und die Stadt in weinrotes Licht tauchte. War die Straße bei ihrem Aufbruch noch so gut wie menschenleer gewesen, so erwachte sie nun rasch zum Leben, während die Hitze des Tages schwand und einem angenehmen Abend wich. Überall schüttelte die Kaiserstadt ihre Trägheit ab, um in einer wunderschönen Mittsommernacht wiederaufzustehen.

»Sag es mir, Cait. Ich will es wissen.«

»Wenn ich es dir sage«, erwiderte Cait müde, »versprichst du mir dann stillzuhalten, bis wir dort angekommen sind?«

»Wo ankommen? Wo gehen wir hin?«

»Solange du es mir nicht versprichst, werde ich dir gar nichts sagen.«

Am Straßenrand kauerten Fleischhändler über schmutzigen schwarzen Holzkohlebecken, die die Luft mit blauem Rauch und dem Geruch von verbranntem Olivenöl und Kräutern füllten. Arbeiter mit ihren Frauen stießen immer wieder mit den beiden zusammen, während sie mit in Öltücher gewickelten Essenspaketen oder Brotlaiben unter den Armen an ihnen vorüber nach Hause eilten. Gruppen von jungen Zechern in kurzen blauen Tuniken lachten laut, um Aufmerksamkeit zu erregen. Einige von ihnen entdeckten die beiden allein gehenden

Frauen und machten obszöne Gesten, die Cait nicht entgingen; Thea schien sie jedoch nicht zu bemerken.

Cait marschierte zielstrebig weiter; gegen die exotischen Verlockungen um sie herum war sie vollkommen immun. Alethea wiederum war bis jetzt nicht in der Stadt gewesen, und so kam ihr alles fantastisch, ja zauberhaft vor. Immer wieder musste sie sich ermahnen, dass sie gerade erst ihren Vater beerdigt hatten und dass sie als liebende Tochter eine ebenso ernste und trauernde Haltung annehmen sollte wie ihre Schwester. Doch das fiel ihr schwer, zumal sie sich alle paar Schritte einem neuen, betörenden Wunder gegenübersah.

Die beiden Schwestern kamen durch eine Straße, die von den großen, solide gebauten Häusern der Reichen beherrscht wurde, von denen jedes mit einem kunstvoll ausgearbeiteten Holzbalkon ausgestattet war – wahre Freilufträume, die über die Straße hinausgingen. Hier wohnten die Gewürz-, Holz- und Goldhändler, die Schiffseigner und Geldwechsler, die auf den Balkonen ihr Abendessen einnahmen und das Treiben zu ihren Füßen beobachteten.

Unterdessen flohen die Bewohner der bescheideneren Behausungen aus ihren dunklen, stickigen Räumen und versammelten sich auf den Straßen und Plätzen, um die Neuigkeiten des Tages auszutauschen. Männer hielten Konklave um Krüge mit schlichtem Landwein herum, knabberten grüne Oliven und spien die Kerne in die Luft. In den Hauseingängen hockten alte Frauen mit klugen, faltigen Gesichtern und beobachteten mit ihren kleinen dunklen Augen alles und jeden um sie herum. Kinder mit schmutzigen Gesichtern und Essensbissen in der Hand, die sie vom Tisch stibitzt hatten, standen mit steifen Beinen da und verfolgten alles mit großen Augen, während hungrige Hunde versuchten, ihnen die Stücke aus den Händen zu schnappen.

Dann und wann kamen die beiden jungen Frauen an einem ummauerten Garten vorüber, rochen den Duft der Pflanzen – Jasmin, Limonen, Hyazinthen und Sandelholz – oder hörten Musik von Flöten und Lauten, die von Tamburinen und Handtrommeln begleitet wurden. Zwar erkannten die Schwestern die Instrumente, doch die traurigen Melodien klangen seltsam in ihren Ohren; sie glichen in nichts, was sie je gehört hatten.

Nach einer Weile erreichten sie eine Kreuzung, deren Schnittpunkt ein großer Platz bildete. Hier waren die Tagesgeschäfte bei weitem noch nicht beendet. Frauen, deren Gesellschaft man für den Gegenwert einer Mahlzeit erwerben konnte, schlenderten untätig umher und klimperten mit dem Silberschmuck an ihren Armen als unaufdringliche Methode, ihre Waren anzupreisen. Auf der anderen Seite des Platzes hatte ein Töpfer seine Scheibe vor einer niedrigen Mauer aufgebaut, auf der einige Schaustücke seiner Arbeit zu sehen waren, und daneben stand ein Mann mit bemalten Holzstücken, die an Fäden von seinen Händen hingen. Wenn er an den Fäden zog, schienen die Holzstücke zu tanzen – sehr zur Freude der Zuschauer, die sich um ihn versammelt hatten.

Entlang einer Mauer unter den Ästen einer großen Platane standen Mietsänften. Die Träger kauerten um ein kleines Feuer auf der Straße; sie ruhten sich nach der harten Arbeit des Tages aus, redeten miteinander und lachten, während sie einen Krug herumgehen ließen.

Alethea warf einen Blick auf die Sänften und spürte sofort die Anstrengung des langen Fußmarsches in den Knochen. Sie blieb mitten im Laufen stehen. »Können wir?«, fragte sie und zupfte Cait am Ärmel. »Ich bin einfach nur erschöpft.«

Fest entschlossen, das Flehen ihrer Schwester zu ignorieren, ging Cait weiter.

»Oh, Cait, bitte. Wir laufen schon den ganzen Tag. Meine Füße sind wund.«

Caitríona zögerte. Sie drehte sich um und blickte zu den Sänften. Ihre Unentschlossenheit war alles, was einer der eifrigeren Sänftenbesitzer brauchte. Der Mann sprang auf und eilte auf die beiden Frauen zu. »Meine Freunde!«, rief er. »Ihr wollt eine Sänfte mieten? Meine ist die beste.« Dünn und dunkel von Gestalt, lächelte er die Schwestern an und sagte in rustikalem Griechisch: »Ich bin Philippianos. Kommt mit mir. Ich werde sie euch zeigen.«

»Also gut«, sagte Cait, nachdem sie die Sänfte untersucht und für zufriedenstellend befunden hatte. »Wie viel?«

»Wo wollt ihr denn hin?«, fragte der eifrige Philippianos. »Sagt es mir, und ich sage euch, wie viel es kostet.«

»Zum Blachernenpalast.«

Bei diesen Worten riss der junge Mann die Augen auf. »Habt ihr dort heute Abend vielleicht etwas zu erledigen?«

»Ja«, antwortete Cait. »Wie viel?«

»Dreißig Denare«, erklärte Philippianos, und sein Gesicht nahm einen verschlagenen Ausdruck an.

»Zehn.«

»Werte Frau«, beschwerte sich Philippianos, »es wird allmählich dunkel. Wir sind müde und haben nichts zu essen. Fünfundzwanzig Denare. Das ist ein guter Preis.«

»Fünfzehn Denare … für uns beide …«

»Zehn pro Person«, konterte der Sänftenbesitzer.

»Na gut«, gab Cait nach. Sie band die kleine Lederbörse vom Gürtel und zählte kleine Silbermünzen ab. »Zehn pro Person … hin *und* zurück.«

»Gute *Frau*«, jammerte Philippianos. »Wir sind arm und hungrig. Wir haben den ganzen Tag noch nichts gegessen. Ohne Essen können wir nicht auch noch die Nacht durcharbeiten.«

»Dann ruht euch aus«, erwiderte Cait und blickte zu einer Gruppe von Trägern, die interessiert der Verhandlung lauschten. »Ich bin sicher, einer deiner Freunde wäre mehr als bereit, uns behilflich zu sein.«

»Cait, bitte!«, flüsterte Alethea. Dass ihre Schwester wie ein Fischweib feilschte, machte sie verlegen.

Der Träger fühlte, dass er dem Sieg nahe war, und deutete auf seine Sänfte. »Es ist eine hübsche Sänfte. Sehr bequem. Wir werden uns gut um euch kümmern.«

»Wenn ihr eure Sache gut macht«, versprach Cait, »werde ich euch noch etwas für eine Mahlzeit geben. Aber zuerst müsst ihr uns zum Palast bringen.«

»Abgemacht!« Der Sänfteneigentümer wirbelte auf dem

Absatz herum und klatschte in die Hände. Er rief nach seinen Arbeitern, die sich aus dem Kreis der Männer erhoben, welche sich um das Feuer versammelt hatten. Einer von ihnen trank noch einen letzten Schluck aus dem Krug, bevor er ihn weiterreichte; dann schlurften er und drei andere zu einer breiten, rot bemalten Sänfte mit grünen Kissen auf den Holzbänken.

Alethea stieß ihre Schwester in die Rippen und deutete auf eine grüne Sänfte. Diese war neuer als die rote, ein wenig größer, die Stangenhalterungen aus blank poliertem Messing und die Kissen aus gelber Seide. Cait nickte. »Warte«, sagte sie zu Philippianos und deutete auf die grüne Sänfte. »Die da.«

»Schwester«, beschwerte sich der Eigentümer, »diese ist etwas sehr Besonderes … der Kaiserin würdig.«

»Wenn die Kaiserin sie mieten will, werden wir sie ihr mit Freuden überlassen«, erwiderte Cait und kletterte in die Sänfte. Sie hielt ihm einen kleinen Haufen mit Münzen hin.

Philippianos seufzte, nickte seinen Männern jedoch zu, weiterzumachen. Die holten sich zwei lange Stangen mit Messingspitzen, die mit anderen an der Wand lehnten, schoben sie durch die Trageringe, hoben die Sänfte an und setzten sich in Bewegung. »Genießt die Reise, meine Freunde.«

»Komm du auch mit. Ich werde dir zehn Denare extra geben, wenn du uns im Palast ankündigst«, sagte Cait und legte noch ein paar Münzen auf den Haufen in ihrer Hand.

»Philippianos zu Euren Diensten, Majestät«, sagte der Sänftenbesitzer und akzeptierte die Bezahlung mit einer höflichen Verbeugung. Die Träger marschierten weiter, und der Besitzer rannte voraus und scheuchte Passanten aus dem Weg.

Alethea war sogleich verzückt. »Das ist wunderbar! Cait, wir sollten so *überallhin* reisen«, sagte sie.

Cait erwiderte nichts darauf. Sie richtete ihren Blick auf die langsam dunkler werdende Straße vor ihr und dachte darüber nach, was an diesem Tag bereits alles geschehen war und was noch geschehen würde.

»Warum hast du mir nicht gesagt, dass wir zum Palast gehen?«, fragte Alethea strahlend.

»Ein paar Überraschungen behält man am besten für sich«, antwortete Caitríona.

Alethea schlang die Arme um die Brust und genoss die Heimlichkeit des Ganzen. »Ist die kaiserliche Familie dort?«

»Nein«, antwortete Cait. »Ich muss jemanden besuchen.«

»Wen?«

»Einen Mann mit Namen Renaud de Bracineaux.«

»Hat das etwas mit Papas Tod zu tun?«

»Ja.«

Cait widmete sich wieder ihren Gedanken über die Ereignisse des Tages. Kaum hatte das Schiff im Neuen Hafen festgemacht, waren sie in die Kirche gegangen, wo Duncan auf der Bahre vor dem Altar gelegen und auf die Beerdigung gewartet hatte. Cait hatte Haemur gestattet, sie zu begleiten – mehr um Haemurs willen denn für sich selbst. Der alte Seemann hatte ihren Vater sehr gemocht und bewundert, und es wäre unnötig grausam gewesen, ihm die Teilnahme an der Beerdigung zu verweigern.

Nachdem sie also Olvir und Otti auf dem Schiff zurückgelassen hatten, waren sie zur Kirche gegangen, wo der Abt persönlich sie empfangen und in den abgedunkelten Altarraum geleitet hatte, in dem zwei große Kerzen neben der Bahre brannten. Als sie die Kapelle betraten, brach Alethea in Tränen aus. Nachdem sie endlich Platz genommen hatten, las der Kirchenmann eine einfache Totenmesse, nach deren Ende ein paar Brüder Duncans Leichnam auf einen kleinen Friedhof hinter dem Scriptorium trugen, wo man ein frisches Grab ausgehoben hatte.

Nach einem längeren Gebet auf Griechisch sprach Cait noch eines auf Gälisch, wonach Alethea, die inzwischen in Tränen aufgelöst war, eine Hand voll in weiße Seide gewickelte Sommerblumen auf den Leichnam legte. Die Mönche ließen den Toten ins Grab hinab, und während der Abt eine Passage aus der Heiligen Schrift vorlas, schütteten die Brüder das Grab langsam wieder zu. Caitríona und Alethea knieten, während die Mönche Erde auf den eingewickelten Leichnam schaufelten, sie festtraten und dann ein neu angefertigtes Holzkreuz auf dem Grab platzierten.

Nach dem Ende des Gottesdienstes führte der Abt die kleine Trauergemeinde ins Refektorium, wo man ihnen etwas Wein und Honigkuchen mit Rosinen als Stärkung servierte. Anschließend gab Cait die Spende ab, auf die sie sich geeinigt hatten – zusammen mit einer zusätzlichen Summe Geldes, damit man sich weiter um das Grab kümmerte –, woraufhin man den Kapitelarzt rief. Der Arzt, ein Mann mittleren Alters mit hängenden Schultern und dunklen traurigen Augen, reichte den Frauen ein kleines Bleikästchen. Ein *Chi-Rho* war in das weiche Metall graviert und der Behälter verplombt.

»Ich danke Euch, Bruder«, sagte Cait und nahm das kleine Kästchen an. Dann dankte sie dem Abt für seine Mühen und Freundlichkeit, und der Pförtner geleitete die drei Trauernden zum Klostertor und ins Licht eines heißen Sommertages hinaus. Nachdenklich trat Cait auf die sonnendurchflutete Straße hinaus; Haemur ging ernst und schweigend neben ihr.

Alethea, die sich die Tränen inzwischen abgewischt hatte, marschierte unbekümmerten Schrittes über die von Bäumen gesäumte Straße. Die große Welle der Trauer, die dann und wann über sie hereinbrach, war erst einmal abgeebbt, und sie fühlte sich sogar schon wieder ausgelassen – als hätten sich all die tragischen Gefühle plötzlich aufgelöst, sodass sie auf einer Wolke der Heiterkeit davonschweben konnte. »Das war eine schöne Beerdigung«, bemerkte sie, nachdem sie das Kloster verlassen hatten. »Denkst du nicht, Cait?«

»Sie hat ihren Zweck erfüllt.«

»*Du* hättest es wohl besser gekonnt, nehme ich an.«

Da sie mit ihrer Schwester nicht streiten wollte, sagte Cait schlicht: »Papa hat sich gewünscht, dass Padraig ihn beerdigt.«

»Oh«, sagte Alethea. Daran hatte sie nicht gedacht. »Natürlich.«

Eine Célé-Dé-Beerdigung war eine sehr heilige und besondere Angelegenheit; sie bestand nicht nur aus Gebeten und Lobgesängen, sondern auch aus Geschichten, Liedern und besonderen Lesungen. Sie gipfelte in einem Fest, bei dem die Familie und Freunde sich zu einem Bankett versammelten, dem Leben des Verstorbenen gedachten und ihre schönsten Erinnerungen an ihn austauschten. Für gewöhnlich begann das Fest bei Sonnenuntergang, dauerte die ganze Nacht hindurch und endete in der Morgendämmerung, wenn alle Beteiligten hinausgingen, um den Sonnenaufgang zu sehen und ihrem Bruder und Mitpilger ein Lied für den Weg nach Hause zu singen.

Cait tat es Leid, dass ihr Vater keine solche Beerdigung haben würde; das hätte ihm zugestanden. Trotz alledem beabsichtigte sie zu tun, was sie tun konnte.

»Was ist in dem Kästchen?«, fragte Alethea. »Seltsam, dass sie dir so ein Geschenk gemacht haben.«

»Das ist kein Geschenk.«

»Was ist es dann?« Die jüngere Frau riss Cait das Kästchen aus der Hand, das diese ehrfürchtig in Händen trug. Thea drehte es hierhin und dorthin und suchte nach einer Möglichkeit, es zu öffnen.

»Thea, bitte.« Cait legte ihrer Schwester die Hand auf den Arm und drehte sie zu sich herum. Sie streckte die Hand nach dem Kästchen aus. »Gib es mir. Sofort.«

»Nein«, erklärte die jüngere trotzig. »Nicht, bevor du mir nicht gesagt hast, was drin ist.«

Cait verzog das Gesicht und betrachtete ihre Schwester mit unverhohlener Missbilligung. »Das ist Papas Herz«, sagte sie leise.

»Was?«, kreischte Alethea. Cait streckte erneut die Hand aus, und Thea drückte ihr angewidert das Kästchen hinein. »Du hast sie ihm das Herz rausschneiden lassen?«, schrie sie, und sofort traten ihr wieder die Tränen in die Augen. »Du grausame, rücksichtslose Kreatur! Wie konntest du so etwas nur tun?«

»Das war sein letzter Wunsch«, antwortete Caitríona schlicht. »Er wollte, dass sein Herz daheim in der Kirche beerdigt wird.«

Alethea vergrub das Gesicht in den Händen und weinte. Trotz ihrer Verärgerung empfand Cait Mitleid für ihre Schwester – immer drehte sie die Dinge herum und machte sich selbst zum Narren. Cait gab das Kästchen an Haemur, der an der Seite stand und verlegen von einem Fuß auf den anderen trat.

»Bring das zum Schiff zurück, verstau es an einem sicheren Ort und warte dann dort auf uns«, befahl Cait dem grauhaarigen, alten Seemann. »Vergiss nicht, was ich dir gesagt habe. Wir werden vermutlich erst sehr spät wieder zurückkommen; also lass die Buglaterne brennen.«

Haemur nahm das kleine Bleikästchen mit einer Verbeugung entgegen und sagte: »Wie Ihr wünscht, werte Frau. Kehrt zurück, wann immer Ihr wollt. Das Schiff wird bereit sein.«

Cait lächelte; der alte Seemann schien ihr demonstrieren zu wollen, dass er sie als neuen Herrn des Schiffes akzeptierte. Dafür war sie ihm dankbar. Sie sagte ihm dies und schickte ihn los; anschließend hatte sie damit begonnen, an ihrer Rache zu arbeiten.

Am vorigen Tag hatte der Konsul ihr gesagt, de Bracineaux sei ein Freund König Balduins und Gast des Kaisers. Um den Templerkomtur zu finden, hatte sie nur herausfinden müssen, in welcher der kaiserlichen Residenzen die Freunde, Verwandten und das Gefolge des frisch vermählten Paars logierten. Mit Thea im Schlepptau hatte sie sich an die langwierigen Erkundigungen gemacht. Das war eine delikate und mühselige Angelegenheit gewesen, die Schlauheit, Taktgefühl und einen feinen Sinn für Diplomatie erforderte, Fähigkeiten, die Cait in mehr als ausreichendem Maße besaß … falls sie sich denn die Mühe machte, sie zu gebrauchen.

Es war schon spät gewesen, als sie den Magnaura-Bezirk wieder verlassen hatten, wo Cait endlich die Information erhalten hatte, die sie brauchte. Anschließend hatten die Schwestern sich etwas Obst, Brot und Käse auf einem Markt gekauft, an dem sie zufällig vorübergekommen waren, und waren dann in Richtung Blachernenpalast marschiert, wo die Mitglieder der Hochzeitsgesellschaft als Gäste Kaiser Manuel Komnenos wohnten.

Nun, da um sie herum der Abend hereinbrach, lehnte Cait sich in der Sänfte zurück und gestattete sich, darüber nachzudenken, was nun vor ihr lag. Sie schloss die Augen, ging noch einmal im Geiste den entscheidenden Augenblick durch und versuchte, sich an jedes noch so kleine Detail zu erinnern, damit sie nicht überrascht werden würde.

Sie waren dem Palast bereits näher, als Cait dachte, und schon bald winkte Philippianos den Trägern anzuhalten und deutete auf ein riesiges, viereckiges Ziegelgebäude unmittelbar an einer mächtigen Mauer. »Der Palast, werte Frau«, sagte er in einem Tonfall, als wäre er der stolze Besitzer.

Caitríona betrachtete die flache Fassade mit ihrem mehrfarbigen Ziegelwerk und das steile, mit roten Ziegeln gedeckte Dach; das Gebäude sah mehr wie der Wohnsitz eines Edelmannes auf den Orkneys aus als wie die Residenz des erhabenen Heiligen Römischen Kaisers.

»Das ist der Palast?«, wunderte sich Alethea laut. Wie Cait hatte sie etwas weit Prächtigeres und Beeindruckenderes erwartet.

»Das ist er in der Tat, ja«, versicherte ihnen Philippianos. »Der Blachernenpalast ist sehr berühmt. Aus aller Welt strömen die Menschen herbei, um ihn zu sehen.«

Vier Soldaten standen vor einem Tor, das breit und hoch genug war, um die großen Gefährte von Königen und Fürsten hindurchzulassen. »Sei so nett und kündige uns jetzt an«, sagte Cait zu Philippianos.

»Es wird mir ein Vergnügen sein, werte Frau«, erwiderte ihr Führer.

»Sag, die Damen Deborah und Constance de Payens seien zu ihrer Audienz bei Komtur de Bracineaux eingetroffen.«

Bei diesen Worten setzte sich Alethea unvermittelt auf; bis jetzt hatte sie Tagträumen über die wunderbare Garderobe der Kaiserin nachgehangen. Ihr Griechisch war nicht so gut wie das ihrer Schwester, aber zumindest verstand sie das zuletzt Gesagte ohne größere Schwierigkeiten. »Was sagst du da?«, verlangte sie zu wissen. »Das sind nicht unsere Namen.«

»Sei still, Thea«, schnappte Cait. »Tu, was man dir sagt.« Philippianos' Lächeln verwandelte sich in ein wissendes Grinsen. Er öffnete den Mund, doch Cait kam ihm zuvor, bevor er etwas sagen konnte. »Kündige uns an«, befahl sie ihm.

Cait drehte sich zu ihrer Schwester um. »Jetzt hör mir mal gut zu, Thea«, warnte sie. »Halt deinen Mund und tu, was ich dir sage, sonst werde ich dich hier allein zurücklassen. Hast du das verstanden?«

»Ich sehe immer noch nicht ein, warum wir …«

»Ich meine es ernst!« Drohend hob Cait den Finger.

Alethea nickte säuerlich.

»Gut. Ich werde dir später alles erklären.«

Inzwischen hatte Philippianos ihre Namen dem Pförtner übermittelt, einer stämmigen Drohne, die die Sänfte und ihre Insassen durchs Tor winkte – wobei der Mann die jüngere Frau lüstern begaffte. Einmal auf dem Palastgelände, wurden sie sofort über den Hof und zum Palasteingang geführt, wo sie von zwei Wachen angehalten wurden … und wo man sie sofort und ohne Frage passieren ließ, nachdem der Name des Komturs gefallen war.

»Seid so freundlich und wartet hier«, sagte Cait zu den Sänftenträgern. »So Gott will, werden wir uns dort nicht lange aufhalten. Solltet ihr sofort, wenn wir zurückkehren, wieder zum Aufbruch bereit sein, werden wir euren Lohn verdoppeln.«

»Ihr seid zu großzügig, werte Frau«, erwiderte Philippianos in großspurigem Tonfall. »Voller Erwartung und Vertrauen harren wir eurer Rückkehr.« Er führte die beiden Frauen noch bis zu den mit Kupfer beschlagenen Eisentüren, von wo aus sie dann ohne Verzögerung ins Innere des Palastes geleitet wurden.

Drinnen erwartete sie ein älterer Höfling, der zu wissen verlangte, was sie hier wollten. »Wir sind zu einer Audienz bei Komtur de Bracineaux geladen«, erklärte Caitríona mit fester Stimme. Der Höfling legte den Kopf schief und warf den beiden Frauen einen langen, zweifelnden Blick zu. »Und?«

»Die Einladung stammt vom Komtur höchstpersönlich.« Cait beugte sich vor, legte dem Mann die Hand auf den Arm und hielt ihm den Mund ans Ohr. »Er sagte, wir sollten jedem, der fragt, sagen, wir seien …«, sie hielt gerade lange genug inne, um dem Höfling Zeit zu geben, sich davon zu überzeugen, dass es eine Lüge war, »… seine *Nichten.*«

Der ältliche Höfling zuckte vor Cait zurück, als hätte ihn ihre Berührung verbrannt. Er bereitete sich darauf vor, etwas zu sagen, und Cait glaubte schon, er würde sie zurückweisen. Stattdessen machte er jedoch auf dem Absatz kehrt und führte sie durch die Eingangshalle zu einer langen Holztreppe. Ohne ein Wort zu sagen, bedeutete er ihnen hinaufzugehen. Cait dankte dem Mann, nahm die sprachlose Alethea bei der Hand und stieg die Treppe hinauf, ohne auch nur einen Blick zurückzuwerfen.

Im nächsten Stock betraten sie ein großes, mit Holz verkleidetes Vestibulum, das drei lange Gänge, an denen sich Türen aneinander reihten, verband. Zwei gähnende Diener lehnten an einer vergoldeten Säule und betrachteten die Fremden träge, machten aber keinerlei Anstalten, ihnen zu helfen. Cait stellte sich vor und fragte, in welchem der Gemächer man den Templer de Bracineaux finden könne. Der Kammerherr hob die Hand und deutete auf den mittleren Korridor. »Sechste Tür.«

Mit Thea im Schlepp ging Cait den Gang hinunter und atmete tief durch, um sich zu beruhigen. Es lief besser, als sie gehofft hatte, aber jede noch so kleine Sorglosigkeit konnte alles ruinieren. Sie kamen an mehreren Türen vorüber; hinter einer hörten sie einen heiseren Gesang, hinter einer anderen krachte irgendetwas, gefolgt von wildem Lachen und Fußstampfen.

Dann stimmen die Gerüchte in der Stadt also, dachte Cait. *Die Franken schlafen, wenn sie arbeiten sollten, essen, wenn sie schlafen sollten, und krakeelen, wenn sie beten sollten. Sie waschen sich nur selten, reden zu laut, putzen sich die Nasen an der Kleidung und sind geile Schweine.*

Als sie sich der sechsten Tür näherten, drückte Alethea Caits Hand. »Da kommt jemand«, flüsterte sie.

Caitríona blickte rasch zum anderen Ende des Ganges, wo im selben Augenblick eine Gestalt erschien. Als diese sich den Frauen näherte, sah Cait, dass sie ein Tablett mit Bechern trug. »Das ist nur eine Dienerin.«

Sie wartete, bis das Mädchen näher gekommen war und vor der sechsten Tür stehen blieb, woraufhin Cait rasch zu ihr trat und sie fragte, ob Becher und Krug für das Gemach des Komturs bestimmt seien. »So ist es, werte Frau«, antwortete das Mädchen.

»Überlass das mir«, sagte Cait und nahm ihr das Tablett ab. »Wir wollten uns gerade zu ihm gesellen. Du kannst gehen.«

Das Mädchen betrachtete die beiden Frauen und unterwarf sich dann deren zweifelsohne höherem Rang. Sie verneigte sich steif und zog sich rasch auf demselben Weg wieder zurück, den sie gekommen war. Kaum war das Mädchen verschwunden, da stellte Cait das Tablett auf den Boden. Rasch zog sie ihren teuren Mantel aus und reichte ihn ihrer Schwester. Als Nächstes zog sie ihren Dolch aus der Scheide und schob die Klinge hinten in ihren breiten Gürtel, sodass sie nicht zu sehen, aber jederzeit griffbereit war. »Was tust du da?«, fragte Alethea und beäugte den Dolch.

»Das habe ich dir doch gesagt. Ich muss mit jemandem reden.« Cait hob das Tablett wieder auf. »Bleib hier und halte Wache. Falls jemand kommen sollte, klopf an die Tür.«

Alethea wollte dagegen protestieren, doch Caits gehobene Augenbrauen überzeugten sie davon, den Mund zu halten. Nervös blickte sie in beide Richtungen den Gang hinunter und sagte: »Dann beeil dich.«

Das Tablett auf einer Hand balancierend griff Cait nach der Türklinke, atmete ein letztes Mal tief durch, um ihr Herz zu beruhigen, drückte die Klinke hinunter und huschte rasch hinein.

Der Raum war groß und dunkel und öffnete sich in eine kleine Kammer, die wiederum zu einem Balkon über dem Gartenhof führte. Die Doppeltür, welche die Räume trennte, war weit geöffnet, und zwei Männer saßen an einem kleinen, runden Tisch auf dem Balkon und genossen die milde Abendluft. Selbst im unruhigen Fackellicht erkannte Cait die breiten Schultern und die ungepflegte weiße Mähne, die Renaud de Bracineaux gehörten. Mit einem Blick zu Alethea, die sie ein letztes Mal stumm anflehte, sich zu beeilen, schloss Cait die Tür hinter sich.

Beim Geräusch der sich schließenden Tür rief Komtur de Bracineaux: »Hierher, Mädchen!«

Cait balancierte das Tablett aus und ging durch den dämmrigen Raum in Richtung Balkon. De Bracineaux saß mit dem Rücken zu ihr, und der andere Mann – ein jüngerer Kerl mit schmaler Hakennase, hellem, glattem Haar und dünnem Schnurrbart – lehnte mit verschränkten Armen auf dem Tisch. Keiner von beiden war bewaffnet, und beide waren sie ins Gespräch vertieft. Ein schneller Stoß von hinten, und Cait wäre verschwunden, bevor der Templer wusste, wie ihm geschah.

»Denkt nur einmal, was das wert ist«, sagte de Bracineaux gerade.

»Mehr, als ich mir vorstellen kann«, erwiderte der blondhaarige Mann. »Der Papst würde Euch vermutlich alles geben, was Ihr wollt. Ihr könntet Euch Eure Belohnung selbst aussuchen.«

»Ha!«, schnaufte de Bracineaux. »Wenn Ihr glaubt, dass dieser alte Wüstling es in seine pockennarbigen Finger bekommt, dann seid Ihr, mein Freund, ein noch viel größerer Esel als Seine Heiligkeit.«

Ein Schritt, und noch einer, und Cait wäre in Position. Bevor sie den Tisch jedoch erreichte, blickte der zweite Mann auf. »Ich habe dich noch nie gesehen«, sagte er und stand plötzlich auf. Cait blieb stehen.

»Lass mich dir mit dem schweren Ding helfen.« Der Mann grinste und trat auf sie zu, doch der Templer packte ihn am Arm und zog ihn auf den Stuhl zurück. »Setzt Euch, d'Anjou«, knurrte er. »*Dafür* ist später noch Zeit.«

Der jüngere Mann setzte sich wieder, und Cait bewegte sich weiter in Richtung Tisch, wobei sie sorgfältig darauf achtete, außerhalb von de Bracineaux' Blickfeld zu bleiben. Sie stellte das Tablett auf den Tisch und tat so, als wolle sie wieder zurücktreten, während ihre rechte Hand zum Dolch in ihrem Gürtel glitt.

Als ihre Finger sich um das Heft schlossen, warf der Templer einen raschen Blick über die Schulter. Sie sah, dass er die Augenbrauen zusammengezogen und den Mund verspannt hatte, und fürchtete das Schlimmste.

Leise zog sie den Dolch aus dem Gürtel, bereit zuzustechen. Doch kein Funke des Wiedererkennens leuchtete in de Bracineaux' Augen auf. »Nun?«, sagte er. »Geh jetzt wieder an deine Arbeit. Mach die Lichter an und lass uns allein.«

Cait zögerte. Sie wartete darauf, dass de Bracineaux sich wieder auf seinem Stuhl zurücklehnte. Als sie sich nicht bewegte, drehte der Templer sich ganz zu ihr um. »Tu, was ich dir sage, Mädchen, und zwar schnell!«

Erschrocken trat Cait einen Schritt zurück und hätte fast ihre Waffe aus der Hand verloren.

»Haltet Frieden, de Bracineaux«, sagte der Gefährte des Templers. Er packte den Älteren am Ärmel und zog ihn herum. »Kommt. Ich habe uns Wein eingeschenkt.« Er hob den Becher und trank einen tiefen Schluck.

De Bracineaux drehte sich wieder zum Tisch um, griff nach seinem Becher und legte den Kopf zurück, um sich den Wein in den Hals zu schütten. Jetzt!, dachte Cait und richtete sich auf die Fußballen auf. *Tu es jetzt!*

Sie zog den Dolch ganz aus dem Gürtel heraus und trat vor. In diesem Augenblick und ohne Vorwarnung flog die Tür auf, und ein kräftiger, stiernackiger Templer stapfte hinter ihr in den Raum. Cait ließ den Dolch wieder verschwinden und wich zurück.

»Ah, da ist Gislebert ja!«, sagte d'Anjou laut.

Der Templer blieb kurz stehen, als er an Cait vorüberkam und beäugte sie misstrauisch. Demütig senkte Cait den Kopf und zog sich dann rasch in den vorderen, dunkleren Raum zurück.

»Komm, Sergeant!«, rief der blonde Mann. »Trink einen Becher mit uns und bring uns gute Nachrichten. Sind wir endlich auf dem Weg nach Jerusalem?«

»Mein Herr Baron«, sagte Gislebert und wandte seine Aufmerksamkeit den anderen zu. »Es ist schön, Euch zu sehen, Herr. Ich hoffe, Ihr hattet eine gute Reise.«

Als die Männer mit ihrer Unterhaltung fortfuhren, war Cait vergessen … und ihre Chance ruiniert. Sie konnte einen der beiden Männer niederstrecken, bevor sie reagieren konnten, vielleicht auch zwei, doch niemals drei. Und der Sergeant war bewaffnet.

Dennoch, sie war ihrem Ziel noch immer nahe. Vielleicht würde sich ihr solch eine Gelegenheit nie wieder bieten.

Unwillig, einfach so aufzugeben, beschäftigte sie sich im angrenzenden Raum und stählte sich für einen zweiten Versuch. Sie holte etwas Stroh aus einer Ecke neben dem Kamin, bückte sich und zündete es mit der Restglut des Kaminfeuers an. Auf dem Tisch stand eine Lampe, neben dem Bett hing ein Leuchter mit zwei Kerzen, und in einer Ecke war ein großer Kerzenständer zu sehen. Cait zündete zuerst die Kerzen an. Dabei ließ sie sich sehr viel Zeit in der Hoffnung, Gislebert würde wieder gehen.

Sie ging zum Tisch, und als sie mit dem Rest des brennenden Strohs den Lampendocht entzündete, bemerkte sie, dass sie jemand von der Tür aus beobachtete. Aus Angst, nun doch entdeckt worden zu sein, atmete sie tief durch, richtete sich auf und warf einen verstohlenen Blick über die Schulter in Richtung Tür.

Zuerst sah sie ihn nicht. Ihre Augen wanderten zu den Männern, die noch immer am Tisch auf dem Balkon saßen, die Becher in der Hand hielten und leise miteinander sprachen. Sie kümmerten sich nicht länger um Cait. Doch als sie sich erneut der Lampe auf dem Tisch widmete, bemerkte sie eine Bewegung in einer dunklen Ecke des Raums, und sie drehte sich im selben Augenblick um, als ein Mann aus dem Schatten trat.

Cait unterdrückte ein entsetztes Keuchen.

Der Mann, in das lange weiße Gewand eines Priesters gehüllt, hob die Hand, mit der Handfläche nach außen wie zu einem Segen – oder um Cait zu gemahnen, sich nicht zu bewegen. Vielleicht beides, dachte sie. Der Mann sah jung aus; Haar und Bart waren schwarz ohne jedes Anzeichen von Grau und die Locken kurz geschoren wie bei einem Schaf. Seine Augen lagen unter dichten dunklen Augenbrauen, strahlten jedoch hell und klug. Er trat in die Tür und damit zwischen Cait und die Männer.

Als er sich bewegte, spürte Cait einen Schauder in der Luft, als wäre plötzlich eine Bö zur offenen Tür hereingeweht, doch die Kerzen flackerten nicht einmal. Gleichzeitig roch sie den frischen, sauberen Duft von mit Heidekraut bewachsenen Hügeln, nachdem ein Sturm vorübergezogen war.

»Hab keine Angst«, sagte der Mann mit ruhiger, leiser Stimme. »Ich will nur mit dir reden.«

Nervös blickte Cait an dem Mann vorbei zu dem Templer und zu seinen Gefährten, die nach wie vor bei ihrem Wein saßen.

»Blinde Führer«, sagte der Priester und deutete auf die Männer. »Sie haben weder die Augen, um zu sehen, noch die Ohren, um zu hören.«

»Wer seid Ihr?« Während Cait die Frage stellte, blickte sie

erneut zu de Bracineaux und zu den anderen beiden. Die Männer lachten nun laut; Cait und den Fremden schienen sie nicht zu bemerken.

»Nenn mich Bruder Andreas«, sagte der Fremde.

Bei diesem Namen hatte Cait das Gefühl, als würde irgendetwas ihr die Kehle zuschnüren. Sie schnappte nach Luft. »Ich habe von Euch gehört«, sagte sie und bemühte sich, das Zittern in ihrer Stimme zu unterdrücken. »Mein Vater hat mir von Euch erzählt.«

»Deine Familie steht schon lange in meinen Diensten. Das ist auch der Grund, warum ich gekommen bin – um dich zu fragen, ob du den Eid erneuern willst, den dein Vater und Großvater geleistet haben.«

»Was für ein Eid ist das?«

»Ich habe den jungen Murdo gebeten, ein Königreich für mich zu errichten, wo meine Schafe in Frieden weiden können ...«

»Errichte es weit, weit weg vom Ehrgeiz kleingeistiger Männer und ihrem endlosen Streben«, sagte Cait und wiederholte damit die Worte, die sie als Kind auf den Knien ihres Großvaters gelernt hatte. »Mache es zu einem Königreich, wo man dem Wahren Weg in Frieden folgen kann und wo das Heilige Licht in der Nacht den Weg weist.«

Bruder Andreas lächelte. »Siehst du? Du kennst ihn.«

»Er hat es getan. Er hat Euch ein Königreich errichtet«, erklärte Cait offen, »und er ist als alter Mann gestorben ... und immer hat er darauf gewartet, dass Ihr wie versprochen kommen würdet.«

»In der Tat ist ihm sein Glaube tausendfach vergolten worden«, sagte der Weiße Priester. »Doch nun ist die Reihe an dir. Der Eid muss in jeder Generation erneuert werden. Ich frage dich, Schwester. Wirst du mir dienen?«

Bei dieser Frage hatte Cait das Gefühl, als wäre plötzlich ein Fels in ihrer Brust herangewachsen. Sie zögerte und wandte die Augen ab; sie wagte es nicht, sich dem gebieterischen Blick des Weißen Priesters zu stellen.

»Caitríona«, tadelte sie Bruder Andreas sanft, »ich weiß, wie es in deinem Herz aussieht.«

Als sie nicht darauf antwortete, schüttelte der Mönch traurig den Kopf und trat einen Schritt näher. »So spricht der Herr der Heerscharen: ›So sicher, wie ich auf ewig leben werde, wenn meine Hand mein Flammenschwert schärft und ich es packe, um Gericht zu halten, werde ich Rache an meinen Feinden nehmen und es jenen vergelten, die mich hassen.‹«

Cait presste die Lippen aufeinander und schwieg weiter.

»Ich frage dich, Schwester: Glaubst du, dass der Große König fähig ist, Gerechtigkeit an seinen Dienern zu üben?«

Caits Antwort kam schnell und bitter. »Wenn seine Gerechtigkeit so machtvoll ist wie sein Schutz, dann tun seine Diener gut daran, mit Schild und Schwert zu schlafen.«

»Seine Wege sind nicht die unseren. Egal welches Unglück auch immer einen der seinen befallen mag, der allwissende Schöpfer ist in der Lage, es seinem Willen zu beugen. Er wird nicht zulassen, dass das Böse obsiegt«, erwiderte der Weiße Priester.

Cait fühlte den Blick seiner Augen, doch sie war fest entschlossen, sich von keinem seiner Worte beeinflussen zu lassen. »Und doch *obsiegt* es.«

»Schau mich an, Caitríona«, befahl der Mönch. Langsam hob Cait den Blick. Bruder Andreas betrachtete sie mit einer Eindringlichkeit, die die Distanz zwischen ihnen wegzubrennen schien. »Ich frage nur noch einmal. Wirst du mir dienen?«

Sowohl Caits Vater als auch ihr Großvater, beide hatten sie vor dem Weißen Priester gestanden, und beide waren sie seinem Ruf gefolgt. Wie könnte sie sich da anders verhalten?

»Ja, das werde ich«, antwortete sie schließlich.

»Dann leg deine Wut ab und glaube. Denn es steht geschrieben: ›Die Rache ist mein, spricht der Herr.‹ Siehe«, sagte er und deutete auf den Tisch hinter ihr, »dies ist die Arbeit, die ich dir gebe. Ist sie beendet, sollen dir deine Herzenswünsche erfüllt werden.«

Cait drehte sich zu der Stelle um, auf die der Weiße Priester deutete, und sah ein auf Pergament geschriebenes Dokument – ein formell aussehendes Schriftstück in Latein. Das Bild auf dem zerbrochenen Siegel sah königlich aus, und die Unterschrift war mit roter Tinte geschrieben – ebenso wie die Worte: *Rosa Mystica*.

Cait nahm den Brief und drehte sich wieder um, um den Priester zu fragen, was er von ihr wollte; doch Bruder Andreas war verschwunden und Cait wieder allein. Sie blickte auf den Brief in ihrer Hand, aber bevor sie auch nur ein Wort lesen konnte, schrie de Bracineaux aus dem anderen Raum: »He! Du! Mach, dass du hier wegkommst!«

»Um der Liebe Gottes Willen, de Bracineaux, lasst die Schlampe doch in Ruhe«, sagte d'Anjou.

»Ich werde dafür sorgen, dass sie verschwindet«, sagte Gislebert. Er stand auf und schlurfte vom Balkon in den Raum.

Cait nahm das Tablett wieder auf und ließ das Pergament darunter verschwinden. Sie drehte sich um, verneigte sich knapp vor den Männern und huschte dann hinaus. Gislebert blickte ihr hinterher, ging dann zur Tür und verschloss sie hinter Cait.

Cait trat wieder auf den Gang hinaus. Alethea stand an der Wand, wrang die Hände und sah aus, als hätte sie eine Maus verschluckt. »Alles in Ordnung mit dir?«, fragte sie ihre Schwester.

»Ja, mir geht es gut, aber nicht dank dir«, schnappte Cait. »Du solltest mich doch warnen.«

»Er hat mich überrascht.«

»Ja, mich hat er auch überrascht.«

»Jetzt bist du wütend«, schmollte Alethea. »Er ist plötzlich hinter mir aufgetaucht, hat mich neben der Tür erwischt und mir gesagt, ich solle mich um meine eigenen Angelegenheiten kümmern. Was hätte ich denn tun sollen?«

Rasch eilten die Schwestern den Gang hinunter. Als sie das Vestibulum wieder erreichten, stellte Cait das Tablett ab, und während Thea Wache hielt, zog sie sich den Mantel über und verstaute das Pergament. Dann stiegen die beiden Frauen die

Treppe hinunter und gingen hinaus, wo die Träger – wie vereinbart – mit ihrer Sänfte warteten. Cait und Thea kletterten auf die Sitze, und Cait befahl Philippianos, sie zum Neuen Hafen zu bringen.

»Nun?«, verlangte Alethea zu wissen, nachdem sie das Tor durchquert hatten und wieder auf der Straße waren. »Was ist passiert? Hast du ihn gesehen?«

»Ich habe ihn gesehen«, murmelte Cait.

»Und? Was hat er gesagt?«

»Nichts.«

»Du warst lange da drin. Er muss doch irgendetwas gesagt haben«, hakte Alethea nach.

Aus dem Augenwinkel heraus sah Cait, dass Philippianos sich zu ihnen gebeugt hatte, um das Gespräch verfolgen zu können. »Nicht jetzt«, sagte Cait ihrer Schwester. »Später.«

»Ich will es aber jetzt hören.«

»Halt den Mund, du dummes Gör«, platzte Cait heraus und wechselte ins Gälische. »Die hören uns zu.«

»Wie schön für dich«, quiekte Alethea entrüstet. »Frau Caitríona darf tun und lassen, was sie will, während ich ihre pflichtbewusste Sklavin spielen muss.«

Cait wandte sich von ihrer Schwester ab und beobachtete stattdessen das Treiben auf der Straße. Feuer brannten in eisernen Kohlenbecken, und unzählige Öllampen erhellten die Nacht. Auf einigen der breiteren Straßen spielten Musiker – Flöte und Laute, Tamburin und Leier –, und die Menschen tanzten dazu mit erhobenen Händen im Kreis. Gelegentlich näherte sich ein unternehmungslustiger Kaufmann der Sänfte und bot seine Waren feil: Halsketten und Armbänder aus farbigen Glasperlen, Töpfchen mit Duftsalbe, Seidenschleifen und winzige Sträuße von Trockenblumen für das Haar der Damen.

Die Vielfalt und die Verlockungen all dieses Tands lenkten Alethea von der scharfen Zurechtweisung ihrer Schwester ab, und gerne hätte die junge Frau angehalten und sich alles Mögliche gekauft, doch Cait befahl Philippianos und seinen Trägern weiterzugehen. Als sie sich dem Ufer näherten, wurden die Straßen ruhiger und dunkler – die Häuser schäbiger und die Menschen verstohlener und finsterer. Im Hafen wimmelte es jedoch nur so von trinkenden, spielenden und lachenden Seeleuten, was die Atmosphäre wieder ein wenig heiterer machte.

Mehr als ein einsamer Seemann leckte sich hoffnungsvoll die Lippen, als die beiden Frauen die Sänfte verließen. Ein oder zwei jüngere Männer riefen ihnen zu, boten ihnen Wein an und abendliche Unterhaltung. »Wie vereinbart«, sagte Cait und ließ einen Beutel mit kleinen Silbermünzen in Philippianos' ausgestreckte Hand fallen. »Und wie versprochen, etwas mehr für eure Mühen.« Sie legte noch ein paar Münzen nach.

»Das hier«, sagte sie und holte einen einzelnen Goldsolidus aus ihrer Börse, »ist dafür, dass ihr vergesst, uns gesehen zu haben. Meinst du, dass ihr dazu in der Lage seid?«

»Mit absoluter Sicherheit, werte und überaus großzügige Frau.« Gierig griff Philippianos nach der Münze.

Cait riss sie zurück. »Bitte?«

Ein verschlagenes Lächeln erschien auf Philippianos' Gesicht. »Hat da jemand was gesagt? Ich sehe niemanden.«

Cait ließ die Münze zu Boden fallen. »Entschuldigt. Ich glaube, Ihr habt da was verloren.«

»Wie ungeschickt von mir«, erwiderte Philippianos und bückte sich, um die Münze aufzuheben. Als er sich wieder aufrichtete, eilten die beiden Frauen bereits davon.

Cait und Alethea liefen schnell zur *Persephone* am Ende der Mole und ignorierten die Rufe und Angebote, die ihre Anwesenheit provozierte. An Bord wurden sie von Haemur erwartet. »Gott sei Dank, ihr seid in Sicherheit«, sagte der alte Seemann und eilte von seinem Platz am Heck auf sie zu. »Es wurde dunkel, und als ihr nicht zurückgekehrt seid, hatte ich schon befürchtet, euch könne ein Unglück widerfahren sein.«

Cait dankte dem Steuermann für seine Sorge und sagte:

»Wie du siehst, geht es uns gut; aber jetzt möchte ich, dass du Otti und Olvir weckst und das Schiff in die Bucht rausbringst.«

»Jetzt?« Haemur streckte die Arme aus. »Aber werte Frau, es ist zu dunkel. Wir können nicht …«

»Genug, Haemur.« Cait hob die Hand und brachte ihn zum Schweigen. »Ich würde nicht darauf bestehen, wenn es nicht wichtig wäre.«

Mit diesen Worten ging sie zu der Messinglampe, die an einem Haken am Mast hing, nahm sie herunter, entzündete die Kerze darin und stieg in ihre Kabine hinab, während der unglückliche Steuermann ihr hinterherblickte.

»Es tut mir Leid, Haemur«, sagte Alethea mitfühlend. »Du solltest besser tun, was sie sagt, sonst ist hier der Teufel los.«

»Also schön«, erwiderte der Seemann. Er eilte davon, um seine Mannschaft zu wecken, und Alethea gesellte sich unter Deck zu ihrer Schwester.

»Du könntest versuchen, ein wenig …«, begann sie und hielt dann inne, als sie sah, wie Cait das zusammengefaltete Pergament aus ihrem Gürtel zog. »Wo hast du das denn her?«, fragte Thea und vermutete dann. »Du hast es gestohlen!«

»Schschsch!«, schnappte Cait. Sie öffnete den Brief und setzte sich auf die Bettkante, um ihn zu lesen.

Alethea betrachtete ihre Schwester einen Augenblick lang, dann siegte die Neugier über die Entrüstung, und sie setzte sich zu Cait aufs Bett. »Was ist das? Was steht da drin?«

Cait ignorierte sie und las stumm weiter. Nachdem sie fertig war, hob sie den Blick. »Thea, weißt du, was das ist?«

»Woher soll ich das wissen? Du sagst mir ja nichts.«

Cait erwiderte nichts darauf. Sie las das Dokument erneut.

»Und?«, verlangte Thea noch einmal zu wissen. »Was *steht da drin?*«

»Sie haben einen sehr großen Schatz gefunden …«

»Wer sagt das? Wer hat das geschrieben?«

»Ein Kirchenmann mit Namen Bertrano. Er nennt den Schatz die *Rosa Mystica*.«

»Die Mystische Rose?«, sinnierte Thea kein Stück klüger als zuvor. »Was bedeutet das?«

Cait schüttelte den Kopf und überflog erneut das Dokument. »Er sagt nur, dass ihr Wert jegliche Vorstellungskraft übersteigt … Siehst du?« Sie deutete auf die lateinische Unzialschrift des Skriptoriums und las die Worte laut vor: »… das, was Gold nicht zu bezahlen vermag, der Schatz der Zeitalter, unsere echte und feste Hoffnung für diese Zeit und das Reich Gottes, die Mystische Rose.«

Thea zuckte mit den Schultern.

»Offenbar ist das eine Bezeichnung, um die wahre Natur des Schatzes zu verschleiern.«

»Und in diesem Brief steht, wo man ihn finden kann?«

»Ja … ich glaube schon.« Cait deutete auf einen Teil des Briefes, der in einer anderen Sprache geschrieben war. »Den Rest kann ich nicht lesen, aber ich glaube, dass dort steht, wo der Schatz zu finden ist.«

Die jüngere Frau betrachtete ihre Schwester misstrauisch. »Warum sind wir heute Abend in den Palast gegangen? Und sag jetzt nicht, um diesen Brief zu stehlen. Ich weiß, dass du noch nicht einmal geahnt hast, dass du ihn dort finden würdest.«

Cait stand auf und faltete den Brief sorgfältig zusammen.

»Früher oder später wirst du es mir ohnehin sagen müssen«, erklärte Thea. »Dann kannst du es mir genauso gut auch jetzt sagen.«

»Wir müssen das hier an einem Ort verstecken, wo niemand es finden kann.«

»Cait«, sagte Alethea und verfiel in einen unangenehm jammernden Tonfall, »sag es mir: Warum sind wir in den Palast gegangen?«

Cait setzte sich wieder. Sie legte das Pergament auf die Knie und hielt es mit beiden Händen fest, als fürchte sie, es könne sich von selbst entfalten und davonfliegen. »Hör mir gut zu. Ich werde dir das nur einmal sagen. Wir sind dorthin gegangen, um Vaters Mörder zu stellen und der Gerechtigkeit zuzuführen.« Sie blickte Alethea in die Augen und fügte hinzu: »Ich wollte ihn töten.«

Alethea riss ob der Verwegenheit ihrer Schwester staunend den Mund auf. »Der Dolch … Es ist also wahr … Du wolltest ihn erdolchen …« Ihre Stimme verhallte, als ihr das ganze Ausmaß der Unbarmherzigkeit ihrer Schwester bewusst wurde. »Oh, Cait …«

»Ist er das?«, verlangte Renaud de Bracineaux zu wissen und kniff die Augen zusammen, um die Mietsänften auf der anderen Seite des Platzes besser erkennen zu können.

»Das ist er, mein Herr Komtur«, antwortete der Pförtner des Blachernenpalastes. »Er kommt manchmal zum Palast.«

»Bring ihn her.« Der Komtur saß auf seinem Pferd in der Mitte der Straße und schwitzte im hellen Sonnenlicht. Sein Kopf schmerzte vom Wein der letzten Nacht, und ihm war übel von zu reichlich genossenem gutem Essen. Baron Felix d'Anjou, dachte er, und das nicht zum ersten Mal, war eine ausschweifende Kröte, und seine Nützlichkeit würde bald enden.

Außerdem würde er sich rasch wieder besser fühlen, wenn er erst einmal die diebische Schlampe in seinen Fingern hatte, die den Brief gestohlen hatte.

Er hatte den Diebstahl erst am Morgen entdeckt, als er aufgestanden war und sich waschen gehen wollte. Beim Vorübergehen am Tisch hatte er bemerkt, dass das Pergament verschwunden war. Sofort hatte er nach Gislebert gerufen.

»Der Brief«, sagte er und deutete auf den Tisch. »Was ist mit ihm passiert?«

»Ich dachte, Ihr hättet ihn weggelegt.«

»Wenn ich ihn weggelegt hätte, würde ich dich nicht fragen, was aus ihm geworden ist, oder? Denk nach, Mann!«

»Die Dienerin gestern Abend …«, begann Gislebert.

»Oh, sehr gut, Sergeant«, knurrte der Komtur und schob Gislebert Richtung Tür. »Anstatt hier wie ein Sack Mehl herumzustehen, solltest du sie lieber suchen gehen.«

Gislebert war sofort losgeeilt und kurze Zeit später mit der Nachricht wieder zurückgekehrt, dass niemand die fragliche Dienerin kannte; der Pförtner hatte nur zwei Frauen in einer Sänfte eintreffen sehen. »Er sagt, die Sänfte sei vom Tzimisceplatz gekommen – das ist nicht weit von hier«, berichtete der Sergeant. »Er hat sie schon einmal gesehen.«

»Besorg uns Pferde!«, bellte de Bracineaux. »Wir werden uns den Brief zurückholen!«

»Was ist mit dem Pförtner?«, fragte Gislebert. »Er wartet draußen.«

»Nimm ihn mit.«

Nun saß de Bracineaux in Schweiß gebadet im Sattel und beobachtete, wie der schweinsgesichtige Torwächter über den Platz watschelte und einen jungen Griechen hinter sich her führte, der die Aura eines munteren Piraten besaß. *Diese Leute, diese Griechen – ein wahrhaft hinterlistiges Volk*, dachte de Bracineaux düster, *allesamt die geborenen Diener und Halsabschneider.* Die sorglose Anmut des jungen Mannes, die unerträgliche Gleichgültigkeit seines beschwingten Schrittes und der subtile Ausdruck von Überlegenheit auf seinem dunklen Gesicht erfüllten den Komtur mit Verachtung. *Wie es scheint*, entschied er, *ist hier ein Exempel angebracht.*

Bei diesem Gedanken fühlte er sich schon besser. Vielleicht war doch noch nicht alles verloren. Immerhin konnte die Diebin unmöglich wissen, was sie da gestohlen hatte; sie konnte sich unmöglich den schier unglaublichen Wert des Briefes vorstellen. Es war die übereilte Tat einer unwissenden Hure gewesen, und sie würde für ihre Dreistigkeit zahlen – dafür würde er sorgen. Zunächst einmal musste er jedoch diesem jungen Griechen eine Lektion erteilen, die er nicht so schnell vergessen würde.

»Erkennst du ihn?«, grunzte der Sergeant den Pförtner an, als dieser näher kam.

»Ich habe ihn schon einmal gesehen. Er ist der Richtige.«

»Seid gegrüßt, Herr. Welch schöner Tag für einen Sänftenausflug. Wo darf ich Euch hinbringen?«

»Halt den Mund«, sagte Gislebert in scharfem Tonfall. »Du wirst nur reden, wenn du gefragt wirst. Verstanden?«

»Das ist nicht notwendig, Sergeant«, seufzte de Bracineaux. »Ihn trifft keine Schuld.« Er betrachtete den schlanken, dunkelhäutigen Jüngling vor sich und fragte: »Wie lautet dein Name, Junge?«

Der Jüngling zuckte ob der verächtlichen Bezeichnung unwillkürlich zusammen, doch nachdem er die düster dreinblickenden Männer vor sich eingehender betrachtet hatte, schluckte er seinen Stolz hinunter und antwortete: »Ich bin Philippianos. Wie kann ich Euch helfen, Euer Majestät?«

Der Komtur kniff die Augen zusammen; er vermochte nicht zu sagen, ob der Mann sich über ihn lustig machte. Tatsächlich war es jedoch gar nicht mal so unwahrscheinlich, dass der Kerl ihn *tatsächlich* für einen König hielt. »Du hast gestern Abend zwei Frauen zum Blachernenpalast gebracht. Wo sind sie anschließend hingegangen?«

»Daran erinnere ich mich nicht mehr.«

»Lügner!«, knurrte Gislebert und hob die Hand.

Philippianos funkelte den Templersergeanten an. »Ist es mein Fehler, wenn ein Mann nicht mehr weiß, wo er seine Huren verlegt hat?«

Gislebert stieß ein drohendes Knurren aus und schlug nach dem jungen Mann, der jedoch den Kopf zurückriss, sodass der Schlag wirkungslos an seinem Gesicht vorbeizischte. Bevor der Sergeant zu einem zweiten Schlag ausholen konnte, rief sein Komtur ihn zurück. »Das reicht, Sergeant. Er ist es gewohnt, für seine Dienste bezahlt zu werden, also werden wir ihn bezahlen.«

De Bracineaux griff nach der Lederbörse an seinem Gürtel, holte einen Goldsolidus heraus und warf ihn dem jungen Mann zu. »Ich nehme an, das wird dir helfen, dein Gedächtnis wiederzufinden«, sagte er.

Philippianos fing die Münze auf und untersuchte sie erst, bevor er erwiderte: »Sie müssen sehr wichtig für Euch sein.«

»Wo hast du sie hingebracht?«

»Ich habe sie hierher gebracht«, seufzte Philippianos, als interessiere ihn das Gespräch nicht länger, »weil ihr Geld nur bis hier reichte.« Er wandte sich zum Gehen.

»Einen Augenblick!«, rief de Bracineaux. »Ich glaube, du könntest mir noch weiter von Diensten sein. Natürlich werde ich dich für deine Mühen bezahlen.« An den Pförtner gewandt, sagte er: »Bring ihn in den Palast und warte dort mit ihm.«

Nachdem die beiden gegangen waren, ritten die Templer weiter. »Er hat gelogen«, sagte Gislebert.

»Ohne Zweifel«, bestätigte der Komtur schlicht.

»Ich hätte ihn dazu bringen können, es uns zu sagen.«

»Das werden wir schon noch, aber nicht hier. Der Junge ist hier bekannt, und uns haben schon zu viele Leute gesehen. Sollten die Frauen in der Nähe sein, würde ein Straßenkampf sie warnen.«

»Was habt Ihr vor, Komtur?«

»Biete ihm genug Verlockungen, um sein Gedächtnis anzuregen, und wir werden den Brief schon bald wieder in unserem Besitz haben.«

Sie ritten zur Kirche der Heiligen Apostel, die sich nicht weit entfernt von dem Platz befand. Dort nahmen sie an einer langen Messe teil und frühstückten dann in einer Taverne, die von vielen der Templer besucht wurde, die inzwischen mehr oder weniger fest in der Stadt stationiert waren. Sie trafen verschiedene ihres Ordens und luden sie zu einer Mahlzeit aus Honig- und Kümmelbrot, Weichkäse und mit Limonensaft verdünntem Wein ein.

Nach dem Frühstück kehrten sie in den Palast zurück, wo sie einen äußerst verärgerten Philippianos vorfanden, den man wartend im sonnenerhitzten Hof hatte stehen lassen.

»Da bist du ja«, sagte der Komtur und schlenderte über den Hof. »Ich hatte dich fast vergessen. Verzeih mir.«

»Ich wäre schon lange wieder gegangen, doch dieses Schwein von einem Pförtner wollte mich nicht gehen lassen. Was wollt Ihr von mir? Ich habe Euch bereits alles gesagt, was ich weiß.«

»Das ist für deine Mühen«, sagte de Bracineaux und hielt eine Goldmünze in die Höhe. »Und es gibt noch zwei weitere davon, wenn du dich wieder daran erinnerst, wohin die zwei Frauen gegangen sind, nachdem sie den Palast verlassen haben.«

»Behaltet Euer schmutziges Geld«, spie Philippianos. »Ich gehe jetzt.« Er drängte sich an dem Sergeanten vorbei und machte sich auf den Weg zum Hofausgang.

»Nein«, erwiderte der Komtur in ruhigem Tonfall, »ich glaube nicht, dass wir schon fertig sind.« Er machte eine Geste, und drei Tempelritter erschienen hinter ihm in der Tür. »Packt ihn.«

Philippianos wollte weglaufen, doch die Templer ergriffen ihn und hoben ihn in die Höhe. »Ich bin ein Bürger!«, schrie der junge Grieche und versuchte vergeblich, sich dem Griff der Ritter zu entwinden. »Ich habe nichts getan!«

An seinen Sergeanten gewandt, sagte der Komtur: »Bring mir ein paar Kohlen.« Als Gislebert davoneilte, fügte er hinzu. »Sollte d'Anjou noch schlafen … Weck ihn. Er wird das hier nicht verpassen wollen.«

Komtur de Bracineaux ging in seine Gemächer und zog seinen makellosen weißen Überwurf aus. Dann holte er seine Lederhandschuhe, steckte sie sich in den Gürtel und legte das Dolchgehänge an.

Er zog den Dolch aus der Scheide, prüfte die Schneide und bewunderte die Schmiedekunst. Er dachte an das erste Mal zurück, da er die Klinge gesehen hatte, die ihm einst ein junger Herr zusammen mit fünf anderen Waffen in einem Kästchen gebracht hatte. Das war in Rouen gewesen, und er hatte versucht, den jungen Mann für den Orden zu rekrutieren – jenen selbstgerechten, adeligen Narren, dessen Einmischung ihm vor so vielen Jahren so viel Ärger bereitet hatte.

Nun war diese alte Schuld getilgt.

Ein dünnes Lächeln erschien auf de Bracineaux' Lippen, denn bis zu jenem Augenblick hatte er nicht über die Tatsache nachgedacht, dass es kein anderer als Duncan gewesen war, der ihm den Dolch gebracht hatte, nachdem dieser beim Schmied vergessen worden war; damals war Duncan so begierig darauf gewesen, ihm zu gefallen.

Der Komtur steckte den Dolch wieder weg, und als er den Raum verließ, fragte er sich, ob Duncan vor seinem Tod noch die bittere Ironie des Ganzen erkannt hatte. Hatte er, während das Leben aus ihm gewichen war, noch jene köstliche Absurdität genossen, dass er ausgerechnet von jener Waffe niedergestreckt worden war, die er einst selbst seinem Mörder gegeben hatte?

Der Schrein der Jungfrau Maria diente als Hauskapelle für die Bewohner des Blachernenpalastes, und die Krypta darunter war ein Labyrinth aus miteinander verbundenen Gewölben, in denen die niederen Verstorbenen der kaiserlichen Familie lagen. Es war der passende dunkle und ruhige Ort, wo niemand einen stören würde.

Komtur de Bracineaux stieg die schmale Treppe hinunter, die zu der ersten und größten Grabkammer führte. An dem kleinen Altar mit dem vergoldeten Kreuz und dem ewigen Licht hielt er kurz inne und bekreuzigte sich flüchtig. Dann schob er Kreuz und Licht beiseite, griff sich das Altartuch – einen schmalen Stoffstreifen mit stabilem Saum – und ging in den nächsten Raum weiter, wo drei Templer einen äußerst erregten Philippianos festhielten, während ein vierter Ritter an der Tür Wache hielt.

»Lasst mich frei!«, schrie Philippianos, als der Komtur den Raum betrat. »Ich habe nichts getan! Ich bin ein Bürger, und ich verlange, dass ihr mich sofort wieder freilasst!«

»Spar dir deinen Atem«, erwiderte de Bracineaux. Er gab das Altartuch dem Templer an der Tür und sagte: »Fesselt ihn und legt ihn da hin.« Er deutete auf einen niedrigen, flachen Sarkophag aus grauem Stein. »Dann lasst uns allein.«

Die Ritter fesselten ihren Gefangenen an Händen und Füßen und verließen die Grabkammer. Nachdem sie verschwunden waren, ging de Bracineaux zum Kopf des Sarkophags. »Viele edle und berühmte Männer sind in dieser Gruft bestattet«, sagte er und stützte sich auf seine Ellbogen. »Natürlich waren sie tot, bevor sie hier eingezogen sind … aber ich glaube nicht, dass es einem von ihnen etwas ausmachen würde, wenn wir für dich eine Ausnahme machen.«

»Was wollt Ihr von mir hören?«, fragte Philippianos. »Ihr wollt wissen, wohin die Frauen gegangen sind? Ich werde es Euch sagen. Lasst mich gehen, und ich werde Euch alles sagen.«

»Alles zu seiner Zeit.«

In diesem Augenblick erschien Gislebert mit einem kleinen Eisenbecken voller glühender Kohlen, das er an einer Kette trug. »Ah, da ist ja Sergeant Gislebert«, sagte de Bracineaux. »Stell die Kohlen da ab.« Er deutete auf eine Stelle auf dem Stein unmittelbar neben dem Kopf des jungen Mannes. »Wo ist d'Anjou?«

»D'Anjou ist hier«, antwortete eine Stimme von der Tür, und ein müde dreinblickender Baron wankte in den Raum. »Himmelherrgott, mir tut der Kopf weh, de Bracineaux. Was ist so verdammt dringend, dass man dafür einen Mann zur unchristlichsten Mittagszeit wecken muss?«

»Wir haben hier ein interessantes Problem«, antwortete der Komtur. »Ich dachte, Ihr würdet gerne sehen, wie wir es lösen.« Der Baron schlurfte zum Sarkophag, um sich alles genauer anzusehen. »Was hat er getan? Die Palastschlüssel gestohlen?«

»Ich habe gar nichts getan!«, schrie Philippianos. »Im Namen Gottes und seiner Heiligen, ich flehe euch an, lasst mich frei. Ich werde euch alles erzählen. Ich kenne die Frauen noch nicht einmal. Ich habe sie nie zuvor gesehen.«

Der Komtur zog seinen Dolch mit dem goldenen Heft und reichte ihn d'Anjou. »Eine hervorragende Arbeit, nicht wahr?«

»Ich habe sie zum Hafen gebracht«, sagte Philippianos. »Ich erinnere mich wieder.«

»Wirklich eine schöne Waffe«, bestätigte der Baron.

»Ich habe sie zum Neuen Hafen gebracht. Dorthin wollten sie.«

»Ein Waffenschmied in Arles hat ihn gemacht – ein wahrer Künstler der Stahlbearbeitung«, erklärte de Bracineaux und nahm den Dolch wieder an sich. »Er hat mir über die Jahre hinweg viele gute Dienste geleistet, und noch immer sieht er aus wie neu.«

De Bracineaux stieß den Dolch in die glühenden Kohlen. »Wisst Ihr«, sagte er in einem Tonfall, als gäbe er ein lange gehütetes Geheimnis preis, »man muss sorgfältig darauf achten, dass die Klinge nicht zu heiß wird; Gold schmilzt schneller als Stahl – zumindest hat man mir das gesagt. Auf jeden Fall wäre es eine Schande, wenn das Heft beschädigt würde.«

»Ich glaube, ein Schiff hat auf sie gewartet!«, rief der junge Grieche, der inzwischen vollends die Fassung verloren hatte. »Um Gottes willen, lasst mich gehen. Ich kann sie für euch finden.«

»Es erstaunt mich immer wieder, d'Anjou«, sagte der Templerkomtur und zog die Handschuhe an, »wie gesprächig die Leute werden, wenn sie die Hoffnungslosigkeit ihrer Situation erkennen.«

»Geradezu geschwätzig«, erwiderte der Baron und gähnte.

»Aber dann ist es zu spät.« De Bracineaux zog den Dolch aus den glühenden Kohlen; die Klinge schimmerte mattrot. »Dann«, fuhr er fort, »ist das Problem vollkommen auf den Kopf gestellt.«

»Auf den Kopf gestellt?«, fragte d'Anjou in beiläufigem Tonfall.

»Ja.« De Bracineaux spie auf die Klinge, und zischend verdampfte der Speichel auf dem heißen Metall. »Irgendwann hören sie einfach nicht mehr auf zu reden.«

»Hört mir zu«, flehte Philippianos. Verzweiflung hallte in seiner Stimme wider, und Schweiß rann ihm in dicken Tropfen über das Gesicht. »Wo auch immer sie hingegangen sein mögen, ich kann sie finden. Ich habe überall Freunde. Sie hören vieles. Lasst mich gehen. Ich werde mit ihnen reden. Ich kann diese Frauen für euch finden.«

»Seht Ihr?«, sagte de Bracineaux. »Welch sprudelnde Informationsquelle.« Er nickte Sergeant Gislebert zu, der daraufhin rasch um den Sarkophag herumtrat, die gefesselten Hände des jungen Griechen packte und ihm die Arme über den Kopf riss. Der junge Mann flehte um sein Leben, wimmerte und wand sich hin und her.

»Am Ende bleibt nur eine Möglichkeit, um sich das Stillschweigen eines Mannes zu sichern«, sagte der Templerkomtur und senkte den Dolch auf die Brust des Griechen. Die heiße Klinge versengte den dünnen Stoff seines Gewandes.

»Sie sind zum Neuen Hafen gegangen!«, schrie Philippianos. »Bitte, verschont mich! Hört zu, mein Onkel besitzt viele Schiffe. Sein Name ist Stakis. Ihr könnt jeden fragen. Er ist ein äußerst wohlhabender Kaufmann. Er wird euch großzügig entlohnen, wenn ihr mich gehen lasst. Was auch immer ihr verlangt, ich schwöre bei Gott, dass er es bezahlen wird!«

»Aber wir brauchen dein Geld nicht.« De Bracineaux zog die heiße Klinge über die Brust des jungen Mannes. Die Luft füllte sich mit dem Gestank verbrannten Fleischs.

Philippianos schrie: »Im Namen Gottes des Barmherzigen, ich flehe euch an! Verschont mich!«

»Ich glaube nicht, dass Gott dich hören kann«, sagte der Templer und drückte den heißen Stahl tiefer ins Fleisch. Blut drang aus der Wunde und verdampfte zischend, als es mit dem heißen Metall in Berührung kam.

»Oh, warum lasst Ihr ihn nicht gehen?«, fragte d'Anjou. »Ich habe noch nichts gegessen oder getrunken, und der Gestank dreht mir den Magen um.«

»Also gut«, erwiderte de Bracineaux. Er zog den Dolch zurück und schob ihn wieder in die Kohlen. »Trotzdem, es wäre nicht gerade gut, wenn unser ehrwürdiger Orden zum Gespött des Abschaums auf den Straßen werden würde. Wenn es erst einmal heißt, man könne die Templer ungestraft belügen, wird man uns von Rom bis Jerusalem mit Spott überziehen … und das können wir nicht zulassen. Daher halte ich ein Exempel für angebracht.«

»Nein!«, kreischte Philippianos. »Nein! Bitte. Ich werde keiner Menschenseele etwas sagen.«

»Dieses eine Mal glaube ich dir sogar«, sagte der Komtur. Er riss den Dolch aus dem Kohlenbecken, presste die glühende Spitze zwischen die Zähne des Griechen und zwang seinen Kiefer auseinander. Die heiße Klinge glitt in den Mund und verbrannte die Zunge. Eine Dampfwolke stieg in die Luft, und der Stahl zischte. Philippianos stieß einen erstickten Schrei aus und verlor das Bewusstsein; sein Körper erschlaffte.

Erst dann zog de Bracineaux den Dolch wieder zurück. »Er hat sich selbst beschmutzt«, bemerkte er und wischte die Klinge an der Kleidung des jungen Mannes ab. »Er stinkt. Schaff ihn hier raus, Sergeant.« Er wandte sich von dem reglosen Körper auf dem grauen Steinblock ab. »Kommt, d'Anjou. Ich habe Durst. Ich glaube, ich könnte jetzt noch etwas vom exzellenten Wein des Kaisers vertragen.«

»Genau mein Gedanke, de Bracineaux.« Der Baron drehte sich um und schlurfte, gefolgt vom Komtur, aus der Kammer.

Gislebert betrachtete den bewusstlosen Griechen. »Was soll ich mit ihm machen?«

»Wirf ihn zurück auf die Straße«, antwortete der Komtur über die Schulter hinweg. »Er wird allen als stumme, doch überzeugende Mahnung dienen, die glauben, dem Templerorden trotzen zu können.«

Cait drückte den Saum ihres Mantels vor die Nase, blieb stehen und stützte sich mit einer Hand an der schimmeligen Wand ab, als sich ihr der Magen umdrehte. Damit die Sarazenen sie nicht für schwach hielten, schluckte sie die Galle hinunter, straffte die Schultern und ging weiter in den erstickenden Gestank des Verlieses hinein. Zum ersten Mal, seit sie Konstantinopel verlassen hatten, zweifelte Caitríona daran, dass sie das Richtige tat.

In jener ersten Nacht an Bord des Schiffes, mit der Vision des Weißen Priesters noch frisch im Gedächtnis, hatte sie ihren Weg als offensichtlich betrachtet; alles war klar gewesen. Sie hatte Aletheas trotzige Beschwerden ignoriert und den Brief in die Kabine ihres Vaters mitgenommen, um ihn dort eingehender zu studieren. Im sanft flackernden Licht der drei Lampen und vier Kerzen hatte sie das Dokument dreimal gelesen – das meiste davon war in Latein geschrieben, nur ein kleiner Teil in einer unbekannten Sprache. Cait grübelte über den rätselhaften Teil nach und versuchte, dem Text einen Sinn zu entnehmen; es war weder Latein noch Griechisch und mit Sicherheit kein Gälisch oder Nordisch – die einzigen Sprachen, die sie kannte.

Der Brief stammte von einem portugiesischen Kirchenmann mit Namen Bertrano, dem Erzbischof von Santiago de Compostela, und war an niemand anderen adressiert als an Papst Hadrian IV. Nach den üblichen Grußfloskeln verkündete der Erzbischof, dass »das Geheimnis der Zeitalter« enthüllt worden sei; ein fantastischer Schatz war in Aragon entdeckt worden, einem Teil des östlichen Iberiens, der bis vor kurzem noch unter maurischer Herrschaft gestanden hatte. Als Grund für diesen Brief gab Bertrano an, dass er die Hilfe des Heiligen Vaters beim Schutz dieses Schatzes wünschte, den er die *Rosa Mystica* nannte. Aufgrund der zunehmenden Instabilität der Region fürchtete er, die Mystische Rose könne erbeutet oder zerstört werden, wodurch »der größte Schatz der Welt auf ewig verloren wäre«, und das – so sagte er – wäre unverzeihlich.

Der Erzbischof bat den Papst, ihm fromme und vertrauenswürdige Diener in Begleitung furchteinflößender Ritter zu schicken, um den Schatz zu holen und ihn ins Heilige Land zurückzubringen, damit »das, was Gold nicht zu bezahlen vermag, der Schatz der Zeitalter, unsere echte und feste Hoffnung für diese Zeit und das Reich Gottes, die Mystische Rose, wieder nach Jerusalem gelangt«, wo sie rechtmäßig hingehöre.

Während sie über dem Text brütete, fragte sich Cait, was dieser Schatz wohl sein mochte und warum der Weiße Priester sie in diese Angelegenheit hineinziehen wollte. Je mehr sie jedoch darüber nachdachte, desto seltsamer und fantastischer erschien ihr das Ganze. In de Bracineaux' Gemach hatte Cait das Auftauchen des Weißen Priesters als so gewöhnlich und natürlich empfunden wie die unerwartete Begegnung mit einem Freund. Doch inzwischen kam es ihr alles andere als natürlich vor. *Lege deine Wut ab und glaube*, hatte er gesagt und ihr versprochen, dass sich am Ende all ihre Herzenswünsche erfüllen würden.

Nun, am meisten wünschte sie sich Rache. *Herr*, betete sie und faltete vorsichtig das Pergament wieder zusammen, *mach mich zum Werkzeug deiner Rache.*

Cait wickelte den Brief in ein Stofftuch und versteckte ihn unter den Kleidern und Sachen ihres Vaters am Boden der Seemannskiste; dann holte sie ihren wertvollsten Besitz hervor. Dabei handelte es sich um ein Buch – *ihr* Buch, geschrieben von ihrem Vater während dessen Aufenthalt im Palast des Kalifen von Kairo. Sie zog es aus dem schweren Stoffbeutel und strich mit den Fingern über den harten Ledereinband mit der feinen Lederstickerei – das Werk der Célé-Dé-Mönche von Caithness. Vorsichtig öffnete sie die geflochtene Lederschnur, schlug den Deckel auf und begann die schweren, eng beschriebenen Pergamentseiten umzublättern.

Das Original, wortgetreu kopiert von den Mönchen auf Zypern, befand sich in der Abteikirche von Banvarð. Der stets aufmerksame Padraig hatte den guten Brüdern von Caithness befohlen, eine Kopie von Herrn Duncans Manuskript zu erstellen, das gebunden und Duncan überreicht worden war, damit dieser es seiner Tochter, für die es ja ursprünglich geschrieben worden war, zum Geschenk machen konnte.

Ihr Vater hatte Cait daraus vorgelesen, als sie noch ein kleines Mädchen war. Doch als sie älter wurde und sich ihre Lateinkenntnisse verbesserten, war Cait in der Lage gewesen, mehr und mehr selbst zu lesen. Sie konnte nicht sagen, wie viele Winternächte sie mit dem Buch vor dem Kamin verbracht hatte. In den alten Schal ihrer Mutter gewickelt, war sie mit den Fingerspitzen die fein geschriebenen Zeilen entlanggefahren. Während ihr Körper in dem zugigen, windgeschüttelten Haus im verschneiten Schottland gefangen war, wanderte ihr Geist durch die Labyrinthe im Palast des Kalifen oder folgte der Karawane des Emirs durch die brennende Wüste, den abgeschlagenen Kopf des stolzen Fürsten Bohemund auf dem Rücken.

Über die Jahre hinweg hatte Cait sich oft dabei ertappt, wie sie das Buch wie einen alten Freund behandelt hatte. Tatsächlich kannte sie einen Großteil davon auswendig. Auch in dieser Nacht, als sie den schweren Lederdeckel aufschlug, empfand sie erneut den Trost des Vertrauten; die Worte, die sie so gut kannte, wirkten wieder frisch und eindringlich. Somit ermutigte es sie, abermals die unveränderliche Stimme ihres Vaters zu hören, wie sie über Meere und Zeiten hinweg zu ihr sprach, und Cait erkannte zum ersten Mal, dass diese wohlvertrauten Worte sie anleiten und führen würden. In diesen Seiten hatte sie zum ersten Mal vom Weißen Priester erfahren, und in dieser Nacht hatte sie selbst ihn zum ersten Mal getroffen und den alten Eid ihrer Familie erneuert.

Cait blickte mit wachsender Erregung auf das schwere Buch auf ihrem Schoß, und sie verstand, dass es plötzlich mehr als nur eine Erzählung aus der Jugend ihres Vaters war. Es war der Wegweiser, der sie über die Schicksalspfade ihrer Familie führte. Sie fühlte, wie sich das Schicksal um sie herum sammelte – ähnlich dem Wasser kurz vor Einsetzen der Flut, wenn sich alles konzentriert, um wieder ans Ufer zurückzukehren.

Ja, und wenn die Flut erst einmal eingesetzt hat, dachte Cait, *kann keine Macht der Welt sie aufhalten.*

Sie schloss die Augen und blätterte blind durch die Seiten. Als sie die Augen schließlich wieder öffnete, las sie als Erstes den Namen *Damaskus.*

Wenn sie sich auf die Jagd nach der Mystischen Rose machen wollte, brauchte sie Hilfe, und in Damaskus würde sie diese Hilfe finden.

Cait hatte die Nacht in fieberhafter Erregung verbracht, währenddessen ihr Plan im Geist Gestalt angenommen hatte. Kurz vor Sonnenaufgang hatte sie dann die Kabine verlassen, um Haemur und die Männer zu wecken und ihnen zu sagen, dass sie sofort Segel setzen sollten, sobald die Sonne am Horizont erschien. »Segeln wir nach Hause, werte Frau?«, hatte Haemur gefragt; Olvir und Otti hatten Cait hoffnungsvoll angesehen.

»Nein«, hatte sie geantwortet. »Ich muss vorher noch etwas erledigen. Wir fahren nach Damaskus.«

Dies war nun erst zwölf Tage her, und dank günstiger Winde und mondheller Nächte hatten sie schon bald den gut befestigten Hafen von Tyros erreicht mit seiner imposanten Festung, die auf einem Felsen stand, welcher weit in die Bucht hineinragte. Dort hatte Cait das Schiff Olvirs erfahrenen Händen überlassen und arrangiert, dass sie sich einer Gruppe venezianischer Händler anschließen konnten, die Stoffe und Gewürze in Damaskus erwerben wollten. Gegen eine Gebühr hatte man Cait und ihrem kleinen Gefolge – bestehend aus

Alethea, Haemur und Otti – gestattet, den Schutz der Kaufmannskarawane in Anspruch zu nehmen. Die Reise durch die trockenen Hügel war ereignislos verlaufen, und nach sieben Tagen in der glühenden Hitze hatten sie endlich die Tore jener Stadt erreicht, wo Caits Vater eine Zeit lang geschmachtet und auf ein Lösegeld gewartet hatte, das niemals gekommen war. Einmal innerhalb der Mauern, hatte Cait sich der unzähligen Ablenkungen der Verkäufer, Straßenhändler und Geldwechsler erwehrt und sofort nach einem Platz gesucht, wo sie übernachten konnten, sowie nach einem Dolmetscher, der sie bei ihren Verhandlungen unterstützen sollte.

Bei ihrer Suche stieß sie rasch auf einen jungen syrischen Arzt mit Namen Abu Sharma, der viele Jahre in Kairo und Bagdad studiert hatte. Abu sprach mehrere orientalische Sprachen sowie Latein, und hilfsbereit willigte er ein, seine Praxis für ein paar Tage zu verlassen und Cait zu Diensten zu sein.

»Meine Patienten verlangen natürlich nach Aufmerksamkeit«, erklärte er Cait; »aber vielleicht kann ich den Kranken und Sterbenden ja ein, zwei Tage stehlen, um Euch zu helfen. Es wäre mir ein Vergnügen. Um die Wahrheit zu sagen, wäre es sogar ein Segen für mich. Ich bin jeden Tag von Sonnenaufbis Sonnenuntergang auf den Beinen. Eine Veränderung wäre mir sehr willkommen.«

Cait bemerkte, dass er trotz der Aufmerksamkeit, die seine Patienten verlangten, genügend Zeit fand, tagsüber in einer ruhigen Ecke des Basars zu schlafen. Nachdem Cait ihm einen symbolischen Vorschuss gezahlt hatte, hatte sie ihn angewiesen, sie am nächsten Morgen vor dem Palast zu treffen. Als Cait und die beiden Seeleute am folgenden Tag dort eingetroffen waren, hatte er tatsächlich bereits vor dem Tor auf sie gewartet. »Allah segne Euch, edle Dame«, waren seine Begrüßungsworte. »Abu Sharma zu Euren Diensten. Bitte, sagt mir, wie ich Euch helfen kann.«

Cait hatte ihn zur Seite genommen und ihm erklärt, was sie von ihm wollte und wie sie vorgehen sollten. »Das ist mir ein

Leichtes«, erklärte Abu, nachdem Cait geendet hatte. »Ihr könnt Euch voll und ganz auf mich verlassen. Abu Sharma wird Euch helfen, den bestmöglichen Preis herauszuschlagen.«

»Macht das«, sagte Cait, »und ich werde Euren Lohn verdoppeln.«

»Schaut her und staunt!« Abu Sharma verneigte sich tief, und sie schlossen sich der langen Schlange von Würdenträgern, Kaufleuten und Händlern mit allen möglichen Waren an, die in den Palast gelassen werden wollten – ein prächtiges, handwerklich hervorragendes Steingebäude, mit grün gestrichenem Mörtel verputzt, sodass in der Sonne alles wie ein riesiger Jadeblock wirkte. Sie passierten ein großes hölzernes Tor und gelangten auf einen von Palmen gesäumten Hof; dort hatte man eine Reihe von Tischen aufgestellt, an denen Schreiber saßen.

»Das ist wegen des Erdbebens vergangenen Monat«, sagte Abu und erklärte, dass der Empfangssaal beschädigt worden sei, sodass alle Hofangelegenheiten nun draußen erledigt wurden, wo die Schreiber geflissentlich jedes Gesuch der Leute aufschrieben, die Geschäfte mit seiner erhabenen Hoheit dem Sultan Mujir ed-Din tätigen oder ihm ihre Bitten vortragen wollten.

Caits kleine Gruppe stellte sich einem der vielen Schreiber des Sultans vor, der ihr Anliegen anhörte und sie daraufhin an den Wesir Muqharik verwies. Dieser Staatsbeamte mit rotem Turban ließ sich wiederum ihr Gesuch vortragen, strich sich nachdenklich über den Bart, gab dann seine Zustimmung und schickte sie sofort in Begleitung seines Katib oder Sekretärs zum Gefängnis.

Im Gefängnis wurden sie dann eine lange Reihe von Zellen entlanggeführt, wo die einheimischen Übeltäter auf die Strafe für ihre Verbrechen warteten, und weiter eine Steintreppe ins untere Verlies hinab, wo die Kriegsgefangenen in ständigem Gestank und Zwielicht dahinvegetierten.

Nun, da Cait würgend im Halbdunkel des Verlieses stand, spürte sie kalten Schweiß auf ihrer Haut, während immer wieder Wellen des Zweifels über sie hinwegspülten. Die Tränen traten ihr in die Augen, ihr Magen krümmte sich, und sie blickte den schmalen Gang hinunter. Das Ende des Korridors bildete eine verriegelte Holztür mit einem Gitterfenster. Wenn sie die Schwelle erst einmal übertreten hatte, würde es kein Zurück mehr geben.

Das ist Wahnsinn, dachte sie. *Ich muss das nicht tun. Ich kann es hier enden lassen, zum Schiff zurückkehren und nach Hause segeln, und niemand würde mir das zum Vorwurf machen.*

Doch das war nicht Caits Art. Auch sie besaß die Unerschrockenheit ihres Clans; das lag ihr im Blut; ihr Herz schlug im Rhythmus ihrer Familie, und deren Schicksal war auch das ihre. Sie hatte den Auftrag des Weißen Priesters angenommen, und sie würde tun, was auch immer der Eid von ihr verlangte – solange das auch zur Vernichtung des Templerkomturs führte. Sollte das nicht geschehen, würde sie sich auf das uralte Gesetz von »Auge um Auge, Zahn um Zahn« berufen. So oder so, sie würde ihre Rache bekommen.

Cait wischte alle Zweifel beiseite, als wären sie Strohhalme vor dem kalten Wind ihrer Rache, straffte die Schultern, nahm den Mantelsaum von Nase und Mund und nickte dem Wächter zu, der daraufhin einen großen Eisenschlüssel ins Schloss schob. Der Sekretär des Wesirs drehte sich zu Cait um und sprach sie über ihren Dolmetscher an. »Wie Ihr sehen werdet«, sagte Abu und übersetzte die Worte des Katib, »könnt Ihr unter vielen Gefangenen wählen. Wenn Ihr mit einem sprechen wollt, müsst Ihr nur auf ihn deuten, und der Wärter wird den Mann zu Euch bringen.«

Cait nickte zum Zeichen, dass sie verstanden hatte, woraufhin der Wärter die Tür aufstieß und in die höhlenartige Kammer dahinter trat. Cait folgte ihm, Abu Sharma dicht auf den Fersen. Haemur und Otti kamen als Nächste; ihre Anwesenheit hatte allerdings keinen direkten Nutzen, sondern war nur eine Frage des Anstands: Cait hatte rasch gelernt, dass die Sarazenen nur jene Frauen zu respektieren schienen, die die Unterstützung und den Schutz von Männern besaßen.

Das untere Verlies glich einem dunklen, lärmenden Loch. Die einzige Beleuchtung stammte von den Abflussgittern hoch oben. Trotz des Gestanks war es in der Zelle trocken und kühl – *ein akzeptabler Tausch*, dachte Cait, *wenn sie schon kein Licht bekommen, bleibt ihnen wenigstens die Hitze draußen erspart.* In dem Zwielicht lagen die Gefangenen: achtzehn oder zwanzig Männer, allesamt Ritter, allesamt in der ein oder anderen Schlacht in Gefangenschaft geraten.

Als Cait den hohen Raum betrat, starrten die Gefangenen sie hoffnungsvoll an und versuchten lautstark, ihre Aufmerksamkeit zu erregen. Brüllend sprang der Wärter zwischen sie und schlug mit seinem Schlüsselring um sich, bis wieder so etwas wie Ordnung eingekehrt war. Dann trat er wieder zurück und winkte Cait, die Ware zu begutachten.

Cait hatte schon genügend Zeit gehabt, sich zu überlegen, was sie wollte. Sie trat vor und hob die Stimme, um die Männer in langsamem, deutlichem Latein anzusprechen. »Glaubt mir, wenn ich euch sage, dass ich Mitleid mit euch habe«, sagte sie. »Mein eigener Vater hat in eben dieser Zelle gesessen und auf Lösegeld oder Gnade gewartet. Schließlich war es für ihn soweit, und ich bete, dass auch jeder einzelne von euch schon bald dieses Glück haben wird.«

Sie hielt kurz inne, um Abu Zeit zu geben, dem Wärter ihre Worte zu übersetzen. »Heute jedoch wird nur eine Hand voll Glücklicher befreit werden«, sagte sie zu den Gefangenen. Dann wechselte sie zu einfachem Nordisch und fragte: »Sind Nordmänner unter euch?«

Mehrere Stimmen antworteten eifrig: »Hier!«, sagten zwei, und »Hier drüben!« ein anderer.

»Steht bitte auf«, befahl Cait. Drei Männer sprangen sofort auf. Cait deutete auf den, der ihr am nächsten stand, und drehte sich zu dem Wärter um, der dem Gefangenen winkte vorzutreten.

Humpelnd, Hände und Füße in Ketten, trat der Mann ins Licht. Er war groß und hager, sein Haar blond, verdreckt und verfilzt, ebenso wie sein Bart, sein Gesicht grau von Verzweiflung und Lichtmangel, und er betrachtete die junge Frau mit solch seliger Erwartung, dass es kaum zu ertragen war.

»Wie lautet dein Name?«, fragte Cait auf Nordisch.

»Ich bin Yngvar«, antwortete der Mann mit rauer, trockener Stimme. Er hatte eine Körperseite vorgeschoben, als wolle er eine Verletzung schützen.

Cait betrachtete ihn von Kopf bis Fuß. »Bist du gesund genug zum Kämpfen, Yngvar?«

»Das bin ich«, antwortete der Mann, ohne zu zögern.

»Diese da«, sagte Cait und deutete auf die beiden anderen Ritter. »Kennst du sie?«

Yngvar nickte. »Sie sind meine Schwertbrüder.« Mit beiden Händen deutete er auf den breitschultrigen Mann mit buschigen Augenbrauen hinter sich und sagte: »Das ist Svein Knorpelknochen.« Dann nickte er in Richtung des jungen, dunkelhaarigen Mannes ein kurzes Stück entfernt und erklärte: »Und das ist Dag Steinbrecher.«

Cait rief sie beim Namen. »Svein, Dag, kommt her.« Nachdem die Männer sich zu ihr geschleppt hatten, fragte sie: »Wer ist euer Herr, Yngvar? Ist er in der Schlacht gefallen?«

»Nein, keineswegs«, antwortete der Ritter. »Er ist hier bei uns.« Er drehte sich um und deutete auf einen Mann, der ein paar Schritt entfernt auf dem Boden kauerte.

Cait ging zu ihm, und der Mann blickte gleichgültig zu ihr hinauf. Sein Gesicht – oder das, was unter seinem verfilzten Haar davon zu sehen war – war breit, Kinn und Wangen kräftig. »Dieser Mann hier sagt, du seiest sein Herr.«

»Das stimmt.«

»Warum weigerst du dich dann, mit den anderen aufzustehen?«

»Ihr habt nicht gesagt, wie viele Ihr auswählen wollt«, antwortete der Mann. »Falls irgendjemand heute die Freiheit erlangt, möchte ich meine Männer als Erste unter ihnen sehen.«

Cait nickte nachdenklich. »Falls ich das Lösegeld für deine Männer bezahle, wirst du dich ihnen dann anschließen?«

»Natürlich«, antwortete er. »Ich bin ihr Herr.«

»Sag mir, wie ihr hierher gekommen seid.«

»Es gab eine Schlacht«, antwortete der Ritter. »Wir haben verloren.«

»Ist das alles? Weiter nichts?«

»Das war genug.«

»Ich meine«, sagte Cait in übertrieben geduldigem Tonfall, »gibt es sonst nichts weiter, was du mir darüber erzählen willst, wie ihr hierher gelangt seid?«

»Wir sind Kämpfer, keine Verbrecher. Sonst gibt es nichts zu sagen.«

»Dann lass uns einen Handel abschließen«, erwiderte Cait endlich zufrieden.

Langsam stand der Ritter auf. Selbst in Ketten und mit Kleidern, die nur noch ein Haufen verdreckter Lumpen waren, hielt er den Kopf aufrecht. »Ich bin Rognvald von Haukeland«, erklärte er. »Was für ein Handel?«

»Folgendes ...«, sagte Cait, doch bevor sie fortfahren konnte, warf sich der Wärter, der sich bisher mit dem Katib unterhalten hatte, zwischen sie und schwang schreiend seinen Schlüsselbund. Sofort riss der Ritter die gefesselten Hände hoch, packte den Eisenring und hielt ihn fest, sodass Cait nicht getroffen werden konnte. Der Wärter brüllte vor Wut.

»Friede! Salam!«, schrie Abu und sprang vor. Beschwichtigend redete er auf den wütenden Wärter ein und beruhigte ihn nach und nach wieder. »Er sagt, Ihr dürft nicht zwischen sie gehen«, erklärte Abu Cait; »sonst werdet Ihr verletzt.«

»Sag dem Wärter, dass ich ihm für seine Wachsamkeit und Sorge danke«, erwiderte Cait und trat zurück als Zeichen, dass sie verstanden hatte. An den Ritter gewandt, sagte sie: »Hier ist mein Angebot: Ich brauche die Hilfe und den Schutz mehrerer Krieger für eine Pilgerfahrt, die ich zu machen beabsichtige. Im Tausch für euren Treueid werde ich euer Lösegeld bezahlen. Dient mir gut, und sobald ich das Ziel meiner Reise erreicht und ihren Zweck erfüllt habe, werde ich euch für eure Dienste entlohnen, und ihr könnt eures Weges ziehen.«

Herr Rognvald musterte Cait mit demselben gleichgültigen Gesichtsausdruck, mit dem er sie begrüßt hatte.

»Was sagst du?«, fragte Cait. »Möchtest du die Angelegenheit erst mit deinen Männern besprechen?«

»Ich denke nach.«

In diesem Augenblick begannen die anderen Gefangenen zu schreien, um Cait zu verstehen zu geben, dass viele von ihnen nur allzu gerne bereit wären, in ihre Dienste zu treten, sollten die Norweger sich widerwillig zeigen. Cait deutete auf die anderen Gefangenen und sagte: »Siehst du? Mir stehen mehr als genug Freiwillige zur Verfügung.«

»Darüber denke ich ja nach«, erwiderte der Ritter und strich sich über den verdreckten Bart.

Und genau in diesem Augenblick wusste Cait, dass sie die richtige Wahl getroffen hatte. »Herr Rognvald, ich habe euch gewählt, weil ich nichts über Kämpfer weiß, aber über *Nordmänner*. Und ich weiß, dass ich einem Nordmann vertrauen kann; wenn er erst einmal in solch einen Handel eingewilligt hat, dann kann ich nachts beruhigt schlafen.«

»Das ist wahr«, entgegnete der Ritter. »Woher wisst Ihr so viel über Nordmänner?«

»Mein Urgroßvater ist in Norwegen geboren, und mein Großvater stammt von Orkneyjar. Er hat auf der Großen Pilgerfahrt unter König Magnus gedient.«

Herr Rognvalds Männer verfolgten das Gespräch aufmerksam; verzweifelte Hoffnung sprach aus ihren Gesichtern.

»Kommt schon. Lasst uns den Handel besiegeln«, sagte Caitríona. »Ich glaube, dass ihr das Leben in meinen Diensten als weit weniger beschwerlich empfinden werdet als in eurer gegenwärtigen Lage.«

Der Hauch eines Lächelns huschte über die trockenen Lippen des Ritters. »Werte Frau, ich nehme Euer Angebot an.«

Cait drehte sich sofort zu dem Katib um. »Diese vier«, sagte sie. »Wie hoch ist das Lösegeld?«

Abu übersetzte ihre Worte, und der Sekretär des Wesirs ließ seinen Blick über die vier Männer schweifen. Dann rechnete er nach und verkündete den Preis.

»Zehntausend Dirham«, sagte Abu, indem er die Worte des Katibs wiedergab. »Jeder.«

»Also gut«, erklärte Cait. »Sag ihm, ich schlage ein.«

»Bei allem Respekt, *Sharifah*, das werde ich nicht tun«, widersprach Abu. »Es gilt als respektlos, den ersten Preis zu akzeptieren – es zeugt von mangelndem Respekt der Gabe des Feilschens gegenüber, die Allah einem gegeben hat. Auch ist es eine Beleidigung für den Verstand des Handelspartners und ein Verstoß gegen den Geist des Handelns.«

»Ich verstehe. Dann sag ihm, das sei zu viel«, sagte Cait. »Ich gebe ihm fünftausend.«

Kurz diskutierten Abu und der Katib erregt, dann wandte sich Abu wieder zu Cait und verkündete: »Der Katib fragt, ob Ihr seinen Herrn, den Sultan, mit diesem Angebot beleidigen wollt. Dies hier sind christliche Ritter, keine Kamele. Zehntausend ist der Preis, der für Kämpfer von edler Geburt angemessen ist. Weniger als achttausend wird er nicht akzeptieren.«

»Selbstverständlich möchte ich mich dem Sultan gegenüber nicht despektierlich zeigen«, erwiderte Cait schmeichlerisch, »aber ich muss darauf hinweisen, dass einer dieser Männer verletzt ist, und alle leiden sie unter Läusen, Hunger, Austrocknung und Gott weiß was noch. Ich bezweifle, dass der ehrenwerte Sultan ein Kamel in diesem Zustand kaufen würde. Sag ihm sechstausend.«

»Siebentausendfünfhundert für jeden einzelnen«, konterte der Katib, nachdem Abu Caits Worte übersetzt hatte.

»Ich halte das immer noch für zu viel«, vertraute ihr Abu leise an. »Diese Männer sind schon lange hier. Bleibt bei sechs.«

»Sechstausend und keinen Dirham mehr«, sagte Cait durch ihren pflichtbewussten Dolmetscher. Sie schaute sich in der Zelle um und fügte hinzu: »Ich sehe niemanden, der einen besseren Preis bietet. Daher«, sie lächelte, »rate ich Euch, den meinen zu akzeptieren.«

»Fünfundzwanzigtausend für alle vier«, konterte der Katib.

»Na gut«, sagte Cait. »Fünfundzwanzigtausend für diese vier«, sie hob den Finger, *»und* die Freiheit für noch einen, den ich mir aussuche.« Sie hielt kurz inne und fügte lächelnd hinzu: »Fünfundzwanzigtausend Silberdirham, Katib, oder nichts, die Wahl liegt bei Euch. Ich persönlich glaube, dass fünfundzwanzigtausend Dirham viel bei der Reparatur der Erdbebenschäden an der Empfangshalle seiner Hoheit helfen würden.«

Nachdem ihre Worte übersetzt waren, rollte der Katib mit den Augen. *»Yu'allah!«*, seufzte er. »Also gut, und wer soll freigelassen werden?«

Cait wandte sich an Rognvald. »Gibt es irgendjemanden hier, auf den zu Hause eine junge Familie wartet?«

Der Ritter dachte einen Augenblick lang nach. »Da gibt es zwei, von denen ich es weiß«, sagte er und deutete auf zwei Ritter, die sich sofort erwartungsvoll erhoben.

»Hat einer von euch eine Tochter?«, fragte Cait.

»Ich«, antwortete einer der beiden Männer.

»Wie alt ist sie?«

»Diesen Sommer wird sie sechs«, sagte der Mann.

»Wann hast du sie zum letzten Mal gesehen?«

»Vor drei Jahren.«

»Ich werde dir unter einer Bedingung die Freiheit erkaufen«, sagte Cait. »Du musst jedweden Anspruch auf Reichtum und Rang im Heiligen Land aufgeben und ohne Verzögerung wieder zu deiner Familie zurückkehren.«

»Gott möge mich auf der Stelle niederstrecken, sollte ich nicht im selben Augenblick diesem Höllenloch entfliehen, da man mir die Freiheit schenkt«, erwiderte der Ritter, der ein erregtes Zittern in seiner Stimme nicht verbergen konnte.

»Schwöre es«, forderte Cait.

Im Namen meiner unsterblichen Seele und jedweden Anspruchs auf ewiges Heil schwöre ich allem Reichtum und

Rang im Heiligen Land ab und erkläre, auf dem schnellstmöglichen Weg wieder in meine Heimat zurückzukehren.«

»Nun gut«, sagte Cait. »Wenn du willst, kannst du uns zur Küste begleiten, wo du sicherlich ein Schiff finden wirst, das dich nach Hause bringt.«

»Eure Freundlichkeit beschämt und überwältigt mich«, entgegnete der Ritter. »Ich danke Euch, werte Frau. Ich bin Euer ergebener Diener.«

»Wenn du sicher zu deiner Familie zurückkehrst, reicht mir das aus.«

Cait drehte sich zu dem Katib um, deutete auf den Familienvater und sagte: »Dieser soll mit den anderen freigelassen werden. Man soll ihnen gestatten, sich zu waschen, und ihnen saubere Kleidung geben. Verstanden?«

Der Katib nickte zustimmend, und der Handel war besiegelt. Cait machte auf dem Absatz kehrt und verließ rasch die Kammer. Es kostete sie all ihre Kraft, nicht auf das erbärmliche Schreien der anderen Gefangenen zu reagieren, die ebenfalls ihre Freilassung erflehten. Sie hielt erst an, nachdem sie das Gefängnis wieder verlassen hatte und die wohlriechende Luft im Hof des Sultans atmete.

»Bitte sagt Sultan Mujir ed-Din, dass ich ihm dafür danke, dass er meinem Ersuchen so freundlich nachgekommen ist. Und ich möchte auch Wesir Muqharik danken, dass er die Gefangenen für ihre Freilassung zur Mittagszeit vorbereitet, wenn ich mit dem Geld wieder zurückkehren werde.«

»So soll es geschehen«, erwiderte der Katib, nachdem Abu Caits Worte übersetzt hatte.

Dann verließ die kleine Gruppe den Palast und kehrte zu der Taverne zurück, wo Caitríona sie einquartiert hatte. Nachdem sie Abu und Otti angewiesen hatte, im Hof draußen Wache zu schieben, holten sie und Haemur die Truhe hervor, die die sorgfältig ausgewählten Dinge enthielt, die zu dem Schatz gehörten, mit dem Duncan ihre Pilgerfahrt nach Jerusalem hatte bezahlen wollen. Alethea beobachtete, wie ihre Schwester eine mit Gold, Rubinen und Saphiren verzierte Schüssel herausholte sowie einen Zeremonialdolch mit Perlenheft und Kristallklinge.

»Was tust du denn jetzt?«, fragte Alethea und gähnte gelangweilt.

»Ich verkaufe ein paar Dinge, um für die Ritter zu bezahlen«, erklärte Cait und reichte dem alten Steuermann die entsprechenden Gegenstände. Haemur verstaute sie in einem Stoffbeutel, den er anschließend verknotete.

»Gehst du in die Stadt?«, fragte Alethea. »Ich will auch gehen. Ich hasse es, alleine hier zu bleiben. Wenn du gehst, gehe ich auch.«

»Nein«, erwiderte Caitríona entschieden. »Wir bleiben hier.«

»Ich verstehe nicht, warum wir überhaupt Ritter brauchen«, murmelte Alethea missmutig.

»Ich habe dir doch gesagt, dass es nicht sicher für uns ist, allein zu reisen«, antwortete Cait. »Wir brauchen Schutz, eine Art Leibwache.« Mit diesen Worten kehrten sie und Haemur in den Hof zurück, wo Cait Abu Sharma anwies, Haemur zum Hauptmarktplatz der Stadt zu begleiten und den besten Preis für die wertvollen Gegenstände auszuhandeln. »Wie du weißt, brauchen wir mindestens fünfundzwanzigtausend Dirham«, sagte sie zu dem Syrer. »Mach einen guten Handel, und wir werden dir einen Dirham für alle zehn geben, die du über dem nötigen Preis rausschlägst.«

»Abgemacht!«, rief der Arzt. »Schenkt mir Euer vollstes Vertrauen, Sharifah. Unsere Rückkehr wird ein Triumph sein.«

»Otti«, sagte Cait und drehte sich zu dem Seemann um. »Ich möchte, dass du zu Haemurs Schutz mitgehst. Sorg dafür, dass ihm nichts geschieht. Verstanden?«

Der schlichte Seemann nickte pflichtbewusst und nahm seinen Platz neben dem Steuermann ein. Cait blickte ihnen hinterher, dann kehrte sie in ihren Raum zurück und legte sich aufs Bett. Sie schloss die Augen und hoffte, so der Hitze und dem Lärm von der geschäftigen Straße entkommen zu können.

Ohne Erfolg. Das Bellen der Hunde, das Schreien der Esel und das endlose Zappeln und Seufzen von Alethea hielten sie wach. Also gab Cait den Versuch auf, stand auf und ging in Begleitung ihrer Schwester auf die Suche nach dem Wirt, um eine besondere Mahlzeit für diesen Abend zu arrangieren, die man ihrem bald befreiten Kriegstrupp servieren sollte.

»Sharifah!«, rief Abu Sharma laut über den Hof. »Kommt rasch!«

Cait erwachte gleich. Die Tür ihrer Kammer öffnete sich auf den Hof. »Thea!«, murmelte sie.

Sie stand auf, zog die Schuhe an und eilte auf den Hof hinaus, der von den Pferden, Kamelen und dem Gepäck eines arabischen Kaufmanns überfüllt war, der gerade in der Stadt eingetroffen war. Die in schwarze Gewänder und gelbe Turbane gewandeten Reisenden standen im Hof und beaufsichtigten das Abladen der Packtiere, während der Wirt Becher mit Limonenwasser und Honigkuchen unter ihnen herumreichte. Die Sonnenstrahlen berührten noch die Dächer, und die Hitze des Tages ließ allmählich nach.

»Hierher, Sharifah!«, rief Abu erneut. »Kommt und seht, was ich für Euch getan habe!«

Der junge Arzt und der alte Steuermann trugen eine kleine Truhe zwischen sich. Otti schwebte schützend hinter ihnen. Haemur grinste wie ein Kind mit einem ungezogenen Geheimnis, und Abu plusterte sich auf wie ein Hahn auf dem Mist. Alethea stand in der Nähe und starrte die arabischen Reisenden in ihren prächtigen Gewändern offenen Mundes an. Die jüngeren Männer unter den Kaufleuten wiederum beäugten Alethea, die aufgrund der Hitze nur in ihrem Unterkleid herausgekommen war; ihre langen, glatten Arme waren nackt, ebenso wie ihre Unterschenkel.

»Thea! Mach, dass du reinkommst!«, befahl Caitríona. An Abu und Haemur gewandt, sagte sie: »Bringt es rein. Es mag immer noch ein paar Leute in Damaskus geben, die noch nicht wissen, was wir vorhaben. Dabei sollten wir es wohl auch belassen.«

Die beiden Männer trugen die Truhe in Caits Zimmer und stellten sie ihr vor die Füße. Die anderen drängten sich um Abu, als dieser den Riegel aus dem kleinen Schloss zog und den Deckel öffnete. »Seht her!«, rief er. »Silber und Gold für einen König!«

Tatsächlich war die Truhe mit Silberdirham gefüllt und einem kleineren Haufen von Golddirham. »Wie viel ist da drin?«, fragte Alethea aufgeregt, deren Augen bei dem Anblick von so viel Geld weit aufgerissen waren.

»Dreißigtausend Dirham«, antwortete Haemur mit ungewohntem Enthusiasmus. »Das ist alles Abus Verdienst. Ihr hättet ihn sehen sollen, werte Frau; er hat wie ein Held gefeilscht ...«

»Das bin ich: Abu Sharma, Held des Basars!«

Otti lachte laut auf. »Der ist verrückt.«

»Das mag gut sein«, stimmte ihm Cait zu und nahm eine Hand voll Münzen aus der Truhe.

»Aber das ist ja wunderbar, Cait«, sagte Alethea. »Findest du nicht?«

»Ich freue mich.« Cait zählte Münzen für gut fünftausend Dirham ab, verschnürte sie in einer Lederbörse und kehrte zu der Truhe zurück. An Abu und Haemur gewandt, sagte sie: »Ich hätte mich allerdings mehr gefreut, wenn ihr die Aufgabe in angemessener Zeit bewältigt hättet.« Sie schlang sich einen Schal um die Schultern. »Schließt die Truhe und nehmt sie mit.«

Ein Teil der Freude wich aus Abus Gesicht. »Wollt Ihr nicht hören, wie der mächtige Abu sich auf dem Marktplatz den Dämonen der Gier und des Verlangens entgegengestellt hat?«

»*Ich* schon«, sagte Alethea.

»Später«, erklärte Cait und ging zur Tür. »Ich möchte die Gefangenen frei sehen, bevor die Palasttore geschlossen werden.«

Der junge Syrer winkte Otti, ihm zu helfen, und hob die Truhe hoch. »Ich weiß«, sagte er und strahlte wieder. »Ich werde es Euch auf dem Weg erzählen. So werden wir uns auf angenehme Art die Zeit vertreiben.«

»Hervorragend«, sagte Thea glücklich.

Cait drehte sich um und reichte ihrer Schwester den Beutel mit Münzen. »Du bleibst hier.«

»Ohhh«, jammerte Thea frustriert. »Cait, bitte. Ich möchte auch mit.«

»Und halt die Tür geschlossen, bis ich wieder zurück bin.«

Thea verzog das Gesicht.

»Ich meine es ernst, Thea. Ich möchte nicht, dass du alleine draußen rumläufst.«

»Otti könnte mit mir kommen«, schlug Thea hoffnungsvoll vor.

»Ich brauche Otti bei mir.«

Auf Caitríonas Befehl hin heuerte Abu eine von den kleinen Kutschen an, die vor der Taverne warteten. Cait und Haemur saßen in dem Gefährt und bewachten die Truhe, während Otti und Abu neben ihnen hergingen. Begierig, sich vor seiner Gönnerin im besten Licht darzustellen, schmückte Abu seine Geschichte schamlos aus. Dennoch besaß seine Erzählung immerhin so viel Ähnlichkeit mit dem wirklich Geschehenen, dass Cait alsbald wusste, was sich tatsächlich ereignet hatte.

Wie angewiesen hatten die drei Männer die wertvollen Gegenstände, die Cait ihnen aus dem Schatz ihres Vaters gegeben hatte, auf den Marktplatz gebracht, wo sie unter den Goldschmieden jenen aufgesucht hatten, von dem sie sich die genaueste Wertschätzung erhofft hatten. Der Mann hatte die Gegenstände untersucht und sein Interesse bekundet. Als er nach dem Grund für den Verkauf gefragt hatte, hatte Abu ihm schlicht die Wahrheit erzählt. dass sie Lösegeld für ein paar Gefangene bräuchten. »Fünfzehntausend«, bot der Goldschmied an, nachdem er diese Information erhalten hatte. Abu wies ihn pflichtschuldigst darauf hin, dass die Gegenstände weit wertvoller seien, doch der Mann weigerte sich zu feilschen. Sein Angebot hatte Bestand. »Die Mauern von Damaskus wären einfacher zu bewegen gewesen als dieser Geizkragen«, erklärte Abu.

Unbeeindruckt waren sie mit ihren Gütern zu einem Goldschmied auf der anderen Straßenseite gegangen, der sie mit kleinen Gläsern gewürzten Weins willkommen geheißen und die Gegenstände einer eingehenden Untersuchung unterzogen hatte. Es seien feine Stücke, sagte er ihnen, ja außergewöhnliche Stücke. Sie bestünden aus den edelsten Materialien und zeugten von großer Handwerkskunst; daran bestünde kein Zweifel. »Warum trennt ihr euch von ihnen?«, fragte er und bekam wie zuvor die Antwort, dass der Erlös als Lösegeld für Kriegsgefangene diene. »14 000«, erwiderte der Goldhändler. »Pro Stück?«, fragte Abu Sharma. »Für beide zusammen«, schnaufte der Händler. »Und damit tu ich euch einen Gefallen.«

Und auch er hatte sein Angebot auf keinen Fall erhöhen wollen. »Ein Fels im Meer hätte mehr Mitleid gehabt«, versicherte Haemur und schüttelte traurig den Kopf.

Der nächste Goldschmied, zu dem sie gingen, hob das Angebot leicht an, auf sechzehntausend – doch erst, nachdem ihm Abu erklärt hatte, sie hätten bereits fünfzehn von einem Mitbewerber in der Nähe geboten bekommen. Das war dann der Punkt gewesen, an dem Abu wütend geworden war. Sie hatten den Laden verlassen und waren eine Zeit lang die Straße hinuntergegangen, um Abu Zeit zu geben, über die Situation nachzudenken. Haemur war dafür, zurückzukehren und Cait entscheiden zu lassen, was sie tun sollten, doch der junge Syrer hatte nun Blut gerochen und war nicht bereit, sich so einfach geschlagen zu geben.

Sie gingen zum Ende der Straße und dann eine weitere Straße hinunter und noch eine, bis sie schließlich zu den weniger respektablen Händlern in Gold, Juwelen und Wertgegenständen gelangten – Orte, wo ehemals wohlhabende Leute oft Käufer für Schätze fanden, die sie einst in besseren Zeiten erworben hatten. Abu suchte sich einen der zwielichtigsten Läden aus und bat Otti, sich auf die andere Straßenseite zu stellen, die armselige Hütte böse anzustarren und sich nicht von der Stelle zu rühren. Als Nächstes wies er Haemur an, ihn bis zur Tür zu begleiten und dort stehen zu bleiben und nichts zu sagen. Damit erklärten sich die beiden Nordmänner einverstanden. Abu atmete tief ein und hielt die Luft an, bis Haemur schon fürchtete, der junge Syrer würde platzen; dann schnappte er sich die Kiste und rannte über die Straße in die Behausung des Händlers.

»Der Kerl blickt auf und sieht Abu mit knallrotem Kopf und völlig außer Atem durch die Tür stürmen«, sagte der junge Syrer, »und es heißt: ›Allah helfe dir, mein Freund. Was ist geschehen?‹« Also erklärte Abu, dass er etwas zu verkaufen habe, er jedoch besorgt sei, dass nichts von seinem Besuch hier bekannt werden dürfe; niemals sollte irgendwer davon erfahren. Der Händler erwiderte darauf, dass er sich nicht vorstellen könne, warum irgendjemand irgendetwas von irgendwelchen Geschäften erfahren sollte, die sie tätigen würden. Dann betonte er, dass viele seiner Kunden Mitgefühl und Verständnis bräuchten. »Ihr könnt jeden fragen«, sagte er. »Man wird Euch sagen, dass Faraq Irbil schweigt wie ein Grab; er ist die Seele der Verschwiegenheit.«

Anscheinend zufrieden, öffnete Abu den Sack und gestattete dem Händler, einen Blick auf die Waren zu werfen – aber würde er vorher bitte zur Tür gehen und einen Blick hinaus werfen? »Das tut er dann auch«, sagte Abu, »und als der Kerl rauslugt, sieht er Otti, der finster die Tür der Hütte anstarrt. ›O nein!‹, rufe ich. ›Wir müssen sofort verschwinden! ‹ Ich schließe den Sack wieder und springe auf, um zu gehen.

Der Händler will sich die Gelegenheit natürlich nicht einfach so entgehen lassen. ›Wartet einen Moment‹, fleht Faraq. ›Es besteht kein Grund zur Furcht. Lasst mich sehen, was Ihr habt. Vielleicht kann ich Euch helfen.‹ – ›Aber nein‹, sage ich. ›Es ist zu spät! Zu spät! Es tut mir Leid. Ich hatte gehofft, etwas Geld aufzubringen, aber jetzt … Allah stehe uns bei, es ist zu spät! Verzeiht, dass ich Euch belästigt habe.‹«

Abu lachte über seine eigene List. »Ich schnappe mir den Sack und stürze zur Tür. ›Bitte, geht nicht!‹, ruft der Händler und packt mich am Ärmel. Er hat einen Blick auf die goldene Schüssel mit den Edelsteinen am Rand erhascht, und die will er nicht einfach so wieder verschwinden lassen. ›Ich sehe, dass Ihr in Schwierigkeiten seid‹, sagt Faraq zu mir. ›Vielleicht haben Euch die Ereignisse ein wenig überrollt, hm? Ja, das habe ich mir gedacht. Aber es besteht kein Grund zur Furcht. Hier seid Ihr in Sicherheit. Kommt. Setzt Euch. Ihr sagt, Ihr wolltet etwas Geld auftreiben. Dann seid Ihr zum richtigen Ort gekommen. Ich handele mit Gold, edlen Schmuckstücken und wertvollen Steinen. Lasst mich einmal sehen, was Ihr mir da gebracht habt.‹

›Nun gut‹, sagte Abu, ›ich kann es Euch ja mal zeigen ... aber vergesst nicht. Niemand darf je erfahren, dass ich hier gewesen bin. Eine Frau von Ehre ist in die Sache verstrickt. Und sie ist eine sehr wohlhabende Frau, wisst Ihr? Es ist nicht ihre Schuld. Verzeiht, ich wünschte, ich könnte Euch mehr erzählen.‹ Und so holt Abu die mit Saphiren und Rubinen verzierte Goldschüssel heraus und sagt: ›Die ist sechzigtausend wert. Das wisst Ihr, und ich weiß es auch. Doch ach, die Zeit zum Feilschen ist vorbei. Ich werde sie Euch für vierzig lassen.‹

›Vierzig?‹ Faraq gibt sich entsetzt. ›Wenn das doch möglich wäre. Leider ist meine Börse nicht so gut gefüllt wie bei denen in den oberen Straßen. Meine Möglichkeiten sind weit begrenzter. Zwanzig ist das Beste, was ich Euch anbieten kann. Denkt darüber nach, während ich nachsehe, ob dieser kampflustig dreinblickende Kerl dort auf der Straße noch auf Euch wartet. O ja, er ist noch immer da. Wie mir scheint, müsst Ihr zwischen uns beiden wählen.‹

Doch Abu Sharma, der Dämonenschlächter ist noch nicht fertig. Er holt den Kristalldolch hervor, zieht ihn aus der vergoldeten Lederscheide und legt das Perlenheft neben die goldene Schüssel. ›Ich verstehe, dass Opfer gebracht werden müssen‹, sagt Abu; ›doch ich muss vierzigtausend haben. Nun denn:

zwanzig für die Schüssel und zwanzig für den Dolch.‹ Die Augen des Händlers werden immer größer. Welch glücklicher Tag, denkt er. ›Wahrlich, mein Freund, dies sind wunderbare Stücke. Daher werde ich Euch entgegen besseren Wissens vierzehn pro Stück geben. Mehr kann ich nicht tun.‹

›O wehe, wehe! Welch Unglück! Warum nur bin ich vom Pfad der Rechtschaffenheit abgewichen? Ach, ich bin verdammt! Verflucht sei der Tag meiner Geburt. Ich muss die Brut eines Skorpions sein!‹

Abu jammert und stöhnt; er wirft sich durch den Raum, rauft sich das Haar und knirscht mit den Zähnen. Er sammelt seine Wertgegenstände ein, wirft sie in den Sack zurück und deutet auf den schweigenden Haemur. ›Seht Ihr? Seht Ihr? Seht Ihr, wie ich vernichtet werde? Nun müssen wir uns beeilen und aus der Stadt fliehen! Flucht ist unsere letzte Hoffnung.‹

Zutiefst beeindruckt und besorgt ob dieser Worte hebt der Händler die Hände und sagt: ›Wartet! Wartet! Ich habe einen Bruder, der vielleicht bereit ist, uns zu helfen. Von ihm kann ich noch zweitausend bekommen. Die lege ich auf mein Angebot noch drauf, ja? Lasst uns den Handel abschließen und Euren Sorgen ein Ende bereiten, mein Freund.‹

Abu lässt sich von der Fürsorglichkeit des Händlers beruhigen. So sind es dreißigtausend Dirham. Der Händler geht hinaus und kehrt nur wenige Augenblicke später mit einer Truhe voller Gold und Silber wieder zurück. Gemeinsam zählen er und Abu dreißigtausend Dirham ab, und begleitet von segensreichen Worten verlassen Abu und Haemur den Laden wieder, die Truhe zwischen sich.« Der junge Syrer lächelte breit. »Den Rest habt Ihr gesehen, Sharifah.«

»Wahrlich eine bemerkenswerte Geschichte, Abu«, erklärte Cait. »Wenn auch nur die Hälfte davon der Wahrheit entspricht, hast du dir deine Belohnung mehr als verdient. Ich werde dich bezahlen, sobald wir die Gefangenen ausgelöst haben und wieder in den Gasthof zurückgekehrt sind.«

Im Palast fanden sie den Hof jedoch leer vor, und der Sekretär des Wesirs war nicht gerade erfreut darüber, dass man ihn den halben Tag lang hatte warten lassen, zumal schon längst alles für die Freilassung der Gefangenen vorbereitet gewesen war. »Fünfunddreißigtausend Dirham«, informierte er Cait, nachdem man sie und die anderen in die Halle gebracht hatte, wo Wesir Muqharik Besucher empfing.

»Ich bitte um Verzeihung, Katib«, antwortete Cait durch Abu, »aber wir hatten uns auf eine Summe von fünfundzwanzigtausend geeinigt.«

»Das war, bevor Ihr den höchsten Beamten des Sultans habt warten lassen«, erwiderte der Katib in herrischem Tonfall. »Fünfunddreißigtausend. Zahlt oder geht.«

Caitríona winkte Otti und Abu, die Truhe auf den Tisch zu stellen. Das taten die beiden auch, und Cait öffnete den Deckel und kippte die Truhe um, sodass sich der Inhalt funkelnd auf den Tisch ergoss. »Fünfundzwanzigtausend«, erklärte Cait. »Das zusammen mit meiner tief empfundenen Entschuldigung ob der Unannehmlichkeiten, die Ihr habt erdulden müssen, sollte mehr als genug sein. Ich bitte Euch, beides zu akzeptieren.«

Nachdem er seinen Standpunkt deutlich gemacht hatte, nahm der Katib Geld und Entschuldigung an. »Die Gefangenen sind gewaschen und eingekleidet worden. Auch sie haben gewartet«, sagte er durch Abu. »Wenn Ihr jetzt bitte zum Tor gehen würdet. Man wird sie zu Euch bringen.«

Cait dankte dem Katib und kehrte zum Palasttor zurück, wo ein paar Augenblicke später dann auch die fünf Ritter erschienen, eskortiert von einem mit Speeren bewaffneten Trupp Sarazenen und angeführt von dem Gefängniswärter. Ohne große Zeremonie wurden sie Cait übergeben. Sie trugen einfache arabische Kleidung, lange, an den Hüften von Gürteln zusammengehaltene Gewänder und Sandalen – es war Kleidung aus zweiter Hand, abgetragen, aber sauber. Sie waren noch immer unrasiert, aber man hatte sie geschrubbt und den tapferen, wenn auch wenig erfolgreichen Versuch unternommen, ihre verfilzten Haare und Bärte zu kämmen. Ohne einen Blick zurückzuwerfen, humpelten sie aus dem Palasttor.

Nach ihrer langen Gefangenschaft fiel ihnen das Laufen schwer; allesamt bewegten sie sich so steif, als bestünden ihre Beine aus Holz. Ihre Muskeln waren die Anstrengung nicht mehr gewöhnt, und nach nur ein paar hundert Schritten mussten sie sich ausruhen, um Atem zu schöpfen. Cait schickte Abu zu einem nahe gelegenen Markt, um zwei Kutschen zu mieten; als er mit den Fahrzeugen wieder zurückkehrte, kletterten die Ritter unter Schmerzen, aber glücklich hinein. Als die Kutschen sich dann in Bewegung setzten und sie sich immer weiter von den Palastmauern entfernten, vergaßen die einstigen Gefangenen zum ersten Mal ihre Gebrechen, genossen ihre Freiheit und stießen laute Freudenschreie aus. Durch ihr Jubeln zogen sie die Blicke der Passanten auf sich, von denen viele die Fremden ob ihres schlechten Benehmens als Narren verfluchten, die keinen Wein vertragen konnten.

Ohne diese Unmutsäußerungen auch nur im Mindesten zu beachten, zog die kleine Truppe triumphierend durch eine Stadt, die wiederzusehen sie niemals geglaubt hatten.

Als sie im Gasthof eintrafen, musste Cait feststellen, dass die Zimmer, die sie für ihr nun deutlich gewachsenes Gefolge vorbestellt hatte, inzwischen von den Kaufleuten bewohnt wurden, die vor einigen Stunden eingetroffen waren. Der Wirt entschuldigte sich zwar, war jedoch nicht bereit, die Händler rauszuwerfen; mehr noch, das besondere Essen, das Cait bestellt hatte, wurde nun den Kaufleuten serviert. »Ich habe sie gebeten, Abstand von ihrem Ansinnen zu nehmen, doch sie haben darauf bestanden«, erklärte der Wirt und breitete als Zeichen der Hilflosigkeit die Arme aus. »Sie haben mit Golddinaren bezahlt. Was sollte ich tun?«

»Ich nehme an, der Gedanke, Euch schlicht an Euer Versprechen mir gegenüber zu halten, ist Euch nie gekommen.«

»Ehrenwerte Dame, bitte seid doch vernünftig«, protestierte der Wirt in einfachem Latein. »Dies sind bedeutende Männer aus dem Osten. Es heißt, einer von ihnen verkaufe Pfeffer und Safran an den Sultan von Rhum, und die anderen besitzen Karawanen, die Seide und Gewürze von Kush bis Samarkand transportieren. Sie feiern einen königlichen Auftrag, den Hof von Bagdad mit Damast und Zimt zu beliefern.«

»Erspart mir Eure Entschuldigungen«, schnappte Cait. »Diese Kaufleute, denen man nichts abschlagen kann … Wo sind sie?«

»Cait, nein«, murmelte Alethea. Sie hatte auf ihre Schwester gewartet und war nun herausgelaufen gekommen, um die Ritter zu sehen, die inzwischen die Kutschen verlassen hatten und wie Kinder in den klaren Abendhimmel emporstarrten.

»Die Kaufleute, werte Frau? Aber ...« Hilfe suchend blickte der Wirt zu Alethea.

»Cait, bitte ...« Thea zupfte ihrer Schwester aufgeregt am Ärmel.

Cait ignorierte Thea und verlangte: »Wo sind sie?«

»Nun, sie ruhen sich im Innenhof aus. Aber ...«, begann der Wirt.

»Da es unsere Mahlzeit ist, die sie da essen, wird es ihnen wohl kaum etwas ausmachen, wenn wir mit ihnen feiern.« Cait drehte sich zu Abu um und sagte: »Komm mit. Wir werden uns eine Einladung zu diesem Festmahl sichern.«

Der Wirt starrte ihr entsetzt hinterher. »Werte Frau, das könnt Ihr nicht tun. Das ist ...«

Cait drehte sich zu ihm um und machte ihrem Ärger Luft. »Erlaubt Euch ja nicht, mir zu sagen, was ich tun kann und was nicht! Ich habe fünf Edelmänner dabei, die ein Bett für heute Nacht brauchen. Keine Kaufleute, *Edelmänner*. Ritter! Sie sind gerade erst aus der Gefangenschaft entlassen, und ihnen steht bestimmt nicht der Sinn danach, in Eurem stinkenden Stall zu übernachten. Wenn ich also an Eurer Stelle wäre, mein schmieriger Freund«, sie stieß mit dem Finger nach der fetten Brust, »dann würde ich mich nicht länger um meinen ach so wertvollen Besitz sorgen, sondern mir Gedanken darüber machen, wie ich meine wertlose Haut retten könnte. Denn solltet Ihr keine Räumlichkeiten finden, die meine Männer als angenehm empfinden, werde ich ihnen die Erlaubnis geben, Euch wie einer reifen Orange die Haut abzuziehen.«

Mit diesen Worten machte Cait auf dem Absatz kehrt und marschierte schnurstracks in den Innenhof, ohne die Proteste des entsetzten Wirtes hinter ihr auch nur zu beachten. Im Hof hatte man Teppiche und Kissen ausgelegt, um es den Kaufmännern und ihren Gästen bequem zu machen; sie saßen um große Messingplatten herum, die voller Becher, Krüge und Schüsseln mit Oliven und gerösteten Nüssen waren.

Bei Caits plötzlichem Erscheinen verstummten die Gespräche sofort. Die Kaufleute blickten auf und sahen, wie eine Frau, rot vor Zorn, in ihre Mitte stürmte. Einen Augenblick lang starrten sie sie einfach nur an, und als es den Anschein hatte, als würde sie nicht wieder gehen, stand einer der Kaufleute auf und sprach sie höflich an. Abu übersetzte.

»Ehrenwerte Frau«, sagte der Mann, »Ihr ehrt uns mit Eurer strahlenden Gegenwart.« Der Sprecher war ein dunkelhäutiger Mann mittleren Alters, dessen füllige Gestalt in eine prächtige Robe gehüllt war, die blau, schwarz und purpurn schimmerte. Er berührte die Stirn mit den Fingerspitzen und vollführte eine elegante Geste mit der Hand; Goldringe zierten jeden einzelnen Finger. »Ich bin Ibn Umar al-Farabi, Lieferant von seltenen Gewürzen aus dem Orient. Wie kann ich Euch zu Diensten sein?«

»Wie es scheint, hat man die Räume, die für meine Leute bestimmt waren, Euch und Euren Freunden gegeben.«

»Wirklich?«, bemerkte der Kaufmann in überraschtem Tonfall. »Davon hat man mir nichts gesagt. Es tut mir Leid, aber ich fürchte, nun kann man nichts mehr dagegen tun. Wir haben die Räume bereits bezahlt, wisst Ihr?«

»Ebenso hat man die Mahlzeit für mich vorbereitet, die ihr nun serviert bekommen sollt«, erklärte Cait.

»Erneut«, erwiderte der Kaufmann, »muss ich Euch sagen, dass dies zwar ein Unglück ist, doch auch davon hat man uns nichts gesagt – ansonsten hätten wir mit Sicherheit andere Arrangements getroffen. So jedoch haben wir auch für das Essen bereits bezahlt, und es wird gerade zubereitet. Ich fürchte, diesen Missstand kann man ebenfalls nicht mehr beheben.« Mitfühlend neigte er den Kopf. »Bitte, seid meines größten Bedauerns versichert.«

Die anderen Kaufleute hörten aufmerksam zu. Als Cait sah, wie einer von ihnen verschmitzt lächelte, drohte ihre Wut beinahe überzukochen.

»Ihr könnt Euer Bedauern für Euch behalten. Ich habe keine Verwendung dafür«, schnappte Cait. »Allerdings könntet Ihr mich überzeugen, eine Einladung zum Abendessen anzunehmen – natürlich bei Teilung der Kosten.«

Der Araber drehte den Goldring an seinem Finger. »Ihr seid in der Tat ebenso geschickt wie entschlossen. Daher schmerzt es mich, Euch sagen zu müssen, dass wir diese Einladung nicht aussprechen können. Für die Anhänger des Propheten Mohammed – Friede sei mit ihm – gilt es nämlich als Sünde, einen Ungläubigen unter dem Dach seines Hauses zu bewirten.«

Abu übersetzte die Worte des Kaufmanns und fügte für Cait hinzu: »Das stimmt so nicht. Ich glaube, er will Euch auf die Probe stellen, Sharifah.«

Cait dachte über diese Bemerkung nach und konterte: »Wenn das alles ist, was Euch daran hindert, uns Gastfreundschaft zu gewähren, so gestattet mir, Eure fromme Seele zu beruhigen. Wir sind keine Ungläubigen, wie Ihr vermutet, sondern *Ahl al-Kitab*, Menschen des Buches.« Sie deutete in den roten Himmel hinauf und fuhr fort: »Auch ist das Dach, das ihr dort oben seht, von Gott dem Herrn erschaffen worden, und es gefällt ihm, dass viele seiner Kinder unter ihm beisammen sitzen, auf dass ihr Verständnis füreinander sich vergrößern möge.«

Langsam breitete sich ein verschmitztes Lächeln auf dem glatten Gesicht des Arabers aus. »Ihr wäret ein hervorragender Advokat geworden«, sagte Ibn Farabi und verneigte sich tief. »Ich unterwerfe mich Eurem Urteil. Es soll so sein, wie Ihr sagt.« Als Geste des Willkommens breitete er die Arme aus. »Bitte, gesellt Euch zu uns, und was ein bescheidenes Mahl unter Freunden war, soll zu einem Fest werden.«

Cait dankte dem Kaufmann für seine Großzügigkeit und schickte Abu, die Ritter zu holen. Lärmend stapften diese in den Hof; ihre Köpfe drehten sich noch immer vom Rausch der Freiheit. Haemur und Otti kamen als Nächste mit einer zu Tode beschämten Alethea im Schlepptau, die versuchte, sich irgendwie hinter den beiden Seeleuten unsichtbar zu machen.

Als die Nordmänner jedoch sahen, mit wem sie zu Abend essen sollten, verflog ihre Hochstimmung sofort. Cait hörte

Knurren und leises Fluchen. »Ich hatte das so nicht geplant«, erklärte sie den Rittern ernst, »aber so ist es nun mal: Esst mit ihnen oder bleibt hungrig. Es ist eure Entscheidung.«

Während die Ritter noch niedergeschlagen auf ihre widerwilligen arabischen Gastgeber starrten, begannen die Diener damit, das Essen aufzutragen. Als Erstes kamen zwei große Messingtabletts mit wahren Bergen von Rebhühnern, gefüllt mit Aprikosen, sowie ein Korb mit flachem, rundem Brot. Die Tabletts trugen Frau und Töchter des Wirts, die sich für den Abend in schimmernde grüne Seide gekleidet hatten und Schmuck aus Goldmünzen auf Stirn und Haaren trugen.

»Nun?«, verlangte Cait zu wissen. Der Duft gerösteten Fasans erfüllte den Hof, und der Blick der Ritter wanderte von den Arabern zum Essen. »Wie entscheidet ihr euch?«

»Werte Frau«, antwortete Rognvald, der sich inzwischen wieder ein wenig erholt hatte, »heute Abend würde ich mich mit dem Teufel persönlich an einen Tisch setzen, um einen Bissen von diesem Festmahl kosten zu können.« Er drehte sich zu den anderen um. »Seht ihr das nicht genauso?«

Alle stimmten dem zu, und so winkte Cait ihrer Bande von gefängnisgeschwächten Ritter, an Land festsitzenden Seeleuten und verschämter Schwester, ihr zu folgen, und mit Abus Hilfe stellte sie jeden der Reihe nach al-Farabi vor, der sie willkommen hieß und sie seinerseits den vier anderen Kaufleuten und deren Gefährten vorstellte. Die beiden Gruppen setzten sich verlegen nebeneinander. Einer der Ritter griff geradewegs nach dem gerösteten Fasan, und er hätte ihn auch mit ein paar Bissen verschlungen, hätte Cait ihm nicht auf die Hand geschlagen. »Das hier sind keine Essensbrocken aus einem Gefängnisnapf; das ist ein Bankett. Deshalb wirst du dich benehmen, wie es unter zivilisierten Menschen üblich ist.« Warnend blickte sie die anderen der Reihe nach an. »Ihr mögt ja wie die Bewohner eines Misthaufens aussehen, aber versucht, euch daran zu erinnern, dass ihr Edelleute seid, und lasst uns diesen Arabern keinen Grund dafür geben, hinterher über uns herzuziehen.«

Alethea war puterrot geworden. Sie senkte den Blick und sackte förmlich in sich zusammen. Die Ritter akzeptierten jedoch bereitwillig den Tadel. Berechtigterweise ermahnt, zeigten sie fortan höfische Manieren und begannen, ihre muslimischen Gastgeber zu imitieren. Sie wuschen sich die Hände in einer eigens dafür vorgesehenen Schüssel, nahmen sich nur etwas mit der rechten Hand von den Tabletts und legten das Essen auf ein Stück Brot, das sie in der Linken hielten.

Immer mehr Teller, Tabletts und Schüsseln wurden gebracht – in Olivenöl eingelegtes Gemüse, das über einem Holzkohlenfeuer geschmort worden war, Fisch und Oliven in Senfsauce und Gurkenscheiben in gesalzener Sahne und Essig. Ein vorsichtiges, wenn auch nicht gerade fröhliches Schweigen senkte sich über die Essenden, während die verhungerten Norweger sich mit Speisen voll stopften, für die sie noch vor einem halben Tag ihr Augenlicht und ihren Verstand gegeben hätten. Um nicht ihrer eigenen Mahlzeit beraubt zu werden, hielten die Kaufleute sich ran, mit ihren gierigen Gästen mitzuhalten, und so war das Essen rasch vertilgt. Tatsächlich aßen die Verhungerten gerade die letzten Rebhühner, als der Hauptgang aufgetragen wurde: ein ganzes gebratenes Lamm gefüllt mit Reis, Lauch, Pistazien und gewürzter Wurst, umgeben von einer Lage am Spieß gebratener Tauben, die mit Maulbeergelee glasiert waren.

Als dieses großartige Gericht vor der entzückten Gesellschaft aufgetragen wurde, erschien der Wirt und erkundigte sich in demütigem Tonfall, ob das Mahl zu aller Zufriedenheit sei. »Findet es Euer Gefallen?«, fragte er und zupfte erwartungsvoll an seinem Schnurrbart.

»Bring uns Wein«, befahl ihm Cait, »und so Gott will, wird sich doch noch alles zum Guten wenden.«

Nach nur wenigen Augenblicken floss Wein aus großen Karaffen in Becher und Schüsseln. Die Muslime tranken keinen Wein, genossen jedoch ihren *Sharábah*, einen Aufguss aus Veilchen und gesüßtem Wasser. Die Ritter machten die

Zurückhaltung der Muslime jedoch wieder wett, indem sie sich die dunkle Flüssigkeit gierig in den Rachen schütteten, bis sie ihnen durch die verfilzten Bärte rann.

Als die Nacht sich auf sie herabsenkte und die Gesellschaft in Schatten hüllte, brachte der Wirt Fackeln heraus, die er in Krüge, gefüllt mit Sand, steckte. Die Fackeln tauchten alles in ein rosiges Licht, und Cait nutzte die Gelegenheit, um sich ihren zerlumpten Haufen von Rittern einmal genauer anzusehen.

Da war Yngvar, der, den sie zuerst gewählt hatte, ein langer, kräftiger Mann, dessen Hände gut doppelt so groß waren wie die ihren. Sein helles Haar war lang und sah aus, als hätten Ratten daran genagt. Wie Cait schon im Gefängnis aufgefallen war, bevorzugte er seine linke Seite ein wenig – dann und wann zuckte er zusammen, wenn er lachte, was ihn jedoch nicht weiter davon abhielt. Sein Gesicht war offen und ehrlich, und seine tief liegenden Augen wirkten wie Schiefersplitter unter den buschigen Augenbrauen.

Neben ihm saß Svein. Er war dunkler als sein Gefährte, nachdenklicher, freundlich, aber reserviert. Cait vermutete, dass, egal wie sehr er auch nicken und mit den anderen lachen mochte, ein Großteil von ihm stets wachsam blieb. Ihn hatte die Gefangenschaft offenbar am meisten bedrückt; seine breiten Schultern hingen von der langen Quälerei herab. Und obwohl er nur wenig sagte, konnte Cait, wann immer sie sprach, in seinem Gesicht ablesen, dass er besser Latein verstand als seine Gefährten – vielleicht beherrschte er die Sprache sogar so gut wie sie.

Neben Svein saß Dag, dessen Lateinkenntnisse scheinbar gerade so weit reichten, wie sein kantiges Kinn aus seinem Gesicht herausragte. Cait vermutete, dass er nicht gerade mit einem Übermaß an Klugheit gesegnet war. Aber während die anderen aussahen, als hätte man sie gerade erst aus einem Loch gezogen, wirkte Dag so gesund und frisch wie ein Mann, der gerade aus einem Nickerchen aufgewacht war. Er war jünger als die anderen und zweifellos hübsch anzuschauen, und er strahlte ein Selbstbewusstsein aus, das sein zerzaustes Aussehen Lügen strafte. Cait freute sich zu sehen, dass er nicht die Falschheit ausstrahlte, wie sie gut aussehende Männer oft zu kultivieren pflegen. Er war unkompliziert im Umgang mit sich und anderen, und sein Lächeln war echt. Neben Dag wiederum saß der unbekannte Ritter, zurückhaltend, schweigend und zufrieden damit, so wenig wie möglich aufzufallen.

Und dann, neben Cait, Rognvald. Groß und hager, wie er war, schien das Fleisch ihm von den Knochen zu hängen, doch diese Knochen waren stark. Cait war der festen Überzeugung, dass ein paar Wochen mit gutem Essen, sauberer Luft und Ruhe dem Mann seine alte Kraft wieder zurückgeben und die Gefängnisblässe aus seinem Gesicht vertreiben würden. Dieses Gesicht war, so entschied sie, ein aufrichtiges Gesicht. ein echtes, nordisches Gesicht mit breiten Zügen und einer langen, geraden Nase. Die Jugend hatte er bereits hinter sich – sein sandfarbenes Haar wurde allmählich dünn, und die ersten Falten zeigten sich in seinem Gesicht –, aber wie sie so neben ihm saß, fühlte Cait einen starken, entschlossenen Geist, und Rognvalds blaue Augen besaßen eine noch unerforschte Tiefe.

Auch wenn Cait sich vielleicht einen etwas imposanteren Leibwächter gewünscht hätte, so war sie dennoch zufrieden. Immerhin entstammten die Männer alle demselben Volk; mit ihren vertrauten Gesichtszügen hätten sie Brüder, Onkel oder Vettern sein können, und Cait hatte instinktiv das Gefühl, sie zu verstehen. In der Fremdartigkeit dieses Landes empfand Cait ihre Gegenwart als beruhigend und tröstend, und sie war überzeugt, dass sie schon bald wesentlich beeindruckender aussehen würden, wenn sie erst einmal ihre Gefängniskleidung gegen etwas eingetauscht hatten, was eher ihrem Rang entsprach.

Nachdem der größte Hunger gestillt war, wurde die Atmosphäre zwischen den beiden Gruppen wesentlich herzlicher. Essen und Wein und die angenehme Umgebung des Hofes wirkten einen Zauber des Friedens und der Ruhe. Die Gespräche wurden fröhlicher, und beide Seiten empfanden die Gesellschaft der jeweils anderen mit der Zeit als angenehm.

In ihrer Freude über das üppige und wohlschmeckende Mahl vergaßen die Nordmänner alsbald ihre Bedenken gegen die Anwesenheit der Araber, und die gemächlichen und würdevollen Kaufleute schienen die Gesellschaft der lebhaften Nordmänner geradezu zu genießen. Obwohl sie sich nur über Abu miteinander unterhalten konnten, boten die Araber ihren ausgelassenen Gästen bereitwillig die besten Stücke des Lamms an. Die Ritter wiederum priesen lautstark die Tugenden ihrer Gastgeber und tranken immer wieder auf deren Wohl. Immer öfter war ein Lächeln auf den Gesichtern der Männer zu sehen, und bald wurde auch laut gelacht – selbst Alethea, die sich inzwischen hinter dem alten Haemur hervorgewagt hatte, hatte ihre Scham abgelegt und amüsierte sich.

Während sie die anderen beim Essen, Trinken und Lachen beobachtete, spürte Cait, wie sich der Knoten langsam aufzulösen begann, den sie nun schon so viele Tage in sich herumgetragen hatte. Sie wünschte sich, Duncan wäre hier, um mit ihnen den Abend zu genießen. *Papa hätte* das *hier geliebt*, dachte sie, und plötzlich überwältigte sie die Trauer, die sie seit Konstantinopel hatte unterdrücken können. Unerwartet traten ihr die Tränen in dic Augen. Um sie zu verbergen, senkte sie den Kopf über den Becher.

»Werte Frau«, murmelte Rognvald neben ihr, »geht es Euch gut?«

Cait nickte und wischte sich mit dem Handrücken die Tränen aus den Augen.

»Auch ich muss bei solchen Feiern immer weinen«, vertraute ihr Rognvald an. Cait blickte rasch auf, um zu sehen, ob er sie verspottete, doch in seinem nachdenklichen Gesicht vermochte sie nichts dergleichen zu erkennen.

»Ich nehme an, ich bin nur müde«, sagte sie.

»Es war ein ereignisreicher Tag – für uns alle.« Rognvald hob seinen Becher zum Tost und trank schweigend auf Caits Wohl, bevor er sich die Schüssel wieder mit Fasan füllte.

Als der Mond einen Fingerbreit über den Wipfeln der Zypressen stand, die den Hof säumten, und die Gesellschaft in sein sanftes Licht tauchte, erschien ein Mann mit weißem Turban und langem schwarzem Mantel am Tor. Ibn Farabi stand sofort auf und klatschte in die Hände, um für Schweigen zu sorgen. Er winkte Abu, zu ihm zu kommen, und machte eine formelle Ankündigung auf Arabisch, die der junge Syrer übersetzte: »Freunde und geschätzte Gefährten«, sagte der Kaufmann, »ich habe nun das große Vergnügen, euch den berühmten Seher und Beschwörer Jalal Sinjari vorzustellen, der sich freundlicherweise bereit erklärt hat, uns heute Abend seine legendäre Kunst vorzuführen.«

Der Wirt und seine Familie sowie mehrere der anderen Gäste schlichen unauffällig in den Hof und suchten sich einen Platz am Rand, von wo aus sie beobachten konnten, wie der Magier vortrat, sich verneigte und eine flatternde Handbewegung machte. Plötzlich gab es einen Blitz, und neben ihm erschienen zwei kleine Jungen, einer auf jeder Seite. Sie trugen weiße Tuniken und Hosen, waren barfuß, und ihre Köpfe waren bis auf einen Haarknoten am Hinterkopf geschoren; sie knieten und berührten mit der Stirn den Boden. Sinjari breitete die Hände über die beiden Jungen aus, und noch immer kniend schwebten sie in die Luft.

Dann zog der Magier zwei große blaue Seidentücher aus seinem Gewand und warf sie nacheinander über die Jungen. Er hob die Hände, und die Jungen schwebten noch höher hinauf, und dort blieben sie dann, während Sinjari die Arme ausbreitete und unter dem staunenden Raunen des kleinen Publikums unter ihnen hindurchging. Dann trat er zurück, reckte die Hände über den Kopf, blickte gen Himmel, holte tief Luft und stieß einen mächtigen Schrei aus. Im selben Augenblick sprang er vor, packte je einen Zipfel der beiden Tücher und riss sie hinunter.

Ein Knall ertönte, und ein Schauer von weißen Blütenblättern wirbelte um den Magier herum. Cait spürte einen warmen Luftzug in ihrem Gesicht und roch den süßen Duft von

Rosen. Das unerwartete Wunder freute sie ebenso sehr, wie es sie erstaunte, und Cait lachte laut auf. Und sie lachte noch einmal laut auf, als der Magier herumwirbelte und … die beiden Jungen an seinem Rücken hingen.

Mit einem Salto sprangen die Kinder auf den Boden, und während die Zuschauer applaudierten und mit den Bechern auf die Messingteller schlugen, rannten die Jungen davon, um einen großen, urnenförmigen Korb zu holen. Einer der jungen nahm den Korbdeckel ab, und der andere holte eine kleine Flöte hervor, auf der der Beschwörer dann einen heiseren, tiefen, dröhnenden Ton spielte. Das Geräusch klang in Caits Ohren zwar nicht sonderlich angenehm, dennoch spürte sie eine kaum wahrnehmbare Bewegung in der Erde unter ihren Füßen und überall um sie herum; die Bäume, die Mauer, ja selbst die Luft schienen bei dem Geräusch zu zittern.

Lange Zeit schien gar nichts zu passieren, doch als die Töne der Flöte immer schneller wurden, bewegte sich etwas aus dem Korb, das die Zuschauer nach Luft schnappen und kreischen ließ, denn eine riesige Schlange wand sich langsam über den Rand.

Doch es war keine Schlange – es war ein dickes geflochtenes Seil, dessen Ende ein Knoten bildete, der auf den ersten Blick wic der Kopf eines Reptils ausgesehen hatte. Das Seil rollte sich ab und wuchs in den Himmel hinein, als würde es von unsichtbaren Händen nach oben gezogen. Schließlich verschwand es jenseits der Lichtgrenze der Fackeln, und dort hielt es dann an und zog sich straff. Ohne die Flöte von den Lippen zu nehmen oder seine seltsame Melodie zu unterbrechen, nickte Sinjari dem Jungen neben ihm zu, der daraufhin das Seil hochkletterte.

Immer höher und höher kletterte er hinauf, bis er die Spitze erreichte. Cait konnte seine kleine Gestalt nur schwach in Umrissen vor dem Mondlicht erkennen, so weit über dem Hof hing er. Schließlich hörte der Beschwörer auf zu spielen. Er rief nach dem Jungen, und dieser antwortete ihm; seine Stimme hallte schwach von hoch oben zu ihnen herunter. Sinjari gab die Flöte dem anderen Jungen, packte das Seil mit beiden Händen, rüttelte daran und rief dem Jungen oben wütend zu.

Das verängstigte Kind schrie, doch den Beschwörer kümmerte das nicht. Im Gegenteil, Sinjari schüttelte das Seil nur umso mehr, je lauter der Junge schrie, bis schließlich auch die Zuschauer schrien. Der Beschwörer solle den Jungen herunterlassen, riefen sie.

Ihr Flehen kam jedoch zu spät, denn Sinjari riss ein letztes Mal an dem Seil, und das unglückliche Kind schrie auf und verlor den Halt. Wie ein Stein fiel es Richtung Boden, während das Seil erschlaffte. Doch was unten ankam, waren nur eine Tunika und eine Hose; von dem Jungen war nichts zu sehen.

Die Zuschauer rissen staunend die Münder auf und murmelten einander entsetzt zu, während der andere Junge die Kleider einsammelte und in den Korb stopfte. Dann wickelte er das Seil auf. In der Zwischenzeit ging Sinjari zu einer der Fackeln und zog sie aus dem Sand. Als er zu dem Korb zurückkehrte, deutete er darauf, und der Junge mit dem Seil kletterte hinein und nahm das Tau mit sich.

Der Magier legte den Deckel darauf und bedeckte den Korb mit einem seiner blauen Seidentücher. Er rief dem Jungen im Inneren etwas zu, der ihm auch antwortete. Er rief erneut, und wieder antwortete der Junge; dann rief er ein drittes Mal, und bevor der Junge diesmal antworten konnte, riss Sinjari das Tuch herunter, stieß den Deckel beiseite und warf die Fackel hinein.

Cait, die fürchtete, der Junge würde verbrennen, schlug die Hände vors Gesicht. Otti sprang auf, um dem Jungen zu Hilfe zu eilen – und wurde nur mit Mühe von Haemur und Abu zurückgehalten –, während die anderen verzweifelt um das Schicksal des Jungen schrien. Doch den Magier rührte das Wehklagen nicht. Er drehte die Fackel herum und herum und füllte den Korb mit Flammen.

Dann zog Sinjari die Fackel wieder heraus und stieß den Korb mit dem Fuß um. Der Korb fiel mit Leichtigkeit auf die Seite; sowohl Junge als auch Seil waren verschwunden – und an ihrer Stelle kroch eine echte, lebende Schlange heraus, deren Haut matt im Fackellicht schimmerte, während sie sich über den Hof wand. Die Zuschauer schnappten hörbar nach Luft und wichen ängstlich zurück.

Sinjari bückte sich nach der Schlange, packte sie am Schwanz und hob sie hoch. Er hielt das sich windende Tier auf Armeslänge von sich entfernt und fing an, es in der Luft herumzuwirbeln – zunächst sanft und vorsichtig, doch er wurde immer schneller. Dann, plötzlich, hörte er auf und … Sieh da! Es war nicht länger eine Schlange, sondern ein Holzstab, den er dreimal kräftig auf den Boden stieß.

Als Nächstes hob er den Stab und legte ihn auf seine ausgestreckten Hände. Ein-, zwei-, dreimal hob er ihn gen Himmel, woraufhin ein lautes Krachen ertönte. Der Stab brach entzwei, und Flammen und Rauch flogen aus beiden Enden. Funken stieben zischend zu Boden und erzeugten einen Vorhang aus weißem Rauch. Und als der Rauch sich lichtete, standen die beiden kleinen Jungen vor Caits staunenden Augen; keinem war ein Leid geschehen, und beide waren sie so ordentlich gekleidet wie zuvor.

Die Zuschauer jubelten und applaudierten, und Cait lachte und klatschte freudig in die Hände. Otti sprang vor, um die beiden Jungen und den mysteriösen Korb zu untersuchen, während al-Farabi dem Beschwörer zu seiner außergewöhnlichen Vorstellung gratulierte. Cait drehte sich um, um mit Rognvald zu sprechen, und zu ihrer Überraschung stellte sie fest, dass er nicht das Spektakel, sondern sie betrachtete.

Einen Moment lang blickte er ihr tief in die Augen, dann lächelte er und wandte sich ab. Cait hatte den Eindruck, als hätte er sie abgeschätzt. Bevor ihr etwas einfiel, was sie darauf sagen konnte, klatschte al-Farabi in die Hände, um Schweigen zu gebieten. »Meine Freunde!«, rief er, was Abu wieder einmal übersetzte.

»Jalal Sinjari hat sich freundlicherweise bereit erklärt, uns heute Abend seine Künste als Seher zur Verfügung zu stellen. Bitte bleibt sitzen; er wird zu uns kommen.«

Der Magier verneigte sich und ging zu den sich zurücklehnenden Kaufleuten und Rittern. Vor einem der Händler blieb er stehen und sagte: »Ihr wünscht zu wissen, ob Euer Aufenthalt in dieser Stadt Euch Gewinn bringen wird. Ich sage Euch, Freund, das hat er schon!«

Ein zustimmendes Raunen ging durch die Menge, und Sinjari wandte sich dem Mann neben ihm zu und sagte: »Euer Eheweib wird es Euch nicht danken, wenn Ihr die Dienerin mit nach Hause bringt. Solange Ihr sie nicht heiratet und sie zu einer Ehefrau macht, werdet Ihr keinen Augenblick Frieden haben.«

Der Mann verschluckte sich fast, doch sein Freund platzte vor Lachen. »Er hat deinen listigen Plan durchschaut, Jussuf«, rief er. »Heirate das Mädchen!«

Der Magier ging weiter und stand bald vor Cait. Er faltete die Hände und verneigte sich respektvoll vor ihr. »Ehrenwerte Frau«, sagte er durch Abu, »Ihr seid so lieblich wie der Jasmin, der des Nachts blüht. Bitte, gebt mir Eure Hand.«

Fasziniert streckte Cait ihm ihre Hand entgegen. Sinjari ergriff sie mit beiden Händen und drehte sie um. Sanft strich er mit dem Finger die Linien auf ihrem Handteller entlang, und Cait sah, wie die Fröhlichkeit aus seinen Augen verschwand. Er starrte ihren Handteller an und blickte ihr daraufhin ins Gesicht. Seine Berührung wurde mit einem Mal kalt.

»Eure andere Hand, bitte«, sagte er, betrachtete sie, dankte Cait und trat unvermittelt zurück. Dann verkündete er: »Ein langes und glückliches Leben erwartet Euch, gute Frau. Das ist Allahs Wille.«

Bestürzt und verwirrt ob dieser unverschämten Platitüde, spürte Cait, wie ihr das Blut in die Wangen stieg. Sie wusste, dass die anderen sie beobachteten, und so lächelte sie schwach und versuchte, die Wellen des Kummers an sich abgleiten zu lassen, die überall um sie herum aufstiegen. Immerhin, sagte sie sich, war das alles nur ein Trick, ein Trick um der Unterhaltung willen – wie die Schlange und die sich in Luft auflösenden Jungen –, die geschickte Täuschung eines geübten Schaustellers.

Und doch, auch wenn die Vernunft ihr etwas anderes sagte, sie wurde das Gefühl nicht los, dass Sinjari etwas in ihrer Zukunft gesehen hatte, wodurch er sich genötigt sah, nicht auszusprechen, was er ursprünglich hatte sagen wollen.

Der Magier ging weiter und sagte noch ein paar anderen die Zukunft voraus – der Wirt würde in spätestens einem Jahr noch einen Sohn bekommen, und einer der Kaufleute würde Emir werden –, schließlich dankte er rasch seinem Publikum für dessen Aufmerksamkeit und Applaus und verabschiedete sich. Ibn al-Farabi begleitete ihn zur Tür und wünschte ihm Lebewohl. Während die beiden Männer miteinander sprachen, konnte Cait nicht länger der Versuchung widerstehen. Sie rief Abu zu sich, und als Sinjari sich endgültig zum Gehen wandte, folgte sie ihm aus dem Hof hinaus.

»Auf ein Wort, werter Herr!«, rief Abu für Cait.

Der Beschwörer drehte sich um. »Ah, das habe ich mir schon gedacht.« Er lächelte matt. »Bitte, hört auf meine demütige Mahnung: Verfolgt Eure Frage nicht weiter. Manche Dinge weiß man besser nicht.«

»Ich verstehe«, erwiderte Cait, »aber ich muss es wissen.«

»Edle Frau, ein Seher sieht nur Schatten, mehr nicht. Was kann ich Euch schon sagen, was Ihr Euch nicht auch selbst denken könnt?«

»Bitte.«

Sinjari seufzte. Erneut ergriff er Caits Hand, drehte den Handteller nach oben und betrachtete ihn. Nach einem Augenblick begann er, mit leiser, feierlicher Stimme zu sprechen, die Cait einen erwartungsvollen Schauder über den Rücken jagte. »Ihr habt Euch selbst in große Gefahr begeben«, sagte er. »Bereits jetzt sammeln sich die Mächte der Ordnung und des Chaos um Euch herum. Wie Geier kreisen sie in der Luft – Geier, die auf ihre Mahlzeit warten.« Traurig blickte er Cait in die Augen. »Wenn Ihr den Weg weiter verfolgt, den Ihr gewählt habt, wird der Tod an Eure Schwelle treten. Der

Tod ist ein listiger und erbarmungsloser Jäger. Niemand entkommt seinen Fängen.«

Cait entzog ihm ihre Hand, nachdem er geendet hatte, und dankte ihm dafür, dass er es ihr gesagt hatte; dann wünschte sie ihm eine gute Nacht und drehte sich um.

»Zur Umkehr ist es noch nicht zu spät«, rief ihr der Magier hinterher. »Die Zukunft ist in Sand geschrieben, nicht in Stein gemeißelt.«

»Vergesst die Frau, sage ich. Sie bedeutet uns nichts.«

Komtur de Bracineaux betrachtete seinen Gefährten mit eisernem Blick. »Sie hat den Brief des Papstes gestohlen.«

»Selbst wenn sie den goldenen Nachttopf des Papstes gestohlen hätte, was nützt ihr das?« Felix d'Anjou lehnte seine lange Gestalt gegen die steinerne Balkonbrüstung, beäugte das Obst in der Glasschüssel auf dem Tisch vor ihm und zog das Messer aus seinem Gürtel. Der rot-blau gestreifte Sonnenschirm flatterte leicht in der Brise.

»Sie hat den Brief, und sie ist nach Damaskus gegangen.«

»Genau meine Rede«, erwiderte Baron d'Anjou und spießte eine Birne auf. Er schnitt ein Stück Fleisch heraus und hob es auf der Messerspitze zum Mund.

»Seid Ihr jetzt vollends verrückt geworden, d'Anjou?«, fragte der Templerkomtur. Er saß träge auf seinem Stuhl, die weiße Tunika bis zur Hüfte offen, und der Schweiß rann ihm in dicken Tropfen über den Leib.

»Vielleicht«, räumte der Baron besonnen ein; »aber mir ist der Gedanke gekommen, dass sie nur aus einem Grund nach Damaskus gegangen sein kann.«

»Und der wäre?«

»Sie hat nicht die geringste Idee, *was* sie da gestohlen hat.« D'Anjou schnitt sich ein weiteres Stück von der Birne ab und warf den Rest in den Garten hinunter. »Das heißt, die Frau hat weder eine Ahnung, was der Brief wert ist, noch was er bedeutet. Sie ist schlicht eine Gelegenheitsdiebin – und dazu noch nicht einmal eine besonders kluge. Vermutlich kann sie noch nicht einmal lesen.«

»Das ist genau der Grund, warum wir den Brief zurückholen müssen«, erklärte de Bracineaux.

»Warum?« Der Baron stocherte mit dem Messer in seinen Zähnen herum.

»Damit kein anderer den Brief in die Finger bekommt und seinen Wert erkennt. Mein Gott, d'Anjou«, knurrte der Templer frustriert, »worüber haben wir eigentlich die ganze Zeit geredet?«

Baron d'Anjou schnaufte. Er spießte eine Feige auf und hob sie hoch. »Umso mehr Grund, das Mädchen zu vergessen und stattdessen den Schatz zu holen – *bevor* irgendjemand uns zuvorkommt.«

Der Komtur betrachtete seinen blondhaarigen Gefährten einen Augenblick lang. Er hatte eindeutig etwas Unnatürliches an sich. In all der Zeit, da Renaud ihn kannte, hatte er Félix d'Anjou nie schwitzen gesehen. Die Sonne mochte das Land in einen Glutofen verwandeln, doch der blasse Baron schien sich stets wohl zu fühlen. Ebenso regte ihn niemals etwas auf; nichts machte ihn wütend oder ließ ihn die Fassung verlieren. Er schien überhaupt keine Gefühle zu besitzen, sondern stellte sich jedweder Prüfung mit demselben Gleichmut. Manche mochten diese disziplinierte Haltung als Ausdruck von Mut und Selbstvertrauen werten, doch de Bracineaux wusste, dass das nicht stimmte.

»Es sei denn natürlich, Ihr wünscht Euer tief empfundenes Verlangen zu stillen, die Schlampe dafür zu bestrafen, dass sie Eure Gutmütigkeit ausgenutzt hat«, fuhr d'Anjou fort. »Dann würde ich solch ein sinnloses Streben natürlich verstehen.«

Der Baron aß ein Stück von der Feige und warf den Rest über die Schulter zur Birne in den Garten hinunter. »Aber so, wie die Dinge liegen, wage ich zu behaupten, dass Ihr besser daran tätet, diese Mystische Rosenblüte zu verfolgen, oder wie auch immer Ihr sie nennen mögt.«

»Bei Gott, d'Anjou«, erwiderte de Bracineaux langsam,

»aber ich beginne, in Euren Worten einen gewissen Sinn zu sehen.«

Er goss noch etwas von dem gekühlten Limonensaft in den großen Silberbecher vor ihm und rieb sich mit dem kühlen Metall über die Stirn, bevor er die süß-saure Flüssigkeit trank.

»Wir könnten aufbrechen, sobald die Truppen aus Jerusalem eingetroffen sind«, sagte der Baron. Seine Klinge schwebte über der Obstschüssel, bereit zuzustoßen. »Das Wetter wird weiter so gut bleiben. Wir können Asturien lange vor Anbruch des Herbstes erreichen – oder wie auch immer die Gegend heißt.«

»Was das betrifft«, sagte der Templerkomtur, »habe ich zwanzig Mann in der Stadt stationiert. Diese Streitmacht reicht vollkommen aus. Ich kann mir nicht vorstellen, dass wir mehr brauchen werden. Wir können aufbrechen, sobald die Vorräte verladen sind. Wir könnten schon morgen Früh in See stechen.«

»Noch besser.« D'Anjous Dolch blitzte auf und zerteilte die glatte Haut einer Pflaume. Er hob die Frucht hoch, und roter Saft rann über die Klinge. »Was ist mit dem Kaiser?«

»Wir werden unserem Gastgeber schlicht sagen, dass wir in einer dringenden Kirchenangelegenheit wegmüssen, und ihn um Erlaubnis bitten, sofort aufbrechen zu dürfen. Ich bin sicher, seine Nichte und ihr neuer Mann werden sich bis zu unserer Rückkehr schon zu amüsieren wissen. Wie auch immer, die Armen Ritter Christi haben Besseres zu tun, als Eskorte für frisch verheiratete, verwöhnte Prinzlein und Prinzessinnen zu spielen.« Er nippte an seinem Becher und fügte hinzu: »Das ist unter unserer Würde.«

De Bracineaux stellte seinen Becher ab und stand auf, als wolle er sich just in diesem Augenblick auf den Weg zum Hafen machen. Er blickte in das weiße Sonnenlicht, das auf die Dächer der umliegenden Palastflügel brannte. Die Hitze ließ die Luft vor seinen Augen flimmern. Prompt setzte er sich wieder. »Gislebert!«

Er musste zweimal rufen, bevor der Sergeant aus seinem

Nickerchen nebenan erwachte. »Da bist du ja. Hol mir einen Botenjungen, Sergeant. Ich habe eine Botschaft für den Kaiser.«

Kaiser Manuel Komnenos lag auf einer Couch unter einem Sonnenschirm aus blauer Seide, der von goldenen Stangen gestützt wurde. Der dünne Stoff flatterte in der leichten Brise, die durch den Garten wehte, während der Kaiser die Hände vor der kräftigen Brust gefaltet hatte und mit halb geschlossenen Augen einem seiner Schreiber lauschte, der ihm aus der *Ecloga Justinian* vorlas. Die dünne, nasale Stimme des alten Höflings dröhnte in der Stille des sonnendurchfluteten Gartens und hielt den Kaiser von seinem Mittagsschlaf ab. Zwei kleine, halb nackte Kinder planschten im Springbrunnen unter der Aufsicht eines weiß gewandeten Dieners mit einem breitkrempigen roten Hut.

Als der *Papias* sich näherte, richtete der Kaiser sich auf den Ellbogen auf. Der Beamte verneigte sich so tief, dass seine Amtskette fast den Boden berührte. »Nun?«, verlangte Manuel gereizt zu wissen.

»Komtur de Bracineaux ist eingetroffen, Basileus.«

»Gut. Lass ihn auf der Terrasse warten.«

»Basileus«, sagte der Höfling, »die Sonne ...«

»Ja? Was ist mit der Sonne?«

»Es ist sehr heiß auf der Terrasse, Euer Majestät.«

»Lass ihn einen Hut anziehen.«

»Natürlich, Basileus.«

Der alte Mann hatte während der Unterhaltung aufgehört zu lesen, und nachdem der *Papias* gegangen war, wandte der Kaiser sich an den Vorleser und sagte: »Ich bitte dich, hör nicht auf, Murzuphlos, noch nicht einmal für einen Augenblick, sonst kommen wir damit nie durch.«

Manuel lehnte sich zurück und lauschte dem Vorleser noch eine Weile länger. Als er dann schließlich bereit war, Audienz zu halten, stand er auf, dankte dem alten Mann und sagte: »Wir werden morgen damit weitermachen.« Er rief dem weiß gewandeten Diener einen Befehl zu, die Kinder aus der Sonne zu bringen, dann ging er zur Terrasse. Als er die Galerie betrat, kamen ihm zwei Höflinge entgegen – der *Protovestiarius* und der *Silentarius*. Ersterer hielt dem Kaiser eine lange, ärmellose Robe aus Purpur hin, verziert mit Granatäpfeln, die man mit goldenen und scharlachroten Fäden angenäht hatte. Manuel streifte die Robe über und wartete geduldig, bis die Bänder verschnürt waren. In der Zwischenzeit reichte ihm der zweite Diener einen Hut, dessen Krempe vorne an einen Schiffsbug erinnerte und den der Kaiser dem Diener gestattete ihm aufzusetzen.

Der *Silentarius* verneigte sich und wich rückwärts zurück, wobei er sich auf seinen Amtsstab aus Ebenholz stützte; dann führte er den Kaiser auf die Terrasse, wo ein heißer und sich sichtlich unwohl fühlender de Bracineaux wartete.

»Ah, da seid Ihr ja, Komtur«, sagte der Kaiser. Er betonte den Satz so, als hätte er den Templer den ganzen Tag lang gesucht.

De Bracineaux schluckte seine Verärgerung hinunter. »Wie immer ist es mir ein Vergnügen, Basileus.« Er lächelte, und Schweiß rann über sein rotes Gesicht.

»Hier draußen ist es sehr angenehm«, bemerkte der Kaiser und ging zur Brüstung der Terrasse. Unterhalb der Stadtmauern konnte er das Goldene Horn sehen, dessen Wasser im Sonnenlicht golden funkelte. Er beobachtete die Boote, die endlos über die breite Wasserstraße zogen. »Dieser Anblick ermüdet Uns nie.«

»Es ist eine wunderbare Aussicht, Basileus.«

»Ja, das ist es.« Der Kaiser stand an der Brüstung, die Hände hinter dem Rücken verschränkt, und blickte über das Wasser zu den blauen Hügeln dahinter; scheinbar war er tief in Gedanken versunken.

De Bracineaux wartete ein paar Augenblicke, doch als der Kaiser ihn vergessen zu haben schien, räusperte er sich und sagte: »Ich glaube, Ihr wolltet mich sehen, Basileus.«

»Wollten Wir das?«, fragte der Kaiser. Er drehte sich zu

dem Komtur um und betrachtete ihn milde. »Ihr solltet diesen schweren Mantel ablegen, Komtur«, bemerkte er. »Ihr seht aus wie ein Ochse am Spieß.«

»Ja, es ist sehr warm, Basileus«, stimmte ihm der schwitzende Templer zu. Die Sonne brannte auf seinen roten, unbedeckten Kopf.

Manuel lächelte. »Wir haben die Nachricht erhalten, dass Ihr Konstantinopel zu verlassen wünscht.«

»Mit Eurer freundlichen Erlaubnis, Basileus. Aufgrund einer Angelegenheit von größter Wichtigkeit wird meine Gegenwart andernorts verlangt.«

Der Kaiser akzeptierte das. »Werden Wir erfahren, um was für eine wichtige Angelegenheit es sich dabei handelt?« Aufmerksam beobachtete er, wie der Templer versuchte, der Frage auszuweichen.

»Es handelt sich um eine Verfahrensfrage, Basileus«, antwortete de Bracineaux nach kurzem Zögern. »Ich möchte Euch nicht mit den Einzelheiten unserer Ordensregeln belästigen.«

»Regelauslegungen können eine sehr mühselige Angelegenheit sein, wie Wir finden.« Der Kaiser atmete tief ein und drehte sich abermals zu den Hügeln jenseits des Goldenen Hornes um. »Dennoch solltet Ihr in Betracht ziehen, dass auch Wir hier wichtige Angelegenheiten haben, welche Eure Gegenwart in Konstantinopel erfordern, Komtur de Bracineaux.«

»Aber Euer Majestät …«, wandte de Bracineaux ein.

Der Kaiser hob die Hand und machte damit dem Protest ein Ende. Ohne zu seinem Besucher zu blicken, sagte er: »Unsere Nichte und ihr neuer Gemahl werden in ein paar Tagen nach Tripolis zurückkehren. Ihr habt eingewilligt, sie zu eskortieren, und Wir beabsichtigen, Euch beim Wort zu nehmen.«

»Bei allem Respekt, Basileus«, konterte der Templer, »ich muss Euch bitten, mich zu entschuldigen.«

»Aber Wir werden Euch nicht entschuldigen, Komtur«, erwiderte Kaiser Manuel in gleichmütigem Tonfall. »Eure *Ver-*

fahren«, er betonte das Wort auf bissige Art, »werden ohne Zweifel warten können, bis Ihr die Pflicht erfüllt habt, die man Euch auferlegt hat.«

»Ohne Zweifel«, erwiderte der Templer steif. »Ihr habt Recht, mich an meine Pflicht zu erinnern. Ich werde gehorchen.«

»Wir sind froh, das zu hören«, sagte Manuel und drehte sich wieder zu seinem Besucher um. »Morgen Abend werden wir ein Festmahl geben, für das Wir auch ein Waffenspiel vorbereitet haben. Wie Wir gehört haben, sind die Franken große Freunde kriegerischer Unterhaltung. Wie heißen diese Spiele noch einmal bei euch?«

»*Turniere*«, antwortete de Bracineaux.

»Ah, ja, das müssen Wir uns merken«, sagte der Kaiser und strahlte vor Freude. »Wir werden ein Turnier abhalten. Wir sind sicher, dass Ihr und Baron d'Anjou es genießen werdet, Komtur.«

»Ich bin Euer untertänigster Diener, Basileus«, sagte der Templer. »Wenn weiter nichts ist, will ich Euch nicht länger belästigen.« Er verneigte sich knapp und wandte sich zum Gehen.

»Wir finden, dass es der Seele gut tut«, sagte der Kaiser, »sich von Zeit zu Zeit einer höheren Autorität zu beugen. Ihr solltet dies öfter einmal versuchen, Komtur.«

»Wir werden verfolgt.«

Die Stimme riss Cait aus ihren Gedanken über den weißen, glühend heißen Himmel und die trockene Straße vor ihnen. Cait schlug die Kapuze zurück und drehte sich im Sattel um; es war Rognvald gewesen, der sie angesprochen hatte.

»Verzeiht mir. Ich möchte Euch nicht belästigen, werte Frau, aber da folgt uns jemand.« Er sprach Nordisch mit ihr, und sein Akzent erinnerte Cait an den der Fischer, die Zuflucht in Banvarð suchten, wenn schlechtes Wetter sie in die Bucht getrieben hatte. Diese Leute stammten auch aus Norwegen, und der Klang der Stimmen der Ritter beruhigte Cait; es vermittelte ihr das Gefühl, mit einem fernen Verwandten zu sprechen.

»Wie viele?« Cait warf rasch einen Blick über die Schulter zurück, sah aber niemanden außer dem Eigentümer der Pferde, die sie gemietet hatten, und dessen zwei Söhnen, die die Esel führten. Hinter ihnen erstreckte sich die knochentrockene Straße über die Hügel bis nach Damaskus, das nun nur noch als flimmernder Lichtstreifen in dem dunstigen Hitzeschleier am Horizont zu erkennen war.

Rognvald antwortete: »Nur einer.« Er betrachtete Cait neugierig. »Hattet Ihr gedacht, da wären mehrere.«

»Was ich gedacht habe, ist egal«, erklärte Cait mit fester Stimme.

»Ich glaube«, erwiderte der Nordmann, »Ihr werdet mir Euer Geheimnis früher oder später anvertrauen müssen. Wenn Ihr es mir schon jetzt sagen würdet, könnte ich Euch vielleicht helfen.«

»Ich habe keine Geheimnisse.« Cait blickte noch einmal hinter sich die Straße hinunter und sah eine kleine dunkle Gestalt rasch hinter einer weit entfernten Hügelkuppe verschwinden. »Zumindest keine, die ich mit Euch diskutieren will.«

»Wie Ihr wünscht.«

Eine Zeit lang ritten sie schweigend weiter, und Cait richtete ihre Gedanken auf die nächsten Schritte, die vor ihr lagen. Der Erwerb ihrer ritterlichen Leibgarde war erst der Anfang. Die Männer mussten ordentlich eingekleidet und bewaffnet werden, und sie brauchten Pferde – was alles recht teuer sein würde. Cait würde noch mehr von den übrig gebliebenen Wertsachen aus der Truhe ihres Vaters verkaufen müssen, wenn nicht sogar alles. Sie hatte den Rittern angeboten, ihnen schon in Damaskus neue Kleider zu kaufen, doch die Nordmänner zogen ihre Lumpen Sarazenenkleidung vor, und etwas anderes hatte es in der Stadt nicht gegeben. Waffen hätten sie ohnehin nicht kaufen können; es war den Arabern unter Androhung der Todesstrafe verboten, Kriegsgerät an Christen zu verkaufen. Cait besaß ihren Dolch, doch die schmale Klinge war das Einzige, das die Gruppe zu ihrem Schutz besaß. In Tyros würden sie jedoch alles kaufen können, und die Pferde konnten ohnehin noch warten.

»Warum habt Ihr uns freigekauft?«, fragte Rognvald.

»Hmmm?«, erwiderte Cait, die nur vage bemerkt hatte, dass er mit ihr sprach. »Das habe ich Euch doch schon gesagt.«

»Eure Pilgerfahrt, ja, ja. Aber da Ihr mir nicht sagen wollt, wohin wir eigentlich gehen, muss ich annehmen, dass es noch einen triftigeren Grund gibt.«

Cait dachte einen Augenblick lang nach. »Als junger Mann hat mein Vater das Heilige Land besucht«, erklärte sie schlicht. »Er hat Jerusalem nie erreicht, und immer hat er zurückkehren und seine Pilgerfahrt beenden wollen. Vergangenes Jahr hat er sich entschlossen, es endlich zu tun und Alethea und mich mitzunehmen. Er hat uns die Orte zeigen wollen, wo er gewesen ist.«

»Einschließlich des Gefängnisses?«

Cait verzog das Gesicht. »Mein Vater war dort einst gefangen.«

»Das hattet Ihr erwähnt. Wo ist Euer Vater jetzt?«

Die Falten auf Caits Stirn vertieften sich. Als sie nicht antwortete, blickte Rognvald sie an und sah die konzentrierte Anspannung in ihrem Gesicht. Sie schien so lange über die Frage nachzudenken, dass Rognvald schon nicht mehr glaubte, dass sie sie beantworten würde; doch bevor er weiterreden konnte, sagte sie: »Wir haben Halt in Konstantinopel gemacht, um uns die Stadt anzusehen und unsere Vorräte aufzufüllen. Während unseres Aufenthalts hat eine von Kaiser Manuels vielen Nichten geheiratet, und wir haben uns die Zeremonie angesehen. Sie wurde in der Kathedrale der Heiligen Sophia getraut; Tausende waren dort.«

Cait schaute Rognvald nicht an, während sie sprach, sondern hielt ihre Augen stur geradeaus gerichtet – auch wenn sie in Wahrheit nach innen blickte. Und ihre Stimme besaß eine Weichheit, die vorher nicht da gewesen war, einen traurigen Unterton.

»Als der Gottesdienst vorüber war, bin ich der Menge auf die Straße hinaus gefolgt, um Braut und Bräutigam davonziehen zu sehen. Mein Vater ist jedoch in der Kirche geblieben, und als ich wieder zurückgekehrt bin, habe ich ihn mit einem Mann reden sehen. Aber als ich ihn dann schließlich erreichte, war der Mann verschwunden und mein Vater niedergestochen.«

»Der Mann hat Euren Vater erstochen?« Rognvald legte ungläubig die Stirn in Falten. »In einer Kirche?«

»Er ist in meinen Armen gestorben«, bestätigte Cait und nickte traurig. »Am nächsten Tag haben wir ihn dann auf dem Friedhof eines Klosters beigesetzt und sind nach Damaskus weitergesegelt.«

»Ich verstehe.« Der Ritter nickte nachdenklich. »Also wollt Ihr Euren Vater ehren, indem Ihr die Pilgerfahrt nach Jerusalem beendet.«

Nun runzelte Cait die Stirn. »Nein«, sagte sie und zögerte dann. Sie wollte nicht mehr sagen.

»Ah«, vermutete Rognvald, »hier verbirgt sich also das Geheimnis.«

»Es gibt kein Geheimnis«, wiederholte Cait hartnäckig.

»Dann sagt es mir. Wo gehen wir hin?« Er betrachtete sie mit wohlwollendem Interesse. »Kommt, meine widerwillige Frau, Ihr habt uns Euer Leben und das Eurer Schwester anvertraut, dann könnt Ihr uns ja wohl auch Euer Geheimnis anvertrauen.«

»Ich werde es Euch sagen«, beschloss Cait schließlich, »aber nicht jetzt. Wenn wir an Bord des Schiffes sind … dann werde ich es Euch sagen.«

Herr Rognvald akzeptierte ihre Entscheidung. »Einverstanden.« Er lächelte. »Ich freue mich schon, es zu erfahren.«

Cait blickte erneut zurück. »Was sollen wir wegen unseres Verfolgers unternehmen?«

»Ein Stück weiter vorne gibt es einen kleinen Fluss«, sagte Rognvald und deutete auf eine Reihe kleiner, staubbedeckter Bäume. »Es wird allmählich heiß. Dort können wir uns ausruhen und abwarten, was passiert.«

Cait erklärte sich einverstanden, und langsam bewegte sich die Gruppe auf die Bäume zu. Das Flussbett war ausgetrocknet; statt Wasser gab es hier nur Steine und dürres Gras, doch allein der Schatten bedeutete schon Erleichterung von der Hitze und dem wilden Angriff der Sonne. Sie stiegen ab, und während der Eigentümer der Pferde und Esel jedem Tier eine Hand voll Hafer aus einem Sack gab, suchten die Ritter und Seeleute sich schattige Plätzchen unter den Bäumen, um sich dort auszuruhen. Rognvald ritt ein Stück abseits zu einer Stelle, von wo aus er die Straße beobachten konnte.

Cait nahm den Wasserschlauch hinter ihrem Sattel herunter, zog den Stopfen heraus und trank einen kräftigen Schluck; das Wasser war warm, doch es befeuchtete ihre Lippen und Zunge und spülte den Staub aus ihrer Kehle.

Aufgrund ihrer langen Gefangenschaft waren die Ritter die

Hitze und die Sonne nicht mehr gewöhnt, ebenso wenig wie den Sattel. Tapfer schleppten sie sich in den Schatten und ließen sich auf den Boden fallen. Nach nur einem halben Tag an der frischen Luft war ihre Gefängnisblässe dem Rosa eines ausgewachsenen Sonnenbrands gewichen. Cait betrachtete sie zweifelnd. Es würde eher Wochen als Tage dauern, schätzte sie, bis diese Männer wieder kämpfen konnten. Daher beschloss sie, es von nun an um ihretwillen ein wenig langsamer angehen zu lassen, auch wenn sie möglichst rasch zum Schiff zurückkehren wollte.

Sie reichte Otti den Wasserschlauch und sagte, er solle trinken und ihn weitereichen; dann setzte sie sich auf einen umgestürzten Baumstamm und schloss die Augen. Nach kurzer Zeit hörte sie, wie sich jemand neben ihr unter demselben Baum niederließ, und als sie sich umschaute, sah sie die schlacksige Gestalt von Dag.

»Warum Steinbrecher?«, fragte Cait.

Dag lächelte, und in den Winkeln seiner blauen Augen erschienen tiefe Falten. »Nun«, antwortete er, »ich bin in Jütland geboren, wo es viele Steingräber und einzelne Steine gibt, die einst den Alten gehört haben. Es ist ein sehr schönes Land – manchmal ist es ein wenig kalt, aber man kann dort gut jagen. Einmal war ich mit meinen Brüdern auf der Jagd, als wir einen Elch entdeckt und uns an die Verfolgung gemacht haben. Obwohl ich der Jüngste war, bin ich vorausgeprescht!« Die Erinnerung ließ ihn lächeln, und auch Cait lächelte, denn Dag klang wie die Fischer in Banvarð, deren Stimmen wegen der Höhen und Tiefen der Wörter sich hoben und senkten wie ein Schiff, das sich auf den Wellen des Meeres auf und ab bewegt.

»Nun«, fuhr Dag fort, »ich bin also vorausgeprescht und an einem dieser aufrecht stehenden Steine vorbeigekommen. Wie das Glück es wollte, trat mein Pferd in diesem Augenblick in ein Dachsloch, und ich wurde aus dem Sattel geschleudert. Nun, ich bin gegen den Stein geflogen.« Er schlug die Faust in die Hand, um die Geschichte mit dem passenden

Geräusch zu untermalen. »Ich bin mit dem Kopf dagegen geflogen und habe ihn umgeworfen. Der Stein fiel, und ich fiel auch. Meine Brüder glaubten, ich sei tot, aber als sie zu mir kamen, um nach mir zu sehen, stellten sie fest, dass ich noch lebte. Und als sie mir aufstehen halfen, sahen sie, dass der Stein unter mir zerbrochen war.« Er grinste, und seine weißen Zähne funkelten in der Sonne. »Von diesem Tag an war ich Dag Steinbrecher.«

Als er die beiden miteinander sprechen hörte, rutschte Yngvar näher heran, um sich zu ihnen zu gesellen; Svein tat es ihm nach. Cait bemerkte, dass Alethea dem hübschen nordischen Edelmann ebenfalls fasziniert zuhörte, auch wenn sie Nordisch nicht annähernd so gut verstand wie ihre Schwester.

»Erzähl uns, wie *du* an deinen Namen gekommen bist, Svein«, sagte Dag und stieß seinen Kameraden mit dem Ellbogen an.

»Nein«, erwiderte dieser, »meine Geschichte ist nicht gerade so erhaben wie die von Dag.« Doch als auch die anderen ihn ermutigten, seufzte er und begann zu erzählen: »Mein Vater züchtete Hunde; jedes Jahr musste er drei gute Hunde ausbilden und als Tribut an König Sigurd geben. Er besaß mehrere gute Hündinnen, aber sein Liebling war eine gutmütige Braune mit Namen Fala. Ein paar Monate nach meiner Geburt verlor Fala ihren Wurf. Sie war sehr aufgeregt deswegen, und sie wollte weder essen noch trinken. Mein Vater gab ihr gutes Fleisch am Knochen, doch sie weigerte sich standhaft.

Das ging so weiter, bis mein Vater glaubte, er würde sie töten müssen. Er wartete, so lange es ging, doch irgendwann musste es getan werden. Also holte er Fala hinter die Scheune zu kehrte, war Fala nirgends zu sehen. Sie suchten sie überall, und schließlich fanden sie sie neben mir in meinem Bett; sie hatte mir den Knochen gebracht.

Beide kauten wir auf dem Knochen herum – Fala an einem Ende und ich an dem anderen. Seitdem bin ich Svein Knorpelknochen.«

Er machte die Mundbewegungen eines Jungen, der auf

einem Knochen herumkaute, und Alethea lachte laut auf; die anderen stimmten in das Lachen mit ein, obwohl sie die Geschichte schon kannten. »Was ist mit Rognvald?«, fragte Cait. »Hat er auch noch einen Namen?«

Die Ritter blickten sich gegenseitig an und zuckten dann mit den Schultern. »Falls ja«, antwortete Yngvar, »dann habe ich ihn zumindest nie gehört.«

»Wie seid ihr in Gefangenschaft geraten?«, fragte Cait. Als niemand antworten wollte, fügte sie hinzu: »Wenn euch die Geschichte unangenehm ist, müsst ihr sie mir nicht erzählen. Aber glaubt nicht, mich schonen zu müssen. Mein Vater ist als junger Mann von den Seldschuken gefangen genommen worden – so ist er ins Gefängnis von Damaskus gekommen. Also weiß ich, wie schrecklich das sein kann.«

»Euer Vater ist auch in Gefangenschaft gewesen?«, wunderte sich Yngvar. »Die Geschichte würde ich gerne einmal hören.« Die anderen nickten zustimmend.

In diesem Augenblick ertönte jedoch von der Straße her ein Schrei, und alle rannten zum Waldrand und sahen Rognvald auf sie zu reiten, einen Fremden im Schlepptau. Cait erkannte eine blassgelbe Tunika und eine ebenso gefärbte Hose, kurz geschorenes, dunkles Haar, und sie lief auf die beiden zu.

»Ich habe ihn geschnappt, als er sich hinter dem Hügel da hinten versteckt hat«, sagte Rognvald. Damit der Gefangene ihn auch verstand, sprach er Latein. Er schubste den Mann vor sich her. »Er hat uns ausspioniert.«

»Ich habe mich nur ausgeruht!«

»Was machst du hier, Abu?«, verlangte Cait zu wissen.

»Mein Esel ist wegen dem da weggelaufen.«

Der junge Syrer verschränkte die Arme vor der Brust und schmollte.

»Antworte mir, Abu. Was hast du hier zu suchen?«

»Bitte, Sharifah, schickt mich nicht wieder weg. Ihr werdet jemanden brauchen, der für Euch spricht. Das kann ich. Bitte, lasst mich Euch begleiten.«

»Was ist mit den Kranken und Sterbenden, die auf dich vertrauen – die Patienten, um die du dich Tag und Nacht kümmern musst?«

Abu verzog das Gesicht. »Habt Ihr auch nur eine Vorstellung davon, wie schwer es für einen Arzt in einer Stadt wie Damaskus ist? Ihr braucht schon ein, zwei Emire oder dergleichen, um zu überleben.«

Cait sah ihn streng an. »Hast du überhaupt Patienten?«

»Um Euch die Wahrheit zu sagen«, antwortete Abu, »nein.«

»Und bist du überhaupt ein Arzt?«, fragte Cait in einem Tonfall, der ihm eindeutig signalisierte, er solle es ja nicht wagen, sie anzulügen.

»Ich habe in Bagdad Medizin studiert, ja, das habe ich«, erklärte Abu. Dann senkte er die Stimme und fügte hinzu: »Aber nur ein wenig. Es ist ein sehr schwerer Beruf. Ihr habt ja keine Ahnung.«

»Das Studium war also so hart, dass du einfach aufgegeben hast.«

»Das habe ich nicht!«, widersprach Abu. »War es etwa mein Fehler, dass mein Lehrer hingerichtet worden ist?«

Yngvar hatte genug gehört. »Gestattet uns, ihn fortzuschicken, werte Frau.«

»Noch nicht«, erwiderte Cait. »Ich möchte das Ende der Geschichte hören. Svein, Dag, sucht seinen Esel und bringt ihn her. Du«, sagte sie an Abu gewandt, »du kommst mit mir.«

Sie kehrten in den Schatten unter den Bäumen zurück und setzten sich wieder. Abu saß vor Cait und Rognvald und Yngvar rechts und links neben ihm – das Ganze hatte etwas von einer Gerichtsverhandlung. Alethea hockte unter einem Baum in der Nähe und täuschte Desinteresse vor. Caits Fragen brachten allmählich heraus, dass Abu, während er eine Zeit lang wegen des Diebstahls von Eiern in einem Bagdader Gefängnis dahinvegetiert hatte – »Woher hätte ich wissen sollen, dass die Hennen dem *Qadi* von Bagdad gehört haben?« –, per Zufall den gefeierten Muslah Abd Allah Ud-Din Ibn Arabi al-Tusi kennen gelernt hatte, den Hofarzt des Kalifen.

Der berühmte Arzt war aufgrund eines fehlgeschlagenen Versuchs, den Kalifen zu vergiften, ins Gefängnis geworfen worden. »Das war ein schwerer Fehler, eine Ungerechtigkeit allergrößter Ordnung«, erklärte Abu mit überraschender Leidenschaft. »Der Kalif war nicht sehr beliebt, das ist wahr. Jene, die bei seinem Begräbnis getanzt hätten, waren so zahlreich wie Sandkörner in der Wüste. Aber der liebe, alte al-Tusi hätte es genauso wenig über sich gebracht, den Mann zu vergiften, wie ein Hund in den Kochtopf seines Herrn pissen würde. Er war ein weiser Mann, ein Gelehrter von allerhöchstem Rang – ein wahrer Heiliger.« Traurig schüttelte Abu den Kopf. »Nachdem die Meuchelmörder gescheitert waren, brauchten sie einen Sündenbock, und dafür suchten sie sich den Leibarzt des Kalifen aus. Tatsächlich war er sogar das perfekte Opfer: Seine Empörung über die Vorwürfe ihm gegenüber war viel zu groß, als dass er sich verteidigt hätte.«

»Also hast du den Arzt im Gefängnis kennen gelernt«, sagte Rognvald. »Warst du nie sein Schüler?«

»Nicht so, wie ihr euch das vorstellt.«

Yngvar griff sich einen kräftigen Ast.

»Aber er hat mich dennoch unterrichtet«, beeilte sich Abu hinzuzufügen. »Muslah hat mir erlaubt, ihm zu helfen, wenn er sich um die anderen Gefangenen gekümmert hat. Er hat mir auch Griechisch beigebracht. Ich habe sehr viel von ihm gelernt.«

»Was ist mit Kairo?«, fragte Cait misstrauisch. »Warst du je dort?«

»Oh, das war ich in der Tat, Sharifah. Es ist eine sehr große Stadt. Ich könnte Euch dort als Führer dienen, wenn Ihr wollt.«

»Aber du hast dort nie studiert.«

»Leider nein.« Abu ließ traurig die Schultern hängen. »Ich bin dorthin gegangen, um zu studieren, das ist wahr, aber ich bin an ein paar üble Kerle geraten, die für einen Bordellbesitzer gearbeitet haben – den Besitzer des besten Bordells in ganz Ägypten!«

»Jetzt, werte Frau?«, fragte Yngvar und schlug mit dem Stock gegen sein Bein.

»Trotzdem«, bekannte Abu Sharma, »war es in vielerlei Hinsicht eine gute Schule. Ich habe dort viel gelernt.«

Cait schwieg einen Augenblick lang und musterte den reumütigen jungen Mann. »Warum sollte ich dir erlauben, uns zu begleiten?«, fragte sie schließlich.

»Diese Männer, die Ihr aus dem Gefängnis freigekauft habt«, antwortete Abu und deutete auf die Ritter. »Vor Euch steht ein Mann, dessen Not nicht geringer ist als die ihre, als Ihr sie aus Mujirs Kerker befreit habt.«

»Du bist für deine Dienste gut bezahlt worden. Wie kannst du da sagen, dass du in Not bist?«

»Die ganze Zeit über, die ich in Damaskus verbracht habe«, antwortete Abu in feierlichem Tonfall, »habe ich niemanden wie Euch getroffen. Sharifah, wenn Ihr etwas sagt, dann tut Ihr es auch. Euer Leben hat einen Sinn, Ihr habt ein Ziel, während ich keines habe. Ich bemühe mich weiß Gott, aber ich habe in allem versagt. Wenn Ihr mir erlaubt, Euch zu begleiten, dann werde auch ich ein Ziel haben, und mein Leben wird einen Sinn bekommen.« Er blickte Cait flehentlich an. »Lasst mich mit Euch kommen. Beim Kopf meines Vaters verspreche ich Euch, dass Ihr es nicht bereuen werdet.«

Cait runzelte die Stirn und betrachtete den jungen Mann mit einem Hauch von Verzweiflung.

»Falls Ihr noch mehr mit Arabern zu tun habt«, beeilte sich Abu zu erklären, »werdet Ihr sicherlich jemanden brauchen, der für Euch spricht.«

»Also schön«, sagte Cait, nachdem sie sich entschieden hatte. »Du kannst dich uns anschließen.«

»Danke, Sharifah. Oh, ich danke Euch«, seufzte Abu erleichtert. Er sprang vor, packte Caits Hand und drückte sie an seine Lippen. »Ihr habt Euch richtig entschieden, Ihr werdet sehen. Gott will es, Amen!«

»Geh und hilf Svein und Dag, deinen Esel zu finden«, befahl Cait und zog ihre Hand zurück.

Rognvald starrte sie einen Augenblick lang an, schließlich stand er wortlos auf und stapfte davon. »Was hat er denn?«, fragte sich Cait laut.

»Er regt sich gerade ein wenig auf, glaube ich«, antwortete Yngvar.

Cait stand auf, lief Rognvald hinterher und holte ihn bei den Pferden ein. Sie beobachtete ihn eine Zeit lang, während er so tat, als würde er die Tiere untersuchen. »Nun? Was immer es sein mag, Ihr könnt es genauso gut ausspucken.«

»Es gibt nichts zu sagen.« Rognvald schaute Cait nicht an.

»Ihr haltet es für einen Fehler.«

»Jetzt wisst Ihr also schon, was alle denken.«

»Irre ich mich?«, verlangte Cait zu wissen. »Schaut mich an und sagt mir, dass ich mich irre.«

»Ehrliche Menschen lassen sich nicht mit Dieben ein.«

»Und sie geben sich auch nicht mit dem Auswurf einer Geiselzelle ab«, erwiderte Cait in hartem Tonfall. »Darüber habt Ihr Euch nicht beschwert.«

Die Gesichtszüge des Ritters verdüsterten sich ob dieses Seitenhiebes, doch bevor er etwas darauf erwidern konnte, sagte Cait: »Hört mir gut zu. Ich habe hier das Sagen, und ich werde nicht zulassen, dass irgendjemand meine Autorität in Frage stellt. Verstanden?«

»Vollkommen«, antwortete Rognvald und fügte dann hinzu, »werte Frau.« Er verneigte sich steif, drehte sich um und ging davon.

Cait kehrte zu ihrem Platz unter dem Baum zurück und setzte sich. »Du hast ihn wütend gemacht«, bemerkte Alethea.

»Er wird schon lernen, wer hier das Sagen hat.«

»Du solltest netter zu den Leuten sein. Vielleicht möchtest du eines Tages, dass sie nett zu dir sind.«

»Erspar mir deine Moralpredigten, heilige Alethea.«

Thea schnaufte und hielt den Mund. Cait lehnte sich gegen den Stamm und schloss die Augen; sie dachte über all die anderen Dinge nach, die sie dem hochmütigen Herrn Rognvald am liebsten an den Kopf geworfen hätte, um ihn auf seinen Platz zu verweisen.

Nach einiger Zeit kehrten die anderen mit Abus Esel wieder zurück. Den Rest des Tages über ruhten sie sich aus und brachen erst wieder auf, als die Sonne im Westen mit ihrem Abstieg begann. Nach Mittag waren ein paar Wolkenfetzen von der Küste her herangetrieben, und es war ein wenig frischer geworden. So setzte die Gruppe ihre Reise unter weit angenehmeren Bedingungen fort als zuvor und hielt erst wieder an, als man die Straße in der Dunkelheit kaum mehr sehen konnte.

Sie schlugen ihr Lager ein Stück von der Straße entfernt in einem alten Olivenhain auf, der von einer kleinen Quelle bewässert wurde. Während die anderen sich daranmachten, die Pferde zu tränken, bereiteten Haemur, Otti und Yngvar das Abendessen vor. Als das Essen fertig war, stand der Mond bereits hoch am Himmel, und nachdem alle satt waren, streckten sie sich neben dem verlöschenden Feuer zum Schlafen aus. Caitríona lag noch lange Zeit wach und beobachtete, wie die Sterne über den Himmel wanderten. Der Mond zog seine Bahn über die weit entfernten Hügel, und die Nachttiere erwachten zum Leben. Irgendwo in der Wildnis sang ein Vogel und erfüllte dic Stille mit seinem traurigen Lied. Die Tränen traten Cait in die Augen, denn sie hörte in dem Lied den Schrei ihrer eigenen verwundeten Seele, und sie spürte einen harten Schmerz in ihrem Inneren – als wäre ein Eissplitter in ihre Brust gedrungen und hätte sich tief in ihrem Herzen festgesetzt.

Sie würde den Schmerz spüren, sagte sich Cait, bis sie – als Gottes Rachewerkzeug – de Bracineaux' schwarze Seele zu seinem Richter gesandt hatte.

Die Nacht schenkte Cait keine Ruhe, und als sie am Morgen aufstand, begann sie den neuen Reisetag in gereizter und schlechter Stimmung. Die Gefährten brachen das Lager ab und machten sich auf den Weg. Es dauerte nicht lange, und Cait ritt wieder neben Rognvald.

»Sobald wir Tyros erreichen, werden wir euch ein paar Waffen besorgen«, sagte sie, als das unangenehme Schweigen zwischen ihnen kaum noch zu ertragen war. »Dort gibt es gute Märkte. Wir können dort kaufen, was ihr wollt.«

Rognvald dankte ihr, schwieg ansonsten aber.

»Ich hätte es vorgezogen, Waffen in Damaskus zu kaufen«, fuhr Cait fort, »aber den Händlern ist es verboten, Waffen an Christen zu verkaufen.« Sie hielt kurz inne und blickte zu dem großen Nordmann. Sein stolzes Schweigen ärgerte sie allmählich.

»Ich nehme an«, sagte sie in dem Versuch, ihn aus der Reserve zu locken, »Abu hätte uns dort etwas besorgen können.«

Wieder wartete sie darauf, dass er antwortete. »Nein«, sagte er schließlich. »So ist es besser.«

»Besser?«, forderte Cait ihn heraus, und aus ihrem Ärger wurde Wut. »Besser in welcher Hinsicht? Ritter ohne Waffen sind nicht sehr nützlich.« Rognvald blickte sie ruhig an, und das erzürnte sie noch mehr. »Nun?«, verlangte sie zu wissen.

»Wenn einer von Sultan Mujir ed-Dins Soldaten uns in der Stadt auch nur mit einem Obstmesser erwischt hätte, wir wären sofort wieder im Kerker gelandet – oder Schlimmeres«, erklärte er. »Ich glaube, so ist es besser.«

Aus irgendeinem Grund ärgerte Cait auch diese Antwort.

»Nun denn«, sagte sie in scharfem Tonfall, »sollten wir auf der Straße angegriffen werden, werde ich es Euch überlassen, den Halsabschneidern zu erklären, wie viel *besser* es so ist.«

Sie riss an den Zügeln und wollte davonreiten in der Absicht, ihn erst mal über diese Erwiderung nachdenken zu lassen. Der Ritter streckte jedoch die Hand aus, ergriff das Zaumzeug ihres Pferdes und brachte das Tier so zum Stehen.

Überrascht und augenblicklich wütend, funkelte Cait ihn drohend an. Sie wollte ihn schon für seine Unverschämtheit schlagen, als er ihr in die Augen sah und in leisem, behutsamem Tonfall sagte: »Solange ich atmen kann, wird Euch kein Leid geschehen.«

Er hielt kurz inne, um sicherzugehen, dass Cait ihn verstanden hatte, dann fügte er hinzu: »Das schwöre ich hiermit feierlich, und solch einen Schwur lege ich nicht leichtfertig ab.« Erneut schaute er Cait in die Augen, und sein Blick machte sie nervös.

»Werte Frau«, sagte Rognvald und ließ Caits Pferd wieder los. Dann zog er an seinen Zügeln und ritt allein weiter.

Verstaubt, wund vom Reiten, hungrig und mit ausgetrockneten Kehlen erreichten Cait und ihre Gefährten die Hafenstadt Tyros. Es war schon spät am Tag, und nach der stickigen Hitze der trockenen Ebene empfand Cait den Seewind als so kühl wie Seide auf ihrer Haut. Während sie über die breite Hauptstraße der Stadt ritten, sah Cait bereits das Funkeln des Meeres vor ihnen, hörte die Schreie der Möwen und fühlte sich in Gedanken sogleich an die Bucht von Banvarð in Caithness versetzt.

Die Freude, die sie bei dieser Erinnerung empfand, schwand jedoch augenblicklich wieder dahin, als ihr bewusst wurde, dass ihr Vater nie mehr nach Hause zurückkehren würde; nie mehr würde er über die wunderbare Bucht segeln, und nie mehr würde er seine geliebte Sydoni umarmen und in die Höhe heben. *Die arme Sydoni*, dachte Cait. *Sie weiß noch nicht einmal, dass Duncan tot ist. Sie wartet auf seine Rückkehr, doch er wird nie mehr zu ihr zurückkehren.*

Cait spürte die Trauer in sich aufsteigen wie Wasser aus einem Brunnen; doch wie das Mädchen in Abt Emlyns Geschichte vom überquellenden Brunnen schob sie den schweren Steindeckel wieder zurück, und die Trauer ließ nach. Sie würde noch genug Zeit haben, den Tod ihres Vaters angemessen zu betrauern. Doch jetzt musste das erst einmal warten. Trauer war ein Luxus, den sie sich nicht leisten konnte – sie hatte so viel zu tun, so viel Verantwortung … Später würde sie trauern, sagte sie sich selbst, später, wenn ihre Arbeit erledigt war. *Du wirst gerächt werden, Papa*, schwor sie sich erneut.

Als sie sich dem Hafen näherten, schickte Cait Haemur und Otti aus, um Essen und Trinken fürs Abendessen zu besorgen, während sie und die anderen zur Mole weiterritten. Nachdem sie abgestiegen waren, entließ Cait den Pferdebesitzer und seine Söhne. Sie bezahlte ihm für die Benutzung der Pferde ein wenig mehr als die vereinbarte Summe, dankte ihm und wünschte ihm Lebewohl. Auch dem Ritter, den sie als Letzten ausgewählt hatte, gab sie eine Hand voll Silbermünzen und schickte ihn mit den Worten auf den Weg: »Solltest du je wieder versucht sein, deine Familie zu verlassen, erinnere dich an deinen Schwur, und vergiss nicht, dass Gott dich dereinst zur Rechenschaft ziehen wird.« Der Ritter verneigte sich und dankte ihr mit überschwänglichen Worten; dann eilte er die Mole hinunter und hielt nach einem schnellen Schiff Ausschau, das ihn nach Hause bringen würde.

Cait stieg an Bord der wartenden *Persephone*, wo sie von Olvir willkommen geheißen wurde, der das Schiff während ihrer Abwesenheit bewacht hatte.

»Seid Ihr sicher, dass das Ritter sind?«, wunderte sich der Seemann und beäugte die Nordmänner, als diese ebenfalls an Bord kamen. »Sie sehen mir mehr wie Schweinediebe aus.«

»Sie waren im Gefängnis«, informierte ihn Cait. »Wie würdest du wohl aussehen, wenn man dich drei Jahre lang in Ketten hätte schmachten lassen?«

»Wer ist der Dunkle? Gehört er auch zu uns?«

»Das ist Abu«, antwortete Cait. Und um weiteren Diskussionen zuvorzukommen, fügte sie hinzu: »Er ist Arzt und Dolmetscher, und er wird sich noch als sehr nützlich bei unseren Geschäften mit den Arabern erweisen.«

Olvir zählte die zusätzlichen Münder, die sie nun jeden Tag würden füttern müssen. »Vielleicht kann ich ihm ja auch noch das Kochen beibringen.«

Cait blickte zur Sonne hinauf und dann zu den anderen Schiffen im Hafen; eines davon erregte ihre Aufmerksamkeit. Am Mast wehte eine weiße Fahne mit einem purpurroten Kreuz: ein Templerschiff. Der plötzliche Anblick ließ sie unwillkürlich zusammenzucken. Sie sagte sich, dass es recht unwahrscheinlich war, dass de Bracineaux sich an Bord dieses Schiffes befand; doch erinnerte sie das Schiff daran, dass der mordlüsterne Komtur überall Verbündete besaß, und er war bestimmt nicht faul. Da die nordischen Ritter nicht sonderlich schnell hatten reisen können, waren sie weit später auf der *Persephone* eingetroffen, als Cait erhofft hatte, und als sie nun das Templerschiff sah, wollte sie keinen Augenblick mehr verschwenden.

»Zeig den Männern, wo sie sich hinlegen können, und hol ihnen was zu trinken und etwas Seife zum Waschen«, befahl sie Olvir. »Dann mach alles bereit, dass wir in See stechen können.«

»So spät noch? Werte Frau, der Tag ist bald vorüber«, protestierte Olvir. »Wir haben kaum Vorräte und nur wenig Frischwasser an Bord. Lasst uns morgen früh aufbrechen, wenn alles gut vorbereitet ist.«

»Kann denn hier niemand einem schlichten Befehl folgen, ohne mir zu widersprechen?« Cait funkelte den widerspenstigen Seemann an. »Ich will aufbrechen, sobald Haemur und Otti vom Marktplatz zurück sind. Jetzt geh und tu, was ich dir sage.«

Ein knurrender Olvir eilte davon, und Cait begab sich in ihre Kabine, um sich zu waschen und umzuziehen. Unter Deck war es kühl und dunkel, was Cait nach all den Tagen in der sengenden Hitze als ausgesprochen angenehm empfand. Es war noch ein wenig Seife übrig sowie ein sauberes Tuch, und Cait gönnte sich den Luxus, ihr Gesicht zu schrubben und ihr Haar zu waschen. Das meiste Wasser im Becken landete auf dem Boden, bevor sie fertig war, und als Alethea hereinkam, beschwerte sie sich über die Pfützen. Doch selbst wenn sie ein zehnmal größeres Durcheinander angerichtet und einen Wochenvorrat an Wasser verbraucht hätte, Cait kümmerte das nicht: Sich endlich wieder sauber zu fühlen, war ihr die Sache wert gewesen.

Cait zog sich ein frisches Leinenkleid an, und als sie sich

wieder zivilisiert fühlte, ließ sie Alethea sich ebenfalls waschen und kehrte aufs Oberdeck zurück. Dort hatten die Nordmänner sich versammelt und stampften mit den Füßen auf den Planken, schlugen mit den Fäusten auf Reling und Mast und machten Bemerkungen über die hervorragende Schiffsbaukunst.

Kurz darauf erschienen Haemur und Otti mit genügend Proviant für ein üppiges Abendessen. Sie hatten Brot, Wein und Oliven auf dem Markt gekauft sowie einen Sack voll Sardinen von einem Fischer, der gerade wieder in den Hafen eingelaufen war. Cait befahl den Rittern, den Fisch zu säubern, und den Seemännern, Olvir beim Ablegen zu helfen.

Rognvald hörte den Befehl und kam zu ihr. »Ich dachte, wir wollten Kleider und Waffen in Tyros kaufen.«

»Ich habe meine Meinung geändert.«

»Ich glaube, Ihr solltet noch einmal darüber nachdenken. Das hier ist ein guter Ort; die Stadt ist sicher und die Märkte berühmt. Hier können wir alles bekommen, was wir wollen.«

»Das können wir auch auf Zypern. Dort werden wir wieder anlegen.«

»Und was, wenn wir von arabischen Piraten überfallen werden, bevor wir Zypern erreichen?«, gab Rognvald zu bedenken.

Darüber hatte Cait nicht nachgedacht, aber sie war fest entschlossen, Rognvald nicht das letzte Wort zu überlassen. »Da wir nachts segeln, werden die Piraten uns gar nicht sehen.«

»Es ist dumm, ein solches Risiko einzugehen«, erklärte Rognvald. »Wäre das mein Boot, ich würde weder Schiff noch Passagiere einer solch unnötigen Gefahr aussetzen.«

Rognvald drehte sich um und ging fort, während Cait ihm wieder einmal wütend hinterherstarrte. Während Svein und Dag die Sardinen ausnahmen, halfen die anderen Olvir, Otti und Haemur, das Schiff klar zu machen. Kurze Zeit später fuhr die schlanke *Persephone* aus dem Hafen hinaus. Trotz Rognvalds Warnung war Cait froh, wieder auf dem Boot und unterwegs zu sein.

Nachdem sie das offene Meer erreicht hatten, bereitete Olvir das Holzkohlenbecken vor, um das Essen zu kochen, und kurz darauf war das Deck von öligem Rauch erfüllt, und die Sardinen brutzelten auf ihren Spießen. Einer nach dem anderen lösten sich die Nordmänner von der Reling und den letzten Blicken auf die bleichen syrischen Hügel, die im Licht des Sonnenuntergangs rot glühten. Sie scharten sich um das Holzkohlenbecken und beäugten hungrig den Fisch. Olvir öffnete den Weinkrug, und schon bald machten Holzbecher die Runde. Während die Männer den kräftigen syrischen Wein probierten, schlenderte Rognvald über das Deck und prüfte kritisch die Taue.

Nach ihrer unangenehmen Unterhaltung zögerte Cait, sich zu ihm zu gesellen, doch dann entschied sie, dass das Leben auf dem Schiff nur mehr peinlich würde, wenn man nach jedem Streit versuchte, sich aus dem Weg zu gehen. So folgte sie Rognvald zum Bug, wo er stehen geblieben war und aufs Meer hinausblickte. »Mein Vater hat dieses Schiff geliebt«, bemerkte Cait und stellte sich neben ihn an die Reling. »So sehr sogar, dass er noch zwei hat bauen lassen, die diesem haargenau gleichen. Trotzdem hat er das Original immer vorgezogen.«

»Ich kann ihn verstehen«, erwiderte der Norwegerherr in freundschaftlichem Tonfall. »Es ist ein schönes Schiff – geeignet für fast jedes Wasser, würde ich meinen.«

Otti erschien mit dem Weinkrug und Bechern. »Der ist nicht schlecht«, sagte er und schenkte Wein ein.

»Auf Eure Gesundheit«, sagte Cait und hob den Becher.

»Und auf die Freiheit«, fügte Rognvald hinzu.

»Auf Gesundheit und Freiheit.« Cait trank einen Schluck Wein und hätte ihn fast wieder in den Becher gespuckt. Sie schluckte und schnappte nach Luft.

Rognvald lächelte gelassen. »Ein wenig kräftig, würde ich sagen.«

»Er ist furchtbar!«

»Vielleicht sollte man ihn mit etwas Honig und Wasser mischen«, schlug Rognvald vor. »Wenn Ihr gestattet?« Der

Nordmann nahm Cait den Becher ab und ging zu den anderen, die den Wein ihrem Geschmack entsprechend zuckerten. Cait beobachtete Rognvald inmitten seiner Männer: So leutselig und bescheiden er wirkte, besaß er doch echte Autorität, eine natürliche Gabe, wie es schien.

Vielleicht habe ich doch kein so schlechtes Geschäft gemacht, dachte Cait, während sie beobachtete, wie er zu ihr zurückkehrte.

»Versucht das einmal«, sagte Rognvald und gab Cait den Becher zurück. »Ich glaube, das werdet Ihr schmackhafter finden.«

Vorsichtig trank Cait einen Schluck; Rognvald wartete auf ihre Reaktion. »Oh, das ist viel besser – sehr viel besser.« Sie dankte ihm, und beide tranken sie. »Wenn galicischer Wein auch nur halb so gut ist, werden wir zumindest nicht verdursten.«

»Ist das unser Ziel?«, fragte Rognvald. »Galicien?«

Cait erkannte, dass sie ihm schon mehr gesagt hatte, als sie ihm hatte sagen wollen, und so blickte sie ihn über den Rand ihres Bechers hinweg an. Nun, jetzt konnte sie es schlecht leugnen. »Ja«, bestätigte sie. »Im Anschluss an Zypern segeln wir nach Galicien. Kennt Ihr dieses Land?«

»Nein«, antwortete der Nordmann und schüttelte den Kopf. »Wir haben die Küste aus der Ferne gesehen, doch der König wollte so schnell wie möglich nach Jerusalem, und deshalb haben wir nicht angelegt.«

»Ich bin auch noch nie dort gewesen«, sagte Cait. »Mein Vater war einmal da, auf seinem Weg zurück aus dem Heiligen Land. Er sagte, es sei ein schönes Land – steile Hügel, tiefe Täler und Felsen, sehr viele Felsen. Aber die Menschen, sagte er, seien über die Maßen freundlich.«

In diesem Augenblick rief Olvir, das Abendessen sei fertig. Froh, das Gespräch abbrechen zu können, das sie nicht weiterzuverfolgen gedachte, drehte Cait sich um und ging zu der Plattform vor dem Mast, wo Olvir die Holzspieße mit den Sardinen herumreichte. Cait nahm sich einen Fisch und ein Stück Brot und zog sich mit ihrem Wein auf die Steuerbank zurück, um dort zu essen. Die anderen blieben am Kohlenbecken und beobachteten hungrig, wie Olvir weitere Fischspieße zum Braten aufstellte. Der Wein löste die Zungen der Ritter; sie wurden immer geschwätziger, scherzten und lachten, während sie Olvir und Otti mit Fragen über ihr Heimatland bedrängten.

Auf der Plattform saß Alethea neben Abu, und die beiden waren so sehr in ihr Gespräch vertieft, dass sie sogar das Essen darüber vergaßen. Cait dachte gerade, dass sie mal ein ernstes Wort mit Thea darüber reden musste, was einen allzu vertrauten Umgang mit den Dienern betraf, als Rognvald sich ihr näherte und fragte, ob er sich zu ihr gesellen dürfe.

»Wenn Ihr wollt«, antwortete Cait in gleichmütigem Tonfall. Der Nordmann schürzte die Lippen, sagte aber nichts. »Was?«

»Das Schiff ist groß genug. Ich kann mich auch woanders hinsetzen.«

»Bitte«, lenkte Cait ein. »Ich bestehe darauf.«

Rognvald lächelte freundlich. »Da Ihr darauf besteht, akzeptiere ich gerne.« Glücklich setzte er sich neben Cait, stellte seinen Becher aufs Deck und begann, dampfende Fischstücke vom Spieß zu rupfen. Eine Zeit lang kaute er leise vor sich hin, und als Cait schon glaubte, er würde nichts mehr zu ihrem Gespräch von vorhin sagen, fragte er: »Wenn Galicien so voller freundlicher Menschen ist, warum braucht Ihr dann eine Leibgarde aus wilden Normannen?«

Cait spürte seinen Blick, doch sie starrte stur geradeaus und aß übertrieben langsam ein Stück Fisch, um Zeit zum Nachdenken zu haben. Rognvald nippte an seinem Becher und wartete.

»Wir gehen …«, begann Cait schließlich und hielt dann inne. Es war sinnlos zu versuchen, sich auf der Stelle eine schlüssige Erklärung auszudenken. »Die Wahrheit?«

»Nun, warum nicht?«, erwiderte Rognvald. »Das erspart zu guter Letzt meist viel Zeit und Ärger. Ja, lasst uns mit der Wahrheit beginnen.«

Cait blickte ihn von der Seite her an. »Die Wahrheit ist, dass ich es nicht weiß.«

Rognvald nickte nachdenklich und dachte über diese seltsame Enthüllung nach. »Dann«, sagte er schließlich, »falls es Euch nichts ausmacht, dass ich das frage, aber warum wollt Ihr dann dorthin?«

Die Art, wie er das sagte – weder missbilligend noch widersprechend –, ließ Cait lächeln. Im Geiste hörte sie Duncan im selben Tonfall reden, und das gefiel ihr. »Was das betrifft«, sagte sie, »bin ich nicht ganz sicher.«

»Das passt.« Rognvald schlug sich auf die Knie. »Nun denn, gut, dass wir das geklärt haben.« Er dankte Cait dafür, dass sie es ihm gesagt hatte, stand unvermittelt auf und erklärte, dass er es zu schätzen wisse, wenn sie ihn informieren würde, sollte sie neue Hinweise über den Zweck ihrer Reise erhalten.

»Seid Ihr immer so stur und hochmütig?«, rief ihm Cait hinterher, als er davonstapfte. Da Rognvald jedoch weder anhielt noch sich umdrehte, gab sie nach. »Na gut, ich werde es Euch sagen.«

Rognvald machte auf dem Absatz kehrt und kam wieder zurück. »Alles«, sagte er und ragte über ihr auf.

»Ja«, gestand Cait ihre Niederlage ein, »alles. Jetzt setzt Euch, damit ich nicht zu Euch hinaufschreien muss.«

Rognvald setzte sich, lehnte sich gegen das Ruder und umklammerte seinen Becher mit beiden Händen. »Bitte, fahrt fort.«

»Erst einmal«, sagte Cait, »muss ich wissen, ob Ihr irgendwelche Beziehungen zu den Armen Rittern Christi vom Tempel Salomons unterhaltet.«

»Zu den Templern?« Rognvald blickte sie neugierig an und sah, dass sie es ernst meinte. »Nein, werte Frau«, antwortete der Edelmann und schüttelte langsam den Kopf. »Ich habe überhaupt nur drei von ihnen kennen gelernt. Sie saßen mit uns im Gefängnis, wurden von ihrem Orden jedoch rasch wieder freigekauft. Es waren Franken, das ist wahr; sie schienen aber trotzdem ehrenhafte Männer zu sein.« Er zuckte mit den

Schultern. »Es heißt, sie seien hervorragende Kämpfer, aber ich kann weder das noch das Gegenteil bestätigen. Sind diese Templer Teil Eurer Erklärung?«

»Das sind sie«, gestand Cait. »Zumindest einer von ihnen, aber inzwischen vermutlich viel, viel mehr. Sie sind der Grund für diese … diese …« Sie suchte nach einem geeigneten Wort, fand aber keins.

»Pilgerfahrt?«, schlug Rognvald das Wort vor, das sie früher benutzt hatte.

»Das ist keine Pilgerfahrt«, gab Cait zu.

»Nein?«

Cait blickte über das Deck zu den Rittern, die sich inzwischen um das Holzkohlenbecken herum lümmelten und sich lautstark unterhielten. Rognvald hatte Recht: Sie hatte diesen Rittern ihr Leben anvertraut, also konnte sie ihnen wohl auch den Rest anvertrauen. Sie stand auf. »Kommt mit mir. Es ist einfacher, wenn ich es Euch zeige.«

Cait führte Rognvald unter Deck in die Kabine ihres Vaters, wo sie die Seemannskiste mit seinen Sachen öffnete. Sie griff in die Truhe, tastete an der Wand entlang und holte ein flaches Päckchen heraus, das in einen ihrer Mäntel gewickelt war. Während der verwirrte Rognvald ihr zuschaute, öffnete sie das verknotete Tuch und holte ein flach zusammengefaltetes Stück Pergament hervor, das seinerseits von einem roten Seidenband zusammengehalten wurde.

»Das hier«, sagte sie und legte Rognvald das Dokument in die Hände, »ist der Grund, warum wir nach Galicien gehen.« Sie bedeutete ihm, es zu öffnen.

Rognvald faltete das steife Pergament auseinander. »Das ist ein Brief«, sagte er und überflog die Begrüßung, »an den Patriarchen von Rom.«

»Ja«, bestätigte Cait, »und er führt zu einem unglaublichen Schatz.«

»›Das, was Gold nicht zu bezahlen vermag‹«, las Rognvald laut und folgte mit dem Finger den Zeilen, »›der Schatz der Zeitalter, unsere echte und feste Hoffnung für diese Zeit und das Reich Gottes, die …‹, was? ›*Rosa Mystica* …‹« Seine Stimme verhallte, und er blickte auf der Suche nach einer Erklärung zu Cait.

»Ich weiß auch nicht, was das ist«, gestand Cait. »Er nennt es den größten Schatz der Welt. Ich beabsichtige, ihn mir zu holen.«

»Und die Templer? Was ist mit denen?«

»Der Brief befand sich im Besitz eines Templerkomturs«, erklärte Cait. »Von ihm habe ich ihn.«

»Ihr habt ihn gestohlen«, vermutete Rognvald.

»Ja.«

Der Nordmann nickte langsam. »Dieser Priester, Bertrano … Kennt Ihr ihn?«

»Alles, was ich über ihn weiß, steht da.« Sie deutete auf die elegante Unterschrift in roter Tinte: Bertrano de Almira, Erzbischof von Santiago de Compostela. »Zuerst müssen wir den Mann finden, der das geschrieben hat, und ihn dazu überreden, uns zu sagen, wo wir den Schatz finden können. Dann werden wir ihn uns holen.«

Rognvald runzelte die Stirn und blickte erneut auf den Brief. »Einfache Pläne sind oft die besten«, sinnierte er.

Cait bemerkte einen Hauch von Tadel in seiner Stimme. »Ihr missbilligt das?«

»Die Sache mit dem Schatz? Nein.« Er tippte mit dem Finger auf die Unterschrift und fragte: »Aber habt Ihr schon einmal daran gedacht, dass Erzbischof Bertrano Euch vielleicht gar nicht sagen *will*, was Ihr wissen wollt?«

»Ihr habt mich gefragt, was ich vorhabe, und ich habe es Euch gesagt.« Cait stand auf, stemmte die Hände in die Hüften und funkelte den aufsässigen Ritter an. »Ich bedarf Eurer Zustimmung nicht, mein Herr, aber ich werde auf Eurem Gehorsam bestehen. Und ich wäre Euch dankbar, wenn Ihr fortan Eure Meinung für Euch behalten würdet.«

Am zweiten Tag, nachdem sie Tyros verlassen hatten, kamen sie in Sichtweite der zypriotischen Küste, und abends segelte die *Persephone* in den Hafen von Famagusta. Die berüchtigten Piraten waren nicht erschienen, und die Überfahrt war vollkommen ereignislos verlaufen – was Cait als einen Sieg für ihre Entscheidung verbuchte. Am nächsten Morgen, kaum dass die Märkte geöffnet hatten, schickte sie Rognvald und die Ritter in die Stadt, um den besten Waffenschmied zu suchen. »Nehmt Abu mit, und wenn ihr einen gefunden habt«, befahl sie ihnen, »schickt Abu, um mich zu holen. Er wird mich in der Straße der Schneider finden.«

Die Ritter marschierten frohen Mutes los, und Cait und Alethea gingen wenig später mit Otti als Begleitung von Bord und zu einer schmalen Gasse, wo die Schneider der Stadt ihr Handwerk ausübten. Sie schlenderten an den Läden entlang, begutachteten sorgfältig die Waren und erkundigten sich nach den Preisen.

»Oh, sieh mal, Cait«, sagte Alethea und hielt einen weißen Leinenmantel mit Blumenstickereien am Kragen in die Höhe. »Er ist wunderschön, nicht wahr?«

Ein junger Grieche, der in der Tür hockte, sprang just in diesem Augenblick auf und rief: »Nein! Nein! Nein! Der ist nichts für Euch. Gott bewahre, schöne Frau, aber jemand wie Ihr sollte nie etwas so Grobes und wenig Schmeichelhaftes tragen.« Er riss Thea den Mantel aus der Hand und warf ihn zurück auf einen Kleiderhaufen. »Der hier«, sagte er und holte einen Mantel aus butterfarbener Seide hervor. »Der hier ist für Euch, schöne Frau.«

Alethea strahlte vor Freude. »Oh, Cait, schau doch nur!« Sie drückte sich den feinen Mantel an die Brust und blickte an dem schimmernden Stoff hinunter. »Es ist wundervoll.«

Zwei Schneider, die erkannten, dass sie hier eine potenzielle Kundin vor sich hatten, eilten von der anderen Straßenseite herüber. »Gefällt Euch das, schöne Frau? Wir haben noch mehr davon«, sagte einer von ihnen. »Und bessere noch als diesen hier«, fügte der andere hinzu. »Viel bessere. Kommt, wir werden sie Euch zeigen.«

Der junge Grieche trat zwischen seine Kundinnen und die anderen Kaufleute. »Haut ab. Weg mit euch.« Er schob die beiden zurück. »Ich habe sie zuerst gesehen. Geht. Lasst uns in Ruhe.«

»Wenn er Euch nicht helfen kann«, rief einer der beiden, »kommt zu uns. Wir haben die besseren Waren.«

»Wenn ich ihnen nicht helfen kann, werde ich sie persönlich zu dir bringen. Geht jetzt.«

Nachdem er seine Rivalen verscheucht hatte, wandte sich der junge Grieche wieder seinen Kundinnen zu und verneigte sich höflich. »Ich bin Didymos. Was darf ich Euch zeigen? Einen neuen Umhang vielleicht? Ich habe mehrere, die Euch vielleicht zusagen würden.«

»Wo hast du dein Handwerk gelernt?«, fragte Cait und untersuchte die Nähte des Mantels, den Alethea noch immer fest an sich gedrückt hielt.

»Meine Familie hat in Jerusalem gelebt – sechs Generationen, alles Schneider«, antwortete der junge Mann. »Nachdem die Stadt an die Franken gefallen war, gehörten wir zu den Glücklichen, die überlebt haben. Wir sind nach Jaffa geflohen und dann hierher. Jetzt bin ich der Einzige, der noch übrig ist.« Sein langes, trauriges Gesicht hellte sich wieder auf. »Aber ich habe einen Sohn. So Gott will, wird er lernen, was ich ihn lehren kann, und wie sein Vater der beste Schneider in ganz Famagusta werden.«

»Das ist gute Arbeit. Aber wir suchen nichts für uns selbst«, sagte Cait und erklärte dem Schneider, dass sie Kleidung für vier Männer brauchte. »Alles«, sagte sie, »vom Umhang bis zum Gürtel.«

»Auch Unterzeug?«, fragte Didymos höflich.

»Auch Unterzeug. Alles.«

»Es wird mir ein Vergnügen sein, werte Frau«, sagte Didymos und verneigte sich abermals. Er rannte zur Tür und rief nach jemandem im Inneren; dann kehrte er mit einem Stuhl für Cait wieder zurück. »Bitte, setzt Euch. Ich werde Euch ein paar Dinge zur Ansicht bringen, und dann werden wir beginnen.«

Er eilte davon und kehrte kurze Zeit später mit einem Arm voll Stoff wieder zurück, der schon halb zu Mänteln genäht war. Während Didymos Cait seine Waren zeigte, trat eine junge, dunkelhaarige Frau mit einem Tablett aus dem Haus, auf dem ein Krug mit gesüßtem Zitronenwasser stand sowie kleine Honigkuchen, die trocken und knusprig gebacken waren. Sie stellte das Tablett neben Cait auf den Boden und kniete nieder, um die Getränke einzuschenken und Kuchen anzubieten, bevor sie sich rasch wieder ins Haus zurückzog.

Während Cait an ihrem Becher nippte, traf sie ihre Wahl. Alethea knabberte inzwischen an einem Honigkuchen und suchte sich für sich selbst mit Schleifen verzierte Hängekleider und blumenbestickte Mäntel aus. Zu guter Letzt entschied Cait sich für fünf Mäntel: einen roten, zwei grüne und zwei blaue mit dünnen rostfarbenen Streifen. Dazu kamen dann noch fünf kurze Jacken in Weiß und fünf Paar dunkelbraune lange Hosen aus fester, dicht gewebter Wolle. »Jetzt zu den Gürteln«, sagte sie zu Didymos. »Sie müssen aus Leder und sehr stabil sein.«

»Leider habe ich solche Gürtel nicht, wie Ihr sie verlangt, doch der Bruder meiner Frau ist Lederschneider. Wenn es Euch recht ist, werte Frau, kann ich Euch zu seiner Werkstatt bringen, damit Ihr ihm sagen könnt, was Ihr wollt. Solltet Ihr überdies noch Schuhe für Eure Männer brauchen, steht er Euch sicherlich ebenfalls gerne zu Diensten.«

Und so machten sie es dann auch. Cait bezahlte für das, was sie sich ausgesucht hatte und erklärte, dass die Ritter nachher vorbeikommen würden, um sich die Kleider anpassen zu lassen. In der Werkstatt des Lederschneiders suchte sie sich Leder für die Gürtel aus und diskutierte gerade die Kosten für neue Stiefel, als Abu erschien und ihr mitteilte, dass Rognvald einen Waffenschmied gefunden habe, mit dem er gerne handeln würde. »Sie warten auf Euch.«

Es war jedoch kein Schmied, der Cait begrüßte, sondern ein Kaufmann mit Namen Geldemar, der bei Schmieden aus vielerlei Orten einkaufte, einschließlich Kairo, Konstantinopel, Tripolis und Damaskus; die anhaltenden Kriege im Heiligen Land eröffneten ihm immer neue Handelsmöglichkeiten und hatten ihn reich, scharfsinnig und fett gemacht. Er führte sein lukratives Geschäft von einem großen Haus am Ende der Straße der Metallhandwerker aus. Das Haus wurde von einer hohen Mauer und drei beeindruckenden Dienern mit Hunden geschützt, und es besaß zwei Stockwerke; die unteren Räume waren mit allen möglichen Waffen und Rüstungen voll gestopft. »Eure Männer waren so freundlich, ihr Interesse an meinen Waren zu bekunden«, sagte Geldemar zu Cait und deutete mit seiner juwelenbesetzten Hand auf eine Halle voller Lanzen, Speere und Schwerter. »Wie Ihr seht, habe ich eine schöne Sammlung aufgebaut.« Er lächelte und warf Alethea einen anerkennenden Blick zu. »Werte Frauen, bitte, fühlt Euch frei, meine Waren in Augenschein zu nehmen. Ich handle nur mit den besten Handwerkern. Bitte, überzeugt Euch selbst davon, dass dem so ist.«

Alethea, die nicht an Waffen interessiert war, gähnte, als Cait zu einem Regal ging, in dem ein Dutzend fränkische Breitschwerter lagen; andere Regale enthielten sowohl größere als auch kleinere Schwerter nach byzantinischer oder arabischer Art. Cait zog eines der Breitschwerter heraus. Es lag gut in der Hand, und das hölzerne Heft war mit Rohleder umwickelt.

Vollkommen gelangweilt, da es hier nichts für sie gab, wanderte Alethea in den nächsten Raum, wo Yngvar und Dag sich Schilde aussuchten; die Auswahl reichte von kleinen, runden byzantinischen *Dorkas* über lange, ovale *Targs*, die den halben Körper bedeckten, bis hin zu riesigen, gebogenen Holzschilden römischer Art.

»Mein Kompliment, Geldemar«, sagte Cait und legte das Schwert wieder zurück. »Ihr habt hier eine hervorragende Waffenkammer.«

In diesem Augenblick erschien Rognvald mit einer schlanken Lanze mit dünner Spitze. Caitríona ging auf ihn zu. »Hier werden wir alles finden, was wir brauchen«, sagte er. »Mit Eurer Erlaubnis, werte Frau, würde ich gerne mit dem Kerl ins Geschäft kommen.«

»Nun gut«, erwiderte Cait. »Ich werde es Euch überlassen, mein Herr. Wenn Ihr wollt, kann Abu bleiben und Euch beim Feilschen helfen.«

»Das ist nicht nötig«, entgegnete Rognvald. »Geldemar und ich, wir verstehen uns.«

Cait drehte sich um und wandte sich an den Kaufmann. »Ich werde die Auswahl der Waffen meinen Rittern überlassen«, erklärte ihm Cait.

Geldemar lächelte und faltete die Hände. »Eine kluge Entscheidung, werte Frau.«

Cait holte eine kleine Börse hervor und reichte sie dem Kaufmann. »Hier sind zehn Goldsolidi als Geste des guten Willens. Betrachtet dies als eine Anzahlung für die Gegenstände, die sie sich aussuchen werden. Den Rest werde ich zahlen, sobald die Ware in den Hafen geliefert wird.« Sie deutete auf den großen Ritter neben ihr und sagte: »Herr Rognvald wird alles Nötige arrangieren.«

»Ich bin Euer untertänigster Diener, werte Frau«, erwiderte der Kaufmann und nahm das Geld an. An Rognvald gewandt, sagte er: »Wenn Ihr mir nun sagen würdet, was Ihr benötigt, werde ich mein Bestes tun, um Euch zu helfen.«

Cait überließ die Männer dem Geschäft, rief Alethea und Abu zu sich und zog los, um Vorräte zu besorgen. Sie gingen zu einem Metzger, einem Müller, einem Bäcker, einem Gewürzhändler und kauften Honig, Öl und Gemüse sowie Pökel- und Räucherfleisch und Fisch. Nur wenige Augenblicke vor den Rittern kehrten sie wieder zum Schiff zurück. Von denen trug jeder ein neues Schwert und einen Dolch – die Sachen, die mitzunehmen der Kaufmann ihnen vertraut hatte –, und sie waren sichtlich besser gelaunt, als Cait sie bisher erlebt hatte. Mit Feuereifer priesen sie ihre Waffen und wetteiferten darum, wer denn nun die besten hatte.

»Diese Klinge strahlt wie Feuer«, verkündete Svein und drehte die Waffe im Sonnenlicht. »Ich werde sie *Lorga* nennen.«

Yngvar sagte, sein Schwert solle *Fylkir* heißen, weil, so prahlte er, es stets das erste im Kampf sein würde.

Dag erklärte, er wolle sein Schwert *Hollrvarda* nennen, weil von den dreien seine Klinge die einzige echte Beschützerin sei. Das hatte einen Streit darüber zur Folge, welche Art Name für eine Waffe am Besten war und was für andere Rüstgegenstände ebenfalls einen Namen erhalten sollten. Die Diskussion dauerte noch an, als Rognvald und Geldemar in einem Pferdewagen mit den restlichen Waffen und Rüstungen eintrafen: Helme und Schilde für alle, Schwertgürtel mit schweren Bronzeschnallen und Dolchgehängen, Schlachtbeile für Svein und Yngvar, ein Streitkolben für Dag und zehn gute, stabile Lanzen. An Rüstungen gab es Kettenharnische mitsamt Hauben sowie Kettenbeinlinge.

Cait verließ das Schiff und ging dem Wagen entgegen, um den Rest für Waffen und Rüstungen zu bezahlen. »Das haben wir gut gemacht, werte Frau«, informierte sie Rognvald. »Er hat uns einen guten Kampf geliefert, doch am Ende haben wir ihn vernichtend geschlagen.«

»Es waren vier gegen einen«, sagte Geldemar glücklich. »Was konnte ich da schon ausrichten?« Cait bemerkte den rosigen Schimmer auf seiner Nase und seinen Wangen und vermutete, dass er sich in letzter Zeit in der Nähe eines Weinkrugs aufgehalten hatte.

»Wie viel schulde ich Euch?«, erkundigte sich Cait.

»Hundertfünfzig Goldsolidi, werte und großzügige Frau«, antwortete der Kaufmann übertrieben höflich. »Und es ist ein gar hervorragender Handel, wenn ich das so sagen darf.«

»Ist er das?« Cait blickte auf der Suche nach Bestätigung zu Rognvald.

»Unser Freund hier ist von einem Anfall an Großzügigkeit übermannt worden, wie man ihn seit hundert Jahren auf Zypern nicht mehr gesehen hat«, erklärte der Ritter und klopfte Geldemar freundschaftlich auf die Schulter. »Ich glaube, er will der Heilige unter den Kaufleuten werden.«

Geldemar lachte bei diesen Worten laut auf, und während die Ritter den Wagen abluden, öffnete Cait ihre Börse und begann, Goldmünzen in Geldemars Hand abzuzählen. Schließlich dankte der Waffenhändler Cait dafür, bei ihm eingekauft zu haben, verneigte sich tief, küsste ihr die Hand und kletterte mit Rognvalds Hilfe wieder auf den Wagen. Dann fuhr er winkend davon und wünschte allen noch viel Glück. Cait und Rognvald blickten ihm hinterher, und kaum war er außer Sicht, da sagte Cait: »Ich weiß nur wenig darüber, wie viel Waffen kosten, aber hundertfünfzig Goldsolidi scheinen mir ein guter Preis zu sein – ein sehr guter Preis sogar. Ich hatte mit zwei-, dreimal so viel gerechnet.«

»Was durchaus richtig ist«, erwiderte Rognvald gut gelaunt; »aber manchmal, nach ein paar Krügen unter Freunden, erkennt ein Mensch, dass es noch mehr im Leben gibt, als nur Gewinn zu machen.«

»Ich verstehe.«

»Wie auch immer, Geldemar besitzt mehr als genug Gold, doch nur wenige Freunde.«

»Zumindest nicht viele, die mitten am Tag mit ihm trinken würden, nehme ich an.«

Sie kehrten zum Schiff zurück, wo die Nordmänner bereits

ihre Matten auslegten und das Vordeck frei räumten. Nachdem das erledigt war, machten sie sich daran, ihr Wissen im Umgang mit Waffen aufzufrischen, das während ihrer Gefangenschaft ein wenig eingerostet war.

Cait beschloss, sich in ihre Kabine zurückzuziehen, wo es kühler war. »Komm, Thea«, sagte sie. »Wir lassen die Männer allein. Sollen sie mit ihren Schwertern spielen.«

Als Thea nichts darauf erwiderte, drehte Cait sich um und sah, wie ihre Schwester fasziniert die Ritter anstarrte, die die Oberkörper frei gemacht hatten. »Er ist hübsch, findest du nicht?«, sagte sie.

Cait sah, auf wen ihre Schwester blickte. Dag, dessen muskulöser Oberkörper von Schweiß glitzerte, sprang mit Stoßbewegungen vor und zurück – mindestens ebenso sehr, um Alethea zu imponieren, wie um seinen unsichtbaren Feind niederzustrecken, dachte Cait.

»Thea, komm weg da«, schnappte Cait. Beschämt ob des ungenierten Starrens ihrer Schwester, ergriff sie die Jüngere am Arm und zog sie die Treppe hinunter. »Besitzt du denn kein Schamgefühl?«, verlangte sie zu wissen, kaum dass sie unter Deck waren. »Ich habe ihn angeheuert, damit er mir gehorcht, und ich werde nicht zulassen, dass du ihm schöne Augen machst.«

»Ich habe ihm keine schönen Augen gemacht!«, erwiderte Thea und straffte entrüstet die Schultern. »Aber nicht dass du etwas davon verstehen würdest. Du wirst als alte, vertrocknete Jungfer sterben, und dafür kannst du niemandem die Schuld geben außer dir selbst.«

Die Bemerkung war dazu gedacht, Cait zu verletzen, und das tat sie auch. »Nimm das zurück.«

»Nein.«

»Nimm das zurück!«

Als Antwort verzog Thea ihr Gesicht zu einer säuerlichen Maske des Ungehorsams. Bevor sie sich jedoch versah, schoss Caits Hand vor und traf Thea mit lautem Klatschen auf der Wange. Ohne ein weiteres Wort wirbelte die jüngere Schwester herum, verschwand in ihrer Kabine und schlug die Tür hinter sich zu.

Cait stand im Gang, kochte vor Wut und kämpfte gegen das Verlangen an, ihrer Schwester den Hals umzudrehen. Stattdessen kehrte sie jedoch wieder aufs Oberdeck zurück und sprach mit Haemur über die vor ihnen liegende Reise, als Rognvald mit einem langen Stoffbündel auf sie zutrat.

»Das ist für Euch, werte Frau«, sagte der große Nordmann. Er schlug das Stofftuch beiseite und reichte Cait ein kurzes, schmales Schwert. »Es ist als Geschenk für Königin Melisende von Jerusalem gefertigt worden, wurde auf dem Weg ins Heilige Land jedoch von Sarazenen geraubt. Geldemar hat es erst vor kurzem erworben.«

Er legte Cait die elegante, scharfe Waffe in die Hände. Das Schwert war nur halb so groß wie das eines Mannes, leichter und für die Hände einer Frau ausbalanciert. Cait schlug damit durch die Luft. Die Art, wie die Waffe sich in ihre Hand schmiegte, jagte ihr einen Schauder der Erregung über den Rücken. Sie hatte auch früher schon Schwerter ausprobiert – Männerschwerter –, hatte sie aber als schwerfällig und unhandlich empfunden.

»Ein schönes Schwert, nicht wahr?«, fragte Rognvald.

»Ein Wunderwerk«, murmelte Cait. *Mit dieser Klinge*, dachte sie, *werde ich de Bracineaux zur Rechenschaft ziehen.*

»Als Geldemar sah, dass ich für Euch ein Auge darauf geworfen hatte, bestand er darauf, dass ich es mitnehme.«

»Als Anerkennung für eine wunderbare neue Freundschaft, nehme ich an.«

»Ohne Zweifel«, pflichtete ihr der Ritter bei.

Cait hob das Schwert vors Gesicht. Die Art, wie das Sonnenlicht über die polierte, rasiermesserscharfe Klinge tanzte, zauberte ein Lächeln auf ihre Lippen. »Ihr müsst mich lehren, wie man richtig damit umgeht«, sagte sie.

»Es wird mir eine Freude sein«, erwiderte Rognvald und nickte knapp.

Zwei Tage später, nachdem Schneider und Schuhmacher

ihre Arbeit erledigt hatten und nach einem Besuch beim örtlichen Barbier, der den Rittern Haare und Bart gestutzt hatte, sodass diese allmählich wieder ein wenig zivilisiert aussahen, und unzähligen Besuchen von Händlern, die Wein und Wasser in Fässern, Trockenfleisch, hart gebackenes Brot, Pökelfleisch, Fisch und Wurst brachten sowie Obst und Delikatessen wie Honig, Mandeln, Pfeffer und andere Gewürze lieferten, lichtete Haemur den Anker, und die *Persephone* glitt langsam auf die Bucht hinaus.

Nachdem sie die schmale Landspitze hinter sich gelassen hatten, setzte Haemur das Segel, und sie nahmen Kurs auf die Säulen des Herkules und die sturmgepeitschten Küsten, die jenseits davon lagen.

2. September 1916
Edinburgh, Schottland

»Gentlemen, es ist an der Zeit, einen neuen Anführer zu ernennen.«

Das war Evans, unser Zweiter Prinzipal, der mit leiser, feierlicher Stimme sprach, die düster durch die Sternenkammer hallte. »Der Krieg, der schon so viele Leben gekostet hat, hat ein weiteres gefordert, und wir lernen nun auch die Trauer kennen, die unsere gesamte Nation erfüllt. Ich sage euch, Brüder«, erklärte er und blickte zu Pembertons leerem Stuhl, »mein Mund ist voll bitterer Asche.«

Er ließ seinen traurigen Blick über uns wandern. »In unseren Ordensregeln sind die Verfahren genau festgelegt, durch die ein neuer Anführer ernannt werden soll. Aber bevor wir damit beginnen, möchte ich um eine Schweigeminute zu Ehren unseres gefallenen Anführers bitten.«

Wir alle senkten unsere Köpfe und befahlen die Erinnerung an diesen feinen und edlen Mann dem Allwissenden Schöpfer, vor dessen Antlitz er nun stand. Die Stille im Raum schwoll zu einer Hymne tiefster Bewunderung und äußerster Wertschätzung an, ein unbeschreibliches Zeichen der Ehrfurcht.

Ich weiß nicht mehr, wie lange dieses Schweigen gedauert hat, denn die Zeit wurde von der Ewigkeit überwältigt und besaß somit keine Bedeutung mehr für mich. Vage wurde ich mir irgendwann bewusst, dass Evans wieder sprach, und so kehrte ich widerwillig in diese Welt zurück und zu der Angelegenheit, die wir nun vor uns hatten.

»Falls niemand begründete Einwände vorzubringen hat«,

sagte Evans gerade, »werden wir nun gemäß der Regeln unseres Ordens fortfahren. Ich werde nun den relevanten Teil unseres Gründungsmanifestes verlesen: ›Sollte es geschehen, dass der Erste Prinzipal im Amt verstirbt, so soll der Zweite Prinzipal statt seiner Siegel und Charta der Bruderschaft des Tempels und des Ordens des *Sanctus Clarus* erhalten, bis die überlebenden Mitglieder der Auserwählten zusammenkommen, um aus ihren Reihen einen zu wählen, welcher den Mantel der obersten Autorität anlegen und den Orden schützen, bewahren und in der Erreichung seiner Ziele führen soll.‹«

An dieser Stelle hob der kräftige Waliser den Blick. »Habt ihr mich alle gehört? Wenn ja, so antwortet mit ›Aye!‹.« Das taten wir, und er fuhr fort: »Nun werde ich aus den Initiationsartikeln vorlesen: ›Sollte vor der Wahl und der Erhebung des Ersten Prinzipals festgestellt werden, dass irgendein Mitglied der Sieben noch nicht in den Rang eines Meisters erhoben worden ist und die letzte Weihe erfahren hat, so soll dies ohne Verzögerung geschehen, falls keine Einwände dagegen erhoben werden.‹ Habt ihr mich alle gehört? Wenn ja, so antwortet mit ›Aye!‹.«

Während wir alle bestätigten, dass wir verstanden hatten, empfand ich eine gewisse Verwirrung, denn bis zu diesem Zeitpunkt hatte ich weder gewusst noch geahnt, dass es noch einen höheren Rang gab als jenen, den ich gegenwärtig besaß, nämlich den siebten. Trotz der leicht archaischen und abstrusen Sprache benötigte ein in der Juristerei geschulter Geist nicht lange, um zu erkennen, dass Evans über mich sprach. Mit anderen Worten: Wenn der Innere Kreis einen neuen Prinzipal wählte, mussten all seine Mitglieder von gleichem Rang und Status sein. Offensichtlich hatte ich den entsprechenden Rang noch nicht erreicht.

Tatsächlich drehte Evans sich im nächsten Augenblick um und sprach mich persönlich an. »Bruder Murray«, sagte er, »ich denke an Euren Stand. Nachdem Ihr in den Siebten Rang erhoben worden seid und unserer Sache treu und beispielhaft gedient habt, erkläre ich vor dieser Versammlung, dass ich Euch für würdig erachte, in den Letzten Rang erhoben zu werden.«

Noch immer von einer gewissen Ehrfurcht erfüllt angesichts dessen, was Evans Ankündigung implizierte, konnte ich nur nicken, während Zaccaria sich beeilte, die erstaunliche Erklärung gutzuheißen, indem er sagte: »Ich bestätige hiermit, dass unser geschätzter Bruder der Initiation würdig ist.«

»Wir erkennen die Bestätigung seitens Bruder Zaccarias an«, sagte Evans. »Daher muss ich euch fragen, Brüder: Ist es euer Wille und zu eurer Freude, dass Bruder Murray in den Letzten Rang erhoben wird? Falls ja, so bekundet eure Zustimmung.«

Überall um den Tisch herum erklärten die Mitglieder des Inneren Kreises ihre Zustimmung, woraufhin ich gebeten wurde aufzustehen. »Bruder Murray«, sagte der Zweite Prinzipal, »da niemand etwas gegen Eure Erhebung einzuwenden hat, frage ich Euch nun: Nach bestem Wissen und Gewissen, gibt es irgendetwas, was Eurer Initiation zuwidersprechen würde?«

»Nein, Bruder. Ich bin bereit, den Auftrag meiner Oberen zu akzeptieren.« Das ist die traditionsgemäße Antwort auf Fragen dieser Art innerhalb der Bruderschaft. Der einzige Unterschied bestand darin, dass ich nun die Männer, mit denen ich am Tisch saß, in der Tat als meine Oberen erkannte und nicht, wie ich bisher geglaubt hatte, als mir gleichgestellt. Obwohl ich akzeptierte, dass meine Initiation eine Formalität war, die für die Erfüllung unserer Ordensregeln vonnöten war, empfand ich doch erneut die Aufregung eines Novizen, der sich dem Unbekannten gegenübersah.

Natürlich wusste ich nicht, welche Form diese Initiation annehmen würde. Ich erinnerte mich jedoch an meine Erhebung in den Siebten Grad und an die entsetzliche Prüfung, die mit ihr einhergegangen war, und diese Erfahrung dämpfte meinen Enthusiasmus beträchtlich. Das soll allerdings nicht heißen, dass ich mich gefürchtet hätte – das tat ich nicht. Ich vertraute den Männern um mich herum blind. Dennoch, ich hatte in letzter Zeit viel über die Schwächen der menschlichen

Gestalt nachgedacht, und ich war mir nur allzu sehr der Grenzen bewusst, die mir das Alter auferlegte. Zwar war ich das jüngste Mitglied des Inneren Kreises, dennoch besaß ich nicht mehr die Kraft und die Energie der Jugend, und so hegte ich die typischen Bedenken, die Männer meines Alters plagen, wenn sie über körperliche Anstrengungen nachdenken.

Evans nahm mich jedoch beim Wort. »So sei es«, sagte er. »Lasst den Initiationsritus beginnen.«

Er schloss das Buch, aus dem er die Artikel vorgelesen hatte. »Die Natur des Ritus für den Letzten Rang verlangt, dass der Kandidat weder mehr noch weniger als drei vollständige Tageszyklen in Abgeschiedenheit verbringt. Zweck dieser Übung ist es, dem Kandidaten Zeit zu geben, eingehend über die Verpflichtung nachzudenken, die einzugehen er beabsichtigt, und seine Seele zu schützen, indem er seinen Frieden mit dem Allwissenden Schöpfer macht.« Er blickte mich an und wartete auf eine Antwort. »Habt Ihr das verstanden?«

»Ich habe verstanden, Bruder, und ich bin bereit weiterzumachen.«

»So sei es.« Evans drehte sich zu den anderen um und sagte: »Wir werden bis zur gleichen Zeit in drei Tagen unterbrechen, wenn wir uns wiedertreffen werden, um unseren geschätzten Bruder zu weihen.«

Danach endete die Versammlung, und ich nahm die Gratulationen der anderen entgegen. Sie wünschten mir alles Gute und verschwanden auf verschiedenen Wegen in der Nacht. Nach kurzer Zeit waren Evans und ich allein. »Ich war sehr bekümmert, als ich vom Tod deiner Frau erfuhr«, sagte er. Nachdem das Offizielle erledigt war, konnten wir wieder normal miteinander reden. »Es muss ein großer Schock für dich gewesen sein.«

»Das war es«, bestätigte ich. Auch wenn ich keine Ahnung hatte, wie die anderen Mitglieder des Inneren Kreises von solchen Dingen erfuhren, so hatte ich doch nichts anderes erwartet. »Ich beginne erst langsam, das ganze Ausmaß meines Verlusts zu erkennen.«

»Die Zeit wird die Wunden heilen«, sagte Evans. »Und ich sage das nicht nur einfach so. Auch wenn viele derlei schlicht daherreden, so ist es doch wahr. Mit der Zeit werden die Wunden heilen. Die Narbe wird bleiben, doch du wirst keinen Schmerz mehr spüren.«

Ich dankte ihm für sein Mitgefühl und sagte: »Wie es der Zufall will, war ich heute darauf vorbereitet, den merkwürdigsten Zwischenfall in Zusammenhang mit Pembertons Tod zu berichten. Ich wollte wissen, wie die anderen darüber denken.«

»Oh. Ich hoffe, es macht dir nichts aus, es nun mir zu erzählen.«

»Nicht im Mindesten«, erwiderte ich und berichtete von Pembertons geisterhafter Erscheinung und meinem Gespräch mit Miss Gillespie. Ich erzählte von der seltsamen Nachricht, welche die junge Frau an mich weitergegeben hatte. »Er hat mit der jungen Lady gesprochen, und er hat gesagt: ›Der Schmerz wird im Frieden verschluckt und die Trauer in Herrlichkeit.‹ Jedenfalls glaubt sie, dass er das gesagt hat, doch für mich ergibt das einfach keinen Sinn.«

Evans rieb sich das glatt rasierte Kinn und kniff konzentriert die Augen zusammen. Er liebte Rätsel, und ich war froh, es ihm gesagt zu haben; sollte er ruhig so lange darüber nachdenken, wie er wollte. »Nun, *das* nenne ich mal ein schwieriges Problem«, räumte er ein, »vorausgesetzt, Pemberton hat das wirklich gesagt.«

»Zugegeben«, erwiderte ich. »Was der eine sagt und der andere hört, ist nicht unbedingt dasselbe.«

»Stimmt.« Evans lächelte, und sein rundes, freundliches Gesicht leuchtete fröhlich auf. »Ich werde eingehend darüber nachdenken. Nun denn, lass mich dir deine Zelle zeigen.«

Ich hatte über die Jahre hinweg gelernt, dass die kleine Kirche, in der unsere Versammlungen stattfanden, mehrere unterirdische Gänge enthielt, die zu einer Reihe von Kammern und Katakomben führten. So war ich nicht überrascht, als ich feststellte, dass die Zelle, zu der Evans mich nun führte, der altmodischen Art angehörte: ein schlichter, kahler Raum mit einem Strohsack als Bett; ein kleiner Tisch mit einer großen, in brüchiges Leder gebundenen Bibel; eine einzelne, dicke Kerze in einem eisernen Kerzenständer; ein niedriger, dreibeiniger Stuhl, und in der Ecke befand sich ein winziger, runder Herd mit einem kleinen Steinkamin darüber und daneben ein Vorrat an Holz und Zunder. Neben dem Herd stand ein mit Wasser gefüllter Holzeimer, an dessen Henkel ein Holzlöffel an einem Lederband hing, und über dem Eimer lag ein Kleiderbündel. Die steinernen Wände waren weiß getüncht, und ein schlichtes Holzkreuz schmückte die Wand über dem Bett.

Alles in allem war es ein sauberer, kleiner Raum, den man nach einem kurzen, von Kerzen erhellten Weg einen Gang hinunter erreichte, der über eine Treppe mit der Sternenkammer verbunden war, die sich genau unter der Predigtkanzel befand. »Sämtliche Bequemlichkeiten eines gemütlichen Heims«, bemerkte Evans und stellte seine Kerze zu der auf dem Tisch, »doch keine der Ablenkungen.«

»Ich habe mich schon immer gefragt, wie es wohl wäre, Mönch zu sein. Nun werde ich es wohl herausfinden.«

»Du wirst deinen Aufenthalt genießen, Gordon.« Evans ging zur Tür. »Da in dem Bündel ist etwas zu essen, und eine Latrine findest du in der nächsten Zelle.« Dann wünschte er mir Lebewohl, und meine Zeit der Vorbereitung begann. Ich lauschte seinen Schritten, die langsam den Gang hinunter verhallten, hörte einen Augenblick später die Tür sich schließen und war allein.

Ich beschäftigte mich damit, ein kleines Feuer im Herd zu entfachen. Dies tat ich sowohl um des Lichtes als auch um der Wärme willen, die das Feuer verbreitete. Dann öffnete ich das Bündel und sah, dass es drei große runde Brote enthielt, ein Stück Hartkäse, ein halbes Dutzend Äpfel und drei Trockenfische. Ich würde nicht nur wie ein Mönch schlafen, sondern auch wie einer essen.

Ich probierte das Bett aus; es war einfach, aber bequem – das Stroh war frisch, und es gab noch eine grobe Wolldecke, sollte ich sie benötigen. Ich war nicht sonderlich müde, also stand ich wieder auf, schnappte mir die Kerze und warf einen Blick auf die Latrine – wieder ein schlichtes, aber praktisches Ding, das meine grundlegenden Bedürfnisse erfüllen würde. Nachdem ich in meine Zelle zurückgekehrt war, stellte ich die Kerze wieder auf den Tisch und griff nach der Bibel. Ich hockte mich auf die Bettkante und stellte die Kerze so, dass ich die Seiten erkennen konnte; dann schlug ich das Buch auf – doch nur um zu entdecken, dass das, was ich für eine Bibel gehalten hatte, in Wahrheit ein schwerer, antiker Band mit dem Titel *Das Zeichen der Rose* war.

Meine Neugier war geweckt, und ich blätterte durch den Text. Ich bin kein Experte in solchen Dingen, doch ich hatte in diversen Universitäts- und Gerichtsbibliotheken schon genug alte Bücher durchforstet, um ein handgedrucktes Buch zu erkennen, wenn ich eines sah. Es gab weder einen Kolophon noch einen Urheberrechtshinweis oder einen Stempel der Druckerei. Der antiken Schrift und der Art der Bindung nach zu urteilen, vermutete ich, dass es irgendwann um 1700 gedruckt worden war. Wenn man das Alter bedachte, befanden sich die Seiten in bemerkenswert gutem Zustand – was, wie ich vermutete, darauf hindeutete, dass es über einen langen Zeitraum hinweg mit äußerster Sorgfalt gepflegt worden war.

Ich blätterte zur Titelseite zurück und entdeckte unter dem Titel die Worte: *hergestellt anhand des Manuskripts von William St. Clair, Earl von Orkney.*

Die Wahl der Worte war interessant. Hier stand nicht, dass William das Manuskript geschrieben hatte; hier wurde nur erwähnt, dass es sich in seinem Besitz befunden hatte. Daraus folgerte ich, dass das ursprüngliche Manuskript, welches die Grundlage für dieses Buch bildete, noch weit älter war.

Fasziniert begann ich, willkürlich durch die Seiten zu blättern, und es dauerte nicht lange, und ich begann zu lesen. Mein Herz schlug immer schneller, als ich nach und nach auf vertraute Namen stieß: Ranulf … Murdo … Ragna … Duncan …

Caitríona ... Sydoni ... Padraig ... Emlyn ... und andere, deren Leben mir inzwischen so vertraut waren, dass ich sie als alte Freunde betrachtete.

In diesem Augenblick verstand ich, wie ich die Zeit nutzen sollte, die man mir gewährt hatte. Ich lehnte mich auf dem Bett zurück, zog den Tisch näher heran, legte das Buch auf meine Knie, blätterte zur ersten Seite und las.

Zweites Buch

Sechsundzwanzig Tage nach der Abfahrt aus Zypern segelte die *Persephone* zwischen den Säulen des Herkules hindurch, ließ die ruhigen blauen Wasser des Mittelmeeres hinter sich und drang in die grün-grauen, schäumenden Tiefen des kalten Atlantiks vor. Sogleich änderte sich das bis jetzt schöne, warme Wetter. Der strahlend blaue, wolkenlose Himmel wich einer dichten grauen Wolkendecke. Aus Nordwesten wehte ein kalter Wind heran und trieb das Schiff tagelang durch unermüdliche Wellen.

Haemur, der mit solch einem Seegang bestens vertraut war, raffte das Segel – einmal und dann noch einmal –, stand mit fester Hand am Ruder und hatte seine erfahrenen Augen stets zum Himmel hinaufgerichtet. Als Regen und Nebel sich endlich verzogen, kam die iberische Küste in Sicht. Zwei Tage später erblickten sie die Einfahrt einer flachen Salzwasserbucht, die die Einheimischen das Strohmeer nannten.

Cait, die genug von Wind und Regen wie von schwankenden Decks hatte, war froh, das Anlanden zu befehlen, und kurze Zeit später sahen sie Lixbona mit seinem breiten, geschäftigen Hafen an einem Mündungsarm des Tagus. Die weiße Maurenstadt lag an den Hängen terrassenförmiger Hügel und schimmerte gewaschen vom Regen im Sonnenlicht. Auch die Luft wirkte klarer und belebender – *sie kündet bereits vom Herbst,* dachte Cait.

Die erwartungsvollen Passagiere der *Persephone* hatten sich an Deck versammelt, als das Schiff durch die Meerenge in die Bucht einfuhr; sie beobachteten gespannt, wie die Stadt immer größer wurde, während mehr und mehr Hügel in Sichtweite kamen. »Da ist die *al-qazr*«, erklärte Abu Sharma und deutete auf die Zitadelle, die sich auf einem der Stadt vorgelagerten Hügel erhob.

»Kennst du diesen Ort?«, wunderte sich Rognvald.

»Nein«, antwortete Abu und erklärte, dass das Wort auf Arabisch schlicht ›Festung‹ bedeute. »Und schaut. Dort ist die zentrale Moschee.« Er deutete auf ein großes Gebäude mit Kuppeldach und einem hohen, spitzen Turm daneben, der wie ein Finger in den Himmel ragte. Aber auf der Spitze des Turms, oder des Minaretts, wie Abu ihn nannte, war ein großes Holzkreuz zu sehen, und ein weiterer Turm ragte aus der zentralen Kuppel heraus. Als die Stadt an die Christen gefallen war, hatte es keine großen Zerstörungen gegeben; stattdessen hatten die praktisch veranlagten Einwohner von Lixbona die muslimischen Gebäude schlicht neuen Funktionen zugeführt: Aus dem Hafenfort war der Königspalast geworden, und die Moscheen hatte man in Kirchen verwandelt.

So wirkte Lixbona wie ein Damaskus des Nordens: große Marktplätze, überdachte Basare, Moscheen, Synagogen und Kapellen, die zwischen den großen, weiß getünchten Häusern mit ihren kunstvollen Balkonen und Flachdächern verstreut lagen, auf denen sich die Familien nach des Tages Arbeit versammelten. Und wie Damaskus war Lixbona ebenfalls eine Stadt des lebhaften Handels. Die braunen Wasser des Tagus stellten eine viel befahrene Wasserstraße dar, über die die Menschen aus den fruchtbaren Tälern im Süden Getreide, Fleisch, Wein und Gemüse an die Küste schafften.

Als sie den großen Flusshafen erreichten, konnte Haemur keinen freien Liegeplatz entlang der hölzernen Mole finden, und so suchte er sich einen Platz unter den Schiffen, die in der Bucht ankerten. Nach ein paar Versuchen gelang es den Rittern, die Aufmerksamkeit eines Fährmanns zu erregen, der sie zur Mole ruderte. Dies war seit Zypern das erste Mal, dass sie an Land gingen, und es dauerte eine Zeit lang, bis sie sich wieder an festen Boden unter ihren Füßen gewöhnt hatten. Für die Ritter begann und endete der Tag in der ersten Taverne, an der sie auf der Straße zum Hafen vorüberkamen. In der Zwischenzeit kauften Cait und Alethea in Begleitung von Olvir und Otti frische Vorräte ein, die sie zum Schiff liefern ließen. Da sie es mit der Rückkehr nicht so eilig hatten, schlenderten sie an den Marktständen entlang und staunten über die Vielfalt der Waren. Cait war in großzügiger Stimmung und gestattete Alethea, sich ein himmelblaues Kleid und einen Mantel zu kaufen, während sie Otti und Olvir die gleiche Summe gab, damit diese sich zwei gebrauchte, aber tadellose Dolche leisten konnten. Seit die Ritter mit den Waffenübungen begonnen hatten, hatte Cait beobachten können, wie die Seeleute lüstern auf die schönen Waffen und Rüstungen gestarrt hatten, und sie war zu dem Schluss gekommen, dass es nicht schaden konnte, auch die Seeleute zu bewaffnen.

Gegen Abend waren sie wieder an Bord des Schiffes und blieben die Nacht über im Hafen liegen. Da sie die Vorliebe der Nordmänner für Bier inzwischen kannte, hielt Cait es für das Beste, so rasch wie möglich weiterzufahren, und so brachen sie unmittelbar nach Tagesanbruch wieder auf und segelten nordwärts die Küste entlang. Am Abend des zweiten Tages erreichten sie Porto Cales, wo sie erneut für die Nacht anlegten. Haemur besaß eine genaue Karte – allerdings war sie nicht so genau, dass er sich darauf verlassen hätte, um die tückischen Gewässer weiter nördlich zu durchfahren; daher wollte er mit den einheimischen Fischern reden und so viel wie möglich über die Küste herausfinden, die vor ihnen lag. So blieben sie über Nacht in Porto Cales, und während Abu und Haemur am nächsten Tag mit den Schiffsbesitzern und Seeleuten der Stadt sprachen, unternahmen die anderen einen Streifzug über die Marktplätze – außer Svein, Dag und Yngvar, die nicht weiter marschierten als bis zur nächsten Hafenschenke, wo sie selig ihr Bier tranken, bis Rognvald sie zum Schiff zurückrief.

»Der beste Ratschlag, werte Frau«, berichtete Haemur bei seiner Rückkehr, »lautet, die Küste nach Pons Vetus hinaufzusegeln und dort einen Führer für den weiteren Weg anzuheuern.«

»Es gibt viele Wege nach Santiago de Compostela«, warf Abu ein. »Die ganze Stadt ist ein einziger Schrein für den heiligen Jakob, und viele Pilger wandern dorthin, um an seinen Knochen zu beten. Es heißt, nur Jerusalem würde noch mehr Pilger anlocken.«

»Können wir uns das ansehen?«, fragte Thea. »O Cait, können wir?«

Cait ignorierte sie und sagte: »Und hat irgendjemand zufällig erwähnt, welchen der vielen Wege zur Stadt wir nehmen sollen?«

»Für uns ist der beste den Fluss hinauf«, antwortete Abu. »Es heißt, der Fluss sei breit und tief genug für unser Schiff, doch die Kanäle können schwierig sein, wenn man nicht vorsichtig ist.«

»Es wird uns etwas kosten«, sagte Haemur; »selbstverständlich könnte ich auch das Schiff durch den Fluss steuern, wenn es notwendig ist. Doch sollte es Euch recht sein, werte Frau, würde ich es vorziehen, jemanden anzuheuern, der sich hier in der Gegend auskennt.« Er hielt kurz inne; dann fügte er hinzu: »Euer Vater würde es mir nicht danken, wenn ich seine geliebte *Persephone* versenken und Euch und Eure Schwester in einem fremden Land stranden lassen würde.«

»Ebenso wenig wie ich, Haemur«, erwiderte Cait. »Aber ich danke dir; ich bin sicher, dass das nicht geschehen wird. Ich vertraue mich gerne deinem Urteil an.«

»Sehr gut, werte Frau. So Gott will«, sagte er in einem Tonfall, als müsse er nun mit einer lästigen Arbeit beginnen, »werde ich in Pons Vetus einen Lotsen für uns finden.«

Zwei Tage später machten sie sich auf die Suche. Die Fischer des geschäftigen kleinen Hafens kannten die Region sehr gut, und als sie herausfanden, dass es Silber dafür gab, wenn sie den Fremden den Weg zeigten, bekam Haemur eine unendliche Zahl von Angeboten, unter denen er auswählen konnte. Schließlich entschied er sich für einen älteren Mann ungefähr seines Jahrgangs, der viele Jahre in den Küstengewässern gefischt und die galicischen Märkte mit seinen Fängen versorgt hatte.

»Ihr seid sehr weise«, sagte der Fischer, als er bei Sonnenaufgang am nächsten Morgen an Bord kam. »Für viele Leute ist der Fluss einfach nur ein Fluss. Zu ihrem Leidwesen müssen sie dann stets feststellen, dass sie sich geirrt haben. Der Ulla ist riskant – besonders jenseits der Biegung. Aber fürchtet euch nicht, Ginés wird euch sicher in den Hafen bringen.«

Nach diesen Worten nahm der alte Seemann seinen Platz neben Haemur ein, und obwohl keiner der beiden Männer die Sprache des anderen sprach, verständigten sie sich durch Olvir und Abu und mit Hilfe von Gesten, die Seeleute auf der ganzen Welt verstanden. Ginés dirigierte den alten Steuermann um die Halbinsel herum und durch die Felsen und kleinen Inseln auf der anderen Seite. Sie kamen nur langsam voran, und die Flut war bereits zurückgegangen, als sie die Flussmündung erreichten. »Es wird schon dunkel sein, bevor das Wasser wieder hoch genug steht«, erklärte Ginés. »Außerdem wird sich das Wetter ändern. Heute Abend finden wir keinen besseren Platz mehr zum Ankern. Wenn ihr mich fragt, würde ich genau hier Anker werfen und bei Sonnenaufgang weiterfahren – falls es das Wetter erlaubt.«

Obwohl der Himmel klar und der Tag mild war, befolgten sie den Rat des Fischers und bereiteten sich darauf vor, die Nacht mitten auf dem Fluss zu verbringen. Nach dem Abendessen verlor Cait schnell die Lust daran, den Seemannsgeschichten des alten Mannes zu lauschen und den Rittern beim Trinken zuzusehen; sie winkte einer protestierenden Alethea, ging unter Deck und legte sich ins Bett. Sie träumte, dass sie und ihr Vater die Pilgerfahrt beendet hätten und wieder nach Hause fuhren. Sie erwachte, als sie spürte, wie das Schiff sich wieder bewegte, und sie stieg an Deck und sah etwas, das sie glauben ließ, ihr Traum sei wahr geworden: Sie waren wieder in Caithness.

Der Himmel war dunkel und wolkenverhangen; Wolken

verhüllten auch die Hügel, und es regnete leicht. Die Hügel selbst waren grün und steil und mit gelbem Stechginster bewachsen; kreuz und quer zogen sich Trampelpfade von Schafen über sie hinweg. Runde Granitfelsen durchbrachen die glatte Oberfläche der Hügel wie uralte graue Schädel, die sich nach Jahrhunderten durch ihr moosgrünes Leichentuch gedrückt hatten. Weißer Morgennebel kroch die Hänge hinunter und schlängelte sich mit langen, geisterhaften Fingern um die Steine.

Alles in allem weckte die galicische Landschaft unvermittelt so viele Erinnerungen an ihre Heimat, dass Cait die Tränen über die Wangen rannen, bevor sie sich versah. Mehr verwirrt denn betrübt, fühlte sie die Sehnsucht nach ihrer weit entfernten Heimat, und sie fragte sich, wie es sein konnte, dass dieser Ort Schottland so sehr glich.

»Schaut, werte Frau«, rief der Steuermann vom Ruder her, »ich habe noch nie einen Ort gesehen, der so sehr unserer Heimat gleicht wie dieser hier. Wüsste ich es nicht besser, ich würde sagen, wir seien nach Caithness zurückgekehrt.«

»Er hat Recht«, bemerkte Olvir. »Ich habe das Gleiche gedacht.«

Cait nickte und ging rasch zur Reling, damit Haemur und die anderen sie nicht weinen sahen. Sie schlang den Mantel um die Schultern und blickte zu den nebelverhangenen Hügeln, die langsam an ihnen vorüberglitten. Als die Ritter zum Frühstück an Deck kamen, waren Caits Tränen wieder getrocknet, und sie war bereit für den nächsten Schritt der Reise.

Es war kurz nach Mittag, als das Schiff die kleine Flussstadt Iria erreichte. »An der Kreuzung in der Stadt gibt es einen Pferdehändler. Von ihm könnt Ihr Pferde mieten«, erklärte Ginés. »Compostela liegt nicht mehr weit entfernt. Ihr werdet bald dort sein.«

Unglücklicherweise hatte der Pferdehändler nur noch zwei Tiere übrig, die er vermieten konnte. Da Cait jedoch nicht warten wollte, bis die anderen erhältlich waren, nahm sie die zwei: für sich selbst und Rognvald. Die Übrigen ihrer Reisegruppe, entschied sie, konnten beim Schiff bleiben; somit würden sie und Rognvald überdies auch noch schneller vorankommen. Sie machten sich also am nächsten Tag auf den Weg und ritten durch das dicht bewaldete Land. Die Straße war alt und führte stur geradeaus; es war eine römische Straße, aber gut erhalten und viel befahren, und sie kamen durch mehrere Weiler.

Cait und Rognvald ritten durch Birken- und Eichenwälder, die nass vom Regen waren und nach Farn rochen. Im Laufe des Tages rissen die Wolken auf, und es wurde allmählich wärmer. Immer häufiger kamen die beiden Reiter an durchnässten Wanderern vorbei. Einige von ihnen waren ganz in Braun gekleidet und hatten lange Wanderstäbe und breitkrempige Hüte. Die meisten dieser Leute hatten Kammmuscheln auf ihre Hüte und Mäntel genäht. Zweifellos, schloss Cait, handelte es sich bei diesen Menschen um die Pilger, die Abu erwähnt hatte; aber was das grobe Muschelsymbol bedeuten sollte, das wusste sie nicht. Sie kamen auch an Bauern vorbei, die Hühner, Eier oder Gemüse zu einem der nahe gelegenen Marktflecken trugen – einmal sogar an einem Ochsenkarren, der bis oben hin mit Rüben beladen war.

Cait und Rognvald kamen gut voran, und so erreichten sie die Mauern von Compostela noch vor Sonnenuntergang. Die Stadttore standen nach wie vor offen, und dahinter fanden sich die beiden Reiter sofort auf einer breiten, gepflasterten Straße wieder, die direkt zu einem riesigen Platz führte, in dessen Mitte sich eine große Basilika erhob. An diesem angenehmen Sommerabend drängten sich unzählige Pilger auf dem Platz. Jene, die nicht darauf warteten, in die Kirche eingelassen zu werden, lagerten entweder auf der festgestampften Erde des Platzes oder drängten sich um die Marktstände, wo Essen, Kleidung und aller möglicher Plunder verkauft wurden – wie zum Beispiel Bilder von Kammmuscheln, Messingbroschen, Kürbisflaschen oder Sandalen. Ihre Kundschaft rekrutierte sich fast ausschließlich aus der ruhelosen Pilgerschar, die sich wie eine braune, zerlumpte Flut durch die Stadt ergoss.

»Ihr Heiliger muss beachtliche Wunder wirken«, bemerkte Rognvald und betrachtete staunend die Menschenmenge. »So etwas habe ich seit Jerusalem nicht mehr gesehen, und selbst da war es nicht so schlimm.«

Neben den heiligen Wanderern gab es hier auch Geldwechsler und alle möglichen Arten von Kaufleuten sowie Handwerker und Arbeiter, die ihre Dienste feilboten. Der Bezirk des heiligen Jakobus entwickelte sich allmählich zu einer eigenständigen Stadt; angesichts eines Dutzends oder mehr großer, im Bau befindlicher Gebäude wirkte der Platz nicht mehr nur wie ein einfacher Kirchenbezirk.

In den Straßen um den Platz herum befanden sich unzählige Gasthöfe und Tavernen, um die besser bestellten Pilger zu bewirten. Cait entschied sich für einen kleinen Gasthof mit einer roten Rose auf einem Schild über der Tür. »Der ist genau richtig für uns«, sagte sie, und Rognvald ging hinein, um sich nach Zimmern für die Nacht zu erkundigen.

»Sie werden uns unterbringen«, berichtete er kurz darauf, »für zwei Silberdenar pro Nacht – jeder. Es gibt andere, die weniger verlangen.«

»Ich bin zufrieden«, erwiderte Cait. Herr Rognvald winkte einem jungen Mann, der sofort herbeigeeilt kam, um ihnen die Pferde abzunehmen. Während er die Tiere fortführte, gingen Cait und Rognvald hinein, um die Bekanntschaft des Wirts zu machen, eines kleinen, kahlen Mannes mit einem großen Schnurrbart und geschwollenem Kiefer von einem entzündeten Zahn. Er hatte sich ein Kräuterbündel in einem mit Essig getränkten Tuch auf die Stirn gebunden. »Friede und Bequemlichkeit, meine Freunde«, sagte er und versuchte trotz seiner Schmerzen zu lächeln. »Ich bin Miguel. Willkommen in meinem Haus. Bitte kommt herein und setzt euch, während ich eure Zimmer vorbereite. Dort auf dem Tisch stehen Brot und Wein. Natürlich habe ich auch Bier, falls ihr das vorziehen würdet. Das Abendessen wird bei Sonnenuntergang serviert.«

Er drückte sich die Hand auf die Wange und huschte davon. Cait und Rognvald fanden Plätze an einem der beiden großen

Tische in der Mitte des hallenartigen Raums, dessen eine Seite von einem riesigen Herd beherrscht wurde, wo ein ganzes Schwein sich langsam am Spieß über den glühenden Kohlen drehte. Wegen der Zimmerpreise war der Gasthof nicht überfüllt, und die Gäste waren von höherem Rang als die Bettler, die in die Klöster und Hospize schwärmten. Caits und Rognvalds Mitbewohner waren Kaufleute und wohlhabendere Pilger, für die die Wallfahrt zum Schrein des Heiligen keine sonderliche Mühsal darstellte.

Und doch, nach all der frischen Luft auf dem offenen Meer empfand Cait die verrauchte Enge der Schankstube geradezu als erstickend, und sie war von Herzen froh, als sie nach einem Abendessen aus Schweinebraten, Bohnensuppe, Rübenbrei und gekochtem Lauch Rognvald und die fahrenden Händler ihrem Bier überlassen und sich auf ihr Zimmer zurückziehen konnte. Dieses war zwar nicht viel größer als ihre Kabine an Bord der *Persephone*, aber es war sauber, das Kastenbett war mit frischem Stroh gefüllt und das Leinen darüber gewaschen.

Cait zog sich aus, hing Mantel und Kleid an einen Haken neben der Tür und ließ sich glücklich aufs Bett fallen – doch nur um die ganze Nacht über nicht zu schlafen und sich stattdessen einen Plan zu überlegen, wie sie Erzbischof Bertrano das Geheimnis der Mystischen Rose entlocken konnte. Natürlich hatte Cait seit ihrem Aufbruch aus Konstantinopel schon viel Zeit gehabt, um darüber nachzudenken, doch wie viele Pläne sie auch schon geschmiedet hatte, sie hatte ebenso viele auch wieder verworfen. Nun war es an der Zeit, eine Entscheidung zu treffen, und Cait war alles andere als sicher, was sie tun sollte.

Am folgenden Morgen, als Cait und Rognvald den geschäftigen Platz überquerten, belehrte eine aufgeregte Cait einen nachdenklichen Rognvald über die Notwendigkeit, zunächst das Vertrauen des Kirchenmannes zu gewinnen, bevor sie ihm den eigentlichen Grund ihres Hierseins enthüllten. »Er darf keinen Augenblick glauben, dass wir keine Pilger sind«, sagte sie. »Wir werden ihn uns erst einmal ansehen und dann entscheiden, wie es weitergehen soll. Verstanden?«

»Aye«, bestätigte Rognvald geistesabwesend. »Verstanden.«

Sie schlenderten durch die Menge zu den großen Eichentüren des Bischofspalastes unmittelbar neben der großen Basilika, die laut den Pilgern im Gasthof die Reliquien von *Iacobus Magnus* beherbergte, dem heiligen Apostel Jakobus, Jünger und Gefährte Christi. Es waren die Gebeine des Apostels, die immer mehr Pilger anlockten. Am Palast stellten Cait und Rognvald sich dem viel beschäftigten Pförtner vor, der sie müde und gleichgültig musterte. »Gott mit euch. Ich bin Bruder Thaddeus«, sagte er in abgehacktem, präzisem Latein. »Wie kann ich euch behilflich sein?«

»Seid gegrüßt im Namen unseres Herrn und Erlösers«, erwiderte Rognvald und trat auf den Mann zu. »Wir suchen nach Erzbischof Bertrano. Wir müssen ihn in einer wichtigen Angelegenheit sprechen«.

Thaddeus betrachtete die Besucher mit leerem Blick und sagte: »Er ist nicht schwer zu finden; ihr müsst es nur wie alle anderen einfach mal versuchen.«

»Wir wären glücklich, wenn wir zu einer günstigeren Zeit eine Audienz bei ihm bekommen könnten«, schlug Cait vor.

Der Priester lächelte mitleidig. »Ihr habt mich missverstanden. Der Erzbischof beaufsichtigt den Bau der neuen Kathedrale mitsamt dem Kloster. Man trifft ihn nur selten in seiner Residenz an.« Der Mönch deutete auf einen Turm samt Holzgerüst in einer Ecke des Platzes und schloss dann die Tür.

Cait und Rognvald gingen zu der angegebenen Stelle und standen schon bald am Rand einer freigeräumten Anhöhe inmitten von riesigen Haufen grauer Steine und einem wahren Wald von Balken; vor ihnen wuchsen die Seitenwände einer Kathedrale mitsamt Glockenturm empor, ein schwerer Granitblock nach dem anderen. Es wimmelte hier nur so von Arbeitern: eine Armee von Steinmetzen, Bildhauern und Dutzenden von einfachen Tagelöhnern und Fuhrleuten mit Mauleseln und ins Joch gespannten Ochsen. Alle bewegten sie sich nach den gebrüllten Befehlen eines großen, fetten Mannes im schlichten schwarzen Gewand eines Landpfarrers. Seine Wangen waren frisch rasiert, und sein rundes Gesicht glühte von der Hitze.

»Überlasst das mir«, sagte Rognvald zu Cait, als sie sich dem Mann näherten. »Ich habe eine kühne Idee.«

»Was wollt Ihr … Wartet!«, begann Cait, doch es war zu spät. Rognvald rief bereits nach dem Priester, der sich daraufhin umdrehte und die Fremden mit einem Blick betrachtete, der Milch hätte sauer werden lassen.

»Pax vobiscum!«, rief Rognvald und formte mit den Händen einen Trichter vor seinem Mund. Um das Knarren von Flaschenzügen und Wagen, das Ächzen der Taue, das Muhen der Ochsen und das Schreien der Maulesel sowie das ständige Hämmern zu übertönen, musste der Nordmann brüllen, um sich über den Lärm hinweg verständlich zu machen. »Wir suchen nach Bertrano, dem Herrn dieses heiligen Ortes!«

»Gott mit Euch, mein Freund. Ihr habt ihn gefunden.« Der Priester wandte sich von Rognvald ab und schrie: »Nicht dahin! Nicht dahin!« Wild winkte Bertrano einer Gruppe von Arbeitern zu, die neben dem halbfertigen Glockenturm Kalk auf einen Haufen schaufelten. Trotz seines hohen Ranges schien sich der Erzbischof inmitten des Drecks und Lärms der Baustelle wohl zu fühlen. Tatsächlich war das Einzige, was ihn von den anderen hier unterschied, das schwere Holzkreuz, das an seinem Ledergürtel baumelte. »Auf die andere Seite! Das kommt dahin …!« Bertrano deutete auf einen Sandhaufen. »Dahin! Auf die andere Seite! Klar?«

»Ich muss Euch loben, Erzbischof«, bemerkte Cait höflich, nachdem es ihnen gelungen war, erneut die Aufmerksamkeit des Kirchenmannes zu erregen, und sie sich vorgestellt hatten. »Eure Kathedrale verspricht ein wahres Wunderwerk der Baukunst zu werden.«

»Ein Wunder … in der Tat, werte Frau«, stimmte ihr der Erzbischof in säuerlichem Tonfall zu, »falls sie durch irgendein Wunder denn einmal fertig werden sollte.« Keuchend und schwitzend, obwohl die Sonne gerade erst aufgegangen war, wischte sich der fette Mann mit dem Ärmel die Stirn ab und rief einem Maultiertreiber einen Befehl zu, der gerade an ihm vorübertrottete und dessen Tier einen Balken hinter sich herschleifte.

»Warum sollte es denn nicht fertig werden?«, fragte Cait.

»Fragt das den König!«, schrie Erzbischof Bertrano. »Seine endlosen Feldzüge lassen uns wie Aussätzige humpeln, wo wir doch wie Helden zu Gottes Ruhm vorwärts stürmen sollten.«

»Wäre der König nicht«, bemerkte Rognvald, »würde dieser Teil der Welt noch immer von den Mohammedanern regiert, nicht wahr?«

Der Erzbischof warf ihm einen vernichtenden Blick zu. »Was wisst Ihr denn davon?« Verächtlich schaute er auf das Schwert des großen Ritters. »Es gibt mehr im Leben, als sich zu schlagen und rumzuhuren.«

Bevor der Ritter den Bischof um Verzeihung bitten konnte, beruhigte sich Bertrano wieder. »Verzeiht mir, mein Sohn. Ich habe mich von meinem Temperament hinreißen lassen. Gott weiß, dass ich ein Tyrann bin, solange ich nicht ordentlich gefrühstückt habe. Hinterher bin ich so sanft wie ein Lamm.«

»Wir wollen Euch nicht aufhalten«, begann Cait. »Vielleicht können wir später wieder zurückkommen, und …«

»Unsinn«, unterbrach sie der Erzbischof und setzte sich in Bewegung. »Kommt. Wir werden das Brot zusammen brechen, und dann könnt Ihr mir Neuigkeiten von … Wo kommt Ihr noch mal her, sagtet Ihr?«

»Aus dem Heiligen Land«, antwortete Rognvald selbstbewusst.

»Ah, ja, das Heilige Land.« Bertrano führte sie zu einer kleinen Strohhütte in der Mitte dessen, was dereinst ein Kloster werden sollte; dort hatten drei Mönche ein Essen für den Erzbischof vorbereitet. Bei seinem Herannahen eilten die Mönche, den thronartigen Bischofsstuhl aus der Hütte zu holen; diesen stellten sie dann an den Kopf des Tisches. Der Stuhl besaß eine hohe Rückenlehne, auf jeder Armstütze war das Bild eines Adlers zu sehen, und ein feines Kreuz war in das oberste massive Querholz geschnitzt. Vergoldet und von Halbkreisen aus polierten Gagatsplittern umgeben, sah das Kreuz aus wie von schimmernden Perlen umrahmt.

»Ich habe die Arbeiter diese Hütte errichten lassen, damit ich die Baustelle beaufsichtigen kann«, erklärte Erzbischof Bertrano und deutete auf das stabile, kleine Haus. Er zog seine Robe nach vorne und ließ seinen massigen Leib auf den Stuhl hinunter. Dann schoben die Mönche ihm den Tisch vor den Bauch und eilten davon, um das Essen zu holen. »Ihr würdet nicht glauben, was für ein Morast von Problemen nach meiner Aufmerksamkeit verlangt.« Er winkte seinen Gästen, auf Stühlen rechts und links neben dem Tisch Platz zu nehmen, wusch sich die Hände in einer Schüssel, die ihm einer der Mönche reichte, und wischte sie dann an seiner Robe trocken. »Ewige Wachsamkeit, meine Freunde, ist alles, was uns vom ewigen Chaos trennt.«

»Ich kann mir vorstellen, dass das sehr anstrengend sein kann«, erwiderte Cait mitfühlend.

»Versucht einfach mal, einen Glockenturm zu bauen«, knurrte Bertrano, »und dann kommt und erzählt mir, wie *anstrengend* das ist.«

Von der Bemerkung getroffen, spürte Cait, wie sie errötete. Der Erzbischof schluckte und schlug sich mit der Hand vor die Stirn.

»Gott helfe mir, ich habe es schon wieder getan! Ich bitte Euch freundlichst, Nachsicht mit mir zu haben, werte Frau. Bitte, lasst uns besinnlich schweigen, bis wir etwas im Magen haben, um dem Hunger die Schärfe zu nehmen.«

Schweigend saßen die drei beieinander, und die Mönche brachten Brot, gekochte Eier, gesüßten Wein und einen Brei aus getrockneten Erbsen, Zwiebeln, Karotten und Kabeljaustücken. Ohne seine Gäste zu beachten, tunkte der Bischof das Brot in den Brei und lutschte ihn ab; dann und wann machte er eine Pause, schälte ein gekochtes Ei, brach sich ein neues

Stück Brot ab oder trank einen Schluck Wein, bevor er sich wieder dem Brei widmete.

Cait und Rognvald aßen zurückhaltend. Aufmerksam beobachteten sie den Erzbischof und hielten nach allem Ausschau, was darauf hindeuten könnte, dass er wieder bereit war, sich ihnen zu widmen. Als nach der dritten Schüssel Brei und dem zweiten Becher Wein seine Angriffslust nachzulassen schien, wagte es Cait, das Essen zu loben. Erzbischof Bertrano hob die Hand, um Schweigen zu gebieten, führte die Schüssel an die Lippen und schluckte den letzten Rest des dünnen Breis gierig herunter. Dann wischte er sich den Mund am Tischtuch ab, lehnte sich auf seinem großen Stuhl zurück und strahlte seine Gäste wohlwollend an, während er sich die Krümel von der Robe klopfte. »Aaaah … Was habt Ihr gesagt?«

»Das Mahl war hervorragend«, sagte Cait. »Die Eier waren perfekt gekocht.«

»Wir essen hier eine Menge Eier«, bemerkte der Erzbischof. »Die Leute bringen sie ins Kloster. Gott allein weiß, was sie glauben, dass wir damit machen; aber so ist es nun mal.« Er drehte sich zu Rognvald um und sagte: »Nun denn, ich glaube, Ihr sagtet, Ihr kämt aus dem Heiligen Land.«

»Das habe ich gesagt, ja«, bestätigte der Ritter und schob seine Schüssel beiseite, »und ich wünschte, ich könnte Euch bessere Nachrichten bringen. Überall wird gekämpft – wie immer –, und die Kreuzfahrer gewinnen genauso oft, wie sie verlieren, das ist wahr, aber sie verlieren all die falschen Schlachten.«

»Jede verlorene Schlacht«, meinte der Erzbischof, »ist eine falsche Schlacht, würde ich sagen.«

»Das ist wohl wahr«, stimmte ihm Rognvald freundlich zu. »Und doch, die Siege wiegen die Niederlagen nicht auf, wenn Ihr wisst, was ich meine. Überall fällt Land an die Mohammedaner, und die Christen werden abermals versklavt.«

Bertrano schien von diesen Neuigkeiten schwer getroffen zu sein. »Ist Jerusalem noch sicher?«

»Das ist es … für den Augenblick. Aber schon bald wird es

nur noch ein Fels im Meer des Islam sein. Es wird nicht standhalten können.«

Der Nordmann sprach mit einer Ernsthaftigkeit, die Cait überraschte. Mit wachsender Bewunderung für seine Klugheit und sein Einfühlungsvermögen beobachtete sie, wie er den Erzbischof in die Falle lockte.

»Perditio, perditio«, seufzte der Erzbischof und wackelte traurig mit dem Kopf. »Aber sagt mir: Gibt es nichts Gutes zu berichten?«

»Die Küstenstädte – Tripolis, Tyros, Akkon, Jaffa und Askalon –, alle sind sie noch sicher. Die Araber sind Meister des Pferdes und der Wüste, doch die Seefahrt kümmert sie nicht sonderlich. Dank der genuesischen und venezianischen Flotten kommen die Sarazenen dort nicht voran. Solange also Schiffe ungehindert in die Häfen einlaufen können, werden die Küstenstädte in christlicher Hand bleiben.«

»Ah, nun, das ist wenigstens etwas«, erwiderte der Erzbischof zufrieden. Wie Cait betrachtete er Rognvald mit neu erwachter Bewunderung. »Ihr sprecht wie ein Feldherr. Vielleicht solltet *Ihr* die Armeen der Christen gegen die teuflischen Heerscharen der Ungläubigen führen.«

Der Ritter lächelte, schüttelte jedoch den Kopf. »Nein, ich habe genug Schlachten gesehen. Ich möchte nichts mehr damit zu tun haben – mit gar nichts mehr. Für all meine Mühen habe ich fast drei Jahre in einem sarazenischen Kerker verbracht, und ich wäre noch immer dort, wäre da nicht mein geliebtes Eheweib gewesen.« Er streckte den Arm über den Tisch und ergriff Caits Hand. »Sie ist den ganzen Weg von unserer Heimat Caithness nach Damaskus gereist und hat mich aus Sultan Mujirs Kerker ausgelöst, und dafür werde ich ihr auf ewig dankbar sein.«

Er drückte Caits Hand, und Cait spielte ein Lächeln ehelicher Liebe vor, wobei es sie überraschte, wie leicht ihr das fiel.

»Nun, ich werde nie wieder dorthin zurückkehren«, fuhr Rognvald fort; »doch andere waren nicht so glücklich. Ich habe viele gute Männer in diesem stinkenden Verlies sterben sehen –

zu viele. Einer von ihnen – und es bekümmert mich wirklich sehr, das sagen zu müssen – war kein anderer als der Oberbefehlshaber der Truppen des Königreichs Jerusalem.«

»Unmöglich!«, schrie Erzbischof Bertrano. »Das kann nicht sein!«

Rognvald blickte den Kirchenmann mit überzeugendem Ernst an. »Leider ist es nur allzu wahr. Tatsächlich ist sein Tod der Grund, warum wir hier sind.«

Der Erzbischof hob verwirrt die Augenbrauen. »Bitte erklärt mir, wie das sein kann.«

»Die Geschichte ist eine traurige, doch rasch erzählt«, erwiderte der Ritter. »Der Komtur gelangte schwer verwundet in das Verlies. Es hatte einen Sturm gegeben, und sein Schiff war irgendwo auf Felsen gelaufen – zwischen Tripolis und Tyros, glaube ich. Viele Männer sind sofort ertrunken, und wie das Pech es wollte, haben die Sarazenen, die sie gefunden haben, noch viele weitere erschlagen. Die paar Überlebenden wurden gefangen genommen und nach Damaskus gebracht.« Er verzog das Gesicht, als würde er sich an eine Tragödie erinnern. »Sie haben tapfer gekämpft, um der Gefangenschaft zu entgehen …«

»Wie es nur Männer von Mut und Statur vermögen«, bot der Erzbischof an.

»Die Schlacht war hart, wie ich gesagt habe. Mehrere sind schwer verletzt worden – Komtur de Bracineaux war einer von ihnen. Seine Wunden waren zu schwer, er konnte sich nicht mehr davon erholen. Ein paar Tage hat er noch gelitten, dann ist er gestorben.«

»Es betrübt mich zutiefst, das zu hören«, seufzte der Erzbischof. »Jerusalem wird keinen feineren Soldaten mehr bekommen – welch Verlust.«

Die Erzählung des Nordmanns klang so überzeugend, dass Cait beinahe schon Mitleid mit den armen Templern und ihrem tödlich verwundeten Herrn empfand. »Es war in der Tat ein großer Verlust«, stimmte sie dem Erzbischof zu, und Trauer hallte in ihrer Stimme wider.

»Ich werde eine Messe für sie lesen«, erklärte der Erzbischof, »und einen Tag der Fürbitte für sie befehlen.« In Gedanken versunken, nickte er vor sich hin. »Das ist das Mindeste, was ich für sie tun kann.«

Die drei schwiegen eine Zeit lang; dann fragte der Erzbischof: »Hat er vor seinem Tod noch etwas gesagt?«

»O ja«, versicherte ihm Rognvald. »Als Edelleute wurden wir in derselben Zelle gefangen gehalten. Ihr könnt Euch sicher vorstellen, dass das Lösegeld für solch einen wichtigen Mann schier unglaublich hoch ist – so hoch wie das für einen König. Die Sarazenen waren guter Hoffnung, dass seine Freilassung ihnen ein Vermögen einbringen würde.«

»Diese gierigen Hunde!«, knurrte der Erzbischof. »Ich bete zu Gott, dass unendliche Plagen auf ihre Häupter herabregnen mögen. Das tu ich wirklich.«

»Da Ihr de Bracineaux vermutlich kennt, könnt Ihr Euch überdies sicherlich vorstellen, dass er seine letzten Tage voller Sorge verbrachte, die Templer könnten von seiner Gefangennahme erfahren haben und das Lösegeld für ihn bezahlen. Er fürchtete, dass die Summe so exorbitant hoch sein würde, dass es den Orden unnötigerweise in den Ruin getrieben hätte. Er sagte zu mir: ›Ich bete, dass ich rasch sterben möge, um diese Teufel um ihren Preis zu bringen.‹ Er sagte, er könne nicht in Frieden ruhen, sollte das Geld für seine Freilassung dafür verwendet werden, tapfere christliche Ritter zu verfolgen.«

Sprachlos lehnte sich der Erzbischof auf seinem Stuhl zurück und schlug mit dem Kopf leicht gegen die hohe Lehne. »Noch im Sterben«, sagte er schließlich leise, »selbst da noch, hat er keinen Gedanken an sich selbst verschwendet.«

»Ihr wisst besser als ich, was für eine Art Mann er war«, sagte Rognvald mit rührender Überzeugung.

»*Das*, mein Herr, ist die Art Mann, die er war!«, schrie der Erzbischof, und sein rundes Gesicht lief rot an. »Edel durch und durch!«

»Und er hat mir noch etwas erzählt«, gestand Rognvald und

beugte sich näher an den Erzbischof heran. »Seine letzten Tage waren sehr schwer, wie Ihr Euch sicher vorstellen könnt; das Reden schenkte ihm zumindest ein wenig Frieden. Es tröstete ihn, seine Seele zu erleichtern.« Rognvald beugte sich noch näher an Bertrano heran, als fürchte er, man könne sie belauschen. Auch der Erzbischof beugte sich nun vor. »Das ist der Grund, warum wir hierher gekommen sind.«

»Ja?«, fragte Bertrano. »Dann sagt ihn mir, mein Sohn. Wenn es eine Beichte ist, so will ich sie hören.«

»Die Angelegenheit, die ihn am meisten sorgte, betraf einen Brief.«

»Einen Brief?«

»Einen besonderen Brief«, bestätigte Rognvald. »Von Euch, Erzbischof Bertrano.«

»Von mir!« Der Kirchenmann setzte sich zurück und starrte den Ritter verwundert an. »In Gottes Namen, was kann das bedeuten? Seid Ihr sicher, dass der Brief von mir stammte?«

Rognvald nickte ernst. »Er war sehr erregt deswegen«, sagte der Ritter. »Zum Ende hin sprach er von nichts anderem mehr. Ich glaube, es schmerzte ihn, dass er seine Aufgabe nicht hatte erfüllen können. Und das war auch der Grund, warum er sich mir anvertraut hat. Es gab niemand anderen. Er wollte, dass ich die Arbeit beende, die er begonnen hat.«

Bertrano legte nachdenklich die Stirn in Falten und blickte zu dem unfertigen Glockenturm. »Hat er Euch erzählt, was für eine Arbeit das war?«

»Leider nein«, antwortete der Ritter. »Er ließ mich bei meinem Leben und meiner Seele schwören, dass ich, sollte ich je meine Freiheit wiedererlangen, zu Euch, Erzbischof Bertrano, gehen und Euch sagen solle, was geschehen ist. Er sagte, Ihr würdet mir alles erklären, was ich wissen muss.« Der Ritter breitete demütig die Hände aus. »Und hier bin ich nun.«

»Großer Gott im Himmel!«, schrie der Erzbischof, sprang auf und hätte bei dem Versuch, sich aus seinem Stuhl zu winden, fast den Tisch umgeworfen. »Nein! Nein!«

Sowohl Rognvald als auch Cait wichen besorgt zurück.

Rognvald stand auf und streckte die Hände aus, um den plötzlich außer sich geratenen Kirchenmann wieder zu beruhigen. Cait, erstaunt über die unerwartete Änderung im Verhalten des Erzbischofs, sprang ebenfalls auf und rannte ihm hinterher, während sie verzweifelt überlegte, was der Nordmann wohl gesagt haben könnte, dass der Erzbischof derart die Fassung verlor und einfach vom Tisch floh.

»Bitte!«, rief sie. »Wartet!«

Erzbischof Bertrano blickte über die Schulter zu ihr zurück. »Nein! Es läuft alles schief!«

»Wir wollten Euch nicht beleidigen. Können wir nicht zu unserem Gespräch zurückkehren?«

»Nicht Ihr«, sagte der Erzbischof, »der Turm!« Wütend deutete er nach vorne. Cait blickte zu der entsprechenden Stelle und sah einen von Ochsen gezogenen Schlitten, der mit Steinen beladen war. Der Fahrer warf die rohen Felsblöcke auf einen Haufen mit frisch behauenen Quadern. »Kommt nach der Vesper zu mir. Wir werden zusammen essen, und dann werde ich euch alles erzählen. Ich muss jetzt gehen!« Er rannte weiter und brüllte: »Du da! Hör auf damit! Halt ein, sage ich, oder ich exkommuniziere dich hier und jetzt!«

»Ich muss gestehen, es fällt mir schwer, das zu glauben«, sagte Erzbischof Bertrano. Er blickte von Cait zu Rognvald und schüttelte den Kopf. »Dass ein Mann wie de Bracineaux so grausam niedergestreckt worden ist … Tut mir Leid; sein Tod kommt viel zu früh, und es betrübt mich zutiefst.«

»Ihr seid nicht allein in Eurer Trauer«, tröstete ihn Cait. »Ich habe erst vor kurzem meinen Vater verloren.«

»Bitte, nehmt mein aufrichtiges Beileid an, mein Kind«, sagte der Erzbischof. »Noch Wein?«

Er griff nach dem Silberkrug und füllte alle drei Becher, angefangen mit seinem eigenen. Dann trank er einen kräftigen Schluck, wischte sich den Mund ab und sagte: »Nun denn, ich habe über diesen Brief nachgedacht, den Ihr erwähnt habt. Es kann sich nur um den Brief handeln, den ich vor einiger Zeit an den Papst geschrieben habe. Hat der Komtur Euch gesagt, was in diesem Brief stand?«

»Nur dass es sich um eine Angelegenheit von allergrößter Wichtigkeit handelte«, antwortete Rognvald. »Ich glaube, er fürchtete sich davor, dass unsere Wärter das Geheimnis entdecken würden, sollte er allzu viel enthüllen.«

»Damit hat er wieder einmal die Weisheit unter Beweis gestellt, die ihn zu so einem großartigen Menschenführer hat werden lassen.« Der Erzbischof trank einen weiteren Schluck und stellte den Becher beiseite. Er blickte seine Gäste ernst und aufmerksam an. »Seid Ihr sicher, dass er Euch wirklich nichts über den Inhalt des Briefes gesagt hat?«

»Bei meinem Glauben, nein, mein Herr Erzbischof«, antwortete Rognvald wahrheitsgemäß. »Er hat nicht ein Wort zu mir gesagt.«

Der Tisch, um den die drei sich versammelt hatten, war groß, rund und aus polierter Eiche; er füllte fast den ganzen Raum. Vor ihnen stand gesüßter Wein in einem großen Silberkrug und ein Teller mit reifen Feigen. Der Raum war bescheiden und grenzte an einen ummauerten Garten, und das war auch der Grund, warum der Erzbischof hier gerne seine persönlichen Gäste begrüßte. Spatzen zwitscherten in den Zweigen der Orangenbäume, was Caits Erregung noch steigerte.

»Nun, Ihr habt es gesagt. Denn es handelt sich in der Tat um eine Angelegenheit von allergrößter Wichtigkeit«, fuhr der Kirchenmann fort. »Und nun, da ich weiß, dass die Botschaft nicht verloren gegangen ist, werde ich an den Papst schreiben, um ihn von der Tragödie in Kenntnis zu setzen.«

Cait schluckte. Wollte er damit etwa sagen, dass er ihnen doch nichts erzählen wollte? Bevor sie sich überlegen konnte, wie es jetzt am besten weiterging, nickte Rognvald mitfühlend und sagte: »Zweifelsohne wäre das das Beste.«

Nur mit Mühe konnte Cait einen frustrierten Schrei unterdrücken. Sie nahm einen kräftigen Schluck aus ihrem Becher, um ihre Erregung zu verbergen.

»Dann ist das geklärt«, schloss Bertrano glücklich. »Ich werde dem Papst sofort schreiben und den Brief mit dem schnellsten Kurier nach Rom schicken.«

Rognvald lächelte zaghaft, und Cait blickte ihn aus zusammengekniffenen Augen über den Rand ihres Bechers hinweg an; stumm drängte sie ihn, etwas zu sagen, bevor es zu spät war.

»Ich nehme an, dass die Templer schon bald einen neuen Herrn von Jerusalem wählen werden«, erwiderte der Ritter. »Wir können nur beten, dass es jemand sein wird, der de Bracineaux an Redlichkeit und Eifer in Nichts nachsteht.« Er hielt kurz inne, dann fügte er hinzu: »Ich zittere bei dem Gedanken, was geschehen würde, sollte die Frucht Eurer harten Arbeit in die Finger irgendeines kaisertreuen Judas geraten.«

»Was meint Ihr damit?«, fragte der Erzbischof, und eine Sorgenfalte erschien auf seiner Stirn.

»Ich meine damit das, was ich gesagt habe«, antwortete Rognvald. »Mehr nicht.«

»Glaubt Ihr, es besteht die Möglichkeit, dass so etwas geschieht?«

Rognvald zuckte mit den Schultern. »Das vermag ich nicht zu sagen.«

»Nun kommt, Herr«, polterte der Erzbischof und schlug mit der Faust auf den Tisch. »Wenn Ihr irgendetwas wisst, müsst Ihr es mir sagen.«

»Ich fürchte, ich habe schon zu viel gesagt.« Zum Zeichen, dass er sich ergab, hob Rognvald die Hände. »Ich bitte Euch, mich nicht zu zwingen, denn es wäre mir nicht lieb, wenn man über mich sagen würde, dass ich über eines anderen Mannes Namen herziehe. Tatsächlich geht es mich auch nichts an, und so werde ich fortan schweigen.«

»Nein, mein Herr!«, platzte Bertrano heraus; seine Aufregung nahm stetig zu. »So geht das aber nicht. Ich muss wissen, ob mein Vorhaben auf dem besten Wege ist, in die Irre zu führen.«

»Ich versichere Euch, mein Herr Erzbischof«, erwiderte Rognvald ein wenig steif, »dass ich Euch alles gesagt habe, was gesagt werden kann.« Er schien noch etwas hinzufügen zu wollen, überlegte es sich dann jedoch anders und schloss stattdessen den Mund.

Der Erzbischof bemerkte sein Zögern und stürzte sich darauf. »Ah, Ihr wisst also *doch* etwas!«, krähte er. »Sagt es mir, mein Sohn; verschweigt mir nichts. Ich bin Priester. Habt Ihr das vergessen? Bei mir sind alle Beichten sicher.«

»Es war nur ein Gedanke«, begann Rognvald. Er blickte zu Cait, als erwarte er ein Zeichen der Zustimmung von ihr.

»Fahr fort, Liebster«, drängte sie ihn in süßlichem Tonfall. »Lass uns vor diesem ehrlichen und aufrechten Kirchenmann nichts verbergen.«

Der Erzbischof blickte Rognvald wohlwollend an; sein vom

Wein gerötetes Gesicht nahm einen mitfühlenden und verständnisvollen Ausdruck an. »Es ist zum Wohle aller«, betonte der Erzbischof in seiner besten Beichtstuhlstimme. »Gestattet mir, Eure Gedanken zu hören, und ich werde entscheiden, was zu tun ist.«

»Es soll so sein, wie Ihr sagt«, erklärte Rognvald, als wäre er erleichtert, dass man ihm diese harte Entscheidung abgenommen hatte. »Der Punkt ist Folgender: Mir ist der Gedanke gekommen, dass es doch einen Weg geben könnte, um für Harmonie zu sorgen und, sagen wir, die ursprüngliche Redlichkeit der Unternehmung wiederherzustellen, die von den Sarazenen auf so grausame Art unterbrochen worden ist.«

»Ja? Sprecht weiter«, drängte Bertrano. »Ich höre zu.«

»Solltet Ihr zustimmen, könnte ich diese bestimmte Aufgabe erfüllen, die de Bracineaux in seinen letzten Stunden so sehr umgetrieben und die aufzugeben der Tod ihn gezwungen hat.« Traurig schüttelte der Erzbischof den Kopf bei dem Gedanken an die letzten, qualvollen Tage des armen Templers. »Kurz gesagt«, fuhr Rognvald fort, »ich könnte Euch an de Bracineaux' statt dienen.«

Bevor der Kirchenmann etwas darauf erwidern konnte, drehte Rognvald sich zu Cait um, ergriff ihre Hand und sagte: »Es tut mir Leid, meine Liebe. Ich weiß, dass ich das vorher mit dir hätte besprechen sollen, doch der Gedanke ist mir gerade erst gekommen.«

Der Kirchenmann blickte den Ritter nachdenklich an, klatschte dann in die Hände und erklärte: »Allmählich finde ich Gefallen an dieser Vorstellung. Fahrt fort.«

»Ich denke, dass ein Brief selbst mit dem schnellsten Kurier Monate brauchen würde, bevor er die Templer erreicht – falls er Jerusalem denn überhaupt erreichen sollte. Er könnte leicht in die falschen Hände geraten.«

»Das ist nur allzu wahr«, pflichtete ihm der Erzbischof bei. »Ich hatte Selbiges schon bei der ersten Epistel befürchtet. Aber falls Ihr in dieser Sache für mich handeln würdet, würde das einem raschen und guten Ende unseres Unternehmens nur förderlich sein.«

»Habe ich denn gar nichts in dieser Angelegenheit zu sagen?«, mischte sich Cait ein und nahm das Verhalten einer vernachlässigten Ehefrau an, der man zu viel abverlangte. Sie wandte sich zu dem Kirchenmann und sagte: »Ihr müsst mir verzeihen, mein Herr Erzbischof, wenn ich die Aussicht, meinen Gatten zu verlieren, nicht sonderlich erbaulich finde. Er war drei Jahre im Kerker«, bescheiden senkte sie den Blick, »und ich habe ihn gerade erst zurückbekommen.«

»Ich kann mich nur entschuldigen, meine Liebe«, sagte Rognvald, »und dich um Verzeihung bitten.« Und an den Erzbischof gewandt: »Mein Weib hat Recht. Ich bitte Euch, mich zu entschuldigen und mich von meiner Pflicht zu entbinden, die zu erfüllen ich mich übereilt verpflichtet habe.«

Der vertrauensselige Kirchenmann beobachtete verzweifelt, wie die Lösung seines Problems ebenso rasch wieder verschwand, wie sie gekommen war, und so hob er die Hände zu einer väterlichen Geste der Meditation. »Bitte, haltet Frieden, meine lieben Freunde. Lasst uns keine übereilten Entscheidungen treffen, die wir alsbald bereuen würden. Ich bin sicher, es gibt nichts, was uns davon abhalten würde, einem harmonischen Pfad zu folgen, der – das wage ich zu behaupten – überdies zu unser aller Vorteil ist.«

An Cait gewandt, sagte er: »Meine Liebe, ich kann Euren Widerwillen in dieser Angelegenheit nur allzu gut verstehen; doch wenn Ihr erst einmal erfahrt, welcher Art jener Preis ist, um den es hier geht, werdet Ihr meine Sorge nachvollziehen können. Mehr noch, Ihr werdet Euch unserer gemeinsamen Sache mit einem Eifer widmen, den Ihr Euch jetzt noch nicht vorstellen könnt.«

Zweifelnd musterte Cait den Kirchenmann. »Wenn Ihr es so formuliert«, räumte sie zurückhaltend ein, »dann solltet Ihr uns jetzt vielleicht besser sagen, was dieser *Preis* ist.«

»Oh, werte Frau, so leichtfertig kann man nicht darüber reden«, sagte Bertrano ernst, »denn es handelt sich um ein

Wunder, das lange vor den Augen der Welt verborgen war; doch es war Gottes Wille, dieses wieder ins Licht zu bringen, um uns im Kampf gegen die Heiden zur Seite zu stehen, welchen wir im Namen seines Sohnes führen.«

Er hob den Becher und trank einen kräftigen Schluck, als müsse er sich für das stählen, was er nun enthüllen würde. Erneut wischte er sich den Mund mit dem Ärmel ab und beugte sich verschwörerisch vor. Cait und Rognvald rückten näher an ihn heran.

»Die Rose der Mystischen Tugend«, verkündete der Erzbischof und genoss sichtlich jedes einzelne Wort. Seine Augen funkelten vor freudiger Erregung, und er blickte von einem seiner Gäste zum anderen. Als er jedoch das Unverständnis in ihren Augen sah, rief er: »Sagt euch das denn gar nichts?«

»Bei meinem Wort, das tut es nicht«, gestand Cait, geradezu verführerisch in ihrer Unschuld. »Was bedeutet es?«

»Der heiligste und anbetungswürdigste Gegenstand, den es auf Erden gibt«, erklärte der Erzbischof. »Die Mystische Rose ist nichts anderes als der Kelch, den unser Herr und Erlöser zur Kommunion beim letzten Abendmahl benutzt hat.«

Ja! Caits Herz schlug immer schneller. *Endlich! Oh, und was für ein wunderbarer Schatz das ist. Der Schatz der Zeitalter*, dachte sie und erinnerte sich an die Beschreibung auf dem Pergament: *›… unsere echte und feste Hoffnung für diese Zeit und das Reich Gottes.‹*

Sie musste sich mit aller Kraft beherrschen, um nicht laut aufzulachen vor Freude, endlich das Geheimnis erfahren zu haben. *O ja*, dachte sie, *das ist es, was zu tun mich der Weiße Priester gerufen hat. Wie mein Vater und mein Großvater vor mir, so bin auch ich auserwählt, einen Preis nach Hause zu bringen, der ganze Königreiche wert ist.*

In feierlichem Tonfall fragte sie: »Aber woher wisst Ihr das? Ich möchte nicht despektierlich erscheinen, mein Herr Erzbischof, aber dieser Schatz ist schon vor langer Zeit verloren gegangen, wie Ihr ja selbst gesagt habt. Verzeiht meine Frage, aber woher soll irgendjemand wissen, dass es eben jener Kelch ist?«

»Das ist in der Tat eine gute Frage«, räumte Bertrano ein, »und eine, die zu stellen ich selbst nicht gezögert habe. Doch der gute Bruder, der mich auf diese Entdeckung aufmerksam gemacht hat, ist treu und vertrauenswürdig. Ich kenne ihn nun schon seit vielen Jahren als Priester von unbestreitbarem Glauben und Charakter. Er ist fest überzeugt von der Herkunft der heiligen Reliquie. Seine Entdeckung war der Grund für meinen Brief an den Papst.

Seit Beginn der Rückeroberung sind die Mauren immer weiter nach Süden und Osten gedrängt worden. Viele von ihnen, die in den Ebenen und Tälern gelebt haben, sind in die Hügel und Berge geflohen, um der erbarmungslosen Verfolgung durch den König zu entgehen. Falls man also keine vorbeugenden Maßnahmen gegen einen Verlust ergreifen wird, so ist es nur eine Frage der Zeit, bis die heiligste aller Reliquien in die Hände der Ungläubigen fällt.«

»Ich verstehe«, erwiderte Rognvald nachdenklich. »Dann hat der Papst den Brief also an de Bracineaux weitergegeben.«

»An wen sonst?«, fragte der Erzbischof. »Zweifelsohne hat der Papst die Templer mit der Wiederbeschaffung der heiligen Reliquie beauftragt. Das ist nur angemessen, zumal sie es sein werden, die diesen unermesslichen Schatz schließlich bewachen müssen, wenn er wieder an seinen rechtmäßigen Platz zurückgebracht worden ist und den Mittelpunkt unseres Glaubens darstellt. In der Tat glaube ich, dass das der schwierigste Teil sein wird: ihn vor den Sarazenen, den Heiden und den Griechen zu beschützen, die ohne Zweifel versuchen werden, ihn zu stehlen, um unseren Heiland zu verspotten.«

»Wisst Ihr, wo er ist?«, fragte Cait, unfähig, ein Zittern in ihrer Stimme zu unterdrücken.

»Nein.« Der Erzbischof schüttelte den Kopf. »Und ich will es auch gar nicht wissen. Aufgrund der genauen Beschreibung von Bruder Matthias sollte er jedoch nicht allzu schwer zu finden sein.«

»Diese Beschreibung, die Richtungsangaben … standen sie in dem Brief?«, fragte Cait und dachte an den merkwürdigen Text, den sie nicht hatte lesen können.

Wieder schüttelte der Erzbischof den Kopf; er griff nach dem Krug und schenkte sich Wein nach. »Nein«, antwortete er zwischen zwei Schlucken. »Ich habe es nicht für klug gehalten, eine derart wichtige Information einem schlichten Brief anzuvertrauen.« Er stellte den Becher wieder ab und lächelte zufrieden. »Stattdessen habe ich dem Papst gesagt, wo er Bruder Matthias finden kann, und der gute Bruder wiederum weiß, wo der Kelch zu finden ist. Und ich habe diese Angaben in einer Geheimsprache geschrieben.«

Cait wollte nach der Art dieser Geheimsprache fragen, doch Rognvald sprach als Erster. »Das war in der Tat sehr klug«, stimmte er dem Erzbischof zu. »Ihr scheint an alles gedacht zu haben.« Er schenkte sich ebenfalls Wein nach und auch Caitríona. »Doch nun hat sich alles verändert. Wenn wir dabei helfen sollen, die Mystische Rose zu beschützen, müssen wir wissen, wo Bruder Matthias zu finden ist.«

»Alles zu seiner Zeit, mein ungeduldiger Freund«, erwiderte der Kirchenmann. »Alles zu seiner Zeit. Zunächst einmal müsst Ihr zuverlässige und vertrauenswürdige Männer finden, die Euch helfen. Dem Wenigen nach zu urteilen, was Bruder Matthias erzählt hat, glaube ich, dass sich der heilige Kelch im fernen Aragon befindet – irgendwo in den Bergen, wenn ich mich nicht irre –, und zwischen hier und dort wimmelt es nur so von Sarazenen. Ihr werdet Soldaten brauchen.«

Rognvald schlug mit der flachen Hand auf den Tisch. »Fragt, und Euch wird gegeben«, erklärte er jubilierend. »Wie es der günstige Zufall will, habe ich meine Männer bei mir – Landsleute von mir, die mit mir in Damaskus im Kerker gewesen sind. Es sind meine Lehnsmänner; ihre Treue ist erprobt. Ich vertraue ihnen mein Leben an.«

Der Erzbischof hob die Hände zu Lob und Segen. »Wahrlich, Gott persönlich hat mir Euch für diesen Zweck gesandt.« Und an Cait gewandt, sagte er: »Werte Frau, nun habt Ihr doch sicherlich keine Einwände mehr dagegen, dass Euer edler Gemahl an diesem Unternehmen teilnimmt. Er ist vom Herrn unserem Gott persönlich gesegnet, und der Himmel steht bereit, jene mit Gnade, Ehre und Ruhm zu überschütten, die diesen Dienst für ihn tun.«

Rognvald betrachtete Cait mit dem Blick eines liebenden Ehemannes. »Was sagst du, mein Herz? Wirst du es mir gestatten?«

Als der Ritter diese sehr persönlichen Worte verwendete – jene, die ihr Vater so oft benutzt hatte, wenn er mit ihr geredet hatte –, schnürte es Cait die Kehle zu, und es dauerte einen Augenblick, bevor sie ihre Stimme wiederfand. »Ja«, erwiderte sie schließlich und blickte Rognvald in aufrichtiger Bewunderung an. »Ich werde es gestatten. Wie könnte auch ich, eine einfache Frau, mich dem Willen des Himmels widersetzen?«

Nachdem sie sich von Erzbischof Bertrano verabschiedet hatten, standen Cait und Rognvald vom Tisch auf und gingen allein durch die dunklen, stillen Straßen von Santiago de Compostela. Abgesehen von ein paar lauten Zechern, deren Gesang von den Wänden und Galerien ringsum widerhallte, hatten sie die Stadt für sich; respektable Bürger schliefen schon längst in ihren Betten.

»Jetzt belügen wir schon einen Erzbischof«, sagte Rognvald und schüttelte in gespielter Reue den Kopf. »So tief sind wir gesunken.«

»De Bracineaux im Verlies gestorben«, bemerkte Cait. »Wenn es nach mir ginge, *wäre* das auch so.« Sie betrachtete den großen Ritter mit neuer Wertschätzung. »Wie seid Ihr nur darauf gekommen? Ich muss gestehen, dass ich zuerst geglaubt habe, Ihr hättet Euren Verstand verloren.«

»Ich weiß, dass wir verabredet hatten, ihm zu erklären, der Papst hätte uns geschickt, damit wir uns der Angelegenheit annehmen, aber das passte mir irgendwie nicht. Diese Geschichte warf mehr Fragen auf, als sie beantwortete.«

»Ihr hättet mich warnen sollen«, sagte Cait. Sie klang wütender, als sie sich fühlte.

»Um die Wahrheit zu sagen, ist mir der Gedanke fast im selben Augenblick gekommen, da ich ihn ausgesprochen habe.«

»Nun, am Ende ist es ja recht gut gelaufen«, räumte Cait ein. »Eure Geschichte war in der Tat besser, und Ihr habt sie mit solcher Überzeugungskraft erzählt, dass ich schon selbst angefangen habe, sie zu glauben.«

»Ich danke Euch, werte Frau«, sagte Rognvald und freute sich über das Lob.

»So Gott will«, fügte Cait hinzu, »werden wir schon weit weg von hier sein, bevor irgendjemand die Wahrheit erfährt.«

Den Rest des Weges gingen sie schweigend nebeneinander her und lauschten den Zechern und den Grillen, die im langen Gras jenseits der Mauer zirpten. Als sie den Gasthof erreichten, waren die Türen geschlossen und verriegelt, doch Rognvalds hartnäckiges Klopfen weckte schließlich den mürrischen Wirt, der sich viel Zeit damit ließ, die beiden reinzulassen. Verzückt über ihren Triumph und freudig erregt angesichts Bertranos Enthüllungen, legte Caitríona sich ins Bett und versuchte, ihre Gedanken zu ordnen. Es war sinnlos. In ihrem Kopf wirbelten schimmernde Bilder des wunderbaren Schatzes umher, der auf sie wartete, die Mystische Rose, der Kelch Christi ... Allein der Klang der Worte auf ihren Lippen ließ sie innerlich mit einer fast unerträglichen Erregung zittern. Das heiligste Ding der Welt, und sie, sie allein, hatte den Auftrag erhalten, es zu finden und zu beschützen.

Oh, aber das war noch nicht alles, bei weitem nicht. Denn hatte sie die heilige Reliquie erst einmal in ihrem Besitz, konnte sie sie dazu verwenden, de Bracineaux in seinen hochverdienten Untergang zu locken. Ihre Gedanken quollen vor Ideen geradezu über, ihn seinem Schicksal zuzuführen. Immer und immer wieder rief sie sich sein fleischiges, graubärtiges Gesicht ins Gedächtnis zurück und stellte sich seinen erstaunten Gesichtsausdruck vor, wenn er erkannte, dass er von der Tochter jenes Mannes besiegt worden war, den er so überstürzt, gedankenlos und bösartig ermordet hatte. Nur wann und wo diese schicksalhafte Begegnung stattfinden sollte, das konnte Cait nicht voraussehen. Aber immer und immer stellte sie sich den Augenblick vor, wenn sie kalt und erbarmungslos Gerechtigkeit üben würde.

Rasch und ohne Vorwarnung, den Dolch fest in der Hand, würde sie zuschlagen. Die schmale Klinge würde ihm in den

Bauch dringen – so wie sein Messer in die Seite ihres Vaters gedrungen war –, und de Bracineaux' mächtiger Leib würde zu Boden sinken. Während er starb, würde sie über ihm stehen und das Licht des Erkennens in seinen Augen sehen, das langsam immer schwächer wurde, während das Leben aus seiner Wunde quoll und sich in einer purpurroten Pfütze unter ihm sammelte.

Aber vielleicht war das nicht Strafe genug. Vielleicht sollte sie ihn zwingen, sein Verbrechen zu gestehen und um sein Leben zu flehen. Sie konnte ihn sehen: seiner Amtskleidung beraubt, gedemütigt, auf den Knien, die Hände zu ihr erhoben, bettelnd, jammernd, um Gnade flehend – bevor sie ihm die Kehle durchschnitt wie einem Schwein beim Schlachter.

Cait lag eine Zeit lang wach und genoss die süßen Gedanken an Rache. *Herr*, betete sie, *das Blut eines rechtschaffenen Mannes schreit danach, gerächt zu werden. Du, dessen Urteil gegen die Bösen auf ewig Bestand hat, mach mich zum Werkzeug deiner Rache.*

Und dann, als das graue Licht der Morgendämmerung unter ihrer Tür hindurchkroch, beschloss sie, Rognvald zu wecken. Wenn die Sonne über dem Horizont stand, konnten sie bereits auf der Straße sein; so würden sie Iria noch bei Tag erreichen und könnten am Abend schon die Segel gesetzt haben. Bei günstigen Wetterbedingungen wären sie dann in ein paar Tagen in Bilbao, und von dort aus war es ein recht leichter Ritt nach Vitoria, wo sie laut dem Erzbischof Bruder Matthias finden würden.

»Was, wenn die Templer diesen Bruder Matthias als Erste erreichen?«, fragte Rognvald, als sie wieder unterwegs waren.

»Ich wüsste nicht, wie das möglich sein sollte«, antwortete Cait verschmitzt. »Wir haben den Brief, und wir wissen, wo man Matthias finden kann – de Bracineaux nicht.«

»Nein? Das frage ich mich eben«, sinnierte Rognvald. »Er muss den Brief doch gelesen haben. Und wenn er ihn gelesen hat, dann weiß er auch, wo er den Mönch finden kann, der ihn zum Schatz führen wird.«

»Bertrano sagte, die Richtungsangaben seien in einer

Geheimsprache geschrieben worden«, protestierte Cait, deren Selbstbewusstsein allmählich ins Wanken geriet.

»Geheim vielleicht für uns, aber nicht für den Papst und womöglich auch nicht für die Templer.« Rognvald schwieg eine Zeit lang, dann sagte er: »Ich glaube, wir müssen davon ausgehen, dass die Templer genauso eifrig nach dem Schatz suchen wie wir. Sie könnten ihn sogar vor uns finden.«

»Sie werden ihn *nicht* als Erste finden«, erklärte Cait.

»Könnt Ihr Euch da sicher sein?«

Dank Rognvald trübte Cait eine dunkle Wolke des Zweifels die Rückkehr nach Iria, und sie ärgerte sich über jeden einzelnen Augenblick, den sie auf der Straße verbrachten. Als sie schließlich das Schiff erreichten, war sie begierig darauf, sofort loszusegeln, doch die Zurückgebliebenen mussten erst einmal in der Stadt eingesammelt werden. Die Ritter waren leicht zu finden – eine Suche in den Hafentavernen förderte sie rasch zu Tage –, doch Abu und Alethea waren schwieriger auszumachen. Als Cait sie schließlich entdeckte, hatte sich ihre Angst bereits in Verzweiflung verwandelt.

Sie hörte ein Lachen, das sie unvermittelt zum Stehen brachte. Das war Alethea, daran bestand kein Zweifel, und Cait schaute sich rasch um und sah ihre Schwester mit Abu Sharma an der Seite über den Stadtplatz schlendern. Sie unterhielten sich, und Thea lachte und schwang ein Stoffbündel. Allein der Anblick der beiden zusammen reichte aus, um Caits Zorn überkochen zu lassen. »Was im Himmel macht ihr da?«, verlangte sie zu wissen und flog auf die beiden jungen Leute zu.

Ungeachtet des Zorns ihrer Schwester lächelte Alethea, blickte zu Abu und lachte erneut. »O Cait, das musst du dir anhören. Erzähl es ihr, Abu. Erzähl ihr von dem spuckenden Affen, den du in Damaskus gesehen hast.«

Der junge Mann, aufmerksamer für die Stimmung von Theas Schwester, lehnte weise ab. »Ein andermal vielleicht«, sagte er, und das Lächeln verschwand aus seinem Gesicht.

»Oh, bitte, Abu«, quengelte Alethea unbekümmert. »Erzähl

es ihr. Die Geschichte wird dir gefallen, Cait. Sie wird dich zum Lachen bringen.«

Cait funkelte ihre Schwester an. »Ich will sie nicht hören«, erwiderte sie mit drohendem Unterton.

»Was ist los mit dir? Hast du dich auf eine Biene gesetzt?«, witzelte Alethea.

Cait drehte sich zu Abu um. »Lass uns allein! Mach, dass du zum Schiff zurückkommst!«

»Sofort, Sharifah.« Abu verneigte sich rasch und sah zu, dass er so schnell wie möglich das Weite suchte.

Cait packte ihre Schwester am Arm und schleppte die protestierende Alethea in eine verlassene Ecke des Platzes. »Musst du uns immer wieder beschämen?«

»Ich?«, keuchte Alethea. »Was habe ich getan? Außerdem bist du es, die die ganze Zeit Ärger macht.«

»Er ist ein *Ungläubiger*!«, zischte Cait. »Geht das nicht in deinen Kopf hinein?«

»Wer?«, verlangte die jüngere Frau zu wissen. »Ich habe keine Ahnung, wovon du sprichst.«

»Abu!«, spie Cait. »Du kannst nicht einfach so mit ihm herumlaufen. Das ist skandalös. Ich verbiete dir, dich mit ihm sehen zu lassen.«

»Du verbietest es *mir?«* Thea ging zum Gegenangriff über; ihre Stimme klang schrill vor Entrüstung. »Du bist weder meine Mutter noch mein Vater!«

»Nein«, schnappte Cait. »Vater ist tot, und deine Mutter ist eine Welt weit weg. Ob es dir nun passt oder nicht, du wirst mir gehorchen. Ich werde nicht zulassen, dass du dich wie eine Schlampe von niederer Geburt benimmst.«

»Abu ist freundlich«, konterte Thea schwach; sie stand kurz davor, sich dem Zorn ihrer Schwester zu ergeben. »Ich mag ihn. Er ist nett zu mir, und er bringt mich zum Lachen.«

»Er ist ein Mohammedaner!« Caits Stimme war wie ein Schlag in Theas Gesicht. »Und er ist ein Diener, und ich werde nicht zulassen, dass du mit ihm in der Öffentlichkeit verkehrst.«

»Mit wem sollte ich denn sonst reden?«, stöhnte Thea, und die Tränen traten ihr in die Augen. »Du läufst immer nur herum, und die Ritter interessieren sich nur fürs Trinken und Kämpfen.«

»Das tun sie nicht«, sagte Cait, »und außerdem geht es dich nichts an, was sie tun.« Sie packte Alethea am Arm und drückte zu. »Jetzt hör mir gut zu. Du bist eine Frau aus einer edlen Familie, und du wirst dich keusch und tadellos benehmen. Abu ist auch so schon impertinent und dreist genug, ohne dass du ihn noch dazu ermutigen musst.«

»Und er ist *kein* Mohammedaner«, erklärte Alethea, und ihre Lippen begannen zu zittern, als ihr die ersten Tränen über die Wangen rannen. »Er ist Druse – was so eine Art Christ ist. Er hat es mir gesagt.«

»Meinetwegen kann er der Patriarch von Konstantinopel sein«, knurrte Cait. »Er ist immer noch ein Diener, und du wirst dich nicht mehr mit ihm einlassen.« Sie funkelte die unglückliche Alethea hart an. »Hast du das verstanden?«

Ihre Schwester nickte und wischte sich die Tränen mit den Handballen ab.

»Also schön«, sagte Cait wieder ein wenig ruhiger. »Du hast einen schlechten Anfang gemacht, aber das heißt nicht, dass du dein Verhalten nicht ändern könntest. Sorg dafür.«

Sie kehrten zum Ufer zurück und gingen an Bord des Schiffes. Aufgrund der Verzögerung war es bereits gut nach Mittag, als die *Persephone* sich von der Mole löste und auf den Fluss hinausfuhr. Mit Ginés' Hilfe erreichten sie jedoch die Landspitze im selben Augenblick, da die Sonne den Horizont berührte. Anstatt nach einem Ankerplatz für die Nacht Ausschau zu halten, befahl Cait Haemur weiterzusegeln, und sie erreichten das offene Meer, als die Sonne endgültig versank.

»Wir können es nicht wagen weiterzusegeln, werte Frau«, erklärte Haemur. »Es wird bald dunkel sein.«

»Ginés hat gesagt, heute Nacht würde es Vollmond geben«, konterte Cait.

»Das mag ja sein«, erwiderte Haemur, »doch die Gewässer

hier in der Gegend sind gefährlich. Wir sollten in der nächsten Bucht vor Anker gehen und erst in der Morgendämmerung weiterfahren.«

Cait zögerte. Der Wind war günstig und das Wetter mild; bei leuchtendem Mond könnten sie am Morgen schon ein gutes Stück die Küste hinaufgekommen sein.

»Haemur hat Recht«, sagte Rognvald, der das Gespräch verfolgt hatte. »Vollmond hin oder her, es wäre geradezu tollkühn, bei Nacht zu versuchen, die Felsen zu umfahren. Bezahlt den Fischer, damit er bei uns bleibt; dann kann er uns den schnellsten Weg nach Bilbao zeigen.«

Zu Haemurs großer Erleichterung gab Cait nach und befahl, für die Nacht zu ankern. Mit dem Versprechen auf doppelte Bezahlung verführte sie Ginés, noch an Bord zu bleiben und sie nach Bilbao zu begleiten, und beim ersten Licht am nächsten Morgen begannen er und Haemur mit der mühseligen Arbeit, das Schiff um die unzähligen Felsen und Inselchen herumzumanövrieren, die vor der galicischen Küste lagen wie die Scherben eines zerbrochenen Krugs.

Zwei Tage später umsegelten sie den vorstehenden nordwestlichen Buckel der Iberischen Halbinsel und fuhren in die große Bucht von Biscaya ein. Immer wieder segelten sie an winzigen Fischerdörfern vorbei, die weiß vor dem erdigen Grün und Braun der kantabrischen Berge lagen, welche sich wie ein zerknülltes Tuch am Horizont erhoben.

Die See blieb ruhig, sodass Haemur nun auch bei Nacht segeln konnte. Einmal wachte Cait um Mitternacht auf und ging an Deck, um etwas frische Luft zu schnappen. Dort fand sie Herrn Rognvald am Ruder, der den alten Steuermann abgelöst hatte, damit dieser auf einer der Bänke ein wenig schlafen konnte. Einen Augenblick lang beobachtete Cait den großen Ritter, bevor sie wortlos wieder zu Bett ging.

Sieben Tage, nachdem sie Iria verlassen hatten, kamen sie in Sichtweite des Hafens. »Da ist es«, informierte sie Ginés. »Das ist Bilbao.«

Cait und Alethea blickten in die Richtung, in die der alte

Seemann deutete. Jenseits eines Haufens einfacher Fischerhütten, die am Ufer verstreut lagen, sahen sie dunklen Rauch über den niedrigen Hügeln, zwischen denen ein tiefer Fluss hindurchfloss.

»Nicht gerade eine beeindruckende Stadt«, bemerkte Alethea und schnaufte verächtlich.

»Vielleicht nicht«, räumte der Galicier ein; »aber sie ist das Tor, durch das ihr hindurch müsst.«

Kurze Zeit später segelten sie in die becherförmige Bucht der Nérvionmündung und fuhren den breiten, langsam fließenden Kanal weiter in Richtung Bilbao. Wie in Iria mieteten sie Pferde für den Ritt nach Vitoria. Diesmal besorgte Cait genug Reittiere für alle, nur nicht für die vier Seeleute, die auf das Schiff aufpassen sollten. So viele Pferde waren teuer, doch Alethea musste offensichtlich beaufsichtigt werden, und Cait gefiel die Vorstellung nicht, die Ritter zurückzulassen, nur damit sie sich die Zeit in den Tavernen von Bilbao vertrieben. Und Abus Nützlichkeit als Dolmetscher sowie seine rudimentären Medizinkenntnisse sprachen dafür, auch ihn mitzunehmen.

»Ich weiß nicht, wie lange wir fort sein werden«, sagte Cait zu Haemur. »So Gott will, wird es nur ein paar Tage dauern, vielleicht aber auch länger.«

»Nehmt Euch so viel Zeit, wie Ihr braucht«, erwiderte der alte Steuermann. »Mir macht das nichts aus. Wie ich schon Eurem Vater gesagt habe: Habt keine Angst. So wie der Herr zurückkehren wird, um die Gläubigen mit himmlischen Fanfaren nach Hause zu rufen, so werdet Ihr Haemur hier wartend finden.«

»Ich danke dir, Haemur«, sagte Cait, »aber wie auch immer: Für den Fall, dass wir länger fortbleiben sollten, als ich erwarte, lasse ich dir genug Geld hier, um die Liegegebühren zu bezahlen und Proviant zu kaufen. Und«, fügte sie hinzu, »du weißt, wo Duncans Seemannskiste ist für den Fall, dass ein Unglück geschieht und ihr mehr brauchen solltet.«

»Macht Euch keine Sorgen«, erwiderte der Seemann. »In

einem solch lebhaften Hafen gibt es immer Netze, die geflickt werden müssen, und Rümpfe zum Kalfatern. Solange wir etwas zu tun haben, werden wir keine Not leiden. Da ist nur eine kleine Sache …«

»Ja?«

»Ginés hat gehofft, eine Zeit lang bei uns bleiben zu können, falls Ihr nichts dagegen habt.«

»Ich habe nicht im Mindesten etwas dagegen. Er hat uns gute Dienste geleistet, und dafür bin ich ihm dankbar.« Sie nickte dem galicischen Fischer zu, der schweigend an der Seite stand. »Wenn er bleiben will, dann soll es so sein.«

»Ich danke Euch, werte Frau«, sagte der Steuermann sichtlich erleichtert. »An einem Ort wie diesem ist es äußerst hilfreich, einen Freund zu haben, der der Landessprache mächtig ist, wenn Ihr wisst, was ich meine.«

»Ich verstehe. Außerdem kann er dir helfen, die jungen Männer vor Ärger zu bewahren.«

»Das kann er, werte Frau.«

Caitríona wünschte ihm Lebewohl und verabschiedete sich dann von Olvir und Otti – Letzterer war alles andere als glücklich, im Hafen bleiben zu müssen, während die anderen fortritten. »Otti«, sagte Cait, »wer soll denn das Schiff bewachen, wenn nicht du?«

Er suchte nach einer Möglichkeit, dem zu widersprechen, war der Herausforderung jedoch nicht gewachsen. »Aber Ihr werdet mich auch brauchen«, protestierte er schließlich.

»Ich brauche dich, das ist wahr«, erwiderte Cait in sanftem Tonfall. »Ich brauche dich hier, Otti.« Sie legte ihm die Hand auf den Arm. »Die anderen sind nicht so stark wie du, und sollte es Ärger geben, musst du sie beschützen und das Schiff bewachen.«

Da er merkte, dass es ihm nicht gelingen würde, sie zu überzeugen, senkte er niedergeschlagen den Kopf.

»Hör mir zu, Otti«, sagte Cait. »Ich zähle darauf, dass du dich um die anderen kümmerst.« Als sie sah, dass er verstanden hatte, fügte sie hinzu: »Nun denn, ich habe Haemur etwas

Geld dagelassen, um dir und Olvir Bier zu kaufen. Wenn ihr alles gut macht, wird er es euch geben.«

Als er erkannte, dass Cait für ihn und Olvir vorgesorgt hatte, dass sie während ihrer Abwesenheit nicht vergessen sein würden, strahlte Ottis Gesicht in ehrlicher Freude. Glücklich akzeptierte er diesen Kompromiss, und Cait gesellte sich zu den anderen am Ende der Mole, um den Ritt nach Vitoria zu beginnen – begleitet von dem Pferdehändler, der gegen eine kleine zusätzliche Gebühr eingewilligt hatte, ihnen als Führer zu dienen.

Als Cait in den Sattel kletterte, ging sie ihren Trupp rasch noch mal im Geiste durch. Erst kam der Pferdehändler, ein kleiner, kräftig gebauter Mann mit Namen Miguel, ein angenehmer Geselle mit einem bereitwilligen, wenn auch etwas zahnlosen Lächeln – er war einmal von einem Pferd getreten worden, was ihn sowohl die oberen als auch die unteren Vorderzähne gekostet hatte. Er ritt einen Maulesel und führte einen Packmuli mit der Lagerausrüstung und dem Proviant. Dem Pferdehändler folgten Yngvar und Svein, die lange blaue Stoffstreifen an ihre Lanzenspitzen gebunden hatten; diese improvisierten Wimpel flatterten in der sanften Brise. Alethea hatte ihr Haar unter einen flachen grünen Hut gestopft, der überdies einen Schleier besaß, um ihr Gesicht vor der Sonne zu schützen. Irgendwie war es ihr gelungen, sich den Platz neben Dag zu sichern, der, wie Cait bemerkt hatte, allmählich das unverhohlene Interesse ihrer Schwester erwiderte. Als Nächstes kam Rognvald. Groß und aufrecht saß er im Sattel, einen breitkrempigen Lederhut auf dem Kopf und die Ärmel seiner Tunika bis zu den Ellbogen hochgekrempelt. Die Ritter trugen allesamt Schilde auf den Rücken und Schwerter am Gürtel. Cait, die in ein einfaches rotes Kleid und Mantel gekleidet war, hatte ihr Haar mit einem kleinen silbernen Kamm unter ihrem Hut zurückgesteckt; sie trug das Schwert, das Rognvald ihr gegeben hatte. Sowohl Svein als auch Dag führten Packtiere mit dem Rest der Waffen und Rüstungen. Und Abu, dessen Gesicht unter seinem breiten Strohhut kaum zu erkennen war, bildete die Nachhut. Er führte zwei weitere Maultiere mit Proviant, Futter und Trinkwasser für die Reise.

Frisch rasiert und in den Kleidern, die Cait für sie auf Zypern gekauft hatte, ausgerüstet mit den in der Sonne funkelnden Waffen, boten die Ritter ein ansehnliches Bild – zumindest empfand Cait das so. Als sie ihren Platz neben Rognvald einnahm, erfüllte sie eine plötzliche und unerwartete Freude sowie ein Gefühl rechtschaffener Sicherheit, ja beinahe von Unvermeidlichkeit; sie war fest davon überzeugt, dass sie nun einem Pfad folgte, der schon lange für sie bestimmt gewesen war. Sie war, wo sie sein sollte, und sie tat, wozu sie geboren worden war. Sie zog den Schal um ihren blassgelben, breitkrempigen Hut straff und hob die Hand zum Zeichen, dass sie bereit war. Der Pferdehändler ließ die Peitsche knallen, und der Trupp setzte sich in Bewegung.

Die Straße war gut und die Sonne heiß. Der Trupp kam rasch voran und durch zahlreiche Siedlungen im tiefen Flusstal hindurch. In mehreren dieser Siedlungen verdunkelte sich der Himmel, und sie rochen den beißenden Gestank von Schwefeldampf; schwarze Asche regnete aus der Luft, und sie sahen große Schlackehaufen an den Hängen der Hügel. Das Wasser des Flusses nahm eine hässliche rostbraune Farbe an, und Barken mit Stangen von Roheisen trieben in Richtung Hafen.

Bald hatten sie jedoch die Siedlungen mit den Eisenhütten hinter sich gelassen, und der Himmel wurde wieder klar und die Luft sauber. Obwohl sie schon lange nicht mehr im Sattel gesessen hatten, ritten die Ritter wie selbstverständlich; sie redeten und scherzten miteinander, und die Hügel hallten von ihrem Lachen wider. Cait mochte es, ihnen zuzuhören; das bestätigte sie in ihrer Überzeugung, das Richtige getan zu haben, als sie diesen Männern ihr Leben zurückgegeben hatte.

Am ersten Tag ritten sie noch so lange in den Abend hinein wie möglich; dann schlugen sie ein schlichtes Lager auf: Schlafmatten aus Gras wurden um eine mit Steinen abgesicherte Feuerstelle ausgelegt, und der Sternenhimmel bildete das Dach über ihren Köpfen. Kaum herrschte am nächsten Morgen genügend Licht, da waren sie auch schon wieder unterwegs, und der zweite Tag verlief wie der erste; der einzige Unterschied bestand darin, dass sie nun durch kleinere und weiter auseinander liegende Siedlungen kamen. Am dritten Tag deutete der Pferdehändler auf einen winzigen Fortsatz, der wie ein dunkler Splitter aus einem der weit entfernten Hügel ragte. »Das ist der Glockenturm der Kirche von Vitoria«, erklärte er.

Den Rest des Tages beobachteten sie, wie der Glockenturm langsam immer größer wurde, je näher sie ihm kamen. Auch stieg ihnen ein immer stärker werdender Gestank in die Nase, denn in der Stadt gab es nicht weniger als drei Gerbereien, die ihre Häute in dem kleinen Fluss wuschen und den abgeschabten Tierabfall ins Wasser kippten. Die Hitze war der Grund dafür, dass der Gestank schon auf große Entfernung zu bemerken war, und die Reiter bemühten sich redlich, ihn zu ignorieren.

Erst als sie den Stadtplatz erreichten, ließ der Gestank ein wenig nach. Der Glockenturm erhob sich an einer Seite des Platzes. Er gehörte zu einer Kirche, die wiederum mit einem Kloster verbunden war, wo sie laut Erzbischof Bertrano Bruder Matthias finden konnten. Cait stieg aus dem Sattel und ließ die Zügel auf den staubigen Boden fallen. »Herr Rognvald, kommt mit mir. Der Rest wartet hier«, sagte sie und ging geradewegs zur Klosterpforte und stellte sich dem Pförtner vor. Der Mann hörte Cait höflich zu und führte sie und Rognvald dann zum Prior.

»Bruder Matthias ist nicht hier«, sagte der glatt rasierte Prior, den sie vor der Kapelle trafen. »Er war hier – vor einiger Zeit im Frühling, eine Zeit lang –, aber jetzt ist er weg.«

»Weg?«, fragte Cait verwundert und in einem Tonfall, als wisse sie nicht, was das Wort bedeutete. Verzweiflung keimte in ihr auf.

»Weg«, bestätigte der Prior. »Es tut mir Leid. Ich wünsche euch noch einen guten Tag.«

Caitríona starrte den geistlos lächelnden Kirchenmann an und dachte an all die Zeit und die Mühe – von den Kosten ganz zu schweigen! –, die sie aufgewendet hatte, um so weit zu kommen … und das nur, um von irgendeinem dummen Priester gesagt zu bekommen, dass alles umsonst war.

Es dauerte einen Augenblick, bis sie ihrer Stimme wieder

genug vertraute, um zu sprechen. »Ich wäre Euch äußerst dankbar, wenn Ihr mir sagen könntet, wo ich ihn finden kann«, sagte sie und verbarg ihre Enttäuschung hinter einem Lächeln. »Wir sind sehr weit gereist, um ihn zu sehen.«

»Es ist egal, wie weit ihr gereist seid«, erwiderte der Prior gedankenlos, »er ist nicht mehr hier, und das wär's dann auch. Falls sonst nichts mehr ist, ich habe noch anderweitige Pflichten ...« Er schickte sich an zu gehen, doch Rognvald packte ihn an seiner braunen Robe und hielt ihn fest.

»Vielleicht«, schlug der Ritter vor, »sind Eure Pflichten doch nicht so dringend, als dass Ihr nicht noch einmal über die Frage der werten Frau nachdenken könntet, und zwar mit aller Höflichkeit, die sie verdient.«

Entrüstet schnappte der Prior nach Luft. Er starrte den Ritter mit offenem Mund an, sah, dass Rognvald es ernst meinte, und platzte heraus. »Na gut. Er ist in Palencia, wenn ihr es denn unbedingt wissen wollt.«

»Dieses Palencia«, sagte Rognvald und ließ den Priester los, »ist das weit von hier?«

Der Prior strich seine Robe glatt und funkelte seinen Angreifer an. »Es ist weder nah noch fern.«

»Weder nah noch fern«, wiederholte Cait und legte die Stirn in Falten. »Gilt so was als eine Antwort in diesem stinkenden Kochtopf von einer Stadt? Oder seid Ihr vielleicht noch dümmer, als Ihr ausseht?«

»Ich würde sagen, es liegt in mittlerer Entfernung«, schnaufte der Prior. »Zufrieden?« Rognvald hob die Hand, und der Prior fügte rasch hinzu. »Ich bin nie dort gewesen. Fragt in der Stadt herum. Einer der Kaufleute wird euch den Weg erklären.«

»Man könnte glauben, diese Informationen seien mehr wert als Gold, wenn man sieht, wie Ihr sie hortet«, erwiderte Cait. Allmählich wurde sie wütend. »Sag mir, Mönchlein, wann hast du zum letzten Mal eine großzügige Antwort auf eine freundliche Frage gegeben?« Als der Prior daraufhin nur schnaubte, fügte sie hinzu: »Das habe ich mir schon gedacht. Du kannst dich noch nicht einmal mehr daran erinnern!«

Cait drehte sich unvermittelt um und stapfte davon. Rognvald eilte an ihre Seite. Sie waren jedoch kaum vier Schritt weit gegangen, als der Mönch ihnen hinterherrief: »Ihr wollt doch nicht nach Palencia, oder?«

»Doch«, erwiderte Cait. Sie blieb stehen, drehte sich wieder um und betrachtete den Priester misstrauisch. »Warum?«

»Das ist nicht gestattet«, informierte sie der Prior und gestattete sich ein befriedigtes Lächeln. »Der König hat allen verboten, dorthin zu gehen.«

»Und warum, wenn ich fragen darf, ist dem so?«, verlangte Cait zu wissen und trat wieder näher an den Kirchenmann heran. Bevor der Prior etwas darauf erwidern konnte, hob sie die Hand. »Nein! Sagt es mir nicht, denn ich will mal ein wenig raten. Lasst mich nachdenken ... Ich weiß: Die Straße ist geschrubbt und an einen sicheren Ort gelegt worden, damit sie nicht wieder dreckig wird.« Sie trat noch einen Schritt näher. »Nein? Wie wäre es dann damit: Der König ist wütend auf Palencia und will die Stadt bestrafen, indem er ihr die Besucher entzieht.« Und noch einen Schritt. »Auch nicht? Was dann? Hat der Himmel dort die falsche Farbe? Oder hat der Mond vielleicht alle Einwohner in den Wahnsinn getrieben?« Sie stand dem Mönch nun wieder von Angesicht zu Angesicht gegenüber. »Nun, was davon stimmt nun?«

Der Prior erkannte, dass er sich wieder auf dünnem Eis befand, und erklärte rasch, dass König Alfonso VII. vergangenes Jahr leider verstorben sei und sein Sohn, Alfonso VIII., den Thron bestiegen habe. »Solange der König die Ordnung nicht wiederherstellen kann«, erzählte der Mönch weiter, »sind alle Straßen nach Süden und Osten unter der Kontrolle der Mohammedaner. Es wimmelt dort nur so von Banditen, die sich auf unschuldige Pilger und Händler stürzen.«

»Ich reise mit meiner eigenen Armee«, erwiderte Cait und verzog furchterregend den Mund. »Die Banditen werden uns wohl kaum Ärger machen.«

»Dann wünsche ich Euch eine gute Reise«, erwiderte der Mönch schlicht, und seine alte Unverschämtheit kehrte wieder zurück. »Nur benötigt Ihr zunächst einen Passierschein des Königs.«

»Ich weiß nicht, ob Ihr mehr Narr als Schurke seid«, erwiderte Cait düster, »oder ob es andersherum ist. Aber wenn Euch Eure Gesundheit etwas wert ist, solltet Ihr das besser jetzt erklären.«

»Der Passierschein kann gegen eine kleine Summe erworben werden … Mehr weiß ich nicht.«

»Nun gut«, sagte Rognvald, »wir werden jetzt zum König gehen und uns diesen Passierschein besorgen.«

»Ich glaube nicht, dass euch das etwas nützen wird«, erklärte der Prior. »Der König lässt nur seine Mutter und seine Diener an sich heran.«

»Warum?«, fragte Cait, und die Falten auf ihrer Stirn vertieften sich gefährlich. »Ist er krank?«

»Krank? Aber nein, werte Frau, auf keinen Fall.« Der Mönch schreckte vor ihrem drohenden Blick zurück. »Gott bewahre, er ist bei bester Gesundheit. Aber er ist erst drei Jahre alt.«

»Aaah!«, schrie Cait. »Das ist absurd! Wir gehen nach Palencia … mit oder ohne den Segen dieses Kleinkinds von einem Monarchen.« Sie machte auf dem Absatz kehrt und stürmte davon. »Dummer Mann.«

Rognvald holte sie auf der Straße wieder ein. »Ich werde mit dem Magistrat reden und sehen, was er uns rät«, schlug er vor. »Wenn Ihr wollt, könnt Ihr mit den anderen auf dem Platz warten.«

»Dann geht«, willigte Cait ein, und Rognvald eilte in Richtung Rathaus davon, einer eckigen Festung umgeben von einer hohen roten Steinmauer und einem flachen, ausgetrockneten Graben. Cait ging langsam zum Stadtplatz zurück, der inzwischen fast vollkommen menschenleer war. Die meisten Stadtbewohner waren nach Hause gegangen, um der Hitze des Tages zu entkommen; nur ein paar Nachzügler und Klatschweiber waren noch zu sehen. Letztere standen in der Mitte des Platzes und plapperten mit ein paar Händlern.

Es fiel Cait nicht sonderlich schwer, den Rest ihrer Gruppe zu finden. In der Mitte des Marktplatzes stand ein großes Steinkreuz auf einem Sockel in einem Brunnen. Die Ritter, Abu und Alethea saßen auf dem Brunnenrand und beobachteten, wie der Pferdebesitzer die Tiere tränkte. Cait gesellte sich zu ihnen, setzte sich in den Schatten des Kreuzes und wartete. Es war schon nach Mittag; die meisten Marktstände hatten bereits geschlossen, und hinter den restlichen dösten die Händler auf ihren Stühlen. Eine zufriedene Trägheit hatte sich wie eine Decke über den gesamten Platz gelegt; Cait lehnte sich gegen den kühlen Stein und atmete tief durch, um wieder zur Ruhe zu kommen. Sie schloss die Augen und lauschte den Stimmen der Ritter.

»Unglücklicherweise irrst du dich, Svein«, sagte Yngvar gerade. »Die Römer waren niemals hier. Das waren die Goten.«

»Victoriacum«, erwiderte Svein wissend. »Klingt das für dich etwa nach einem gotischen Namen?«

»Vielleicht haben die Goten Latein gesprochen«, konterte Yngvar. »Ist dir das vielleicht mal in den Sinn gekommen?«

»Vielleicht bist du aber auch nur nicht so klug, wie du glaubst«, erwiderte Svein. »Hast *du* je *daran* gedacht? Nun, Dag, was meinst du? Ist das hier eine römische Stadt oder eine gotische?«

»Wen kümmert das?«, antwortete Dag. »Jetzt sind sie auf jeden Fall nicht mehr hier … ich aber schon.«

»O ja«, sagte Yngvar, »das ist natürlich was. Eines Tages werden die Leute hierher kommen und sagen: ›Dag der Eroberer war hier.‹ Ich sage euch, es waren die Goten.«

Im kühlen Schatten und mit geschlossenen Augen fühlte Cait, wie ihre Enttäuschung und ihre Wut allmählich verebbten. Ihre freigekauften Ritter waren bereits viel stärker geworden, sinnierte sie, und mit jedem Tag wurden sie immer mehr wieder sie selbst. Die lange Seereise hatte ihnen gestattet, sich auszuruhen, ihre Kräfte zu sammeln, und die frische Meeresbrise hatte ihre verletzten Seelen geheilt. Was auch immer sie auf der Straße erwartete, die nun vor ihnen lag, sie waren bereit, sich dem zu stellen – davon war Cait überzeugt.

Abu wurde jedoch immer mehr zu einem ungewollten Problem. Seit ihrer Konfrontation in Iria war er zunehmend aufsässig geworden. Ihm zu erlauben, sich ihnen anzuschließen, war ein Fehler gewesen; daran gab es nichts zu deuteln. Außerdem nahm seine Nützlichkeit mit jeder Meile ab, die sie sich vom Heiligen Land entfernten, und wenn Cait nicht bald etwas einfiel, um ihn zu beschäftigen, würde er mehr Ärger verursachen, als er wert war. Sie dachte gerade darüber nach, ihn mit dem Pferdehändler nach Bilbao zurückzuschicken, als sie Rognvald über den Platz rufen hörte.

Cait öffnete die Augen und sah den großen Ritter auf sie zukommen. Am Brunnen angelangt, schüttete er sich erst einmal Wasser über Gesicht und Haar und wandte sich dann zu Cait. »Ich bringe keine guten Nachrichten, werte Frau«, sagte er. »Ich konnte mit dem Magistrat sprechen, der die Sache mit dem Passierschein bestätigte. Allerdings weigerte er sich, uns zu helfen. Er sagte, er könne uns nicht helfen, bevor die Banditen nicht ausgerottet und die Straßen wieder sicher seien.

Offenbar hat der Erzbischof von Kastilien die Gründung eines Ritterordens veranlasst, um die Straßen zu sichern – die Ritter von Calatrava hat er sie genannt. Sie haben einen Boten nach Rom geschickt, um die Ordensgründung vom Papst bestätigen zu lassen …«

»Aber das kann ja Monate dauern«, bemerkte Yngvar.

»Wenn nicht sogar Jahre«, sagte Svein.

»Das ist nur allzu wahr«, pflichtete ihnen Rognvald bei. »Aber solange der neue Orden nicht den Segen des Papstes hat, gestattet der Magistrat niemandem, die Straßen zu nutzen.«

»Wenn wir die Erlaubnis des Königs nicht bekommen können, werden wir einfach ohne gehen.«

»Selbst das dürfte nicht so einfach sein«, erklärte Rognvald weiter, »denn ohne den Passierschein wird uns kein Händler in dieser Stadt etwas verkaufen. Damit würden sie die Konfiszierung ihrer Waren riskieren und vielleicht sogar Kerker.«

Cait, die die Dummheit der spanischen Autoritäten beim besten Willen nicht verstehen konnte, war nicht in der Stimmung, einfach so aufzugeben. »Gut!« Sie stand auf und traf sofort eine Entscheidung. »Ich wünsche mir ohnehin nichts sehnlicher, als nichts mehr mit diesem Drecksloch von einer Stadt zu tun zu haben.« Die anderen schauten sie an. »Zu den Pferden«, befahl sie ihnen. »Wir reiten nach Palencia.«

Trotz der vielfältigen Proteste des Pferdehändlers, der – so glaubte Cait – ein wenig übertrieben auf das Gerücht von den Banditen reagierte, schien er mehr als willens zu sein, den Fremden seine Tiere zu verkaufen. »Sieben Pferde und fünf Mulis«, sagte er und tippte sich nachdenklich an die Nase. »Ich könnte sie euch für ...« Er kniff die Augen zusammen, während er rechnete. »Fünf Goldmark für jedes Pferd und eine für jeden Maulesel ... Das sind dann vierzig zusammen!«, verkündete er triumphierend.

»Einen Augenblick«, sagte Cait und rief Abu hinzu, der den Wert jeder Handelsware zu kennen schien. »Er sagt vierzig Goldmark ... Was denkst du?«

»Das ist kein schlechter Preis«, räumte Abu ein, »aber auch kein guter.«

»Die Pferde sind in gutem Zustand«, sagte Rognvald und trat näher; »aber eines ist auf einem Auge blind, und zwei müssen schon bald neu beschlagen werden. Was die Mulis betrifft, kann ich nichts sagen. Damit kenne ich mich nicht aus.«

»Die sind in Ordnung«, erklärte Abu. »Bietet ihm dreißig.«

»Habt Ihr noch so viel?«, fragte Rognvald.

Cait nickte und drehte sich wieder zu dem Pferdehändler um. »Meister Miguel«, sagte sie, »wir sind Eurer Gnade ausgeliefert. Wir brauchen die Tiere, um weiterziehen zu können, und außer Euch kann niemand uns hier etwas verkaufen.« Sie nahm die Börse vom Gürtel und öffnete sie. »Daher werde ich Euch dreißig Goldmünzen geben.«

»Werte Frau«, erwiderte Miguel mit seinem zahnlosen Grinsen und schüttelte den Kopf, »wäre es allein meine Entscheidung, ich würde es tun. Aber ich muss eine Frau und Kinder ernähren, und ohne meine Tiere habe ich keine Einnahmequelle mehr. Vierzig Goldmark, bitte.«

»Wenn Ihr es so formuliert, werde ich Euch geben, was Ihr verlangt«, sagte Cait und hob mahnend den Finger, bevor Miguel etwas darauf erwidern konnte. »Allerdings unter einer Bedingung.«

»Ja?« Der Eifer wich aus dem Gesicht des Pferdehändlers.

»Wie Ihr wisst, werden wir wieder nach Bilbao zurückkehren, da unser Schiff dort auf uns wartet. Wenn wir unsere Arbeit also erledigt haben, wieder zurückkehren und keinen Bedarf mehr für die Pferde haben, werden wir sie an Euch für, sagen wir …«, sie blickte zu Abu, der drei Finger hob, »… dreißig Goldmark zurückverkaufen. Einverstanden?«

»Fünfundzwanzig Goldmark«, konterte Miguel.

»Abgemacht.« Cait zählte dem Mann die Goldmünzen in die Hand und wünschte ihm Lebewohl. Zum Dank begleitete Meister Miguel sie noch ein gutes Stück aus der Stadt hinaus, um sie auf den Weg nach Palencia zu bringen, bevor er sich selbst auf den Heimweg machte.

Der Ritt durch das lange, üppige Nerviónental erwies sich als friedlich und durchaus angenehm. Nicht ein einziges Mal sahen sie auch nur eine Spur von den gefürchteten Räubern. Die Landschaft war vollkommen ruhig und still, während der letzte Rest Sommerhitze schwand und der Herbst sich wie ein angenehm warmer Mantel über das Land legte. Abgesehen von ein paar Schauern, die die Reisegefährten unter den Schutz einiger großer Bäume reiten ließen, waren die Tage schön und klar. Gelegentlich erwartete sie beim Aufwachen ein kühler Wind, den Cait jedoch als erfrischend empfand; die meiste Zeit war es allerdings bis tief in die Nacht hinein warm.

Dann und wann schob Cait ihre Gedanken beiseite, blickte auf und sah einen schweigenden Partner neben sich reiten: Manchmal war es Abu oder einer der Ritter, meist jedoch Herr

Rognvald. Er schien zufrieden damit zu sein, einfach neben ihr herzureiten. Nie fing er ein Gespräch an, es sei denn, sie regte es an, was sie normalerweise auch tat, und auf diese Weise entdeckte Cait die Tiefen des Mannes, den sie vor einem langsamen Tod im Kerker der Muslime bewahrt hatte.

»Wie sieht es dort aus, wo Ihr geboren seid?«, fragte sie ihn eines Tages. Die Morgenluft war kühl, doch die Sonne wärmte ihr Gesicht. Die Blätter der Bäume verfärbten sich allmählich, und Cait war einfach nach Reden zumute.

Rognvald neigte den Kopf zur Seite und blickte sie fragend an. »Meine Heimat?«, antwortete er nach einem Augenblick. »Oder der Ort, wo ich geboren bin?«

»Die meisten Menschen sind in ihrer Heimat geboren«, sagte Cait. »Ihr nicht?«

»Meine Heimat liegt in Haukeland, nahe Björgvin im Süden, aber ich bin in Kaupangr geboren, wo Olaf der Heilige beerdigt liegt. Es ist ein sehr heiliger Ort, und viele Leute pilgern dorthin. Meine Mutter war eine sehr fromme Frau.«

»Eure Mutter war also auf Pilgerfahrt, als Ihr geboren wurdet«, vermutete Cait; irgendwie gefiel ihr die Vorstellung.

»In Wahrheit …«, erwiderte Rognvald und schüttelte den Kopf. »Nein.« Er lächelte, und Cait entdeckte ein fröhliches Funkeln in seinen Augen, die so blau waren wie der spanische Himmel über ihnen, als er fortfuhr: »Wisst Ihr, der König hatte dort auch Jagdhütten, und er lud Edelleute ein, um mit ihm dort zu jagen. So kam es, dass mein Vater zu einer der großen Winterjagden gerufen wurde.

Nun, einer seiner alten Vasallen – eine weise Frau mit unheimlichen Kräften – hatte Unheil für eine Wintergeburt vorhergesagt, und das gelte doppelt für ein Kind ohne Vater. Meine Mutter nahm sich dies sehr zu Herzen, und natürlich wollte mein Vater sie so nicht allein lassen.«

»Natürlich nicht«, echote Cait. Sie war ohnehin der Überzeugung, dass eine Kindsgeburt stets Vorrang vor solchen Nichtigkeiten wie einer Jagd hatte.

»Doch wie auch immer, die Jagd sollte während der Julfeiern

stattfinden, und jene waren in der Tat glücklich zu nennen, denen es gestattet war, die Christmette mit dem König zu verbringen – eine seltene, ja einmalige Ehre und eine, die es zu nutzen galt, denn sie würde sicherlich nie wieder kommen. Also tat mein Vater, was jeder in seiner Position getan hätte.«

»Himmel, nein!«, rief Cait.

»Er hat ihr Bett aus dem Haus schaffen lassen, es an Deck seines Schiffes festgebunden und ein Zelt darüber errichtet. Dann hat er meine Mutter in seinen warmen Bärenfellmantel gewickelt, sie ins Bett gelegt und ist nach Kaupangr gesegelt, um den König zu besuchen.«

Cait lachte laut auf, und voll und warm hallte ihre Stimme über den von Laub bedeckten Weg. Rognvald war begeistert, ihr Lachen zu hören, und mehrere der anderen Reiter drehten sich in ihren Sätteln um und lächelten. »So seid Ihr also in der Jagdhütte des Königs geboren worden«, vermutete Cait.

Wieder schüttelte der Ritter den Kopf. »Meine Mutter konnte den Lärm dort nicht ertragen – all das Singen und Grölen, Ihr wisst schon. Wenn Männer jagen, werden sie durstig, und König Magnus war nicht gerade als zurückhaltend bekannt. Sein Bier war süß, dunkel und gut und wurde aus riesigen Kesseln geschöpft, die er niemals hat austrocknen lassen. Die Edelleute und Krieger aßen und tranken jede Nacht mit dem gleichen Eifer, mit dem sie bei Tag Hirsch und Eber gejagt hatten. Somit ging es in der Hütte recht lautstark zu.«

»König Magnus, sagt Ihr?«

»König Magnus war ein Vetter meines Vaters«, erklärte Rognvald. »So wie König Eystein nun mein Vetter ist.«

»Ist er das jetzt erst geworden?«, wunderte sich Cait. »War er nicht schon immer Euer Vetter?«

»Nein«, antwortete Rognvald, »er war nicht immer der König.«

Cait lachte erneut, und sie ritten weiter und freuten sich an der Gesellschaft des jeweils anderen. Der Ritter erzählte, wie man seine Mutter in einem nahe gelegenen Konvent untergebracht hatte, nachdem sie die laute Gesellschaft des

Hofes abgelehnt hatte. »Und dort bin ich dann geboren worden«, sagte er, »zwei Tage nach der Weihnachtsmesse. Man hat mir erzählt, die Königin persönlich sei bei meiner Geburt dabei gewesen und hätte mich meiner Mutter in die Arme gelegt. Also vielleicht war meine Geburt doch nicht so unglücklich.«

»Das war sie in der Tat nicht«, murmelte Cait. Sie schwieg und dachte darüber nach, wie seltsam das Leben bisweilen doch war. Nach einiger Zeit drehte Rognvald sich im Sattel um und bemerkte: »Wie ich sehe, hat irgendetwas, was ich gesagt habe, Euch nachdenklich gemacht.«

»Ich habe nur gedacht: Wäre König Magnus nicht gewesen, würden wir beide jetzt nicht nebeneinander reiten.«

»Dann war er ein weit größerer König, als ich bisher geglaubt habe. Ich muss mich daran erinnern, ein Geschenk an seinem Schrein abzulegen, um ihm für seine glückliche Hilfe zu danken.« Wieder drehte er sich zu Cait um und fragte: »Aber wie kommt Ihr darauf, dass wir unser Zusammentreffen Magnus verdanken?«

»Es war Magnus, der meinen Großvater zu seinem Freund gemacht hat«, antwortete Cait und erzählte, wie Murdo seinem Vater und seinen Brüdern auf die Große Pilgerfahrt gefolgt und auf einem Schiff in Diensten des Königs gereist war. »Wir haben unsere Ländereien auf den Orkneys verloren«, sagte Cait; »doch der König war gerecht. Er hat uns stattdessen Caithness gegeben.«

»Das war sehr gütig von ihm«, erwiderte Rognvald anerkennend. »Er muss Euren Großvater sehr gemocht haben.«

»Nun«, räumte Cait ein, »es war hauptsächlich des Königs Schuld, dass wir unser Land verloren haben. Das war das Mindeste, was er hat tun können.«

»Nein«, lachte Rognvald plötzlich, »das war es bestimmt nicht. Anscheinend kennt Ihr nicht viele Könige.« Er betrachtete sie. Schneidig und gut aussehend saß Cait im Sattel; ihr Mantel hing ihr über die Schultern – obwohl es ein warmer Tag war –, und ihr dunkles Haar war mit den Kämmen hübsch anzuschauen. »Gefällt Euch Caithness, oder wären Euch die Orkneys lieber?«

»Mein Großvater mag da anders denken, ich weiß es nicht, aber für mich ist Caithness meine Heimat. Ich habe nie eine andere gekannt.«

»Meine Familie besitzt ein Gut auf Orkneyjar«, gestand der Ritter. »Man hat mir gesagt, ich hätte es einmal mit meiner Familie besucht, aber ich kann mich noch nicht einmal mehr an die Insel erinnern.«

Freundschaftlich redeten sie weiter miteinander und vertrieben sich so die Zeit. Sie genossen die Gesellschaft des jeweils anderen … bis Alethea, der es zu langweilig wurde, allein zu reiten, sich zu ihnen gesellte, woraufhin die angenehme Stimmung unter ihrem ständigen Jammern über Hitze und Staub dahinschmolz. Thea war mit allem unzufrieden: die Landschaft war ihr zu eintönig, die Sonne brannte in ihren Augen, sie hatte Durst, ihr Sattel war zu hart und ihr Reittier eine Zumutung.

»Ich verstehe sowieso nicht, warum wir unbedingt reiten müssen«, beschwerte sie sich. »Du hättest uns stattdessen eine Kutsche kaufen sollen; dann würden wir wie Königinnen reisen.«

»Wenn nur alles so einfach wäre.«

Drei Tage nachdem sie in das Valle de Mena gekommen waren, erreichten sie die befestigte Stadt Burgos, wo sie kurz anhielten, um ihre Vorräte aufzufrischen; dann machten sie sich sofort wieder auf den Weg, bevor irgendjemand sie aufhalten konnte. Vier Tage später trafen sie in Palencia ein.

Die Stadt hatte etwas vom Glanz der römischen Herrschaft unter Lucus Augusti verloren. Das alte Kastell stand allerdings noch immer. Nachdem es den muslimischen Herrschern Jahrhunderte lang als Stall und Waffenkammer gedient hatte, war es nun ein Kloster, das dringend eines neuen Daches bedurfte. Die alte römische Stadtmauer war jedoch noch in gutem Zustand, und sie schützte den Ort und seine Bewohner vor den

Übergriffen maurischer Räuber, von denen es in den Hügeln nur so wimmelte.

Aufgrund des königlichen Reiseverbots waren die örtlichen Bauern und Handwerker spürbar von ihren Handelspartnern im Westen abgeschnitten. Folglich erregte die Ankunft der Fremden ihr Interesse in einem Maße, das die Bedeutung dieses Besuchs bei weitem überstieg. Als Cait und ihr Gefolge auf dem Marktplatz abstiegen, rannte einer der Umstehenden sofort los, um den Magistrat darüber zu informieren, dass wichtige Besucher eingetroffen seien. Es dauerte nicht lange, und der Magistrat kam mit einem Gehilfen herbeigelaufen, um die Besucher offiziell willkommen zu heißen.

Der Magistrat und Gouverneur der Stadt war ein glatt rasierter Mann mit einem dünnen, dunklen Haarkranz, den er unter einer roten Kappe verbarg, deren Form an eine eingekerbte Schüssel erinnerte. Er schob das neugierige Stadtvolk beiseite, trat vor die Menge und sprach die Besucher an. »Edle Frau«, begann er und bedachte Cait mit einer Verbeugung, wie sie normalerweise einem Mitglied der königlichen Familie vorbehalten war, »Freunde, Reisende, gestattet mir, mich euch vorzustellen. Ich bin Carlo de Coruna, Magistrat und Gouverneur dieser schönen und florierenden Stadt.« Sein Gehilfe lächelte und verneigte sich ebenfalls, wohl in der Erwartung, auch der schönen Edelfrau und ihrem breitschultrigen, furchteinflößenden Gefolge vorgestellt zu werden, doch sein Vorgesetzter beachtete ihn nicht.

»Im Namen der Bürger von Palencia«, verkündete der Magistrat, »heiße ich Euch und Eure Gefolgschaft willkommen. Des Weiteren möchte ich Euch zu einem Festmahl einladen, das heute Abend zu Euren Ehren stattfinden wird. Bitte, ruht Euch aus und fühlt euch wie zu Hause, solange Ihr hier seid. Seid versichert, dass wir alles tun werden, um Euch behilflich zu sein, solange Ihr unter uns weilt.«

Cait dankte ihm freundlich und sagte, dass sie und ihre Reisegefährten sich freuen würden, an dem Bankett teilzunehmen, und sie fragte, ob sie mit dem Magistrat irgendwo ein Wort unter vier Augen wechseln könnte. »Es haben sich in der Tat einige kleinere Probleme ergeben, und ich würde mich freuen, Euren Rat zu hören, Magistrat Coruna. Ich bin sicher, dass diese Probleme für einen Mann von Eurer offensichtlichen Weisheit und Autorität keinerlei Schwierigkeit darstellen.«

Die Wangen des Magistrats glühten rosig angesichts von Caits gut gezielter Schmeichelei. Er verneigte sich abermals und sagte: »Es wäre mir ein Vergnügen, werte Frau. Trefft mich, wenn Ihr wünscht, zur sechsten Stunde im Hof meines Hauses, wo wir Eure Sorgen bei einem kühlen Glas Wein besprechen können.«

Cait lächelte, zögerte aber. Den Rest des Tages mit diesem kriecherischen Tölpel zu verbringen, mochte ja einen gewissen Nutzen haben, aber zunächst einmal wollte sie den Priester mit Namen Bruder Matthias finden. Herr Rognvald sah ihr Zögern; er beugte sich näher zu ihr heran und flüsterte: »Versucht, ob Ihr ihn dazu verführen könnt, uns einen Wagen und ein paar Zelte zu geben.«

»Der Priester …«

»Ich werde ihn schon finden.«

Cait lächelte den eifrigen Magistrat an. »Meine Schwester und ich fühlen uns sehr geehrt, Magistrat.«

»Eure Männer hingegen wünschen vielleicht … äh … die üblichen Formalitäten in unserer besten Taverne zu erledigen«, schlug der Magistrat taktvoll vor.

»Ich bin sicher, nichts würden sie lieber tun.« Cait drehte sich zu Rognvald um und instruierte ihn, seine Männer in die Taverne zu begleiten und sich darum zu kümmern, dass in der Tat die Form gewahrt wurde. »Nehmt Abu mit und sorgt dafür, dass alle sich für das Fest heute Abend waschen und entsprechend vorbereiten.« Nachdem der Ritter zustimmend genickt hatte, fügte Cait im Flüsterton hinzu: »Findet Matthias. Sagt ihm, dass wir morgen mit ihm sprechen wollen. Ich werde sehen, was ich wegen des Wagens und der Zelte tun kann.«

Cait drehte sich wieder zu dem Magistrat um, hakte sich bei ihm unter und gestattete ihm, sie über den Platz zu führen –

sehr zur Befriedigung der Stadtbevölkerung, der es gefiel, dass ihr Gouverneur von solch hochrangigen und offensichtlich wichtigen Besuchern auf solche Art geehrt wurde. Als sie den Torbogen erreichten, der den Eingang zum Platz markierte, drehte Carlo sich zu seinem Gehilfen um. »Grieco! Was tust du da?«

Der junge Mann blickte seinen Vorgesetzten aus leeren Augen an. »Wir trinken doch jetzt was, oder, Onkel Carlo?«

»Nein, nein, nein! Nicht du! Du musst zu Meister Pedrino in die Bäckerei laufen und ihm sagen, dass wir für das Festmahl heute Abend zwanzig gebratene Hühnchen brauchen.«

»Ja, Onkel«, erwiderte der Jüngling sichtlich entmutigt. »zwanzig Hühnchen ... Ist das alles?«

»Bei Gott dem Allmächtigen! Muss ich denn alles selber machen? Es soll ein Festmahl sein, Grieco. Sag ihm, wir brauchen auch drei Schafe.« Er hielt kurz inne und überlegte, wie viel Fleisch eigentlich vonnöten war. »Ja, und ein Schwein ... ein großes und kein abgemagertes Vieh wie letztes Mal. O ja, und fünf Dutzend Brote. Nein, sechs Dutzend. Sag ihm das.«

»Ja, Onkel.«

»Worauf wartest du noch? Lauf! Beeil dich! Es muss alles noch vorbereitet werden.« Der junge Mann schickte sich an davonzustürmen. »Warte!«, rief sein Onkel. »Geh zu Tomas in die Taverne und sag ihm, dass wir Wein für sechzig Gäste brauchen. Er soll ihn in die Banketthalle bringen. Und auch Oliven. Alles!« Er wedelte mit den Händen vor dem zögernden Jüngling herum. »Mach, dass du wegkommst! Beeil dich!«

Der schlaksige Grieco flatterte in eine Seitenstraße. Cait, Alethea und Carlo schlenderten weiter zum Haus des Magistrats, wo sie herzlich von Carlos Schwester Manuela begrüßt wurden, die ihm als Haushälterin und Köchin diente. Die Frauen wurden direkt zu einer niedrigen Bank unter den dicht belaubten Ästen eines Zitronenbaums geführt, der in einer Ecke des mit Terrakotta gepflasterten Gartens stand. Während Manuela sich um die Erfrischungen kümmerte, zog sich Carlo einen Stuhl heran und setzte sich zu seinen bezaubernden Gästen.

»Nun denn«, sagte er, »wegen dieser Sorgen, die Ihr habt ... Bitte, sagt mir, was Euch Kopfzerbrechen bereitet.« Cait lächelte und öffnete den Mund, um etwas darauf zu erwidern, doch ihr Gastgeber hob die Hand und sagte: »Vergesst nicht, dass Ihr mit dem Magistrat von Palencia sprecht. Ich vertrete die Krone. So sagt mir einfach alles, und ich werde sehen, was ich tun kann.«

Herrisch wedelte er mit der Hand, lehnte sich auf seinem Stuhl zurück und schloss die Augen. »Bitte beginnt.«

»Mein lieber Erzbischof«, sagte Komtur de Bracineaux, »es ist mir eine Freude, Euch endlich kennen zu lernen.«

»Und ich bin erstaunt, Euch überhaupt kennen zu lernen«, erwiderte Bertrano und blickte den Templer aus zusammengekniffenen Augen an. »Ihr solltet eigentlich tot sein.«

De Bracineaux lachte. »Nun, dann werdet Ihr feststellen, dass ich ein sehr körperlicher Geist bin.« Als wolle er beweisen, dass er sich tatsächlich in dieser Welt befand, drückte er dem Kirchenmann den Arm. »Ich versichere Euch, mein Herr Erzbischof, dass ich noch eine Menge Leben in mir habe.«

Erzbischof Bertrano, der auf seinem thronähnlichen Stuhl in der Hütte saß, betrachtete die Hand auf seinem Arm; sein Fleisch schien sich unter dem Griff zu winden – als wäre es von etwas berührt worden, das von jenseits des Grabes stammte. »In der Tat, mein Herr«, erwiderte der Erzbischof und zog seinen Arm zurück. »Aber woher soll ich wissen, dass Ihr wirklich der seid, der Ihr vorgebt zu sein?«

»Ah, ja, natürlich«, seufzte de Bracineaux, als hätte ihn diese Frage schon seit Jahren umgetrieben. »Was für eine Art von Beweis würdet Ihr akzeptieren?«

»Das festzulegen liegt nicht an mir«, murrte der Erzbischof.

»Falls es Euch nichts ausmacht, würdet Ihr mir vielleicht erzählen, wie und von wem Ihr von meinem Ableben erfahren habt?«, fragte der Templerkomtur.

»Aber es macht mir etwas aus«, schnappte Bertrano. »Ich wüsste nicht, warum ich Euch eine Erklärung schuldig sein sollte. Ihr seid es, der die Beweise vorbringen muss; ansonsten macht, dass Ihr fortkommt.«

»Einen Augenblick noch, wenn Ihr erlaubt«, sagte de Bracineaux. »Ich weiß nicht, wie diese Verwirrung entstanden ist, aber ich kann es mir denken: Da war eine Frau – nicht übermäßig hübsch, aber noch jung und mit dunklem Haar. Sie hatte einen Brief – *Euren* Brief, jenen, den Ihr an den Papst geschrieben habt und in dem es um Hilfe für die Rettung eines Schatzes ging, welchen Ihr die Mystische Rose genannt habt. Diese Frau hat Euch erzählt, ich wäre tot.« Er musterte den Kirchenmann eingehend, dann fuhr er fort: »Ich glaube, ich bin nicht weit von der Wahrheit entfernt.«

Erzbischof Bertrano fingerte an seinem hölzernen Gürtelkreuz herum, schwieg aber.

Der Komtur drehte sich zu d'Anjou um und sagte: »Seht Ihr, Baron? Es ist, wie wir befürchtet haben: Die Diebin war bereits vor uns hier. Wir sind zu spät. Der Schaden ist angerichtet.«

»Seid guten Mutes, Herr Komtur«, erwiderte d'Anjou mit geübtem, wenn auch schmierigem Mitgefühl. »Noch ist nicht alles verloren.« Traurig und eindringlich blickte er auf den Erzbischof. »Mit Gottes Hilfe können wir die heilige Reliquie noch immer wiedererlangen.«

»Ihr habt Recht, mich daran zu erinnern«, sagte de Bracineaux missgelaunt. »Wir warten auf Gottes Willen … und auf diesen Kirchenfürsten.« Er wandte sich wieder zu dem Erzbischof. »Es liegt nun an Euch, mein edler Kirchenmann. Wir sind in Eurer Hand.«

Bertrano legte die Stirn in Falten und zupfte an seinem Bart. Lange blickte er die beiden Männer vor sich an und traf dann eine Entscheidung. »Dann will ich Euch nicht länger warten lassen, meine Herren. Ich sage Euch, dass ich nichts mehr mit Euch zu tun haben will.«

»Ich protestiere …«, begann Baron d'Anjou.

Der Erzbischof fiel ihm ins Wort. »Hört mich an. Verdreckt und stinkend galoppiert Ihr mit Euren Männern in meine

Stadt. Ihr stellt Forderungen, brüllt jedermann Befehle zu und verursacht ein unheiliges Chaos auf den Straßen. Ihr verlangt eine Audienz und belästigt meine Mönche, bis ich meine Arbeit unterbreche, um mit Euch zu sprechen.« Er funkelte seine beiden ungeladenen Gäste an.

»Nun, ich habe Euch empfangen«, schloss der Erzbischof brüsk, »und es macht mir nicht im Mindesten etwas aus, Euch zu sagen, dass mir nicht gefallen hat, was ich gesehen habe.« Er stand auf und trat vom Tisch weg. »Wenn Ihr mich nun entschuldigen würdet, meine Herren. Ich habe eine Kirche zu bauen.«

D'Anjou wollte noch weitere Einwände erheben, doch de Bracineaux winkte ihm zu schweigen. »Ich sehe, dass wir Euch provoziert haben, mein Herr Erzbischof«, sagte er. »Ich bitte Euch, vergebt uns. Sollten wir übereilt und unbesonnen gehandelt haben, dann nur deshalb, weil wir den ganzen weiten Weg über nur einen Gedanken im Herzen gehabt haben: die heilige Reliquie zum Wohl der Kirche wiederzubeschaffen.«

Die Verärgerung des Erzbischofs schlug in Wut um. »Das sagt Ihr so«, erwiderte er; »aber ich kenne Euch nicht. Der Renaud de Bracineaux, den ich kannte, ist in einem Sarazenenkerker gestorben!« Er trat aus der Hütte. »Ich wünsche Euch einen guten Tag, meine Herren, und gute Reise.« Mit diesen Worten schlug er die Tür hinter sich zu und war verschwunden.

»Wie ungewöhnlich«, bemerkte d'Anjou leise. »Ich glaube, der Mann ist verrückt.«

»Vielleicht«, stimmte ihm de Bracineaux zurückhaltend zu; »aber hinter dieser Angelegenheit steckt mehr, als wir wissen. Wir müssen sorgfältig darüber nachdenken, was geschehen ist, bevor wir uns zum Handeln entschließen.« Steif erhob er sich von dem Stuhl und rieb sich mit der Hand übers Gesicht. »Ich bin müde, d'Anjou, und ich brauche unbedingt etwas zu trinken.«

»Kommt, de Bracineaux«, erwiderte der Baron und stand sofort auf. »Ich werde Gislebert ausschicken, uns Zimmer in dem Gasthof auf der anderen Seite des Platzes zu besorgen. Folgt mir, und bevor Ihr Euch verseht, sitzen wir vor Wein und Fleisch.«

Der Gasthof war sowohl Stall als auch Herberge; fauliges Stroh bedeckte den Boden, und im Kamin brannte ein vernachlässigtes Feuer. Im Schankraum drängten sich Arbeiter von der nahe gelegenen Baustelle, die erschöpft Becher mit warmem Bier in ihren schwieligen Händen hielten und schweigend tranken. Einige Ritter aus der Stadt hatten von der Ankunft der Templer gehört und waren nun gekommen, um sich einmal anzusehen, was für Männer die Ordensritter waren. Sie redeten laut miteinander und tranken Wein, während sie den viel gepriesenen Herrn von Jerusalem bestaunten.

»Das ist ein verdammt lauter Ort«, knurrte de Bracineaux in seinen Becher und kippte sich den Wein in den Hals. »Und es stinkt. Wenn man die mieseste Absteige sucht, kann man sich auf Gislebert verlassen.«

»Ich habe sicherlich schon Besseres gesehen.« Leicht angewidert ließ d'Anjou seinen Blick durch den Raum schweifen. »Wir könnten es anderswo versuchen«, schlug er vor. »Oder wollt Ihr lieber bei den Männern im Kloster übernachten?«

»Gütiger Gott, nein. Vorläufig habe ich die Nase voll von diesen selbstgerechten Mönchlein.« Er trank erneut und schlug den Becher auf den Tisch. »Wir werden die Nacht über hier bleiben, und wenn morgen alles gut läuft, werden wir dieses Rattenloch von einer Stadt verlassen können.«

Baron d'Anjou füllte die Becher auf. »Trinkt noch etwas, de Bracineaux, und sagt mir, wie Ihr den unangenehmen Priester von Eurer Ernsthaftigkeit überzeugen wollt.«

Der Komtur schob den Becher beiseite. »Nichts mehr von diesem abscheulichen Zeug. Seht mal nach, ob der Wirt nichts Besseres hat.«

D'Anjou stand auf und ging zur Theke, hinter der der Wirt und sein abgehärmtes Weib Essen und Trinken an ihre Gäste verteilten. Kurz darauf kehrte er mit einem kleinen braunen

Krug und zwei Holzbechern wieder an den Tisch zurück. Er zog den Stopfen aus dem Krug und goss eine blassgoldene Flüssigkeit in die Becher; dann reichte er einen der Becher dem Komtur, der vorsichtig daran nippte, bevor er den Kopf zurücklegte und ihn in einem Zug leerte.

»Das ist mehr nach meinem Geschmack«, sagte de Bracineaux. »Was ist das?«

»Er hat es Drachenmilch genannt – falls ich ihn denn richtig verstanden habe. Das Latein von diesem Kerl ist furchtbar.« D'Anjou nippte an seinem Becher. »Nicht schlecht, was auch immer das sein mag.« Er füllte den Becher seines Gefährten wieder auf. »Wie es scheint, hält unser Freund, der Erzbischof, Euch für jemand anderen.«

»Was sollte er auch sonst denken? Der Mann hält mich für tot.«

»Und Ihr glaubt, dass die Frau dafür verantwortlich ist.«

»Natürlich, wer denn sonst? Sie hat eine Geschichte für ihn erfunden, und er hat ihr geglaubt, der alte Narr. Und Ihr seid auch ein Narr, Baron; ich hätte niemals auf Euch hören dürfen.« Der Komtur leerte auch den zweiten Becher. »Jetzt muss ich mir einen Weg ausdenken, um den Mann davon zu überzeugen, dass man ihn hinters Licht geführt hat.«

»Ich frage mich, was sie ihm sonst noch erzählt hat … und mehr noch: Was hat er *ihr* erzählt?«

De Bracineaux zuckte mit den Schultern. »Sobald wir das Vertrauen des Erzbischofs erworben haben, werden all unsere Fragen beantwortet werden.« Der Komtur legte die Hände flach auf den Tisch, schob seinen Stuhl zurück und stand auf. »Ich gehe jetzt ins Bett.«

Er drehte sich zu der Tür um, die von hier aus zu den drei Schlafzimmern im hinteren Teil des Hauses führte – eines davon war ein Gemeinschaftszimmer mit großen Strohbetten; die anderen beiden waren kleiner und etwas besser eingerichtet. Als er durch den Raum stapfte, rief ihm einer der spanischen Ritter etwas zu.

»Es heißt, die Templer seien Gottes Krieger«, sagte der junge Ritter laut. »Habt Ihr auch schon tapfere Spanier in Eurer heiligen Armee?«

De Bracineaux schaute sich um und sah vier große, junge Männer an einem Tisch, die ihn aus zusammengekniffenen Augen beobachteten. An der Farbe ihrer Wangen erkannte er, dass sie schon einiges getrunken hatten, und so beschloss er, sie zu ignorieren, und ging weiter.

»Mein Herr Templer!«, rief der Ritter. Ein Krachen ertönte, als hinter ihm sein Stuhl umstürzte. »Ich habe Euch eine höfliche Frage gestellt. Würdet Ihr vielleicht den Anstand besitzen, sie mir zu beantworten?«

Schweigen senkte sich über den Schankraum, als de Bracineaux sich umdrehte. »Redest du mit mir, Schweinehirt?«

Der Ritter trat um den Tisch herum und versperrte dem Templer den Weg. »Ich bin Alejandro Lorca, Herr. Ihr werdet mit dem Respekt mit mir reden, der einem Edelmann gebührt.«

»Aus dem Weg.« De Bracineaux legte dem jungen Mann die Hand auf die Brust und stieß ihn beiseite. Der Spanier fiel auf den Rücken, sprang jedoch überraschend geschickt gleich wieder auf. Er hielt ein Messer in der Hand.

Der Templerkomtur wich einen Schritt zurück.

Der Jüngling grinste dumm. »Ah, nun werden wir den berühmten Mut der Tempelherren ja kennen lernen.«

Er sprang vor, und die Klinge zischte vor ihm durch die Luft. De Bracineaux duckte sich zur Seite, packte den jungen Mann am Arm, riss ihn herum und stieß ihn hart gegen d'Anjou, der in diesem Augenblick hinzugetreten war. Die beiden prallten zusammen, und der Jüngling stürzte, griff sich an seine Seite und schnappte nach Luft.

D'Anjou blickte gleichgültig auf ihn hinab.

Der junge Ritter nahm seine Hand weg und starrte sie ungläubig an. Seine Finger waren voller Blut, das aus der Wunde in seiner Seite strömte.

»Unverschämtes Kind«, bemerkte der Baron kalt, »ich sollte dir die Kehle durchschneiden.« Er bückte sich, und der junge Mann zuckte unwillkürlich zusammen. D'Anjou lächelte böse, und mit einer raschen Bewegung wischte er seinen Dolch am Hemd des jungen Ritters ab. »Vielleicht das nächste Mal«, sagte er, trat dann über sein Opfer hinweg und ging weiter zur Tür; den Vorfall hatte er schon wieder vergessen.

De Bracineaux musterte den jungen Mann verächtlich. »Du solltest in Zukunft vorsichtiger sein, Schweinehirt. Sonst tust du dir noch weh.«

Die beiden Männer verschwanden in ihrem Zimmer. Kaum war die Tür geschlossen, da eilten die Freunde des Ritters und der Rest der Gäste dem jungen Mann zu Hilfe. Sie hoben ihn hoch und trugen ihn hinaus und eine Straße weiter zum Arzt, damit dieser seine Wunde versorgen konnte, bevor er noch verblutete.

Am nächsten Morgen begrüßte der Wirt seine beiden leicht reizbaren Gäste mit äußerster Höflichkeit. Er verneigte sich so oft, dass d'Anjou sich schließlich erkundigte, ob er vielleicht einmal auf die Latrine müsse.

»Nein, mein Herr«, antwortete der Wirt verwirrt ob der Frage.

»Dann hört auf, Euch so zu verrenken, und bringt uns etwas Brot und einen Krug mit süßem Wein.« Der Mann verneigte sich erneut und sprang davon. »Sorgt dafür, dass das Brot frisch ist!«, rief ihm d'Anjou hinterher. »Nicht diese madenzerfressene Kruste, die wir gestern Abend bekommen haben!«

De Bracineaux ging zum Ausgang, stieß die Tür auf und blickte auf die Straße aus festgestampfter Erde hinaus. Hinter den niedrigen Dächern der Häuser ragte das Gerüst der Kathedrale in den Himmel. »Ich glaube«, überlegte er laut, »wir sollten unserem streitbaren Erzbischof heute Morgen noch einen Besuch abstatten; vielleicht können wir ihn ja davon überzeugen, die Dinge in einem anderen Licht zu sehen.«

»Und wie, bitte schön, wollt Ihr das bewerkstelligen?«

»Während Ihr geschlafen habt, habe ich nachgedacht. Aufgrund der *Unruhe* hier gestern Abend kam mir der Gedanke, dass die Menschen von Santiago de Compostela den Armen

Rittern Christi nicht den nötigen Respekt entgegenbringen. Ich glaube, eine Lektion in Anstand wäre hier nicht fehl am Platze.«

»Ich bin fasziniert«, sagte d'Anjou und gähnte. »Erzählt mir mehr.«

»Ihr müsst lernen, Eure Leidenschaft zu zügeln«, erwiderte de Bracineaux und blickte über die Schulter zurück. »Eines Tages wird sie Euch noch einmal in große Schwierigkeiten bringen.«

Einen Augenblick später erschien der Wirt wieder und brachte einen Arm voll frischer Brotlaibe und zwei Krüge mit gesüßtem Wein, den er in seine besten Becher füllte. »Ich habe noch Honig fürs Brot, meine Herren, falls Ihr das wünscht«, sagte er und verneigte sich schon wieder.

»Bring ihn her«, befahl der Baron.

Sie frühstückten Brot, Wein und Honig, während der Wirt sie nervös beobachtete, bis sie aufstanden, um zu gehen. »War alles zu Eurer Zufriedenheit, edle Herren?«, erkundigte er sich besorgt.

»Dein Gasthof ist das reinste Rattenloch«, erklärte ihm d'Anjou. »Es wäre eine Wohltat für alle Reisenden, wenn ich ihn bis auf die Grundmauern niederbrennen würde.«

Der Wirt wich entsetzt zurück.

»Bezahlt ihn«, sagte der Komtur und ging zur Tür.

Baron d'Anjou griff in seine Börse, holte zwei Münzen heraus und hielt sie dem Wirt entgegen. Als der nervöse Mann nach den Münzen griff, drehte der Baron die Hand und ließ das Geld in das schmutzige Stroh zu seinen Füßen fallen; dann machte er auf dem Absatz kehrt und folgte de Bracineaux in den grauen Herbstnebel hinaus.

Sie gingen zum Kloster, wo man nach den Morgengebeten gerade die Tore für den Tag öffnete. Der Komtur marschierte auf den Vorplatz und rief seinen Männern mit lauter Stimme herauszukommen. Die Templer traten aus verschiedenen Türen. Einige kamen aus der Kapelle, andere aus dem Refektorium und wieder andere aus dem Dormitorium. De Bracineaux sammelte seine Truppen und befahl ihnen, die Pferde zu satteln und sich auf den Kampf vorzubereiten. Das taten die Männer dann auch, ohne den Befehl zu hinterfragen, auch wenn nirgends ein Alarm zu hören war; die Stadt wirkte ruhig und friedlich.

Innerhalb weniger Augenblicke war es mit der Ruhe jedoch vorbei, als die Templer zu ihren Schlachtrössern und Waffen eilten. Sie sammelten sich auf der Straße vor den Klostertoren, und viele Städter, die den Tumult gehört hatten, kamen aus ihren Häusern, um die fremden Soldaten zu sehen, die offenbar in den Krieg ziehen wollten.

Kaum waren die Templer gerüstet und auf ihren Pferden, da setzte sich Komtur de Bracineaux mit Sergeant Gislebert auf der einen und Baron d'Anjou auf der anderen Seite an ihre Spitze. Insgesamt waren es vier Reihen mit je fünf Tempelrittern; alle trugen sie lange Kettenhemden und den typischen weißen Waffenrock mit dem roten Kreuz auf der Brust. Sie waren mit Lanzen und Schwertern bewaffnet und trugen spitz zulaufende, ovale Schilde, die ebenfalls weiß bemalt waren und ein rotes Kreuz in der Mitte zeigten. Langsam ritten sie die Straßen von Santiago de Compostela hinunter zum Stadtplatz und der Baustelle der neuen Kathedrale. Auf dem Weg schlossen sich immer mehr neugierige Stadtbewohner den fremden Kämpfern an, sodass diese schließlich mehr als zehn zu eins in der Unterzahl waren, als sie die Baustelle erreichten.

Die Arbeiter hatten bereits mit ihrem Tagwerk begonnen; überall auf der Baustelle waren Feuerstellen und eiserne Kohlenbecken verteilt, an denen sie sich wärmen und ihr Essen kochen konnten. Der trübe Morgen hallte von Hämmern wider, dem Knarren hölzerner Wagenräder und dem Schreien der Esel, die Holz ziehen mussten oder die man vor die Flaschenzüge gespannt hatte.

Erzbischof Bertrano stand am breiten Fuß des Glockenturms und schrie einen der Steinmetze an, der von hoch oben an einer unfertigen Wand zu ihm hinunterblickte. Der Steinmetz deutete hinter ihm auf den Platz, woraufhin der Kirchenmann sich umdrehte und die berittenen Templer mitsamt ihrem Rattenschwanz aus Neugierigen sah. Die Hände in die Hüfte gestemmt, wartete er darauf, dass die Ritter näher kamen.

»Ihr schon wieder«, knurrte er. »Ich habe Euch doch gesagt, dass ich nichts mehr mit Euch zu tun haben will.«

»Euch auch einen guten Morgen, mein Herr Erzbischof«, erwiderte de Bracineaux in herzlichem Tonfall. »Ich hoffe, Ihr habt eine angenehme Nacht verbracht.«

»Das geht Euch nichts an«, schnappte der Erzbischof und beäugte misstrauisch die berittenen Krieger.

»Ich wiederum habe nicht so gut geschlafen«, gestand der Komtur.

»Das lag ohne Zweifel am schlechten Gewissen«, bemerkte der Kirchenmann.

»Im Gegenteil«, widersprach de Bracineaux. »Ich konnte nicht schlafen, weil ich darüber nachgedacht habe, wie ich Euch meine Existenz beweisen kann.«

»Dann habt Ihr für nichts auf eine Nacht Schlaf verzichtet«, entgegnete der Erzbischof. »Verschwindet und lasst mich wieder an meine Arbeit gehen.«

»Und dann, gerade als ich im Gebet versunken war, fiel mir die Lösung ein«, fuhr der Komtur fort. Er sprach ruhig und langsam, sodass jeder der Zuschauer ihn verstehen konnte, selbst wenn er nur wenig Latein verstand. »Das Beispiel unseres Herrn und Erlösers Jesus Christus selbst zeigte mir den Weg, wie ich Euch die Wahrheit meiner Behauptungen beweisen kann.«

»Das wage ich zu bezweifeln, Herr«, schnaufte der Erzbischof. »Vermutlich war es eher der Teufel, den Ihr gehört habt.«

»Ihr seid so ein eifriger Kirchenmann«, fuhr der Templer in einem Tonfall fort, als hätte er nicht gehört, was der Erzbischof gesagt hatte, »dass Ihr Euch sicherlich an jene Stelle in der Heiligen Schrift erinnern werdet, wo unser Herr Jesu

Christ von einem Zenturio der römischen Armee angesprochen wird.«

Bertrano runzelte die Stirn. Immer mehr Neugierige strömten auf den Platz. »Ich kenne die Stelle«, sagte er. »Glaubt ja nicht, Ihr müsstet mich über die Bibel belehren.«

»Wie Ihr Euch sicher erinnern werdet«, fuhr de Bracineaux fort, »hatte dieser römische Soldat einen treuen Diener, für den er eine gewisse Zuneigung entwickelt hatte.«

»Ja, ja«, schnappte der Erzbischof ungeduldig. »Ich kenne die Geschichte.«

»Wirklich?«, bemerkte der Templer. »Das frage ich mich.«

»Der Diener war krank geworden«, sagte der Erzbischof, der langsam wütend wurde. »Also hat der Römer unseren Herrn aufgesucht und ihn gebeten, den Mann zu heilen.«

»Das stimmt, ja«, erwiderte de Bracineaux und lächelte. »Der Herr sagte, er würde sofort kommen und den Mann heilen.« Er hielt kurz inne, und sein Lächeln wurde hart. »Und wisst Ihr auch, was der Soldat darauf erwiderte?«

»Natürlich!«, knurrte der Erzbischof. »Hört mit diesen Spielchen auf. Ich weiß, was Ihr da treibt.«

»Der römische Soldat stand vor Jesus und sagte. ›Herr, ich bin nicht würdig, dass du einkehrst unter mein Dach, aber sprich nur ein Wort, und mein Diener wird wieder gesund.‹ Der Herr staunte ob des Glaubens des Mannes, und der Zenturio erklärte es ihm. Er sagte: ›Ich selbst …‹«

Da er sich vor seiner eigenen Herde nicht vorführen lassen wollte, nahm der Erzbischof das Zitat auf. »Er sagte: ›Denn auch ich bin ein Mensch, der Obrigkeit untertan, und habe Soldaten unter mir; und wenn ich zu einem sage. Geh hin!, so geht er hin; und zu einem andern. Komm her!, so kommt er; und zu meinem Knecht: Tu das!, so tut er 's.‹« Er betrachtete den Templer aus zusammengekniffenen Augen. »Soll mich diese Zitiererei aus der Heiligen Schrift beeindrucken? Nun denn, ich bin nicht im Mindesten beeindruckt. Selbst der Teufel kann die Heilige Schrift zitieren – wie wir alle wissen.«

»Mein lieber Herr Erzbischof«, säuselte de Bracineaux, »Ihr

habt den Punkt der Lektion nicht verstanden. Seht Ihr, wie dieser Zenturio so bin auch ich jemandem untertan und habe zugleich viele Soldaten unter mir. Hinter mir stehen nur ein paar von ihnen. Ich sage zu dem einen: Komm her …«, er drehte sich um und winkte den ersten Ritter hinter sich heran, »und siehe! … Er kommt.«

Der Ritter stieg ab und rannte neben seinen Komtur. »Ich sage ihm: Streck deine Hand aus!«

Der Templer hob den Arm in Schulterhöhe und streckte die Hand aus. De Bracineaux zog sein Schwert und legte die Klinge auf das Handgelenk des Mannes. Dann hob er das Schwert hoch über den Kopf und bereitete sich darauf vor zuzuschlagen. Ohne jegliches Anzeichen von Furcht blickte der Templer den Erzbischof an.

»Glaubt Ihr, dass Ihr meine Meinung ändern werdet, wenn Ihr einen unschuldigen Soldaten zum Krüppel macht?«, fragte Bertrano kalt. »Ich sage Euch: Das wird Euch nicht gelingen.«

Langsam senkte der Komtur die Waffe wieder. »Vielleicht habt Ihr Recht«, räumte er ein. »Was ist schon die Hand eines Mannes im Vergleich zur heiligsten Reliquie der Christenheit, deren Schicksal nun auf Messersschneide steht?«

Er reichte Gislebert das Schwert, stieg ab und trat vor den wartenden Templer. »Hat man dir die Beichte abgenommen?«, fragte er schlicht. Der Mann nickte. »Dann, als dein Oberer *in Christo*, befehle ich dir, dich niederzuknien und deinen Nacken zu entblößen.«

Ohne zu zögern, sank der Templer auf die Knie, verschränkte die Hände hinter dem Rücken und senkte den Kopf vor seinem Komtur. In der Zwischenzeit war Gislebert ebenfalls abgestiegen und brachte seinem Komtur das Schwert.

In diesem Augenblick traf eine Gruppe von Mönchen aus dem Kloster auf dem Platz ein, und als sie sahen, was geschah, eilten sie herbei, um das bevorstehende Schlachten zu verhindern. »Haltet sie zurück«, befahl der Komtur, und sechs berittene Templer lösten sich aus ihrer Formation und ritten den Mönchen entgegen.

De Bracineaux deutete auf den Mann, der vor ihm kniete, und sagte: »So wie Ihr, ein Fürst unserer Kirche, Macht über die Priester unter Euch besitzt, so besitzt ein Komtur die Macht über jene, die unter ihm dienen. Daher frage ich Euch, mein Herr Erzbischof: Wer außer dem rechtmäßigen Herrn besitzt die Macht über Leben und Tod seiner Untergebenen?«

Der Erzbischof funkelte den Templer wütend an, hielt aber den Mund.

»Nun gut«, sagte de Bracineaux. »Was ich nun vor Euren Augen tun werde, geschieht, um meine Autorität zu beweisen.«

Er nahm das Schwert von Gislebert entgegen, packte es mit beiden Händen und segnete den knienden Soldaten. Dann hob er langsam das Schwert über den Kopf und schrie: »Zum Ruhme Gottes und seines Königreichs!«

Die Klinge schwebte in der Luft, und der Erzbischof stürmte vor wie ein wilder Stier. »Eure Autorität!«, brüllte der Erzbischof, und seine Stimme hallte über den ganzen totenstillen Platz. »Eure Autorität! Ihr bösartiger, perverser Hurensohn!«

Die Klinge geriet ins Flattern und hielt auf dem Weg nach unten an. Der Templer drehte sich zu dem heranstürmenden Erzbischof um.

»Zum Ruhme Gottes?«, schrie der wütende Kirchenmann. »Weiche von mir, Satan! Es ist für *Euren* Ruhm, nicht Gottes, und ich werde nicht tatenlos daneben stehen und zusehen, wie Ihr das Blut Unschuldiger zu Eurem Vergnügen vergießt.«

Ehrlich erschrocken ob dieser Anklage, senkte de Bracineaux das Schwert. »Ihr klagt mich der Eitelkeit an, Priester«, knurrte er. »Wie viele Männer habt Ihr getötet, um dieses Monument *Eurer* Eitelkeit zu errichten?« Er deutete auf die gut halbfertige Kathedrale.

»Das ist ein Tempel des ewigen Gottes, mein Herr«, erwiderte der Erzbischof. »Vier Männer sind bei seinem Bau gestorben, und 500 haben lange daran gearbeitet, ihm einen Altar zu errichten, der auf ewig stehen wird … Ihre Leben und ihre Arbeit sind ein heiliges Opfer für den Herrn der Schöpfung.«

Der Erzbischof bückte sich, zog den knienden Soldaten in die Höhe und schob ihn aus dem Weg, bevor er sich wieder dem Templerkomtur zuwandte. »Wagt ja nicht, Euer teuflisches Schauspiel mit der gesegneten und heiligen Arbeit meiner Männer zu vergleichen. Ich erkenne Euch, mein Herr, und ich verdamme Eure Arroganz und Euren Stolz.«

De Bracineaux kochte ob der heftigen Vorwürfe des Kirchenmannes. »Ihr aufgeblasener, alter Ziegenbock«, sagte er mit vor Zorn heiserer Stimme, »niemand spricht so mit mir. Ich bin der Herr von Jerusalem! Habt Ihr gehört?«

»Und wenn Ihr der Kaiser höchstpersönlich wärt, würde ich so mit Euch reden«, erklärte der wütende Erzbischof, »denn wenn Demut Stolz und Eitelkeit weicht, ist es die Pflicht eines jeden Priesters, so zu sprechen. Er muss die Sünde beim Namen nennen und den Sünder zur Rechenschaft ziehen.«

Der Templer kniff gefährlich die Augen zusammen; er verstärkte den Griff um sein Schwert. »Ich bin in Freundschaft und Demut zu Euch gekommen«, sagte er zwischen zusammengebissenen Zähnen hindurch, »und ich bin fortgeschickt worden. Nun, da ich vor diesen Menschen stehe, die meine Zeugen sind, werde ich auch noch verschmäht.«

Seine Kiefermuskeln zuckten, und er knirschte mit den Zähnen. »Ich befehlige Armeen und Schiffe, Festungen und Städte; ich muss nur eine Hand heben, und Königreiche versinken in Staub und Asche; ich spreche, und die Völker der Heiden zittern. Und ich schwöre vor dem allmächtigen Gott, wäre es nicht zum Wohle des heiligen Kelchs, Ihr würdet noch in diesem Augenblick vor Gottes Thron knien, stolzer Priester.«

Erzbischof Bertrano hob triumphierend den Finger. »Nun glaube ich in der Tat, dass Ihr der Komtur der Tempelherren von Jerusalem seid. Denn wer außer einem Mann, der so sehr an teuflische Intrigen gewöhnt ist, würde im Angesicht Gottes auch noch damit prahlen? Euer Stolz, mein Herr, ist der Gestank in der Nase Gottes des Allmächtigen, und solange Ihr nicht auf Euren Knien Buße tut, wird dieser Stolz Euch in die Hölle führen.«

Zitternd streckte de Bracineaux die Hand aus, packte den Erzbischof am Kragen und zog ihn dicht zu sich heran. »Sagt mir, wo ich die Mystische Rose finden kann, oder ich schwöre bei meiner rechten Hand, dass ich Euch Eure verschlagene Zunge aus Eurem Lügenmaul herausschneiden werde, bevor Ihr auch nur noch einen Atemzug tun könnt.«

Der Erzbischof presste trotzig die Lippen aufeinander und funkelte den Templer entrüstet an.

»Nun, Priester?«, fragte de Bracineaux. Er war dem Bischof nun so nah, dass dieser seinen Atem spürte. »Es war Euer Brief, der mich hierher gebracht hat, und ich bin nicht so weit gekommen, nur um jetzt zu scheitern. Ich frage Euch nur noch einmal.« Er verstärkte seinen Griff um die Robe des Kirchenmannes. »Wo ist der heilige Kelch?«

»So wahr Gott mein Zeuge ist, ich weiß nicht, wo die Reliquie gefunden werden kann«, antwortete der Erzbischof. »Dieses Wissen besitzt nur der Mönch Matthias. Er allein weiß, wo sich das heilige Gefäß befindet, und er ist nicht hier. Er ist in Aragon.«

»Dann werdet Ihr mir sagen, wo genau ich diesen Bruder finden kann«, sagte der Komtur. Noch während er sprach, erschien ein listiges Funkeln in seinen Augen. »Oder besser noch: Damit kein Missverständnis die Harmonie zwischen uns beeinträchtigt, werdet Ihr mir den Weg zeigen. In Anbetracht der Tatsache, dass es nur durch Eure Einmischung so weit gekommen ist, ist das das Mindeste, was Ihr tun könnt.«

Er ließ den Kirchenmann los und rief nach Gislebert. »Bereite ein Pferd für unseren Freund vor. Seine Exzellenz der Erzbischof wird uns auf unserer Pilgerfahrt begleiten.«

»Ihr könnt mir nichts befehlen«, spie der Erzbischof. »Ich habe hier viel Arbeit vor mir.«

»Dann schlage ich vor, Ihr gebt Eure Verpflichtungen ohne Zögern an einen anderen weiter.« Er machte auf dem Absatz kehrt und winkte seinen Templern. »Schnappt ihn euch.«

Einer der Packmulis wurde rasch gesattelt und für den Erzbischof vorbereitet, den man daraufhin unter heftigem Protest gegen diese Ungeheuerlichkeit mit Gewalt in den Sattel verfrachtete. Dann, auf ein Signal des Sergeanten hin, setzten sich die Templer langsam in Bewegung.

Die Mönche schrien verzweifelt, drängten sich an den berittenen Templern vorbei, rannten ihrem geliebten Erzbischof hinterher und flehten um seine Freilassung. Die Templer schenkten ihnen keinerlei Aufmerksamkeit – bis einige Mönche den Muli des Erzbischofs erreichten und versuchten, ihn aus dem Sattel zu heben. Auf ein Wort seines Herrn hin rief Gislebert einen Befehl, und die letzte Reihe der Templer wendete die Pferde, hob die Schilde und senkte die Lanzen, wodurch die Straße sogleich versperrt war, sodass Stadtbewohner und Mönche sie nicht mehr am Rückzug hindern konnten.

In der Zwischenzeit ritt der Rest der Kolonne weiter. Als Erzbischof Bertrano erkannte, dass keine Rettung mehr kommen würde, rief er seinen Mönchen zu, sie sollten die Bauarbeiten in seiner Abwesenheit fortsetzen. Er schrie noch immer Instruktionen, als seine Männer außer Sicht gerieten.

»Unmöglich!«, rief Carlo de la Coruna. »Heilige Mutter Gottes, sei meine Zeugin! Das kann ich nicht erlauben.«

Überrascht von der plötzlichen Erregung des Magistrats, blickte Cait zu Thea, die nur verwirrt mit den Schultern zuckte. »Warum denn nicht?«, fragte Cait in unschuldigerem Tonfall, als sie sich fühlte.

»Ihr werdet mit Sicherheit getötet werden ... ihr alle. Die Banditen sind sehr, sehr wild. Es sind Briganten. Halsabschneider!« Carlo zappelte vor Aufregung, und sein Korbstuhl knarrte. »Nein, das ist unmöglich. Mein Gewissen würde mir keinen Augenblick mehr Ruhe gönnen, wenn ich euch gehen lassen würde. Das würde ich mir nie verzeihen. Gott selbst«, er stieß den Finger gen Himmel und bekreuzigte sich feierlich, »würde mir das nie verzeihen.«

»Die Straße ist sicher genug«, erklärte Cait. »Wir haben den ganzen Weg von Bilbao keine Spur von jemandem gesehen – weder von Banditen noch von Händlern oder sonst irgendjemandem.«

»Seht Ihr? Der Bann des Königs funktioniert. Wir hungern die Banditen sozusagen aus.«

»Ohne Zweifel«, sagte Alethea und erwachte aus ihrer Lustlosigkeit. »Die Diebe sind sicherlich schon irgendwo anders hingezogen, wo es mehr für sie zu holen gibt.« Sie gähnte. »Ansonsten hätten wir sie ja gesehen.«

Der kleine Mann schüttelte vehement den Kopf. »Nein, nein, nein, nein, nein. Es ist zu gefährlich. Ich kann es nicht erlauben. Ihr müsst hier in Palencia bleiben, bis die Ritter von

Calatrava Euch und Eure liebreizende Schwester von hier fort eskortieren können.«

»Darf ich Euch daran erinnern, Magistrat, dass wir eine solche Eskorte bereits besitzen«, bemerkte Cait in sanftem Tonfall. »Und wenn Ihr uns gestattet, die Vorräte zu kaufen, die wir brauchen, werden wir auf der Straße genauso gut versorgt sein wie hinter den Mauern Eurer schönen Stadt.« Sie setzte ihr einschmeichelndstes Lächeln auf. »Ihr seid sehr freundlich, Carlo, und das Maß Eurer Sorge zeigt, dass Ihr ein großmütiges und mitfühlendes Herz habt.« Freundlich drückte sie ihm die Hand. »Aber wisst Ihr, es gibt wirklich keinen Grund, sich unseretwegen Sorgen zu machen.«

»Madre mia«, seufzte der Magistrat. »Der König wird mich bei lebendigem Leibe kochen, sollte er das herausfinden.«

»Der König«, erwiderte Alethea, »ist erst drei Jahre alt.«

An diesem Abend aßen sie ein Festmahl im Bankettsaal des alten Palastes; Palencia war vor vielen Jahren eine der Lieblingsresidenzen des Königs gewesen – von der Zeit an, da Alfonso III. die Mauren vertrieben und das Haus des Emirs für sich beansprucht hatte. Rognvald und die Ritter hatten den Tag über mit einigen der einflussreicheren Bürger gezecht und dabei einige Bekanntschaften unter dem Ritteradel Palencias gemacht – einer kleinen, aber leidenschaftlich loyalen Bruderschaft. Die meisten dieser Ritter waren zu dem Festmahl geladen worden, und so setzten die Kämpfer ihre Feier bis tief in die Nacht fort.

Alles in allem war es ein großartiges Fest, und als die Feiernden sich schließlich von den mit Krümeln und Fleischresten übersäten Tischen erhoben und auf die dunklen Straßen von Palencia hinausgingen, waren neue Freundschaften geschmiedet worden und Eide ewiger Bruderschaft geschworen. Am nächsten Morgen ritten Caitríona, Alethea, Rognvald und Dag zu einem Gut ein kleines Stück südlich der Stadt, wo – so hatte Rognvald gehört – Bruder Matthias eine Kirche baute.

Das Gut lag nicht weit entfernt, und Magistrat de la Coruna erbot sich, sie zu begleiten und ihnen den Weg zu zeigen. Cait suchte noch verzweifelt nach einer Möglichkeit, sein Angebot höflich abzulehnen, als er plötzlich gerufen wurde, um einen Streit zwischen einem Brüderpaar zu schlichten, das sich über eine gemeinsam gekaufte Kuh in die Haare geraten war. »Lasst uns schnell verschwinden«, sagte Thea, als der geschäftige Magistrat davoneilte, »bevor er wieder zurückkommt.«

Der Weg war gut markiert, und so fiel es den vieren nicht schwer, die Kirche zu finden; außerdem entdeckten sie nur ein kurzes Stück abseits des Weges alsbald einen Haufen Schutt und mehrere Stapel grob behauener Balken. Inmitten all dieser Haufen wurde eine Steinwand hochgezogen.

Nachdem sie Dag auf der Kuppe eines nahe gelegenen Hügels zurückgelassen hatten, von wo aus er die Straße überblicken und sie im Notfall warnen konnte, ritten sie zu der Baustelle, wo ein junger Mann in der braunen Robe eines Priesters auf einem Balken zwischen zwei Säulen balancierte. Den Saum seiner Robe hatte er hochgehoben und in seinen breiten Ledergürtel gesteckt, und darunter waren ein Paar muskulöser, aber dreckiger Beine zu sehen und ebenso schmutzige nackte Füße. Da es recht warm war, hatte er überdies die Ärmel hochgekrempelt.

»Pax vobiscum!«, rief Rognvald, als sie sich näherten.

Der Mönch blickte von seiner Arbeit auf und drehte sich um, um die Besucher zu begrüßen; in den Händen hielt er den Stein, den er gerade verlegen wollte. *»Et cum spiritu tuo«*, erwiderte er und blickte auf den Ritter und die beiden Frauen herab. Sein dunkles Haar und sein dünner Bart waren vom vielen Arbeiten in der Sonne ausgebleicht.

»Wir suchen nach einem Priester mit Namen Bruder Matthias«, sagte Rognvald. »Ich frage mich, ob Ihr uns vielleicht helfen könntet, ihn zu finden.«

»Eure Suche hat ein Ende, Bruder«, antwortete der Mönch auf Latein mit starkem spanischem Akzent. »Ich bin Matthias.«

»Gott sei mit Euch«, sagte Cait. »Wir haben etwas Wichtiges mit Euch zu besprechen. Können wir uns irgendwo unterhalten?«

»Ich habe keine Geheimnisse vor Gott, Schwester«, erwiderte der Mönch und wandte sich wieder seiner Arbeit zu. »Und wie Ihr sehen könnt, gibt es niemanden hier außer unserem Herrn und mir; also, was auch immer Ihr auf dem Herzen haben mögt, sprecht frei heraus.« Er legte den Stein auf ein Bett aus grauem Mörtel; dann kratzte er den überschüssigen Mörtel ab und verteilte ihn um den Stein herum.

»Baut Ihr diese Kirche ganz allein?«, fragte Alethea. »Hilft Euch denn niemand?«

»Gott hilft mir, Schwester«, antwortete der Mönch. Vorsichtig hockte er sich auf den Balken und sprang dann auf den Boden. Er ging zu einem Steinhaufen, suchte sich einen neuen Stein aus, wuchtete ihn auf den Balken und zog sich dann selbst wieder hoch. »Die Leute kommen, wenn sie können, aber bald ist Erntezeit, und da werden sie auf den Feldern gebraucht.«

»Wir kommen von Erzbischof Bertrano in Santiago«, sagte Rognvald.

»Ach, tut ihr das?«, entgegnete der Mönch und wandte sich wieder zu ihnen. »Dann seid ihr ein gutes Stück gereist.« Er richtete sich auf und betrachtete sie mit neuerlichem Interesse. »Ich würde ja gerne einen Becher Wein mit Euch trinken«, sagte er, »aber ich habe nur Wasser.« Er deutete auf einen Trinkschlauch, der an der Wand hing. »Aber bedient euch nur, wenn ihr wollt.«

Cait dankte ihm, lehnte aber ab. »Ich fürchte, wir bringen schlechte Kunde«, sagte sie.

»Ist Bertrano tot?«, mutmaßte der Mönch. Er hob den Stein hoch und betrachtete ihn traurig. »Wie ist das passiert? War es einer der Baumeister?«

»Als wir ihn das letzte Mal gesehen haben, war der gute Erzbischof kerngesund«, versicherte Cait dem Priester rasch. »Bedauerlicherweise ist es Komtur de Bracineaux, der gestorben ist.« Sie bemerkte Theas überraschten, fragenden Blick, und sie betete, dass ihre Schwester dieses eine Mal den Mund halten würde. »Es tut mir sehr Leid«, sagte sie und ignorierte Alethea. Sie hasste es, den Priester auf diese Art zu täuschen, aber sie mussten mit der List weitermachen, wollten sie sich seine Hilfe sichern.

Verwirrt verzog der Mönch sein offenes, argloses Gesicht. »Ich verstehe nicht.«

»Es hat ein Schiffsunglück gegeben«, sagte Rognvald und erzählte, wie der Templerkomtur und die anderen Überlebenden von den Mohammedanern überfallen worden waren. »Unglücklicherweise ist der Komtur an seinen Wunden gestorben.«

»Ich bin betrübt, das zu hören«, sagte der Mönch und machte mit seiner Arbeit weiter.

Alethea beobachtete, wie er einen weiteren Stein in die Wand einsetzte. »Ihr scheint Eure Trauer fest im Griff zu haben«, bemerkte sie.

»Thea! Sei still!«, zischte Cait wütend.

Matthias blickte Thea an, und ein Grinsen erschien auf seinem sonnengebräunten Gesicht. »Ohne Zweifel wäre meine Trauer wesentlich größer, wenn ich auch nur die geringste Ahnung hätte, wer dieser de Bracineaux denn ist.«

»Ihr kennt ihn nicht?«, fragte Cait.

»Gute Frau, ich kenne ihn ebenso wenig wie den Ritter an Eurer Seite«, antwortete der Mönch, »und ihn habe ich noch nie gesehen.«

»Verzeiht mir, Bruder«, sagte Rognvald rasch. »Ich bin Rognvald, Herr von Haukeland und Orkneyjar. Und dies hier sind Frau Caitríona und ihre Schwester Frau Alethea aus Caithness in Schottland.«

»Möge der Herr unser Gott Euch segnen und bewahren, meine Freunde«, sagte der Priester und verneigte sich auf Kirchenart.

»Es ist fast Mittag«, sagte Cait, »und ich frage mich, ob wir Euch dazu verlocken könnten, Euren Horst zu verlassen, um eine Mahlzeit mit uns zu teilen. Wir haben etwas zu essen mitgebracht.«

»Das Werk Gottes darf nicht unterbrochen werden.« Matthias sprang erneut von dem Balken und holte sich einen weiteren Stein.

»Aber Ihr esst doch, oder?«, fragte Alethea.

»Manchmal«, räumte der Mönch ein, »wenn mir die Zeit nicht davonrennt. Aber es mangelt mir an nichts. Gott versorgt mich mit allem, was ich brauche.«

»Wenn er Euch so füttert, wie er Euch bei der Arbeit hilft«, bemerkte Thea, »überrascht es mich nicht, dass Ihr nur wenig Zeit zum Essen habt. Es ist in der Tat ein Wunder, dass Ihr noch nicht verhungert seid.«

Matthias lachte. »Oh, ihr Kleingläubigen«, sagte er und kletterte wieder auf den Balken. »Wir müssen arbeiten, solange wir noch Licht haben. Denn um die Wahrheit zu sagen, die Nacht kommt rasch, wenn kein Mann mehr arbeiten kann.«

Zu Caits Überraschung war es diesmal Rognvald, der parierte. »Jesus Christus sagt: ›Meine Nahrung ist das Werk, das mein Vater mir zu tun aufgetragen hat.‹ Vielleicht ist das, was wir Euch zu sagen haben, ebenfalls das Werk Gottes. Deshalb lasst uns also essen … und vielleicht finden wir dann heraus, was unser himmlischer Vater uns zu tun aufgibt, solange wir noch Licht dafür haben.«

Der Priester stand auf seinem Balken und strahlte. »Ein Mann nach meinem Herzen. Ich ergebe mich Eurem weisen Rat.«

Nachdem der Priester wieder von seinem Balken heruntergeklettert war, deutete Cait auf eine einsame Eiche, die ein Stück von der Baustelle entfernt stand. »Komm, Thea. Wir werden das Essen vorbereiten. Da drüben haben wir Schatten.«

Sie stiegen ab und nahmen die Bündel vom Sattel; dann führte Cait ihre Schwester an den Stein- und Holzhaufen vorbei zu dem Baum. »Thea, ich habe keine Zeit, es dir zu erklären.

Aber was auch immer Rognvald oder ich sagen mögen … betrachte es einfach als die Wahrheit. Besser noch, Thea: Halt den Mund und sag keinen Ton.«

»Ich weiß, dass der Templer nicht tot ist«, sagte Thea. »Ist es das, was du meinst?«

»Ja, und da ist noch mehr. Ich werde dir später alles erklären. Glaub mir, mir gefällt das ebenso wenig wie dir …«

»Mir gefällt es eigentlich ganz gut«, bemerkte Alethea fröhlich. »Und dir gefällt es auch … Ich habe dein Gesicht gesehen, als du es ihm gesagt hast. Du hast es genossen! Also versuch nicht, plötzlich die Heilige zu spielen. Ich weiß es besser.«

»Na gut, na gut, denk, was du willst«, sagte Cait. »Wir werden später darüber reden. Misch dich einfach nur nicht ein.«

»Warum sollte ich mich einmischen wollen? Egal … Er ist ein hübscher Mann … oder was meinst du, Cait?«

»Er ist ein Priester!«, zischte ihre Schwester. »Du kannst ihn nicht wie andere Männer behandeln. Im Grunde darfst du ihn überhaupt nicht … *behandeln!*«

Alethea zuckte mit den Schultern, und sie öffneten die Bündel und breiteten das Essen unter dem Baum aus. Kurz darauf hatten der Ritter und der Priester ihre Inspektion der bei weitem noch nicht fertigen Kirche beendet und gesellten sich zu ihnen. »Hat Euch Bertrano geschickt, mir das zu sagen?«, fragte der Priester den Nordmann gerade.

»Das hat er«, antwortete der Ritter. »Wisst Ihr, der Erzbischof hat sich Eure Sorge zu Herzen genommen und einen Brief an den Papst geschrieben, um ihn um Hilfe im Falle des heiligen Kelchs zu bitten.«

»Ihr wisst von der Mystischen Rose?«, wunderte sich Matthias. »Bertrano hat es Euch erzählt?«

»Komtur Renaud de Bracineaux war der Herr von Jerusalem«, sagte der Ritter. »Er hat mir kurz vor seinem Tod vom Brief des Papstes erzählt. Er hat mich gebeten, die Nachricht von seinem Tod Erzbischof Bertrano zu übermitteln, und Erzbischof Bertrano wiederum hat mich zu Euch geschickt.«

Der Priester nickte. »Allmählich verstehe ich. Ich habe nicht gewusst, dass der Erzbischof noch jemand anderen mit hineinziehen würde. Ich habe es ihm im Vertrauen gesagt.«

»Und vertraulich ist es auch geblieben«, versicherte ihm Cait rasch. »Ich bin sicher, der gute Erzbischof hätte uns diese Aufgabe nicht anvertraut, wenn es eine andere Möglichkeit gegeben hätte.«

»Auch wenn Ihr es vielleicht nicht wisst«, fügte der Ritter hinzu, »die Mohammedaner sorgen hier in der Gegend in letzter Zeit für reichlich Unruhe. Das Reisen ist sehr schwer geworden. Ohne Zweifel hat der Erzbischof das in seine Überlegungen mit einbezogen.«

»Ich nehme an, Ihr habt Recht«, erwiderte Matthias. »Es hat in der Tat einige Probleme gegeben. Gott sei Dank sind wir hier bis jetzt davon verschont geblieben.«

»Warum habt Ihr geglaubt, Erzbischof Bertrano wäre tot?«, fragte Alethea.

»Thea, nicht jetzt«, zischte Cait.

Matthias grinste erneut, und seine Zähne schimmerten weiß vor seiner dunklen Haut. »Solange seine Kathedrale noch nicht fertig ist, ist der Mann die reinste Pest für die Leute, die unter ihm arbeiten und seinen nimmermüden Eifer ertragen müssen.« Er lachte leise vor sich hin. »Es ist wirklich nur eine Frage der Zeit, bis einer seiner Steinmetze ihn mit dem Hammer erschlagen oder ihn jemand vom Gerüst werfen wird.«

»Und doch«, sagte Rognvald, »wächst die Kathedrale Tag für Tag. Es wird eine wunderbare Kirche werden.«

»Das wird sie«, stimmte ihm Matthias zu und seufzte resigniert.

Sein mangelnder Enthusiasmus blieb nicht unbemerkt. »Ihr heißt solcherlei Unternehmungen nicht gut?«, fragte Cait.

»Werte Frau, ich muss gestehen, dass ich das in der Tat nicht tue. Die Kosten sind geradezu unglaublich. Für den Preis einer Kathedrale könnte man tausend Kirchen wie die meine bauen und dazu noch hundert Klöster, Konvente und Hospitäler.« Wieder seufzte er. »Doch Kathedralen schmeicheln den Reichen, und überall wetteifern die Könige darum, wer das prächtigste Monument für seine Eitelkeit errichten kann.«

»Das Essen ist fertig«, verkündete Alethea fröhlich. Sie lächelte den braun gebrannten Priester an. »Bitte, setzt Euch, Bruder. Seid unser Gast.«

Der Mönch nahm sich einen der kleinen Brotlaibe, hob ihn in die Höhe, als wäre er die Hostie beim Sakrament, und segnete ihn, woraufhin sich alle setzten und ein einfaches, aber mehr als befriedigendes Mahl genossen. Sie hatten Brot und Räucherfisch mitgebracht, Oliven, Käse und Pflaumen. Zu trinken gab es gewässerten Wein, und während sie aßen, hörten sie alle in entzücktem Schweigen zu, wie Matthias ihnen eine bezaubernde und wundersame Geschichte erzählte.

»Vor vielen Jahren habe ich zum ersten Mal vom heiligen Kelch erfahren«, sagte Matthias und rollte eine Olive zwischen Daumen und Zeigefinger, bevor er sie sich in den Mund warf. »Das war noch in den Tagen des alten Alfonso, als der Frieden des Königs noch Bestand hatte. Ich reiste damals in den Hügeln im Osten umher, jenseits des Ebrotales, wo es viele Dörfer ohne Kirchen gibt. Doch an einem dieser Orte – einer kleinen Siedlung in den Bergen, die man nur über einen Schafpfad erreichen kann, der überdies die meiste Zeit des Jahres unpassierbar ist – habe ich Menschen entdeckt, die Christus und seine Lehren bereits kannten.

Ich fragte sie, wie das möglich sei, und der Dorfälteste erzählte mir, dass sie dieses Wissen schon lange vor der Ankunft der Muslime besessen hätten …«

»Aber das muss dann ja …«, unterbrach ihn Rognvald. »Wann ist das gewesen? Vor dreihundert Jahren? Vierhundert?«

Der Priester nickte. Er brach sich ein Stück Brot ab und kaute nachdenklich darauf herum. »Ihr versteht etwas von Geschichte, mein Freund. Ja, das war vor vierhundert Jahren – wie ihr sehen werdet. Und all diese Jahrhunderte über waren die Menschen dort ihrem Glauben treu geblieben, obwohl sie auf allen Seiten von Muslimen umgeben waren. Dieses Dorf war ein winziger Fels der Christenheit inmitten eines stürmischen Meers des Islams.«

»Wie außergewöhnlich«, keuchte Alethea, die dem hübschen Priester förmlich an den Lippen hing.

»Es war ein Wunder«, erklärte der Mönch schlicht. »Ich muss gestehen, dass ich das zunächst kaum für möglich gehalten habe. Während meines Aufenthalts bei diesen Menschen habe ich also jede Gelegenheit genutzt, die Dörfler darüber auszufragen – unauffällig natürlich, denn ich wollte nicht ihr Misstrauen erregen. Nach und nach begannen sie, mir zu vertrauen und mehr zu erzählen, und je mehr ich erfuhr, desto außergewöhnlicher wurde die Geschichte.

Nach einiger Zeit gelangten sie zu der Erkenntnis, dass mein Interesse an ihnen echt war. Eines Nachts ist dann der Dorfälteste zu mir gekommen und hat mich gefragt, ob ich das Geheimnis erfahren wolle, das all meine Fragen beantworten würde. Ich antwortete ihm, dass mir nichts lieber wäre – *falls* er es mir denn zeigen wolle. Sollte es jedoch in irgendeiner Form für Unruhe unter seinen Leuten sorgen, wollte ich es nicht wissen, denn ich wusste ihre Freundschaft inzwischen weit mehr zu schätzen als jedes noch so wunderbare Geheimnis.«

Alethea schnalzte ob solch unnötiger Höflichkeit ungeduldig mit der Zunge. *»Ich* hätte es mir sofort zeigen lassen.«

»Und *das*«, erwiderte Matthias mit einem Augenzwinkern, »ist der Grund dafür, warum Ihr noch immer darauf warten würdet, dass irgendjemand das Geheimnis für Euch lüftet. Ihr müsst wissen, die Hügelmenschen sind nicht wie andere. Ich glaube, sie sind die Nachfahren eines weit älteren Volkes. Sie sind von Natur aus sehr verschlossen, aber sie können auch sehr treu sein, und ihre Erinnerung reicht schier unglaublich weit zurück. Sie erinnern sich an Beleidigungen und Verletzungen, die Jahrhunderte zurückliegen, als wären sie erst gestern geschehen, und sie vergessen auch niemals eine Freundlichkeit.

Also war meine Antwort genau die richtige, denn der Dorfälteste blickte mich an und sagte: ›Ich würde es dir nicht zeigen, hätte ich nicht schon längst jeden gefragt. Ich habe sie gefragt, und alle haben sie zugestimmt – selbst Gydon, und er stimmt normalerweise bei gar nichts zu!‹ Nun, es war mitten in der Nacht, und ich dachte, er wolle es mir am Morgen zeigen, doch er sagte, ich solle meine Schuhe binden und meinen Mantel überwerfen. Dann gingen wir ohne Fackel oder Laterne in die Dunkelheit hinaus und zu den Hügeln hinter dem Dorf; nur das bleiche Licht des ein Viertel vollen Mondes erhellte uns den Weg.

Ich habe weder einen Weg noch einen Pfad gesehen. Wie ein Blinder musste ich mich an der Schulter des Dorfältesten festhalten, damit ich nicht bei jedem Schritt ins Stolpern geriet. Wir gingen ein gutes Stück, zumindest kam mir das so vor, und schließlich erreichten wir ein verborgenes Tal – eigentlich war es kaum mehr als ein Spalt zwischen zwei Steilwänden –, und hoch oben in einer der Steilwände befand sich der Eingang zu einer Höhle.

Ich konnte den Eingang nicht sehen, denn in dem Tal war es so dunkel wie am Grund eines Brunnens, aber der Dorfälteste versicherte mir, dass er dort sei, und über schmale Stufen, die in die Wand gehauen waren, führte er mich zu der Höhle hinauf. Auch wenn wir durch den Eingang kriechen mussten, im Inneren der Höhle konnten wir aufrecht stehen. Mein Führer kannte die Höhle gut, und mit ein paar Dingen, die dort gelagert waren, hatte er alsbald eine Öllampe entzündet, damit wir sehen konnten, was er mir zeigen wollte.«

»Was war es?«, fragte Alethea fasziniert, und ihre Augen leuchteten.

Im hinteren Teil der Höhle hatte man einen kleinen Altar aus dem Felsen gehauen, und die ganze Wand war weiß getüncht und mit einem Kreuzzeichen bemalt, sodass man es als eine Art Schrein bezeichnen konnte. Diese Malerei war jedoch von solcher Güte und Kunstfertigkeit, wie ich sie bis dahin nur ein einziges Mal gesehen hatte, in einem sehr, sehr alten Text im Skriptorium des Klosters, wo ich zum Priester geweiht worden bin. Dieser Text war einer der größten Schätze des Klosters: Es war eine Kopie des Johannesevangeliums, geschrieben vom heiligen Samson von Dol.

Es war ein wundervolles Ornament, und ich dachte, dies

sei, was er mir hatte zeigen wollen – und es war in der Tat schon wunderbar genug! Aber nein. Der Dorfälteste bedeutete mir, näher an den Altar heranzutreten, was ich auch tat; und auf dem Altar stand ein merkwürdiger Gegenstand. Zunächst habe ich ihn für ein Messer gehalten – er war lang«, der Mönch zeigte die typische Länge eines Dolches, »und wie ein Messer lief er auf einer Seite spitz zu. Ein genauerer Blick enthüllte jedoch, dass es keineswegs ein Messer war, denn das Ding besaß zwar eine Spitze, doch keine Schneide oder ein Heft wie eine normale Klinge.«

»Was war es?«, verlangte Alethea zu wissen, schlang die Arme um die angezogenen Knie und schaukelte gespannt vor und zurück.

Matthias genoss die Spannung und lächelte sie an. »Das habe ich ihn auch gefragt. Der Dorfälteste streckte daraufhin die Hand aus und sagte in ehrfürchtigem Tonfall: ›Dies ist der Nagel, der die Füße unseres Herrn und Erlösers durchbohrt hat, als er für unser Heil ans Kreuz geschlagen wurde.‹ Einfach so.«

Bei diesen Worten spürte Cait, wie ihr ein Schauder der Erregung über den Rücken lief. *Das ist vorbestimmt*, dachte sie. *Wir müssen hier sein. Das ist ein Zeichen.*

»Wie sind die Dörfler in den Besitz des Nagels gelangt?«, fragte Rognvald.

»Das habe ich ihn auch gefragt.« Wieder lachte Matthias leise vor sich hin. »Ich habe zu ihm gesagt: ›Mein Freund, sag mir, wie kommt dies Ding hierher?‹ Der Dorfälteste verschränkte die Arme vor der Brust, verneigte sich tief vor dem Altar und sprach ein Gebet in einer Sprache, die ich nie zuvor gehört hatte. Dann deutete er auf den Nagel und sagte: ›Iago hat ihn uns gegeben.‹«

»Iago?«, echote Cait. »Ihr meint den heiligen Jakobus … den, dessen Grab in Compostela ist?«

»Eben den«, bestätigte Matthias und genoss die vor Staunen weit aufgerissenen Augen seiner Zuhörer. »Die alten Galicier nennen ihn Iago, und sie glauben, dass der heilige Iago mit dem Schiff und einigen anderen Anhängern des Weges geflohen ist, nachdem man die Urkirche aus Jerusalem vertrieben hatte. Sie landeten im Norden und sind hierhin und dorthin gewandert, haben Wunder und Zeichen vollbracht und das Wort unseres wiederauferstandenen Herrn Jesus Christus verbreitet.

Iago lebte viele Jahre lang unter den galicischen Stämmen, und gegen Ende seines Lebens beschloss er, wieder nach Jerusalem zurückzukehren. Seine Missionarstätigkeit brachte ihm Ärger mit den jüdischen Behörden ein. Diese ließen ihn dann verhaften und führten ihn vor Herodes Agrippa, der ihn zum Tode verurteilte. Anschließend verweigerte Herodes ihm eine ordentliche Bestattung, damit sein Grab nicht zu einer Wallfahrtsstätte wurde.«

Der Priester hielt kurz inne, um einen Schluck zu trinken, und fuhr dann fort: »Als die Nachricht vom unglücklichen Ende des Heiligen schließlich die neu gegründeten Kirchen in Iberien erreichte, waren die Menschen von großer Trauer erfüllt. Sie kamen zusammen und wählten eine Gesandtschaft von zwölf starken und rechtschaffenen Männern aus, angeführt von einem Priester von unbezweifelbarer Heiligkeit. Diese Männer schickte man dann nach Jerusalem, um den Leichnam ihres geliebten Iago zu beanspruchen.

Die Männer mussten viele Prüfungen über sich ergehen lassen, und schließlich gestattete man ihnen, den Leichnam des großen Heiligen zu bergen, den sie dann in einen eigens dafür angefertigten Sarg legten. Sie brachten ihn nach Galicien zurück, um ihn an jenem Ort zu begraben, wo er und seine Anhänger zum ersten Mal an Land gegangen waren und wo seine Gebeine seitdem verehrt werden.«

»War es wirklich der echte Nagel?«, wollte Alethea wissen. »Es hätte doch einfach nur ein altes Stück Eisen sein können.«

»Euch kann man wohl nur schwer täuschen«, erklärte der Priester. »Ihr übertrefft sogar noch den heiligen Thomas.« Er beugte sich näher an Alethea heran und sagte: »Um Euch die Wahrheit zu sagen, ich hatte auch meine Zweifel. Ich fragte, wie sie nach so langer Zeit sicher sein könnten, dass es sich wirklich um einen Kreuzesnagel handelte ... Und wisst Ihr, was der Dorfälteste getan hat?«

Alethea schüttelte den Kopf. Die Nähe des Priesters weckte die Schmetterlinge in ihrem Bauch, und ihr fiel auf, dass die Sonne die Haare auf seinen Armen zu einem Flaum weißer Locken verbrannt hatte. »Was hat er getan?«, fragte sie und hätte sich dabei fast verschluckt.

»Er bat mich, ihn zu nehmen. Er sagte: ›Iago war ein mächtiger Prophet, und er hat die Zeit vorhergesehen, da Galicien unter den Mauren leiden wird. Er hat uns diesen unschätzbaren Fund hinterlassen, auf dass wir die Lehren niemals vergessen mögen, die er uns gebracht hat, denn er wusste, dass das Evangelium uns helfen würde zu überleben. Und er hat Recht gehabt.‹ Dann streckte der Dorfälteste die Hand nach der Reliquie aus und bat mich abermals, sie an mich zu nehmen.«

»Habt Ihr?«, fragte Cait.

»Werte Frau, das habe ich. Ich stand vor dem Altar, und ich griff nach dem Nagel und hielt ihn in meiner Hand. Er war schwerer, als ich erwartet hatte, und er fühlte sich kalt an. ›Jetzt weiß ich, dass du ein heiliger Mann bist‹, sagte mein Gastgeber, ›sonst hättest du ihn nicht heben können.‹ Ich wusste nicht, was er damit meinte, aber bevor ich ihn fragen konnte, bat er mich, so zu tun, als wolle ich den Nagel stehlen.

Den Nagel noch immer in der Hand haltend, drehte ich mich vom Altar weg und wollte zum Eingang gehen, doch Wunder über Wunder, der Nagel wurde warm. Nach nur einem einzigen Schritt war das Eisen so heiß geworden, dass es mir die Handinnenfläche versengte. Als ich hinunterblickte, sah ich, dass das Metall rot glühte, als wäre es gerade erst aus der Esse genommen worden.«

»Was habt Ihr getan?«, fragte Alethea.

»Was *konnte* ich tun? Rasch legte ich den heiligen Gegenstand auf seinen Platz auf dem Altar zurück, damit meine Hände nicht gänzlich verbrennen würden. Und siehe! Kaum hatte ich die Reliquie wieder abgelegt, da nahm sie wieder ihr ursprüngliches Aussehen an. ›Berühr ihn‹, forderte mich mein Gastgeber auf, und das tat ich auch.« Der Mönch imitierte die Geste für seine staunende Zuhörerschaft und streckte vorsichtig den Finger aus. »Was habe ich vorgefunden? Das uralte Eisen war wieder kalt.«

»Ein echtes Wunder«, bemerkte Rognvald befriedigt.

»Ihr habt ein vertrauensseliges Gemüt«, erwiderte der Priester. »Ich wünschte, ich wäre in dieser Hinsicht mehr wie Ihr. Unglücklicherweise habe ich seit meiner Kindheit unter erhöhtem Misstrauen gelitten. Ich konnte die Angelegenheit nicht einfach so auf sich beruhen lassen. Ich sah einen Stapel Zunderholz auf dem Boden neben dem Höhleneingang. Also nahm ich ein stabiles Stück Holz in jede Hand und kehrte zu dem Altar zurück. Ich glaubte, wenn ich den Nagel zwischen zwei Holzstücken halten würde, könne er mir nicht mehr die Hände verbrennen.«

»Hat es funktioniert?«, fragte Alethea, der es vor Staunen fast den Atem verschlug.

»Schwester, es war sogar noch wundersamer als zuvor. Denn egal wie sehr ich mich auch bemühte, ich konnte den Nagel nicht bewegen. Ich bot all meine Kraft auf, doch die heilige Reliquie veränderte ihre Lage noch nicht einmal um eine Haaresbreite. Das Holz zersplitterte, und meine Finger wurden wund, aber ich konnte ihn nicht bewegen.

Der Dorfälteste schaute mir belustigt zu. Er lachte über meine Bemühungen und ging dann gelassen zum Altar, wo ich mich abrackerte, verneigte sich vor ihm, hob den Nagel in die Höhe und legte ihn mir erneut in die Hand, als wäre er nicht schwerer als eine Feder. ›Wärst du nicht so heilig, wie du bist‹, sagte er mir, ›hättest du ihn nicht hochheben können, denn für Menschen von böser Gesinnung ist er so schwer wie die Last der Welt.‹ Dann legte ich die heilige Reliquie wieder zurück, kniete mich vor den Altar und dankte unserem himmlischen Vater dafür, dass er mir ein solch großes und mächtiges Zeichen gesandt hatte.

Nachdem ich meine Gebete beendet hatte, verließen wir die Höhle und kehrten ins Dorf zurück, wo wir dann kurz vor Sonnenaufgang eintrafen. Ich dankte dem Dorfältesten dafür, dass er mir die wunderbare Reliquie gezeigt hatte, und schwor, diesen Schatz auf ewig zu hüten und jedem davon zu erzählen, der es hören wollte, um seinen Glauben zu stärken. Als ich dies sagte, erschien ein breites Lächeln auf dem Gesicht des Dorfältesten, und er sagte: ›Siehst du diesen Sonnenaufgang? Unsere arme Reliquie ist wie die Dunkelheit des Tals, durch das du gewandert bist, verglichen mit der strahlenden Pracht des Gra'al.‹«

Die drei faszinierten Zuhörer wiederholten das seltsame Wort. »Wie Ihr, so hatte auch ich noch nie von diesem Gra'al gehört, und ich wusste nicht, was das sein könnte«, sagte der Priester. »Ich habe gefragt, was dieses Wort bezeichnet. Mein Führer machte das Kreuzzeichen und antwortete. ›Es ist der Kelch unseres Herrn, der Kelch der Kommunion der Heiligen, der von Christus beim letzten Abendmahl gesegnet wurde.‹«

»Die Mystische Rose«, flüsterte Cait.

Bruder Matthias nickte. »Ich dachte, er meinte damit, dass das Dorf ein weiteres Geheimnis in Form dieser Reliquie besäße, und so fragte ich ihn, ob er ihn mir zeigen könnte. Aber er lächelte nur und sagte, dass es nicht an ihm wäre, ihn mir zu zeigen, denn vor langer Zeit sei der Kelch durch Gottes Willen entrückt und an einen sicheren Zufluchtsort gebracht worden, auf dass die Mauren nichts von ihm erfahren, die ihn dann stehlen oder gar zerstören würden. Meine Erregung ließ mich überstürzt handeln, und in meiner Gedankenlosigkeit bat ich ihn, mir zu zeigen, wohin der gesegnete Kelch gebracht worden sei. Ich bat ihn, mich sofort dorthin zu führen. Mein Führer schreckte vor meinem übertriebenen Eifer zurück. Es schien, als fürchte er, mir schon zu viel gesagt zu haben. Rasch wünschte er mir Lebewohl und wollte nichts mehr sagen.«

»Aaah!«, protestierte Alethea. »Ihr hättet ihn dazu bringen müssen, es Euch zu sagen!«

»Am Ende habe ich den Rest der Geschichte erfahren. Ein paar Tage später ist er nach Einbruch der Dunkelheit wieder zu mir gekommen. Ich war im Gebet versunken, und er kam in den Raum, in dem ich wohnte, und sagte, dass er mit dem Wissen nicht mehr ruhig schlafen könne, dass er den heiligen Kelch verraten hatte. ›Wie verraten?‹, fragte ich. ›Ich bin ein Priester. Alles, was das Heilige betrifft, ist in meinen Händen sicher.‹

Wie auch immer, es gelang mir nicht, ihn zu überzeugen, und als besten Weg aus diesem Dilemma schlug ich vor, dass ich den Rest der Geschichte von jemand anderem erfahren sollte. ›Auf diese Art‹, sagte ich ihm, ›ist die Last von deinen Schultern genommen, denn dann wirst nicht du es sein, der es mir gesagt hat.‹

Nun, das betrachtete er als seine Lossprechung in dieser Angelegenheit, und er sagte, wäre er an meiner Stelle und wollte Geheimnisse dieser Natur erfahren, so kenne er einen Ort hoch oben in den Pyrenäen, wo all diese Fragen beantwortet werden könnten. Die Art, wie er das sagte, verriet mir, dass an diesem Ort auch der Kelch zu finden war, und so willigte ich ein, und er beschrieb mir den Weg dorthin. Ich hörte allem, was er mir sagte, aufmerksam zu, und nachdem er gegangen war, holte ich rasch meine Feder hervor und schrieb alles nieder, was er mir erzählt hatte. Ich schrieb die Richtungsangaben auf den Rand des Evangeliums, das ich immer bei mir trage, damit ich sie nicht vergaß, und ein paar Tage später beendete ich meine Arbeit und machte mich auf den Weg, das Sanktuarium des Kelches zu finden.«

»Und habt Ihr ihn gefunden?«, fragte Cait.

»Das habe ich, werte Frau«, antwortete Matthias. »Ich habe ihn genau so gefunden, wie der Dorfälteste gesagt hat.«

»Und habt Ihr den Kelch gesehen?«, fragte Rognvald.

»Ja, das habe ich«, erklärte der Priester, und seine Stimme sank zu einem Flüstern herab. »Ich habe ihn in all seiner vielfältigen Pracht gesehen, und ich habe ihn angebetet. Ich bin vor der heiligen Reliquie auf den Boden gefallen, und als ich mich wieder erhob, waren drei Tage vergangen.«

»Drei ganze Tage!«, rief Alethea ungläubig, und Zweifel schlich sich in ihre Stimme.

In einem einzigen Augenblick«, bestätigte der Mönch. »Und dann bin ich aufgestanden und hinausgegangen, geheilt und zufrieden in Herz, Geist und Seele. Ich bin wiedergeboren worden, und ein heiliges Feuer loderte in meinem Bauch. Seit damals ziehe ich durchs Land, predige, wo immer man mich willkommen heißt, und baue Kirchen für jene, die keine haben.«

Demütig breitete er die Hände aus. »Ich bin so, wie ihr mich findet, ein veränderter und geläuterter Mann.« Er trank erneut einen Schluck und ließ den anderen Zeit, darüber nachzudenken, was er ihnen gerade erzählt hatte.

»Warum habt Ihr an den Erzbischof geschrieben?«, fragte Cait nach kurzem Nachdenken.

»Ah, das … das hat mich sehr geärgert«, gestand Matthias. »Nach meiner Wiedergeburt brannte der Eifer so hell in mir, dass ich nicht ruhen konnte. Ich wollte sofort damit beginnen, den Armen zu predigen und Kirchen für sie zu bauen, um ihnen so die Botschaft unseres liebenden Schöpfers zu bringen.

Natürlich konnte ich nicht ohne Erlaubnis meiner Oberen mit dieser neuen Arbeit beginnen. Also habe ich einen nachdenklichen Brief aufgesetzt, ihn an Erzbischof Bertrano geschickt und ihn um Erlaubnis und seinen Segen gebeten. In meiner Verzückung habe ich ihm auch von der Mystischen Rose der Tugend erzählt – dass ich sie gesehen und sie mich verwandelt hätte. Kurz gesagt, ich habe ihm alles erzählt – und mehr noch, denn ich war verzückt und unfähig, diese wundervolle Neuigkeit für mich zu behalten, und er ist immerhin mein Oberer.

Nun, nachdem ich den Brief abgeschickt hatte – nicht sofort, sondern einige Zeit später –, begann ich zu fürchten, zu viel gesagt zu haben. Was, wenn der Brief in die falschen Hände geriet? Was, wenn die Nachricht vom heiligen Kelch Männern mit bösen Absichten zu Ohren kommen sollte, niedrigen Dieben, die ihn stehlen oder zerstören würden? Doch die Tat war vollbracht, und ich konnte nur auf Gott vertrauen, alles wieder ins rechte Lot zu rücken.«

Cait senkte verlegen den Blick und hoffte, der Priester würde die Wellen der Schuld nicht sehen, die über ihr Haupt hinwegspülten. Sie waren gekommen, wie elende Diebe, um den Kelch für sich selbst zu stehlen. Der einfache, vertrauensvolle Glaube von Bruder Matthias beschämte sie, und sie stand kurz davor, dem Priester alles zu gestehen, ihm ihre Sünden zu beichten und ihn um Absolution zu bitten, als ihre Schwester plötzlich das Wort ergriff.

»*Gott* hat uns zu dir geschickt«, erklärte Alethea ruhig und mit echter Überzeugung.

Cait drehte sich staunend zu ihr um, doch nur um eine junge Frau zu sehen, die das, was sie sagte, vollkommen ernst meinte – und das erstaunte Cait noch mehr. Die Unwahrheit mit solch schamloser Kühnheit zu sagen, war sicherlich die schlimmste Blasphemie. Cait versuchte noch immer, die Ungeheuerlichkeit von Aletheas Sakrileg zu erfassen, als Herr Rognvald bemerkte: »Erzbischof Bertrano fürchtet ebenfalls um die Sicherheit des Kelches. Angesichts der Rückeroberung der spanischen Lande und der damit verbundenen Ereignisse hält er es nur für eine Frage der Zeit, bis der heilige Kelch in die Hände der Mauren fällt.« Der Ritter lächelte. Sein breites Gesicht leuchtete im Licht des goldenen Tages und der Freude gesegneten Selbstvertrauens. »Das ist der Grund, warum er uns hierher geschickt hat. Mit Gottes Hilfe werden wir den Kelch retten und ihn in Sicherheit bringen, bevor ihm ein Übel widerfahren kann.«

Grinsend beugte Bruder Matthias sich vor und umarmte seine Besucher: erst Alethea, dann Rognvald und schließlich Cait. »Auch ich glaube, dass Gott euch gesandt hat«, sagte er. »Ich habe mich oft gesorgt, dass ich einen Fehler begangen habe, als ich dem Erzbischof vom heiligen Kelch berichtete, und so oft, wie ich mir Sorgen gemacht habe, habe ich auch zu Gott gebetet, mir Frieden in dieser Angelegenheit zu schenken. Mit euch, meine Freunde, ist dieser Frieden endlich gekommen. Ich danke Gott dafür, und für euch.«

Unfähig, länger zuzusehen, wie dieser arglose Priester getäuscht wurde, beschloss Cait, den Schwindel aufzudecken, den sie und die anderen sich ausgedacht hatten. »Bitte, es ist nicht so, wie Ihr denkt«, begann sie.

»Das ist nie etwas, Schwester«, erwiderte der Mönch fröhlich. »Wenn Gott mit im Spiel ist, sind die Überraschungen ohne Ende. Unser himmlischer Vater freut sich an dem Unerwarteten, dem Unvorhergesehenen und den glücklichen Zufällen.«

»Unser Gott ist ein Gott der Überraschungen«, bestätigte Alethea.

Cait starrte die anderen wortlos an; es hatte ihr die Sprache verschlagen.

»Meine Freunde, ich bin fest davon überzeugt, dass Gott euch zu mir geschickt hat. Mehr noch, ich fühle, dass er auch mich schickt.« Das Grinsen des Mönchs wurde sogar noch breiter. »Ich werde euch zu der Mystischen Rose führen.«

Als die Gruppe vier Tage später aus Palencia aufbrach, waren sie nicht länger mehr Reisende; sie waren Pilger geworden auf dem Weg zu einem heiligen Ort. Und für zumindest zwei unter ihnen hatte die Reise eine zutiefst spirituelle Bedeutung gewonnen.

Rognvald und Alethea erklärten, dass ihre plötzliche Ehrfurcht und Demut ein echtes Erwachen seien. »Ich sehe es jetzt so klar«, betonte Alethea. Es war an dem Abend gewesen, bevor sie aufbrechen wollten, als sie, Rognvald und ihre Schwester allein im ummauerten Hof des Magistrats miteinander sprachen. »Wir sind auserwählt, den heiligen Kelch zu retten und ihn an einen sicheren Ort zu bringen.«

»Wie kannst du so etwas nur sagen«, verlangte Cait zu wissen, »wo du doch genauso gut weißt wie ich, dass wir den Brief von den Templern gestohlen haben?«

»Wie es in den Heiligen Worten heißt: Was ihr habt für das Böse verwenden wollen«, intonierte Rognvald, »hat Gott für das Gute bestimmt. So sei es.«

»Und Ihr!«, ging Cait zum Angriff über. »Ich habe Euch Eure Freiheit erkauft, nicht die Engel, und das nur aus einem einzigen Grund, um mir zu helfen, die Reliquie zu stehlen.«

»Gott wirkt seine Wunder auf wundersame Art«, erwiderte der Ritter schlicht. »Was mich betrifft, so habe ich nie daran gezweifelt, dass unser Herr und Erlöser seine Hand bei Eurem Plan im Spiel hatte. Auf jeden Fall ist es Gottes Wille, dass wir das heilige Gefäß davor bewahren, entweiht zu werden.«

Cait schüttelte den Kopf; sie konnte einfach nicht glauben,

was sie da hörte. »Ihr klingt jeden Tag mehr wie ein Priester, mein Herr«, knurrte sie. »Vielleicht solltet Ihr in ein Kloster eintreten, wo man Eure Predigten zu schätzen weiß.«

»Nur ein Narr spottet über das, was er nicht versteht«, erwiderte der Ritter; Caits Verärgerung schien ihn nicht zu stören. »Ist es so schwer zu glauben, dass der Herr unser Gott uns trotz unserer ursprünglichen Absichten für diese Aufgabe auserwählt hat und uns in eben diesem Augenblick in eine neue Richtung führt?«

Es war sinnlos, mit ihnen zu reden, entschied Cait; sie waren so voller heiliger Torheit, dass sie die offensichtliche, schmutzige Wahrheit einfach nicht mehr erkennen konnten: nämlich dass das ganze Unternehmen auf einem riesigen Gebilde aus Lug und Betrug beruhte; überdies war ein Diebstahl die Ursache des Ganzen gewesen, ein Diebstahl, der wiederum Folge eines Racheakts gewesen war.

Natürlich entsprach es der Wahrheit, dass der Weiße Priester sie zum Diebstahl des Briefes angestiftet hatte – eine Tatsache, die Cait den anderen gegenüber lieber nicht erwähnte –, aber es war ebenso wahr, dass sie von Anfang an nur darauf spekuliert hatte, den heiligen Kelch als Werkzeug zu benutzen, um den Tod ihres Vaters durch die Hand von de Bracineaux zu rächen. So wie sie das Ganze sah, hatte der Weiße Priester ihr die Möglichkeit verschafft, jenes Ziel zu erreichen, das sie von Anfang an verfolgt hatte.

Und sie wunderte sich immer wieder über die hartnäckigen Erklärungen der anderen, dass sich ihre erkaufte und eigennützige Reise tatsächlich in irgendeiner Weise in eine echte Pilgerfahrt verwandelt hatte. In Aletheas Fall vermutete Cait schlicht, dass ihre Schwester sich in den hübschen, jungen Mönch und seine einfache, fast kindliche Art verguckt hatte. Bei Rognvald verhielt sich die Sache jedoch vollkommen anders; Cait sah nicht einen einzigen Grund für seine Verwandlung vom listigen Komplizen zum frommen Pilger. Zunächst hatte sie vermutet, dies sei schlicht Teil seiner Verkleidung – ähnlich der, die er angelegt hatte, um Erzbischof Bertranos Vertrauen zu gewinnen. Der Ritter beharrte jedoch felsenfest darauf, dass sein Verhalten keineswegs der Täuschung diente, und das schien er vollkommen ernst zu meinen. Tatsächlich fuhr er jedes Mal entsetzt zusammen, wann immer Cait suggerierte, seine Tugendhaftigkeit sei falsch. »Werte Frau, Ihr tut mir Unrecht, wenn Ihr daran zweifelt«, hatte er ihr gesagt – immer und immer wieder und in aller Ernsthaftigkeit.

Da ihre Mitverschwörer plötzlich von dieser unerklärlichen Heiligkeit befallen waren, fiel Cait kein vernünftiger Grund mehr ein, um den frommen, eifernden Bruder Matthias davon abzuhalten, sich ihnen anzuschließen; und da der vorsichtige Mönch sich nicht im Mindesten dazu bereit zeigte, das Versteck des heiligen Kelches preiszugeben, hatte sie keine andere Wahl, als die Haltung zu wahren, so gut es ging, und ihn aufzunehmen.

Auch war der Priester nicht das einzige neue Gruppenmitglied. Als sie schließlich zum Aufbruch bereit waren, hatten die Reisenden dank der angeborenen Freundlichkeit der norwegischen Ritter und Magistrat Carlos' freundlichen Bemühungen eine Eskorte von sechs zusätzlichen Rittern, die glücklich eingewilligt hatten, die Reisenden bis zu ihrem nächsten Halt zu begleiten.

»Vier Krieger – was ist das schon?«, hatte der Magistrat gesagt. »Genug, um Euch in Schwierigkeiten zu bringen, aber nicht wieder heraus.« Cait wollte protestieren, doch Carlo kam ihr zuvor. »Nein, dankt mir nicht. Da Ihr Euch strikt weigert, auf die Stimme der Vernunft zu hören, gebe ich Euch diese sechs Männer mit. Ansonsten könnte ich Euch nicht guten Gewissens erlauben, Eure Reise fortzusetzen.«

So war Cait dank ihres gewachsenen Gefolges die widerwillige Eigentümerin dreier zusätzlicher Packmulis geworden, und sie mussten auch noch einen Heukarren mitnehmen, um Proviant und Futter für die gewachsene Zahl von Männern und Tieren überhaupt transportieren zu können. Auch war Cait Magistrat de la Corunas Rat gefolgt, Zelte zu kaufen. Entlang des Weges nach Logrono, so erklärte er ihr, gab es nur wenige größere Siedlungen.

»Außerdem wird das Wetter nicht immer so schön bleiben«, warnte er. »Früher oder später beginnen die Herbstregen. Eine so edle Frau sollte nicht unter freiem Himmel schlafen, wenn dieser seine Schleusen öffnet, Gott bewahre! Aber Ihr könnt Euch in der Tat glücklich schätzen, denn ich kenne einen Mann, der gar wunderbare Zelte fertigt – wie es der Zufall will, ist er ein Vetter von mir und zugleich ein Zeltmacher ohne gleichen. Ich werde Euch zu ihm bringen; dann könnt Ihr Euch selbst davon überzeugen.«

Am Ende hatte dieser Vetter nur zwei Zelte zum Verkauf gehabt. Die Zahl der Pilger, die auf dem Weg nach Santiago durch Palencia kamen, war seit dem Bann des Königs so stark zurückgegangen, dass er eine ganze Zeit lang keine neuen Zelte mehr angefertigt hatte und inzwischen ernsthaft darüber nachdachte, sein Handwerk ganz aufzugeben. Er war mehr als erfreut darüber, seine letzten Zelte an Cait und ihr Gefolge verkaufen zu können, und er erklärte, wenn sie nur einen Monat warten könne, würde er noch mehr für sie haben. Cait lehnte dieses Angebot höflich ab, kaufte die beiden verbliebenen Zelte aber zu einem großzügigen Preis und fügte sie ihrem stetig wachsenden Berg von Gepäck hinzu.

Die Zelte waren einfach, aber stabil; sie waren groß und bestanden aus Hartlederdächern, die zwischen zwei Stangen gespannt und auf allen Seiten mit Seilen straff gezogen wurden. Die Seitenstücke aus schwerem Wollstoff wurden anschließend so am Dach festgebunden, dass man sie auch hochrollen konnte, sollten die Bewohner freie Sicht in die Umgebung haben wollen. Zwar mangelte es den Zelten an Eleganz, doch machten sie das mit Stabilität mehr als wett; nicht nur das Lederdach, sondern auch die wollenen Seitenteile waren für Wind und Regen undurchlässig. Cait und Alethea beanspruchten eines der beiden Zelte für sich und waren angenehm überrascht, wie viel bequemer es ihnen das Reisen machte. Das andere Zelt wurde den Männern gegeben, die abwechselnd darin schliefen, jeweils fünf zusammen in einer Nacht.

Vollzählig, mit genügend Proviant versorgt und ausgeruht

machten sie sich am nächsten Tag auf den Weg. Zunächst kam ihnen der Ritt aufgrund der trotzigen Herausforderung gegen das königliche Dekret waghalsig und spannend vor; doch schon nach ein paar Tagen begann die ursprüngliche Vorsicht und Wachsamkeit zu verblassen – ähnlich wie die von der Sonne verbrannte Wildnis, durch die sie reisten: eine staubverhüllte Einöde aus kahlen Hügeln und ausgetrockneten Tälern, in denen dürre Pflanzen in allen möglichen Brauntönen wucherten.

Aufgrund ihrer gewachsenen Größe kam der Trupp deutlich langsamer voran als zuvor. Die spanischen Ritter kannten viele Lieder und Spiele, und es bereitete ihnen Freude, sie ihren nordischen Brüdern zu lehren. Sie erzählten Geschichten über die Menschen und Orte von Alt-Galicien, wobei sie oft darum wetteiferten, wer denn nun die unverschämtesten Lügen über ihr Heimatland erzählen konnte. Das Wetter blieb warm und trocken, doch die feurige Hitze des Sommers wich allmählich den kühlen, frischen Tagen des Herbstes.

Wie zuvor trafen sie weder auf Räuber noch auf Pilger, und von Sonnenauf- bis -untergang hatten sie die Straße für sich allein. So vergingen die Tage auf angenehme Art, auch wenn sie nicht so rasch vorankamen, wie es Cait lieb gewesen wäre. Wäre da nicht die Tatsache gewesen, dass die Kosten für Proviant ihre Ressourcen allmählich auffraßen, Cait hätte den Ritt sogar genossen.

Alle zu füttern und zu tränken, war ein um den anderen Tag ihre Hauptsorge. Die Vorräte schwanden mit erschreckender Schnelligkeit, und Cait glaubte allmählich, dass es ein furchtbarer Fehler gewesen war, die zusätzlichen Männer und Tiere mitzunehmen.

Glücklicherweise erwies es sich nicht als sonderlich schwer, Wasser für die durstigen Kehlen zu finden; die Straße verlief nur selten außerhalb der Sichtweite eines kleinen Flusses oder Baches. Auch wenn die meisten davon zu schmalen Rinnsalen zusammengeschrumpft waren, die auf den Herbstregen warteten, reichte es für die Pferde und Packesel allemal, und die

Ritter mussten nicht den Großteil des Tages damit verbringen, Brunnen, Quellen oder Wasserlöcher zu suchen.

Ebenso konnten sie dem gleichnamigen großen Fluss folgen, nachdem sie erst einmal das Ebrotal betreten hatten und Richtung Logrono zogen – einer weiteren einst prächtigen römischen Stadt, die unter der langjährigen muslimischen Herrschaft verfallen war. Als sie in Logrono eintrafen, hielten sie an, um sich zu baden, die Kleider zu waschen, sich auszuruhen und die Vorräte aufzustocken. Wie in Palencia, so wurden die Reisenden auch in Logrono von der Bevölkerung aufs Freundlichste willkommen geheißen; seit Monaten hatten die Menschen keine Fremden mehr gesehen und waren begierig darauf, Neuigkeiten aus der weiten Welt zu erfahren. Während ihres kurzen Aufenthalts folgte Cait Bruder Matthias' Rat, den Abt des örtlichen Klosters über die Straße, die vor ihnen lag, zu befragen. Die Wege hinter Logrono und in die Berge hinauf wurden nicht so viel benutzt wie jene, über die sie bisher gekommen waren, und so war Cait über jede Information dankbar, wo sie unterwegs am besten ihr Lager aufschlagen könnten.

Da dem Abt jedoch die Vorstellung nicht gefiel, eine Frau in sein Scriptorium und mit den Mönchen sprechen zu lassen, verweigerte er Cait den Zutritt zum Kloster, sodass Rognvald und Bruder Matthias an ihrer Stelle gehen mussten.

»Sie sagen, wir könnten Proviant in Milagro am Rio Aragon bekommen«, berichtete ihr Rognvald am Abend vor ihrem Aufbruch. Er und Bruder Matthias hatten den Großteil des Tages damit verbracht, die Landkarten der Region im Kloster zu studieren. »Und dann noch einmal in Carcastillo.«

»Nach Milagro sind es vier Tage«, fügte Bruder Matthias hinzu, »und Carcastillo liegt noch einmal zwei, drei Tage davon entfernt.«

»Dort werden wir anhalten«, sagte Cait. »Bis dorthin müssten unsere Vorräte eigentlich halten.«

»Der Abt schlägt vor, an beiden Orten einen Zwischenhalt einzulegen«, erklärte der Ritter. »Wenn wir erst einmal in den Bergen sind, wird die Reise sehr beschwerlich werden. Bis Berdún werden wir nichts mehr bekommen, und dort auch nicht gerade viel.«

»Aber da wir dann weniger Leute sind«, gab Cait zu bedenken, »sollte das kein größeres Problem darstellen.«

»Ah, ja«, sagte Rognvald und blickte verschwörerisch zu dem Mönch, »genau darüber wollte ich mit Euch die ganze Zeit schon sprechen.«

»Ja?« Cait betrachtete ihn misstrauisch.

»Ich denke, dass es vielleicht besser wäre, die spanischen Ritter mitzunehmen.«

»O nein«, erklärte Cait. »Ich habe eingewilligt, dass sie uns bis hierher begleiten, aber kein Stück weiter. Sie müssen wieder zurück.« Auch wenn sie die freundliche und unterhaltsame Gesellschaft der spanischen Ritter genoss, so kosteten sie doch weit mehr, als Cait erwartet hatte.

»Sie sind gute Kämpfer«, sagte Rognvald.

»Mir scheint, sie sind vor allem gute Esser«, konterte Cait. »Seit wir Santiago verlassen haben, haben wir noch nicht einmal den Schatten eines Mauren gesehen. Aber haltet mich jetzt nicht für stur. Ich mag ihre Gesellschaft so wie jeder hier, aber diese Gesellschaft kostet uns auch was – fast zweihundert Mark, seit sie sich uns angeschlossen haben.«

Der Ritter runzelte die Stirn, hielt aber den Mund.

»Frau Caitríona«, sagte Matthias, »verzeiht, wenn ich mich ungebührlich zu Wort melde, doch der Abt hat uns eifrig ermahnt umzukehren. Er sagt, die Bergpässe seien sehr gefährlich geworden, da dort immer mehr gesetzloses Gesindel unvorsichtigen Reisenden auflauert.«

»Bei der Armee, die mir folgt, kann man mich ja wohl kaum als unvorsichtig bezeichnen«, erwiderte Cait.

»Umso mehr Grund, die spanischen Krieger zu behalten – wenn sie denn überhaupt wollen.« Er betrachtete Cait mit schlauem und ernstem Blick und fügte hinzu: »Das ist nur ein kleiner Preis, um den gesegneten Kelch zu retten.«

Seine Erwähnung der heiligen Reliquie vergrößerte Caits schlechtes Gewissen. Matthias wusste noch nicht, was sie wirklich mit dem Gefäß zu tun beabsichtigte. Sie zögerte; darauf zu bestehen, die Hälfte ihrer Streitmacht wegzuschicken, könnte das Misstrauen des Priesters erregen, was die wahre Natur ihrer Unternehmung betraf. Solange sie den Kelch noch nicht in ihrem Besitz hatte, durfte sie nicht riskieren, seine Zuneigung und Unterstützung zu verlieren. Sie wandte sich an Rognvald und fragte: »Befürwortet Ihr das auch, Herr Rognvald?«

»Von ganzem Herzen, ja, das tue ich«, antwortete er.

»Nun gut«, entschied Cait. »Sprecht mit den Männern. Sind sie bereit und willens, sich Eurem Befehl zu unterstellen, sollen sie mitkommen, solange es notwendig ist.«

So kam es, dass Cait und Alethea, als sie am folgenden Morgen durchs Tor ritten, von zwanzig Pferden und Packeseln begleitet wurden, von zehn Rittern sowie einem Priester und einem Dolmetscher, die einen Wagen voller Vorräte führten. Caits grober Schätzung zufolge besaß sie noch genug Gold und Silber, das sie aus der Truhe ihres Vaters mitgenommen hatte, um ihr Ziel zu erreichen – solange es nicht wesentlich weiter war als nach Matthias' vagen Angaben. Wie es danach weitergehen sollte, das wusste sie nicht.

Dies alles ließ sie in eine mürrisch-melancholische Stimmung versinken – ein Zustand, der sich auch nicht besserte, als sie erneut Tag für Tag noch nicht einmal eine Spur der ach so gefürchteten Banditen sahen. Tatsächlich widerfuhr ihnen kein größeres Unheil als ein plötzlicher Schauer, der jedoch derart heftig war, dass man hätte glauben können, der Himmel wolle den Regen eines ganzen Monats in einem einzigen Guss loswerden. Anderthalb Tage lang war das Reiten so gut wie unmöglich, und die Gefährten schlugen ein Lager auf und hockten in ihren Zelten, bis das Wetter sich wieder so weit aufgeklart hatte, dass sie weiterziehen konnten. Der Regen füllte die ausgetrockneten Flussbetten und machte das Passieren derselben zu einem größeren Problem als zuvor. Bei einer Durchquerung stieß der Wagen mit einem Rad gegen einen Unterwasserfels, und Abu stürzte kopfüber in die Strömung; sofort sprang ihm der wachsame Dag hinterher und zog ihn ein paar hundert Schritt stromabwärts prustend aus dem Wasser.

Allmählich führte sie ihr Weg immer höher in die Hügel hinauf. Die Frauen gewöhnten sich langsam an das Leben im Freien. Cait lernte, mit ihrem Schwert zu schlafen, und Alethea hörte schließlich auf, sich über jede noch so kleine Unannehmlichkeit zu beschweren. Auch machten die beiden es sich zu eigen, rasch und unauffällig im Gebüsch zu verschwinden, wenn sie ein Bedürfnis plagte, und so schnell wieder zurückzukehren, dass es noch nicht einmal jemand bemerkte. Die Ritter gewöhnten sich ebenfalls aneinander, und Freundschaften entwickelten sich unter ihnen, die den täglichen Auf- und Abbau des Lagers erträglich, wenn nicht gar vergnüglich machten. Von Zeit zu Zeit, je nach Laune, predigte Bruder Matthias oder zitierte Psalme und lehrte die Nordmänner einfache Loblieder auf Spanisch. Trotz des ständig sich verschlechternden Wetters behielten die Gefährten zumeist ihre gute Laune.

Als sie die Stelle erreichten, wo die beiden Flüsse ineinander flossen, wandten sie sich nach Norden, um dem Rio Aragon in die Ausläufer der Sierra de Guara zu folgen. Kurz machten sie dann in dem kleinen Städtchen Milagro Halt, doch diesmal ließ Cait die Ritter für die Stadtbevölkerung arbeiten, um ihren rasch dahinschwindenden Geldvorrat zu schonen. Im Tausch für die notwendigen Vorräte flickten die Männer Mauern und Dächer und hackten Feuerholz für den bevorstehenden Winter. Nach einer Woche hatten sie dann genug Vorräte beisammen und machten sich wieder auf den Weg.

Das Wetter in den Ausläufern der Sierra war feucht und windig. Matthias' hartnäckige Weigerung, ihnen zu sagen, wo genau ihre Reise hinführte, wurmte Cait mehr und mehr. Eisern beharrte der Priester darauf, dass die genaue Lage des Verstecks geheim bleiben müsse, doch deutete er an, dass ihr Ziel noch mehrere Tagesreisen jenseits von Carcastillo lag. So nutzten sie ihren nächsten Halt, um nicht nur Vorräte für Arbeit einzutauschen, sondern auch warme Kleidung aus der dichten Wolle der hiesigen Schafe. Sowohl Cait als auch Alethea kauften Mäntel, die von umwerfendem Gestank waren – eine unappetitliche Mischung aus ranzigem Fett und verbranntem Dung. Doch diese Mäntel wärmten sogar, wenn sie nass waren, und hielten den Wind zurück. Während der Trupp immer höher in die allmählich kälter werdenden Regionen hinaufstieg, gewöhnten sich die Frauen daran, die übel riechenden Umhänge bei Tag zu tragen, und des Nachts schliefen sie sogar häufig darunter.

Das Wetter wurde zunehmend kühler, je weiter der Herbst voranschritt; der Himmel verdunkelte sich, und oft kam es zu Regengüssen – manchmal zu heftigen Schauern und manchmal zu einem feinen Nieselregen, der meist den ganzen Tag anhielt und alles durchnässte. Lediglich Bruder Matthias schienen all diese Unannehmlichkeiten nicht zu kümmern. Im Gegenteil, er genoss sie sogar, denn er betrachtete sie als eine Art Akt der Buße. Je schlimmer das Wetter, desto lauter sang er seine Psalmen; manchmal hielt er gar eine ganze Messe für den Schlamm und die Wolken. Die spanischen Ritter schienen angesichts dieser seltsamen Vorstellung eine gewisse Befriedigung zu empfinden, eine Tatsache, die Cait nicht im Mindesten nachvollziehen konnte.

»Wie weit noch?«, verlangte Cait von dem Priester eines Abends zu wissen. Sie hatten auf einer Lichtung neben einem kleinen, schlammigen Rinnsal angehalten, das ihnen als Wegweiser diente, und die Ritter schlugen gerade nach einem trübseligen Ritt das Lager auf. Abu versuchte, ein Feuer zu entfachen, und die meisten spanischen Ritter suchten den Wald nach trockenem Holz ab. Die niedrig hängenden grauen Wolken drohten weiteren Regen an, und der Boden war vollkommen durchnässt. Die in nicht allzu weiter Ferne aufragenden Gipfel waren in dichten Nebel gehüllt, und der Wind heulte zwischen den Felsen und Tälern hindurch.

»Nicht mehr weit«, antwortete Matthias mit einem Überschwang, der Cait mit den Zähnen knirschen ließ. »Nur noch ein paar Tage.«

»Wie viele Tage?«, hakte Cait stur nach. »Ich will es wissen. Außer Euch kennt doch ohnehin niemand den Weg, also könntet Ihr doch endlich einmal mit dieser Geheimniskrämerei aufhören und uns wenigstens sagen, wie lange wir diesen endlosen Regen und die Kälte noch ertragen müssen.«

Matthias betrachtete sie mit schwermütigem, mitleidigem Blick. »Bitte, haltet Frieden, Ihr regt Euch wegen nichts auf. Wir werden schon zu gottgegebener Zeit an unserem Ziel eintreffen, habt keine Furcht.«

»Oh, ich rege mich nicht auf«, erklärte Cait in drohendem Tonfall. »Meine Füße sind nur nass, meine Kleider verdreckt, ich friere und bin müde, und ich halte es nicht für zu viel verlangt, endlich zu erfahren, wie weit wir noch reisen müssen. Noch zwei Tage? Zehn? Zwanzig?«

»Schwester«, sagte der Mönch, »beruhigt Euch. Es gibt keinen Grund ...«

»Ich bin *nicht* Eure Schwester. Ich bin die Herrin hier, und ich verlange eine vernünftige Antwort.«

In diesem Augenblick kam Alethea herbeigeeilt. »Cait, stimmt irgendwas nicht? Warum schreist du Bruder Matthias an?«

»Alles in Ordnung«, erklärte ihr der Priester. »Nur ein Missverständnis, weiter nichts.« Beruhigend legte er Cait die Hand auf den Arm. »Verzeiht mir, werte Frau. Meiner Schätzung nach befinden wir uns noch vielleicht sechs Tage von unserem Ziel entfernt, mehr als zehn aber auf keinen Fall.«

»Sechs oder zehn Tage«, wiederholte Cait missmutig und nahm Matthias' Hand von ihrem Arm.

»Allerhöchstens fünfzehn.«

»Was denn nun, Priester?«, verlangte Cait zu wissen. »Zehn? Fünfzehn? Fünfhundert?«

»Das ist schwer zu sagen, werte Frau. Das hängt viel zu sehr vom Wetter ab. Um diese Jahreszeit können die Bergpfade tückisch sein.«

»Aaah!«, schrie Cait frustriert und rannte davon.

Rognvald holte sie ein, als sie aus dem Lager stürmte. »Stimmt was nicht, werte Frau?«

»Doch, doch«, schnappte Cait und stapfte durchs Unterholz in den Wald hinein. »Alles in bester Ordnung.« Sie spie die Worte förmlich aus. »Alles zu gottgegebener Zeit«, sagte sie und ahmte den mitleidigen Tonfall des Kirchenmannes spöttisch nach. »Offensichtlich!« Sie schob einen niedrig hängenden Pinienast beiseite und ließ ihn wieder zurückschnellen.

Der Ritter ging ein paar Schritte neben ihr her. »Wenn Ihr wollt, können wir morgen im Lager bleiben«, schlug er vor, »und erst weiterziehen, wenn sich das Wetter wieder gebessert hat.«

»Warum müsst Ihr Euch immer auf seine Seite schlagen?«

»Auf seine Seite? Auf Gottes Seite?«

»Nein, auf *seine*!« Sie riss den Kopf in Richtung des Mönches herum, der inzwischen mit der aufmerksam zuhörenden Alethea sprach. »Dieser närrische Priester!«

»Ich schlage mich auf niemandes Seite, es sei denn nach reiflicher Überlegung«, erklärte der Nordmann mit fester Stimme. Cait funkelte ihn an und setzte sich wieder in Bewegung. Rognvald machte Anstalten, ihr erneut zu folgen. »Lasst mich allein!«, befahl sie und drehte sich zu ihm um. »Hin und wieder muss eine Frau auch mal allein sein … Habt Ihr darüber auch schon mal *Überlegungen* angestellt?«

Rognvald bat sie um Verzeihung und zog sich zurück. Cait ging weiter, bis sie ein dichtes Gestrüpp aus alten Büschen erreichte. Sie löste ihren Gürtel, öffnete ihr Unterkleid, zog ihren Mantel hoch und wollte sich gerade hinhocken, als sie ein Kreischen hörte. Zuerst glaubte sie, den Schrei eines Adlers gehört zu haben, denn das Geräusch schien aus dem Himmel über ihr gefallen zu sein. Sie hielt die Luft an und lauschte. Einen Augenblick später ertönte das Kreischen erneut.

»Thea!«

Rasch zog sie ihre Kleider wieder zurecht und rannte zum Lager zurück. Sie hatte sich weiter davon entfernt, als ihr bewusst gewesen war. Als sie sich dem Lager schließlich näherte, hörte sie das Brüllen von Männern und das Klirren von Schwertern: der unmissverständliche Lärm einer Schlacht. Das Lager wurde angegriffen.

Cait flog durch den Wald. Als sie sich den Kämpfenden näherte, duckte sie sich und versteckte sich hinter einem Baum. In dem halb errichteten Lager wimmelte es von dunklen Männern in dunkelbraunen Mänteln. *Mauren*, dachte Cait und zählte sie rasch. Es waren acht – und alle waren beritten. Zwei oder drei der Banditen hielten Speere in den Händen; der Rest schwang Schwerter, und sie stießen auf die Ritter ein, die versuchten, die Plünderer abzuwehren.

Da sie bei Beginn des Angriffs noch mit dem Errichten des Lagers beschäftigt gewesen waren, trug keiner der Verteidiger eine Rüstung. Auch waren sie nur leicht bewaffnet. Cait sah, dass die meisten sich nur ein Schwert hatten schnappen können, doch keiner trug einen Schild, und nur Rognvald hatte ein Pferd.

Das Waffengeklirr war wild, und die Zurufe der Männer untereinander und gegen den Feind waren ohrenbetäubend; der furchterregende, verwirrende Lärm erfüllte die ganze Lichtung.

Ein weiteres Kreischen übertönte den Lärm, das durch Mark und Bein ging, und Cait blickte zu dem schon teilweise errichteten Zelt. Alethea kniete im Zelteingang und hatte entsetzt die Hände vors Gesicht geschlagen. Dag stand vor ihr mit einer Zeltstange in der Hand und verteidigte sie vor zwei dunkelhäutigen Angreifern. Yngvar und Svein rannten auf ihn zu, um ihm Beistand zu leisten. Doch kurz bevor sie das Zelt erreichten, stürzten sich zwei berittene Banditen auf sie, und sie waren gezwungen, sich zunächst einmal selbst zu verteidigen.

Nicht weit entfernt waren die Pferde angebunden. Keines trug einen Sattel, doch Cait war das Reiten auf dem blanken Pferderücken schon von Kindheit an gewöhnt. Sie rannte in ihre Richtung, band das erste Tier los, schwang sich auf dessen Rücken, zog ihr Schwert und galoppierte zum Zelt. Ihre Attacke wurde jedoch zum Stehen gebracht, als plötzlich ein schwarzbärtiger Maure vor ihr erschien und ihr mit einem Hieb die Waffe aus der Hand schlug.

Die schmale Klinge fiel scheppernd zu Boden, und als der Bandit sah, dass Cait nun keine Waffe mehr hatte, griff er nach dem Halfter ihres Pferdes. Cait schlug mit den Zügeln nach seinem Gesicht und traf ihn auch, als er sich vorbeugte. Mit einem Fluch auf den Lippen zog er sich wieder zurück und stieß mit dem Schwert nach ihr. Cait wich dem Stoß mit Leichtigkeit aus, und der Bandit ließ sich wieder nach vorne fallen und erwischte diesmal ihr Halfter. Cait riss an den Zügeln, um ihr Pferd zum Steigen zu bewegen, doch der Bandit zog dem Tier den Kopf herunter.

Der Kerl mit den wild funkelnden Augen drehte sein Tier neben sie, stieß abermals mit dem Schwert zu und schrie etwas auf Arabisch, während er Caits Pferd und damit auch sie hinter sich herzerrte. Cait ließ die Zügel los, ließ sich vom Pferd hinuntergleiten, landete auf ihren Füßen und rannte in Richtung Zelt.

Sie war jedoch kaum sechs Schritt weit gerannt, da spürte sie, wie der Boden unter ihren Füßen erzitterte, und im selben Augenblick traf sie ein mächtiger Schlag zwischen den Schulterblättern und hob sie vom Boden hoch. Sie zappelte in der Luft, während der Bandit versuchte, sie vor sich auf den Sattel zu hieven. Wild schlug sie mit den Fäusten um sich und traf den Kerl zwischen die Rippen. Dann rutschten ihre Knöchel über etwas Scharfes hinweg. Sie wand sich im Griff ihres Angreifers, griff noch einmal nach der Stelle, wo sie den scharfen Gegenstand gespürt hatte, und ihre Finger schlossen sich um das Heft eines Dolches.

Bevor der Maure wusste, wie ihm geschah, war der Dolch

aus der Scheide heraus, und Cait hob den Arm und stieß die Klinge in den Schenkel des Räubers. Mit einem erstaunlichen Schmerzens- und Wutschrei ließ ihr Möchtegernentführer sie auf den Boden fallen, und sie verlor den Dolch aus der Hand. Cait schlug so hart auf der Seite auf, dass es ihr die Luft aus den Lungen trieb.

Atemlos schnappte sie nach Luft, und mit schmerzender Brust zog sie die Knie an und schlang die Hände um den Kopf, damit die Pferdehufe ihr nicht den Schädel zerschmetterten. Ein lautes Surren ertönte, und Cait hatte das Gefühl, als … als würde sie von mächtigen Wellen in einen dunklen, wirbelnden Strudel hinabgezogen. Das Surren hörte mit einem lautem Knall auf, und Cait spürte, wie etwas Schweres auf sie fiel.

Cait konnte sich nicht bewegen; der obere Teil ihres Körpers war unter einem schweren Gewicht gefangen, und als sie den Kopf drehte, sah sie das bärtige, verschwitzte Gesicht des Mauren, der sie lüstern anstarrte. Dann spürte sie eine warme Flüssigkeit, die ihr über Brust und Bauch rann. Sie blickte nach unten und entdeckte eine klaffende Wunde zwischen den Rippen des Kerls, aus der Blut und Galle strömte.

Cait versuchte, sich vom Gewicht der Leiche zu befreien, doch es gelang ihr nicht. Ein Schleier der Dunkelheit senkte sich vor ihre Augen, und der Schlachtenlärm wurde schwächer – als würde sich das Kampfgeschehen rasch immer weiter entfernen, um schließlich in der Nacht zu verschwinden. Und dann wurde sie plötzlich von dem erdrückenden Gewicht befreit. Luft strömte in ihre Lunge; ihr Blick klärte sich, und sie sah Rognvalds besorgtes Gesicht über sich.

Rognvald nahm sie in die Arme und hob sie hoch. »Ich kann laufen«, keuchte Cait. »Ich bin nicht verletzt.«

»Hier entlang«, sagte Rognvald und stellte Cait wieder auf die Füße. Er packte sie an der Hand und zog sie rasch zum Rand der Lichtung. »Runter«, befahl er und deutete auf eine Deckung, die von zwei großen Felsen und einem Baum gebildet wurde. Cait hockte sich an die bezeichnete Stelle, und mit einem raschen Hieb seines Schwertes schlug Rognvald einen

Ast vom Baum und legte ihn über Cait, um sie so vor feindlichen Blicken zu verbergen. »Bleibt da«, sagte er und sprang davon.

Kaum war er verschwunden, da hob Cait den Ast ein wenig, um etwas sehen zu können. Auf der anderen Seite der Lichtung schien der Angriff neuen Schwung zu bekommen. Wo Cait zuvor acht Banditen gezählt hatte, waren es nun mindestens zwölf, vielleicht auch mehr – da sie sich ständig umeinander bewegten, war es schwer, sie zu zählen. Sie griffen niemals geradeheraus an, sondern sprangen vor, verteilten Hiebe und verschwanden wieder – doch nur um einen Augenblick später wieder zu erscheinen und aus einem anderen Winkel heraus anzugreifen.

Die Ritter versuchten tapfer, einen Verteidigungsring zu bilden, doch sie waren zu wenige, und die Notwendigkeit, sich ständig den bienenstichartigen Attacken der Gegner zu stellen, machte es ihnen unmöglich, die Lücken in ihren Reihen zu schließen.

Rognvald überquerte rasch die Lichtung; geschickt wich er zwei Banditen aus, während er auf seine Männer zurannte. Unter dem Befehl ihres Herrn dauerte es nicht lange, und sie hatten den Verteidigungsring geschlossen, und nur wenige Augenblicke später hatten sich zwei der spanischen Ritter ihre Pferde geschnappt. Svein und Yngvar schlossen sich rasch ihren Kameraden im Sattel an, und beim nächsten Angriff sahen die Räuber sich vier Rittern zu Pferde gegenüber. Sie streckten zwei der Angreifer nieder und warfen einen dritten vom Pferd, bevor die Mauren ihren Ansturm abbrachen, um sich neu zu formieren.

Als der nächste Angriff kam, waren schon fünf berittene Kämpfer bereit, ihn zurückzuschlagen, was sie dann auch entschlossen taten; sie stießen mitten zwischen die Mauren hinein, warfen den ersten aus dem Sattel und zerstreuten den Rest. Der aus dem Sattel geworfene Reiter flog über das Hinterteil seines Pferdes und landete unglücklich mit dem Arm vor dem Leib. Mit der Hand die Schulter umklammernd, wand er sich heulend hin und her. Svein erledigte ihn mit einem raschen, gut gezielten Hieb in den Nacken, und der Mann rührte sich nicht mehr.

Die Banditen konnten es mit den Rittern zu Pferd nicht aufnehmen, und das wussten sie. Aus ihrem Versteck heraus beobachtete Cait, wie vier oder fünf speerschwingende Mauren einen letzten, halbherzigen Vorstoß unternahmen, um ihren Gefährten die Möglichkeit zu geben, die Beute einzusammeln, die sie vom Wagen gestohlen hatten; dann flohen sie plötzlich alle zusammen in den Wald.

Kaum war der Letzte von ihnen verschwunden, da sprang Cait aus ihrem Versteck und rannte zu den anderen. Die beiden spanischen Ritter waren dafür, die Verfolgung der Räuber aufzunehmen, doch Rognvald rief sie zurück und befahl ihnen, Wache zu stehen für den Fall, dass die Wegelagerer wieder zurückkehrten. Als sie die Mitte der Lichtung erreichte, hielt Cait an und schaute sich rasch um, um den entstandenen Schaden zu begutachten. Drei der maurischen Räuber waren erschlagen worden, doch keiner der Ritter, die an dem Gefecht teilgenommen hatten, schien auch nur verwundet zu sein.

Cait atmete erleichtert auf und schaute sich weiter um. Die Räuber waren mit einem Teil der Vorräte entkommen – ein, zwei Beuteln Mehl, einem großen Stück geräuchertem Schweinefleisch und ein paar kleineren Dingen. Allerdings hatten sie, soweit Cait das bisher beurteilen konnte, nichts von Bedeutung ergattert. Rognvald drehte sein Pferd herum und ritt zu ihr. »Frau Caitríona«, sagte er und sprang aus dem Sattel. »Seid Ihr verletzt?«

»Die Rippen tun mir weh; sonst ist alles in Ordnung.« Sie wandte sich von dem geplünderten Wagen ab, blickte zum Zelt und erinnerte sich plötzlich daran, was sie hatte tun wollen, bevor der Maure ihr in den Weg gesprungen war. »Gott hilf uns, nein!«, schrie sie und rannte auf das Zelt zu. »Wo ist Alethea?«

Dag lag mit dem Gesicht nach unten auf dem Boden vor dem zusammengefallenen Zelt; eine kleine, dunkle Blutlache sammelte sich unter seiner Wange. Die Zeltstange, mit der er sich und Alethea hatte verteidigen wollen, lag zerbrochen neben ihm. Cait erreichte ihn als Erste, und noch während sie den Anblick aufnahm, suchten ihre Augen die unmittelbare Umgebung nach ihrer Schwester ab. Als sie erkannte, dass die junge Frau nirgends zerschunden und blutüberströmt lag, kniete Cait sich neben den gefallenen Ritter. Sie fürchtete, er sei tot, und so legte sie ihm die Hand auf die Wange; das Fleisch fühlte sich feucht und kalt an.

Cait hörte, wie Rognvald den anderen befahl, im Sattel zu bleiben, und dann auf sie zueilte. »Es tut mir Leid«, begann Cait, als der Ritter ihr sein Schwert reichte und sich über seinen Lehnsmann beugte. »Ich glaube, er ist …«

Mit geübter Schnelligkeit suchte Rognvald den Körper nach Wunden ab. Als er keine fand, packte er Dag an den Schultern und drehte ihn um. Erst jetzt sah Cait die hässliche Wunde über Dags linkem Auge. Das Blut stammte aus diesem Schnitt und aus der gebrochenen Nase des Mannes. Rognvald beugte sich vor und hielt das Ohr über Dags Mund, lauschte einen Augenblick lang und setzte sich dann wieder zurück. »Er lebt.«

»Alethea ist nicht hier«, sagte Cait. »Vielleicht ist sie in den Wald gerannt.« Sie wollte aufstehen, doch Rognvald legte ihr die Hand auf die Schulter und drückte sie wieder herunter.

»Bleibt bei Dag«, sagte er und nahm ihr wieder das Schwert

ab. »Ich werde nach ihr suchen.« Er rief Svein und den beiden spanischen Rittern zu, sie sollten ihn begleiten, und machte sich daran, die nähere Umgebung abzusuchen. Cait hörte sie nach Alethea rufen, während sie zwischen den Bäumen umhergingen. In der Zwischenzeit wusch Cait die Wunden des bewusstlosen Ritters aus und bereitete einen Verband für ihn vor. Sie bat Yngvar, Wasser zu bringen, und dann schickte sie ihn nach trockenem Moos, woraus sie ein dickes Kissen formte, welches sie mit einem Stück Leinen, das sie sich aus dem Saum ihres Kleides gerissen hatte, auf die Wunde band.

Während sie arbeitete, blickte sie immer wieder zum Wald in der Erwartung, ihre Schwester aus ihrem Versteck trotten zu sehen. *Wo warst du?*, würde sie dann zu wissen verlangen. *Wir haben nach dir gerufen! Hast du uns denn nicht gehört?* Zitternd, aber unverletzt würde Alethea sich dann über das mangelnde Mitleid ihrer Schwester beschweren, und alles wäre wieder gut.

Am Ende war es jedoch nicht Alethea, die Cait sah, sondern Rognvald und Svein, die aus dem Wald gelaufen kamen, die Gesichter ein Bild der Verzweiflung. »Sagt mir, dass ihr sie gefunden habt«, forderte Cait und bereitete sich auf das Schlimmste vor.

»Werte Frau, das haben wir nicht«, bestätigte Rognvald. »Die spanischen Ritter – die vier, die Feuerholz gesammelt haben –, die Banditen haben ihnen aufgelauert und sie erschlagen, bevor sie uns haben warnen können.«

»Alle vier … tot?« Trotz der traurigen Nachricht empfand Cait vor allem Erleichterung, dass ihre Schwester nicht unter den Toten war.

»Ihre Landsleute sind bei ihnen«, sagte Rognvald.

»Von der jungen Frau haben wir keine Spur gefunden«, fügte Svein rasch hinzu. »Es besteht also noch immer Grund zur Hoffnung.«

»Mehr als für den Priester«, sagte Yngvar und lief zu ihnen.

»Matthias? Wieso das? Wo ist er?« Cait stand auf und schaute sich um.

»Er ist getötet worden, werte Frau.« Yngvar deutete auf den geplünderten Wagen. »Seine Leiche liegt dort drüben.«

Allem Anschein nach war der gute Bruder während seiner Gebete schlicht eingeschlafen. Die Hände noch immer gefaltet, lag er auf der Seite, die Robe an den Knien feucht vom Knien auf der nassen Erde. Der tödliche Schlag hatte ihn im Genick getroffen und fast seinen Kopf vom Rumpf getrennt. Dennoch war sein Gesichtsausdruck nicht von Schmerz und Entsetzen geprägt, sondern von Ruhe und Frieden – als wäre er so sehr in sein Gebet vertieft gewesen, dass er den Tumult um sich herum gar nicht bemerkt hatte.

»Ich glaube nicht, dass er Schmerzen gelitten hat, der arme Kerl«, bemerkte Svein.

»Ja, der arme Kerl«, erwiderte Yngvar. »Ich hoffe, eines Tages auch auf diese Art aus der Welt zu scheiden. Dieser hier war Gott sehr nahe.«

Svein nickte nachdenklich. »Jetzt ist er ihm noch näher.«

Rognvald blickte in den Himmel hinauf. »Es wird bald dunkel sein. Wir müssen uns beeilen, wenn wir die Spur noch aufnehmen wollen.«

Zuerst verstand Cait nicht, was diese Worte bedeuteten. »Die Spur aufnehmen?«, protestierte sie. »Aber Alethea würde niemals einfach so weglaufen.«

»Die Spur der Räuber«, erklärte Rognvald.

Bis zu diesem Augenblick war Cait schlichtweg nicht der Gedanke gekommen, dass ihre Schwester entführt worden sein könnte, nun jedoch umso deutlicher – und mit schrecklicher Gewissheit.

Sofort füllte sich ihr Geist mit den Gedanken an all die Abscheulichkeiten, die entführte Frauen üblicherweise über sich ergehen lassen mussten. Sie stand auf. »Wir müssen sie finden. Wo ist mein Pferd?«

»Ich werde Yngvar und die anderen mitnehmen. Svein wird hier bei Euch bleiben.«

»Ich gehe mit«, erklärte Cait entschlossen. »Holt mein Pferd.«

Rognvald legte ihr fest die Hand auf die Schulter. »Wir sind gerüstet und Ihr nicht. Es wäre besser, wenn Ihr hier bleiben und Euch um Dag kümmern würdet.«

»Soll Svein sich doch um ihn kümmern«, entgegnete Cait und schüttelte die Hand des Nordmanns ab. »Ich gehe.« Sie holte sich ihr Schwert, stapfte zu Sveins Pferd, hob ihr Kleid, setzte den Fuß in den Steigbügel und schwang sich in den Sattel. »Und? Kommt ihr jetzt oder nicht?«

Rognvald murmelte einen Fluch vor sich hin und eilte zu seinem Pferd. Nachdem er aufgesessen hatte, machte er sich sofort in die Richtung auf, in die die Räuber geflohen waren. »Bleibt dicht bei mir«, sagte er zu Cait, als er an ihr vorüber kam.

Zunächst fiel es ihnen nicht schwer zu sehen, wo genau die Banditen entlanggeflohen waren. Sie folgten deutlich erkennbaren Hufspuren in der vom Regen aufgeweichten Erde und kamen gut voran. Tatsächlich ritten sie sogar so schnell, dass Cait sich durchaus vorstellen konnte, die Fliehenden schon bald zu sehen.

Allzu schnell verwandelte sich jedoch das Licht, das der dicht bewölkte Himmel absonderte, in ein düsteres, feuchtes Zwielicht. Und dann, als sich schließlich die Dunkelheit herabsenkte, stieg der Boden an und wurde felsig. Die Reiter kletterten einen steilen, mit Flechten bewachsenen Hang hinauf, und oben teilte sich die Spur. Das letzte Licht des Tages enthüllte, dass die Räuber den Pfad verlassen und in die Hügel hinaufgezogen waren, wo sie kaum Spuren hinterlassen würden. Hier befahl Rognvald anzuhalten.

»Markier die Stelle«, befahl er Yngvar. »Wir werden die Suche am Morgen wieder aufnehmen.«

»Ihr wollt jetzt schon umkehren?«, verlangte Cait zu wissen. »Sie können doch nur ein kurzes Stück vor uns sein. Wir können sie noch immer stellen.«

»Wenn wir sie nicht sehen, können wir sie auch nicht stellen«, erwiderte Rognvald. »Wie es aussieht, können wir schon von Glück sagen, wenn wir im Dunkeln überhaupt den Weg zum Lager zurück finden.«

»Dann reitet zurück«, knurrte Cait wütend. »Meinetwegen könnt ihr alle zurückreiten. *Ich* werde weiterreiten. Meine Schwester ist gefangen genommen worden, und ich werde sie nicht im Stich lassen.«

»Wir werden Alethea finden«, erklärte Rognvald knapp. »Aber im Dunkeln können wir nicht suchen, und *ich* werde nicht unser aller Leben bei einer törichten Verfolgung riskieren.«

Mit diesen Worten machte er kehrt und ritt auf demselben Weg wieder hinunter, den sie gekommen waren. Cait rief ihm hinterher, er solle zurückkommen, doch er ignorierte sie. Yngvar schloss sich seinem Herrn an. Die beiden spanischen Ritter zögerten, folgten Rognvald dann jedoch auch, und Cait war allein.

Trotzig trieb sie ihr Pferd weiter die Hügel hinauf, doch nach nur ein paar Dutzend Schritten hielt sie wieder an. Es war hoffnungslos. Sie konnte den Boden schon nicht mehr sehen, geschweige denn Hufabdrücke; Bäume, Schatten, Hügel und der Himmel, alles verschmolz zu einer einzigen düsteren Masse, zumal weder Mond noch Sterne den Weg erhellten.

Cait zügelte ihr Pferd, starrte in die zunehmende Dunkelheit hinein und lauschte auf jedes noch so kleine Geräusch, das ihr verraten würde, dass Alethea in der Nähe war. Doch sie hörte nur den Wind in den Wipfeln der großen Pinien, der von den kalten Gipfeln herunterwehte. Als sie erkannte, dass sie auch die Ritter hinter sich nicht mehr hören konnte, gab sie schließlich nach. »Gott sei mit dir, Thea«, murmelte sie und wendete ihr Pferd.

Wieder den Weg zu finden war viel schwerer, als Cait sich vorgestellt hatte. Hätte sie ihn nicht gerade erst hinter sich gebracht – und hätte Yngvar nicht ein Stück weiter unten auf sie gewartet –, so hätte sie eine kalte, einsame Nacht im Wald verbringen müssen, das wusste sie. Es wurmte sie, zugeben zu müssen, dass Rognvald Recht gehabt hatte, doch sie akzeptierte Yngvars stumme Führung und folgte ihm.

Als sie schließlich das Lager erreichten, brannte ein helles

Feuer in der Mitte der Lichtung. Die Leichen der toten Banditen waren entfernt worden, und Dag saß neben dem Feuer und hielt den bandagierten Kopf in den Händen. Zitternd stand er auf, als die anderen ins Lager ritten.

»Wo ist Svein?«, fragte Rognvald. Dag antwortete, Svein sei im Wald und hebe Gräber aus.

»Paulo … Rodrigo«, sagte Rognvald und drehte sich zu den spanischen Rittern um, als diese vom Pferd stiegen, »geht und helft Svein. Wir kommen gleich nach und bringen dann auch den Priester für die Beisetzung mit.«

Cait hörte die Namen und erkannte, dass sie die spanischen Ritter, die ihr dienten, eigentlich gar nicht kannte. Ihre Wangen glühten vor Scham. Vier von ihnen hatten ihr Leben für ihren Dienst gegeben, und Cait wusste noch nicht einmal, wie sie hießen.

In diesem Augenblick wurde ihr das ganze Ausmaß ihres blinden, gierigen, arroganten und rachlüsternen Ehrgeizes schmerzhaft bewusst. Sie ging zum Feuer, sackte in sich zusammen und starrte verzweifelt in die Glut. Heute Abend hatte ihr Rachedurst fünf tapferen Männern das Leben gekostet und zur Entführung ihrer Schwester geführt. *Und das war nur der Anfang*, dachte sie. *Wie viele müssen noch für meine Rachlust bezahlen, bevor alles vorüber ist?*

Sie hörte Rognvald sagen. »Kommt, wir werden uns zu ihnen gesellen.« Er befahl Yngvar, Bruder Matthias' Leiche in seine Robe zu wickeln, dann stellte er sich vor Cait. »Ich sagte, wir sollten zu ihnen an die Gräber gehen.«

Voller Schuldgefühle und mit dem ganzen Gewicht der Katastrophe auf ihren Schultern, konnte Cait weder den Kopf heben noch dem Nordmann antworten. Sie nickte lediglich knapp.

Einen Augenblick lang blickte Rognvald auf sie hinunter; Cait konnte seinen Blick fühlen, und sie stellte sich die Verachtung und den Tadel in seinen Augen vor. Und dann hockte er sich zu ihr hinunter und hielt den Mund dicht an ihr Ohr. »Hört mir zu, werte Frau«, flüsterte er in ernstem Ton. »Der

Wert der edlen Geburt zeigt sich nicht im Strahlen des Ruhms, sondern im Licht, das man anderen in den dunklen Zeiten der Not spendet.« Dann ergriff er ihre Hand, stand auf und zog sie in die Höhe. »Kommt. Es ist an der Zeit, unseren Freunden Lebewohl zu sagen.«

Cait nahm Dag am Arm und folgte Rognvald und Yngvar, die den Leichnam des Priesters ein kurzes Stück in den Wald trugen, wo Svein und die beiden spanischen Ritter, Paulo und Rodrigo, im Licht eines kleinen Feuers einen Graben zwischen zwei Bäumen aushoben. Mit ihren Schwertern lockerten sie den Boden und durchschlugen Wurzeln, bevor sie die Erde mit den Händen hinausschaufelten. Die vier toten Ritter lagen in ihre Mäntel gewickelt und mit auf der Brust gekreuzten Armen in einer Reihe. Bruder Matthias wurde vorsichtig neben sie gelegt, und nachdem Cait und Dag ihre Plätze neben dem einen, großen Grab eingenommen hatten, begannen Rognvald und die anderen damit, die Toten in ihre letzte Ruhestätte zu legen.

Der Mönch wurde als Erster ins Grab gelegt, dann die Ritter, je zwei links und rechts von Matthias. Diese Anordnung schien einem Wunsch der spanischen Ritter zu entsprechen, die es gerne sahen, dass ihre Schwertbrüder auf ihrer letzten Reise von einem Priester begleitet wurden. Nachdem sie also ins Grab gelegt und ihre Gesichter mit ihren Kapuzen bedeckt worden waren, schüttete man Erde auf sie.

Cait stand daneben und beobachtete im sanft flackernden Licht, wie die Ritter die Erde mit ihren Händen ins Grab schaufelten. Dann griff einer der Spanier nach einem Holzkreuz, das er aus zwei Ästen gefertigt hatte, die mit einem Lederband zusammengebunden waren. Das schlichte Kreuz wurde auf das Grab gestellt und mit ein paar kleinen Steinen stabilisiert.

Einen längeren Augenblick standen die Überlebenden schweigend am Grab; dann holte Rognvald einen brennenden Ast aus dem Feuer und hielt ihn über den Erdhügel. »In alter Zeit«, sagte er, »sandte man einen Krieger mit Feuer auf die Reise in die Anderwelt. Heute ehren wir diese uralte Sitte und hinterlassen unseren Brüdern und Gefährten eine Abschiedsflamme, die sie durchs dunkle Tal des Todes zur Stadt des Lichts führen soll.«

Mit diesen Worten steckte er den brennenden Ast neben das Holzkreuz in die Erde. Dann richtete er sich wieder auf und trat einen Schritt zurück. »Mögen sie voller Dankbarkeit vor den Großen König treten. Mögen sie frohen Herzens im Himmel einziehen und voll ewiger Freude dem Herrn der Heerscharen dienen.«

Svein holte sich ebenfalls einen brennenden Ast und steckte ihn auf das Grab. »Lebt wohl, meine Freunde. Auch wenn wir euch an diesem fremden Ort zurücklassen müssen, so geben wir euch doch ein Licht, um euren Weg zu erhellen. Gehet heim zu Gott.«

Als Nächster nahm sich Paulo einen Ast. Er steckte ihn in die Erde und sagte. »Thadeus, Ricardo, Hernando, Emari, Bruder Matthias – ihr ward meine Freunde im Leben. Der Tod hat euch von mir genommen, doch ihr werdet weiterleben in meiner Erinnerung und in den Taten, die ich in eurem Namen vollbringen werde. Lebt wohl.«

Endlich, dachte Cait, *habe ich all ihre Namen erfahren*, *und nun ist es zu spät.*

Der andere Spanier holte einen Ast aus dem Feuer, hielt ihn über das Grab und sagte: »Heute habe ich die Freunde meiner Jugend verloren. Heute betrauere ich ihren Verlust; morgen werde ich sie rächen. Von diesem Augenblick an ist die Klinge an meiner Seite euch geweiht, meine Freunde, und ich bete zum allmächtigen Gott, dass dieses Schwert die Feiglinge zur Rechenschaft ziehen wird, die euch das Leben genommen haben.« Er stieß den brennenden Ast in die Erde. »Ich, Rodrigo Bilar, schwöre diesen Eid.«

Cait kannte dieses Gefühl nur allzu gut, und sie zuckte unwillkürlich zurück. *O Rodrigo*, dachte sie, *du weißt nicht*, *was du da sagst.*

Anschließend wünschten auch Yngvar und Dag ihren toten Freunden ein schlichtes, aber von Herzen kommendes Lebewohl und steckten ihre Fackeln aufs Grab. Dann war die Reihe an Cait. Sie holte sich einen brennenden Ast aus dem Feuer, trat ans Grab und starrte auf den großen, ovalen Erdhaufen. Was sollte sie sagen? Sie hatte diese Männer nicht gekannt; alles, was sie sagen konnte, waren leere Floskeln, die das Opfer dieser Männer nur verspotten würden.

Also steckte sie schweigend ihre Fackel in den Flammenkreis um das Holzkreuz herum. Kurz standen die Gefährten stumm beisammen und lauschten dem Wind, der durch die Wipfel wehte, die unsichtbar im Dunkeln lagen. Dann führte Rognvald sie wieder zum zerstörten Lager zurück, und nachdem sie ein Zelt für Cait errichtet hatten, sagte er: »Schlaft, so viel Ihr könnt. Morgen, bei Sonnenaufgang nehmen wir die Suche wieder auf.«

Yngvar bereitete einen warmen Erbsenbrei mit Schinken zu, doch Cait war zu müde und viel zu sehr von Trauer und Sorge erfüllt, als dass sie hätte essen können. Stattdessen ging sie ins Zelt und sank auf die Pinienzweige, die ihr als Bett dienten. Sie wickelte sich in Aletheas Mantel und lag so ruhig, wie sie konnte – als könne sie so die sich überschlagenden Gedanken in ihrem Kopf beruhigen. Und obwohl sie die Augen geschlossen hatte, sah sie noch immer die maurischen Räuber, die das Lager wie ausgehungerte Wölfe umkreisten. Erneut hörte sie das dumpfe Donnern der Pferdehufe und das verzweifelte Rufen der Ritter, als diese versuchten, den Angriff abzuwehren.

Und irgendwo über den Kampfeslärm hinweg hörte sie Aletheas Schreie. Obwohl sie sich dessen in jenem Augenblick nicht bewusst gewesen war, musste sie die Hilfeschreie ihrer Schwester, als man sie verschleppt hatte, gehört haben. Und sie hörte auch noch etwas anderes: die Stimme eines Mannes, der panisch um Hilfe schrie. Die Hoffnungslosigkeit des Schreies ließ sie erschrocken nach Luft schnappen, und sie saß aufrecht.

»Abu!«

Die Geräusche der Ritter, die die Pferde sattelten und das Lager abschlugen, weckten Cait aus einem unruhigen Schlaf. Ihre Augen brannten, und ihr Mund schmeckte nach Rauch und Asche. Sie richtete sich auf die Knie auf und schlug die Zeltklappe zurück. Es war noch immer dunkel, doch ein blassrotes Licht schimmerte durch die Baumwipfel im Osten. Cait stand auf, schlurfte aus dem Zelt und spürte die kalte Luft in ihrem Gesicht. Der Wind vergangene Nacht hatte kaltes Wetter von den Bergen heruntergeweht, und Tau hatte sich auf den Boden gelegt.

Auf steifen, gefühllosen Beinen ging Cait zu Rognvald, der sein Pferd gerade sattelte. Der Nordmann begrüßte sie ernst und sagte: »Sobald die Pferde gesattelt sind, brechen wir auf. Ich halte es für das Beste, alles mitzunehmen, denn ich glaube nicht, dass wir wieder hierhin zurückkehren werden.«

»Der Wagen wird uns doch sehr langsam vorankommen lassen, oder?«

»Dag ist noch nicht in der Lage, sich wieder auf ein Pferd zu setzen. Er kann den Wagen fahren und sich um die Packtiere kümmern. Wir werden den Weg für ihn markieren und ihm sagen, wo er anhalten und warten soll. Es wird uns langsamer machen, ja, aber anders geht es nicht.«

»Abu ist auch verschwunden«, sagte Cait, und ihr Tonfall hatte etwas von einer Beichte an sich.

Rognvald strich die Satteldecke glatt und drehte sich dann zu Cait um. »Ja«, erwiderte er. »Ich weiß.« Er beugte sich vor, hob den Sattel vom Boden auf und warf ihn auf den Pferderücken. »Ich hätte nicht gedacht, dass Ihr Euch seiner erinnert.«

Zu jeder anderen Zeit hätte sie der unverhohlene Tadel in Wut versetzt; nun schluckte sie jedoch nur verdrießlich. »Ihr habt seine Leiche im Wald nicht gefunden«, sagte Cait nach einem Augenblick. »Also können wir ihn vielleicht noch finden. Er kann nicht weit gelaufen sein.«

»Er hat ein Pferd«, sagte Rognvald.

»Woher wisst Ihr das?«

»Wir hatten drei tote Mauren, aber nur zwei Pferde.«

»Glaubt Ihr, er hat es genommen?« Cait staunte ob dieser unerwarteten Wendung. »Dann müssen wir uns aufteilen und nach zwei Leuten suchen ... Ist es das, was Ihr denkt?«

»Ich denke«, erwiderte Rognvald und hielt beim Festziehen des Sattelgurtes kurz inne, »dass wir auch Abu finden werden, wenn wir Alethea finden.«

»Er ist ihr gefolgt«, murmelte Cait. »Natürlich.« Sie war noch etwas langsam, und so hatte es eine Weile gedauert, bis sie verstand, worauf Rognvald hinauswollte; nun jedoch packte sie wieder das Jagdfieber.

Sie trat neben Rognvald und legte ihm die Hand auf den Arm. »Mein fürchterliches Betragen tut mir Leid; das war einer Frau von Rang nicht angemessen. Ich habe zugelassen, dass die Sorge über das Verschwinden meiner Schwester mein Urteilsvermögen beeinträchtigt – eine Tatsache, die ich zutiefst bedaure.«

Rognvald überprüfte den Sattelgurt.

»Ich habe mich entschuldigt«, sagte Cait, und ihre Stimme nahm einen angespannten Tonfall an. »Habt Ihr überhaupt gehört, was ich gesagt habe?«

»Ich habe es gehört.«

»Und nehmt Ihr meine Entschuldigung an?«

»Werte Frau, es ist nicht an mir, Eure Entschuldigung anzunehmen oder zurückzuweisen. Bin ich ein Priester, der Euch die Beichte abnimmt und Euch Buße auferlegt?«

Tief getroffen nahm Cait die Hand von Rognvalds Arm. »Unser Priester ist tot.«

»Ja«, erwiderte der hochgewachsene Ritter. »Daher nehme ich an, dass Ihr Euer schlechtes Gewissen so gut werdet ertragen müssen, wie Ihr denn könnt.«

»Ich ertrage es, mein Herr. Und mich hat man den Wert der Reue gelehrt, *Euch* offenbar nicht.«

»Schaut, wir alle tun Dinge in der Hitze des Gefechts, die wir später bereuen. Krieg ist Reue.« Er gab dem Sattelgurt einen letzten Ruck. »Erwartet aber nicht von mir, dass ich Euch mit freundlichen Worten und Küssen über Eure Schuld hinwegtröste.«

»Oh, in dieser Hinsicht habt Ihr nichts zu befürchten, mein Herr«, spie Cait. »Auch wenn Ihr dereinst als übellauniger alter Mann im Bett sterben solltet, werdet Ihr nie wieder eine Entschuldigung aus meinem Munde hören.«

Sie machte auf dem Absatz kehrt und stürmte davon. So begann der unglückliche Tag.

Kaum war das Zelt abgebaut und der Wagen beladen, setzte sich die stark verkleinerte Gruppe in Bewegung. Sie begleiteten Dag und den Wagen ein kurzes Stück den Weg entlang und sprachen einen Platz ab, wo sie sich später am Tag wieder treffen wollten; dann folgten die Reiter der Spur, die sie am Abend zuvor aufgegeben hatten.

Der Boden war rauer und felsiger, als Cait in Erinnerung hatte – oder vielleicht war es der Frost, der jeden noch so kleinen Stein oder Zweig stark hervortreten ließ. Auch war der Pfad wesentlich steiler, und während sie immer höher und höher in die Gebirgsausläufer hinaufstiegen, wurde der Wind stärker und beißender.

Die Spur der fliehenden Mauren führte auf einen Felskamm hinauf, und mit wachsender Enttäuschung vermutete Cait allmählich, dass die Räuber bereits in den Bergen verschwunden waren – ein Verdacht, der rasch wuchs, als die Reiter die Spitze eines Steingeröllabhanges erreichten und in ein Felstal hinabblickten, durch das sich ein grauer Bach wand. Und jenseits davon – die Berge. Cait blickte auf die mit allerhand Gestrüpp und vereinzelten Pinien bewachsenen Hänge, und sie verlor den Mut.

Sie drehte sich im Sattel um und schaute den Weg hinunter, den sie gekommen waren. Weit unten konnte sie den schmalen Pfad erkennen, der sie in die Gebirgsausläufer geführt hatte. Den Wagen sah sie nicht, doch vermutete sie, dass er sich irgendwo dort unten befand.

»Wir werden hier einen Augenblick rasten«, sagte Rognvald. »Svein und ich werden zu der Biegung dort reiten ...«, er deutete den Kamm entlang, »... und mal nachsehen, was uns dort erwartet.«

Die beiden ritten davon, und die anderen stiegen ab und drängten sich an ihre Pferde, um sich zu wärmen. Cait zog den Mantel enger um die Schultern, um den Wind abzuhalten, und starrte mit leerem Blick auf die Hänge jenseits des Tals. Die drei Ritter standen beieinander und unterhielten sich, und Cait beschloss, nun sei es endlich an der Zeit, jene besser kennen zu lernen, die ihr dienten.

Die Männer hörten sofort auf zu reden, als sie sich zu ihnen gesellte, und drehten sich erwartungsvoll zu ihr um. »Bitte«, sagte Cait, »lasst euch von mir nicht stören. Ich wollte euch nicht unterbrechen.«

»Werte Frau«, sagte Yngvar, »wir haben gerade nur bemerkt, dass der Winter früh in die Berge kommt.«

»Ja, der Winter hat, scheint's, begonnen«, bemerkte Cait zustimmend. »Alethea hat noch nicht einmal einen Mantel.«

Die Männer blickten sich nervös an. »Sieht es so auch in Eurem Land aus?«, fragte der Ritter mit Namen Rodrigo und deutete auf die Berge.

»Es gibt Berge in Schottland, ja«, antwortete Cait, »aber dort, wo meine Familie lebt, haben wir nur kleine Hügel. Unser Land liegt am Meer, und die Winter dort sind oft sehr hart.«

»Meine Familie besitzt Land in der Nähe von Bilbao ... Das liegt auch am Meer«, erzählte der Ritter. »Das bedeutet, dass wir beide, Ihr und ich, uns dasselbe Meer teilen.« Er lächelte, und Cait erkannte, dass er versuchte, sie aufzuheitern.

»Der Tod eurer Freunde tut mir Leid«, sagte Cait. »Thadeus, Ricardo, Hernando und Emari.« Die Namen kannte sie nun, doch wusste sie nicht, welcher davon zu welchem Ritter gehört hatte. »Wäre ich nicht gewesen, würden sie noch immer leben.«

Der Ritter senkte den Kopf. Cait sah, wie er seine Trauer hinunterschluckte. »Ich werde sie vermissen, das ist wahr«, erwiderte er in ruhigem Ton; »aber es waren tapfere Männer, die sich freiwillig in Euren Dienst begeben haben. Sie würden Euch niemals die Schuld an ihrem Tod geben, ebenso wenig wie ich.«

»Wie auch immer, sie haben es nicht verdient, so zu sterben«, sagte der Spanier mit Namen Paulo. »Für einen Ritter ist es eine Schande, ohne Schwert in der Hand zu sterben.«

»Nur der allergrößte Feigling würde einen Mann niederstrecken, der sich nicht verteidigen kann«, sagte Yngvar. »Ein Mann von Ehre würde sich niemals zu so einer schändlichen Tat herablassen.«

Ein großes Gefühl der Traurigkeit flutete über Cait hinweg, während sie den Männern zuhörte. Sie zog ihren schweren Wollmantel noch enger um die Schultern und schaute zu den Bergen. Die höheren Gipfel waren im Nebel verborgen, der sich überdies noch zu verdichten schien, und Nebeltentakel wanden sich wie dünne Finger die Hänge hinunter. Der Wind war böig; er pfiff über die kahlen Felsen auf dem Kamm hinweg, und Cait roch Schnee in der Luft.

»O Alethea«, murmelte sie vor sich hin, »es tut mir ja so Leid.« Sie schloss die Augen und betete zu Gott, er möge seine Engel herabschicken, um die junge Frau vor der tödlichen Kälte zu schützen – und auch vor dem verhassten Missbrauch durch ihre heidnischen Entführer.

Kurze Zeit später hörten sie das Geräusch von Pferden, und als sie die Köpfe hoben, sahen sie Rognvald und Svein wieder zurückkehren. Die beiden Ritter sprangen aus den Sätteln, und die anderen drängten sich um sie, um ihren Bericht zu hören. »Am Rand des Bachs dort unten gibt es eine Markierung«, erklärte Rognvald. »Dort haben sie den Bach überquert.«

»Eine Markierung?«, fragte Cait.

»Ein Steinhaufen, werte Frau«, antwortete Svein.

»Aber wer würde …?«, begann Cait; dann fiel ihr die Antwort selber ein. »Abu?«

Svein nickte. »Wir glauben, dass er den Weg für uns markiert.«

»Zeigt mir diese Markierung«, sagte Cait und schwang sich in den Sattel.

»Es ist nicht weit«, erwiderte Rognvald; »aber wir haben eine Entscheidung zu treffen.«

Irgendetwas an seinem Tonfall verriet Cait, dass er über sie sprach. »Ja?«

»Das Wetter verschlechtert sich. Ich glaube, da braut sich ein Sturm zusammen.«

»Wir werden uns auf dem Weg einen Unterschlupf suchen. Wegen ein wenig Wind und Regen werde ich die Suche nicht einfach so aufgeben.«

»Ich meine ja nicht, dass wir die Suche aufgeben sollen«, erwiderte Rognvald zum ersten Mal mit einem Hauch von Verärgerung in der Stimme; »aber es ist nicht nötig, dass wir alle diese Suche vollkommen durchnässt und elend durchführen. Ihr könntet wieder hinunterreiten und bei Dag und dem Wagen warten. Wenn Ihr bei ihm ankommt, wird er den Treffpunkt erreicht und ein Feuer am Brennen haben.«

»*Ihr* könnt Euch ja gerne ans Feuer setzen und aufwärmen«, erklärte Cait. »*Ich* werde meine Schwester finden.«

»Dann reiten wir weiter.« Rognvald winkte den anderen, wieder auf ihre Pferde zu steigen, und die Gefährten zogen weiter.

Auf halbem Weg den Hang hinunter begann es zu regnen. Es dauerte nicht lange, und Cait spürte, wie die kalte Nässe ihren Mantel durchdrang. Noch bevor sie den Talboden erreichten, war sie bis auf die Knochen durchgefroren und wünschte sich, sie hätte Rognvalds Angebot nicht so voreilig abgelehnt. Doch das hatte sie nun einmal getan, und jetzt war sie fest entschlossen, ihren Fehler auf keinen Fall zuzugeben, um Rognvald nicht die Befriedigung zu verschaffen, dass er Recht gehabt hatte. Also ließ sie alle Gedanken an Wärme und Bequemlichkeit hinter sich und zog die Kapuze tiefer herunter, um den Regen aus ihrem Gesicht zu halten.

Das Tal war flach, und der böige Wind aus den Bergen hatte hier freie Bahn. Sie erreichten die Markierung, einen Steinhaufen am Rand des Baches, und am gegenüberliegenden Ufer befand sich ein ähnlicher in Form einer Pfeilspitze, die bachaufwärts deutete. Sie ritten in die Richtung, in die die Markierung deutete, und folgten dem grauen Bach, der sich zwischen den großen Felsbrocken hindurchwand, die irgendwann einmal von weiter oben heruntergestürzt waren. Nach einer Weile verwandelte sich der Regen in Schneeregen, und sie hielten im Schutz einiger junger Pinien an, um etwas Trockenfleisch zu essen. Doch die Bäume boten so wenig Schutz vor dem beißenden Schneeregen, dass sie rasch beschlossen weiterzuziehen, damit die Pferde nicht froren oder der Schweiß auf ihrem Fell sich gar in Eis verwandelte.

Im Laufe des Tages schwand Caits Hoffnung immer mehr, dass sie Alethea rasch würden retten können; nur kurz erwachte diese Hoffnung wieder zum Leben, als sie auf eine weitere Markierung stießen und ein kurzes Stück dahinter, dort wo sich der Bach zu einem kleinen Teich verbreiterte, auf die Überreste eines kleinen Lagerfeuers. Die Mauren hatten hier angehalten – ohne Zweifel, um die Pferde zu tränken und sich etwas zu essen zuzubereiten-, aber abgesehen von einem Haufen nasser Asche und ein paar unverbrannten Aststücken war nichts zu sehen.

Rognvald untersuchte die Spuren, die von dem Lagerplatz wegführten, und kam zu dem Schluss, dass die Räuber nicht länger fürchteten, verfolgt zu werden.

»Woher wollt Ihr das wissen?«, erkundigte sich Cait. Ein regengefüllter Hufabdruck glich dem anderen, und diese hier waren nicht anders als jene zuvor.

»Das verrät die Gangart der Pferde«, antwortete Rodrigo. »Die Reiter beeilen sich nicht sonderlich. Seht her.« Er deutete auf eine Reihe mondförmiger Abdrücke im Schlamm. »Seht Ihr, wie die Spitze jedes Abdrucks zerkratzt ist …?«

»Ich verstehe.« Cait sah sich die Abdrücke genauer an. »Sie sehen irgendwie … verschmiert aus.«

»Die Pferde sind müde«, erklärte der spanische Ritter. »Sie gehen im Pass … Sie schleifen die Hufe hinter sich her.« Er machte eine entsprechende Geste mit der Hand. »Das bedeutet, dass die Reiter sie nicht länger antreiben.«

»Das ist gut für uns«, sagte Svein. »Sie wissen nicht, dass wir ihnen auf den Fersen sind.«

»Mit etwas Glück«, sagte Rodrigo, »werden wir sie bald vor uns sehen.« Er deutete auf den Felskamm, der das Ende des Tals darstellte. »Von da oben werden wir ins nächste Tal sehen können.«

Die Spur führte um den Rand des Tümpels herum; in dem vom Regen aufgeweichten Ufer war sie leicht zu erkennen, und Cait hatte das Gefühl, dass sie endlich Fortschritte machten. Der Felskamm war allerdings weiter entfernt, als es zunächst den Anschein gehabt hatte, und der Aufstieg wesentlich steiler. Als sie schließlich den Fuß des Hanges erreichten, schwand das Tageslicht allmählich. Der Schneeregen hatte zwar aufgehört, doch der Wind wurde immer stärker. Rognvald winkte den anderen anzuhalten, blickte in den Himmel hinauf und sagte: »Das Licht lässt nach. Es ist Zeit umzukehren.«

Die Worte trafen Cait wie ein Schlag. Ihre erste Reaktion war, ihm zu trotzen, sein Urteilsvermögen in Frage zu stellen und seinem Befehl zu widersprechen. Aber in ihrem Herzen wusste sie natürlich, dass er Recht hatte; außerdem war ihr kalt, sie hatte Hunger und weder die Kraft, es mit den Elementen aufzunehmen, noch mit diesem Mann. Dennoch fragte sie um Aletheas willen: »Können wir nicht noch ein kleines Stück weiter?«

»Das ist sinnlos. Selbst wenn wir den Kamm erreichen sollten, können wir in der Dunkelheit nichts sehen. Wir müssen wieder zurück, wenn wir Dag noch vor Einbruch der Nacht erreichen wollen.«

Das war das vorläufige Ende der Jagd. Wie zuvor, so markierten sie auch diese Stelle, um sie am nächsten Tag wiederzufinden, wendeten in Richtung Westen und ritten los. Als sie schließlich wieder auf die Wagenspuren trafen, war es bereits dunkel geworden. Die Furchen, die die Räder gezogen hatten, waren tückisch, und so mussten die Reiter absteigen und die Pferde zu Fuß über die Hügel führen – was ein ermüdendes Schlurfen durch Schlamm und tiefe Pfützen bedeutete.

Sie sahen den Schein von Dags Feuer bereits lange bevor sie das Lager erreichten. Cait beobachtete das Leuchten der Flammen, das Schritt für Schritt heller wurde. Ihre Finger, mit denen sie die Zügel hielt, waren steif und taub, und ihre Füße schmerzten vor Kälte. Sie stellte sich vor, wie sie die Füße vor dem Feuer wärmte, eine dampfende Schüssel Brei in der Hand, und wie die segensreiche Wärme ihre gefrorenen Knochen auftaute.

Diese Gedanken erwiesen sich als so angenehm, dass Cait ihre Träumerei weitersponn: Sie sah sich unter einem Berg Pelze vergraben in einem von Kohlenbecken erwärmten Raum und spürte das angenehm weiche Fell auf ihrer Haut ... Dann erkannte sie erschrocken, dass sie ihre Kammer daheim in Caithness sah. Wie viele Male, fragte sie sich, hatte sie genauso in diesem Raum geschlafen?

Als sie das Lager schließlich erreichten, hatte Dag das Pferd abgespannt und einen kleinen Haufen Feuerholz neben dem Wagen gestapelt. Trotz seiner Kopfschmerzen hatte er seit Mittag alles getan, um das Lager so gut zurechtzumachen, wie er konnte, und seine Gefährten waren ihm dankbar dafür. Und wirklich, die Aussicht auf ein warmes Feuer freute die Ritter so sehr, dass sie mit Jubelrufen den letzten Hang hinuntereilten. So schnell wie möglich kümmerten sie sich um ihre Pferde – sattelten sie ab, striegelten und tränkten sie und banden ihnen die Futtersäcke um die Köpfe. Und nachdem das erledigt war, liefen sie zum Feuer, um ihre gefrorenen Glieder aufzutauen.

Nachdem sie sich eine Zeit lang gewärmt hatten, sagte Rognvald. »Wir werden heute Nacht noch mehr Feuerholz brauchen. Seht zu, ob ihr welches finden könnt.«

Während die anderen sich auf den Weg machten, um Holz zu sammeln, begannen Cait, Dag und Rognvald ein Abendessen aus gekochtem Salzfleisch mit Bohnen und hartem Brot zuzubereiten. Als die Ritter wieder zurückkehrten, war es fertig, und das kindliche Vergnügen, mit dem sie sich auf das Essen stürzten, ließ Cait lächeln. »Sie sind einfach nur groß gewachsene Jungen«, bemerkte sie, als sie und Rognvald ihnen ans Feuer folgten.

»Sollen sie diese Nacht ohne Wind und Regen ruhig genießen«, erwiderte der Ritter. »Die nächste Zeit werden sie es nicht mehr so trocken und warm haben.«

Cait blickte ihn fragend an.

»Morgen müssen wir den Wagen zurücklassen«, erklärte er. »Ich hatte gehofft, wir könnten Dag noch ein, zwei Tage Zeit geben, sich zu erholen, aber die Mauren fliehen in die Berge. Wenn wir hoffen wollen, sie zu erreichen, können wir nicht jeden Abend wieder zum Wagen zurückkehren.«

»Glaubt Ihr, es wird noch sehr viele Nächte dauern?«

»Um die Wahrheit zu sagen, habe ich gehofft, wir hätten sie schon heute gesehen und die Angelegenheit zu einem Ende gebracht.« Er hielt kurz inne, und dann, als würde er laut denken: »Wir werden so viel Proviant und Futter mitnehmen, wie wir tragen können, aber die Zelte und der ganze Rest werden hier bleiben müssen.« Sein Gesicht nahm einen entschuldigenden Ausdruck an, und Cait erkannte, dass er mit ›Rest‹ die Truhen mit ihren Kleidern und anderen persönlichen Dingen meinte.

»Wenn es denn sein muss«, erwiderte Cait, »dann soll es eben sein. Wir *werden* sie einholen. Wir *werden* Thea befreien.«

»Zweifelt keinen Augenblick daran.«

»Ich bin Carlo de Coruna, Magistrat und Gouverneur dieser schönen und florierenden Stadt«, sagte der Mann. Er machte eine weit ausholende Handbewegung, zog seine rote Kappe aus und verneigte sich. »Im Namen der ehrenwerten Bürger der Stadt Palencia heiße ich Euch und Eure ausgezeichneten Gefährten willkommen, und lasst mich Euch einen äußerst erfreulichen Aufenthalt wünschen.«

Der Ritter warf einen Blick auf den pummeligen, rundschultrigen Kerl mit dem seltsamen Hut und kam zu dem Schluss, dass der Mann eine Absurdität war, die aller Wahrscheinlichkeit nach Probleme verursachen würde, wenn man sich nicht nach besten Kräften bemühte, ihr aus dem Weg zu gehen. »Ich wünsche Euch einen guten Tag, Magistrat«, erwiderte der Ritter steif. »Wie Ihr sehen könnt, benötigen wir Unterkunft und Verpflegung. Ich wäre Euch äußerst dankbar, wenn Ihr das arrangieren könntet.«

Der Magistrat blähte die Wangen. »Nun …«, begann er zu protestieren, besann sich dann jedoch eines Besseren und sagte: »Natürlich, edler Herr, wenn es das ist, was Ihr wollt. Es wird mir ein Vergnügen sein.« Er drehte sich um und rief nach seinem Gehilfen. »Grieco! Wo bist du? Komm her, Grieco. Ich möchte, dass du Meister Hernando im Gasthof Bescheid sagst. Sag ihm, ich schicke ihm äußerst wichtige Gäste, die bei ihm übernachten wollen. Sag ihm …« Er hielt kurz inne, drehte sich wieder zu den Neuankömmlingen um und fragte: »Wenn es Euch nichts ausmacht, edler Herr, dürfte ich dann vielleicht erfahren, wen ich das Vergnügen habe, willkommen heißen zu dürfen?«

»Ich bin Renaud de Bracineaux, Komtur der Tempelritter von Jerusalem«, antwortete der Ritter. »Und dies hier«, er deutete auf einen hellhaarigen, schmalgesichtigen Mann, der auf dem Pferd neben ihm saß, »ist mein Gefährte Baron Félix d'Anjou. Außerdem begleitet uns Bertrano, Erzbischof von Santiago de Compostela ... Unglücklicherweise fühlt Freund Bertrano sich nicht wohl und kann daher nicht selbst mit Euch reden. Ich brauche Zimmer für drei. Meine restlichen Männer werden im Kloster übernachten.« Er wandte seinen Blick der nassen, windigen Straße zu und schauderte in der Herbstkälte. »Ihr *habt* doch ein Kloster in diesem ...«, er zögerte, »... diesem Ort, oder? Und einen Gasthof?«

»Aber natürlich, edler Herr«, antwortete Gouverneur Carlo stolz. »Wir haben sogar ein sehr schönes Kloster. Es ist weithin bekannt für ...«

»Gut«, unterbrach ihn de Bracineaux. »Ihr könnt uns den Weg dorthin zeigen.« Er rief Gislebert zu sich. »Der Magistrat wird euch zum Kloster führen. Bring die Männer unter, und komm dann zu uns in den Gasthof.«

Der Templer wandte sich wieder Carlo zu. »Kommt, Gouverneur. Meine Männer sind heute weit geritten und sehnen sich nach einer warmen Mahlzeit und nach Betten. Beeilt Euch, und es soll Euer Schaden nicht sein.«

Gouverneur Carlo starrte den Templer staunend und entrüstet an. Für wen hielten sich diese Männer, dass sie ihn einfach so herumkommandierten? Selbst der König war huldvoller zu seinen Untertanen als diese arroganten Sattelpolierer. Nun, wenn sie wollten, dass er sie zum Kloster führte, dann würde er das tun; aber das wäre dann auch der letzte Dienst, den er ihnen erweisen würde. Anschließend würden sie für alles bezahlen müssen, und mehr noch: Da sie sich offenbar für die Herrscher gewaltiger Ländereien hielten, würden sie auch königlich bezahlen. Der Gedanke ließ sein Gesicht zufrieden strahlen. Carlo lächelte, verneigte sich und führte Gislebert davon.

»Einfaltspinsel«, murmelte der Komtur, »Einfaltspinsel allesamt, Dorftrottel.«

»Jetzt kommt aber, de Bracineaux. Das ist wohl ein bisschen harsch«, sagte d'Anjou. »Es ist eine recht ordentliche Stadt. In den vergangenen Tagen haben wir schon weit Schlimmeres gesehen. Ich denke, hier dürften wir schon die ein oder andere Möglichkeit finden, uns zu unterhalten.«

»Wir werden aber keine Zeit haben, uns zu *unterhalten*«, knurrte de Bracineaux. »Sobald wir diesen Priester Matthias gefunden haben, machen wir uns wieder auf den Weg.«

»Habt ein Herz, de Bracineaux«, schnaufte der Baron zaghaft. »Unsere Pferde haben sich die letzten Tage durch fesseltiefen Schlamm gequält, und ich verlange ein paar Nächte in einem ordentlichen Bett, das nicht auf irgendetwas schwimmt.«

»Wir werden sehen«, knurrte der Komtur. »Erst suchen wir mal den Priester.«

»Dieser elende Sack von einem Priester kann warten«, konterte d'Anjou in seinem üblichen, gelassenen Tonfall. »Erst einmal suchen wir den *Gasthof*.«

De Bracineaux ließ sich überzeugen. Auch er war die Nässe und die Kälte leid, und die Aussicht auf eine warme Mahlzeit, trockene Kleidung und einen Krug gewürzten Weins minderte seine Entschlossenheit doch merklich. »Na gut. Zwei Nächte«, stimmte er zu. »Lasst einen der Männer den Wagen bringen.«

Sie gingen die gewundene Hauptstraße der Stadt zum Gasthof hinunter, wo ein junger Grieco mit dem Wirt auf sie wartete, einem kahlköpfigen Mann in viel zu großem Hemd, Pluderhose und einem fleckigen Leinentuch als Schürze. »Willkommen! Willkommen, meine Freunde!«, rief er und rannte herbei, um dem Komtur die Zügel abzunehmen. »Bitte, kommt herein. Esst, trinkt und ruht euch aus.« Er blickte an den beiden Männern vorbei zum Wagen und sagte: »Wie ich sehe, habt ihr eine Edelfrau dabei. Lasst mich euch versichern, dass sie es äußerst bequem haben wird. Ich werde meine Frau ein Bad für sie bereiten lassen.«

»Spart Euch die Mühe«, erwiderte der Templer höflich. »Das ist keine Frau.«

Während er sprach, kam der Wagen hinter ihnen knarrend zum Stehen. Der Fahrer kletterte vom Kutschbock, ging auf die Rückseite, öffnete die Klappe und ließ den streitlustigen Passagier aussteigen.

»Dios mio!«, keuchte der Wirt und starrte auf den in eine schwere schwarze Robe gehüllten massigen Leib. »Das ist der Herr Erzbischof!« Er wirbelte zu dem jungen Mann neben sich herum und schrie: »Grieco, du Narr! Warum hast du mir nicht gesagt, dass sie in Begleitung des Erzbischofs reisen?«

Mit diesen Worten sprang er vor, um sich vor dem erlauchten Kirchenmann zu verneigen. »Mein Herr Erzbischof! Ihr ehrt uns mit Eurer Gegenwart. Bitte, kommt herein. Ihr sollt mein bestes Zimmer haben.«

Erzbischof Bertrano lächelte den Mann säuerlich an. »Ich würde ja gerne Eure Gastfreundschaft annehmen«, erwiderte er; »doch ich fürchte, der Herr Komtur hat andere Pläne für mich.«

Als der Wirt verwirrt die Augen aufriss, legte d'Anjou dem Erzbischof die Hand auf die Schulter und sagte: »Unser braver Kirchenmann befindet sich auf einer besonderen Pilgerfahrt, wisst Ihr? Für ihn nur Kohl und kaltes Wasser und eine Pferdehaardecke im Stall.«

»Im Stall?«, rief der Wirt. »Aber, edler Herr, das könnte ich nie zulassen. Das wäre mein Ruin. Bitte, versteht doch …«

»Gebt ihm einfach das Zimmer neben meinem«, fiel ihm de Bracineaux ins Wort. »Und bringt uns sofort Wein. Die Pferde könnt Ihr später in den Stall bringen.«

»Natürlich, edler Herr«, sagte der Wirt. Er zögerte. »Was?«, verlangte der Templer zu wissen.

»Ich habe zwei Zimmer, edler Herr, aber sie liegen nicht nebeneinander. Es sei denn, Ihr wünscht …«

»Bringt ihn einfach irgendwo unter, wo ich ihn nicht sehen oder schnarchen hören muss.«

»Sofort, edler Herr.« Der Wirt wirbelte auf dem Absatz herum und eilte ins Haus zurück. Grieco folgte ihm dicht auf den Fersen bis zur Tür, wo er stehen blieb, um sie für die wichtigen Gäste aufzuhalten. De Bracineaux schob den widerspenstigen Kirchenmann vor sich her, und einmal im Schankraum, hielt er direkt auf einen Tisch am Kamin zu. D'Anjou kam als Letzter. An der Tür blieb er lange genug stehen, um Grieco am Arm zu packen und ihn dicht zu sich heranzuziehen.

»Ich werde heute Abend Gesellschaft brauchen«, sagte er zu dem Jüngling.

»Gesellschaft?«, wunderte sich Grieco. »Ich bin sicher, mein Onkel würde sich freuen, Euch Gesellschaft leisten zu können. Ich werde ihn fragen, wenn Ihr …«

»Der Teufel soll deinen Onkel holen, Junge! Ich will eine Frau. Je jünger, desto besser.« Er verstärkte den Griff um den Arm des jungen Mannes. »Hast du das verstanden?«

D'Anjou ließ Grieco mit weit aufgerissenem Mund an der Tür stehen, und während der Wirt den mürrischen, aber schweigenden Erzbischof in ein Zimmer im hinteren Teil des Gasthofes scheuchte, gesellte der Baron sich zu de Bracineaux am Feuer. Er zog die Handschuhe aus und legte sie auf den Tisch. »Bei Gottes Augen, es tut gut, wieder trocken zu sein«, sagte er, nahm den Hut ab und warf ihn auf den Boden. »Ich dachte schon, der Regen würde nie aufhören.«

»Ihr seid weich, d'Anjou. Im Osten würdet Ihr keine drei Tage überleben. Ihr wärt schon tot, bevor Ihr überhaupt einen Fuß nach Jerusalem gesetzt hättet.«

»Dann behaltet nur Euer Heiliges Land und alles, was dazugehört«, erwiderte der Baron in gelassenem Tonfall. »Ich werde hier bleiben und die Damen Iberiens beglücken.«

In diesem Augenblick erschien der eifrige Wirt mit einem großen Krug und Bechern, die er vorsichtig auf den Tisch stellte. »Wein, meine Herren. Er ist nicht gewürzt, aber …«

»Schenk ein«, sagte der Templer.

Der Wirt tat, wie ihm geheißen; dann trat er einen Schritt

zurück, während der Komtur den Becher an die Lippen hob. De Bracineaux trank einen kleinen Schluck, spülte damit den Mund und spie ihn dann aus. »Argh!« De Bracineaux schüttete den Wein ins Feuer und warf den Becher nach dem erschrockenen Wirt. »Ich habe gesagt, dass ich Wein will, du Esel! Nicht diese Pferdepisse, die du deinen anderen Gästen servierst. Jetzt mach, dass du wegkommst, und bring mir etwas Trinkbares ... das Beste, was du hast.«

Der Mund des Wirts ging auf und zu, während er nach einer passenden Antwort suchte. D'Anjou stand auf, drückte dem Spanier den Krug in die Hände, drehte ihn herum und stieß ihn in die Richtung, aus der er gekommen war. »Etwas flotter, Mann! Meine Kehle fühlt sich wie altes Leder an.«

Der Baron setzte sich wieder und zog sich die Stiefel aus, die er dann neben den Kamin stellte, um anschließend die Füße am Feuer zu wärmen. Der Templer schaute ihm desinteressiert zu.

Einen Augenblick später kam der Wirt mit einem neuen Krug zurückgeschlichen, den er seinen Gästen äußerst zögerlich anbot. Auf einen Blick des Komturs hin schenkte er ein, doch seine Hand zitterte so schlimm, dass er den Becher verfehlte und Wein auf den Tisch und beinahe auf d'Anjou spritzte. »Du tollpatschiger Esel!«, knurrte der Baron und sprang auf. Er riss dem verängstigten Wirt den Krug aus der Hand. »Mach, dass du rauskommst, und lass uns in Ruhe!«

Der Mann huschte davon, und d'Anjou kehrte zu seinem Stuhl zurück und füllte einen Becher mit Wein, den er de Bracineaux zuschob. Er beobachtete, wie der Komtur an dem Wein schnüffelte und dann einen Schluck trank.

»Annehmbar«, verkündete der Templer, woraufhin der Baron einen kleinen, heißen Schürhaken aus dem Kamin nahm und ihn in den Weinkrug steckte.

»Gewürzt«, sagte d'Anjou, während der Wein zu zischen begann. D'Anjou nahm den Schürhaken wieder heraus, warf ihn beiseite, schenkte sich selbst einen Becher ein, setzte sich wieder und streckte erneut die Füße vor dem Feuer aus.

Sie tranken und ließen den Wein seine Arbeit tun. Als de Bracineaux seinen Becher hob, um nachgeschenkt zu bekommen, kam der Baron der Aufforderung nach und sagte: »Ich nehme an, dieser Priester hat hier in der Nähe eine Kirche. Hat der Erzbischof gesagt, wo?«

»Die aufgeblasene Schweinsblase von einem Kirchenmann behauptet, nichts zu wissen. Er macht mehr Ärger, als er wert ist. Sein Anblick macht mich krank.«

»Bedauert Ihr, ihn mitgenommen zu haben?«, erkundigte sich der Baron.

»Seit Santiago war er zu nichts zu gebrauchen«, knurrte der Templer, »und auch davor war er nur bedingt von Nutzen.«

»Ich rieche, dass hier irgendetwas gekocht wird.« Der Baron hob die Nase und reckte den Hals.

»Vermutlich Schweinefleisch«, murmelte de Bracineaux. »Von Schweinefleisch habe ich auch die Nase voll.«

»Wie wäre es mit ein bisschen von dem Rindfleisch, das wir gesehen haben, als man es in die Stadt gebracht hat?«, schlug d'Anjou vor und nippte an seinem Becher. »Vielleicht solltet Ihr Gislebert danach schicken.«

»Er hat Besseres zu tun, als Euch mit Euren Launen zu bedienen, d'Anjou.«

In diesem Augenblick öffnete sich die Tür, und Gislebert betrat den Raum. »Ah!«, sagte d'Anjou und hob den Becher. »Der gute Mann persönlich. Nun, Sergeant, de Bracineaux glaubt, Ihr hättet Besseres zu tun, als meinen armseligen Launen zu dienen. Ist dem so?«

Gislebert funkelte den Baron an, erwiderte aber nichts darauf. »Die Männer und Pferde sind untergebracht.« Sehnsüchtig blickte er auf den Wein.

»Was gibt es Neues über Matthias? Hat der Abt gesagt, wo wir ihn finden können?«

Der Sergeant schluckte. »Er ist nicht hier. Der Abt sagt, er werde für den Winter im Kloster zurückerwartet, doch sei er noch nicht angekommen.«

»Dann werden wir ihn holen gehen«, sagte der Komtur. »Wo ist er?«

»Er baut eine Kirche in der Nähe von hier. Es ist nicht weit entfernt … ein halber Tagesritt vielleicht, nicht mehr.«

»Dann werden wir morgen dorthin reiten und diesen Priester davon überzeugen, sich unserer fröhlichen Pilgerfahrt anzuschließen.«

»Das sollte nicht allzu schwer sein. Seine Gnaden der Erzbischof kann ihn schlicht unter Androhung der Exkommunikation dazu verpflichten«, sagte d'Anjou und schenkte einen Becher für Gislebert ein. »Setzt Euch, Sergeant. Ihr seht ja schon ganz blass aus vor lauter Durst.«

»Wenn wir erst einmal den Priester haben, um uns zu führen, brauchen wir endlich diesen aufgeblasenen Sack nicht mehr.« De Bracineaux leerte seinen Becher, und während der Baron ihm nachschenkte, rief er nach dem Wirt. Als der Wirt erschien, sagte der Templer. »Mich gelüstet es nach Rinderbraten.«

»Ich habe kein Rindfleisch, edler Herr«, erklärte der Wirt und rang mit den Händen. »Mein braves Weib hat ein Hasenragout mit Schalotten, Wein und Pilzen zubereitet. Alle sagen, es schmecke hervorragend.«

»Ich will Rindfleisch, verdammt noch mal! Rindfleisch!«

»Aber im Augenblick gibt es in der Stadt nirgends welches. Vielleicht wird in ein, zwei Tagen ein Jungbulle geschlachtet; dann werde ich Euch selbstverständlich welches besorgen.« Hilflos breitete er die Arme aus. »Ich habe ein paar Würste und frisches Schweinefleisch. Wenn es Euch beliebt, lasse ich mein braves Weib …«

»Der Teufel soll dich *und* dein braves Weib holen!«, wütete der Templer. »Ich will Rindfleisch, und ich werde Rindfleisch bekommen.«

Der Wirt drehte sich Hilfe suchend zu d'Anjou um. »Es tut mir Leid, edle Herren, aber es gibt kein Rindfleisch in Palencia.« Flehentlich riss er die Augen auf. »Das Hasenragout ist sehr gut.«

»Bring es her«, befahl ihm der Baron.

»Sofort, edler Herr.« Der Wirt eilte in Richtung Küche davon. »Und ich werde auch Brot bringen.«

»Und mehr Wein!«

»Sofort, edler Herr.«

Der Komtur funkelte d'Anjou an. »Kommt mir nie wieder so in die Quere«, knurrte er.

»Was denn? Wolltet Ihr den Mann kreuzigen?«, erwiderte der Baron in beiläufigem Tonfall. »Um Himmels willen, de Bracineaux, es gibt kein Rindfleisch. Unseren Gastgeber aufzuschlitzen, wird Euch gar nichts bringen.« Er lehnte sich auf seinem Stuhl zurück, drückte den Becher an die Brust, schloss die Augen und genoss die Wärme des Feuers.

Der Wirt brachte einen weiteren Krug und einen Laib Brot, den er zaghaft auf den Tisch stellte; dann huschte er rasch davon, bevor er wieder den Zorn seiner schwierigen Gäste erregte. Gislebert riss das Brot in vier Teile. Er kaute auf seinem Stück herum und starrte geistesabwesend ins Feuer. Der Komtur leerte seinen Becher und schenkte sich nach.

Schweigend tranken die drei, bis der Wirt wieder mit einem dampfenden Eisentopf erschien, den er in die Mitte des Tisches stellte. Er wurde von einem Jungen begleitet, der mehrere Holzschüsseln brachte, die er neben d'Anjous Ellbogen abstellte, bevor er wieder davonrannte. Dann holte der Wirt vier Holzlöffel hervor, die er an dem schmutzigen Leinentuch abwischte, das er um die Hüfte trug. Er legte je einen Löffel in die Schüsseln und verteilte dann den Inhalt des Topfes.

»Was soll das?«, knurrte de Bracineaux und beäugte wütend die vierte Schüssel.

Der Wirt zögerte. Unsicher schwebte der Schöpflöffel über dem Tisch. »Ragout, edler Herr«, antwortete er schüchtern, »für den Herrn Erzbischof.«

»Man hat dir doch gesagt, dass er nur gekochten Kohl und Wasser bekommen soll«, zischte der Templer.

»Natürlich, edler Herr, aber …«, der Wirt schluckte und blickte ängstlich von einem seiner Gäste zum anderen. »Ich … Ich dachte, das wäre nur ein Scherz.«

»Du sollst nicht denken«, erwiderte der Komtur drohend. »Du sollst gehorchen. Lass das und gib ihm Kohl wie befohlen.«

Der Wirt blickte flehentlich zu d'Anjou, und dieser gab tatsächlich nach. »Da dies die letzte Nacht ist, die Seine Gnaden mit uns verbringt«, schlug der Baron vor, »warum sollten wir ihm dann nicht etwas Ragout gönnen? Lasst ihn sich zu uns gesellen. Dann kann er uns erzählen, was er über diesen Bruder Matthias weiß.«

»Wir haben ihn schon danach gefragt«, erwiderte de Bracineaux. »Er hat uns alles gesagt, was er weiß … und das war wenig genug.«

»Füllt ihn mit Wein, und er überrascht Euch vielleicht noch und singt wie eine Lerche«, sagte d'Anjou. »Das ist unsere letzte Gelegenheit, es herauszufinden.«

»Na schön«, sagte der Komtur, und an Gislebert gewandt. »Hol den unappetitlichen Priester und sag ihm, er könne sich zu uns gesellen, wenn er denn auf sein Benehmen achtet.«

Der Sergeant stopfte sich das letzte Stück Brot in den Mund, stand dann auf und schlurfte davon. De Bracineaux betrachtete seinen Gefährten sichtlich gereizt. »Ihr *seid* ein altes Weib, d'Anjou. Wisst Ihr das? Ihr hättet Priester werden sollen.«

Der Baron nippte an seinem Wein. »Dafür mangelt es mir an geistiger Disziplin«, erwiderte er schlicht. »Ich lasse mich viel zu leicht von Frivolitäten und irgendwelchen Launen ablenken.«

Der Komtur starrte ihn an; dann lachte er, ein abgehacktes Bellen. »Bei Gott, d'Anjou.« Er hob den Becher, trank erneut, zog die Schüssel zu sich heran und begann, sich das Ragout in den Mund zu schaufeln.

Einen Augenblick später kehrte Gislebert mit dem Kirchenmann im Schlepptau wieder zurück. »Setzt Euch,

Bertrano«, sagte de Bracineaux und trat einen Stuhl in Richtung des Erzbischofs. »Unser Baron hier glaubt, Ihr solltet Euch zu einem Abschiedsmahl zu uns gesellen. Was sagt Ihr dazu?«

»Ich sage«, erwiderte der Erzbischof, »dass sich der Baron zumindest noch einen Rest von Anstand bewahrt hat. Vielleicht wird er dereinst doch noch Erlösung finden.«

»Da wäre ich mir nicht so sicher.« Der Komtur schob eine Schüssel Ragout über den Tisch. »Ich will, dass Ihr mir was über diesen Priester erzählt – diesen Bruder Matthias.«

»Ich habe Euch bereits alles erzählt, was ich weiß«, sagte Bertrano. Er senkte den Kopf, murmelte ein Gebet, bekreuzigte sich und begann zu essen.

De Bracineaux zog ihm die Schüssel unter der Nase weg. »Erst der Priester, dann das Essen.«

Müde hob der Erzbischof den Kopf. »Ich kann Euch nichts erzählen, was ich Euch nicht bereits erzählt hätte. Bevor mich sein Brief erreichte, war mir der Mann vollkommen unbekannt. Er zieht in der Gegend herum, baut Kirchen und predigt den Armen. Mehr weiß ich nicht.«

»Es wird mir ein Vergnügen sein, wenn ich Euren erbärmlichen Kadaver von hinten sehen kann«, sagte der Komtur und schob dem Erzbischof die Schüssel wieder hin.

»Ihr seid zu hart, de Bracineaux«, meldete der Baron sich freundlich zu Wort. »Unser Freund, der Herr Erzbischof, ist voller Weisheit und guten Willens. Begleitet er uns nicht länger, wird die Straße ein weit trostloserer Ort sein. Wir werden seinen fröhlichen Spott vermissen.«

»Dank Euch werden die Bauarbeiten ins Stocken geraten sein. Der Winter kommt, und wenn bis dahin das Dach nicht fertig ist, war viel Arbeit umsonst.«

»Hat Euch nie jemand gesagt, dass es Torheit ist, Schätze auf Erden zu horten, wo Motten und Rost sie zerfressen?«, fragte de Bracineaux und rief damit ein verächtliches Lachen von Gislebert hervor.

»Und steht nicht geschrieben: ›Da es in deinem Herzen war,

einen Tempel in meinem Namen zu errichten, spricht der Herr, tatest du gut daran, dies in deinem Herzen zu haben …‹ und: ›Der Tempel, den ich errichte, wird groß sein, denn unser Gott ist größer als alle anderen Götter‹?«

»Und: ›Wer‹«, konterte der Templerkomtur, »›vermag Gott einen Tempel zu errichten? Denn der Himmel ist sein Thron und die Erde sein Schemel.‹« In spöttischem Triumph hob er den Becher.

»Selbst Satan kann die Schrift zitieren«, erwiderte der Erzbischof säuerlich.

De Bracineaux zuckte unwillkürlich zusammen. »Fort mit Euch«, knurrte er. »Euer selbstgerechtes Geplapper ermüdet mich.«

Der Erzbischof hob die Schüssel an die Lippen und schluckte den Rest seines Ragouts hinunter. Dann stand er auf. »Wie ist es möglich, dass ein Mann den Splitter im Auge seines Bruders sieht, doch den Balken in seinem eigenen nicht bemerkt?« Mit diesen Worten wünschte er allen eine gute Nacht und kehrte in sein Zimmer zurück.

»Erinnert mich daran, ihm morgen den lahmen Gaul zu geben, wenn er uns verlässt.«

»Besser noch«, sagte d'Anjou, »warum gebt Ihr ihm nicht einen Esel? So hätte er zumindest einen Seelenverwandten zur Gesellschaft.«

»Wohl gesprochen«, lachte Sergeant Gislebert. »Ein Mann nach meinem Herzen.«

»Ihr seid nur halb so klug, wie Ihr glaubt zu sein, d'Anjou«, knurrte de Bracineaux und schüttelte den Kopf.

»Seid doch nicht so missgelaunt, Komtur«, erwiderte d'Anjou. »Esst, trinkt und freut Euch des Lebens … denn morgen beginnt ernsthaft die Suche nach der Mystischen Rose. Mit etwas Glück werdet Ihr sie noch vor Ende der Jahreszeit in Sicherheit gebracht haben. Dann können wir bereits in Anjou sein, bevor der erste Schnee fällt, und dort auf meinem Gut überwintern. Was sagt Ihr dazu?«

»Ich sage«, antwortete der Komtur, »dass wir die Reliquie

noch nicht haben. Ich werde nicht feiern, bevor ich sie nicht in Händen halte.«

»Dann lasst uns auf die Queste trinken«, sagte der Baron und hob seinen Becher. »Möge dieses Fest nicht lange auf sich warten lassen.«

Ihr Abendessen bestand aus Brei und Brot – und das für die nächsten drei Tage –, während jeder Tag die Gefährten tiefer in die wilden, einsamen Berge führte. Das Wetter verschlechterte sich stetig; jeder Tag war kälter als der vorherige, die Wolken niedriger, dunkler und voller Regen. Der Wind blies die kahlen Hänge hinunter, zerrte an den Reitern bei Tag und störte ihren Schlaf in der Nacht.

Eines solchen freudlosen Tages fanden sie eine von Abus Markierungen in einem breiten, grasbewachsenen Tal. In der Nähe entdeckten sie die Überreste eines Lagerfeuers; an Büschen und Bäumen fanden sich Wollreste und auf dem Boden Schafskot. »Vermutlich hat ein Schäfer seine Tiere für den Winter in tiefere Regionen getrieben«, bemerkte Paulo und blickte zu den Berggipfeln hinauf. »So Gott will, werden auch wir bald wieder nach Hause zurückkehren.«

Am nächsten Tag ritten sie in die Richtung, in die die Markierung deutete, und prompt verloren sie die Spur. Bei Einbruch der Nacht hatten sie sie nicht wiedergefunden. »Sie ist weg«, schloss Paulo düster.

»Wir müssen eine Markierung übersehen haben«, sagte Yngvar.

»Vielleicht«, räumte Paulo ein; »aber das glaube ich nicht.«

»Wir werden die Spur morgen wiederfinden«, sagte Cait, »wenn wir wieder Licht haben.«

»Es tut mir Leid, Donna Caitríona«, erwiderte Paulo und schüttelte den Kopf, »aber der Boden besteht größtenteils aus Fels. Wäre Abu nicht gewesen, hätten wir sie überhaupt nicht erst so weit verfolgen können. Ihm muss etwas passiert sein.«

»Falls er verwundet oder getötet worden wäre«, sagte Svein, »hätten wir ihn auf dem Weg gefunden.«

»Die Banditen müssen ihn geschnappt haben«, schloss Yngvar. »Jedenfalls ist es das, was ich glaube.«

»Dann hilf ihm Gott«, seufzte Dag.

»Was sollen wir jetzt tun?«, fragte Cait und drehte sich zu Rognvald um, der neben ihr stand und die Arme vor der Brust verschränkt hatte, um sich zu wärmen.

»Ich vermute, sie haben in einem der höher gelegenen Täler ein Versteck«, antwortete der große Ritter. »Wir werden unser Lager an der letzten Markierung aufschlagen und von dort aus jedes Tal durchsuchen, bis wir sie gefunden haben.«

Bei dem Ort, den Rognvald als Lager vorgeschlagen hatte, handelte es sich um eine Grasmulde an der Verbindungsstelle zwischen zwei größeren Tälern, die beide um einen hohen Gipfel herumliefen. Ein Bach floss um den Fuß des Berges, sodass es Cait und ihren Rittern nicht an gutem Wasser mangelte. Auf einer Seite ihres Lagers befand sich ein kleines Wäldchen, wo sie Feuerholz sammeln konnten und Äste, aus denen sie einfache Unterstände bauten, um den schlimmsten Wind und Regen abzuhalten. Nicht zum ersten Mal wünschte sich Cait, sie hätten die Zelte mitnehmen können – und die zusätzliche Kleidung, die sie hatte zurücklassen müssen.

Am nächsten Morgen begannen sie damit, die vielfingrigen Täler zu durchsuchen, indem sie über felsige Pfade von einem ins andere ritten. Rasch wurde klar, dass es bei weitem zu viele Täler, Schluchten und Klüfte hier gab, als dass sie sie alle hätten erkunden können. Also beschlossen sie, sich paarweise aufzuteilen, um mehr mögliche Verstecke in kürzerer Zeit absuchen zu können.

Jeden Tag wechselten sie die Pferde, um den Tieren Ruhe zu gönnen, und jeden Morgen ritten sie voll neuer Hoffnung los. An diesem Tag, so glaubten sie jedes Mal, würde ihre Ausdauer belohnt werden; doch jeden Abend kehrten sie zurück und brachen erschöpft und frustriert neben dem kalten Bach zusammen, um eine weitere feuchte Nacht auf der Erde zu verbringen. Jeden Tag stieg Caits Hoffnung wie die Herbstsonne nicht mehr ganz so hoch wie noch am Tag zuvor, und ihr Licht wurde schwächer und rückte in immer größere Ferne.

Die Pferde fraßen ihr Gras und bekamen dicke Winterfelle; doch Cait und ihre Ritter hatten nicht so viel Glück. Schon bald verloren sie den leichter verderblichen Teil ihres Proviants: Eier, Käse und Brot. Dann schwand der Wein rasch dahin, und schließlich blieben ihnen nur noch Trockenfleisch, Mehl und Bohnen. Jeden Abend hatten sie weniger zu essen, und es wurde immer offensichtlicher, dass sie ihre Suche würden abbrechen und ins Tiefland zurückkehren müssen, wenn ihre Mühen nicht bald belohnt würden; nur in einer Stadt oder Siedlung konnten sie ihren Proviant auffrischen.

»Wir haben vielleicht noch genug für zehn Tage«, sagte Dag, der zum Koch der Gruppe geworden war. Als sie an diesem Morgen aufgewacht waren, hatte Reif den Boden bedeckt; am Ufer des Baches hatte sich Eis gebildet, und eine feine weiße Schicht überzog die Äste der Bäume. »Danach … Nun, das liegt in Gottes Hand, würde ich meinen.«

»Unsere Vorräte werden das Wetter nicht überstehen«, erklärte Paulo. »Der Winter steht kurz bevor. Schnee kommt – es könnte jeden Tag schneien –, vielleicht morgen, vielleicht übermorgen, aber auf jeden Fall bald … und wenn es so weit ist, werden die Pässe zu sein, und wir können von Glück sagen, wenn wir hier noch herauskommen.«

Diese düstere Voraussage stürzte Cait in eine traurige, verzweifelte Stimmung, die ihr abgrundtief verhasst war, und so stürzte sie sich auf Paulo, weil er es ausgesprochen hatte. »Was weißt du denn schon davon?«, schnappte sie. »Wärst du nur halb so aufmerksam, wie du glaubst zu sein, hätten wir Alethea schon längst gefunden!«

Der Ritter verzog das Gesicht und blickte Cait mit traurigen Augen an. »Ich bitte Euch um Verzeihung, werte Frau, sollte ich gesprochen haben, wo ich hätte schweigen sollen.«

Der schlanke Spanier wirkte so erschrocken und niedergeschlagen, dass Cait ihm einfach nicht mehr länger böse sein konnte. »Ich bin es, die *dich* um Verzeihung bitten muss, Paulo«, lenkte sie ein und unterdrückte ihre Gefühle. »Du hast lediglich eine Wahrheit ausgesprochen, die mein Herz nicht hören will.«

»Die Wahrheit, ja«, pflichtete er ihr traurig bei; »doch ich würde alles dafür geben, sie zu ändern.«

Sie suchten zwei weitere Tage, mit ebenso wenig Erfolg wie zuvor. Dann erklärte Rognvald den nächsten Tag zu einem Ruhetag. Cait gefiel das genauso wenig wie die Tatsache, dass der Wintereinbruch drohte, doch diesmal behielt sie ihre Enttäuschung für sich. Wie es das Glück wollte, war es an diesem Ruhetag sonnig und weitgehend windstill – bei weitem das beste Wetter seit dem Überfall, als Alethea entführt worden war.

In dieser Nacht fiel der erste Schnee des Jahres, und als die Gefährten am nächsten Morgen erwachten, war der Boden mit einer feinen, schimmernden weißen Schicht bedeckt, und der Himmel war strahlend blau und hell. Beim Aufsatteln entdeckten Svein und Yngvar neue Spuren im Schnee: Ein kleines Rudel Rehe hatte kurz vor Sonnenaufgang den Wald verlassen. Die Aussicht auf frisches Fleisch wischte alle anderen Sorgen beiseite, und die tägliche Suche wurde rasch abgebrochen, sodass die Männer auf die Jagd gehen konnten. Cait lehnte ab, sie zu begleiten; anstatt an einer aufregenden Jagd teilzunehmen, zog sie es vor, sich am Feuer auszuruhen. »Schürt die Flammen, werte Frau«, sagte Dag. »Wir werden einen schönen Bock zum Abendessen bringen.«

Cait saß am Feuer und blickte in den blauen spanischen Himmel empor. Nach einer Weile schwand das Feuerholz dahin, und Cait kam zu dem Schluss, dass sie besser noch etwas sammeln sollte, wollten sie heute Abend Wildbret genießen. Also schnappte sie sich einen Sack und ein Seil, wie sie auch die Männer zum Holzsammeln verwendeten, sattelte ihr Pferd und ritt ein Stück in den Wald hinein, wo sie auch tatsächlich genügend trockenes Holz fand. Cait füllte den Sack und brachte ihn ins Lager zurück; als sie sah, dass die Männer noch nicht zurückgekehrt waren, beschloss sie, noch einen weiteren zu holen.

Cait genoss diese schlichte Arbeit. Der Tag war schön, die Luft frisch, und der Schnee auf den Bäumen und Gipfeln ließ alles hell glitzern. So ließ sie ihren Gedanken freien Lauf, während sie zwischen den Bäumen umherschlenderte und nach heruntergefallenen Ästen Ausschau hielt, die sich als Feuerholz eigneten. Sie dachte an Sydoni, die zu Hause wartete und sich Sorgen machte, dass sie für den Winter noch nicht zurückgekehrt waren – dann erinnerte sie sich jedoch, dass sie ursprünglich beabsichtigt hatten, in Zypern zu überwintern; also würde man sie in Caithness noch nicht vermissen.

Unerwarteterweise veranlasste sie dieser Gedanke zu beten. Sie betete, dass es Alethea gut ging und dass sie sie finden würden, bevor ihnen die Vorräte ausgingen und sie die Suche für den Winter würden einstellen müssen. *Bitte, allmächtiger Vater im Himmel*, betete sie, *schicke mir ein Zeichen, dass du bei uns bist und dich um uns kümmerst.*

Kaum hatte Cait dieses schlichte Gebet beendet, da kam die Antwort schnell wie ein Pfeil, denn sie hörte ein seltsames Klingeln – wie winzige Glocken hoch in der Luft.

Staunend blickte Cait in den Himmel. Das Geräusch schien sich zu bewegen – als glitte ein Engel langsam von Ost nach West über die Wipfel –, doch sie konnte nichts sehen außer den dicht wachsenden Ästen. Cait folgte dem Geräusch bis zum Waldrand, wo sie dann einen Falken hoch im sonnendurchfluteten Himmel sah. Während der majestätische Vogel über den wolkenlosen Himmel glitt, bemerkte sie, dass etwas von seinen Beinen baumelte: die Lederriemen eines ausgebildeten Jagdvogels.

Caits Herz schlug plötzlich schneller. Solch ein Vogel in freiem Flug bedeutete, dass der Jäger nicht fern sein konnte.

Cait rannte zurück in den Wald, um ihr Pferd zu holen – doch nur, um herauszufinden, dass das Tier verschwunden war;

vermutlich war es ins Lager zurückgekehrt, sodass sie ihre Last selbst würde zurücktragen müssen. Sie schnappte sich den halb vollen Sack Feuerholz und begann, ihn über die unebene Erde zu schleppen. Sie fluchte über sich selbst: Warum nur hatte sie das Pferd nicht ordentlich angebunden? Der Sack war schwer, und Cait hatte hart damit zu kämpfen, während sie sich ihren Weg zwischen den Bäumen hindurchbahnte.

Als sie den Wald wieder verließ, blieb sie kurz stehen und suchte den Himmel ab, doch der Falke war verschwunden. Aus irgendeinem Grund war Cait enttäuscht; sie setzte ihren Weg fort und schleppte den Sack hinter sich her. Der Weg zum Lager führte an einem kleinen Hügel vorbei, um den sich der Bach wand, der durch das Tal floss. Als Cait den Fuß der Erhebung erreichte, hörte sie erneut ein Klingeln und drehte sich in die entsprechende Richtung um.

Diesmal war es jedoch kein Falke, sondern ein großer schwarzer Hengst, dessen Fell im Sonnenlicht schimmerte. Das plötzliche Auftauchen des Tiers ließ Cait mitten im Schritt innehalten; erschrocken sprang sie einen Schritt zurück und stieß einen leisen Schrei aus.

Dann sah sie den Mann auf dem Pferd: Sein Kopf wurde von einem schimmernden schwarzen Turban bedeckt, und ein reich bestickter schwarzer Mantel fiel ihm über die Schultern bis auf die Hinterbeine des Hengstes. Der Mann entdeckte Cait im selben Augenblick, und obwohl er keinerlei offene Reaktion zeigte, verriet der scharfe Blick seiner dunklen Augen, dass er nicht erwartet hatte, jemanden in diesem Tal zu treffen.

Dass es sich bei dem Mann um einen Mauren handelte, war aufgrund des lockigen schwarzen Barts offensichtlich; vom Aussehen her glich er stark den Banditen. Aber während die Banditen schlampig und feige gewesen waren, war dieser Mann hier königlich, kühn, ein Mann von Wohlstand … Sein Mantel war mit Silber durchwirkt; sein hoher Sattel bestand aus feinstem schwarzem Leder; die dichte Mähne seines Pferdes war geflochten, und jeder Zopf war von Silberfäden durchzogen.

Cait stand bewegungslos und hielt den Atem an, während der Mann sie mit entwaffnender Neugier betrachtete. Dann wandte er sich ab, legte den Kopf in den Nacken und hob die Hand; er trug einen dicken Lederhandschuh. Er stieß einen durchdringenden Pfiff aus, der von einem Kreischen hoch in der Luft beantwortet wurde, und einen Augenblick später glitt der Falke herab und ließ sich auf der Faust seines Herrn nieder.

»Ich grüße Euch, Frau«, sagte der Mann und wandte seine Aufmerksamkeit wieder Cait zu. Sein Gesicht war schön und edel, seine Haut dunkel und glatt und seine Glieder schlank und elegant.

»Gott mit Euch, Herr«, erwiderte Cait und ließ den Sack mit Feuerholz los. Sie richtete sich unter dem Blick des Fremden auf und legte die Hand auf den Knauf ihres Schwertes.

»Verzeiht mir, dass ich Euch erschreckt habe«, sagte der Mann; »aber wenn es Euch nichts ausmacht, würdet Ihr mir dann vielleicht verraten, warum Ihr auf meinem Land lagert?« Sein Latein besaß einen starken orientalischen Akzent, und seine Stimme war tief und kräftig. Die Mischung aus beidem erzeugte einen Klang, der Cait an den Magier Sinjari erinnerte, und das wiederum vermittelte ihr ein Gefühl des Wiedererkennens, was sie kühn werden ließ.

»Ich bitte Euch um Verzeihung, edler Herr«, erwiderte sie höflich. »Hätte ich auch nur geahnt, dass diese Wildnis jemandem gehört, hätte ich keinen Augenblick damit verschwendet, hier zu lagern, sondern wäre direkt zu Eurem Haus geeilt und hätte um Gastfreundschaft nachgesucht.«

Als der Mann lächelte, strahlten seine Zähne weiß inmitten des schwarzen Bartes. »In der Tat! Was macht Euch so sicher, dass ein Muselmane der Bitte eines Christen entsprechen würde?«

»Ein weiser Mann hat mir einst gesagt, dass es unter den Mohammedanern als Zeichen wahren Adels gilt, anderen gegenüber Gnade und Großmut zu erweisen.«

»Selbst Feinden gegenüber?«

»*Besonders* Feinden gegenüber, Herr.«

Der Mann lachte mit seiner vollen Stimme. Das Geräusch erregte den Falken auf seiner Hand. Wütend kreischte der Vogel und schlug mit den Flügeln. »Schschsch, Kir, unartiges Mädchen.« Der Mann griff in einen Beutel an seiner Seite und holte einen Streifen rohen Fleischs heraus, den er dem Vogel zu fressen gab. »Lass uns allein. Ich wünsche, mit dieser bezaubernden Dame zu reden.« Mit diesen Worten warf er den Falken hoch in die Luft, und der Vogel verschwand mit lautem Klingeln. »Kiri ist eine listige und furchtlose Jägerin«, erklärte der Maure bewundernd; »aber sie ist auch äußerst eifersüchtig.«

Der Maure glitt aus dem Sattel, stellte sich vor Cait und musterte sie mit einer Belustigung in den Augen, die Cait als ein wenig beunruhigend empfand. »Wenn wir schon als Feinde beginnen«, sagte er schließlich, »lasst uns wenigstens nach dem tugendhaften Adel streben, den Euer weiser Bekannter so sehr feiert.«

»Der Mann war mein Vater«, erklärte Cait, »Herr Duncan von Caithness.«

»Dann hat er mein Mitgefühl«, erwiderte der Maure lächelnd.

»Mein Herr?«

»Jeder Mann, der solch eine Tochter auch nur einen Augenblick aus den Augen verliert, muss einen gar furchtbaren Verlust zu ertragen haben.« Er lächelte erneut, und Cait spürte eine seltsame Wärme, die durch ihren ganzen Körper strömte – eine Folge der schamlosen Schmeichelei des Mauren, wie sie vermutete.

»Ich bin Fürst Hassan Salah Ibn Al-Nizar.« Er verneigte sich tief. »Friede sei mit Euch. Möge Allah der Großzügige all Eure Unternehmungen in Triumph enden lassen. Verzeiht meine Neugier, werte Frau, aber welch Wunder hat Euch an diesen einsamen und düsteren Ort verschlagen?«

Cait nannte ihren Namen und erzählte dem Mauren, dass sie aus ihrer Heimat, Schottland, aufgebrochen sei, um eine Pilgerfahrt zu unternehmen.

»Caitríona«, wiederholte der Maure und legte die Stirn in Falten. »Das wird nicht gehen. Meiner erbärmlichen maurischen Zunge mangelt es an Geschick, die natürliche Süße eines solch wundersamen Namens wiederzugeben. Ich denke, ich werde Euch stattdessen Ketmia nennen … wenn ich denn so kühn sein darf.«

Cait wiederholte den Namen unsicher. »Zumindest klingt er nicht schlecht. Ketmia … Was bedeutet das?«

»Das ist der Name einer der wohlduftendsten und schönsten Blumen, die überhaupt auf dieser Welt blühen«, antwortete Hassan. »Im Osten gibt man sie Bräuten an ihrem Hochzeitstag, denn wie die Lieblichkeit dieser Blume wird die Erinnerung an diesen Tag alle Zeiten überdauern und die Gedanken der Menschen mit ihrem betörenden Duft erfüllen.« Sein Lächeln strahlte echte Freude aus, was Cait als ausgesprochen liebenswert empfand. »Als ich Euch gesehen habe, dachte ich sofort: *Ketmia*.«

»Also gut«, willigte Cait schließlich ziemlich betört ein.

»Hervorragend!«, rief Fürst Hassan. Er machte eine weit ausholende Handbewegung zum Zeichen, dass er Caits Willen akzeptierte, und sagte: »Es würde die Kargheit meines Kuhstalls von einer Behausung außerordentlich bereichern, wenn Ihr meine Gastfreundschaft annehmen würdet, solange Ihr in meinem Land verweilt.«

»Da Ihr mich so höflich fragt«, erwiderte Cait, »nehme ich mit Freuden an – obwohl ich Euch warnen muss, dass ich nicht allein bin. Wie es das Schicksal will, habe ich eine Eskorte von Rittern bei mir. Es sind fünf, und alle unterstehen sie dem Befehl von Herrn Rognvald von Haukeland.«

»Aha.« Der Maurenfürst blickte nach rechts und links in Richtung Lager. »Sind Eure Krieger *Dschinni?* Bei meinem Bart, ich kann sie nirgends sehen.«

Im Augenblick sind sie auf der Jagd«, erklärte Cait, »um uns ein wenig Fleisch zum Abendessen zu besorgen.«

Sie glaubte einen Schatten des Missfallens über Hassans Gesicht huschen zu sehen, doch dieser Schatten verschwand so schnell, wie er gekommen war, und wich einem strahlenden Lächeln. »Dann lasst uns beten, dass ihre Bemühungen von Erfolg gekrönt werden, denn frisches Fleisch wird eine willkommene Ergänzung für das Festmahl sein, das ich Euch und Eurer Gefolgschaft heute Abend zu kredenzen gedenke.«

Er drehte sich um und schwang sich elegant wieder in seinen Sattel. »Sammelt Eure Sachen, wenn Ihr so gütig sein würdet«, sagte er. »Ich werde meinen Katib schicken, damit er Euch zu meinem Haus führen kann, sobald Ihr fertig seid.«

Cait dankte ihm und blickte ihm hinterher, als er davonritt. Am Waldrand hielt er an und pfiff nach seinem Falken; dann hob er die Hand, und mit einem Winken seiner schwarz behandschuhten Hand wendete er den Hengst, galoppierte wieder in den Wald hinein und war verschwunden. Cait stand eine Weile einfach nur da und fragte sich, ob sie recht daran getan hatte, das Angebot des Mauren anzunehmen. Eine Zeit lang zerbrach sie sich den Kopf, doch schließlich kam sie zu dem Schluss, dass Fürst Hassan gerade rechtzeitig gekommen war, um ihr bei der Suche nach Alethea zu helfen. Tatsächlich war sein Auftauchen, so empfand sie es, das glückliche Zeichen gewesen, um das sie gebetet hatte.

Gegen Mittag kehrten die Ritter ausgesprochen gut gelaunt wieder zurück, denn sie hatten zwei junge Rehe erlegt – eine Laune, die sich sogar noch zaghaft besserte, als Cait ihnen verkündete, dass sie in dieser Nacht nicht auf dem kalten Waldboden würden schlafen müssen. »Heute Abend werden wir mit einem Fürsten speisen«, erklärte sie und fuhr fort, ihre Begegnung mit Hassan zu beschreiben.

»Den hat uns der Himmel geschickt«, sagte sie an Rognvald gewandt, während die anderen fortgingen, um das Wildbret vorzubereiten.

»Ich halte das eher für eine List des Teufels«, widersprach der Ritter; Unmut und Ärger standen ihm deutlich ins Gesicht geschrieben.

»Hört Euch nur einmal an«, tadelte ihn Cait. »Ihr habt den Mann noch nicht einmal kennen gelernt, und trotzdem verdammt Ihr ihn bereits. Um die Wahrheit zu sagen, entspricht er sogar dem Idealbild eines Edelmannes.«

»Das kann auch der Teufel«, erwiderte Rognvald.

»Er hat uns seine Gastfreundschaft angeboten, und ich will kein Wort mehr gegen ihn hören«, schnappte Cait entrüstet.

»Er ist ein *Maure,«* entgegnete Rognvald angespannt. »Muss ich Euch daran erinnern, dass es Mauren waren, die Eure Schwester geraubt haben?«

»Das war sehr unhöflich, mein Herr«, knurrte Cait. »Habe ich nicht während dieser vielen vergangenen Tage jeden wachen Augenblick damit verbracht, meine Schwester zu suchen? Sagt mir, was ich sonst noch hätte tun können, und ich werde auch das noch tun.«

Die Falten auf Rognvalds Stirn vertieften sich. Er öffnete den Mund, um etwas darauf zu erwidern, doch Cait ließ ihn nicht zu Wort kommen.

»So, wie die Sache steht«, fuhr sie fort und ließ ihn die volle Wucht ihres Zorns spüren, »geht uns langsam der Proviant aus, und das Wetter ist gegen uns. Daher halte ich es keineswegs für schlecht, Hilfe anzunehmen, wenn man sie uns anbietet.« Sie funkelte den Nordmann trotzig an. »Und ja, auch vom Teufel höchstpersönlich.«

Der große Ritter starrte sie unerbittlich an. Seine Kiefermuskeln zuckten von unausgesprochenen Worten, doch er hielt den Mund.

»Wir werden Fürst Hassans Gastfreundschaft annehmen, und bei der ersten sich bietenden Gelegenheit werde ich ihn um Hilfe bei der Suche nach Alethea bitten. Mir ist egal, ob Ihr nun damit einverstanden seid oder nicht. So oder so, ich *werde* meine Schwester finden.«

Sie gönnte Rognvald nicht die Befriedigung, etwas darauf zu erwidern; stattdessen machte sie auf dem Absatz kehrt und stürmte davon. Cait und Rognvald hielten sich voneinander fern, während sie durchs Lager gingen und sich für den Aufbruch vorbereiteten. Als kurze Zeit später der Katib des Fürsten erschien, freuten sich Cait und die Nordmänner schließlich darauf, die nasse Kälte gegen die Wärme eines Gebäudes eintauschen zu können.

Wie sein Herr, so wusste auch der Katib sich hervorragend zu benehmen. Er war ein wenig älter als der Fürst; sein Bart war bereits mit Grau durchzogen und seine Haut wettergegerbt wie ein alter Lederhandschuh. Obwohl er nicht groß war, besaß er die Haltung eines Königs. Er trug einen prächtigen braunen Mantel und hohe Reitstiefel und ein langes, krummes Messer mit juwelenbesetztem Knauf in einem breiten Stoffgürtel.

Der Katib ritt mit zwei Dienern ins Lager, von denen einer ein weizenfarbenes Bündel trug, das mit einer goldenen Kordel verschnürt war; der andere führte ein gesatteltes schwarzes Pferd. Als die Ritter sich versammelten, um die Neuankömmlinge zu begrüßen, stieg der Katib vom Pferd und stellte sich Cait in aristokratischem Latein vor: »Möge das Licht Allahs des Prächtigen auf Euch herabscheinen, und möge sein Segen Euch Frieden bringen.« Er verneigte sich tief und machte eine elegante Handbewegung. »Ich bin Al-Fadil Halhuli, Katib und Aufseher von Fürst Hassan, der Euch durch mich in sein Heim einlädt.«

Cait nahm die Begrüßung freundlich entgegen, während die Ritter ein Stück abseits standen und zuschauten. Sie hatten die Arme vor der Brust verschränkt und misstrauisch die Stirn in Falten gelegt; wie Rognvald nahmen sie eine äußerst zurückhaltende Haltung ein und machten keinerlei Anstalten, sich ebenfalls vorzustellen.

Der Katib ignorierte ihre schlechten Manieren, schnippte mit den Fingern, und der Diener mit dem Bündel stieg vom Pferd und kniete sich neben seinen Oberen.

»Mein Herr, der Fürst, hat mir ein Geschenk für Euch mitgegeben, von dem er hofft, dass Ihr ihm die Ehre erweist, es anzunehmen.« Er winkte dem knienden Diener, der daraufhin Cait das Bündel präsentierte. »Bitte, edle Frau«, sagte der Katib und bedeutete Cait, sie solle das Bündel in Empfang nehmen.

Cait nahm es in beide Hände, woraufhin der Katib die Kordel öffnete und einen Kapuzenmantel aus der edelsten Wolle entfaltete, die Cait je gesehen hatte; sie besaß die Farbe von Weizen und war in ihrer Struktur fast so weich und glatt wie Fell. Die Kapuze, die Ärmel und der Saum waren mit filigranen Mustern aus blauer Seide bestickt. Cait war verzaubert von dem Geschenk. Sie nahm den Mantel entgegen und hielt ihn sich vor den Leib.

»Oh, er ist wundervoll!«, sagte sie und vergaß vor lauter Leidenschaft, die Haltung zu bewahren. »Das ist der schönste Mantel, den ich je gesehen habe – bei weitem.« Der Mantel war in der Tat erlesen, doch es war mehr das unerwartete Geschenk an sich, was Cait so sehr freute und sie in Staunen versetzte. Dennoch, hätte sie gesehen, wie sich die Falten der Missbilligung auf Rognvalds Stirn weiter vertieften, sie hätte ihre Erregung vielleicht wieder ein wenig gezügelt; und hätte sie gesehen, dass auch die Ritter einander missbilligende Blicke zuwarfen, sie hätte vermutlich ihre natürliche Würde und Haltung wiedererlangt.

Während der Katib den Mantel für sie hielt, steckte sie die Arme hinein und drehte sich anschließend genüsslich im Kreis.

»Mein Herr hat die Wahrheit gesprochen«, sagte der Katib. »Ihr besitzt in der Tat die Augen einer Huri des Paradieses.«

Zu Caits großer Verlegenheit errötete sie bei diesem Kompliment, doch ließ sie dieser Umstand zugleich ihre Fassung zurückerlangen. »Ich danke Euch, werter Herr …«, begann sie.

»Bitte, edle Frau«, unterbrach sie der Katib, »ich bin schlicht Halhuli. Es ist mir eine Freude, Euch dienen zu dürfen.« Er drehte sich um und breitete respektvoll die Hände aus. »Nun, wenn ihr bereit seid, edle Herren, können wir uns auf den Weg machen. Mein Herr wartet darauf, euch willkommen heißen zu dürfen, und ich versichere euch, dass er sich freut, eure Bekanntschaft zu machen.«

Mit einer Handbewegung schickte Halhuli den Diener, sein Pferd zu holen, obwohl das Tier nur wenige Schritt hinter ihm stand. Gleichzeitig sprang der andere Diener aus dem Sattel und führte das schwarze Pferd heran. Der Katib nahm Caits Hand und half ihr in den Sattel; dann stieg er auf sein eigenes Pferd. Ohne ein weiteres Wort und ohne noch einen Blick zurückzuwerfen, ritt der Katib und Aufseher des Fürsten mit Cait an der Seite aus dem Lager. Die Ritter schnappten sich die Packtiere und eilten ihnen hinterher.

Der kurze Tag neigte sich seinem Ende zu. Ein kalter Wind wehte von Norden her dichte Wolken heran; die Berggipfel waren schon bald nicht mehr zu sehen, und der Himmel verdunkelte sich, lange bevor sie ihr Ziel erreichten. Obwohl sie sich bemühte, fiel es Cait schwer, die Orientierung zu behalten. Ein einsames, baumbewachsenes Tal glich dem anderen; und ein sich windender, zerklüfteter Felskamm war vom anderen nicht zu unterscheiden. Nachdem sie ein gutes Stück in die Berge vorgedrungen waren, legten sie eine Rast ein. »Es ist nicht mehr weit«, erklärte Halhuli.

Er drehte sich im Sattel um, hob die Hand und sagte: »Seht! Al-Jelál, der Palast von Fürst Hassan Salah Al-Nizar.«

Cait hob den Blick und sah ein niedriges, kastenförmiges Gebäude auf einem Felskamm und unmittelbar an einem fast senkrechten Abgrund, der bis zum Talboden reichte. Das in luftiger Höhe liegende Gebäude bestand aus den gleichen Steinen wie die umliegenden Berge und war so farblos und karg, dass Cait es wohl übersehen hätte, hätte der Katib sie nicht darauf aufmerksam gemacht.

Die Gruppe setzte ihren Weg fort, und bald erreichten sie das Ende des Tals und stiegen über einen befestigten Weg zum Felskamm hinauf. Oben angekommen, sahen sie, dass der Palast – oder wie Halhuli ihn nannte, der *al-quazr* – in eine große, natürliche Mulde hineingebaut worden war, und das letzte Stück bis zu seinen Toren ging es über hervorragend gearbeitete Felsstufen hinauf, die immer ein kleines Stück größer wurden, je höher man kam. Das Ganze war von einer

Steinmauer umgeben, die von einem Tor durchbrochen wurde, welches wiederum das Ende des befestigten Weges bildete und somit Al-Jelál von der Umgebung abschloss.

Als Burg betrachtet, besaß der Palast nur wenige Befestigungsanlagen – tatsächlich war die Mauer das einzige Verteidigungsgebilde; Türme waren nirgends zu sehen –, und als Beispiel für hohe maurische Baukunst mangelte es ihm an Eleganz. In der Tat wirkte der schlammfarbene Stein, aus dem der Palast gebaut war, unter dem grauen Himmel sogar ausgesprochen trostlos.

»Das Gefängnis von Damaskus hatte dem Auge ja mehr zu bieten als dieses faule Nest hier«, knurrte Yngvar leise vor sich hin. Svein und Dag grunzten zustimmend. Cait hörte es, und obwohl sie sie für ihre Unhöflichkeit böse anfunkelte, musste sie zugeben, dass sie Recht hatten. Sie blickte zu dem hoch gelegenen, einsamen Haus empor, und ihre Laune verschlechterte sich drastisch bei dem Gedanken, dass sie die Freiheit des Windes und der Sterne für einen erbärmlichen Felsen von Festung aufgegeben hatte.

Die Tore öffneten sich, als sie sich näherten, und sie ritten hindurch auf einen breiten, ansteigenden Hof. Hier hatte man eine Reihe von Eisenständern aufgestellt, an denen Fackeln brannten, und unter jeder Fackel hing ein goldenes Banner mit dem Wappen des Fürsten: einem fliegenden Falken über einem maurischen Krummschwert.

Hinter den Bannern erhob sich das erste der Palastgebäude, die Empfangshalle des Fürsten. Die massiven Zederntüren standen offen, und weiß gewandete Diener warteten dort mit Fackeln in den Händen zu beiden Seiten der Tür. Als die Besucher von den Pferden stiegen, erschien der Fürst in der Tür und eilte ihnen entgegen die Stufen hinunter. Er lief direkt auf Rognvald zu und streckte die Hand zur Begrüßung aus. »Mein Herr Rognvald«, sagte er, »es ist mir eine Freude, Euch und Eure Männer in meinem Heim willkommen zu heißen.«

Während die Ritter sich um ihren Herrn und Anführer versammelten, fuhr der Fürst fort: »Ich bin Hassan Salah Ibn Al-

Nizar, Fürst des Hauses Tashfin. Eure Gegenwart stellt eine äußerst willkommene Abwechslung in dieser öden Jahreszeit dar.« Er deutete auf die beiden Rehe, die die Ritter auf die Mulis gebunden hatten. »Ich beglückwünsche Euch zu Eurem Erfolg. Wie es das Schicksal will, sind meine Ländereien die besten Jagdgründe in ganz Aragon; ich freue mich schon darauf, bald mit Euch ausreiten zu können, meine Herren.«

»Seid versichert«, erwiderte Rognvald nach nur einem Hauch von Zögern, »dass wir nichts lieber täten.«

»Wunderbar!«, rief der Fürst. »Mit Eurer Erlaubnis werde ich in der Küche Bescheid sagen, dass sie die Rehe für unser Festmahl heute Abend vorbereiten sollen. Nun denn, Halhuli«, sagte er an seinen wartenden Katib gewandt, »würdest du unsere Gäste bitte in die Halle führen.«

Die Ritter setzten sich in Bewegung, und der Fürst wandte sich an Cait. »Frau Ketmia, Ihr müsst mir verzeihen, dass ich mich noch nicht um Euch gekümmert habe, doch ich wünsche, Euch persönlich zu geleiten.« Er trat vor sie, ergriff ihre Hand und berührte sie mit den Lippen. »Findet der Mantel Euer Gefallen?«

»Er ist wunderschön«, antwortete Cait, »und ich danke Euch, mein Herr. Es ist ein sehr aufmerksames Geschenk, das ich besonders an einem Tag wie diesem zu schätzen weiß.«

»Es ist mir ein Vergnügen.« Wieder ergriff der Fürst ihre Hand und führte sie die Stufen hinauf und durch die offene Tür. »Der Winterwind in diesen Bergen kann teuflisch sein. Die Wolle stammt von einer Art Ziege, die um die Gipfel hier streunt. Sie ist sehr weich und zugleich sehr warm. Ich bin froh, dass der Mantel Euch gefällt.«

Sie gingen durch die Tür in ein großes Vestibulum. Die Wände bestanden aus grob behauenem, weiß getünchtem Stein und der Boden aus poliertem Pinienholz. Der Raum war sauber und auch ein wenig schlicht, doch bei weitem nicht so furchtbar, wie Cait befürchtet hatte … und vor allem war es warm hier.

Auf beiden Seiten führte eine große Tür aus dem Vestibulum hinaus, und durch eine konnte Cait sehen, wie die Ritter einen langen Gang hinuntergeführt wurden. Fürst Hassan begleitete sie zur entgegengesetzten Tür, wo zwei junge Frauen warteten. Beide besaßen langes schwarzes Haar, das sie zu jeweils einem einzigen Zopf geflochten hatten, und beide trugen das gleiche weiße, weit geschnittene Gewand wie die männlichen Diener.

Beim Näherkommen des Fürsten verneigten die jungen Frauen sich tief und verharrten in dieser Position, bis ihr Herr sie ansprach. »Das sind Mahdi und Pila'i«, erklärte er Cait. »Während Eures Aufenthalts hier werden sie Eure Dienerinnen sein. Ich habe sie angewiesen, sich gut um Euch zu kümmern; daher gestattet ihnen bitte, ihre Aufgabe zu erfüllen.«

Der Anblick der beiden jungen Frauen freute Cait, und ihre Laune besserte sich augenblicklich. Sie hatte sich der Vorstellung hingegeben, der Fürst sei der einzige Bewohner dieser öden, windgepeitschten Fluchtburg, umgeben von all dem Schmutz, in dem Männer versinken, wenn keine Frauen in ihrer Nähe sind, die für Sauberkeit und Ordnung sorgen. Die Tatsache, dass man ihr nicht nur eine, sondern gleich zwei Dienerinnen zuteilte, zeugte jedoch vom Gegenteil. »Gibt es viele Frauen hier?«, fragte sie.

»Eine beachtliche Zahl sogar«, antwortete der Fürst in liebenswürdigem Tonfall; »allerdings ist in meinen Augen immer noch Platz für eine weitere … besonders wenn diese eine solchen Glanz in diese öde Jahreszeit bringt.«

Das war eine unverhohlene Schmeichelei, doch in freundlich gelassenem Ton vorgetragen, und so kam Cait zu dem Schluss, dass es ungehobelt gewesen wäre, dem zu widersprechen. Sie beschloss, das Kompliment schlicht zu übergehen, und fragte stattdessen: »Was ist mit Eurer Familie, Fürst Hassan? Ist sie groß oder klein?«

»Sehr groß, Ketmia. Wie bei allen guten Mauren, so ist auch unsere Familie zahlreich und geschäftig. Einige von ihnen leben bei mir, andere auf den Gütern weiter unten, und wieder andere in Al-Maghrib.«

Der Gang machte eine Biegung, und sie erreichten eine weitere polierte Doppeltür. Als die Dienerinnen einen Flügel für Cait öffneten, blieb der Fürst stehen. »Hier muss ich Euch verlassen«, sagte er. »Dieser Weg führt zum Frauenhaus. Männern ist es nicht gestattet, diese Tür zu durchschreiten.«

»Warum denn das nicht?«, wunderte sich Cait.

»In einem muslimischen Palast«, erklärte der Fürst, »teilen sich Männer und Frauen nicht dieselben Räumlichkeiten – eine Sitte, die bisweilen zu kleineren Unannehmlichkeiten führen kann, wie Ihr Euch sicher vorstellen könnt. Dennoch finden wir, dass die Vorteile bei weitem überwiegen, und die Trennung bedingt eine in vielerlei Hinsicht lobenswerte Leichtigkeit des Lebens. Ich hoffe, dass das Frauenhaus Euer Gefallen finden wird.«

Er wandte sich auf Arabisch an die beiden Dienerinnen, die sich daraufhin verneigten; dann sagte er: »Sobald alles vorbereitet ist, werden sie Euch in den Bankettsaal bringen. Ich überlasse Euch nun ihren kundigen Händen.«

Er wandte sich um und ging davon, und Cait trat durch die Tür und in einem Traum.

Jenseits der Schwelle öffnete sich der Gang auf einen großen, ovalen Innenhof, umgeben von einer zweistöckigen Säulengalerie und mit einer Alabasterfontäne in der Mitte. Laternen strahlten von den Säulen, und in kleinen Lampen brannten Duftöle über gepflasterten Wegen, die mit roten, blauen und grünen Teppichen ausgelegt waren. Kleine Palmen und andere großblättrige Pflanzen wuchsen in großen, bemalten Pflanzengefäßen, und hier und da standen niedrige Tische, umgeben von Sitzkissen, wo die Bewohner des Frauenhauses sich treffen und miteinander plaudern konnten.

Caits Dienerinnen nahmen sich zwei Lampen und gingen den Weg zur Rechten unter der überhängenden Galerie entlang. Cait folgte ihnen an einer Reihe kleiner Türen vorbei bis zu einer Treppe, die in den nächsten Stock führte. Die Dienerinnen bedeuteten Cait, dass es dort hinaufgehe; eine von ihnen ging voraus, um den Weg zu erleuchten, die andere lief hinter Cait. Lediglich vier Türen führten von der oberen Galerie herunter. An zwei dieser Türen gingen sie vorbei; an der dritten hielten sie an, und eine der Dienerinnen winkte Cait, sie zu öffnen.

Anstelle eines Griffes sah Cait nur eine Seidenschnur mit einer Quaste am Ende. Von der Dienerin ermutigt, ergriff sie die Quaste und zog. Die Tür schwang auf, und Cait betrat einen Raum, wie sie ihn noch nie gesehen hatte. Lampen und Kerzen standen zu Dutzenden beisammen – es waren Hunderte, klein und groß – und erfüllten den Raum mit einem hellen, schimmernden Licht. Die Wände waren mit vielfarbigen, glasierten Fliesen verkleidet; der Boden bestand aus poliertem Holz und ebenso die Decke! Diese war zusätzlich mit prachtvollen, verschlungenen Schnitzereien verziert, und wann immer zwei Linien sich kreuzten, schmückte ein Intarsienstern aus Perlmutt die Kreuzung, was die ganze Decke funkeln ließ wie den Himmel in einer sternklaren Nacht.

Der Raum war groß und offen, nur unterteilt von ein paar durchbrochenen Holzschirmen. Wie unten im Hof, so gab es auch hier niedrige Tische mit Kissen darum herum, und diese wiederum lagen auf dicken Teppichen mit überaus komplizierten Mustern. Ein Teppich hing auch an der Wand, und Cait sah eine Reihe kleiner, runder Glasfenster. Hinter der Reihe von Wandschirmen befand sich eine mit Kissen bedeckte und in schimmernde blaue Seide gehüllte Plattform. Cait vermutete, dass es sich dabei um ihr Bett handelte.

Einen Augenblick lang stand sie einfach nur da und nahm den betörend schönen Anblick in sich auf; dann schnappte sie nach Luft. »Es ist wunderschön!« Ihre Dienerinnen schienen sich über ihr Staunen zu amüsieren und lächelten hinter vorgehaltener Hand. »Das ist der wunderbarste Raum, den ich je gesehen habe!« Die Dienerinnen lachten, und Cait fragte sie, ob alle Räume im Frauenhaus so prachtvoll ausgestattet seien wie dieser hier. Erst da erkannte sie, dass die beiden jungen Frauen Latein weder sprachen noch verstanden.

Am Ende des Raums dem Bett gegenüber stand ein weiterer Wandschirm, und dahinter befand sich ein mit Schnitzereien verziertes Paneel in einer Nische. Während eine der Dienerinnen sich an einer Holztruhe neben dem Bett zu schaffen machte, führte die andere Cait zu dem Paneel. Die junge Frau zog an einer Seidenschnur daneben, und das Paneel glitt geräuschlos beiseite. Warme, feuchte Luft flutete über Cait hinweg, als sie in die Tür trat und den kleineren Raum dahinter sah – ein Raum, der fast vollständig von einem Wasserbecken eingenommen wurde. Dampf stieg von der Oberfläche empor, und Cait starrte das Wasser glücklich an.

Das Nächste, was sie bemerkte, war, dass die Dienerinnen ihr Mantel und Stiefel auszogen; dann folgten ihr Schwertgehänge, ihr Gürtel und ihr Kleid, und Cait hatte das Gefühl, als könne sie ihre Kleider nicht rasch genug loswerden. Sie ging zum Rand des Beckens, schüttelte ihre letzten Kleidungsstücke ab und stieg in das wunderbar heiße Wasser. Die segensreiche Wärme ließ sie weich in den Knien werden, und sie ergab sich vollends dem Genuss, während sie sich langsam ins Wasser gleiten ließ.

In dem Becken gab es eine Art Absatz, auf den Cait sich setzte, und die wohlige Wärme drang in ihre kalten und müden Knochen. Mit einem Platschen stieg auch die Dienerin Mahdi ins Becken; in der einen Hand hielt sie einen kleinen Messingkrug, in der anderen ein dickes, blattförmiges Ding. Sie legte die Sachen auf den Beckenrand und bedeutete Cait mit einer Geste, dass sie sich mit dem Rücken zu ihr setzen sollte.

Das tat Cait auch, und Mahdi goss ihr Wasser über den Kopf und rieb sie dann mit dem dicken Ding ab – Caits erster Kontakt mit einem Schwamm. Anschließend wusch Mahdi ihrer Herrin die Haare. Tatsächlich wurde alles an Cait geschrubbt, gewaschen und wieder trocken gerieben, und zu guter Letzt rieb man ihre Haut mit Duftölen ein. Obwohl sie das Becken nur ungern verlassen hatte, ließ sie sich von Mahdi in einen weiten, weichen Mantel hüllen und ins Schlafzimmer zurückführen, wo Pila'i Kleider aus der Truhe für sie ausgewählt hatte.

Soweit Cait das beurteilen konnte, waren die Gewänder größtenteils hervorragend geschneidert und bestanden aus den besten Stoffen in allen möglichen Schattierungen von Scharlachrot bis Purpur – einige waren sogar mit Goldfäden durchwirkt –, und alle schrien förmlich danach, getragen zu werden. Cait hob ein Kleidungsstück nach dem anderen in die Höhe und bewunderte es, doch sie wusste beim besten Willen nicht, wie diese zusammen getragen werden sollten.

Ihre Dienerinnen nahmen ihr die Arbeit jedoch ab und kleideten sie in der Art einer orientalischen Prinzessin. Schicht auf Schicht wurden die hauchdünnen Gewänder übereinander gelegt und mit Schnüren und Schleifen verbunden. Cait genoss das Gefühl von jedem einzelnen Kleidungsstück auf ihrer Haut. Die Dienerinnen machten ihre Arbeit gut, und sie bereitete ihnen auch sichtlich Vergnügen, und Cait kam sich alsbald wie eine Braut vor, die für die Hochzeit zurechtgemacht wurde.

Die Dienerinnen legten gerade letzte Hand an, als es an der Tür klopfte und eine winzige, alte Frau mit einer Lampe den Raum betrat. Bei ihrem Erscheinen verneigten sich die beiden Dienerinnen, was Cait zeigte, dass die alte Frau ihre Obere war – die Aufseherin des Frauenhauses höchstwahrscheinlich. Die alte Frau trat mit kleinen, schnellen Schritten auf Cait zu und inspizierte den Neuankömmling mit Hilfe ihrer Lampe von Kopf bis Fuß. Schließlich löste sie den Stoffgürtel um Caits Hüfte, strich ihn glatt und band ihn wieder zu.

Zufrieden befahl sie den Dienerinnen irgendetwas und deutete auf Caits nackte Füße. Pila'i eilte zur Truhe und holte ein Paar zierliche schwarze Sandalen hervor mit weichen Ledersohlen und Perlenstickereien auf den Riemen. Cait wartete, während man ihr die Sandalen über die Füße streifte, woraufhin die alte Frau einen Schritt zurücktrat und einen kritischen Blick auf die Arbeit der beiden jungen Frauen warf. Dann, mit einem knappen Kopfnicken, drehte sie sich um und führte sie aus dem Raum.

Es ging durch eine Reihe sich kreuzender Gänge, Vestibulen und Empfangsräume – es waren so viele, dass Cait jegliche Orientierung verlor –, und schließlich erreichten sie einen hallenartigen Raum durch eine hohe, schmale Doppeltür, die mit vergoldetem Leder verkleidet war; jeden Flügel zierte das goldene Abbild eines Falken, der mit schwarzen Nägeln am Holz befestigt war.

Und vor jedem Flügel stand ein Diener, der beim Näherkommen der alten Frau die Schultern straffte und die schweren Türflügel öffnete. Die Frau bedeutete Cait einzutreten. Cait kam dieser Aufforderung nach, und gefolgt von ihren Dienerinnen betrat sie etwas, das sie nur als ein merkwürdiges großes Zelt beschreiben konnte.

Die Decke war von riesigen Stoffbahnen verhangen, die an zahlreichen Säulen befestigt waren, welche an Zeltstangen erinnerten und von denen Messinglampen an langen Ketten hingen. Der Boden war von Teppichen in jeder Größe und Farbe bedeckt – allein ihre Masse kündete schon vom Reichtum des Besitzers, von der Qualität ganz zu schweigen –, und überall im Raum verstreut lagen Haufen von Seidenkissen.

Aus irgendeinem Grund fühlte Cait sich an das erste Mal erinnert, als sie mit ihrer Stiefmutter eine Kathedrale betreten hatte – die große Kirche von Kirkjuvágr auf den Orkney-Inseln. Während ihr Vater einige Geschäfte mit den ortsansässigen Kaufleuten abgewickelt hatte, hatte Sydoni ihr die Kathedrale zeigen wollen, und Cait erinnerte sich daran, wie sie vor lauter Staunen beim Anblick des majestätischen Gebäudes gezittert hatte; es war ihr so seltsam und geheimnisvoll erschienen, dass es einfach verzaubert gewesen sein musste.

Nun empfand sie ähnlich, während sie mit langsamen, vorsichtigen Schritten den Raum betrat und mit vor Staunen geweiteten Augen ihre Umgebung betrachtete. Als die Tür sich geräuschlos hinter ihr schloss, erschien eine neue Dienerin, begrüßte sie auf Arabisch und bot ihr auf einem Tablett einen Silberbecher an, einen Haufen kleiner Brotstücke und eine Schüssel Salz. Cait deutete dieses Ritual als Zeichen des Willkommens – bei den Schotten gab es eine ähnliche Sitte. Also nahm sie sich ein Stück Brot, tunkte es in das Salz und aß es. Anschließend reichte die Dienerin ihr den Becher, der mit gesüßtem Wein gefüllt war. Cait trank einen Schluck und stellte den Becher wieder auf das Tablett zurück.

Sie hörte Stimmen aus dem Vorzimmer, und als sie sich umdrehte, öffnete sich die Tür erneut, und Rognvald und die Ritter betraten den Raum. Sie folgten einem jungen Diener mit blauem Turban. Cait sah, dass auch sie gebadet worden waren, und man hatte sie rasiert und ebenfalls mit neuen Kleidern für das Fest ausgestattet – orientalischen Kleidern, die Caits an Pracht nur wenig nachstanden. Im Gegensatz zu ihr fühlten sie sich jedoch recht unwohl; sie waren eine derart luxuriöse Staffage schlicht nicht gewöhnt.

Einer nach dem anderen nahmen sie Brot, Salz und Wein entgegen. Als sie Cait sahen, versammelten sie sich sofort um sie und bewunderten ihr exotisches Gewand. »Oh, werte Frau«, sagte Yngvar sichtlich erfreut, »Ihr seht wunderschön aus.«

»Keine Königin sah jemals eleganter aus«, stimmte ihm Svein zu.

Dag nickte leidenschaftlich und fügte hinzu: »Oder liebreizender.«

Die spanischen Ritter äußerten sich ebenfalls zustimmend, und Cait drehte sich in dem Augenblick zu Rognvald um, als dieser den Becher vom Tablett nahm. »Und was sagt Ihr, mein werter Herr mit der finstren Miene?«, fragte sie neckisch. »Ich mache mich doch gut als Prinzessin, oder?«

»Vorübergehend gut, werte Frau«, antwortete er leise. Cait sah etwas in seinen Augen, das sie einen Schritt zurückweichen ließ. Sie hatte die Frage als Scherz gemeint, doch der unerschütterliche Rognvald hatte ihr todernst geantwortet. Plötzlich verlegen, wandte sie sich von ihm ab. In diesem Augenblick öffnete sich die Tür ein drittes Mal, und Fürst Hassan trat herein und mit ihm eine schlanke, junge Frau mit langem dunklem Haar und großen dunklen Augen.

Überschwänglich begrüßte der Fürst seine Gäste und ließ sich vor allem über die bemerkenswerte Veränderung ihrer äußeren Erscheinung aus. Dann stellte er die Frau an seiner Seite vor. »Meine Freunde, darf ich euch meine Schwester Danji vorstellen?« Die Frau faltete die Hände und verneigte sich elegant. »Unglücklicherweise spricht sie kein Latein, doch ich dachte, dass ihre Gegenwart und die ihrer Leibdienerinnen den Abend ein wenig angenehmer gestalten würde.«

Er drehte sich zu den Rittern um und sagte: »Mein Herr Rognvald, vielleicht wärt Ihr so freundlich, mir Eure Männer vorzustellen. Ich würde gerne die Namen derjenigen erfahren, die heute Abend mit mir am Tisch sitzen.«

»Selbstverständlich, Fürst Hassan«, erwiderte der Nordmann und wandte den Blick von der liebreizenden jungen Frau mit den rabenschwarzen Haaren ab, die demütig neben dem Fürsten stand. Daraufhin, beginnend mit Yngvar, stellte er die Ritter der Reihe nach dem Fürsten und seiner Schwester vor. Nachdem diese Formalitäten erledigt waren, bat der Herr des Hauses alle, sich zu ihm an den Tisch zu gesellen, und ging in die Mitte des Raums, wo man Kissen in einem Halbkreis ausgelegt hatte.

Fürst Hassan ließ sich auf das Kissen in der Mitte des Hufeisens nieder und winkte den anderen, sich ebenfalls zu setzen. »Hier, Herr Rognvald«, rief er, »lasst Euch zu meiner Rechten nieder. Und Ihr, meine liebreizende Ketmia, setzt Euch zu Danji zu meiner Linken.«

Nachdem sich alle auf die Kissen begeben hatten, klatschte er in die Hände, woraufhin eine Reihe von Dienern mit niedrigen Tischen erschien, die sie vor den Fürst und seine Gäste auf den Boden stellten. Diesen folgten Dienerinnen, die die Tische mit makellosen weißen Tüchern bedeckten, und kaum waren die Tücher ausgelegt, erschienen Diener mit Messingtabletts, auf denen süßer, dunkler Wein in Silberbechern stand.

Nachdem jeder Gast einen Becher bekommen hatte, breitete Fürst Hassan wohlwollend die Arme aus und erklärte: »Heute Abend gefällt es Allah dem Allmächtigen, diese Gesellschaft mit einem üppigen Festmahl zu segnen, auf dass die Freundschaft zwischen Männern guten Willens wachsen möge. Esst und lasst es euch gut gehen, auf dass wir uns dann als bessere Freunde wieder von diesem Tisch erheben.«

So begann das Festmahl.

»Nun denn«, sagte Hassan und legte das Kinn auf die Hand, »wie kommt es, dass ihr durch meine Berge gewandert seid?«

Sie hatten sich an gewürztem Lamm und Reh gelabt und an Fasanenstreifen, die die Diener des Fürsten für sie über Holzkohlenbecken neben den Tischen gebraten hatten; wenn das Fleisch durch war, hatten sie es mit übergroßen Gabeln in die Schüsseln der Gäste verteilt. Die Ritter hatten diese Art zu kochen noch nie gesehen, doch sie gefiel ihnen sofort. Auch gab es verschiedene, wohlschmeckende Gemüseeintöpfe sowie gewürzten Reis mit Datteln und Mandeln und jede Menge mit Honig gesüßten Wein.

Die Schwester des Fürsten, Danji, rief sechs ihrer Leibdienerinnen herbei, damit die Ritter das Mahl in angenehmer Gesellschaft genießen konnten. Als Ergebnis davon schmolz die eisige Zurückhaltung der Ritter ein wenig dahin, während sie die großzügige Gastfreundschaft des Fürsten genossen – außer im Falle von Rognvald, der das Essen zwar genoss, dem Fürsten gegenüber aber nach wie vor eine höfliche Zurückhaltung bewahrte.

»Wie ihr ja herausgefunden habt, liegt mein *al-quazr* weit entfernt von jeder Straße, und so kommen nur selten Reisende hier vorbei«, fuhr der Fürst fort, blickte von einem zum anderen und lehnte sich in die Kissen zurück. »Was hat euch hierher geführt?«

Trotz Rognvalds warnendem Blick hielt Cait den Augenblick für gekommen, Hassan von der Entführung ihrer Schwester zu berichten und sich seine Hilfe zu sichern. »Das ist alles recht schnell erzählt«, begann sie. »Wir befanden uns auf einer Pilgerfahrt und folgten der Talstraße ein Stück entfernt von hier, als wir von Räubern überfallen wurden. Sie haben fünf unserer Männer getötet, aber wir haben sie abgewehrt ... doch nach der Schlacht mussten wir feststellen, dass sie meine Schwester, Alethea, mitgenommen hatten.«

»Wahrhaft eine schändliche Tat«, erwiderte Fürst Hassan, »doch leider allzu oft in dieser abgelegenen Gegend hier. Dies ist in vielerlei Hinsicht ein wildes Land.«

»Der Angriff fand bei Sonnenuntergang statt«, warf Rognvald ein, »ansonsten hätten wir sie sofort verfolgen können. So jedoch sind wir ihrer Spur gefolgt, bis das Licht zu schwach wurde und wir gezwungen waren, die Jagd aufzugeben.«

»Eine Schande«, erklärte Hassan mitfühlend. »Und am nächsten Tag habt ihr die Suche wieder aufgenommen, aber ...«, er seufzte, »... es war zu spät. Sie waren euch immer ein Stück voraus, und schließlich habt ihr die Spur verloren.«

»Genau so ist es gewesen«, sagte Cait beeindruckt. »Woher habt Ihr das gewusst?«

»Weil das die Art dieser Briganten ist. Sie greifen bei Sonnenuntergang an, schnappen sich, was immer sie tragen können, und vertrauen darauf, dass die Dunkelheit ihre Spuren verwischt.«

»In der Tat«, sagte Rognvald. »Wir wären auch gar nicht so weit gekommen, wäre nicht einer der Diener – ein Syrer mit Namen Abu – Frau Alethea gefolgt. Er hat den Weg für uns markiert.«

»Doch dann fanden wir auf einmal keine Markierungen mehr«, fuhr Cait fort. »Dort, wo wir die letzte Markierung gefunden hatten, schlugen wir unser Lager auf. Das war vor fünf Tagen. Seitdem haben wir überall nach Spuren gesucht.«

»Ihr werdet keine Spuren finden«, erklärte Hassan. »Wie viele Banditen, sagtet ihr, waren an dem Angriff beteiligt?«

Cait blickte zu Rognvald, der antwortete: »Ich würde sagen, mindestens zwölf ... aber es können auch weit mehr gewesen sein.«

»Dann war es Ali Waqqar, wenn ich mich nicht irre«, sagte der Fürst, und aus seinem Tonfall sprach sowohl Wissen als auch Verachtung. »*Yu'allah!* Er ist der Schlimmste. Er und sein Haufen von Ausgestoßenen plagen dieses Land nun schon viel zu lange mit Mord und Raub.«

»Ihr kennt sie?«, wunderte sich Cait, und erneut keimte Hoffnung in ihr auf.

»Leider, ja, ich kenne sie … und ich wünschte, ich hätte nie von ihnen gehört«, antwortete Fürst Hassan. Aus seiner Stimme sprach nun offene Feindseligkeit. »Einst war Ali Waqqar ein guter Krieger und Befehlshaber. Er führte die Armee von Sultan al-Farama, als dieser ins Feld zog, um Saragossa zurückzugewinnen. Nachdem der Sultan schließlich geschlagen worden war, löste sich seine Armee auf, und Ali Waqqar führt seitdem das Leben eines Wegelagerers und Halsabschneiders.«

»Wenn Ihr sie kennt«, meldete sich Rognvald wieder zu Wort, »wisst Ihr dann vielleicht auch, wo wir sie finden können?«

»Sie kennen sich gut in den Bergen aus, und sie haben viele Verstecke. Sie verbreiten eine derartige Furcht, dass die Menschen ihren Blick abwenden, wenn sie vorbeiziehen. Deshalb sind sie nicht leicht zu finden.« Der Fürst hielt kurz inne und schüttelte traurig den Kopf. »Es tut mir Leid, meine Freunde. Was euch widerfahren ist, ist ein großes Unglück, und dass es euch innerhalb der Grenzen meines Landes passieren konnte, ist unverzeihlich. Von jetzt an«, sagte er, und seine Stimme nahm einen harten Tonfall an, »werde ich all meine Bemühungen darauf richten, Ali Waqqar und seine Bande zu finden und sie der Gerechtigkeit zuzuführen.« Er richtete sich auf, legte die rechte Hand aufs Herz und sagte: »Fürst Hassan Al-Nizar schwört diesen feierlichen Eid, und ich werde nicht eher ruhen, bis Ihr Eure geliebte Schwester und Euren tapferen Diener wieder in die Arme schließen könnt.«

»Ich bete, dass Euch rasch Erfolg beschieden ist«, sagte Cait. »Erreicht Euer Ziel, und Ihr werdet eine treue und liebende Freundin gewinnen.«

»Lob sei Allah dem Allmächtigen! Ich könnte mir keine schönere Belohnung vorstellen.«

Cait und der Fürst waren so sehr mit ihren gegenseitigen Schwüren beschäftigt, dass keiner von ihnen bemerkte, wie Rognvald verächtlich das Gesicht verzog, als er den Becher an die Lippen hob. »Habt Ihr ein Weib, Fürst Hassan?«, fragte er unvermittelt.

Der Fürst blickte ihn ein wenig überrascht an. »Ich war verheiratet, ja ... einmal, früher, als ich noch ein junger Mann war«, antwortete er.

»Einmal? Ich dachte immer, Mohammedaner hielten sich Frauen wie Hirten Schafe?«

Wütend über die schlechten Manieren des Ritters, funkelte Cait ihn an, um ihn zu einer Entschuldigung zu bewegen. Rognvald nahm jedoch keine Notiz von ihr.

»Einige dürfen sich mehr als ein Weib nehmen. Das ist erlaubt«, Hassan rang sich ein schwaches Lächeln ab, »auch wenn man nicht dazu raten kann. Wie der große Qadi Tukhmin gesagt hat: ›Ein Haus mit vielen Frauen ist wie ein Schiff mit vielen Rudern, doch ohne Steuer.‹ Und Ihr, mein Freund, seid Ihr je verheiratet gewesen?«

»Nein«, antwortete Rognvald und wandte sich wieder seinem Becher zu. »Eines Tages, vielleicht ... So Gott will. Aber noch nicht.«

Hassan nickte mitfühlend. »Gott will alles Gute für seine Kinder. Ich bin sicher, dass Ihr eines Tages die richtige Frau finden werdet, und dann wird *qismah* – Euer Schicksal – sich im Guten erfüllen.«

Irgendwo außerhalb der Halle ertönte ein Gong. Sofort standen Danji und ihre Dienerinnen auf, verneigten sich vor dem Fürsten und seinen Gästen und verließen den Raum. Den Rittern tat es Leid, die Frauen gehen zu sehen, und so blickten sie zu ihrem Gastgeber und warteten auf eine Erklärung. »Dies ist die Stunde des Feuerlöschens«, sagte Hassan. »Seit uralter Zeit befolgt mein Volk diese Sitte. Ihr müsst wissen, dass wir einst ein Wüstenvolk waren, und jede Nacht gab man

Signal, das Feuer zu löschen, sodass jeder wusste, wann es an der Zeit war, schlafen zu gehen.« Er lächelte. »Aber bitte, Ihr seid Gäste in diesem Haus. Lasst Euch nicht von solch einem kuriosen Brauch in eurer Feier unterbrechen.«

Rognvald erkannte die Gelegenheit, an diesem fremdartigen Ort so etwas wie eine kleine persönliche Autorität zu etablieren, und so sagte er: »Wir werden Eure Sitten respektieren, Fürst Hassan, denn auch wir müssen schlafen, wollen wir morgen früh die Suche wieder aufnehmen.« Er stand auf. »Ich danke Euch für Eure Freundlichkeit. In der Tat war dies hier die beste Mahlzeit, die wir seit langem gegessen haben. Wenn es Euch nun nichts ausmacht, werden wir Euch in Frieden lassen.« Und an Cait gewandt sagte er: »Ich wünsche Euch eine gute Nacht, werte Frau.«

Die anderen Ritter verstanden das Signal und standen auf – wenn auch ein wenig widerwillig –, und dem Beispiel ihres Herrn folgend, verabschiedeten sie sich ebenfalls. Sie verließen den Bankettsaal und ließen Cait und den Fürsten allein.

»Ich kann mich an kein üppigeres und köstlicheres Mahl erinnern, Fürst Hassan«, sagte Cait. »Eure Freundlichkeit und Eure Großzügigkeit haben diesen Abend zu einem Ereignis werden lassen, das ich nie vergessen werde.«

Der Fürst lächelte und verneigte sich leicht. »Euer Lob ist mehr, als ich für meine geringen Bemühungen verdiene.« Er hielt kurz inne und betrachtete Cait mit einem nachdenklichen Gesichtsausdruck. »Leider glaube ich nicht, dass Eurem Herrn Rognvald das Festmahl gefallen hat. Er ist kalt in seiner Art, so viel steht fest; doch ich hatte gehofft, dass er während des Banketts ein wenig auftauen würde.«

»Ich bitte Euch, verschwendet keinen Gedanken an ihn. Er ist ein frostiger Norweger, der Freundlichkeit schlicht nicht annehmen kann.« Um Hassans willen sprach Cait mit einer Leidenschaft, die sie so nicht empfand. »Stolze Männer verachten oft das Wohlwollen anderer.«

»Ah, Ihr seid so weise, wie Ihr lieblich seid«, seufzte der Fürst. »Meiner Erfahrung nach findet man diese beiden Eigenschaften nur selten in einer Frau vereint. Denn wie der Dichter sagt: ›Was kann man mit dem Gold der Weisheit kaufen, was die Schönheit nicht bereits besitzt?‹ Doch Ihr, Ketmia, besitzt beides im Übermaß.«

Niemand hatte Cait je schön genannt, und so wusste sie nicht, was sie darauf erwidern sollte. Die Situation wurde ihr allmählich unangenehm. Sie suchte nach den geeigneten Worten, während der Fürst sie schweigend und mit einer Freude betrachtete, die an Verzückung grenzte. Schließlich sagte sie: »Es war ein äußerst freudiger Abend, und ich danke Euch … nicht zuletzt für Euer Versprechen, uns bei der Suche nach meiner Schwester zu helfen.« Langsam stand sie auf. »Jetzt muss ich jedoch schlafen, um morgen wieder ausreiten zu können. Daher wünsche ich Euch eine erholsame Nacht, Fürst Hassan.«

»Ich werde Euch von Jubayar zu den Frauengemächern geleiten lassen«, sagte der Fürst und stand ebenfalls langsam auf.

Er nahm sie am Arm und führte sie in den Vorraum, wo ein sehr großer und sehr fetter Mann neben dem großen Gong stand. Er trug einen blassblauen Turban und einen langen, gürtellosen Mantel. Sein Gesicht war bartlos, sodass deutlich eine lange Narbe zu erkennen war, die von seinem Kinn bis zum Schlüsselbein verlief. Er betrachtete Cait mit schläfrigem Hochmut, das fette Gesicht teilnahmslos.

»Dies«, sagte der Fürst, »ist Jubayar. Er ist einer meiner vertrauenswürdigsten Diener. Er ist ein Eunuch, und deshalb trägt er die Verantwortung für das Frauenhaus. Unter seinem Schutz werdet Ihr vollkommen sicher sein.«

Der große Mann verneigte sich, schwieg jedoch, als Cait versuchte, ihn zu begrüßen.

»Jubayar!«, schrie der Fürst und erklärte Cait: »Er ist auch fast vollkommen taub. Aber er hört einen schon, wenn man nur laut genug brüllt … allerdings spricht er kein Latein.« Erneut wandte er sich dem großen Eunuchen zu und redete laut und auf Arabisch auf ihn ein, woraufhin der Diener sich verneigte, einen letzten Blick auf Cait warf und dann den Gang hinunter vorausging. Cait dankte dem Fürsten noch einmal, wünschte ihm eine gute Nacht und eilte dann ihrem mürrischen Führer hinterher.

Mahdi und Pila'i schliefen bereits, als Cait den Raum betrat; die beiden jungen Frauen lagen auf dünnen Matten am Fuß ihres Bettes. Sie wachten jedoch sofort auf, halfen Cait beim Ausziehen, falteten sorgfältig die unterschiedlichen Kleidungsstücke zusammen und verstauten sie in der Truhe. Anschließend brachten sie Cait ein weites, seidenes Nachtgewand, und während Pila'i die Kissen aufschüttelte, kämmte Mahdi Cait das Haar und flocht es kunstvoll zu Zöpfen, damit es in der Nacht nicht durcheinander geriet.

Während die Dienerinnen die Lampen löschten, versank Cait in den ersten erholsamen Schlaf, seit sie ihre Heimat verlassen hatte. In dieser Nacht sah sie Alethea im Traum.

Cait träumte, dass sie und ihre Schwester wieder in Caithness waren. Es war ein wunderschöner Sommertag, und die beiden Schwestern gingen am Rand der hohen Klippe südöstlich von Banvarð entlang. Der Wind war frisch, und die Sonne ließ das Wasser der Bucht weit unter ihnen schimmern. Cait hörte das Rauschen der Wellen und das Schreien der Seevögel, die hoch oben im wolkenlosen Himmel kreisten.

Alethea sprach über etwas, das Caitríona nicht so ganz verstehen konnte; sie hörte nur halbherzig zu, während Thea immer weiter plapperte und ihre Stimme immer leiser wurde – bis Cait sie überhaupt nicht mehr hören konnte. Cait blieb stehen und schaute sich um, konnte ihre Schwester aber nirgends sehen. Sie rief einmal, zweimal, erhielt jedoch keine Antwort.

Cait kämpfte gegen die aufkeimende Panik in ihrer Brust an und versuchte es noch zweimal, doch wieder ohne Erfolg; beim dritten Versuch hörte sie Thea antworten. Die Stimme kam aus Richtung des Meeres, klang aber weit entfernt. Cait rannte zum Klippenrand, bereitete sich auf das Schlimmste vor und blickte hinunter. Doch anstatt Theas zerschmetterten Leib zu sehen, sah sie einen schmalen, steilen Pfad, der zum Kiesstrand hinunterführte, und Thea war den gefährlichen Weg schon halb hinabgeklettert.

»Thea! Warte!«, schrie Cait. »Geh nicht weiter! Warte auf mich! Ich komme, um dir zu helfen!«

Auf ihr Rufen hin blickte Thea über die Schulter zurück und sah, wie Cait sich an den Abstieg machte. »Cait, nein!«, rief sie. »Folge mir nicht! Ich muss alleine gehen!«

»Du wirst dich umbringen!«, schrie Cait. »Komm zurück!«

Thea schüttelte sanft den Kopf. »Mir wird kein Leid geschehen.« Sie streckte die Hand aus und deutete auf die Bucht weit unten. »Siehst du?«, sagte sie. »Sie sind gekommen, um mich zu holen. Ich muss mit ihnen gehen.«

Cait blickte in die angegebene Richtung und sah, dass ein Boot in die Bucht gefahren war und sich nun anschickte anzulegen. In dem Boot saß eine Gruppe von Frauen, und alle trugen sie lange graue Kapuzenroben und seltsam kurze weiße Mäntel, die nur ihre Schultern bedeckten. Zwei der Frauen kletterten aus dem Boot und wateten ans Ufer. Am Wasserrand blieben sie stehen, blickten die Klippe hinauf und winkten Thea, zu ihnen zu kommen.

»Lebe wohl, geliebte Schwester. Trauere nicht um meinetwillen. Ich war nie glücklicher.«

Mit diesen Worten drehte Thea sich um und stieg weiter den steilen Pfad hinunter. Cait rief ihr erneut hinterher, doch Thea blickte weder zurück, noch zeigte sie in sonst einer Weise, dass sie ihre Schwester hörte – bis sie die beiden Frauen am Ufer erreichte; da drehte sie sich noch einmal um und winkte ein letztes Mal zum Abschied. Cait beobachtete, wie ihre Schwester zu dem wartenden Boot hinauswatete und an Bord kletterte. Das Boot wendete und fuhr aus der Bucht und aufs offene Meer hinaus.

Cait stand noch auf der Klippe, lange nachdem das Boot außer Sichtweite verschwunden war. Als sie sich schließlich vom Meer abwandte, sah sie, dass der Himmel von wütenden

Wolken verdunkelt wurde und es zu regnen begonnen hatte. Sie hörte das Heulen des Windes aus dem Osten, und sie wusste, dass ein Sturm bevorstand. Dennoch weigerte sie sich, die Stelle zu verlassen, wo sie zuletzt ihre geliebte Alethea gesehen hatte.

Erst als Blitze aus den Wolken schossen und Donner den Boden unter ihren Füßen erbeben ließ, wandte Cait sich ab – doch nur um festzustellen, dass es inzwischen so dunkel geworden war, dass sie den Weg nicht mehr sehen konnte. Der Wind wirbelte um sie herum, schleuderte ihr den Regen in die Augen und riss an ihren Haaren und Kleidern. Cait hob schützend die Hand vors Gesicht und taumelte vorwärts, doch der Wind zwang sie sofort in die Knie.

Cait rappelte sich wieder auf, trat einen zögerlichen Schritt nach vorne und blieb dann wieder stehen, da sie nicht wusste, wohin sie gehen sollte. Aus Angst, über den Klippenrand zu stürzen und auf den Felsen unten zu sterben, blieb Cait zitternd und unentschlossen stehen, während sie in der heulenden Dunkelheit nach einem Hinweis auf den Pfad vor ihr suchte.

Ein Blitz zuckte über den Himmel, und in dessen gleißendem Licht sah Cait die Gestalt eines Mannes, ganz in Weiß gewandet. Die Gestalt hatte ihr den Rücken zugekehrt und entfernte sich entschlossenen Schrittes von ihr. Das sah sie in dem kurz aufleuchtenden Licht, bevor die Dunkelheit die Klippe wieder verschluckte.

»Wartet!«, schrie sie und wankte vorwärts. Donner erstickte ihre Worte, doch Cait hielt weiter auf die Stelle zu, wo sie den Mann gesehen hatte. »Wartet! Gott hilf mir!«, schrie sie. »Bitte, wartet auf mich!«

Der nächste Blitz enthüllte, dass der Mann ein paar Dutzend Schritt vor ihr angehalten hatte. Und mehr noch. Der Mann sah ihrem Vater zum Verwechseln ähnlich: *Ist das möglich?*, fragte sie sich.

Cait hielt in der Dunkelheit auf ihn zu, und ihr Herz schlug vor Erwartung immer schneller. Als sie näher kam, sah sie jedoch, dass die weiß gewandete Gestalt sich wieder in Bewegung gesetzt hatte. »Papa!«, schrie sie und eilte dem Mann hinterher.

In dem verzweifelten Versuch, die Gestalt einzuholen, raffte sie ihren nassen Rock und stolperte vorwärts. »Papa! Ich bin es, Cait! Bitte, Papa, warte auf mich!«

Ein weiterer Blitz erhellte den Himmel, und in dem kurzen, flackernden Licht sah Cait, dass die Gestalt wieder angehalten hatte. Sie rannte auf den Mann zu. Als er sich erneut umdrehte, um weiterzugehen, machte sie einen Satz und bekam ihn am Ärmel zu packen.

Der Mann blieb stehen, und als der Himmel erneut von einem Blitz zerrissen wurde, sah Cait schließlich das Gesicht der Gestalt. Es war ein junger Mann – viel jünger als ihr Vater, das erkannte sie nun –, doch sein jugendliches Äußeres passte nicht so recht zu seinem altmodischen Gewand und seiner Haltung: Er bewegte sich mit äußerster Vorsicht, als vertraue er dem Boden nicht, sein Gewicht zu tragen. Trotzdem, der Blick seiner dunklen Augen war scharf und nahezu beunruhigend direkt; sein Haar war dunkel und dick und nach Art eines Mönches in eine Tonsur geschnitten.

»Oh«, keuchte Cait, »Ihr seid es.«

»Seid gegrüßt, Caitríona. Friede und Gnade mögen stets mit dir sein«, sagte der Mann. Bei diesen Worten schien der Sturm an Kraft zu verlieren. Der Wind beruhigte sich, und Cait konnte den Mann deutlich verstehen. »Komm, es gibt keinen Grund zur Furcht.«

»Bruder Andreas … Oh, bitte, beeilt Euch. Es ist Thea.« Cait deutete zu dem gefährlichen Klippenrand zurück. »Sie ist da runtergegangen, und sie haben sie mitgenommen. Wir müssen sie finden.«

»Hab keine Angst um Alethea«, sagte der Mönch. »Sie könnten sie nirgendwohin bringen, wohin sie nicht gehen will.«

»Aber wir müssen sie retten«, erklärte Cait beharrlich. »Sie braucht mich.«

»Wo Alethea hingegangen ist, kannst du ihr nicht folgen«,

erwiderte Bruder Andreas in sanftem Tonfall. »Sie hat nun ihren Frieden gefunden.«

Cait starrte ihn an, und die Tränen traten ihr in die Augen. »Aber … Ich verstehe nicht.«

»Hör mir zu, Caitríona. Du bist vom Wahren Weg abgewichen. Das Böse hängt dir an den Fersen und wartet nur auf eine Gelegenheit, dich in die Dunkelheit hinabzuziehen. Hüte dich, meine liebe Schwester.«

Cait öffnete den Mund, um zu protestieren, doch der Weiße Priester hob die Hand, um ihr Schweigen zu gebieten. »Die Zeit wird knapp. Das Rennen strebt seinem Ende entgegen; der Preis wartet auf den Sieger. Wie dein Vater und dein Großvater vor dir, meine Tochter, musst du am Heiligen Licht festhalten. Halt dich daran fest, Caitríona. Schenke ihm all deinen Glauben und dein Vertrauen, und lass es dein Führer sein.«

Mit diesen Worten schickte Bruder Andreas sich an weiterzugehen.

Cait streckte die Hand aus, um ihn festzuhalten, doch ihre Finger schlossen sich nur um leere Luft, und sie war wieder allein mit dem Wind und dem Regen.

»Bitte!«, rief sie. »Verlasst mich nicht. Bruder Andreas, helft mir. Helft mir!«

Keine Antwort … nur das stimmlose Kreischen des Sturms und das Prasseln des Regens …

So erwachte Cait: mit dem wilden Wind, der über Felsen heulte und mit mächtigen Hieben gegen dicke Steinmauern schlug, ein Donnern, das die Fensterläden erzittern ließ und den Regen durch die Spalten trieb.

Cait wusste nicht, wann der Sturm begonnen hatte, doch sie wusste, dass sie ihn im Schlaf schon einige Zeit gehört hatte. Die Kerzen waren ausgegangen, und so war es in ihrem Zimmer so dunkel wie in einem Grab. Cait hörte ein Geräusch neben sich, und sofort kehrte die Erinnerung an ihren Traum wieder zurück. »Bruder Andreas«, sagte sie laut, streckte die Hand aus und betete, dass der Weiße Priester sie nicht im Stich gelassen hatte.

Ihre Finger berührten eine andere ausgestreckte Hand. Cait stieß einen leisen Schrei aus und riss die Hand zurück. »Ketmia?«, fragte eine ängstliche, zitternde Stimme.

»Mahdi? Bist du das?«

Die verängstigte Dienerin schlüpfte neben Cait ins Bett. Cait legte den Arm um die zitternden Schultern der jungen Frau und drückte sie an sich. So wie sie Alethea getröstet hätte, tröstete sie nun Mahdi: Sie streichelte ihr übers Haar und sagte ihr, dass es keinen Grund gebe, sich zu fürchten. Pila'i schlief weiter tief und fest, ohne den Wind und den Regen überhaupt zu bemerken. So hielten Cait und Mahdi gemeinsam Wacht und kuschelten sich ins Bett, bis es hell genug zum Aufstehen war.

Noch bei Sonnenaufgang machte der Sturm keinerlei Anstalten nachzulassen; doch kaum war es hell genug, um etwas zu sehen, gestattete Cait ihren Dienerinnen, sie anzukleiden. Dann ließ sie sich von Jubayar aus den Frauengemächern eskortieren und eilte, Fürst Hassan zu finden, damit die Suche nach Alethea von neuem beginnen konnte.

Auf der Suche nach dem Fürsten fand Cait stattdessen Herrn Rognvald. Er stand mit zwei nervösen Pförtnern am Eingang des Vestibulums. Die Tür stand weit offen, und der groß gewachsene Ritter starrte in die öde, windgepeitschte Leere aus Nebel, Regen und wirbelnden Schnee hinaus. Als Cait neben ihn trat, drehte er sich um und begrüßte sie steif, eisig und formell; dann bemerkte er: »Ihr seid schon früh auf den Beinen, werte Frau … für jemanden, der so spät erst ins Bett gekommen ist.«

Cait erwiderte die kalte Begrüßung und sagte: »Ich konnte bei dem Sturm nicht schlafen.« Sie blickte durch die Tür auf die wirbelnde graue Masse und spürte den kalten Biss des Windes auf ihrer Haut. Eine Erinnerung regte sich – eine Erinnerung an einen Traum oder der Eindruck eines Traums: irgendetwas darüber, in einem tosenden Sturm verloren zu gehen … Die Erinnerung ließ sie schaudern, war jedoch gleich wieder verschwunden. »Ich schätze, dass der Sturm sich bald wieder verziehen wird«, sagte sie hoffnungsvoll.

»Ich bete, dass Ihr Recht habt«, erwiderte Rognvald, »denn solange er nicht wenigstens etwas nachlässt, können wir die Suche nicht wieder aufnehmen.«

Die Pförtner verloren schließlich die Geduld und schlossen die große Doppeltür wieder, um den eisigen Wind auszusperren. Cait und Rognvald gingen in den Empfangssaal, wo man ein Feuer entzündet hatte, das nun hell im Kamin brannte, und unter Fürst Hassans befehlendem Blick legten zwei Diener noch weiteres Feuerholz nach. Als der Fürst seine Gäste kommen sah, winkte er sie zum Kamin, damit sie sich wärmen konnten.

»Das ist eine der bedauernswerten Wahrheiten des Lebens auf einem Berg«, sagte er. »Wenn das Wetter in den Tälern schlecht ist, ist es hier oben sogar noch schlechter – besonders im Winter.«

»Ist es oft so?«, erkundigte sich Cait und streckte die Hände zum Feuer aus.

»Schlimmer noch, Ketmia. Der Winter kommt voller Zorn, und er geht nur unter äußerstem Widerwillen. Wir nennen ihn *al-Zoba'a:* den Wilden. Doch die Mauern des Palastes sind stark; mein Wald versorgt uns mit Feuerholz, und in den Tälern sind die Ernten gewöhnlich gut. So haben wir nur selten Grund, den Himmel mit unseren Klagen zu belästigen.«

»Herr Rognvald glaubt, dass der Sturm uns davon abhalten wird, die Suche wieder aufzunehmen«, sagte Cait in der Hoffnung, dass der Fürst dem widersprechen würde.

»Dann ist er ein sehr weiser Mann«, erwiderte Hassan fröhlich. »Es ist äußerst unklug, das Schicksal an solch einem Tag herauszufordern.« Als er Caits verzweifelten Gesichtsausdruck sah, fügte er hinzu: »Aber noch ist nicht alles verloren, Ketmia.« Er ergriff ihre Hand mit beiden Händen und drückte sie tröstend. »Der Sturm mag uns ja von der Suche abhalten, doch er hält auch Ali Waqqar davon ab, nach Süden zu fliehen.«

»Glaubt Ihr, sie wollen dorthin?«

»Mit Sicherheit«, antwortete Hassan. »Im Süden ist der Winter mild, und dort kann Ali Waqqar seine ›Beute‹ an Sklavenhändler verkaufen.« An diese Möglichkeit hatte Cait bis zu diesem Zeitpunkt nicht gedacht, und der Gedanke ließ sie unwillkürlich nach Luft schnappen. Sofort bot ihr der Fürst seinen Trost an. »Habt keine Furcht, Ketmia. Das wird nicht geschehen. Ich werde es nicht zulassen.«

Er breitete die Arme aus, um sowohl Cait als auch Rognvald vom Kamin wegzuführen. »Doch kommt, meine Freunde. Derlei Dinge sind viel zu unangenehm, um sie mit leerem Magen zu besprechen. Lasst uns zusammen frühstücken, und ich werde euch sagen, wie ich den Verbrecher zu fassen gedenke, der die liebliche Alethea entführt hat. Denn diese Nacht habe ich lange darüber nachgedacht, und heute Morgen hat Allah der Gerechte mich mit einem Plan gesegnet, der so einfach und doch zugleich so listig ist, dass er nur mit Hilfe göttlicher Eingebung entstanden sein kann.«

Fürst Hassan führte sie durch eine Tür in einen Raum hinter dem Kamin. Trübes Licht fiel durch winzige, diamantenförmige Fenster aus Buntglas und ließ den gesamten Raum dunkelblau schimmern. Eine Wand war zum Kamin hin offen, sodass der Empfangssaal und dieser kleine Raum sich die Wärme des Feuers teilen konnten. Um einen niedrigen Tisch in der Nähe des Kamins waren Kissen ausgelegt, und auf dem Tisch selbst hatte man eine kleine Mahlzeit angerichtet.

»Bitte, setzt euch, und macht es euch bequem, meine Freunde«, sagte der Fürst und ließ sich träge auf ein Kissen fallen. Dienerinnen erschienen, füllten Becher mit Mandelmilch und wickelten Stapel von Fladenbrot aus, das mit Anis gewürzt und noch immer warm vom Backen war. Es gab Trockenfrüchte und Nüsse in kleinen Körben und ein warmes Getränk aus getrockneten Äpfeln, heißem Wasser und mit Honig gesüßt, das in kleinen Glastassen serviert wurde.

Cait biss ein Stück Brot ab und legte es wieder beiseite. »Bitte, erklärt mir Euren Plan, Fürst Hassan, wenn Ihr so nett wärt«, sagte sie unfähig, ihre Aufregung noch länger zu unterdrücken. »Ich muss ihn sofort hören.«

»Dann sollt Ihr ihn auch hören, meine Taube, zumal er rasch erklärt ist.« Fürst Hassan riss sich ein Stück Fladenbrot ab, tunkte es in die Mandelmilch und kaute eine Weile nachdenklich darauf herum, bevor er anhob: »Wisst Ihr, mir ist der Gedanke gekommen, dass kein Mensch Mäuse jagt – es ist einfach unmöglich.« Er hielt kurz inne, um seinen Zuhörern Gelegenheit zu geben, die Feinsinnigkeit seines Vergleichs zu bewundern. »Was tun wir stattdessen? Wir stellen Fallen auf.«

»Das ist richtig«, stimmte ihm Cait zu und wartete darauf, dass der Fürst seine Philosophie ausführlicher erklärte.

»Ihr wollt damit also sagen«, sinnierte ein unbeeindruckter Rognvald, »dass wir diesem Banditen Ali Waqqar eine Falle stellen sollen. Dafür müssten wir ihn aber immer noch zunächst einmal finden, nicht wahr?«

Fürst Hassan lächelte, als hätte er es mit einem ungebildeten Kind zu tun. »Aber wir suchen Mäuse auch nicht. Tatsächlich sind sie es, die uns finden, habe ich nicht Recht? Wir müssen nur den Köder an der richtigen Stelle auslegen, und so Allah will, wird der Verbrecher zu uns kommen. Meiner Überzeugung nach wird uns das eine Menge Zeit und Mühen ersparen.«

»Falls Ali Waqqar so gerissen ist, wie Ihr gesagt habt, wird er das Risiko einer Falle vielleicht nicht eingehen.«

»Ah«, sagte der Fürst und hob triumphierend den Finger, »wenn der Köder unwiderstehlich ist, wird selbst die klügste Maus das Risiko einer Falle eingehen.« Er lächelte breit. »Ich werde den Köder schlicht so unwiderstehlich gestalten, dass Ali Waqqar keine andere Wahl bleiben wird, als ihn zu schlucken, und wenn wir ihn dann haben, wo wir ihn haben wollen, wird ihm nichts anderes übrig bleiben, als Alethea herauszugeben.«

»Das könnte funktionieren«, sagte Cait hoffnungsvoll. »Oder seid Ihr anderer Meinung, Herr Rognvald?«

»Oh, so etwas funktioniert in der Tat«, antwortete der Nordmann steif. »Fragt jeden Rattenfänger.« Er nippte an seinem warmen Apfelgetränk und musterte den völlig selbstzufriedenen Fürsten einen Augenblick lang, bevor er sagte: »Erzählt uns mehr von dieser Falle, die Ihr Euch ausgedacht habt.«

»Wie Ihr wisst, glaube ich, dass die Banditen versuchen werden, Alethea auf den Sklavenmärkten von Al-Andalus zu verkaufen – vermutlich in Balansiyya oder Mayurika. Verzeiht mir, Ketmia, doch eine junge Frau Eures Volkes bringt in Tunis, Monastir oder Rabat einen hervorragenden Preis. Natürlich liegt der Preis für eine Jungfrau noch um ein Vielfaches höher.

Preise von mehr als dreißigtausend Dirham sind da nichts Ungewöhnliches, und wenn die Frau wirklich schön ist, kann der Preis sogar auf fünfzig- oder gar sechzigtausend klettern.«

»Ich hatte ja keine Ahnung«, sagte Cait, staunend ob dieser enormen Summen.

»O ja«, versicherte ihr Fürst Hassan. »Und das ist auch der beste Schutz für Eure Schwester, denn die Banditen sind sich durchaus des Wertes einer hellhäutigen Jungfrau bewusst. So können wir sicher sein, dass sie Eurer Schwester in keinster Weise ein Leid zugefügt haben. Wie der Dichter sagte: ›Wenn das Böse eine Auster ist, so ist die Hoffnung die Perle.‹ Versteht Ihr? Selbst ein so gewalttätiger Mensch wie Ali Waqqar wird den besten Preis für Eure Schwester herausschlagen wollen; deshalb wird er gut Acht auf sie geben, glaubt mir.«

»Ich bete, dass Ihr Recht habt, Fürst Hassan«, sagte Rognvald. »Doch wie dem auch sein mag, ich weiß nicht, wie uns das helfen soll, Alethea zu finden.«

»Ah! Ungeduld gebiert oft Ungestüm, edler Herr. Ich komme schon noch darauf zu sprechen. Wie Ihr selbst habt feststellen müssen, bieten die Berge Briganten wie Ali Waqqar viele Versteckmöglichkeiten. Ein Mann könnte hundert Jahre lang suchen und würde das Banditennest nie finden. Doch Siedlungen gibt es nur wenige, und alle sind sie von dieser Feste aus gut zu erreichen. Nun denn«, er beugte sich vor und grinste freudig, »Ali Waqqars Räuberbande muss sich in der ein oder anderen dieser Siedlungen mit Vorräten eindecken. Ich schlage vor, das Gerücht verbreiten zu lassen, Fürst Hassan suche eine weiße Sklavin. Wir werden sagen, ich fühle mich einsam auf meinem Berg und wünsche, mich mit einer Sklavin abzulenken – ein Luxus, für den ich bis zu sechzigtausend Silberdirham zu zahlen bereit sei.«

Hassan lachte leise und lehnte sich zurück. »Dann warten wir einfach, bis Ali Waqqar auftaucht, um sich das Geld zu holen. Und wenn er auftaucht …«, er klatschte in die Hände, »… Patsch! Dann haben wir ihn.«

»Das ist in der Tat ein kluger Plan«, erklärte Cait. »Trotzdem habe ich noch eine Frage.«

»Nur eine?«, murmelte Rognvald säuerlich.

Cait überging ihn und fragte: »Wie können wir sicher sein, dass Ali Waqqar sich noch immer in dieser Gegend aufhält? Er könnte just in diesem Augenblick gen Süden fliehen. Wäre es nicht klug, Männer auszuschicken, die die Wege nach Süden überprüfen? Falls das stimmt, was Ihr über die Sklavenmärkte im Süden gesagt habt – und ich zweifele nicht daran –, dann könnten wir ihn auf dem Weg dorthin schnappen.«

»Genau mein Gedanke«, pflichtete ihr Rognvald bei. Er riss sich ein Stück Brot ab und schob es sich in den Mund. »Nehmen wir einmal an, der Entführer ist wirklich Ali Waqqar, und nehmen wir an, dass er zur Küste will, woher wissen wir, dass er nicht bereits dorthin unterwegs ist?«

»Meine Freunde«, erwiderte Hassan, »ihr kennt Ali Waqqar nicht so gut wie ich. Er ist schon lange ein Fluch für mich und mein Volk. Wir haben seine Raubzüge schon lange genug ertragen. Nichts würde mir größeres Vergnügen bereiten, als ihn wie einen Wurm unter meinem Stiefel zu zermalmen.

Wäre ich in der Vergangenheit wachsamer gewesen, vielleicht wäre es dann nie so weit gekommen. Doch ich habe bei Allah dem Allmächtigen, dem Erlöser der Rechtschaffenen, geschworen, diesem Raubtier ein Ende zu bereiten und Eure Schwester an ihren rechtmäßigen Platz zurückzubringen.«

Er streckte die Hand zu Cait aus, die sie mit unschicklichem Eifer ergriff – zumindest kam es Rognvald so vor –, dann sagte der Fürst: »Meine schöne Ketmia, ich könnte den Gedanken nicht ertragen, Euch so bekümmert ob Eures Verlusts zu sehen. Euch und Eure liebende Schwester wiederzuvereinen … *das* ist die Flamme meines Ehrgeizes geworden.«

Er hob Caits Hand an die Lippen und küsste sie. »Im Namen Allahs des Allmächtigen, ich werde nicht eher ruhen, bis Ihr Eure Schwester wieder in die Arme schließen könnt.«

Rognvald beobachtete das schamlose Schauspiel mit

zusammengekniffenen Augen; doch Cait, die ohnehin schon von dem Fürsten angetan war, freute sich so sehr über dessen Versprechungen, dass ihr Herz schneller schlug. Unfähig, das Ganze noch länger zu ertragen, stand Rognvald auf und verabschiedete sich mit der Begründung, dass er nach seinen Männern sehen wolle. »Ich möchte bereit sein loszureiten, sobald der Sturm ein wenig nachlässt«, sagte er.

Er verneigte sich vor dem Fürsten, machte auf dem Absatz kehrt und marschierte aus dem Raum – wobei er fast mit Jubayar zusammengestoßen wäre, der an der Tür lauerte. Cait blickte dem großen Ritter hinterher, und nachdem dieser schließlich verschwunden war, wandte sie sich an den Fürsten, um sich zu entschuldigen. »Bitte, verzeiht Herrn Rognvald, Fürst Hassan. Seit wir hierher gekommen sind, scheint er sich etwas vergessen zu haben.«

»Nun, es ist wohl, wie der Dichter sagt: ›Wie Schwerter, so werden auch Krieger stumpf, wenn man sie vernachlässigt.‹ Alle Männer der Tat empfinden das Nichtstun als schwer zu ertragende Last. Ohne Zweifel wird er sich wieder ein wenig entspannen, sobald er in den Sattel zurückkehren kann.«

»Ihr seid zu freundlich, mein Herr Fürst.«

»Wenn ich das bin, dann liegt das an Eurem guten Einfluss.« Erneut küsste Hassan Cait die Hand. »Ihr inspiriert mich zu großer Tugendhaftigkeit, und ich bin froh darüber.«

Den Rest des Morgens verbrachten sie gemeinsam. Der Fürst führte Cait durch unterschiedliche Kammern, Hallen, Höfe und Quartiere, eines prachtvoller als das andere, verkleidet mit reich beschnitztem Holz oder mit farbigem Marmor ausgelegt. In einigen Räumen waren die Wände glatt verputzt und in leuchtenden Farben bemalt, in anderen wiederum waren die Wände mit kostbaren Fliesen verkleidet, und wieder andere besaßen Fenster mit Buntglas oder Gittern aus Holz oder Stein.

Manche der Räume waren von riesigem Ausmaß, während andere so intim wie Schlafgemächer waren; aber egal ob groß oder klein, sämtliche Räume zeichneten sich durch makellose

Sauberkeit und hervorragende Baukunst aus, was wiederum viel über den Geist aussagte, der sie entworfen hatte. Jedes Zimmer besaß einen Namen, und die Namen waren wundersam: Karawanserei, Elfenbeinhof, der Damenturm, Roter Scirocco, und einer nannte sich Abendnarjis – dort erinnerten Cait die Muster auf den Fliesen an Pfauenfedern, und so wurde er für sie das Pfauenzimmer.

Während ihres Rundgangs konnte Cait nicht umhin zu bemerken, dass die Räume zwar bis ins kleinste Detail ausgearbeitet waren, doch fehlte es ihnen fast vollständig an Mobiliar. Nachdem sie einen dieser leeren Räume nach dem anderen gesehen hatte, konnte sie ihre Neugier nicht länger zügeln. »Wahrlich, ich habe noch nie solch eine Pracht gesehen, und noch dazu in solchem Überfluss; doch ich kann nicht anders, als mich zu wundern, wohin all die Möbel verschwunden sind.«

Fürst Hassan warf den Kopf zurück und lachte; seine Stimme klang voll und tief. »O Ketmia, Ihr seid ein Wunder an praktischer Veranlagung. Ja, die Räume sind so lange leer, bis ich entscheide, welcher Raum welchem Zweck zugeführt werden soll. Dann bringen meine Diener die Dinge, die dafür notwendig sind, und arrangieren sie entsprechend.«

Cait hielt diese Praxis für äußerst einfallsreich und verlieh dem auch auf so freudige Art Ausdruck, dass Fürst Hassan sagte. »Gestattet mir, es Euch zu demonstrieren. Nun denn, von allen Räumen, die Ihr bis jetzt gesehen habt, welcher gefällt Euch da am Besten?«

Cait fiel die Antwort nicht schwer. »Oh, das ist das Pfauenzimmer. Die Farben sind wunderbar.«

Der Fürst schien mit ihrer Wahl zufrieden zu sein. »Hervorragend! Ich wusste, dass Ihr diesen wählen würdet; er ist auch einer meiner Lieblingsräume. So! Heute Abend werden wir im Pfauenzimmer speisen, Ihr und ich, und ich werde Euch zeigen, wie er verwandelt werden kann.«

Cait verbrachte den Rest des Tages damit, die Bücher in der bemerkenswerten Sammlung des Fürsten zu studieren. Erworben an den unterschiedlichsten Orten der arabischen Welt, war jeder Band in edles Leder gebunden, und obwohl Cait die fließende, elegante arabische Schrift nicht lesen konnte, so erfreute sie sich doch an den Illustrationen, die nahezu jede Seite zierten. Ein Buch enthielt Bilder vom Leben am Nil, von der großen Moschee in Kairo und von der Sphinx – und dieses Buch genoss sie ganz besonders.

»Euch gefällt dieses Buch«, sagte Hassan, den Caits Vergnügen sichtlich freute. »Das kann ich an Euren Augen sehen.«

»O ja, es gefällt mir sogar sehr«, erwiderte Cait. »Ihr müsst nämlich wissen, dass mein Vater einst Gast des Kalifen von Kairo war. Er hat mir oft davon erzählt, und in diesen Bildern sehe ich, was er gesehen hat.«

»Ihr liebt Euren Vater«, bemerkte der Fürst. »Eure Stimme verrät mir das, wenn Ihr von ihm sprecht.«

»Ja, ich habe ihn geliebt. Er war ein feiner Mann. Jetzt ist er tot, und ich halte sein Andenken in Ehren. Diese Erinnerung ist mein wertvollster Besitz.«

»Also müsst Ihr dieses Buch haben, damit Ihr es Euch anschauen könnt, wann immer Ihr wollt, und Euch an die glücklichen Zeiten mit Eurem Vater erinnert.«

»Oh, aber ich könnte nie …«, protestierte Cait. »Solch ein Buch … Ich habe so etwas noch nie gesehen. Es muss ein Vermögen gekostet haben. Ein solch kostspieliges Geschenk könnte ich niemals annehmen. Und ich besitze nichts, was ich Euch im Gegenzug dazu anbieten könnte.«

Fürst Hassan schloss das in Leder gebundene Buch und legte es Cait in die Hände.

»Meine liebe Ketmia, wenn Ihr wüsstet, wie viel Ihr mir bereits gegeben habt. Bitte, akzeptiert dieses Geschenk als Zeichen meiner Ehrerbietung und«, er blickte ihr tief in die Augen, »meiner noch weit größeren Zuneigung.«

Caits Herz war so sehr von liebevollen Erinnerungen an ihren Vater erfüllt, von der Wärme der atemberaubenden Großzügigkeit des Fürsten und von so vielen anderen, zerbrechlichen Gefühlen, dass sie plötzlich überquollen. »Ihr müsst mich entschuldigen, edler Herr«, sagte sie und kämpfte gegen die Tränen an; »aber es ist schon so lange her, dass jemand mich mit solcher Freundlichkeit und Mitgefühl behandelt hat.«

Fürst Hassan legte Cait die Hand an die Wange und sagte: »Oh, meine liebliche Ketmia, Ihr verdient nichts weniger. Ich wünschte, ich könnte Euch ständig solche Geschenke machen, denn obwohl wir uns gerade erst getroffen haben, so habe ich doch das Gefühl, als kennte ich Euch mein ganzes Leben.«

Cait verschlug es die Sprache. Sie umklammerte das Buch, senkte den Blick und wischte die heruntergetropften Tränen vom Leder. Zu guter Letzt wurde sie von einem Gongschlag in einem der Vorräume davor bewahrt, etwas auf die Erklärung des Fürsten zu erwidern.

Der Fürst richtete sich auf. »Ich werde gerufen. Kommt. Jubayar soll Euch in die Frauengemächer zurückführen, damit Ihr Euch ausruhen und für heute Abend vorbereiten könnt.«

Der Gong ertönte erneut, und der Fürst führte Cait durch einen langen Gang in einen der Empfangsräume zurück; dort befahl er dann dem Eunuchen, sie in die Frauengemächer zu begleiten. Während Cait und Jubayar durch das Labyrinth aus Gängen marschierten, hielt Cait nach Rognvald oder einem der Ritter Ausschau, doch sie sah keinen der anderen Gäste.

Mahdi und Pila'i warteten bereits auf sie. Während Cait sich ausruhte, bereiteten die beiden Dienerinnen ihr ein Bad und legten Kleider für den Abend heraus. Cait ergab sich der Fürsorge durch die beiden jungen Frauen und verbrachte den Rest des Tages damit, sich verwöhnen zu lassen.

Als der Abend näher rückte, kleideten die Dienerinnen Cait an, frisierten ihr das Haar und brachten ihr eine Juwelenhalskette. Schließlich, als Cait fertig war, ertönte ein Gong, und ein paar Augenblicke später erschien Jubayar, um sie zum Abendessen mit dem Fürsten abzuholen. Cait folgte ihrem Führer durch den überdachten Hof, und als sie an der Alabasterfontäne vorüber kamen, hörte sie ein Rascheln. Sie drehte sich um und sah Fürst Hassans Schwester, Danji, hinter einer der großblättrigen Palmen verschwinden. Cait erhaschte nur einen kurzen Blick auf sie, dann war sie verschwunden, doch sie hatte den deutlichen Eindruck, dass die junge Frau versucht hatte, ihre Aufmerksamkeit zu erregen.

Cait wandte sich wieder um. Jubayar beobachtete sie; seine dicken, fleischigen Lippen waren zu einem misstrauischen und verächtlichen Lächeln verzogen.

Caitríona aß an diesem Abend allein mit Fürst Hassan. Er fütterte sie mit in Honig und Aprikosen glasierter Flugente, gekochtem Reis mit Kardamom und Pinienkernen und gebackenen Wachteleiern. Dazu gab es gewürzten Wein und Süßigkeiten, und nicht ein, sondern zweimal schwor Fürst Hassan Cait seine Liebe – und sie akzeptierte seine Schmeichelei.

Ein wenig benommen von dem schweren Wein und den geflüsterten Zärtlichkeiten, kehrte Cait in ihr Schlafgemach zurück. Mit Hilfe von Mahdi und Pila'i entkleidete sie sich und ging mit dem Gedanken an diesen Abend und all seine glitzernde Pracht ins Bett.

Mit Juwelen und mehreren Schichten edelster Seide ausstaffiert wie eine orientalische Prinzessin wurde sie von Jubayar zum Abendessen mit dem Fürsten geleitet. Als Cait im Pfauenzimmer eintraf, war von Möbeln nichts zu sehen. Einen Augenblick lang starrte sie in das trübe, kahle Innere und war ein wenig enttäuscht, denn sie hatte sich etwas ähnlich Opulentes vorgestellt wie am vorigen Abend. Ihr erster Gedanke war, dass der Fürst sein Versprechen vergessen hatte; dann wiederum dachte sie, dass sie ihn vielleicht falsch verstanden hatte. Während sie noch mitten in dem mit türkisfarbenen Fliesen ausgelegten Raum stand und darüber nachdachte, was wohl geschehen sein mochte, traf der Fürst ein.

Er trug ein fließendes schwarzes, mit Gold abgesetztes Gewand und einen Turban aus schimmernder Damast-Seide – alles in allem die Verkörperung wahren Adels. Schlank und groß, die schmale Hüfte mit einem breiten Stoffgürtel umwickelt, in dem ein langer Dolch mit einem Rubin als Knauf in goldener Scheide steckte, glitt er durch den Raum in kühnen Schritten auf Cait zu und küsste ihr beide Hände.

Als er ihre Enttäuschung bemerkte, lächelte er schelmisch, klatschte in die Hände und rief in der Art eines Jahrmarktzauberers, der seinen besten Trick vorführt, auf Arabisch ein Wort, das wie »Haydee!« klang.

Die Tür am anderen Ende der leeren Kammer wurde aufgestoßen, und eine Prozession von Dienern in weißen Turbanen betrat den Raum. Zuerst kamen vier Männer mit Eisenständern in den Händen, und auf jedem Ständer brannten je zehn Kerzen. Diesen folgten vier weitere Männer, die einen großen, zusammengerollten rot-blauen Teppich trugen; diesen legten sie an einem Ende des Raums auf den Boden und entrollten ihn, bis er den gesamten Raum bedeckte. Aber noch bevor sie das andere Ende des Raums erreicht hatten, erschienen wieder vier Diener, diesmal mit riesigen Seidenkissen auf den Köpfen und einem kleineren Teppich unter den Armen. Kaum waren die ersten Diener mit ihrer Arbeit fertig, entrollten die Neuankömmlinge ihren Teppich in der Mitte des ersten und legten die Kissen darauf.

In der Zwischenzeit hatten zwei Diener mit einem niedrigen Tisch den Raum betreten und stellten diesen vor die Kissen. Die beiden waren gerade erst verschwunden, als die ersten Diener wieder zurückkehrten; diesmal schoben sie große Messingtöpfe auf Rollbrettern vor sich her, jeder mit einer Palme darin. Weitere Tische erschienen und noch mehr Pflanzen und echtes Laubwerk in Gefäßen aus Messing, bis der Raum die Atmosphäre eines arabischen Gartens bekam. Dann folgten seidengepolsterte Truhen und reich beschnitzte Holzkästen in allen Größen und Formen, drei brennende Holzkohlenbecken, zwei kesselförmige Weihrauchbrenner, ein dreiteiliger Wandschirm aus Rosenholz, der hinter die Kissen platziert wurde, und ein riesiger Gong.

Zu guter Letzt wurde eine blaue Seidendecke über den Tisch

gelegt, und die Kerzen wurden so um den Tisch gruppiert, dass die Speisenden in einem sanften, goldfarbenen Licht saßen. Cait staunte sowohl über die Geschwindigkeit, mit der diese Verwandlung vonstatten ging, als auch über das wunderbare Ergebnis. Vor lauter Aufregung hauchte sie dem Fürsten einen Kuss auf die Wange.

Fünf Musiker betraten den Raum, stellten sich in diskreter Entfernung vom Tisch auf und begannen zu spielen. Als die sanfte Musik die Luft erfüllte, hob Fürst Hassan die Hand und erklärte: »So lebt ein wahrer Fürst des Orients. Wo auch immer er hingeht, wo auch immer er speisen, schlafen oder«, er hielt kurz inne und ergriff Caits Hand, »seine Gäste empfangen will … der edle Araber muss nur befehlen, und schlichtes Wort wird in Größe und Pracht verwandelt. Doch kommt«, sagte er und führte Cait zu den Kissen, »wir werden uns setzen und es uns gut gehen lassen. Ich habe Speisen und Unterhaltung für Euch arrangiert. Heute, meine geliebte Ketmia, werdet Ihr Delikatessen kosten, um die Euch selbst die Engel beneiden werden.«

»Wird Danji sich zu uns gesellen?«, fragte Cait. »Oder Rognvald?«

»Nein, heute Abend nicht.« Fürst Hassan lächelte, und seine schwarzen Augen funkelten im Kerzenlicht. »Heute, meine Liebe, werden wir den Abend allein verbringen, nur Ihr und ich.«

Cait empfand eine verbotene Erregung bei dem Gedanken daran, was diese Erklärung suggerierte, doch plötzlich sträubten sich ihr die Nackenhaare. Ein Gefühl der Furcht senkte sich auf sie herab, und sie hatte den Eindruck, als hätte sie gerade einer Schlange in die Augen geblickt. Zu jeder anderen Zeit wäre ihr diese Reaktion eine Warnung gewesen; nun jedoch ärgerte sie sich nur darüber. Wo, verlangte sie von sich selbst zu wissen, lag hier die Gefahr?

Sie sagte sich, Fürst Hassan sei ein bewundernswerter und großzügiger Gastgeber, ein rücksichtsvoller und vertrauenswürdiger Freund; er war elegant, wohlhabend und gut erzogen. Mit seinem Schwur, ihre Schwester zu retten, hatte er ihr bereits seine Loyalität gezeigt, und nun sprach er von seiner Liebe. Bis jetzt hatte noch kein Mann sie als schön bezeichnet; dieses Kompliment erregte sie auf eine Art, die sie sich bis zu diesem Zeitpunkt nicht hatte vorstellen können. Wer sonst hatte solche Dinge zu ihr gesagt, wie Hassan sie zu ihr gesagt hatte? Eine Frau konnte sehr wohl ihr ganzes Leben nach solch einem Mann suchen und ihn niemals finden. Und hier saß er neben ihr und bat sie, einen Abend voller Vergnügen und Freude mit ihm zu genießen.

Und doch rief diese Aussicht trotz all seiner Verführungskünste kein Verzücken hervor, sondern das eisige Gefühl der Gefahr. Cait sah Hassan lächeln, und es war das knochige Lächeln des Todes.

Wie war das möglich? Warum riefen seine Liebesbekundungen ein solches Gefühl der Furcht hervor?

Während Cait zum Tisch ging und sich auf die Kissen sinken ließ, beschloss sie, das beunruhigende Gefühl zu ignorieren und den Abend in vollen Zügen zu genießen. Trotzig schob sie alle unangenehmen Gefühle beiseite und nahm willig die Einladung des Prinzen, nur noch in der Wärme ihrer frisch erwachten Zuneigung zu schwelgen, an.

Sie zog die Beine an, legte sich zur Seite und stützte sich auf ihren Ellbogen, während der Fürst nach einem mit Leder gepolsterten Hammer griff und zweimal auf den Gong schlug. Noch bevor das Geräusch verhallt war, öffnete sich die Tür, und zwei Dienerinnen mit Tabletts erschienen: eine mit einem Krug und zwei goldenen Bechern, eine mit einer Auswahl an Silberschüsseln. Während eine Dienerin die Schüsseln auf den Tisch stellte, schenkte die andere den Wein ein.

»Es gibt gute Nachrichten«, sagte der Fürst und beobachtete, wie der dunkle Wein in die goldenen Becher floss. »Gegen Mittag ist der Sturm ein wenig abgeklungen, sodass ich Halhuli und einige meiner Männer in die Siedlungen schicken konnte, um mein Angebot zu verbreiten. Ich denke, es wird nicht lange dauern, bis wir von Ali Waqqar hören.«

»Oh, das sind in der Tat gute Nachrichten. Ich schulde Euch meinen Dank, edler Herr.«

»Es ist mir eine Freude, Euch zu Gefallen sein zu dürfen, meine süße Ketmia«, sagte Hassan und reichte Cait einen Becher. »Lasst uns auf eine wunderbare, gemeinsame Zukunft trinken.«

Cait nahm den Becher ohne zu zögern an, und so begann ein solch intimer und zärtlicher Abend, dass Cait, als sie sich schließlich in ihr Gemach zurückzog, das Gefühl hatte, als würde sie einen Teil von sich zurücklassen.

Nun, im schwachen Licht des Morgens, während sie im Bett lag und noch immer auf dieser überschäumenden Welle des Gefühls dahinglitt, empfand sie zum ersten Mal einen Hauch von Reue. Draußen tobte der Sturm mit wiedergewonnener Kraft. Cait hörte den windgepeitschten Schneeregen gegen die Fenster prasseln, und der Wind heulte, während er sich mit der Wucht des tobenden Meeres gegen die Mauern stürzte.

Entschlossen schob Cait alle Gedanken von Reue und Zweifel beiseite und stieg aus dem Bett. Ihre Dienerinnen waren bereits aufgestanden und warteten darauf, sie anzukleiden und zu frisieren. Nachdem sie damit fertig waren, machte sich Cait auf die Suche nach Rognvald, um ihm zu sagen, dass er nicht weiter nach Alethea suchen müsse.

Sie fand ihn mit Svein, Dag, Yngvar und den beiden spanischen Rittern, als sie über den verschneiten Hof zu den Ställen rannten. Sie trugen dicke Kleidung aus Wolle und Leder und auf den Rücken Taschen voller Proviant. Auf Caits Rufen hin schickte der große Ritter die anderen weiter und ging selbst zu Cait.

»Die Pferde sind gesattelt, und wir haben genug Proviant für drei Tage; aber mit Gottes Hilfe werden wir schon vorher wieder zurück sein.«

»Aber der Sturm tobt noch immer.«

»Und er hält vielleicht auch noch mehrere Tage an. Drei Tage haben wir bereits verloren; mehr können wir uns nicht leisten.«

»Es gibt aber keinen Grund mehr weiterzusuchen«, erklärte Cait gut gelaunt. »Der Fürst hat bereits Nachricht an die Siedlungen in der Umgebung gesandt. Wir müssen nur warten, und Ali Waqqar wird Alethea zu uns bringen.«

»Bitte verzeiht, werte Frau, aber ich halte es nicht gerade für klug, die Suche jetzt abzubrechen.«

»Jetzt seid Ihr einfach stur«, erwiderte Cait.

»Und Ihr habt Euch von einem Mann übertölpeln lassen, der es gewöhnt ist, dass ihm jede Laune erfüllt wird«, entgegnete Rognvald sichtlich bemüht, so ruhig wie möglich zu klingen. »Erinnert Euch meiner Worte: Eine Tändelei mit einem Mann wie Hassan kann nur im Unglück enden.«

»Was fällt Euch ein, so selbstherrlich mit mir zu sprechen!«, knurrte Cait wütend. »Ich werde es nicht zulassen, dass Ihr auf solch anzügliche Art von unserem Wohltäter sprecht.«

»Wohltäter?« Rognvald lachte verächtlich. »Dieser Mann hat nur sein eigenes Wohl im Sinn. Ich hätte gedacht, eine Frau von Eurem Urteilsvermögen würde eine Giftschlange erkennen, wenn sie sie sieht.«

»Nehmt das zurück!«, schnappte Cait. »Hassan ist mir mit mehr Respekt und Wertschätzung begegnet als jeder andere Mann, den ich je getroffen habe. Er ist ein Fürst in Wort und Tat, ein *Edelmann*, auf den diese Bezeichnung passt.«

»Ist er das?«, forderte sie der Ritter heraus. »Ist er das wirklich? Dann denkt einmal über Folgendes nach: Findet Ihr es nicht merkwürdig, dass dieser Edelmann so gut über die Sklavenpreise in Tunis Bescheid weiß?«

»Was ist dabei?«, konterte Cait bissig. »Selbst ich kenne den Preis, um einen starrköpfigen Ritter aus dem Gefängnis von Damaskus zu befreien.«

Rognvald funkelte sie an, die Lippen fest aufeinander gepresst und ein kaltes Feuer in den blauen Augen.

»Habt Ihr sonst noch was zu sagen, werter Herr?«

»Spott bekommt einer Dame nicht.«

»Ebenso wenig, wie Gehässigkeit und Neid einem Mann ansteht«, erwiderte Cait. »Ich würde es als Segen betrachten, wenn Ihr Eure verächtlichen Bemerkungen für Euch behalten könntet.«

Mit immer noch funkelnden Augen verneigte Rognvald sich höflich. »Wie Ihr wünscht. Bitte übermittelt dem Fürsten meine besten Grüße. Meine Männer und ich werden die Suche nach Abu und Eurer Schwester wieder aufnehmen.«

»Dann geht … was auch immer das nützen mag!«

Rognvald trat rasch in Richtung Tür, dann blieb er noch einmal stehen. »Ich habe bei Gott geschworen«, sagte er in feierlichem Ernst und stapfte in den Schnee hinaus.

Noch immer wütend und entschlossen, Rognvald nicht das letzte Wort zu lassen, stürmte Cait durch die offene Tür und rief der sich rasch entfernenden Gestalt hinterher: »Hassan ist zweimal der Mann wie Ihr!«

Caits Worte verhallten im Heulen des Windes. Rognvald lief weiter, und das Schneegestöber ließ ihn bald außer Sichtweite verschwinden. Cait ging wieder hinein und schlug die Tür mit aller Kraft zu; der Knall rief sofort die beiden Pförtner herbei. Die Männer tadelten Cait auf Arabisch, doch sie schenkte ihnen keinerlei Beachtung, sondern stapfte davon und überließ es ihnen, die Pfütze geschmolzenen Schnees an der Schwelle aufzuwischen.

Innerlich kochend, stürmte sie durch die menschenleeren Gänge des *al-qazr.* Dann und wann schlug sie mit der Faust gegen die Wand und verfluchte Rognvalds unerträgliche Frechheit. Sie schwor bei ihrer Seele, dass sie noch nie einen solch unausstehlichen Mann getroffen hatte.

Cait wusste nicht, was sie mehr ärgerte: der Norweger-Herr an sich oder die Tatsache, dass er trotz seiner unbestreitbaren Frechheit aber auch Recht hatte – eine Tändelei mit dem Fürsten könnte ernste, wenn nicht gar katastrophale Folgen mit sich bringen.

Noch nicht bereit, sich das selbst einzugestehen, schob Cait diesen Gedanken beiseite und kehrte in die Frauengemächer zurück, ohne sich die Mühe zu machen, Jubayar zu rufen, damit dieser sie eskortieren konnte. Schließlich erreichte sie den überdachten Hof, blieb an der Fontäne stehen, betrachtete die Wasserlilien und tadelte sich selbst dafür, dass sie so wütend auf Rognvald war.

Sie schaute auf ihr Spiegelbild im Wasser, als sie plötzlich leise Schritte auf der Galerie über sich hörte, woraufhin sie sich umdrehte und Hassans Schwester Danji sah, die sie aufmerksam beobachtete. Cait rang sich ein Lächeln ab, hob die Hand zum Gruß und holte Luft, um etwas zu sagen. Bevor sie jedoch auch nur ein Wort sagen konnte, winkte die junge Frau ihr wild, zu schweigen und zu ihr auf die Galerie hinaufzukommen.

Cait warf rasch einen Blick in die Runde, um sich zu vergewissern, dass sie niemand beobachtete; dann rannte sie schnell hinauf und stellte fest, dass Danji weitergegangen war. Sie stand nun ein paar Schritte von der Brüstung entfernt, und als Cait auf sie zutrat, verschwand die junge Frau in einer der Türen, die zu den inneren Gemächern führte. Verunsichert zögerte Cait kurz, doch einen Augenblick später erschien Danjis Hand aus der Tür und winkte sie heran.

Cait eilte zur Tür und trat hindurch. Der Raum dahinter war kalt und dunkel; das einzige Licht stammte von einem kleinen Fenster, das von einem schweren Gitter verschlossen wurde. Mit einem verschwörerischen Blick, der Cait einen Schauder über den Rücken jagte, zog die junge Frau sie in den Raum und schloss die Tür hinter ihr. Dann ging sie zum Fenster und winkte Cait, ihr zu folgen.

»Ich muss mit Euch sprechen«, sagte Danji. »Aber wir dürfen nicht zusammen gesehen werden.« Ihre Stimme zitterte, doch ob aus Furcht oder vor Kälte, das vermochte Cait nicht zu sagen. »Versprecht mir, dass Ihr niemandem etwas sagen werdet.«

»Ihr sprecht Latein«, sagte Cait.

»Ihr müsst es mir versprechen«, hakte Danji nach. »Jetzt. In diesem Augenblick … sonst werde ich Euch nichts erzählen.«

»Ich verspreche es. Ich werde niemandem erzählen, was wir miteinander bereden«, kam Cait der Aufforderung nach.

»Sehr gut. Haltet mich nicht für unhöflich, aber Ihr müsst sofort von hier verschwinden. Es ist nicht sicher hier.« Sie packte Cait am Arm, um ihren Worten Nachdruck zu verleihen. »Ihr müsst mir glauben.«

»Warum? Was stimmt nicht, Danji?«

Danji schaute sich um, als fürchte sie, belauscht zu werden; dann schüttelte sie den Kopf. »Ich kann nicht mehr sagen.«

»Warum muss ich gehen?«

»Ihr schwebt in Gefahr.« Danji rückte näher zur Tür heran.

Cait hielt sie fest. »Sagt mir warum? Wo liegt die Gefahr?«

»Bitte, ich kann Euch nicht mehr sagen. Er würde mich töten, sollte er herausfinden, dass ich mit Euch gesprochen habe.« Danji ging rasch zur Tür.

Cait folgte ihr. »Wer?«, fragte sie, erhielt jedoch keine Antwort. Offensichtlich würde sie auf diese Art nichts mehr aus der verängstigten Frau herausbekommen, und so beschloss sie, es anders zu versuchen. »Euch wird kein Leid geschehen«, sagte sie in dem Versuch, Danji zu beruhigen. »Hassan sagte doch, Ihr würdet kein Latein sprechen.«

»Hassan sagt viel, wenn der Tag lang ist«, erwiderte die junge Frau. »Er hat Euch auch gesagt, ich sei seine Schwester.«

»Und seid Ihr das nicht?«

»Nein.« Danji öffnete die Tür einen Spalt und spähte vorsichtig hinaus. Als sie auf die Galerie trat, blickte sie noch einmal über die Schulter zurück. »Ich bin nicht seine Schwester«, flüsterte sie. »Ich bin seine Frau.«

»In Anjou vor dem ersten Schnee«, schnaubte de Bracineaux, während er auf den verschlammten Weg vor sich hin starrte. Die weißen Gipfel in der Ferne schienen einen Himmel zu stützen, der aussah, als bestünde er zur Gänze aus grauer Wolle. »Überwintern auf Euren Gütern … Das habt Ihr gesagt.« Er spie auf die Erde.

»Daran ist der Kaiser schuld«, erwiderte der Baron wie immer in gleichmütigem Tonfall. »Hätte er uns nicht gezwungen, seiner dummen Kuh von Nichte aufzuwarten, wären wir schon längst wieder zurück.«

De Bracineaux fuhr fort, als hätte er d'Anjou nicht gehört. »Ganz zu schweigen vom Verschwinden des Priesters.«

»Jetzt aber! *Das* lasse ich mir nicht in die Schuhe schieben«, protestierte d'Anjou. »Ihm kann Gott weiß was passiert sein. Soweit wir wissen, könnten ihn wilde Tiere gefressen haben.«

»Bei Gott«, knurrte der Templer, »es war diese verdammte Frau! Und das ist schon wieder etwas, wo Ihr Euch geirrt habt.« Er betrachtete den Mann auf dem Pferd neben sich mit offener Verachtung. »Ich bin neugierig. Sagt mir, d'Anjou, habt Ihr überhaupt jemals in Eurem Leben Recht gehabt?«

In diesem Augenblick ritt Sergeant Gislebert heran. »Die Kompanie ist bereit, Komtur.«

De Bracineaux warf einen Blick auf die Doppelreihe von Reitern, Packtieren und Wagen. Die Ritter saßen mit hängenden Schultern auf ihren Pferden. Sie hatten die Kapuzen über die Köpfe gezogen, und ihre einst weißen Waffenröcke waren braun von Schlamm, sodass sie aussahen wie der armselige Überrest einer geschlagenen Armee. Der Komtur wandte sich wieder von ihnen ab und blickte in den trüben Himmel hinauf; genau in diesem Augenblick fielen die ersten Regentropfen in den Schlamm. »Lasst uns losziehen«, sagte er. »Gott weiß, dass wir heute nicht sehr weit kommen werden.« Er hob die Hand und winkte der Kolonne, sich in Bewegung zu setzen, und so brachen sie zu einem weiteren Tagesritt in Kälte und Regen auf.

Gegen Mittag hielten sie an der Furt eines kleinen, reißenden Flusses an, um sich auszuruhen und die Pferde zu tränken. Während ihres Aufenthalts dort kehrten die Kundschafter wieder zurück, die sie am Tag zuvor ausgeschickt hatten. Der Komtur kam ihnen entgegen, als sie ins Lager ritten. »Und?«, fragte er in vor Ungeduld scharfem Tonfall.

»Wir haben etwas gefunden, Herr«, antwortete einer der Templer. »Wir glauben, Ihr solltet Euch das einmal ansehen.«

»Und was?«

»Überreste eines Lagers«, sagte der zweite Ritter.

»Wie weit entfernt?«

»Nicht weit. Bei Sonnenuntergang können wir dort sein.«

De Bracineaux akzeptierte diese Einschätzung ohne weiteren Kommentar. Er wandte sich an Gislebert. »Besorg frische Pferde für diese Männer«, befahl er. »Und sorg dafür, dass einer der Köche ihnen etwas zu essen macht. Ich möchte sofort wieder aufbrechen können, sobald die Pferde getränkt sind.«

Bis zu diesem Punkt war es nicht schwer gewesen, der Spur zu folgen. Der Abt von Logrono hatte davon berichtet, dass er mit einem fremden Ritter gesprochen und versucht habe, ihn davon abzubringen, mit seinen Gefährten die Reise fortzusetzen. In Milagro und Carcastillo hatten die Dörfler den Templern bestätigt, dass in der Tat vor einiger Zeit eine Gruppe von Rittern durch die Siedlungen gekommen sei; sie hatten angehalten und im Tausch für Schinken, Mehl, Hafer und dergleichen gearbeitet. Ja, sagten sie, die Ritter hatten auch Frauen dabei, und einen Priester. Sie seien einige Tage geblieben und dann Richtung Nordost am Fluss entlang weitergezogen.

Auch die Templer waren dem Fluss gefolgt, und als die Entfernung zwischen den einzelnen Siedlungen zu groß geworden war, um verlässliche Informationen einzuholen, hatten sie begonnen, Kundschafter auszuschicken. Die Spur war alt, doch die Kundschafter waren erfahrene Fährtenleser, und so waren die Templer ihrer Beute immer tiefer und tiefer in die menschenleeren aragonischen Berge gefolgt.

Bei Näherrücken des Winters hatten Wind und Regen und der gelegentliche Frost die Spur der Diebe immer mehr verdeckt. Im Hochland hatte der Winter sogar bereits begonnen, und wenn sie nicht bald herausfanden, wohin der Priester die Frau und ihre Räuberbande führte, würden sie sie niemals finden. Die Vorstellung, dass sie ihm entkommen könnten, erfüllte de Bracineaux mit einem kalten, unbarmherzigen Zorn, der ihn immer weiter vorwärts trieb.

Als sie die Stelle erreichten, welche die Kundschafter markiert hatten, war der Tag einer feuchten Dämmerung gewichen, die sich wie ein regengetränkter Vorhang über das Land senkte. »Jetzt können wir nichts mehr sehen«, sagte de Bracineaux. »Schlagt da unten das Lager auf«, er deutete den Weg zurück zu der Stelle, wo der Rest des Trupps wartete. »Wenn es wirklich etwas zu sehen gibt, möchte ich nicht, dass es zertrampelt wird. Sobald wir wieder Licht haben, werden wir die Stelle gründlich untersuchen.«

Die Zelte wurden aufgeschlagen und in Dunkelheit und Regen das Abendessen zubereitet – fünf Viermannzelte für die Ritter und je eines für den Komtur und den Baron. Wann immer ihnen genügend Platz zur Verfügung stand, hatten sie bis zu diesem Zeitpunkt die Zelte dicht um zwei, drei große Lagerfeuer herum errichtet, wodurch sie sowohl sich selbst hatten wärmen als auch ihre Kleider trocknen können. In dieser Nacht jedoch mussten sie die Zelte aufgrund des dichten Unterholzes in einer Reihe am Pfad entlang aufschlagen und sich mit je einem kleinen Lagerfeuer vor jedem Einzelnen zufrieden geben; diese kleinen Feuer spendeten allerdings nur wenig Wärme, und so schlief keiner in einem trockenen Mantel oder Stiefeln.

Am nächsten Morgen war der Himmel klar, und während der Sergeant den Abbruch des Lagers und die Vorbereitungen für den Weitermarsch beaufsichtigte, ritten de Bracineaux, d'Anjou und die beiden Kundschafter zu dem verlassenen Lagerplatz. Ein paar Dutzend Schritte von der entsprechenden Stelle entfernt stiegen sie von den Pferden, und de Bracineaux ging zu der Stelle, wo das Feuer gebrannt hatte. Er hockte sich nieder und betrachtete den Boden innerhalb des Feuerrings. Die Asche war von verschiedenen Schauern weggespült worden; lediglich eine milchig graue Pfütze war übrig geblieben sowie ein paar verbrannte Aststümpfe.

De Bracineaux erhob sich wieder und blickte über die Lichtung zu den Bäumen. Vor einem Felshaufen zwischen zwei Bäumen lag ein großer Ast. Der Komtur ging dorthin, hob den Ast auf und untersuchte das eine Ende. Der Schnitt war nicht glatt; es sah aus, als sei der Ast halb vom Baum gehackt, halb gerissen worden. De Bracineaux fingerte an dem Schnitt herum und schaute sich um.

»Herr Komtur, habt Ihr etwas gefunden?«, rief einer der Templerkundschafter.

»Das weiß ich nicht«, antwortete de Bracineaux. »Ich glaube, hier hat es Ärger gegeben. Du da«, rief der Komtur dem anderen Kundschafter zu, »such zwischen den Bäumen dort. Und du …«, sagte er an den anderen gewandt. »Wir wissen, dass sie einen Wagen dabei hatten. Sieh zu, ob du irgendwelche Spuren davon finden kannst.«

Während die Kundschafter die Befehle ausführten, ging der Komtur langsam auf der Lichtung hin und her. Auch wenn er es nicht mit Sicherheit sagen konnte, hatte es den Anschein, als sei die Erde an verschiedenen Stellen erheblich aufgewühlt worden – jedenfalls mehr, als es für eine Gruppe von Reisenden üblich war, die nur ein, zwei Nächte hier verbracht hatten.

»Hier, d'Anjou«, rief de Bracineaux. »Seht Euch das einmal an und sagt mir, wie Ihr darüber denkt.«

Der Baron, der als Einziger noch im Sattel saß, beugte sich von einer Seite zur anderen und sagte: »Ich denke, dass es zu verdammt kalt und nass ist, um nach Käfern im Eintopf zu suchen.«

»Der Boden, verdammt noch mal!«, bellte de Bracineaux. »Seht Euch den Boden an!« Er hielt einen Augenblick inne, dann fragte er: »Und?«

»Es sieht aus, als hätte es hier eine Auseinandersetzung gegeben. Ein Kampf unter Dieben vielleicht?«

»Nicht *unter* Dieben«, korrigierte ihn de Bracineaux, *»zwischen* Dieben.«

»Da gibt es einen Unterschied?«

»Und was für einen Unterschied, d'Anjou«, antwortete de Bracineaux. Dann erklärte er: »Sie sind angegriffen worden.«

Zweifelnd betrachtete der Baron den Schlamm noch einmal. »Ein wenig aufgewühlte Erde kann man wohl kaum als stichhaltigen Beweis für eine wilde Schlacht bezeichnen.«

»Kundschafter!«, brüllte der Komtur. Der nächststehende der beiden Templer eilte sofort herbei. »Hol den Sergeanten und vier Männer. Sie sollen sofort die nähere Umgebung absuchen.«

Der Mann rannte los, und de Bracineaux stemmte die Hände in die Hüften, senkte den Kopf und setzte seine Untersuchung des durchnässten Untergrunds fort. Dann und wann blieb er stehen, um etwas genauer in Augenschein zu nehmen; dann ging er weiter.

»Herr Komtur! Hier!«, rief der zurückgebliebene Kundschafter.

De Bracineaux ging zu dem Mann am Rand der Lichtung. »Was hast du gefunden?«

»Das scheint mir ein Gerstengericht zu sein«, antwortete der Ritter und beugte sich über einen bleichen Haufen einer durchnässten Masse.

Der Komtur hockte sich nieder, zog einen Handschuh aus und hob ein wenig von dem nassen Zeug auf. Er rieb es zwischen den Fingern, hielt es sich unter die Nase und schnüffelte daran. »Ich glaube, du hast Recht.«

»Hier muss ein Viertel Fass von dem Zeug liegen«, erklärte der Ritter. »Entweder war jemand sehr unvorsichtig ...«

»... oder in großer Eile«, beendete der Komtur den Satz. »In zu großer Eile, um das noch einzusammeln, was er verschüttet hat.«

»Und da«, sagte der Kundschafter und deutete auf vier flache, gleichmäßig angeordnete Abdrücke. »Die könnten von Wagenrädern stammen.«

D'Anjou kam näher, hielt aber ein Stück entfernt mit seinem Pferd an. »Riecht sonst noch jemand, was ich rieche?«, fragte er und reckte seine Hakennase in die Luft. »Irgendetwas hat hier den Geist aufgegeben.«

De Bracineaux ging zu d'Anjou, der die Luft schnüffelte. »Es kommt von irgendwo dort drüben«, erklärte der Baron und deutete über die Lichtung zu einer Ansammlung von größeren Bäumen.

In diesem Augenblick erschien Sergeant Gislebert mit den angeforderten vier Männern. De Bracineaux trat ihnen in der Mitte der Lichtung entgegen. »Zwischen den Bäumen dort drüben ist etwas Totes«, sagte er und deutete auf die Stelle, auf die d'Anjou ihn hingewiesen hatte. »Beginnt dort mit eurer Suche, und ruft uns, wenn ihr etwas findet.«

Die Templer eilten in den Wald, und fast im gleichen Moment riefen sie nach ihrem Herrn. »Komtur! Hier ist ein Grab!«

Lächelnd stieg Baron d'Anjou vom Pferd. »Ich mag ja vielleicht nie Recht haben, aber meine Nase irrt sich selten.« Er folgte dem Komtur in den Wald, und rasch erreichten sie eine kleinere Lichtung, wo sie die Templer um einen breiten, rechteckigen Erdhaufen herum versammelt fanden. Ein einfaches Kreuz war in die weiche Erde gesteckt worden, und darum herum steckten verbrannte Äste.

De Bracineaux warf einen Blick auf den Erdhaufen und sagte: »Öffnet es.«

Die Ritter zögerten. Einer von ihnen erwiderte kühn: »Mein Herr Komtur, hier sind Christenmenschen beerdigt.«

»Tu, was ich dir sage«, knurrte der Komtur, »wenn du dich nicht zu ihnen gesellen willst. Ausheben!«

Noch immer zögerten die Ritter. »Herr«, sagte Gislebert, »die Schaufeln sind im Wagen unten.«

»Scheiß auf die Schaufeln, Gislebert! Ihr habt doch Schwerter, oder? Hände? Grabt!«

Langsam und mit großem Widerwillen begannen die Templer mit bloßen Händen in der weichen Erde zu graben. Mit jeder Hand voll Dreck, die sie entfernten, wurde der Gestank stärker, den d'Anjou bemerkt hatte. Schon bald hielten die Männer sich mit einer Hand die Nase zu, während sie halbherzig mit der anderen gruben und schließlich fünf menschliche Gestalten zum Vorschein kamen.

»Grabt, verdammt noch mal!«, brüllte de Bracineaux, der zunehmend ungeduldig wurde. In der Nähe der Leichen war der Boden weniger nass, doch der Gestank dafür umso stärker. Die Templer fuhren fort, die Erde beiseite zu schaufeln. Zwei von ihnen rannen die Tränen über die Wangen; der Rest hielt sich die Mäntel vors Gesicht. Langsam wurden die einzelnen Körper freigelegt: je zwei große Männer in braunen Mänteln zu beiden Seiten eines schlanken Mannes in Schwarz.

»Halt!«, befahl der Komtur und trat näher. »Was haben wir denn hier?« Er deutete auf den Mann in der Mitte. »Nehmt dem die Kapuze vom Gesicht.«

Der nächste Ritter tat, wie ihm geheißen, und schlug die Kapuze des Mannes in Schwarz zurück. Das Fleisch des Toten war bleich und wächsern, doch die kalte Erde hatte den Leichnam davor bewahrt aufzuquellen, sodass er noch immer dem Mann ähnelte, der er einst gewesen war. Der Bart des Mannes war schwarz und die Lippen zu einem leichten Lächeln verzogen.

»Der sieht wie ein Priester aus«, bemerkte der Templer und zog ein kleines Holzkreuz aus den Falten des Mantels.

De Bracineaux nickte. »Was ist mit den anderen?«, fragte er und deutete auf die Leichen zu beiden Seiten des Priesters. Ein anderer Ritter zog einem weiteren Toten die Kapuze vom Gesicht. In diesem Fall hatten sich die Würmer bereits an den Augen zu schaffen gemacht. Der unvermittelte Anblick der halb leeren, wurmgefüllten Augenhöhlen war zu viel für den Ritter, der entsetzt die Hand zurückriss, als hätte er sich verbrannt.

»Ein Spanier«, bemerkte d'Anjou. »Der Kleidung nach zu urteilen, trifft das auch auf die anderen zu.« Er deutete auf den Priester und fragte: »Glaubt Ihr, dass das Matthias ist?«

De Bracineaux nickte. »Fünf Tote«, sinnierte er. »Wenn die Dörfler in der letzten Siedlung die Wahrheit gesagt haben, heißt das, dass nur noch sechs übrig sind.«

»Wollt Ihr, dass ich den Erzbischof hole, damit er sich den Priester ansieht?«, fragte Gislebert.

»Er besteht darauf, dass er ihn noch nie gesehen hat«, erwiderte d'Anjou.

»Hol ihn trotzdem her«, befahl der Komtur, »was auch immer das nützen mag. Beim Kreuz unseres Erlösers, ich wünschte, ich hätte den Kerl zurückgeschickt; der Mann ist ein wahrer Klotz an meinem Bein.« Er drehte sich zu seinen Rittern um und sagte: »Worauf wartet ihr? Sucht den Rest der Umgebung ab, und zwar schnell!«

Am Ende fanden sie sonst nichts mehr – abgesehen von den Überresten dreier menschlicher Kadaver, die bereits halb von irgendwelchen Tieren gefressen worden waren. Den Überbleibseln und der Kleidung nach zu urteilen, handelte es sich bei den Toten um Mauren. Von den Angegriffenen waren jedoch keine weiteren Spuren zu finden, und so befahl Komtur de Bracineaux seinen Kundschaftern, die Umgebung in immer größeren Kreisen abzusuchen, um so vielleicht die Spur der Diebe wiederzufinden.

Der Tag endete erfolglos, doch am nächsten Morgen entdeckte einer der Kundschafter am Ufer eines nahe gelegenen Baches einen Steinhaufen – und einen weiteren am anderen Ufer, der in eine bestimmte Richtung deutete. »Sie sind hier entlanggekommen und haben den Weg markiert«, erklärte der Kundschafter. »Sie scheinen tiefer in die Berge gezogen zu sein.«

»Hört Ihr das, d'Anjou?«, sagte der Komtur. »Wir haben die Spur wiedergefunden.« Er blickte zu den Bergen, die jenseits der Baumwipfel hoch in den Himmel ragten, und fuhr fort: »Die Hindin ist schnell, doch die Hunde sind hartnäckig. Wir werden sie schon noch zur Strecke bringen. Und wenn es so weit ist, werde ich sie in Stücke reißen.«

Trotz Danjis Enthüllung und der Dringlichkeit ihrer Warnung aß Cait mit Hassan an diesem Tag zu Abend und auch am folgenden. Ihr blieb in dieser Hinsicht ohnehin keine Wahl. Rognvald und die Ritter waren noch unterwegs, und Cait fiel keine vernünftige Entschuldigung ein, wie sie sich von Hassan fern halten konnte, ohne sein Misstrauen zu erregen – und das umso mehr, da sie immer wieder begeistert verkündete, die gemeinsamen Abende zu genießen. Und sie genoss sie wirklich, wenn auch inzwischen mit Vorsicht, da sie fest entschlossen war, die Natur der Gefahr zu erkunden, vor der Danji sie gewarnt hatte.

Cait nahm keinerlei Veränderung an Fürst Hassan wahr; er war so charmant wie eh und je, und jedes Abendessen war von Anfang bis Ende gleichermaßen zauberhaft. Und doch, der Wurm des Zweifels fraß sich seinen Weg in Caits Herz. War Hassan der Mann, für den sie ihn hielt, oder war er es nicht?

Tagsüber dachte sie wieder und wieder über diese Frage nach. Einerseits vermochte sie nichts Ungewöhnliches an Hassans Art zu entdecken: Er war in jeder Hinsicht rücksichtsvoll, höflich und respektvoll. Auf der anderen Seite jedoch war Danji. Falls sie die Wahrheit gesagt hatte – und Cait hatte keinen Grund, ihr nicht zu glauben –, dann war Hassan ganz und gar nicht, was er zu sein schien.

Obwohl Cait ständig nach einer Möglichkeit Ausschau hielt, allein mit Danji zu sprechen, sah sie die schlanke junge Frau nicht wieder – doch ihr fiel auf, dass Jubayar wesentlich wachsamer war als zuvor.

Am zweiten Tag ließ der Sturm nach, und bei Sonnenuntergang hatte sich der Himmel geklärt. Cait beschloss, die Redlichkeit des Fürsten selbst auf die Probe zu stellen. Als sie sich an diesem Abend zum Essen trafen, sagte sie: »Der Sturm hat sich gelegt, und das ist ein Segen. Ich denke, wir könnten vielleicht in eine der Talsiedlungen reiten und nachfragen, ob irgendjemand schon etwas von Ali Waqqar gehört hat.«

»Natürlich, meine liebliche Ketmia, wenn es das ist, was Ihr wünscht«, erwiderte der Fürst glattzüngig. »Nach so vielen Tagen des Eingesperrtseins wird selbst der prachtvollste Palast so trostlos wie ein Gefängnis. Wir werden ins Tal hinunterreiten und sehen, ob die Saat, die ich ausgebracht habe, bereits Früchte getragen hat.« Er hielt kurz inne, als überlege er sich die Angelegenheit noch mal gründlicher. »Allerdings …«, begann er; dann zögerte er. »Nein, das ist nicht wichtig.«

»Was?«, fragte Cait, sorgfältig auf jedes noch so kleine Zeichen von Täuschung achtend. »Sagt es mir.«

»Nun«, antwortete Hassan, »ich rechne nicht damit, dass wir etwas Neues erfahren werden, denn hätte Ali Waqqar bereits von meinem Angebot gehört, wäre er schon längst hier.« Plötzlich lächelte er. »Aber Ihr braucht Euch keine Sorgen zu machen. Ohne Zweifel ist der Sturm daran schuld, dass die Kunde ihn noch nicht erreicht hat.«

»Bestimmt«, pflichtete Cait ihm geistesabwesend bei. »Ich nehme an, es wäre zu viel verlangt, jetzt schon ein Ergebnis zu erwarten.«

Hassans Lächeln wurde breiter; er streckte die Hand nach Cait aus. »Genau, meine Liebe. Wartet noch ein, zwei Tage, und die Briganten werden ohne Zweifel an diese Tür klopfen und die Bezahlung verlangen.«

»Und was werdet Ihr dann tun?«, fragte Cait in süßlichem Ton.

Hassan schien die Frage zu irritieren. »Bitte?«

»Was werdet Ihr mit Ali tun, wenn Ihr ihn gefangen habt?«

»Nun, ich werde ihn in Ketten legen lassen, und noch vor Sonnenuntergang wird sein hässliches Haupt eine Pike über dem Tor zieren.« Er zog sie zu sich heran. »Doch kommt, Ketmia, es ziemt sich nicht für eine Frau, über solch unangenehme Dinge zu reden. Lasst uns von Schönerem sprechen. Ich habe ein Gedicht für Euch geschrieben. Setzt Euch hierher, meine Liebe, und ich werde es Euch vorlesen.«

An diesem Abend wurde nicht weiter über dieses Thema geredet, und am nächsten Morgen ließ der Fürst seinem Wort getreu die Pferde satteln. Sie verließen die Burg noch am Morgen und ritten in einen strahlenden, kalten Wintertag hinaus. Der Sturm hatte jeden noch so kleinen Wolkenfetzen hinweggefegt und den Himmel klar und rein zurückgelassen.

In ihren schönen, neuen Mantel gehüllt, genoss Cait die frische Luft und die wunderbare Aussicht vom Felsenkamm ins Tal hinab. Der Weg war steil und gewunden, und so ritten sie hintereinander den Berg hinunter. Der Fürst ritt voraus, gefolgt von Halhuli; Cait kam als Nächste, dann vier berittene Wachen mit Wimpeln an den Speeren.

Als sie sich den unteren Ausläufern näherten, kamen sie an einem verschneiten Wald vorbei, wo Fürst Hassan Cait auf die feinen Spuren von Rotwild und die gröberen von Wildschweinen aufmerksam machte. Im Tal selbst lag jedoch kein Schnee, und aus dem Bergpfad wurde eine Straße. Die nächste Siedlung befand sich ein gutes Stück entfernt, und erst nach Mittag trafen sie dort ein: ein kleines Bergdorf aus weiß getünchten Häusern, das verloren inmitten öder, verschlammter Felder lag.

Bei ihrem Näherkommen kamen die Dörfler aus ihren Häusern, um sie zu begrüßen. Ein Haufen zerlumpter Kinder starrte mit großen Augen auf die Wimpel an den Lanzen und flüsterte sich hinter vorgehaltener Hand Bemerkungen zu. Unter den wachsamen Blicken Halhulis und seiner Männer stieg der Fürst vom Pferd und sprach auf Arabisch mit den Dorfbewohnern; er ging von einem zum anderen und legte jedem ein paar Silbermünzen in die Hand. Die Kinder tanzten vor Freude.

Schließlich erschien ein stämmiger Mann mit struppigem Bart

und schmutzig gelbem Turban und hieß den Fürsten laut willkommen. Hassan drehte sich zu Cait um und erklärte: »Das ist Abdullah, der Dorfvorsteher. Jetzt werden wir etwas erfahren.«

Hassan und Abdullah entfernten sich ein Stück von den anderen Dörflern. Cait beobachtete sie aufmerksam, sah aber nichts, was irgendwie ihr Misstrauen erregt hätte. Nach dem Gespräch legte der Fürst dem Mann die Hand auf die Schulter und umarmte ihn dann. Anschließend verabschiedeten sie sich, und der Fürst kehrte zu seinem Pferd zurück und stieg in den Sattel.

»Abdullah sagt, dass die Banditen vor vier Tagen in der Nähe des Dorfes vorbeigezogen sind – vor dem Sturm.«

Caits Herz machte einen Sprung ob dieser plötzlichen Enthüllung. »Und Alethea? War sie bei ihnen? Hat er sie gesehen?« Sie blickte auf den Mann, der nun neben dem Pferd des Fürsten stand. »Oh, bitte, fragt ihn. Ich muss es wissen.«

»Es tut mir Leid, Ketmia. Es war bereits dunkel, und sie waren weit weg.« Der Fürst sprach noch einmal mit dem Vorsteher, der daraufhin über die Felder zu einer Baumreihe deutete. »Er sagt, sie seien nach Osten in Richtung der Bergausläufer geritten. Einer der Jungen hat sie entdeckt, und Abdullah ist rausgegangen, um zu sehen, wie viele es waren – acht, zehn, vielleicht auch mehr.«

Der Fürst dankte den Dörflern und winkte seinem Trupp weiterzureiten; bis zum Dorfausgang wurden sie von juchzenden Kindern begleitet. Sie ritten zur nächsten Siedlung – es war nur ein kurzer Ritt auf die andere Seite des Flusses, der das Tal in zwei Hälften teilte. Wie zuvor, so wurden sie auch in diesem Dorf formell begrüßt, und wieder sprach der Fürst allein mit dem Dorfvorsteher – diesmal mit einem zahnlosen, buckeligen, alten Mann –, der ihnen berichtete, dass die Banditen ins Dorf gekommen seien, um Mehl und Räucherfleisch zu kaufen.

Es sei fast dunkel gewesen, als die Männer erschienen seien, berichtete der Dorfvorsteher, und die Bewohner hätten große Angst davor gehabt, was die Banditen mit ihnen angestellt hätten, wenn sie mit leeren Händen wieder hätten abziehen müssen. Also hatten die Leute ihnen das Mehl und das Fleisch verkauft und auch etwas Wein – und die Männer waren wieder davongeritten.

Auf weiteres Nachfragen erklärte der Dorfvorsteher, dass er zwar keine weiteren Reiter gesehen, aber gewusst habe, dass noch andere in der Nähe waren. War das Ali Waqqar?, fragte der Fürst. Wer sonst?, antwortete der zahnlose Dorfvorsteher. Es ist immer Ali Waqqar.

»Dann hattet Ihr Recht«, sagte Cait, erleichtert darüber, was sie bis jetzt gehört hatte. »Es war Ali Waqqar.« Ihre Erleichterung war jedoch nur von kurzer Dauer, denn im nächsten Atemzug fragte sie: »Aber da er nun Proviant hat … Was, wenn er jetzt weitergezogen ist? Was, wenn er just in diesem Augenblick gen Süden reitet?«

»Ruhig, liebste Ketmia. Der Glaube kann Berge bewegen – so steht es geschrieben, nicht wahr? Ihr müsst mir vertrauen.« Hassan stieg wieder aufs Pferd, warf einen raschen Blick in den Himmel und sagte: »Ich denke, wir sollten jetzt wieder nach Hause reiten.«

»Jetzt schon?«, fragte Cait.

»Leider vermag selbst ein Fürst die Sonne nicht davon abzuhalten, unterzugehen, meine Liebe.« Hassan lächelte mitfühlend. »Dennoch, es war ein guter Tag. Wir haben viel erfahren, und ich habe mein Angebot wiederholt. Ich denke, es wird nicht mehr lange dauern, bis wir Eure Schwester wieder in Freiheit sehen.«

So machten sie sich wieder auf den Rückweg und erreichten den steilen Pfad zum *al-qazr* im selben Augenblick, da die Sonne im Westen hinter den Hügeln versank und das Tal in Schatten tauchte. Sie hatten gerade den Aufstieg begonnen, als Reiter in südlicher Richtung erschienen und ihnen etwas zuriefen. Halhuli bellte einen Befehl, und die Leibwächter des Fürsten senkten die Lanzen und nahmen eine Verteidigungsstellung zwischen den näher kommenden Reitern und dem Fürsten ein.

»Das ist Herr Rognvald!«, rief Cait, nachdem die Reiter nahe genug herangekommen waren, um sie zu erkennen.

Hassan rief seinen Leibwächtern einen Befehl zu, die daraufhin die Waffen wieder hoben und den Rittern entgegenritten. »Seid gegrüßt, mein Herr Ritter«, sagte der Fürst, als die Nordmänner von den maurischen Wachen eskortiert eintrafen. »War Eure Jagd erfolgreich?«

»Nein«, antwortete Rognvald mit vor Erschöpfung heiserer Stimme, »jedenfalls nicht so gut, wie wir gehofft haben.«

»Einmal haben wir den Rauch eines Lagerfeuers gesehen«, sagte Svein.

»Aber wir haben die Spur wieder verloren, bevor wir die Stelle gefunden haben«, beendete Dag den Satz.

»Danach haben wir nichts der Art mehr gesehen«, fügte Yngvar hinzu. Die beiden Spanier schüttelten schlicht den Kopf; sie waren zu müde zum Sprechen.

»Das ist nicht gut«, erwiderte der Fürst. »Dennoch besteht Grund zur Freude. Wir haben erfahren, dass sich Ali Waqqar ganz in der Nähe aufhält.«

»Tut er das?« Rognvald blickte von dem Fürsten zu Cait, die Hassans Aussage mit einem Nicken bestätigte.

»Die Banditen sind gesehen worden«, erklärte sie dem Nordmann. »Vor drei, vier Nächten haben sie sich im Tal mit Proviant eingedeckt.«

»Das sind *wirklich* gute Neuigkeiten«, pflichtete ihr Rognvald bei. Müde rieb er sich übers Gesicht. »Wenigstens sind sie also noch in der Gegend.«

»Ja«, bestätigte Hassan. »Ich denke, es wird nicht mehr lange dauern, bis unsere Bemühungen belohnt werden. Wie der Dichter sagt: ›Ein seidenes Netz, den Vogel zu fangen, ein silbernes für den Dieb.‹ Ali Waqqar wird bald zu uns kommen.«

»Ich bete, dass Ihr Recht behaltet, mein Herr Fürst«, erwiderte Rognvald.

Hassan winkte Halhuli, der sie den Pfad zum Palast hinaufführte. Der Fürst nahm seinen Platz neben Caitríona ein und ritt den Rest des Weges neben ihr her. Als sie schließlich den äußeren Hof betraten, hatte die Dämmerung bereits eingesetzt, und die Sterne leuchteten hell in der kalten Bergluft.

Die Reiter stiegen von ihren Pferden, und die Stallburschen eilten herbei, während die Ritter langsam und steif zum Palasteingang stapften. Die Tür stand offen, und das rosige Licht der Kohlenbrenner im Vorraum strahlte auf die Stufen und den Hof hinaus.

»Ihr und Eure Männer seid erschöpft«, sagte der Fürst und ging neben Rognvald her. »Gestattet mir, euch eine warme Mahlzeit in eure Gemächer bringen zu lassen. So könnt ihr baden und essen, wann und wie ihr wollt.«

»Einverstanden«, erwiderte Rognvald und blickte zu Cait zurück, die nicht zugehört zu haben schien, »falls es Euch nicht zu viel Mühe macht.«

»Es macht mir nicht im Mindesten Mühe«, versicherte ihm Hassan. »Ich selbst halte es häufig ebenso, wenn ich von der Jagd zurückkehre. Sonst würde ich noch am Tisch einschlafen, und das schickt sich nun wirklich nicht. Wir werden morgen reden.«

Er schickte die Ritter mit ermutigenden Worten weiter, wandte sich an Cait und sagte: »Ich fürchte, Ihr werdet noch einmal meine Gesellschaft erdulden müssen. Eure Ritter haben beschlossen, heute Abend in ihren Zimmern zu speisen. Seid versichert, so ist es am besten, schließlich haben sie drei Tage im Sattel verbracht und sind sehr müde.«

»Oh«, erwiderte Cait, und ein Ausdruck der Enttäuschung huschte über ihr Gesicht. »Ich hatte gehofft, von Herrn Rognvald mehr über ihre Suche zu hören.«

»Morgen, meine Liebe«, versprach der Fürst. »Morgen werden wir uns zusammensetzen und austauschen, was wir erfahren haben. Und wer weiß? Vielleicht wird sich morgen auch Ali Waqqar zu uns gesellen, sodass wir all diesem Ärger endlich ein Ende bereiten können.«

Das Abendessen an diesem Tag war ebenso üppig und angenehm wie alle anderen zuvor. Fürst Hassan war charmant und zuvorkommend, von gewinnender Art und auch ein wenig anzüglich in seiner Schmeichelei. Diesmal jedoch konnte Cait Müdigkeit vorschützen und den Tisch zeitig verlassen, sodass sie noch einen Großteil des Abends vor sich hatte. Unter Jubayars strenger und stummer Aufsicht kehrte sie in ihr Gemach zurück, und mehr denn je fühlte sie sich wie der hilflose Hase unter dem gierigen Blick eines Falken.

Mahdi und Pila'i waren überrascht, Cait so früh zu sehen; sie ergriffen jedoch sofort die Gelegenheit, sie zu frisieren, fürs Bett zurechtzumachen und auf sie einzuplappern, ohne sich um die Tatsache zu kümmern, dass Cait kein Wort davon verstand. Die beiden jungen Frauen waren so sehr in ihr Gerede vertieft, dass keine von ihnen den Gong hörte, der am Eingang zu den Frauengemächern geschlagen wurde.

»Schschsch!«, sagte Cait und legte den Finger auf die Lippen. »Horcht.«

Der Gong ertönte erneut – ein tiefer, wiederhallender Ton, nicht laut.

Cait stand auf und ging gerade zur Tür, als diese plötzlich aufflog und Herr Rognvald den Raum betrat. Die beiden Dienerinnen schrien laut auf, doch Cait brachte sie mit je einem kräftigen Klaps auf den Arm zum Schweigen. »Still!«, befahl sie. »Ich werde mit meinem Freund sprechen.«

Sie trat zu Rognvald an die Tür. »Herr Rognvald, ich hatte gehofft, Euch sprechen zu können. Woher habt Ihr gewusst, wo Ihr mich finden könnt?«

»Bitte, ich habe nur wenig Zeit«, sagte Rognvald. »Svein und Rodrigo werden diesen Jubayar so lange beschäftigen, wie sie können, aber er kann jeden Augenblick wieder zurückkehren, und ich möchte nicht, dass er mich hier findet.«

»Gut. Sprecht.«

»Gott weiß, dass mir das kein Vergnügen bereitet.«

»Ich bitte Euch, sprecht. Was ist?«

»Der Fürst lügt, was sein Lösegeldangebot für Alethea anbelangt. Er hat nie eine derartige Nachricht in den Siedlungen verbreiten lassen.«

»Aber, gerade heute habe ich …«

»Nein.« Rognvald schüttelte ernst den Kopf. »Das Angebot ist nie gemacht worden.«

»Seid Ihr sicher?«

»Ich verstehe genug Arabisch, um über Lösegeld zu verhandeln«, erwiderte der Ritter, »und in keinem der Dörfer weiß irgendjemand etwas von Fürst Hassans Angebot.«

»Und Ali Waqqar?«

»Von dem wissen sie – so viel war klar –, doch niemand wollte mit uns darüber reden. Ich glaube, sie hatten Angst.«

»Was sollen wir tun?«

Rognvald blickte ihr forschend in die Augen. »Falls Ihr in dieser Angelegenheit auf meiner Seite steht …«

»Das tue ich.«

»Dann müssen wir Hassan entgegentreten und ihn dazu bewegen, uns die Wahrheit zu sagen.«

»Einverstanden«, erwiderte Cait, »und es muss schnell geschehen.«

»Morgen früh – wenn wir uns zum Frühstück treffen. Wir werden ihn überraschen.«

Cait nickte, und von plötzlicher Dankbarkeit für die treue Hingabe des großen Ritters erfüllt, hauchte sie ihm einen Kuss auf die Wange.

Rognvald lächelte. »Es ist wahrlich erstaunlich anzusehen, wie rasch Euer Herz die Richtung wechselt. Ich hätte nicht gedacht, dass Ihr ein Wort gegen den Fürsten zulassen würdet.«

Cait hob eine Augenbraue. »War ich in letzter Zeit wirklich so kratzbürstig?«

»Werte Frau, ein Dornengestrüpp kratzt weniger als Ihr.«

Cait legte Rognvald die Hand auf die Brust und schob ihn zur Tür. »Geht nun, Herr. Ich fürchte, Ihr habt meine Gastfreundschaft schon allzu lange missbraucht.«

Rognvald öffnete die Tür einen Spalt und spähte links und rechts die Galerie hinunter. Dann schloss sich die Tür geräuschlos wieder, und er war verschwunden.

Cait drehte sich zu ihren gaffenden Dienerinnen um und warnte sie mit einer Reihe – wie sie hoffte – deutlicher Gesten, Stillschweigen zu bewahren. In dem Bemühen, so zu tun, als wäre nichts geschehen, befahl sie ihnen, weiter ihr Haar zu kämmen und sie fürs Bett zurechtzumachen. Die beiden Mädchen gehorchten nur allzu gerne, und schon bald schnatterten sie wieder wie die Enten.

Als sie schließlich die Kerzen ausbliesen und sich zur Nachtruhe niederlegten, konnte Cait nicht einschlafen. Unablässig dachte sie über die Lügen nach, die man ihr erzählt hatte, und versuchte herauszufinden, was der Grund dafür war. So war sie bei Tagesanbruch kaum ausgeruht und ausgesprochen schlecht gelaunt, doch mehr als erpicht darauf, den Fürsten zu treffen und eine Erklärung von ihm zu verlangen.

Cait weckte ihre verschlafenen Dienerinnen, ließ sich rasch ankleiden und verließ die Frauengemächer in Begleitung eines mürrisch und missbilligend dreinblickenden Jubayar. Sie traf als Erste in dem Raum ein, wo sie am häufigsten frühstückten – ein kleines, helles Zimmer mit blauen, grünen und gelben Fliesen und einem großen Fenster, von wo aus man in den Gartenhof hinunterblicken konnte. Da sonst noch niemand hier war, setzte sich Cait und wartete; kurz darauf erschien ein älterer Diener, verneigte sich zur Begrüßung und machte ein Feuer im Kamin.

Nach einiger Zeit folgten weitere Diener, die den Tisch deckten und Brot und kaltes, in Scheiben geschnittenes Fleisch auslegten. Ein Diener begann, Haferbrei in einem Topf über dem Feuer zu kochen, und andere brachten einen großen Topf mit heißer Mandelmilch mit Zimt. Cait nahm einen Becher des wohltuenden Getränks an und wartete weiter, während immer neue Diener kamen und gingen.

Wo war Rognvald?, fragte sie sich. Was hielt ihn auf?

Cait ging zur Tür und blickte in das Vorzimmer und die Gänge dahinter, doch außer Jubayar, der in einer Ecke eingeschlafen war, sah sie nirgends jemanden. Sie wartete noch ein wenig und hatte sich schließlich gerade entschlossen, die Ritter suchen zu gehen, als sie Schritte und Stimmen im Vorzimmer hörte. Sie sprang auf und rannte zur Tür, um dort Fürst Hassan und seinen Ratgeber Halhuli zu treffen.

»Allah der Gnädige segne Euch!«, rief Hassan. »Meine liebste Ketmia, wie wunderschön Ihr heute Morgen ausseht. Ich wusste nicht, dass Ihr wartet, sonst wäre ich schon früher gekommen.«

Cait begrüßte ihn freundlich und erklärte wahrheitsgemäß: »Ich habe vergangene Nacht nicht sonderlich gut geschlafen; deshalb bin ich schon so früh auf den Beinen.« Sie blickte von einem der beiden Männer zum anderen. »Ich hatte auch gehofft, mit Herrn Rognvald zu sprechen. Ich wollte hören, wie es ihm bei seiner Suche ergangen ist.«

»Aber Ketmia, er ist nicht mehr hier.«

Plötzliche Sorge überkam Cait. »Was meint Ihr damit? Wo sollte er denn hingehen?«

Der Fürst hob beruhigend die Hand und antwortete: »Bitte, meine Liebste. Es tut mir Leid. Hätte ich gewusst, dass Ihr ihn so dringend zu sehen wünscht, hätte ich ihn vielleicht vom Aufbruch abhalten können.«

Auf der Suche nach Bestätigung blickte Cait zu Halhuli, doch dieser zuckte lediglich mit den Schultern, als gäbe es nichts weiter dazu zu sagen.

»Aber warum sollte er aufbrechen, ohne mir vorher Bescheid zu geben?«

»Das weiß Allah allein, meine Liebe. Wir werden ihn bei seiner Rückkehr fragen. Aber wenn ich eine Vermutung äußern dürfte?«

»Bitte«, sagte Cait in inzwischen leicht brüskem Tonfall.

»Ich hatte den Eindruck, dass ihn sein mangelnder Erfolg bei der Suche nach Alethea ziemlich entmutigt hat. Der Mann ist sehr stur, wie Ihr ja wisst.« Hassan schenkte Cait ein trauriges, mitfühlendes Lächeln und breitete die Hände aus. »Ich glaube, er konnte sein Versagen nicht akzeptieren. Er und seine Ritter haben die Stallknechte geweckt und ihnen befohlen, frische Pferde zu satteln. Dann zwangen sie die Pförtner, das

Tor zu öffnen, und sind noch vor Sonnenaufgang hinausgeritten.«

Cait blickte ihn ausdruckslos an, und ein Gefühl der Verzweiflung bemächtigte sich ihrer. Sie wusste, dass der Fürst log, doch sie verstand nicht warum; auch wusste sie nicht, wie sie ihn zwingen sollte, das zuzugeben. »Er hätte eine Nachricht für mich hinterlassen können«, sagte Cait düster und so, als richte sich ihr Zorn gegen den gedankenlosen Ritter.

Hassan wandte sich an seinen schweigenden Ratgeber. »Hat er eine Nachricht hinterlassen?«

Halhuli schüttelte den Kopf. »Nein, Herr.«

»Es tut mir Leid, Ketmia. Nun seid Ihr wütend und unglücklich. Was kann ich tun, um Euch wieder aufzuheitern?« Er tippte sich mit der Hand ans Kinn, als denke er angestrengt nach. »Ich weiß! Der Wintergarten ist inzwischen fertig und eine seltene Freude. Der Tag ist schön. Wir werden gemeinsam frühstücken, und dann werde ich Euch zu einem Spaziergang in den Garten führen.«

»Später vielleicht«, sagte Cait. »Ich glaube, ich kehre jetzt besser in mein Gemach zurück. Herrn Rognvalds Gedankenlosigkeit hat mir den Appetit verdorben. Bitte entschuldigt mich.«

Dann verschwand sie rasch, um dem Fürsten keine Gelegenheit zu geben, sich etwas auszudenken, womit er sie zum Bleiben hätte überreden können. Auf dem Weg zurück zu ihrem Schlafraum wurde ihr klar, dass sie sich nun in einer äußerst gefährlichen Lage befand. Überdies war sie vollkommen auf sich allein gestellt; sie konnte niemandem vertrauen, sich an niemanden um Hilfe wenden.

Als sie schließlich die Frauengemächer erreichte, war die erste Furcht verebbt, und an ihre Stelle war eine kalte Entschlossenheit getreten, dem Fürsten seinen teuflischen Willen nicht zu lassen. Das Feuer rechtschaffener Entrüstung fachte ihre Gedanken an. Und als sie endlich die Tür zu ihrem Gemach erreichte, war ihr doch noch jemand eingefallen, an den sie sich nun wenden konnte: Danji.

Cait wartete den ganzen Tag auf Danjis Erscheinen. Durch verschiedene Gesten und das ständige Wiederholen von Danjis Namen hatte sie Mahdi schließlich zu verstehen gegeben, dass sie Danji unbedingt und sofort sprechen müsse. Die Dienerin rannte in ihrer geheimen Mission los, und Cait wartete. Müde von einer schlaflosen Nacht, schloss sie alsbald die Augen und fiel in einen unruhigen Schlaf voller Bruchstücke von Bildern und halb erinnerten Träumen.

Cait stand wieder auf der hohen Klippe über der kleinen Bucht südlich von Banvarð, allein, der Himmel erfüllt vom Schreien der Seevögel … dunkle Steingebäude und grüne Felder unten zwischen mit Heidekraut bewachsenen Hügeln, und ein dünnes silberfarbenes Rauchband wurde vom Wind aufs Meer hinausgetrieben … eine große Gestalt in Schwarz stand allein auf der Klippe: Sydoni, das graue Haar vom Wind gekämmt, nahm Cait bei der Hand und sagte: »Caitríona, mein Herz, es ist schön, dich zu sehen. Ich hatte gehofft, dass du kommst und mir Lebewohl wünschst.«

Sydoni verschwand, und Cait stand draußen vor dem Tor der heimatlichen Burg im Zwielicht. Abt Emlyn war ebenfalls dort. Sie gingen schnell, und er redete mit ihr, doch Cait konnte die Worte nicht verstehen. Und während sie gingen, fiel Cait immer weiter zurück. Verzweifelt rief sie: »Wartet! Abt Emlyn, wartet auf mich!«

Der freundliche, alte Abt hielt nicht an, sondern drehte nur den Kopf und rief über die Schulter zurück. *»Sanctus Clarus,*

Cait, erinnere dich. *Sanctus Clarus* – das ist dein Geburtsrecht. Und eines Tages wird es dein Name sein.« Und dann war sie wieder allein. Die Burg war verschwunden, und Cait war allein mit der Nacht und den Sternen … und Mahdis sanfter Berührung.

»Ketmia?«, sagte Mahdi und berührte sie sanft am Arm.

Cait war sofort wach und schaute sich um. Der Raum war dunkel; durch die kleinen, runden Fenster drang kein Licht. Cait hatte länger geschlafen, als ihr bewusst war, und als sie sich aufsetzte, war ihr Mund wie ausgetrocknet, ihr Gesicht warm und die Stirn ein wenig feucht. »Danji«, sagte sie. »Ist Danji hier?« Sie machte entsprechende Handbewegungen, um Mahdi die Frage zu vermitteln.

Die Dienerin verstand und schüttelte den Kopf. In dem Bemühen, die Verzweiflung zu unterdrücken, die sich wie eine Schlange um ihr Herz legte, schlug Cait die Seidendecke zurück und stand auf. Sie ging zur Tür, öffnete sie und blieb dann stehen, als ihr klar wurde, dass sie eigentlich gar nicht wusste, wohin sie ging.

Schließlich kam sie zu dem Schluss, dass es nur einen Platz gab, wo sie hingehen *konnte*.

Nachdem sie nun eine Entscheidung getroffen hatte, überquerte sie rasch den überdachten Hof und trat in den Vorraum hinaus. Jubayar war nirgends zu sehen, also ging Cait rasch weiter, bevor sie der Mut verlassen konnte, und sammelte ihre Gedanken. Sie würde Fürst Hassan finden, ihm gegenübertreten, die Wahrheit von ihm verlangen und ihn zur Verantwortung ziehen.

Als sie den Hauptgang erreichte, der zum Empfangssaal führte, wusste sie genau, was sie dem Fürsten sagen würde. Zuerst traf sie jedoch auf Halhuli, den Palastvorsteher und Ratgeber des Fürsten. Sie begrüßte ihn und fragte, wo Fürst Hassan zu finden sei.

Cait sah, wie sich das Gesicht des Dieners bei dieser Frage verhärtete und er den Blick abwandte. »Ich weiß es nicht, edle Frau.«

»Ich muss mit ihm sprechen, Halhuli. Es ist wichtig, und sonst kann ich niemanden fragen.«

»Ich muss Euch bitten, mich zu entschuldigen.« Halhuli wandte sich zum Gehen.

»Nein!«, sagte Cait. »Bleib stehen!« Die Kraft ihres Befehls hielt den Mauren fest. »Hör mir zu, Halhuli. Hier stimmt irgendetwas nicht – irgendetwas stimmt hier ganz und gar nicht. Ich werde alles tun, was ich kann, um die Dinge wieder in Ordnung zu bringen, aber ich brauche deine Hilfe.« Sie trat neben ihn. »Bitte, Halhuli, hilf mir.«

»Ich weiß nicht, wovon Ihr sprecht. Es tut mir Leid.«

»Und ich glaube, das weißt du doch, Halhuli. Du weißt ganz genau, wovon ich rede.« Halhuli blickte stur geradeaus und schwieg. »Ich sehe, dass ich Recht habe«, fuhr Cait fort, und ihre Stimme nahm einen sanfteren Tonfall an. »Ich glaube, du willst mir helfen, aber die Loyalität deinem Herrn gegenüber hält dich davon ab. Das verstehe ich.«

»Ich bin der Katib des Fürsten«, sagte Halhuli. »Wie mein Vater vor mir und sein Vater vor ihm diene ich dem Haus Tashfin. Mein Fürst darf mir befehlen, was er will, und ich gehorche«, er hielt kurz inne und fügte dann hinzu, »egal ob ehrenhaft oder unehrenhaft.«

Cait stürzte sich auf diesen Brocken, den er ihr vor die Füße geworfen hatte. »Aber wenn der Fürst sich unehrenhaft verhält, ist es dann nicht die Pflicht des Katib, seinen Fürsten vor der Schande zu retten, die seine Taten nach sich ziehen?«

Halhuli betrachtete sie mit traurigen Augen, schwieg aber. »Das weiß ich sicher. Wenn ich vom rechten Pfad abgewichen wäre, würde ich bestimmt wollen, dass man mich auf den Weg der Tugend zurückführt.« In ihrem Flehen legte Cait dem Katib die Hand auf den Arm. »Ich bitte dich nicht, das um meinetwillen zu tun, sondern für Hassan. Denn, ist der Fürst vom rechten Weg abgekommen, wer soll ihn dann retten, wenn nicht sein weiser und treuer Katib?«

Halhuli blickte Cait lange an. Fast konnte sie die Schlacht sehen, die in seinem Inneren tobte. Schließlich traf er jedoch eine Entscheidung und straffte die Schultern. »Folgt mir. Ich werde Euch zu ihm bringen.«

Halhuli führte Cait in einen Teil des *al-qazr*, den sie nie zuvor gesehen hatte. Die Räume hier waren kleiner, die Wände dicker und weit weniger prächtig verziert. Sie stiegen eine Treppe in den nächsten Stock empor, wo Halhuli vor einer niedrigen Holztür stehen blieb. Cait griff nach dem Eisenring, zog den Riegel hoch und hätte die Tür aufgeschoben, hätte Halhuli sie nicht davon abgehalten. »Möge Allah mir verzeihen«, sagte er und öffnete die Tür selbst.

Dort, in der Mitte des Raums, lag Danji. Ihre Schultern waren nackt und die Hände mit geflochtenen Lederbändern gefesselt. Sie lag ausgestreckt auf dem Bauch vor einem wütenden Fürst Hassan, der das andere Ende des Lederbands als Peitsche missbrauchte und damit breite rote Striemen auf Danjis Rücken hinterließ.

Als die Tür aufschwang, drehte der Fürst sich um, sah Halhuli und Caitríona in der Tür stehen und hielt sofort mit dem Prügeln inne. Danji hob den Kopf, während der Fürst rasch zur Tür trat. »Ketmia«, sagte er und rang sich ein krankes Lächeln ab, »was tut Ihr denn hier?«

Er griff nach Caits Arm, doch sie wich zur Seite hin aus und eilte zu der verletzten Frau. Cait richtete Danji auf und zerrte an dem Lederband. Hassan versuchte, sie an den Schultern zu packen. »Ketmia, Ihr dürft nicht …«

»Und wenn doch, was dann?«, verlangte Cait zu wissen und wirbelte herum. »Werdet Ihr mich dann auch auspeitschen?«

Fürst Hassan zuckte unwillkürlich zusammen, und alle Farbe wich aus seinem verstörten Gesicht. »Ihr versteht das nicht.«

»Das ist unter Eurer Würde, mein Herr«, erklärte ihm Cait, und ihre Stimme zitterte vor Wut. Erneut beugte sie sich vor, um Danjis Hände zu befreien. »Mauren mag es ja vielleicht gestattet sein, ihre Frauen zu schlagen, doch Christenmenschen verabscheuen diese Praxis.«

»Sie ist nicht meine …«

»Spart Euch Eure Lügen«, schnappte Cait. »Ich weiß, dass sie Eure Frau ist.«

Fürst Hassan schluckte; seine Hände zuckten nahezu flehentlich zu der am Boden knienden Danji. Danji schaute ihm in die Augen und sagte etwas auf Arabisch, was Cait als Bestätigung deutete.

Hassan war zwischen den beiden Frauen hin- und hergerissen. Wut, Verwirrung und Scham, all das spiegelte sich auf seinem Gesicht wider. Er blickte von einer zur anderen; dann drehte er sich zu Halhuli an der Tür um. »Warum hast du das nicht verhindert?«, knurrte er und richtete all seine Wut auf den Katib. »Sind jetzt alle gegen mich?«

»Verzeiht mir, Herr«, erwiderte der Ratgeber mit ruhiger, entschlossener Stimme. »Fürstin Danji ist ebenfalls meine Herrin, und ich konnte nicht einfach zusehen, wie sie behandelt wird.«

»Du nimmst dir ein wenig viel heraus«, fauchte der Fürst.

»Er sagt schlicht die Wahrheit«, erwiderte Cait in scharfem Ton.

»Glaubt mir, Ketmia«, flehte Hassan Cait an, »es lag nie in meiner Absicht, Euch auf irgendeine Art Schaden zuzufügen.« Er ergriff ihre Hand mit beiden Händen. »Wahrlich, die Liebe zu Euch hat mich verzaubert.«

Cait funkelte ihn an. »Ihr habt mich angelogen«, sagte sie, riss sich von Hassan los, ging zu Danji und zog ihr sanft das Kleid über die Schultern; dann hob sie sie in die Höhe und stützte sie.

»Vom ersten Augenblick an, da ich Euch gesehen habe, war mein Herz Eurer Schönheit verfallen«, sagte der Fürst. »Ich schwöre vor Allahs Thron, dass ich Euch nur bei mir behalten wollte. Ich war überzeugt, dass Ihr hier glücklich hättet werden können, wenn Ihr erst einmal Geschmack am Leben in diesem Palast gefunden hättet. Ich hätte Euch geheiratet«, hoffnungsvoll hob er den Blick, »ich würde Euch noch immer heiraten …«

»Ihr seid bereits verheiratet«, bemerkte Cait bissig.

»Das ist kein Hinderungsgrund für einen Mauren meines Ranges und meines Vermögens«, erwiderte der Fürst und gewann wieder ein wenig an Haltung zurück. »Uns ist mehr als nur eine Ehefrau gestattet, und ich würde Euch sehr glücklich machen.«

Cait wandte sich von ihm ab.

»Ich habe mich in Euren Augen mit Schande befleckt«, sagte der Fürst.

»Ja«, bestätigte ihm Cait. »Darin stimmen wir zumindest überein.«

»Sagt mir, wie ich meine Ehre wiederherstellen kann, und ich werde es tun.«

»Dann sagt mir, was mit meinen Rittern geschehen ist«, verlangte Cait. »Sie sind heute Morgen nicht fortgeritten. Wo sind sie?«

Hassan zögerte. Der Schmerz auf seinem Gesicht schien echt zu sein.

»Sagt es ihr, mein Herr«, meldete sich Danji.

Hilfe suchend blickte der Fürst zu Halhuli. »Wenn Ihr wünscht, werde ich es ihr sagen«, bot sich der Katib an. Hassan nickte und senkte beschämt den Kopf.

»Euren Rittern geht es gut, edle Frau«, sagte Halhuli und trat vor. »Sie sind im Frauenturm eingesperrt. Niemand hat ihnen ein Leid zugefügt.«

»Ihr müsst sie sofort wieder freilassen«, forderte Cait.

Fürst Hassan zögerte.

»Mein Herr Fürst, Ihr sprecht von der Zuneigung, die Ihr für mich empfindet. Sollte das die Wahrheit sein, müsst Ihr meine Ritter augenblicklich freilassen. Ich werde mit ihnen sprechen«, sagte Cait. »Herr Rognvald ist ein ehrenhafter Mann, und er wird es verstehen. Es wird kein Blutvergießen geben … nur müsst Ihr ihn augenblicklich freilassen.«

Unglücklich blickte der Fürst zu Cait. »Nun gut.« An Halhuli gewandt sagte er: »Sorg dafür, dass es geschieht.«

Mehr erleichtert als wütend, vermochte Cait ihren Zorn nicht weiter anzuheizen. »Nun wird doch noch alles gut, mein

Herr Fürst«, erklärte sie Hassan. Dann ergriff sie Danji am Arm und sagte: »Kommt. Wir wollen uns um Eure Wunden kümmern.«

Die beiden Frauen ließen Fürst Hassan in seinem Elend zurück und gingen in die Empfangshalle, um dort auf die Freilassung der Nordmänner zu warten. In der Zwischenzeit rieben Danjis Dienerinnen Salbe auf die roten Striemen auf Schultern und Rücken ihrer Herrin.

»Ihr habt diese Verletzungen um meinetwillen erlitten«, sagte Cait, nachdem die Dienerinnen mit ihrer Arbeit fertig waren. »Es tut mir Leid, Danji. Hätten wir den Palast sofort verlassen, als Ihr mich gewarnt habt …«

»Es ist vorbei. Wir müssen nicht mehr darüber reden.« Danji winkte den Dienerinnen zu gehen und richtete ihre Kleider wieder zurecht. »Bitte, ich möchte nicht, dass Ihr schlecht über meinen Gemahl denkt.«

»Aber ich *denke* schlecht über ihn«, erwiderte Cait. »Ein Mann muss schon sehr brutal sein, um so etwas …«

Danji schüttelte den Kopf. »Ihr versteht nicht.« Sie seufzte und blickte auf ihre Hände, die sie im Schoß gefaltet hatte. »Mein Gemahl ist ein ehrenwerter Mann. Er ist gut und freundlich, doch so groß seine Liebe auch sein mag, seine Trauer ist noch viel größer.«

Cait betrachtete die dunkeläugige Frau vor ihr. »Wollt Ihr mir damit etwa sagen, *Trauer* hätte ihn zu solch einem Verhalten getrieben?«

Danji nickte. »Vor zwei Jahren war dieser Palast ein völlig anderer Ort. Damals waren wir glücklich. Kinderstimmen hallten durch die Höfe und Gänge, und die Frauengemächer waren voller Leben. Wirklich, Al-Jelál war damals ein Stück Himmel auf Erden.« Wieder blickte sie auf ihre Hände hinunter. »Nun ist der Palast ein Grabmal.«

»Was ist geschehen?«

»Es war das Fieber.« Danji schüttelte den Kopf. »Es war sehr schlimm. Die Kinder sind als Erste von uns genommen worden. Ich habe mein Baby verloren und Hassans Schwester verlor zwei von ihren Kindern – und dann starb auch Hasmidi selbst, ebenso wie Hassans Mutter. In einer einzigen Nacht sind vier Dienerinnen gestorben. Danach hat sich das Fieber auf den Rest des Palastes ausgeweitet.«

Langsam begann Cait das ganze Ausmaß der Tragödie zu verstehen. »Was habt ihr getan?«

»Wir konnten nichts weiter tun, als zu warten, unseren Leuten beim Sterben zuzusehen und sie zu begraben, wenn das Fieber mit ihnen fertig war. Die Pest sprang auf die Dienerquartiere über, und die meisten von ihnen sind ihr zum Opfer gefallen, dann die Stallburschen und Pferdeknechte … die Seuche hat sogar einige der Pferde dahingerafft. Und noch immer hatte sie ihren Höhepunkt nicht erreicht.

Tughril, der alte Fürst, Hassans Vater, erlag der Krankheit, und kurz darauf starb seine letzte überlebende Frau. Anschließend Hassans jüngerer Bruder, Kaalat, und dessen Frau … Sie waren noch nicht einmal ein Jahr miteinander verheiratet.«

»Oh, Danji, das tut mir Leid. Ich hatte ja keine Ahnung.«

»Am Ende hatte Hassan seine ganze Familie verloren … bis auf mich. Er verlor seine Söhne und Erben.« Traurig blickte Danji zu Cait hinauf. »Bitte, der Fürst ist kein schlechter Mann. Er versucht nur verzweifelt, diese leere Hülle von einem Palast wieder zu einem Heim zu machen. Jeden Tag hat er um eine Möglichkeit gebetet, das geschehen zu lassen. Und dann hat er Euch gefunden.«

Cait begriff schließlich. »Als er mich im Wald gesehen hat, muss er gedacht haben …« Verwundert schüttelte sie den Kopf. »Ich hatte ja keine Ahnung.«

»Ich glaube wirklich nicht, dass er irgendjemandem ein Leid hat zufügen wollen.«

»Ich danke Euch, dass Ihr mir das erzählt habt. Es ist in der Tat eine traurige Geschichte, doch nun, da ich sie kenne, fühle ich mich schon besser. Ich werde Euren Gemahl nicht mehr so hart beurteilen.«

Schweigend saßen sie eine Zeit lang beisammen; dann hörten sie Schritte im Vorraum und drehten sich um, als Herr Rognvald und die vier Ritter in die Halle marschierten. Herr Rognvald eilte sofort zu Cait und Danji. »Gott sei Dank ist Euch kein Leid geschehen«, sagte er und ergriff Cait an den Armen. »Ich habe mir solche Sorgen gemacht. Ich wusste nicht, zu was er fähig sein könnte.«

»Gibt es hier vielleicht irgendwas zu essen?«, fragte Svein und blickte auf die leeren Tische.

»Oder zu trinken? Das Leben als Geisel macht Durst«, fügte Yngvar hinzu.

»Setzt euch bitte alle«, sagte Danji und stand auf. »Ich werde dafür sorgen, dass man euch etwas zu essen und zu trinken bringt.«

»Das wäre sehr freundlich«, sagte Cait. »Vielleicht sollte ich Euch begleiten.«

»Dafür besteht kein Grund«, erwiderte die junge Frau. »Dass mein Gemahl sich schämt, reicht völlig aus; er wird mich nicht noch einmal angreifen.«

Würdevoll verließ Danji den Raum, und die Ritter setzten sich an die leeren Tische und warteten darauf, dass man ihnen etwas zu essen brachte.

»Ich wusste nicht, dass sie Latein spricht«, bemerkte Rognvald, nachdem Danji verschwunden war.

»Hier ist nichts so, wie es zu sein scheint«, entgegnete Cait. »Frau Danji ist nicht Hassans Schwester; sie ist seine Frau … und hätte er seinen Willen durchgesetzt, wäre auch ich seine Gemahlin geworden.«

Rognvald lächelte.

»Was?«, verlangte Cait in vorwurfsvollem Ton zu wissen. »Ist die Vorstellung, dass mich jemand zur Gemahlin haben will, so unmöglich, dass Ihr Euch darüber lustig macht?«

»Es ist kein Spott, was Ihr in meinem Gesicht seht, sondern Freude. Ich muss gestehen, dass ich die Frau Caitríona, die ich nun vor mir sehe, der schwärmerischen, verzückten Maid bei weitem vorziehe, die wir in letzter Zeit zu sehen bekommen haben.«

»Schwärmerisch und verzückt, hm?«, erwiderte Cait. »Vielleicht hätte ich Euch im Turm lassen sollen.«

»Das wäre eine Schande gewesen«, entgegnete Rognvald gut gelaunt, »denn dann hätten wir nie erfahren, wohin man Alethea verschleppt hat.«

»Hassan? Wollt Ihr damit sagen, er weiß, wo sie ist?«

»Das glaube ich zumindest.« Der große Ritter nickte überzeugt. »Auf jeden Fall habe ich Dag, Rodrigo und Paulo geschickt, den Fürsten zu holen. Also werden wir schon bald die Wahrheit herausfinden, die sich hinter diesem ganzen Netz aus Verrat und Betrug verbirgt.«

7. SEPTEMBER 1916
EDINBURGH, SCHOTTLAND

Ich las fast die ganze Nacht hindurch und den ganzen nächsten Tag. Meine Erinnerung mag mich jedoch trügen, denn es ist schwer, unter der Erde den Lauf der Zeit im Auge zu behalten. Ohne die Sonne, an der man sich orientieren kann, verliert man jeglichen Sinn für das Regelmäßige oder die Verhältnismäßigkeit; rasch folgt der Körper seinem eigenen, seltsamen Rhythmus. So aß und schlief ich, wie es mir richtig erschien, und meine Launen und Bedürfnisse entschieden, wann ich die verschiedenen kleinen Arbeiten erledigte, die erledigt werden mussten – waschen, putzen, sich ums Feuer kümmern –, und den Rest der Zeit las ich in William St. Clairs altem Buch.

Als ich es leid wurde, auf dem Bett zu hocken, setzte ich mich auf den Stuhl, und als der Stuhl unbequem wurde, nahm ich die Decke vom Bett, breitete sie vor dem Ofen aus und las im flackernden Licht des Feuers. Begierig darauf, Caitríonas Geschichte zu Ende zu lesen, bevor Evans wieder zurückkehrte, las ich jeweils mehrere Stunden am Stück – wobei ich herausfand, dass der Geist ohne die üblichen Ablenkungen des täglichen Lebens mit all seinem Getöse und Durcheinander, ohne die Tyrannei unwichtiger Anforderungen und Verpflichtungen seinen beständigen Verdruss und sein unaufhörliches Sichaufreiben über Tagesereignisse einstellt. Nichts lenkt einen ab, und die Seele erhält einen nie gekannten Frieden.

Ich fühlte mich wie ein Mönch, der sein Leben dem Gebet und dem Studium gewidmet hat; ich las das Buch, und die Grenzen meiner Zelle hatten keinen Bestand mehr. Ich wurde über die Jahrhunderte hinwegtransportiert in jene weit entfernte Zeit am embryonischen Beginn unseres langlebigen Ordens. Kurz gesagt, je mehr mein Verständnis wuchs, desto genauer stellte ich mir die Form meiner letzten Initiation vor und begann, mich dementsprechend vorzubereiten.

Meine Zeit der Kontemplation verlief so friedlich, dass ich tatsächlich erschrak, als ich plötzlich hörte, wie sich die Tür am anderen Ende des Gangs öffnete und Schritte über den steinernen Boden hallten. Doch als Evans schließlich an der Tür meiner Zelle erschien, war ich bereit. Und wieder erschrak ich ein wenig, denn Evans trug weder das Scharlachrot des Inneren Kreises noch das Grau der Bruderschaft; er war in eine lange weiße Robe ohne jegliche Insignien gewandet, die von einem breiten, geschlossenen goldenen Stoffband zusammengehalten wurde.

Evans hatte noch eine weiße Robe dabei. Diese reichte er mir und sagte: »Der Friede und die Gnade unseres Herrn sei mit dir, Bruder.« Durch diese Wortwahl wusste ich, dass die formelle Zeremonie bereits begonnen hatte. Ich erwiderte die Begrüßung, und Evans fuhr fort: »Der Rat der Brüder hat sich versammelt, und wir erwarten dein Kommen.« Er blickte zu dem Buch auf dem Tisch. »Ich nehme an, du hast deine Zeit hier nützlich verbracht.«

»Es war eine Inspiration«, erwiderte ich und schlüpfte in die mir dargereichte Robe, »und ich bin euch äußerst dankbar dafür.«

»Gut.« Evans hielt mir einen ebensolchen geflochtenen Gürtel wie seinen eigenen entgegen. Ich legte ihn mir um die Hüfte, und er band ihn mir zu, den Knoten an der Seite. Dann trat er einen Schritt zurück, musterte mich kritisch und nickte schließlich zufrieden. »Wenn du bereit bist, werden wir fortfahren.«

Ich antwortete, dass ich bereit sei, und Evans nahm die Kerze und führte mich aus der Zelle. Wir kehrten jedoch nicht in die Sternenkammer zurück, wie ich erwartet hatte, sondern liefen einen Gang hinunter, der tiefer in die Gewölbe hinabführte. Ich folgte Evans, und wir gingen schweigend hintereinander her, bis wir am Ende des Ganges eine niedrige Tür erreichten. Evans klopfte. Ein metallisches Kratzen verriet, dass ein Riegel zurückgezogen wurde, und die Tür wurde von innen geöffnet. Evans hielt die Kerze über den Sturz und winkte mir hineinzugehen. Ich bückte mich, trat hindurch und sah Genotti mit einer Kerze neben der Tür stehen.

Mein erster Eindruck, dass der Raum aus dem Fels gehauen zu sein schien, der das Fundament der Kirche bildete, stellte sich als richtig heraus. Dem folgte rasch die Erkenntnis, dass ich schon einmal in diesem Raum gewesen war – vor Jahren, bei meiner Erhebung in den Siebten Rang. Damals hatte man mir zwar die Augen verbunden, dennoch konnte kein Zweifel daran bestehen. Dies hier war die höhlenartige Kammer, in die man mich in jener Nacht hinabgeleitet hatte, da ich als Blinder in der Dunkelheit gesucht und den Anfang des Pfades gefunden hatte, der mich nun zu dieser letzten Enthüllung geführt hatte.

In großen, überall verteilten Leuchtern brannten Kerzen, und in deren flackerndem Licht sah ich die anderen Mitglieder des Inneren Kreises – de Cardou, Zaccaria und Kutch –, die vor einem steinernen Altar warteten; wie Evans und Genotti waren auch sie in Weiß gewandet. Hinter ihnen befand sich der kleine Raum, in dem ich die Eiserne Lanze gefunden hatte. Die heilige Reliquie war auch dort; ich sah das krumme Eisen in der eigens dafür angefertigten Felsnische, und sein Anblick rief eine Freude in mir hervor, die eine warme Welle des Triumphs durch meinen Körper jagte.

Gegenüber von diesem Vestibulum befand sich ein weiteres. Evans, der sich zu Genotti gesellt hatte, erkannte meine Neugier und gestattete mir mit einem Nicken, mich umzusehen. Die anderen beobachteten, wie ich in den kleinen Halbraum ging, die einzelne Stufe hinaufstieg und dort eine weitere Felsennische fand. Mein Herz schlug schneller, als ich das dunkle, uralte Holz sah, und ich wusste, dass ich hier den Schwarzen Stamm vor mir hatte, ein Stück des Kreuzes, an das man unseren Herrn und Heiland genagelt hatte.

Das grob gemaserte Holz war hart vom Alter und blank poliert von Generationen der Verehrung, sodass es im Kerzenlicht leicht schimmerte. Die verstümmelte und oft missbrauchte Reliquie war an ihren abgesägten Enden mit Goldbändern verziert. Voller Demut ob dieses heiligen Schatzes hielt ich die Luft an und strich mit den Fingerspitzen über das uralte Holz – eine Geste der tief empfundenen Dankbarkeit, der Ehrfurcht und, ja, der Liebe.

Meine Gedanken kehrten zu der sonnigen Insel Zypern zurück, wo ich in einer Kopie von Duncans handgeschriebenem Manuskript, die im Kloster von Aiyos Moni inmitten der pinienbewachsenen Gipfel der Troodosberge aufbewahrt wurde, auf die Geschichte dieser Reliquie gestoßen war. Waren wirklich schon fünfzehn Jahre vergangen, dass Caitlin und ich den Winter auf dieser verschlafenen Insel inmitten der glitzernden, sonnenüberfluteten See verbracht hatten? Wir hatten immer dorthin zurückkehren und die glücklichen Zeiten wieder aufleben lassen wollen … nun würde es nie mehr dazu kommen.

Ich verließ den kleinen Seitenraum und kehrte zu den anderen zurück, die auf mich warteten. »Nur noch ein Geheimnis gilt es zu enthüllen«, sagte Genotti. »Heute Nacht wird es keine Augenbinde geben, kein Stolpern und kein Herumtasten in der Dunkelheit. Heute Nacht stehen wir hier in der strahlenden Herrlichkeit des *Sanctus Clarus.*«

»Bist du bereit, Bruder?«, fragte Evans.

»Das bin ich«, antwortete ich, ohne zu wissen, wie unvorbereitet ich tatsächlich für das war, was nun geschehen sollte.

Drittes Buch

Als sie in Sichtweite des Bergkamms kamen, war der Wind so kräftig geworden, dass er die Mähnen und Schweife der Pferde zerzauste und den Reitern ins Gesicht schlug. Was als klarer, sonniger Tag begonnen hatte, war langsam in einem trüben, eiskalten Nebel versunken, und Cait war froh über den schönen Wollmantel, den Hassan ihr geschenkt hatte. Sie hatte angeboten, ihn zusammen mit den anderen Geschenken wieder zurückzugeben, doch Hassan hatte nichts davon hören wollen.

»Ich würde selbst den ewigen Feuern der Dschehenna trotzen«, hatte Hassan kühn erklärt, »nur auf die schwache Hoffnung hin, dass Ihr mir vielleicht doch noch verzeihen werdet, Ketmia. Eure geliebte Schwester in die Freiheit zu führen, soll ein Zeichen für die Ernsthaftigkeit meiner Reue sein.«

Cait war gerne bereit, dieses Ehrenwort anzuerkennen, doch Rognvald verzieh nicht so schnell. Trotz der offensichtlichen Veränderung an Hassan und dessen oft wiederholter Versprechen der Treue, des Wohlwollens und der selbstlosen Entschlossenheit blieb der vorsichtige Norweger misstrauisch; nachdem er sich schon einmal die Finger verbrannt hatte, war er nicht bereit, sogleich wieder mit dem Feuer zu spielen. Aber wie auch immer, da Fürst Hassan erklärte, genau zu wissen, wo man den Banditen Ali Waqqar finden konnte, blieb Rognvald nichts anderes übrig, als seine Zweifel hinunterzuschlucken und dem reuigen Mauren zu gestatten, sie zur Zuflucht des Räubers zu führen.

Noch in der Nacht hatte man Pferde, Vorräte und Waffen vorbereitet, und bei Sonnenaufgang brachen die Gefährten auf – angeführt von Hassan. Es folgten Rognvald, Cait und die Ritter, als Nächstes Halhuli und drei weitere Diener, welche die Packpferde führten. Sie erreichten das erste Tal, durchquerten es und setzten ihren Weg über die zerklüfteten Bergausläufer im Norden fort – ein raues, ödes Land aus Felsen, tiefen Gräben und Klüften, wo nur zähe kleine Bergziegen und Wildschafe existierten.

Kurz nach Mittag winkte der Fürst der Gruppe, anzuhalten. Während Halhuli und seine Männer sich um das Essen kümmerten, führte Hassan Cait, Rognvald und die Ritter noch ein Stück den Weg hinauf. »Seht ihr den Felsgrat, der sich vor euch wie eine Wand erhebt?«, sagte er und deutete auf ein riesiges Bollwerk aus braunem Fels in der Ferne. »Das ist der *Arsh Iblees* – oder wie ihr sagen würdet, der Teufelsthron. Jenseits davon befindet sich ein schmales Tal, und dort werden wir Ali Waqqar finden.«

»Bevor wir den Grat erreichen, wird es dunkel sein«, bemerkte Rognvald.

»Das glaube ich auch«, stimmte ihm Hassan zu. »Deshalb schlage ich vor, hier das Nachtlager aufzuschlagen und erst im Morgengrauen weiterzuziehen.«

»Aber der Tag ist noch nicht so weit fortgeschritten«, sagte Cait. »Wir könnten noch ein gutes Stück reiten.«

»Stimmt, das könnten wir«, räumte der Fürst ein. »Hier haben wir es jedoch weitaus bequemer, und die Chance ist wesentlich geringer, dass die Banditen unsere Gegenwart frühzeitig bemerken. Ich würde es ehrlich gesagt vorziehen, unangekündigt ins Tal zu reiten.«

So war Cait gezwungen, eine weitere unruhige Nacht zu erdulden. Schlaflos lag sie in einem kleinen, runden Zelt, dessen Front zum Lagerfeuer hin offen war, das die ganze Nacht hindurch brannte. Beim ersten Sonnenlicht stand sie noch vor den anderen auf und sattelte erneut ihr Pferd.

Die Warterei hatte Cait mürrisch und reizbar gemacht. Sie

ärgerte sich über die Langsamkeit der anderen und wünschte sich, niemals diesen katastrophalen Weg eingeschlagen zu haben. Ihr war kalt, sie war müde und wütend ob ihres eigenen Versagens und ihrer Dummheit. Mit was für einer Arroganz war sie an diese tollkühne Unternehmung herangegangen, mit welcher Ignoranz und Eitelkeit …

Als sie sich schließlich wieder in Bewegung setzten, richtete Cait ihren müden Blick in den trüben Himmel hinauf und bereitete sich auf einen neuen, trostlosen Tag im Sattel vor. Der Himmel war so leer, so hoffnungslos … und wie die Rache, die sie suchte, so endlos und absolut sinnlos.

Während der beißende Winterwind an ihren zitternden Schultern zerrte, schloss der Kummer Cait in seine eisigen Fänge. Während sie ihre Trauer und ihre Reue zuvor mit dem Gedanken daran hatte unterdrücken können, dass der Preis die Kosten wert war, geriet ihre Entschlossenheit angesichts eines weiteren öden Tages heftig ins Wanken. Wie ein Packpferd, das gezwungen war, viel zu lange eine viel zu schwere Last zu tragen, brach Caits Selbstvertrauen in sich zusammen, um sich nie wieder aufzurichten.

Nur mit Mühe konnte sie einen Schrei der Verzweiflung unterdrücken. Sie trieb ihr Pferd zum Trab an und ritt voraus, sodass die anderen die Tränen nicht sehen konnten, die ihr über die durchgefrorenen Wangen liefen.

Den Morgen verbrachten die Gefährten damit, gegen einen feuchten, böigen Wind anzukämpfen, der sie von dem Bergpfad zu wehen drohte. Als sie schließlich die Spitze des Felskamms erreichten und mit dem Abstieg begannen, hatte Cait den Entschluss gefasst, die Suche nach dem heiligen Kelch aufzugeben. Ihre unkluge Entscheidung, auf die Jagd nach der Reliquie zu gehen, hatte bis jetzt nur Tod und Unglück über sie alle gebracht. Es war an der Zeit – eigentlich war es das schon längst –, diesem Ehrgeiz abzuschwören.

Während des Aufenthalts in Hassans Palast war es Cait gelungen, diese Entscheidung aufzuschieben, von der sie jedoch immer gewusst hatte, dass sie unvermeidlich war. Nun, während sie frierend im Sattel saß, wollte sie nur die Freiheit ihrer Schwester zurückgewinnen und nach Bilbao und zu ihrem wartenden Schiff zurückkehren, solange sie und ihre Begleiter noch genug Leben in sich verspürten, um das überhaupt zu schaffen.

De Bracineaux würde gewinnen; er hatte Caits Vater ermordet, und er würde auch die Mystische Rose bekommen. Cait konnte nichts dagegen tun. Sie würde mit leeren Händen zurückkehren, aber immerhin, so sagte sie sich selbst, würde sie noch leben. Das würde reichen müssen.

Kurze Zeit später erreichten sie ein breites Plateau auf halbem Weg den Hang hinunter. Hier, im Schutz der Felswand hinter ihnen, hielten sie an, um sich auszuruhen und zu wärmen. Die Reiter stiegen von den Pferden, und der Fürst winkte Cait und Rognvald, sich zu ihm zu gesellen.

»Ich sehe keine Siedlungen«, bemerkte Cait mürrisch und blickte ins Tal hinunter – das wenig mehr als eine Felskluft mit einem kleinen Fluss in der Talsohle war.

»Nein«, sagte Hassan, »in dieser Wildnis gibt es weder Siedlungen noch Gehöfte. Das Land hier eignet sich nicht zur Viehhaltung.«

»Wo werden wir dann die Banditen finden?«

In den Hügelflanken unten gibt es zahlreiche Höhlen«, antwortete Fürst Hassan. »Dort versteckt sich Ali Waqqar. Was das betrifft, halte ich es im Übrigen für besser, wenn Ihr und Eure Männer hier wartet und mir gestattet, allein vorauszugehen.«

Rognvald verzog das Gesicht, und Cait schüttelte den Kopf.

»Bitte, Ketmia, mein Vorschlag ist weise. Ihr müsst wissen, dass Ali und ich in der Vergangenheit viel miteinander zu tun hatten. Wenn ich allein gehe, wird er mir gestatten, näher zu kommen und mit ihm zu sprechen. Sollten wir ihn jedoch mit einer Armee überraschen, könnte er leicht in seinem Labyrinth von Höhlen verschwinden, wo wir ihn niemals finden würden.«

Cait gefiel der Vorschlag nicht. Irgendwo dort unten waren

Alethea und Abu, und sie war fest entschlossen, sie da rauszuholen.

»Wirklich, es ist am besten so«, sagte Hassan.

»Oh, na gut!« Cait schrie fast vor Ärger und Verzweiflung. »Dann geht!«

»Yngvar, Svein und die anderen werden hier bei Euch warten«, sagte Rognvald; »aber ich werde Fürst Hassan begleiten.« Er funkelte Hassan trotzig an.

Als er sah, dass der Ritter nicht mit sich reden lassen würde, willigte der Fürst widerwillig ein und befahl Halhuli, Rognvald einen Turban zu wickeln und den Mantel mit ihm zu tauschen. Nachdem die Verkleidung vollständig war, stiegen die beiden Männer auf ihre Pferde, und Hassan ermahnte Rognvald, den Kopf gesenkt zu halten, um keinerlei Aufmerksamkeit auf sich zu ziehen. »Betet, dass Ali Waqqar in der Stimmung für Besucher ist«, sagte er und hob dann die Hand zum Abschied.

Cait blickte den Hang hinunter den beiden Reitern hinterher und änderte ihre Meinung. Sie lief zu ihrem Pferd, kletterte auf den Sattel und ritt los, bevor irgendjemand sie aufhalten konnte. Dag und Rodrigo rannten ihr ein paar Schritte hinterher und riefen, sie solle zurückkommen, doch Cait ignorierte sie und ritt weiter. Hassan und Rognvald hörten den Tumult, drehten sich um, sahen Cait und hielten an.

»Sagt, was ihr wollt, ich gehe nicht zurück«, erklärte Cait in einem Tonfall, der den beiden Männern klar machte, dass weder Tod noch Teufel sie von ihrer Entscheidung abbringen konnten. »Ich bin nicht so weit gekommen, um nun daneben zu stehen und zu warten.«

»Yu'allah«, seufzte Fürst Hassan. Er blickte zu Rognvald, der jedoch keinerlei Anstalten machte, etwas zu unternehmen, und so willigte er ein. »So sei es.«

»Was auch immer geschehen mag, bleibt dicht bei mir, werte Frau«, instruierte sie Rognvald, »und haltet Euer Schwert griffbereit.«

»Und seht zu, dass Ihr Eure Kapuze tief ins Gesicht zieht«,

fügte Hassan hinzu. »Vielleicht halten sie Euch dann für Danji und achten nicht auf Euch.«

Nachdem sie ihren Willen durchgesetzt hatte, zeigte Cait sich gehorsam; sie tat, wie ihr geheißen, und reihte sich hinter Rognvald ein. Endlich ritten sie weiter und erreichten kurz darauf den Grund des Tals, wo Cait sah, dass es sich tatsächlich so verhielt, wie Hassan gesagt hatte; als sie sich umschaute, bemerkte sie überall die Eingänge kleiner Höhlen in den umliegenden Felswänden.

Sie verließen den Pfad und ritten durchs Tal, vorbei an Felsen so groß wie kleine Häuser. Hassan suchte sich einen Weg zu dem kleinen Fluss und führte sie dann weiter am Ufer entlang. Aufgrund der hohen Felswände zu beiden Seiten war die Luft hier unten ruhig; das einzige Geräusch war das Rauschen des Wassers. Bald wurde offensichtlich, dass der Fürst ganz genau wusste, wohin er ritt.

Schließlich erreichten sie eine Stelle, wo sich das Wasser des Flusses vor einem riesigen Felsen sammelte, ein idealer Platz, um den Fluss zu durchqueren. Hier hielten sie kurz an und ließen die Pferde trinken, dann durchquerten sie die Furt und wandten sich dem östlichen Hang zu. Ein paar hundert Schritt entfernt lag ein mächtiger Felsblock wie eine umgestürzte Säule quer über dem Pfad; der Weg führte mitten zwischen zwei Bruchstücken hindurch. Die Lücke war breit genug, dass zwei Mann nebeneinander die Stelle passieren konnten; anschließend ging es weiter den steinigen Hang hinauf bis zu einem Höhleneingang.

Tonscherben und Schaf- und Pferdekot bedeckten den flachen Bereich am Fuß des Hanges, der als eine Art Hof vor der Höhle diente. Auch lag ein leichter Geruch von Rauch in der Luft; ansonsten fanden sich jedoch keinerlei Spuren, dass irgendjemand in der Nähe dieses Ortes gewesen war. Rognvald hielt ein Stück entfernt an, Cait hinter ihm; Hassan ritt zum Höhleneingang weiter und rief: »Ali Waqqar!«

Er wartete einen Augenblick und rief erneut; diesmal fügte er jedoch noch einige Worte auf Arabisch hinzu. Der Ruf war kaum verhallt, als eine Gestalt aus der Dunkelheit des Höhleneingangs trat. Bei dem Mann handelte es sich um einen dunkelhäutigen Mauren in zerlumpter, dreckiger Kleidung; sein Bart war lang und verfilzt, die Haare ungekämmt. Sein fetter Bauch hing über den Gürtel hinunter, und die Ärmel seines Mantels flatterten in Fetzen über seine Hände, während er die drei Besucher misstrauisch beäugte.

Der Mann spie in den Dreck zu seinen Füßen, bevor er etwas antwortete. Fürst Hassan erwiderte etwas in scharfem Ton, und zu Caits Überraschung straffte der fette Kerl die Schultern und verneigte sich höflich. Hassan sprach erneut, woraufhin der Mann verschwand.

»Das war einer von Alis Männern«, erklärte Hassan. »Eigentlich soll er Wache halten, aber ...«, zweideutig hob er die Hand, »... ihr seht ja, wie es ist.«

»Ist Thea hier? Habt Ihr gefragt, ob ...«, begann Cait, doch der Fürst fiel ihr ins Wort.

»Still, Ketmia«, warnte er sie in ruhigem Ton. »Alles zu seiner Zeit.«

Schweigend warteten sie auf die Rückkehr der Wache. Schließlich tauchte er in Begleitung dreier weiterer Männer wieder auf, von denen einer deutlich größer war als die anderen, besser gekleidet und eindeutig wachsamer. Dieser Mann verneigte sich, sprach den Fürsten höflich an und trat aus dem Höhleneingang, um sich die Besucher genauer anzusehen. Fürst Hassan sprach eine Weile mit ihm und hob die Stimme, als die Wache Interesse an seinen beiden Begleitern zu zeigen schien. Der Mann war schon ein paar Schritte auf Cait zugetreten, machte jedoch sofort auf dem Absatz kehrt, ging zu Hassan zurück, verneigte sich abermals und eilte wieder in die Höhle zurück. Die anderen blieben, wo sie waren, und starrten die Besucher an, bis ihr Anführer wieder zurückkehrte, am Höhleneingang stehen blieb und den Besuchern winkte, ihm zu folgen.

»Die Gefahr ist vorüber«, erklärte Hassan sichtlich erleichtert. »Wie es scheint, ist Ali Waqqar geneigt, uns in seiner

Höhle zu empfangen. Wollt ihr mich begleiten oder lieber hier warten?«

»Wir werden dabei sein«, antwortete Rognvald.

»Nun gut.« Fürst Hassan schwang sich aus dem Sattel. »Folgt mir. Aber seid auf der Hut.«

Cait stieg vom Pferd, folgte den Männern in die Höhle und bereute ihre Entscheidung sofort. Der Eingang öffnete sich in eine hohe Kammer, deren Wände grau von Fledermauskot waren; ein paar der grotesken Kreaturen hingen von der Decke herab. Auf einer Seite der Kammer führte ein gewundener Gang tiefer in den Berg hinein. Der untere Teil der Wände war feucht und stank nach abgestandenem Urin. Und das war noch nicht alles. Als sie tiefer in die Höhle vordrangen, nahm Cait auch andere Gerüche wahr – den beißenden Gestank von Pferdeschweiß, der faule Duft tierischen und menschlichen Kots und den ekelerregenden Geruch vergammelten Fleischs –, alles so stark, dass Cait die Tränen in die Augen traten. Sie presste die Hand auf den Mund, zog die Schultern hoch und eilte weiter. Vor sich hörte sie Rognvald irgendetwas vor sich hin murmeln, als sie an einem besonders widerlichen Haufen Dreck vorüberkamen.

Der Gang endete an einer Öffnung, die aus dem Felsen gehauen worden war. Sie mussten sich tief bücken, um unter dem schimmeligen Sturz hindurchzutauchen, und dahinter erwartete sie ein großer, kuppelförmiger Raum, der von einem Holzfeuer in der Mitte erhellt wurde. Fleisch briet auf Spießen, die man um das Feuer herum aufgestellt hatte, und füllte die Luft mit öligem Rauch. An einer Wand tropfte Wasser hinunter und füllte ein schlammiges Felsenbecken. Ein halbes Dutzend riesiger Tonkrüge stand neben dem Becken, und an den Wänden waren hier und da große Flechtkörbe zu sehen sowie eine Hand voll solide gefertigter Holzeimer – darin war ohne Zweifel die Beute von Ali Waqqars niederträchtigen Verbrechen verstaut, dachte Cait.

Auf den ersten Blick schien der Raum verlassen zu sein, doch als Cait sich umsah, erkannte sie menschliche Gestalten in den flackernden Schatten an den Wänden. Was sie zunächst für Steinhaufen gehalten hatte, waren in Wirklichkeit Männer, in Mäntel und Turbane gehüllt und in tiefem Schlaf versunken. Andere saßen stumm und nahezu reglos in den Ecken; offensichtlich waren sie sturzbetrunken und nahmen ihre Umgebung nur eingeschränkt wahr, wenn überhaupt.

Alles in allem schätzte Cait die Zahl der Banditen auf zwanzig, und ihr Anblick versetzte sie in Wut – sich vorzustellen, dass dieses träge Lumpengesindel fünf tapfere Männer getötet und ihre Schwester geraubt hatte. Nun, da sie vor ihren Augen waren, verlangte alles in ihr danach, das Schwert zu ziehen und die stinkenden Leiber von den wertlosen Seelen zu befreien. Es kostete sie all ihre Kraft, nicht nach der Klinge zu greifen, sondern den Blick abzuwenden und weiterzugehen. Um Aletheas willen würde sie sich beherrschen.

Die Besucher wurden auf eine Seite der Feuerstelle geführt, wo Bänke aus Pinienästen standen, die man nahe einer Felsplatte aufgestellt hatte, welche wiederum mit einem Teppich und einem Seidenkissen bedeckt war – hier, so vermutete Cait, hielt der Räuberhäuptling Hof. Sie setzten sich, und nach kurzem Warten betraten drei weitere Banditen die Kammer. Einer von ihnen rief. »Hassan!« Die Begrüßung kam Cait recht intim vor.

Die Gäste drehten sich um und sahen Ali Waqqar das Feuer umrunden und dem Fürsten mit offenen Armen entgegeneilen. Cait musterte den Banditen eingehend und empfand unerwartet Erleichterung, als sie zu dem Schluss kam, dass sie den Mann noch nie zuvor gesehen hatte; er war nicht unter den Männern gewesen, die in jener Nacht das Lager angegriffen hatten.

Ali Waqqar war ein Mann von beeindruckender Körpergröße – was durch seinen aufwändigen blauen Seidenturban nur noch betont wurde –, und er hatte den eifrigen, dahinrollenden Gang eines Mannes auf dem Weg von einer Ausschweifung zur nächsten. Bei näherer Betrachtung konnte Cait deutlich die Spuren übermäßigen Genusses erkennen: Fettpolster, die eine einst muskulöse Gestalt überzogen, Dreck in den Falten und unter den Fingernägeln und ein ehemals schönes Gesicht, nunmehr aufgequollen. Ali Waqqars Kleider waren von guter Qualität, aber verdreckt, und Ärmel und Saum seines Mantels waren ausgefranst. Alles in allem vermittelte er den Eindruck eines Mannes, der von hoch oben tief abgestiegen war ... und dennoch besaß er nach wie vor das selbstherrliche Auftreten eines Kriegers.

Der Fürst stand auf, um Ali Waqqars Begrüßung entgegenzunehmen, und in diesem Augenblick erkannte Cait, dass die Geschäfte, die Hassan mit dem Banditen getätigt hatte, von weit intimerer Natur sein mussten, als der Fürst ihr glauben gemacht hatte. Diese Erkenntnis verleitete sie zu der fälschlichen Hoffnung, dass die Freundschaft zwischen Fürst und Räuber zur raschen Freilassung Abus und ihrer Schwester führen würde.

Was noch dazukam, Rognvalds Gesichtsausdruck nach zu urteilen, war auch ihm diese Vertraulichkeit aufgefallen, denn der Ritter kniff die Augen zusammen und blähte wütend die Nasenflügel. Rasch wandte Cait sich ab, damit er nicht bemerkte, dass sie seine Entrüstung angesichts dieser Täuschung nicht teilte.

Hassan und der Banditenführer hielten sich einen Augenblick lang an den Armen fest und tauschten ein paar freundliche Worte. Dann drehte sich der Fürst um und sagte. »Erlaube mir, dir meine Freunde vorzustellen: Herr Rognvald von Haukeland und Frau Caitríona von Caithness.«

Ali Waqqar trat vor sie; Rognvald stand auf, als er vorgestellt wurde, sein Gesicht ausdruckslos – was äußerst bemerkenswert war, dachte Cait, vor allem wenn man seine anfängliche Reaktion bedachte. Was auch immer er beim Anblick des Räubers empfinden mochte, nach außen hin war nichts davon zu bemerken.

Und dann war Cait an der Reihe. Sie machte keine Bewegung, als der Banditenhäuptling sich von Rognvald abwandte und vor ihr verneigte. Zu ihrem Entsetzen ergriff er jedoch ihre Hand. Innerlich zuckte sie bei seiner Berührung zusammen, doch ermutigt von Rognvalds Beispiel, rang sie sich ein schwaches Lächeln ab und senkte sittsam den Kopf.

Fürst Hassan sprach ein paar Worte zu dem Banditen, der daraufhin zustimmend nickte und in die Hände klatschte. Ein schmutziger Junge eilte mit einem alten Silbertablett herbei, auf dem ein Sammelsurium goldener Becher stand. Der Bandit nahm sich einen Becher und winkte seinen Gästen, es ihm nachzutun. Dann hob Ali den Becher und rief: »Meine Freunde, auch wenn meine Höhle für Edelleute eures Ranges nur ein stinkendes Loch sein mag, so seid ihr hier doch willkommen. Ich trinke auf euer Wohl.«

Zu Caits Überraschung war sein Latein ausgesprochen gut. Sie fragte sich, ob er es sich ebenso gestohlen hatte wie den Rest seines Besitzes. Vorsichtig hob sie den Becher an die Lippen und nippte daran, unwillig, auch nur das kleinste Stück von der Gastfreundschaft dieses Verbrechers zu kosten.

Dann wurden sie eingeladen, sich wieder zu setzen, und so hockten sie sich auf die Pinienbänke, während Ali wie ein Potentat seinen Platz auf der Felsplatte mit dem Teppich und dem Kissen einnahm. Ali und Hassan tauschten belanglose Freundlichkeiten aus, bis die Becher geleert waren; dann rief der Bandit nach Fleisch.

Eines der Fleischstücke wurde von den Spießen am Feuer genommen und fetttriefend zu Ali gebracht. Dieser riss sich einen Streifen heraus, stopfte ihn sich in den Mund, leckte sich schmatzend die Finger und winkte den anderen, es ihm gleichzutun.

»Nun denn«, sagte Ali und kaute nachdenklich, »so erfreut ich auch darüber bin, solch edle Gäste bewirten zu dürfen …«, er hob zweideutig die Hand, »so entspricht es doch meiner Erfahrung, dass die Menschen Ali Waqqar nur aufsuchen, wenn sie etwas von ihm wollen. Mit eurem Einverständnis möchte ich euch bitten, mir zu sagen, was ihr von mir wünscht?«

»Ihr seid äußerst scharfsinnig«, erwiderte der Fürst in freundlichem Tonfall. »Wie immer kommt Ihr direkt auf den

Punkt zu sprechen. Der Tag läuft uns davon, und wir haben noch einen langen Ritt vor uns, also werde ich mich kurz fassen. Es ist mir zu Ohren gekommen, dass Ihr Sklaven zu verkaufen habt. Wir sind gekommen, um sie zu kaufen.«

»Ich verstehe.« Der Bandit nickte und blickte von einem seiner Gäste zum anderen. »Leider muss ich euch jedoch sagen, dass ihr den langen, kalten Ritt unsonst auf euch genommen habt. Ich habe gegenwärtig keine Sklaven zu verkaufen.« Er trank einen weiteren Schluck aus seinem Becher. »Keinen Einzigen.«

»Dann hat man uns offenbar falsch informiert«, erwiderte der Fürst. »Verzeiht mir, aber ich bin sicher, gehört zu haben, dass sich eine junge, weibliche Sklavin in Eurem Besitz befindet.«

»Wirklich, ich wünschte, ich hätte solch eine Sklavin zu verkaufen«, sagte Ali Waqqar in ruhigem Tonfall, »denn dann wäre sie sofort die Eure. Doch leider, mein Freund, habe ich in der Tat nicht einen einzigen Sklaven zu verkaufen, egal welcher Art. Aufgrund des Reiseverbots zwischen den Städten war das Geschäft dieses Jahr sehr schlecht. Ihr habt doch sicherlich davon gehört.«

»Selbstverständlich«, antwortete der Fürst. »Aber wie auch immer, es ist wahrhaft schade, dass wir den ganzen weiten Weg umsonst gekommen sein sollen. Lasst mich so kühn sein und Euch sagen, dass ich bereit wäre, 75 000 Dirham für eine entsprechende junge Frau zu bezahlen«, er hielt kurz inne, »*falls* Ihr denn von jemandem hören solltet, der solch eine Sklavin zu verkaufen hat.«

»Ich werde es im Kopf behalten«, erwiderte Ali Waqqar. »Wenn ihr mich nun bitte entschuldigen würdet, aber ihr habt das Pech, mich an einem ausgesprochen arbeitsreichen Tag angetroffen zu haben.« Er stand auf. »Bitte verzeiht mir, aber wie ihr wisst, ist die Pflicht ein strenger Herr, und ich kann sie nicht länger hinauszögern.«

»Natürlich. Wie es das Schicksal will, lässt sich auch unsere Rückkehr nicht länger aufschieben.« Hassan erhob sich ebenfalls. »Bis zu unserem nächsten Wiedersehen, Ali Waqqar.« Der Fürst machte eine ausschweifende Handbewegung.

Der Räuberhauptmann verneigte sich knapp, und die Besucher wurden durch die Höhle zu ihren wartenden Pferden zurückbegleitet. Cait beobachtete, wie der Fürst in den Sattel stieg; dann lief sie zu seinem Pferd und ergriff das Halfter. »War das alles?«, verlangte sie zu wissen. »Ist das das Ende?«

»Still, Ketmia«, warnte der Fürst. »Sie werden Euch hören.«

»Er hat gelogen! Er hat Alethea. Ich weiß es.«

Der Fürst blickte zum Höhleneingang zurück, von wo aus die Wache sie träge beobachtete. »Er hat sie nicht«, widersprach der Fürst leise. »Glaubt mir, er hätte sich niemals fünfundsiebzigtausend Dirham durch die Finger gehen lassen. Hätte er auch nur die geringste Hoffnung gehabt, sie herbeizuholen, wir würden jetzt feilschen.«

»Wenn er sie nicht hat, dann weiß er zumindest, was mit ihr geschehen ist«, konterte Cait. »Er weiß es, und Ihr müsst dafür sorgen, dass er es uns sagt.«

»Ketmia, bitte, so funktioniert das nicht.« Hilfe suchend blickte Hassan zu Rognvald. »Wir müssen sofort von hier verschwinden.«

»Ich glaube auch, dass der Bandit gelogen hat«, sagte Rognvald. »Er mag Alethea jetzt nicht mehr haben, aber er weiß, was mit ihr geschehen ist.«

Cait hielt das Halfter weiterhin fest. »Ich werde nicht von hier weggehen, solange ich nicht weiß, was mit meiner Schwester passiert ist.«

»Und ich sage Euch, dass wir ihr Schicksal teilen werden, wenn wir nicht sofort von hier verschwinden.«

»Ihr scheint mit diesen Räubern gut bekannt zu sein. Offenbar kennt Ihr sie weit besser, als Ihr uns habt glauben lassen.«

»Und eben weil ich sie so gut kenne, sage ich, dass wir jetzt gehen müssen«, knurrte der Fürst, der allmählich die Geduld verlor. »Wenn Ihr mir nicht glaubt, vielleicht traut Ihr dann Euren eigenen Augen.« Er deutete auf den Höhleneingang, wo sich drei weitere von Alis Männern mit Schwertern und

Lanzen zu den ersten beiden aufgestellt hatten; hinter ihnen waren noch andere im Dunkel der Höhle zu erkennen.

Cait stieß einen erstickten Schrei aus und stürmte zu ihrem Pferd. Rasch sprang sie in den Sattel und ritt davon. Rognvald wartete, bis sie an ihm vorüber war, dann reihte er sich hinter ihr ein. Sie waren erst ein paar hundert Schritt geritten, als ein Ruf von der Höhle her ertönte.

»Sharifah!«

Cait hörte ihn und blickte zurück. Über die Schulter hinweg sah sie eine schlanke, dunkelhaarige Gestalt auf sie zurennen. Der Ruf ertönte erneut, und Cait blickte genauer hin. Ihr Herz zog sich zusammen.

»Abu!«

Instinktiv riss sie an den Zügeln; ihr Pferd blieb stehen und bäumte sich auf. »Rognvald!« schrie Cait. »Das ist Abu!«

Rognvald hielt das Schwert bereits in der Hand, bevor Caits Ruf verhallte. Er flog an ihr vorbei und brüllte: »Reitet weiter, Cait!«

Ali Waqqar erschien am Höhleneingang, sah Abu wegrennen und brüllte seinen Männern einen Befehl zu, die verwirrt und unentschlossen das Schauspiel beobachteten. Er brüllte erneut rechts und links seine Männer an, wobei er zwei oder drei von ihnen umwarf. Diejenigen, die auf den Beinen geblieben waren, stürzten den Fliehenden hinterher.

Abu duckte sich und rannte, als wären sämtliche Höllenhunde hinter ihm her.

Die blanke Klinge in der Luft, richtete Rognvald sich im Sattel auf; er galoppierte an dem jungen Mann vorbei und hielt mit rasender Schnelligkeit auf die Verfolger zu. Er stieß einen markerschütternden Kriegsschrei aus, traf auf die Feinde und trieb sie auseinander. Sich mit dem Pferd hin und her drehend hieb und stach er in alle Richtungen und hielt sich die Räuber so vom Leib.

Immer mehr Räuber quollen aus dem Höhleneingang. Ali Waqqar stand im Zentrum dieses chaotischen Haufens, schrie und schubste seine Männer herum. Und dann verwandelte sich das Gewimmel plötzlich in eine geordnete Angriffsstreitmacht. Wütend stürmten die Räuber vor, schrien und fuchtelten mit den Schwertern.

Cait kümmerte sich nicht um Rognvalds Befehl, sondern galoppierte über den felsigen Untergrund, um Abu zu retten. Als sie ihn erreichte, zügelte sie ihr Pferd, und mit einem gewaltigen Satz sprang der junge Mann hinter ihr auf den Sattel und schrie. »Flieht! Flieht!«

Cait wendete ihr Pferd und spürte, wie sich ein knochiger Arm um ihre Taille schloss. »Flieht! Flieht!«, kreischte Abu. Und Cait floh. Den Kopf gesenkt, trieb sie ihr Pferd mit den Zügeln an, und ihr Mitreiter wurde wie ein Sack Mehl hinter ihr durchgeschüttelt und klammerte sich in Todesangst an sie. Cait entdeckte den Pfad, den sie gekommen waren, und machte sich auf den Weg durch das enge Tal.

Fürst Hassan galoppierte an ihnen vorbei, um Rognvald zu Hilfe zu eilen. »Haltet auf den Felskamm zu!«, brüllte er, als er vorbeidonnerte. »Ruft die Ritter! Wir werden sie an der Furt aufhalten!«

Sein Schrei löste sich in ein surrendes Geräusch auf – wie das Summen einer wütenden Hornisse –, und plötzlich wurde der Fürst in die Höhe gerissen, und ein Pfeil ragte aus seinem Oberkörper. Hassan packte den Schaft mit seiner freien Hand, riss das Geschoss heraus, warf es beiseite und setzte seinen Weg in den Kampf fort. Ein weiteres, bösartiges Surren ertönte und endete in einem metallischen Schlag. Abu schrie erschrocken auf. »Flieht, Sharifah! Flieht!« Cait trieb ihr Pferd an und flog über den felsigen Untergrund.

Zwei weitere Pfeile zischten an ihr vorbei, bevor sie außer Reichweite war. Sie galoppierte durch die breite Lücke in dem zerbrochenen Felsquader, durch die Furt, auf die andere Seite am Ufer entlang und schließlich den Pfad den Hang hinauf, wo ihr bereits die Ritter in voller Montur entgegenkamen.

Sobald sie nahe genug herangaloppiert war, schrie sie: »Los! Rognvald und Hassan brauchen euch!«

Yngvar erreichte sie als Erster. »Wo sind sie, werte Frau?«

»Folgt dem Fluss«, keuchte Cait atemlos. »Ihr findet sie hinter der Furt. Sie werden angegriffen. Um Gottes willen, beeilt euch!« Yngvar drehte sich zu den anderen um. »Zieht die Schwerter!«, brüllte er. »Folgt mir!«

Mit einem Kriegsschrei stürmten die Ritter los. Dag war der

Letzte. Er hielt lange genug an, um zu fragen: »Wollt Ihr, dass ich hier bleibe, um Euch zu beschützen, werte Frau?«

»Nein. Wir sind hier sicher. Reit los!«

Der Ritter galoppierte davon. Cait beobachtete, wie die Ritter den Fluss hinuntereilten. In nicht allzu weiter Ferne konnte sie das Becken erkennen, das die Furt markierte, und jenseits davon den großen, zerbrochenen Felsblock. Yngvar und Rodrigo erreichten den Fels und verschwanden durch die Lücke, dicht gefolgt von den anderen. »Sie werden bald wieder zurückkehren«, sagte Cait, allerdings mehr aus Hoffnung, denn aus Überzeugung. »Du wirst ein Reitpferd brauchen, Abu.«

Als Abu ihr nicht antwortete, drehte sich Cait im Sattel um. Abu hielt sich noch immer mit einer Hand an ihrem Mantel fest, doch er hatte den Kopf gesenkt, als studiere er aufmerksam die Pfeilspitze, die ihm von hinten durch den Leib gedrungen war und die nun zwischen den blutigen Fingern seiner anderen Hand herausragte.

Cait glitt aus dem Sattel und fing den blutenden Jüngling auf, als dieser zu Boden fiel. So sanft wie möglich legte sie ihn nieder, zwang sich, ihre zitternden Hände zu beruhigen, und legte ihn auf die Seite.

Der Pfeil war unmittelbar unter dem Schulterblatt eingedrungen und zwischen zwei Rippen wieder ausgetreten. Die eiserne Pfeilspitze war klein, aber mit Widerhaken versehen. Den Pfeil herauszuziehen würde den Schaden vermutlich nur vergrößern, also hielt Cait es für besser, den hinteren Teil abzubrechen und den Rest von vorne zu entfernen. Sie packte das dünne Holz und versuchte es zu zerbrechen. Der Versuch ließ Abu allerdings vor Schmerz aufstöhnen, und so beschloss sie, das Geschoss für den Augenblick in Ruhe zu lassen.

»Aaah, Gott verzeih mir«, keuchte Abu mit brüchiger Stimme. »Es tut mir so Leid, Sharifah. Einst wart Ihr stolz auf mich, und ich wollte, dass Ihr wieder stolz auf mich seid. Ich habe versagt. Es tut mir Leid.«

»Sag so was nicht.« Cait zog ihren Mantel aus und breitete ihn über Abu. »Ich *bin* stolz auf dich. Wären deine Markierungen nicht gewesen, wir hätten den Weg nie gefunden. Ruh dich hier ein wenig aus, während ich Halhuli hole. Der Pfeil muss raus.«

Sie wollte fortgehen, doch Abu packte sie am Ärmel.

»Du brauchst Hilfe, Abu. Ich bin gleich wieder zurück. Ich werde …«

Abu warf den Mantel beiseite und richtete sich auf den Ellbogen auf; die Bewegung ließ scharlachrotes Blut aus seiner Wunde quellen. Vor Schmerz verzog er das Gesicht. »Thea«, sagte er und kniff die Augen zu. »Ich muss Euch von Thea erzählen.«

»Ich höre.« Cait half ihm vorsichtig wieder auf den Boden hinunter und breitete erneut den Mantel über ihn.

»Thea ist nicht hier«, sagte Abu und schnappte nach Luft. »Sie ist entkommen … weggelaufen. Ich habe ihr geholfen.« Er öffnete die Augen und beschwörte Cait, zu begreifen.

»Wohin, Abu? Wohin ist sie gelaufen?«

Bevor er antworten konnte, wurde er von einem Hustenanfall gepackt, wonach er keuchte und nicht mehr sprechen konnte. »Immer mit der Ruhe, Abu«, sagte Cait. »Ich werde dir etwas Wasser holen.«

Cait rannte zu ihrem Pferd, nahm den kleinen Wasserschlauch vom Sattel und brachte ihn zu dem jungen Syrer. Sie kniete sich nieder, öffnete den Schlauch und ließ etwas Wasser auf Abus Lippen tropfen. »Hier«, sagte sie und hob seinen Kopf ein wenig. »Trink.«

Abu trank einen Schluck Wasser, dann blickte er zu Cait, die Augen geweitet vor Schmerz. »Hört zu, Sharifah, da ist ein See … und ein Dorf neben dem See. Schäfer haben mir davon erzählt. Dort ist sie.«

Er trank erneut, schluckte, legte dann den Kopf auf den Arm und schloss die Augen.

»Wo liegt dieser See?«, fragte Cait.

Als Abu nicht antwortete, legte sie die Lippen an sein Ohr.

»Bitte, Abu, sag es mir. Wo liegt dieser See? Ich muss es wissen, wenn ich Thea finden soll.«

Abus Augenlider flatterten. Seine Augen strahlten bei weitem nicht mehr so wie noch einen Moment zuvor. »Der See ...«

»Ja, Abu, wo? Wo liegt er?«

»Dort ...«, antwortete Abu; seine Stimme war nur noch ein Flüstern. »Der Berg von Gold ...«

»Der Berg von Gold? Abu, ich verstehe nicht. Sag mir, was der Berg von Gold ist. Wo liegt er?«

Abu öffnete den Mund, und ein Gurgeln stieg aus seiner Kehle empor, während er versuchte, mit den Lippen Worte zu formen. »*Dort* ...«, stöhnte er schließlich und starrte geradeaus das Tal hinunter. Cait sah, wie sich schwach etwas Glitzerndes in seinen Augen spiegelte, und folgte seinem Blick zu einem schneebedeckten Gipfel in nicht allzu großer Ferne; ins Licht der untergehenden Sonne getaucht, schimmerte er in kräftig goldener Färbung.

»Ist das der Berg?«, fragte Cait. »Abu, ist das der Berg, den du meinst?«

Sie drehte sich wieder um und sah, dass sich das Schimmern des Berges zwar noch immer in Abus Augen spiegelte, doch sein Blick war bereits getrübt. »Oh, Abu«, sagte Cait, die Stimme drohte ihr zu versagen. Sie senkte den Kopf, legte ihm die Hand auf die Wange, und ihre Tränen tropften auf sein regloses Gesicht. »Geh mit Gott, mein Freund«, flüsterte sie, nahm Abu in den Arm und hielt ihn fest, während sich tiefes Schweigen über sie senkte.

So fand Halhuli sie – kauernd neben dem Pfad, am ganzen Leib vor Kälte zitternd und den toten Jüngling noch immer in den Armen haltend. »Frau Ketmia«, sagte Halhuli und eilte an Caits Seite. »Kann ich Euch helfen?«

Ohne auf eine Antwort zu warten, nahm Halhuli den jungen Mann aus Caits Armen und legte ihn vorsichtig auf den Boden. Dann nahm er Abu den Mantel ab und breitete ihn wieder über Caits Schultern. Anschließend packte er den Pfeil unmittelbar unter der Spitze, riss kräftig daran und zog ihn so aus der Wunde. Er legte den Pfeil auf den Boden und machte sich daran, Abus Gliedmaßen auszurichten; Füße und Knie legte er nebeneinander, dann faltete er die Arme des Toten über der Brust. Schließlich schloss er dem jungen Mann Augen und Mund, und Cait bemerkte plötzlich, dass Halhuli die ganze Zeit über betete – sein leiser, murmelnder Gesang hatte nicht einen Augenblick aufgehört, seit er an der Leiche arbeitete.

Als Nächstes nahm Halhuli den Wasserschlauch und wusch dem jungen Syrer Hände, Füße und Gesicht. Dann wusch er sich selbst die Hände, kniete sich neben den Leichnam, hob Hände und Gesicht gen Himmel und sprach ein Gebet auf Arabisch. Nachdem er damit fertig war, verneigte er sich und berührte mit der Stirn den Boden.

»Ich danke dir, Halhuli«, sagte Cait.

»Nun wird er seine Reise leichten Herzens antreten«, erwiderte der Palastaufseher des Fürsten.

In diesem Augenblick hallte ein wortloser Schrei durch das Tal, gefolgt von Waffengeklirr und wildem Kampfgetöse. Cait und Halhuli standen auf und blickten zu der Lücke in dem riesigen Felsquader, während der Schlachtenlärm mal lauter und dann wieder leiser wurde – ähnlich dem Rauschen der Wellen, die an den Strand branden.

Und dann hörte der Lärm auf. Cait hielt den Atem an.

Sie krallte sich mit den Händen in ihren Mantel, starrte zu der Felslücke und wartete auf das Auftauchen der Krieger. »Der Herr schütze uns«, betete sie mit zusammengebissenen Zähnen.

Einen Augenblick später kam Fürst Hassan durch den Spalt geritten. An der Furt hielt er an, und kurz darauf erschienen Dag und Svein; Rodrigo kam als Nächster; Paulo saß hinter ihm auf dem Pferd, und schließlich folgten Yngvar und als Letzter Rognvald.

Sie ritten zum Fuß des Bergpfads, wo Cait und Halhuli auf sie warteten. Die Ritter atmeten schwer nach dem kurzen, aber furchterregenden Kampf, wischten sich den Schweiß von den Gesichtern und priesen Können und Mut der jeweils anderen.

»Die Hunde haben die Verfolgung aufgegeben«, informierte Rognvald Cait. »Paulo und Hassan sind verwundet. Wir müssen sie sofort ins Lager zurückbringen.«

»Meine Verletzung ist nicht so schlimm«, sagte Hassan und schüttelte den Kopf; »aber wir dürfen hier nicht bleiben, wenn wir vermeiden wollen, dass Ali Waqqar das Schicksal noch einmal herausfordert.«

Rognvald winkte den Rittern weiterzureiten. Als sie an ihr vorbeiritten, streckte Cait den Arm aus und legte Rognvald die Hand aufs Knie. »Was ist mit Abu?«, fragte sie.

Rognvald hörte die Trauer in ihrer Stimme, blickte an ihr vorbei und sah den Leichnam des jungen Syrers auf dem Boden liegen, den tödlichen Pfeil neben ihm. Er rieb sich mit der Hand übers Gesicht und schüttelte den Kopf. »Hat er noch irgendetwas gesagt, bevor er gestorben ist?«

»Er hat mir gesagt, dass Alethea entkommen ist«, antwortete Cait.

»Das ist wenigstens etwas.«

»Und ich glaube, ich weiß, wo wir sie finden können.« Rasch erklärte Cait, was Abu ihr gesagt hatte, dann blickte sie über die Schulter zu seiner Leiche. »Ich möchte ihn nicht hier zurücklassen.«

»Ich ebenso wenig.« Rognvald stieg vom Pferd, ging zu dem Toten, hob ihn mit starken Armen hoch und trug ihn zu seinem Ross. Cait hielt das Pferd fest, während Rognvald die Leiche festband; dann ritten sie schweigend ins Lager zurück.

Als sie die Spitze des Bergkamms erreichten, versank die Sonne hinter den Bergen im Westen, und die hohen Felswände warfen Schatten in das enge Tal. Die Banditen folgten ihnen nicht, also ritten sie weiter und auf der anderen Seite den Hang hinunter. Die Sonne ließ die schneebedeckten Gipfel rot glühen, und Cait beobachtete, wie die Farben langsam verblassten und der kurze Wintertag der trüben Dämmerung wich.

Am Rand einer Lichtung hielten sie an, und Rognvald hob Abus Leiche vom Pferd und legte sie auf den Boden. Er bekreuzigte sich, und als er sich umdrehte, sah er, dass Cait ihn beobachtete. »Wir werden ihn bald begraben«, sagte er.

»Ihr seid verwundet«, bemerkte Cait und blickte auf den Riss in Rognvalds Ärmel unmittelbar über dem Ellbogen.

Rognvald folgte ihrem Blick und erklärte. »Eine kleine Schnittwunde. Das ist nichts.«

Cait streckte die Hand aus, um sich die Verletzung ein wenig genauer anzusehen, doch Rognvald entzog sich ihr. »Das ist nur ein Kratzer«, sagte er. »Lasst das.«

Gemeinsam gingen sie ins Lager, wo die Ritter sich um Paulos ausgestreckten Körper versammelt hatten, während Halhuli die Wunde untersuchte und die Diener des Fürsten alle zur Wundpflege notwendigen Materialien zusammensuchten. Cait drängte sich neben Svein und beobachtete, wie Halhuli die Wunde des bewusstlosen Spaniers abtastete und dann den Blick hob. »Der Schnitt ist tief«, erklärte er, »aber sauber. Ich denke, mit etwas Ruhe und Pflege wird er sich wieder erholen.«

Zufrieden nickten die Ritter und wandten sich anderen Aufgaben zu. Während Rognvald und Halhuli es Paulo in einem der Zelte bequem machten, suchten Dag, Svein und Yngvar nach einer geeigneten Stelle im Umfeld des Lagers und hoben ein tiefes Grab aus. Dann, als die ersten Sterne im Osten erschienen, begruben die Ritter den syrischen Diener. Während Cait und der verwundete Hassan zuschauten, steckten sie ein schlichtes Holzkreuz in die weiche Erde, beteten über dem Grab und empfahlen die Seele des schlanken Jünglings dem Allmächtigen.

Als sie die Zeremonie beendeten, hatten die Diener des Fürsten das Abendessen vorbereitet, und so setzten sich alle ums Feuer und genossen eine einfache Mahlzeit. Cait berichtete, was Abu ihr über Aletheas Flucht erzählt hatte und wo sie sie suchen sollten. »Dann hat das Ganze doch noch sein Gutes gehabt«, bemerkte Hassan. »Allah ist weise und gnädig.«

Schweigend beendeten sie ihr Mahl; jeder war in seine eigenen Gedanken versunken, aus denen ihn die anderen nicht herausreißen wollten. Nach dem Essen stand Hassan auf; er war bleich vor Müdigkeit. »Die Aufregungen des Tages haben mir Kopfschmerzen beschert«, sagte er, »und ich bin müde. Möge Allah euch Ruhe und Frieden gewähren.« Er wünschte ihnen eine gute Nacht und zog sich in sein Zelt zurück.

Nachdem er gegangen war, rief Rognvald die Ritter zu sich; sie entfernten sich ein Stück vom Feuer. »Es könnte durchaus sein, dass die Dunkelheit diesen Dieben Mut verleiht«, sagte er.

»Lasst sie nur kommen«, erwiderte Yngvar. »Wir werden den Wölfen ein Festmahl bereiten, das sie nicht so rasch wieder vergessen werden.«

»Wie auch immer«, sagte Rognvald, »wir werden kein Risiko eingehen. Rodrigo und Dag werden die erste Wache übernehmen. Yngvar, du und Svein, ihr übernehmt die zweite Wache und ich die dritte.«

So für die Nacht vorbereitet, zog sich der Rest der Gefährten in die Zelte zum Schlafen zurück – außer Cait, der aufgefallen war, wie Rognvald beim Essen seinen gesunden Arm dem verletzten vorgezogen hatte. »Einen Augenblick, mein Herr«, sagte sie, als der Nordmann ins Licht des Feuers trat. »Ich möchte Eure Wunde untersuchen.«

»Ein Kratzer«, wiederholte Rognvald. »Das kann man wohl kaum als Wunde bezeichnen.«

Fest entschlossen, sich nicht so einfach abspeisen zu lassen, trat Cait ihm in den Weg. »Dann wird es Euch ja auch nichts ausmachen, wenn ich mir diesen Kratzer einmal ansehe.« Sie ergriff Rognvalds Arm und führte ihn zum Feuer, wo sie bereits eine Schüssel mit heißem Wasser vorbereitet hatte und einige saubere Stoffstreifen. »Setzt Euch und zieht Euer Hemd aus.«

»Werte Frau, es ist kalt. Ich werde bestimmt frieren.«

»Jetzt hört Euch nur einmal an«, tadelte ihn Cait und öffnete die Schnüre an Rognvalds Kragen. »Der wahre Sohn des Nordens jammert wegen ein wenig Kälte.«

»Gott bewahre uns«, seufzte Rognvald. Er schüttelte den Mantel ab, öffnete sein Hemd und zog es über den Kopf.

Dies war das erste Mal, dass Cait ihn ohne sein Hemd sah, und seine breiten, muskulösen Schultern und die blassen Locken auf seiner Brust gefielen ihr. Sie ertappte sich dabei, wie sie ihn verzückt im Feuerschein anstarrte.

»Nun?«, sagte er. »Dann macht mal.«

Cait kniete sich neben Rognvald, ergriff seinen Arm, hob ihn in die Höhe und streckte ihn aus. Eine Klinge hatte ihn am hinteren Arm erwischt, ein Loch in sein Hemd gerissen und einen kleinen, zerfransten Schnitt in der Haut verursacht. Die Ränder des Schnitts waren leicht entzündet. Die Wunde hatte nicht stark geblutet, doch ein Stofffetzen hatte sich in den Schnitt gelegt. Cait sah mehrere farbige Fäden herausragen, doch alles in allem war es tatsächlich so, wie Rognvald behauptete: ein Kratzer.

Cait machte sich an die Arbeit, tränkte ein Stück Stoff in der Schüssel und drückte es auf die Wunde, damit das heiße Wasser das getrocknete Blut aufweichte. Rognvald verzog das Gesicht wie ein Mann, der schier unendliche Schmerzen durch die Hand einer unheimlichen, höheren Macht erdulden musste, und starrte ins Feuer, um Caits Blick aus dem Weg zu gehen.

Nach einer Weile fragte Cait: »Wie lange, glaubt Ihr, könnte Alethea hier draußen überleben … allein in der Kälte?«

»Das ist schwer zu sagen«, antwortete Rognvald. »Das Wasser ist gut, und es gibt jede Menge davon. In den Tälern sind die Tage nicht so kalt, und man kann auch leicht Unterschlupf finden. Wenn sie auf der Hut ist, wird sie nicht viel schlechter dran sein als zuvor.«

»Was ist mit Wölfen?«

Rognvald schüttelte den Kopf. »Yngvar glaubt, dass es in *jedem* Wald von Wölfen nur so wimmelt. Habt Ihr Wölfe gehört, seit wir in diese Berge gekommen sind? Habt Ihr auch nur eine Spur von ihnen im Matsch oder im Schnee gesehen?«

»Nein, aber …«

»Wenn es hier Wölfe gäbe, hätten wir schon lange etwas von ihnen gesehen oder gehört.«

Cait gab sich mit dieser Beurteilung zufrieden und fuhr fort, die Wunde auszuwaschen. Nachdem sie sie gesäubert hatte, drehte sie den Arm ins Licht des Feuers und begann, die Stofffetzen aus der Wunde zu zupfen. Der erste Faden löste sich gleich mit einem ganzen Klumpen getrockneten Blutes und ließ Rognvald unwillkürlich zusammenzucken.

»Tu ich Euch weh?«

»Nein«, antwortete er. »Mir ist nur ein wenig kalt, das ist alles.«

»Hier.« Cait hob Rognvalds Mantel auf, um ihn dem Ritter um die Schultern zu legen. Dabei sah sie, dass sein Rücken übersät mit geschwollenen Narben war, allesamt schlecht verheilt. Der Anblick überraschte sie. »Euer Rücken!« Sie schnappte nach Luft. »Was ist da passiert?«

»Das waren die Sarazenen«, murmelte Rognvald.

»In der Schlacht?«

»Danach«, erklärte Rognvald und zog den Mantel um die Schultern. »Sie dachten, ich würde ihnen vielleicht die Garnisonsstärke von Tripolis verraten ...«, er hielt kurz inne, »... unter anderem.«

»Aber Ihr habt Euch geweigert, es ihnen zu sagen, und so haben sie Euch gefoltert«, vermutete Cait.

Rognvald blickte sie von der Seite her an; dann schüttelte er widerwillig den Kopf.

»Ihr *habt* es ihnen verraten?«, sagte Cait, ein wenig abgestoßen ob dieser Enthüllung.

»Aye«, gestand der große Nordmann, »ich habe es ihnen verraten. Ich bin nicht stolz darauf, aber es war ohnehin kein Geheimnis. Die Stadt lag nicht unter Belagerung; Reisende kamen und gingen, wie sie wollten. Hätte ich es ihnen nicht gesagt, der nächste Kaufmann, der durch das Tor gekommen wäre, hätte es ihnen genauso gut erzählen können ... sie hätten nur fragen brauchen.«

»Warum haben sie Euch dann gefoltert?«

»Weil«, antwortete Rognvald in einem Tonfall, als ermüde ihn das Thema, »Sultan Mujir ed-Din den Thron bestiegen hatte und der Wesir hoffte, ihn mit der Behandlung der christlichen Gefangenen beeindrucken zu können. Als ich ihm geradeheraus geantwortet habe, stand der Wesir dumm da. Also ließ er mich aus Rache auspeitschen.«

»Ich verstehe«, erwiderte Cait. Sie zog zwei weitere Stofffetzen aus der Wunde, warf sie ins Feuer und wusch dann die Verletzung noch einmal gründlich aus, bevor sie sie mit Leinen verband. »Wenn ich nur ein wenig Heilsalbe hätte«, sagte sie, nachdem sie fertig war, »dann würde es schneller heilen.«

»Es ist auch so ganz gut. Ich bin Euch zu großem Dank verpflichtet, werte Frau«, sagte Rognvald und bewegte den bandagierten Arm.

Er zog sein Hemd wieder an und saß einen Augenblick lang einfach nur da und blickte ins Feuer. Schließlich hob er die Hand, als wolle er Cait berühren, zögerte und stand dann plötzlich auf. »Wenn Ihr mich nicht mehr braucht, würde ich gerne noch ein wenig schlafen, bevor ich meine Wache antrete.«

Cait wünschte ihm eine gute Nacht und blickte ihm hinterher; dann ging sie in ihr eigenes Zelt, fand aber keinen Schlaf, denn sie musste unablässig an Alethea denken. Der Gedanke an die junge Frau, die in vielerlei Hinsicht so vollkommen unvorbereitet war und allein und verlassen durch die Bergwildnis wanderte, hielt Cait noch lange wach. Immer wieder sah sie ihre Schwester vor ihrem geistigen Auge, wie sie sich durch den Schnee kämpfte, zitternd, frierend, und wie sie ihren letzten Atemzug an einem einsamen Berghang tat, nachdem ihre Schreie ungehört verhallt waren.

Schuldgefühle überkamen Cait. Sie starrte in das herunterbrennende Feuer und hörte erneut die letzten Worte ihres Vaters. *Versprich mir, dass du mich nicht rächst … Lass es hier enden.*

Die Sonne stieg als blassroter Punkt in einen dunklen, bedrohlichen Himmel empor, und Cait stand auf. Ein Diener brachte ihr eine Schüssel mit heißem Wasser. Sie wusch sich und ließ die Hände ein wenig im Wasser eingetaucht, damit die Wärme ihre Finger durchfluten konnte. Auch der Rest des Lagers wachte langsam auf, und Cait hörte die Stimmen der Ritter, als diese mit dem morgendlichen Ritual des Fütterns, Tränkens und Striegelns der Pferde begannen.

Sie legte die Hände um die warme Schüssel, lauschte den Rittern, und ihr Herz zog sich zusammen. Furcht, so dicht und schwer wie der Winternebel an den Berghängen, zog über sie hinweg. Cait schloss die Augen und biss sich auf die Lippe, um nicht laut aufzuschreien, während sie sich immer wieder sagte, dass ihr Kummer aus der Erregung und Enttäuschung geboren war und dass sich ihre Gemütsverfassung schon wieder bessern würde, wenn sie wieder unterwegs waren. Doch als sie ihre Gedanken wieder auf die Suche richtete, erinnerte sie sich an jene, die sie zurückgelassen hatten, und das tiefe Gefühl der Verzweiflung des vergangenen Tages kehrte wieder zurück.

Dieser Tag, so dachte sie hoffnungslos, würde nicht anders sein als all die anderen zuvor: Er würde sinnlos beginnen, in Verzweiflung enden und dazwischen kalte Trostlosigkeit bringen. Cait glaubte kaum daran, dass sie den Ort finden würden, den Abu ihr beschrieben hatte, und selbst wenn doch, würde es nicht den geringsten Unterschied machen: Sie würden Alethea nicht finden, und die Suche würde weitergehen. Natürlich würde die Suche weitergehen … und weiter und weiter, immer weiter … endlos.

Cait schleppte sich aus ihrem Zelt, stand einen Augenblick lang einfach nur da und blickte in den dunklen Himmel empor. Die Wolken wurden vom Ostwind durcheinander gewirbelt, doch die hohen Pinien ums Lager blieben davon unberührt. Die Luft war schwer. Noch vor Ende des Tages würde es regnen oder schneien; Cait spürte bereits die betäubende Kälte des Ritts, und das Gefühl der schmerzhaften Verzweiflung in ihr wuchs.

Leise tauchte Rognvald neben ihr auf. »Frau Caitríona.« Sie zuckte unwillkürlich zusammen. »Ich wollte Euch nicht erschrecken. Ich habe den Männern nur gerade gesagt, dass wir das Lager abschlagen und weiterziehen. Wir können auch auf dem Weg frühstücken, ich halte es nämlich nicht für sonderlich klug, wenn wir noch länger auf Ali Waqqars Türschwelle hocken.«

»Was ist mit Paulo? Kann er transportiert werden?«

»Möglicherweise nicht«, räumte der Ritter ein; »aber wir können ihn auch nicht hier zurücklassen.«

»Nun gut.«

Rognvald hörte die Niedergeschlagenheit in Caits Stimme und sagte: »Kommt, werte Frau, wir müssen für die Männer Selbstbewusstsein zeigen.«

Cait blickte ihn an und fragte sich, woher er diese innere Stärke nahm. »Warum?«

»Weil sie auf uns vertrauen«, antwortete Rognvald.

Er ging. Als Cait sich anschickte, ihm zu folgen, rief Halhuli ihr von der anderen Seite des Lagers zu. Er stand vor Fürst Hassans Zelt mit einem Gesichtsausdruck, wie Cait ihn noch nie gesehen hatte. Sie eilte zu ihm. »Was ist los, Halhuli?«

»Dem Fürsten geht es nicht gut«, antwortete der Katib. »Als er heute Morgen nicht aufgestanden ist, bin ich hineingegangen, um ihn zu wecken. Nur mit großer Mühe ist mir das gelungen, und ich habe ihm etwas zu trinken gegeben. Ich dachte, er würde aufstehen, doch als ich kurz fort war und wieder zurückkehrte, war er erneut eingeschlafen.«

Cait runzelte die Stirn. »Das ist besorgniserregend.« Sie duckte sich in den Eingang des niedrigen, runden Zelts. »Hol Herrn Rognvald.«

Der Katib eilte davon, und Cait schlug die Zeltklappe zurück, band sie fest und trat ein. Der Fürst lag auf dem Rücken, den Kopf auf einem Kissen, einen Arm über der Brust, den anderen ausgestreckt. Er trug eine weite Robe, und sein Turban lag auf der Seite, ein Haufen zerknüllten Stoffs. Sein Mund stand offen, und sein Atem ging schnell und flach.

Cait kniete sich neben ihn und legte ihm die Hand auf die Stirn – die Haut war heiß vom Fieber. Sie packte Hassan an den Schultern und schüttelte ihn sanft – keine Reaktion. Sie schüttelte ihn erneut, diesmal fester, und rief seinen Namen. Der Fürst schlief weiter.

Cait schüttelte ihn soeben ein drittes Mal und rief wieder seinen Namen, als Rognvald erschien. Er duckte sich ins Zelt, betrachtete den schlafenden Fürsten und sagte: »Lasst ihn uns raustragen, wo wir ihn uns genauer ansehen können.«

»Einen Augenblick, mein Herr«, meldete sich Halhuli. Er winkte den beiden Dienern, die neben ihm standen. Diese nahmen daraufhin Wände und Dach des Zeltes ab, rollten das Tuch zusammen und schafften es beiseite. Nachdem sie damit fertig waren, befahl Halhuli ihnen, Feuer zu machen, damit der Fürst nicht fror.

»Öffnet sein Gewand«, sagte Cait.

Rognvald kniete sich neben Cait, öffnete die Robe und enthüllte ein kleines rotes Loch in der Brust. Das Fleisch war dort geschwollen und hatte sich verfärbt. »Er ist von einem Pfeil getroffen worden«, berichtete Cait. »Ich habe gesehen, wie er ihn sich herausgerissen hat.«

Rognvald drückte leicht den Finger auf die Wunde und untersuchte sie eingehend. »Sie hat nur wenig geblutet«, sagte er und setzte sich auf die Hacken zurück. »Ich habe Männer schon viel schlimmer verletzt gesehen, die am nächsten Tag umso härter gekämpft haben.«

»Glaubt Ihr, dass der Pfeil vergiftet war?«, fragte Yngvar. Er und die anderen Ritter hatten sich um den Fürsten versammelt.

»Tun sie so etwas?«, erkundigte sich Cait.

In Bosra haben wir das mal gesehen«, versicherte ihr Svein, »und in Homs haben sie das auch gemacht.«

»Diese Hunde«, spie Dag.

»Leider«, bestätigte Halhuli, »ist so etwas nicht unbekannt.« Er legte dem Fürsten die Hand auf die Brust. »Das Fleisch ist heiß und entzündet. Ich nehme an, wir müssen von Gift ausgehen.«

»Die Wunde ist nicht allzu tief«, erklärte Rognvald. »Vielleicht ist das Gift nicht stark genug, um ihn zu töten. Glaubt Ihr, dass wir ihn zum Palast zurückbringen können?«

Besorgt und mit aschfahlem Gesicht betrachtete Halhuli seinen Herrn. »Es ist Allahs Wille. Wenn er stirbt, dann soll es so sein. Sollte er sich erholen, dann ist auch das vorherbestimmt. Allah der Gnadenvolle gestaltet alles nach seinem Willen.«

»Was willst du tun, Halhuli?«, fragte Cait. »Möchtest du, dass wir ihn nach Hause bringen?«

Halhuli nickte. »Ich würde es gerne versuchen.«

»Wir können eine Bahre für ihn bauen«, meldete sich Yngvar freiwillig.

»Und den armen Mann über die Berge und durch die Täler schleppen?«, sagte Svein, wütend ob dieses Vorschlags.

»Man könnte sie zwischen zwei Pferde spannen«, schlug Dag vor, »aber ein Tragegestell wäre besser.«

»Aye«, sagte Svein, »ein Tragegestell wäre besser.« Er blickte zu Yngvar und rümpfte die Nase. »Eine Bahre! Pfff!«

»Schneidet zwei kräftige Äste ab«, befahl Rognvald, »und bindet sie an einen Sattel. Wir werden ein Tragegestell bauen.«

Die Ritter kümmerten sich darum, und die anderen fuhren

fort, das Lager abzuschlagen. Inmitten all dieser Aktivität wachte Fürst Hassan auf. Cait hatte ihm kurz den Rücken zugekehrt, und als sie sich wieder umdrehte, setzte er sich gerade auf und betrachtete leicht verwirrt das Gewimmel um ihn herum. »Werden wir angegriffen?«, fragte er.

»Nein«, antwortete Cait. »Ihr habt geschlafen. Wir konnten Euch nicht wecken; deshalb bereiten wir nun unsere Rückkehr nach Al-Jelál vor.«

»Dafür besteht kein Grund«, erwiderte Hassan. »Ich bin durchaus in der Lage zu reiten. Wegen mir müssen wir die Suche nicht abbrechen.«

Cait betrachtete ihn zweifelnd. »Ihr seid verwundet«, erklärte sie. »Ich halte es für das Beste, in den Palast zurückzukehren.«

»Unsinn!«, protestierte Hassan und schickte sich an aufzustehen.

Der Versuch machte ihn benommen; er kippte nach vorne, und Caitríona fing ihn auf. »Setzt Euch«, sagte sie ihm. »Ruht Euch einen Augenblick aus.«

Der Fürst brach auf seinem Bett wieder zusammen. »Ah, vielleicht habt Ihr Recht«, sagte er. Er schloss die Augen und drückte die Hand an die Schläfe.

»Hier, trinkt ein wenig«, sagte Cait und goss etwas Wasser in einen Hornbecher. Hassans Hand zitterte so sehr, als er den Becher an die Lippen hob, dass Cait ihm den Arm stützen musste.

»Lob und Preis sei Allah dem Gnädigen!«, rief Halhuli und rannte herbei. »Ihr seid wach, Herr.«

»Bring mir meine Kleider. Wir reiten nach Hause.«

»Sofort, Herr«, sagte Halhuli und eilte davon.

Cait rief nach Rognvald, der einen Augenblick später auch erschien und sah, wie Hassan die Kleider anzog, die Halhuli ihm reichte. »Er sagt, er fühle sich gut genug zum Reiten«, erklärte Cait. »Haltet Ihr das für klug?«

Rognvald hockte sich hin und musterte den Fürsten. »Ich besitze kein Wissen in solchen Dingen«, antwortete er schließlich. »Wenn ein Mann sich in der Lage fühlt zu reiten, wer kann dann etwas anderes sagen?«

»Genau«, pflichtete ihm der Fürst bei. Er deutete auf Paulos Zelt und sagte: »Euer Mann braucht Wärme und Fürsorge; beides kann er in der Wildnis nicht bekommen. Wenn wir jetzt aufbrechen, werden wir den Palast noch vor Einbruch der Dunkelheit erreichen.«

»Das wäre in jedem Fall das Beste«, räumte Rognvald ein. »Wir werden versuchen, die Reise so angenehm wie möglich zu gestalten.« Er stand auf und rief den Rittern zu, ein Tragegestell für Paulo zu bauen und das Pferd des Fürsten zu satteln. »Jene von uns, die bereit sind, werden sofort aufbrechen – der Rest kann nachkommen und uns einholen.«

»Nein, mein Freund«, widersprach der Fürst. »Euer Ziel ist in Sichtweite. Ich werde nicht zulassen, dass ihr jetzt eure Suche aufgebt. Halhuli und meine Diener werden sich um mich kümmern. Der Rest von euch muss weiterziehen.«

Cait zögerte. Zwar verspürte sie kein großes Verlangen danach, die Suche wieder aufzunehmen, aber der Gedanke, wieder in den Palast zurückzukehren und die Suche an einem anderen Tag fortzusetzen, war ihr noch mehr zuwider. »Aber was, wenn irgendetwas auf dem Weg geschehen sollte?«, protestierte sie halbherzig.

»Hört mir zu, Ketmia«, erwiderte der Fürst. »In jedem Fall wären wir gezwungen gewesen, in ein, zwei Tagen wieder in den Palast zurückzukehren, um unsere Vorräte aufzustocken. Nehmt allen Proviant und zieht weiter.«

»Er hat Recht«, erklärte Rognvald. »Wenn Abu sich nicht geirrt hat, sind wir Alethea näher denn je zuvor. Wir dürfen uns diese Gelegenheit nicht entgehen lassen … vielleicht kommt sie nie wieder.«

»Paulo und ich, wir werden uns in ein paar Tagen wieder zu euch gesellen, wenn wir uns ausgeruht haben und unsere Wunden verheilt sind.«

»Es sei denn, wir finden Alethea vorher schon«, warf Rognvald ein.

»Natürlich!«, erklärte Hassan. »Versteht Ihr? Findet Alethea und bringt sie in den Palast.

»Nun gut«, gab Cait nach.

So war alles abgesprochen. Die letzten Vorbereitungen waren rasch getroffen; trotz schwacher Proteste wurde Paulo auf das Tragegestell gebunden, und der Fürst ging wie ein Mann zu seinem Pferd, der fürchtete, bei jedem Schritt könnten seine Beine zerbrechen. Mit Rognvald auf der einen und seinem treuen Katib auf der anderen Seite stieg Hassan in den Sattel. »Ich sehe euch dann in ein paar Tagen«, rief er, als sie sich in Bewegung setzten. »Auf Wiedersehen, meine Freunde.«

Cait und die anderen blickten dem Fürsten und seinem Gefolge hinterher, bis diese außer Sichtweite verschwunden waren. »Macht Euch keine Sorgen, werte Frau«, sagte Yngvar in dem Versuch, Cait zu trösten. »Sie werden den Palast schon erreichen. Habt keine Angst.«

»Aye«, sagte Svein, »vorausgesetzt sie treffen auf keinen deiner Wölfe.«

Im Laufe des Tages wurde der Wind immer kälter. Den Großteil des Morgens verbrachten die Gefährten damit, Ali Waqqars Räubernest zu umgehen, und nachdem sie das Tal hinter sich gebracht hatten, hielten sie kurz zum Frühstück an. Während sie aßen, begann es zu schneien. Der Berg, auf den Abu gedeutet hatte, lag direkt vor ihnen – nicht mehr als einen halben Tagesritt entfernt, schätzten sie. Also machten sie sich rasch wieder auf den Weg.

Der Schneefall hielt den ganzen Tag an. Die Flocken wurden in dichten Klumpen zwischen den Pinien hindurchgetrieben, verbargen sowohl den Pfad als auch den Berg vor ihnen hinter einem weißen Schleier und legten sich auf Köpfe und Schultern der Ritter und auf die Rücken der Pferde. Aber Cait und die Männer ritten immer weiter, höher und höher durch das dichte Schneegestöber den Berg hinauf.

Yngvar ritt auf dem Pfad voraus, als Cait sah, wie er auf einer Hügelkuppe stehen blieb. Sie hob die Zügel, trieb ihr Pferd zum Trab an und stand rasch neben dem Nordmann. Hinter dem Hügel öffnete sich ein kesselförmiges Tal. Dort unter ihnen, in der Mitte des Kessels, lag ein See mit ruhiger Oberfläche und so schwarz wie polierter Jett. Auf der anderen Seite des Tales erhob sich der Berg, der im Augenblick jedoch nicht golden schimmerte, sondern dunkel und drohend in die Höhe ragte. Sein Gipfel war in den Wolken verborgen und die unteren Hänge von einem dichten Pinienwald bedeckt – jeder Ast eines jeden Baumes bog sich inzwischen unter einer dichten Schneedecke.

»Das ist der Ort«, sagte Cait, die kaum wagte zu sprechen, aus Furcht, ein zu lautes Wort würde das Tal wieder verschwinden lassen, sodass sie genauso weit wären wie zuvor.

»Vielleicht müssen wir heute Nacht nicht in Zelten schlafen«, sagte Yngvar und deutete über das Tal ans andere Ufer des Sees. Cait folgte seinem ausgestreckten Arm und sah eine Ansammlung von Gebäuden und ein paar Viehgatter – kaum mehr als ein grauer Fleck inmitten einer riesigen weißen Fläche. Sie drehte sich um und rief Rognvald und den anderen zu, die hinter ihr den Hang heraufkamen: »Da ist eine Siedlung!«

Ohne auf die anderen zu warten, machte Cait sich auf den Weg ins Tal hinunter, den Blick stur auf das winzige Dorf gerichtet, das schon im aufkommenden Zwielicht verschwand. Sie hatte bereits das Seeufer erreicht, als Rognvald sie einholte. »Glaubt Ihr, dass wir Alethea dort finden?«

»Ich bete, dass dem so ist«, antwortete Cait. »Aber ich wage kaum zu glauben, dass es so sein könnte.«

»Dann werde ich es für uns beide glauben«, erwiderte Rognvald.

»Werdet Ihr denn niemals müde?«, fragte Cait.

»Vom Reiten?«

»Von der Suche … das endlose durch die Gegend ziehen, ohne etwas zu finden. Die Sinnlosigkeit von allem … Ich bin es so leid, und ich wünschte bei Gott, es wäre vorbei. So oder so, ich wünschte, es wäre einfach vorbei.« Sie blickte ihm ins

Gesicht; die Verzweiflung, die sie so plötzlich gezeigt hatte, rührte ihn nicht. »Ich nehme an, jetzt verachtet Ihr mich als schwache und wankelmütige Frau.«

»Werte Frau«, sagte Rognvald mit leiser Stimme. Er wandte den Blick nicht von dem schneebedeckten Weg vor ihnen. »Ihr seid die entschlossenste Frau, die ich jemals kennen gelernt habe.«

Das war alles, was er sagte, und sie schwiegen danach; doch seine Worte vermittelten Cait ein warmes Gefühl, das bis weit in den Abend hineinreichte.

Es war dunkel, und der Schnee war tief, als sie schließlich die Siedlung erreichten. Wäre nicht das sanfte Leuchten aus einigen der Fenster gewesen, sie hätten sich in der verschneiten Leere der Nacht verirrt. Ein paar Dutzend Schritt vom ersten Gebäude entfernt hielt Rognvald an. Bei dem Gebäude handelte es sich um eine niedrige Fachwerkhütte aus Lehm, die mit Schilf vom Seeufer gedeckt war.

Es gab ein kleines Fenster, das mit einer geölten Schafshaut verschlossen war und von einem weit überstehenden Sims geschützt wurde. Ein schwaches rubinfarbenes Glühen schimmerte durch das Fenster und unter der einfachen Tür hindurch. »Das ist ein Kuhstall«, sagte Dag und musterte das rustikale Haus; »aber wenigstens brennt hier ein Feuer.« Die anderen bemerkten, dass es ihnen egal sei, ob das hier ein Erdloch war, solange es nur ein warmes Erdloch war.

»Lasst uns einmal sehen, ob sie gewillt sind, uns aufzunehmen«, sagte Cait, und Rognvald stieg vom Pferd und ging zum Haus. Er pochte an die Tür, wartete, klopfte erneut und rief nach den Bewohnern.

Als nichts geschah, zog er an dem Lederriemen, der den hölzernen Riegel hob, öffnete die Tür und spähte hinein. Warmes goldenes Licht flutete hinaus und ließ den Neuschnee samten glitzern. »Hier ist niemand«, berichtete Rognvald den anderen.

»Glaubt Ihr, dass sie uns kommen gesehen und sich versteckt haben?«, fragte Yngvar.

»Der Mann, der *dich* kommen sieht und sich nicht versteckt, muss schon blind sein«, bemerkte Svein.

»Hört«, sagte Rognvald und hob die Hand, um Schweigen zu gebieten.

Von irgendwo aus dem Dorf ertönte fernes Singen. Die Worte schienen mit dem Schnee aus dem Himmel zu schweben – als sängen Engel, so klar hallten die Töne durch die stille Luft. Cait lauschte der langsamen, majestätischen Melodie, und ihr verschlug es den Atem. Das war das Lied, das sie zu Hause in Caithness jedes Jahr zum Julfest gesungen hatten, seit sie alt genug gewesen war, sich die Worte zu merken.

Dieses Lied zu hören trieb ihr die Tränen in die Augen, und bevor sie sich versah, rannen sie ihr ungehemmt über die Wangen. *Hier*, dachte sie, *an diesem Ort. Wie kann das sein?* Rasch, damit die anderen sie nicht sahen, wischte sie sich die Tränen ab.

»Hört ihr das?«, fragte Rognvald.

»Das kann kein Latein sein«, sagte Svein, »und auch kein Arabisch.«

»Und es ist auch kein Nordisch«, fügte Yngvar hinzu.

»Und kein Spanisch, glaube ich«, sagte Dag, der allerdings nicht ganz sicher war. Rodrigo schüttelte den Kopf.

»Nein«, erklärte Cait, »das ist Gälisch.«

»Ihr kennt diese Sprache, werte Frau?«, fragte Svein.

»Ich kenne sie sogar sehr gut.« Cait hob ihr Gesicht in den fallenden Schnee und sang.

Iompaín siar go dtí Goiroias
an Chathair Tintrí,
Dún ant Solais,
Dún Geladhrach Glóir,
Dún Feasa,
Baile don Tiarna Ioldánach …

Ihre Stimme, sanft und melodiös in der schneeverhangenen Stille, bewirkte eine magische Veränderung bei den Rittern. Sie starrten Cait verzückt, ja geradezu ekstatisch und staunend an – als wären ihr plötzlich Flügel gewachsen.

»Was bedeutet das?«, fragte Rognvald, nachdem sie geendet hatte.

»Es ist eine Anrufung«, antwortete Cait. »Es heißt.

Ich wende mich nach Westen,
Gorias zu, der Feurigen Stadt,
Festung des Lichts,
Festung der strahlenden Schönheit,
Festung der Weisheit,
Heimat des vielbegabten Herrn …«

Sie hielt plötzlich inne, als sie den verzauberten Zustand der Ritter bemerkte. »Das ist Teil des Julfestrituals der Célé Dé«, erklärte sie.

»Das Julfest«, bemerkte Svein. »Kann das dort drüben eine christliche Messe sein?«

»Hier entlang«, sagte Dag und ging den Weg hinunter, der in die Siedlung führte. Die anderen folgten ihm, und kurz darauf erreichten sie den kleinen Dorfplatz. Am Ende des Platzes befand sich ein seltsam rundes Gebäude aus grob behauenem Berggestein. Es war größer als die umliegenden Häuser und Scheunen, mit Grassoden gedeckt und hatte an der Spitze ein hölzernes Kreuz. Durch ein rundes Fenster über der Kapellentür strömte Licht in die Dunkelheit hinaus – zusammen mit dem nun klar zu hörenden Gesang der Gemeinde.

Nach wie vor verzaubert von dem Gesang, verharrten die Ritter reglos in ihren Sätteln und lauschten, während die letzten Worte des wunderbaren Liedes verhallten.

»Falls das eine christliche Messe ist«, sagte Yngvar und brach damit das Schweigen, »dann lasst uns hineingehen und mitfeiern.«

Svein und Dag waren bereits aus den Sätteln und eilten auf

die Tür zu, bevor er zu Ende gesprochen hatte. Rodrigo und Yngvar folgten ihnen. »Werte Frau«, sagte Rognvald, »wie es scheint, gehen wir in die Kirche.«

»So scheint es, edler Herr, und das nicht zu früh.«

Als sie von den Pferden stiegen, begann die Gemeinde im Inneren wieder zu singen. Erkennen ließ Caits Herz schneller schlagen, und sie hielt mitten im Schritt inne, um zu lauschen.

A Fionnghil,
a Lonraigh,
a Feasaigh …
Tíana anocht …
Tíana Naofa Leanbh, anocht …

Als er sah, dass Cait stehen geblieben war, drehte Rognvald sich um und hörte sie die Worte des Liedes wiederholen. »O Leuchtender, o Strahlender, o Wissender … Komm heute Nacht … Komm, Heiliges Kind, heute Nacht …«, übersetzte sie für den Ritter.

Rognvald lächelte mit echter Freude und nickte Dag dann zu weiterzugehen.

Dag öffnete die Kapellentür und trat hinein; Yngvar, Rodrigo und Svein folgten ihm dicht auf den Fersen. Das Singen brach sofort ab. Als Cait und Rognvald ebenfalls die Kapelle betraten, sahen sie, wie die Dörfler die schneebedeckten, halb erfrorenen Ritter staunend anstarrten – als wären soeben die Heiligen Drei Könige von ihrer schicksalhaften Reise in den Hügeln von Judäa eingetroffen.

Die Kapelle strahlte im Licht Hunderter von Kerzen, und in der Mitte des Holzfußbodens stand eine mit glühenden Kohlen gefüllte Messingschüssel. Vor der Schüssel wiederum stand ein Priester in einem Gewand aus ungefärbter Wolle, die Hände zum Gebet erhoben, den Mund offen und die Worte des Liedes noch immer auf den Lippen.

Bei Caits Erscheinen senkte der Priester die Hände und

sprach ein paar Worte in einer Sprache, die Cait nicht verstand. *»Pax vobiscum«*, bot sie als Antwort an. Sie trat vor und ließ ihren Blick auf der Suche nach ihrer Schwester rasch über die Gemeinde schweifen, sah sie jedoch nicht und erkannte enttäuscht, dass sie sich ohnehin schon längst bemerkbar gemacht hätte, wäre sie hier gewesen.

»Pax vobiscum«, antwortete der Priester aufgeregt. *»Pax in terra! Gloria in excelsis Deo!«* Er lief um das Kohlenbecken herum und stellte sich vor Cait. »Frau der Gesegneten Nacht«, sagte er auf Latein, aber mit einem seltsamen Akzent. »Ich grüße Euch mit einem heiligen Kuss.« Er ergriff Caits beide Hände, hob sie an die Lippen und küsste sie; dann führte er sie an der Hand in die Mitte der runden Kapelle.

Dies ließ ein Raunen durch die Gemeinde gehen, eine Gruppe von weniger als siebzig Seelen, jung und alt. Offenen Mundes starrten die Leute Cait an und flüsterten untereinander. Cait ließ ihren Blick noch einmal über die fremden Gesichter schweifen, in der verzweifelten Hoffnung, Alethea doch noch unter ihnen zu finden – vielleicht war sie vom plötzlichen Erscheinen ihrer Schwester so übermannt, dass sie sich nicht mehr regen konnte.

In der Zwischenzeit wandte sich der Priester an die Ritter. »Willkommen, Freunde«, sagte er. »Kommt herein! Kommt herein! Schließt die Tür und wärmt euch am Feuer!«

»Bitte«, sagte Cait und drehte sich schließlich zu dem Priester um, »wir wollten euren Gottesdienst nicht stören. Wir hörten den Gesang und beabsichtigten lediglich, uns in eurer Andacht anzuschließen.«

»Aber ihr *habt* uns gestört«, erwiderte der Priester. »Allerdings heißen wir diese Störung willkommen, denn es ist eine Ehre, Gäste in dieser heiligsten aller Nächte zu bewirten.«

»Ist dies eine Christmette?«

»Das ist es, Tochter«, antwortete der Priester. Er betrachtete Cait mit einem leicht amüsierten Gesichtsausdruck. Nun, da sie ihn genauer ansah, kam Cait zu dem Schluss, dass der Priester doch nicht so jung war, wie es zunächst den Anschein gehabt hatte. Tatsächlich war er, so glaubte sie, mindestens so alt wie Abt Padraig – wenn nicht gar älter. Dennoch waren seine Haltung und seine Art die eines nur halb so alten Mannes.

»Dann fahrt bitte mit euren Liedern und Gebeten fort«, sagte Cait. »Wir würden uns freuen, euch zuhören zu dürfen.«

Der Priester willigte ein, wandte sich wieder der Gemeinde zu und hob erneut die Hände. Er rief sie zur Aufmerksamkeit und begann wieder zu singen; nach und nach nahmen die Leute ihre Gesänge und Gebete wieder auf – wenn auch nun ein wenig selbstbewusster mit den Fremden in ihrer Mitte.

Diese Leute waren, so bemerkte Cait, ein kleines, kräftiges Volk mit kurzen Gliedmaßen und breiten, hübschen Gesichtern. Es waren die Augen, entschied sie, die sie ein wenig ungewöhnlich erscheinen ließen – groß und dunkel über vorstehenden Wangenknochen auf beiden Seiten feiner, gerader Nasen, und jedes einzelne funkelte von wacher Neugier und Humor. Die alten Orkneyingar erzählten sich Geschichten vom kleinen, dunklen Volk, das die Inseln vor den großen Leuten bewohnt hatte. Cait fragte sich, ob die Bewohner dieses seltsamen, verborgenen Ortes ebenfalls jenem Volk angehörten.

Während die Christmette ihren Lauf nahm, wurde Cait von der außerordentlichen Sonderbarkeit dessen bewegt, was sie hörte: Sie war so weit weg von zu Hause, und doch wurden hier die gleichen vertrauten Lieder im gleichen vertrauten Akzent gesungen. Sie schloss die Augen; mit den Stimmen im Ohr befand sie sich wieder in Caithness – so wie sie es aus lang vergangener Zeit in Erinnerung hatte. Sie saß auf dem Schoß ihrer Großmutter Ragna in der Kirche, die ihr Großvater Murdo errichtet hatte, umgeben von den Männern und Frauen der Siedlung und wichtigen Gästen und Besuchern. Die Mönche des nahe gelegenen Klosters sangen, und ihre Stimmen verwoben sich zu verwirrenden Mustern, die in dieser heiligsten Nacht des Jahres in den kalten, klaren und von Sternen übersäten Himmel emporstiegen.

Vor den versammelten Zuhörern stand Caits Onkel Eirik; heute Nacht war er allerdings nicht Caits besonderer Freund, sondern er war der Abt. Die Schultern gestrafft und sich zu seiner vollen Größe aufgerichtet, führte er in seiner edlen Robe die Brüder an bei ihrem Gesang. Und neben Cait saß ihr geliebter, alter Großvater Murdo und schlug sich im Takt der Musik aufs Knie. Sein Haar war so weiß wie der Schnee auf den Dächern der Häuser von Banvarð und sein Bart wie Frost auf seinen Wangen und seinem Kinn.

Cait sah das alles klar und deutlich vor sich, und ihr Herz schlug immer schneller. Eine Welle der Sehnsucht, wie sie sie noch nie erlebt hatte, stieg in ihr auf und verschlug ihr den Atem. Sie hatte keinerlei Zweifel, dass dies das *hiraeth* war, von dem Padraig so oft gesprochen hatte: das Heimweh – ein Gefühl so stark, dass arme Reisende sich oftmals vor Kummer förmlich verzehrten.

Cait ertrug den Schmerz des *hiraeth*, während sie sich gleichzeitig an der Erinnerung an diese Christmette vor so langer Zeit erfreute, und nach und nach vermischten sich diese gegensätzlichen Empfindungen zu einem angenehmen Gefühl der Ruhe. Während die Stimmen das uralte Lied von der Geburt des Messias verkündeten, war Cait in Frieden mit dem, was war, und dem, was kommen würde … Eine unerklärliche Einsicht sagte ihr, dass sie sich genau dort befand, wo sie sein sollte. Wie auch immer sie hierher gekommen war und egal welche Prüfungen sie auf dem Weg auch hatte bestehen müssen, sie gehörte hierher; ihre Gegenwart hier hatten Mächte jenseits ihrer Vorstellungskraft so vorherbestimmt.

Schließlich war die Messe zu Ende; der Priester segnete die Gemeinde und wandte sich dann seinen Gästen zu. »Meine Freunde, es wäre uns eine Ehre, wenn ihr bei uns bleiben und unsere Gastfreundschaft genießen würdet. Sie mag ja bescheiden sein, aber ich wage zu sagen, dass ihr heute Nacht nichts Besseres finden werdet, und man wird euch auch nirgends herzlicher willkommen heißen.«

»Euer Angebot ist sehr freundlich, Bruder …«, begann Rognvald.

»Verzeiht mir. Ich bin Bruder Timotheus«, sagte der Priester rasch, »allen bekannt als Timo.«

»Wenn, wie Ihr heute Nacht verkündet habt«, fuhr Rognvald fort, »eine einfache Scheune gut genug für ein heiliges Kind war, dann soll sie auch für uns gut genug sein.«

»Schön gesagt, Bruder«, erwiderte der Priester; »aber wir können euch schon etwas Besseres bieten als das.« Er drehte sich um und rief einige der Dörfler herbei, die schüchtern die hoch gewachsenen und wild aussehenden Fremden beäugten. Die Ritter waren plötzlich von einem Haufen Jungen umgeben, die ein lebhaftes Interesse an den Schwertern zeigten, die an ihren Gürteln hingen.

»Dominico«, sagte der Priester und legte die Hand auf die Schulter eines der Männer, »ist der Vorsteher dieses Dorfes, und die netten jungen Männer hier sind seine Söhne. Ich werde sie anweisen, Plätze für euch bei den Leuten zu suchen, wenn das denn akzeptabel ist. Wir sind nur ein kleines Dorf, und wie ihr sicher schon bemerkt habt, ist nicht ein Haus groß genug, euch alle zu beherbergen. Aber ich kann euch einen warmen, trockenen Platz bei freundlichen Leuten versprechen. Manch ein König könnte sich nicht mehr wünschen, und viele …« Timotheus hielt plötzlich inne. »Ah, verzeiht mir; ich predige schon wieder.« Er lächelte schwach. »Heutzutage scheine ich das immer häufiger zu tun. Ich weiß auch nicht warum.«

»Wir würden uns sehr freuen, eure freundliche Einladung annehmen zu dürfen«, erklärte Cait, »solange wir die Wohltätigkeit eurer Leute nicht allzu sehr beanspruchen.«

»Gott bewahre!«, schnaufte der Priester. »Das wird ihnen gut tun.« Er drehte sich um und sprach rasch mit dem Dorfvorsteher, der unter viel Nicken und Lächeln mit seinen Söhnen davoneilte und gleich auch noch einen Großteil der Gemeinde mit sich nahm. Rognvald befahl den Rittern, dafür zu sorgen, dass man sich gut um die Pferde kümmerte. Alle drängten nach draußen in die verschneite Dunkelheit.

»Wie heißt dieser Ort?«, fragte Cait und lächelte zwei kleine Mädchen an, die sich hinter ihren neugierigen Eltern versteckten. »Er heißt *Pronakaelit*«, antwortete der Priester. »Das bedeutet Verborgenes Tal.«

Cait wiederholte das Wort und fragte: »Welche Sprache spricht man hier?«

»Ah, ja«, erwiderte Timotheus. »Trotz all meiner Bemühungen sprechen sie nur wenig Latein, wie ihr sicherlich schon bemerkt habt. Sie bevorzugen ihre eigene Sprache, die sie *Euskari* nennen.«

»Aber die Lieder«, sagte Cait, »waren Gälisch.«

Bruder Timotheus lächelte stolz. »Ich weiß. Die habe ich ihnen beigebracht.«

»Wie es das Schicksal will«, sagte Rognvald, »sind wir auf der Suche nach einer jungen Frau hierher gekommen – groß, mit langem dunklem Haar. Ihr Name ist Alethea. Wir hatten gehofft, sie hier zu finden.«

»In der Tat!«, rief der Priester sichtlich überrascht. »Sie war hier; so viel kann ich euch sagen.«

»Wirklich?« Cait faltete die Hände, legte sie ans Kinn und hoffte wider alle Hoffnung, dass sie den Priester richtig verstanden hatte. In Erwartung der Neuigkeiten, die nun kommen würden, legte Rognvald Cait die Hand auf den Arm.

Bevor Rognvald oder Cait den Priester fragen konnten, was er wusste, erkundigte sich dieser: »Warum sucht ihr sie so leidenschaftlich?«

»Sie ist meine Schwester«, antwortete Cait. »Geht es ihr gut? Wisst Ihr, wo sie hingegangen ist?«

»Bitte«, sagte der Priester und hob die Hände, um der Flut von Fragen zuvorzukommen, von der er vermutete, dass sie gleich über ihn hereinbrechen würde. »Ich kann Euch sagen, dass es ihr gut geht und dass sie nicht weit von hier ist.«

»Gott sei gelobt!«, seufzte Rognvald erleichtert.

»Wo?«, fragte Cait aufgeregt. »Können wir jetzt dorthin gehen?«

»Bitte, werte Frau«, erwiderte der Priester in sanftem Ton, »ich wage nicht mehr zu sagen.«

»Alethea ist von Banditen entführt worden«, erklärte Rognvald. »Sie haben sie in diese Berge verschleppt, und wir suchen sie seitdem.«

Bruder Timotheus nickte, als hätte er die ganze Zeit schon gewusst, dass es so gewesen sein musste. »Ich glaube euch, meine Freunde. Ich versichere euch, dass ich euch glaube. Und ginge es nach mir, würde ich sofort nach dem Mädchen schicken und über eure freudige Wiedervereinigung den Segen sprechen.« Entschuldigend breitete er die Hände aus. »Wie auch immer, es ist nicht so einfach, und ich kann euch auch nicht mehr sagen.«

Verwirrt ob dieser seltsamen Auskunft starrte Cait den Mönch an. »Aber warum?«

»Ich habe Annora versprochen, nichts zu sagen.«

Rognvald, der sah, wie sich die Wolken auf Caits gerunzelter Stirn versammelten, trat dem drohenden Sturm entgegen. »Wer ist Annora? Könntet Ihr ihr sagen, dass wir wegen Alethea gekommen sind?«

»Annora ist die Äbtissin des Ordens des *Klais Mairis.* Die guten Schwestern unterhalten hier in der Nähe eine Abtei.«

»Klais Mairis«, Cait wiederholte die Worte. Soweit sie sagen konnte, war der Name dem gälischen Begriff sehr ähnlich, den sie kannte; er bedeutete ›Graue Marias‹. »Liegt diese Abtei weit von hier? Können wir dorthin gehen?«

»Leider nein … zumindest nicht heute Nacht«, antwortete der Priester; »aber morgen werde ich eine Nachricht zur Abtei schicken und sie darüber informieren, dass ihr hier seid.«

Cait schüttelte verzweifelt den Kopf. Mitfühlend verzog der freundliche Priester das Gesicht. »Es tut mir Leid, meine Tochter«, sagte er. »So muss es nun einmal sein. Aber seid frohen Mutes, denn Eure Schwester ist in Sicherheit, und es wird gut für sie gesorgt. Außerdem habe ich keinerlei Zweifel, dass Ihr in ein, zwei Tagen wieder mit ihr vereint sein werdet.«

Rognvald dankte dem guten Bruder für seine Versicherung, und Cait rang sich ein Lächeln ab, dankte ihm ebenfalls und sagte so gefasst wie möglich: »Wir haben schon so lange gewartet, da machen ein, zwei Tage wohl keinen Unterschied mehr. Auf jeden Fall ist es beruhigend zu wissen, dass es ihr gut geht und dass sie in Sicherheit ist – wo auch immer sie sein mag.«

»Ja, das ist die richtige Einstellung.« Timo rieb sich die Hände. »Nun denn, ihr habt doch sicher Hunger und Durst nach der langen Reise. Wollt Ihr und Eure Männer sich bei einer einfachen Mahlzeit zu mir gesellen? Es gibt allerdings nur Brot und Bohnen, denn morgen ist einer von vielen Fastentagen.«

»Wir wären mehr als froh, das Brot mit Euch brechen zu dürfen«, antwortete Cait. »Aber ich würde auch gerne erfahren, was einen Célé Dé in diese abgelegene Wildnis verschlagen hat.«

Bruder Timotheus hob überrascht die Augenbrauen. *»Deus meus!«*, rief er. »Ihr kennt die Célé Dé?«

»Oh, ich kenne sie gut genug, um einen zu erkennen, wenn ich einen sehe«, versicherte ihm Cait. Rognvald betrachtete sie neugierig, sagte aber nichts. »Ihr müsst wissen, dass meine Familie schon lange ein Célé-Dé-Kloster auf unserem Land unterstützt.«

»Dann kommt, meine Tochter«, sagte der Priester und ergriff aufgeregt ihre Hand. »Ihr müsst mir alles erzählen.«

Der Priester löschte die Kerzen, beginnend mit jenen am Altar – vor jeder hielt er kurz inne und verneigte sich dreimal, bevor er das Löschhütchen auf die Flamme drückte. Munteren Schrittes ging er durch den Raum, summte vor sich hin und blickte hin und wieder zu seinen Gästen, um sich zu vergewissern, dass sie nicht so plötzlich und unerklärlich wieder verschwanden, wie sie aufgetaucht waren.

Dann nahm Timotheus die Laterne neben der Tür und führte Cait und Rognvald hinaus und um die Kapelle herum zu einem kleinen Verschlag an der Kirchenwand. Dort holte er rasch seinen Stab und seinen Mantel und führte die Gäste über den Dorfplatz zum größten Haus der Siedlung. Die Tür stand offen, und Musik drang aus dem Inneren. »Das ist Dominicos Haus«, erklärte Timotheus. »Dominico ist allerdings nur sein Taufname; seinen Geburtsnamen kann ich nicht aussprechen.«

Im Inneren fanden sie die Ritter neben einem großen Herd. Die Füße vor einem Holzfeuer ausgestreckt, lauschten sie zwei jungen Männern mit Flöte und Trommel, während die Frauen mit Schüsseln, Tellern und Bechern hierhin und dorthin eilten. Dominico stand in der Mitte des Raums, hieß seine Gäste willkommen, sang mit lauter Stimme und rief den anderen in seiner unverständlichen Sprache Befehle zu, während sein Weib, eine kleine, rundliche Frau mit Namen Elantra, die Essensvorbereitungen leitete.

»Ein fröhliches Julfest, werte Frau!«, rief Yngvar, als Cait und Rognvald den Raum betraten. »Unsere Pferde haben sie schon gefüttert, und nun sind wir an der Reihe.«

»Ein fröhliches Julfest!«, fügte Svein hinzu und hob den Becher in seiner Hand. »Und sie haben auch Bier!«

»Und Schwarzbrot wie daheim!«, meldete sich Dag und wedelte mit einem Laib Brot.

»Wie es scheint, hat die Julfeier bereits begonnen«, bemerkte Rognvald.

»Die Menschen hier sind in vielerlei Hinsicht wie Kinder«, seufzte Timotheus. »Sie können nie auf etwas warten.«

Dominico plapperte aufgeregt und scheuchte die Neuankömmlinge zu einer Bank neben dem Herd. Dann stürmte er davon und kehrte nur einen Augenblick später mit zwei überquellenden Bechern Bier und einem Mädchen wieder zurück, das ein Tablett mit Brot trug. Sich seiner Verantwortung voll bewusst, stand das dunkeläugige Mädchen aufrecht, straffte die Schultern und blickte weder nach rechts noch nach links, während es den edlen Gästen Schwarzbrot anbot. Während Rognvald sich um die Becher kümmerte, nahm Cait einen der Brotlaibe entgegen, lächelte freundlich und dankte dem Mädchen, dessen feierlicher Ernst gegenüber dieser übergroßen Freundlichkeit ins Wanken geriet. Nachdem die Ehre des Haushalts gesichert war, wandte das Kind sich um, sprang davon und rief nach seiner Mutter.

In der Zwischenzeit hatten die Musiker ihr Lied beendet und nahmen nun den lauten Beifall der Ritter entgegen, die mit den Füßen stampften, sich auf die Knie schlugen und nach mehr schrien. Die beiden Jungen grinsten und begannen sofort mit einem neuen, noch fröhlicheren Lied. Dominico klatschte in die Hände, sang wie ein Vogel und wirbelte herum; er drehte sich hierhin und dorthin, stampfte mit den Füßen im Takt der Musik, bewegte sich zu Cait, zog sie in die Höhe und drehte sie herum. Bevor Cait sich versah, tanzte sie fröhlich zu ihrer eigenen und aller Freude.

Immer mehr Dörfler drängten in das Haus. Sie brachten Krüge mit Wein und Bier oder Körbe mit Essen: gekochte Eier, Räucherfleisch und Fisch und mit Anis gewürztes Fladenbrot. Als kein Platz mehr in Dominicos Heim war, dehnten sich die Feierlichkeiten auf den Schnee und die Nachbarhäuser aus. Immer mehr Instrumente tauchten auf. Tamburine und Klappern, Dudelsäcke, Flöten in verschiedenen Größen und eine seltsam geformte Lyra mit vier Saiten.

Sie tranken, sangen und tanzten, und dann tranken sie noch mehr. Cait war alsbald die begehrteste Tanzpartnerin, während ein männlicher Dorfbewohner nach dem anderen, jung und alt, die Gelegenheit nutzte, mit dem edlen Gast zu tanzen. Einmal, als sie zwei sture mögliche Partner gleichzeitig um einen Tanz baten, vermied sie es, einen zu beleidigen, indem sie gleich mit beiden tanzte – sehr zur lebhaften Freude der Frauen, die sich das Spektakel anschauten.

Inmitten des Tanzens und Singens wurde die Mahlzeit auf- und wieder abgetragen, und die Nacht schritt voran. Das nächtliche Fest ging in die Feier des nächsten Tages über. Die ersten Sonnenstrahlen des Julmorgens krochen bereits über den Horizont, als es Cait endlich gelang, sich davonzuschleichen. Sie ging in die Kammer, die der Gastgeber ihr zugewiesen hatte, schnallte das Schwert ab und legte es beiseite, bevor sie sich auf das dick mit Fellen bepackte Bett fallen ließ. Sie schloss die Augen und schlief, doch nur um kurz darauf von einer Glocke vor dem Haus geweckt zu werden.

Cait setzte sich im Bett auf; so stark war das Gefühl des Vertrautseins, dass sie sich vorstellte, wieder in Caithness zu sein. Die Priester in Banvarð läuteten ebenfalls die Glocken, um den Beginn der Julfeiern anzukündigen. Sie fragte sich, ob Bruder Timotheus es ihnen gleichtat.

Als die Musik von neuem begann, schob Cait jedwede Hoffnung auf Schlaf beiseite, stand auf und ging hinaus in eine weiße Welt, die im Licht der aufgehenden Sonne hell schimmerte. Der Himmel war klar und strahlend blau, und die schneebedeckten Gipfel der umliegenden Berge leuchteten wie Bronze.

Die Dörfler zogen in einer Prozession zur Kapelle, angeführt von Bruder Timotheus, der lebhaft eine übergroße Glocke schwang. Die Luft war beißend kalt, und das Läuten der Glocke klang durchdringend und klar. Yngvar, Dag und Rodrigo marschierten an der Spitze der Parade; triumphierend stapften sie durch den Schnee, als wollten sie für jene hinter ihnen den Weg frei räumen. Ihnen folgte Dominico mit seinen Söhnen und der gesamte Rest. Nur Rognvald und Svein waren nirgends zu sehen, doch Cait schloss sich dem Zug an und ging mit den anderen zur Kirche.

Der Gottesdienst war angenehm kurz. Bruder Timotheus las schlicht einen Psalm vor und führte seine treuen Kirchenmitglieder bei einigen Gebeten an; die Gemeinde sang verschiedene Lieder; dann strömten alle hinaus, und jeder umarmte jeden mit einem freudigen Julfestgruß. Auch Cait wurde von einem Dorfbewohner zum nächsten gereicht, umarmt und geküsst. Anschließend machten sich alle wieder auf zur Feier.

Nachdem der Letzte sie aus seiner Umarmung gelassen hatte und davongeeilt war, blickte Cait auf und sah Rognvald vor sich stehen. »Ein frohes Julfest, Frau Caitríona«, sagte er. »Für die Gebete scheint es mir ein wenig zu spät zu sein, aber ich hoffe, nicht für den Gruß.« Mit diesen Worten breitete er die Arme aus, drückte Cait an sich und gab ihr einen kräftigen Kuss nach Männerart, der sie überrascht blinzeln ließ.

»Ein frohes Julfest, werter Herr«, sagte Cait und blickte dem Nordmann ins Gesicht.

Rognvald lächelte; seine blauen Augen waren so hell und klar wie der Himmel über ihnen. »Wollt Ihr mit mir frühstücken?«

»Es wäre mir eine Freude«, antwortete Cait und hakte sich bei Rognvald unter. Langsam gingen sie durch den Schnee, genossen die Gesellschaft des jeweils anderen und den schönen, hellen Tag. Das Knirschen des Schnees unter ihren Füßen erfüllte Cait mit einer kindlichen Freude, wie sie sie schon seit Jahren nicht mehr empfunden hatte. »Offenbar ist unsere Suche bald beendet«, sagte sie nach einer Weile.

Als Rognvald nichts darauf erwiderte, blickte sie ihn von der Seite her an und sah, dass er zu dem Berg hinaufblickte, der über dem Dorf emporragte, und dessen glatte, schneebedeckte Hänge im Licht des neuen Tages schimmerten. Der Berg erinnerte Cait an einen in prächtige Pelze gehüllten Monarchen, der hoch auf seinem Thron über dem Tal saß und sich selbst im Spiegel des Sees bewunderte.

»Erzählt mir von der Célé Dé«, sagte Rognvald schließlich. »Wer sind sie?«

»Da gibt es nur wenig zu erzählen«, begann Cait. »Sie sind Priester eines Ordens, der sich von Rom fern hält – eines kleinen, aber zähen Ordens, der leidenschaftlich seinen Zielen folgt.«

»Welche sind das?«

»Dem Wahren Weg zu folgen und das Heilige Licht zu schützen.«

Rognvald nickte. »Dann sind sie also Ketzer.«

»Nicht im Mindesten«, protestierte Cait. »Sie folgen

schlicht einer älteren Tradition als Rom. Ihr müsst wissen, dass es im Westen schon vor Rom Christen gab. Die keltische Kirche ist bei weitem älter als jene, die Kaiser Konstantin ins Leben gerufen hat, und …«

Rognvald lachte leise.

»Lacht Ihr mich etwa aus?«, fragte Cait und runzelte die Stirn.

»Ihr klingt wie ein Priester«, erwiderte Rognvald, »der versucht, die Ungläubigen zu bekehren.«

»Vermutlich tue ich das«, räumte Cait ein; sie akzeptierte den Tadel. »Die Célé Dé sind eine kleine und oft verleumdete Sekte, und so sind wir natürlich stark darauf bedacht, uns zu schützen.«

»Gehört *Ihr* auch zu diesen Célé Dé?«

Cait nickte. »Meine ganze Familie gehört der Sekte an – seit mein Großvater an der Großen Pilgerfahrt nach Jerusalem teilgenommen hat.«

»Er hat sie in Jerusalem entdeckt?«

»Nein, er hat einige Priester an Bord des Schiffes kennen gelernt, das ihn ins Heilige Land gebracht hat. Ohne sie hätte er die Reise nicht überlebt. Nach seiner Rückkehr hat er sie dafür mit Land und Geld belohnt, sodass sie sich ein Kloster bauen konnten. Und«, fügte sie mit einem Hauch von Trotz hinzu, »egal was sonstwer sagt, sie sind die freundlichsten, mitfühlendsten und rücksichtsvollsten Menschen, die Ihr Euch vorstellen könnt.«

»Wenn das wahr ist, warum werden sie dann so geschmäht?«

»Aber sie werden nicht geschmäht!«

»Ihr sagtet, sie würden verleumdet«, erwiderte Rognvald. »Das ist das Gleiche.«

»Nein, das ist es nicht!«, schnappte Cait. »Da ist sogar ein riesiger Unterschied. Man hat die Célé Dé niemals geschmäht.«

»Nein?« Rognvald blickte sie von der Seite her an. »Wenn das also nicht der Fall ist, warum verteidigt Ihr sie dann so leidenschaftlich?« Bevor Cait etwas darauf erwidern konnte, fragte er. »Was ist dieser Wahre Weg, dem sie folgen?«

»Das werde ich Euch nicht erzählen«, antwortete Cait barsch. »Ihr werdet nur darüber spotten, und ...« Rognvald blieb stehen. Er blickte den Pfad hinunter, den die Dörfler durch den Schnee getrampelt hatten. »Was ist? Warum bleibt Ihr stehen?«

»Noch mehr Besucher.«

»Banditen?« Cait schaute sich rasch um, konnte aber niemanden sehen. »Wo?«

»Dort drüben.« Rognvald deutete auf eine Gruppe von Dorfbewohnern ein paar Dutzend Schritt vor ihnen. Cait hatte nach Pferden und Reitern gesucht und dabei die zwei blassen, schlanken Gestalten übersehen, die unmittelbar vor ihr standen. Wie Bruder Timotheus trugen sie Kapuzengewänder aus ungefärbter Wolle, und der enthusiastischen Art nach zu urteilen, mit der die Dörfler sie begrüßten, waren sie hier wohl bekannt und gut gelitten.

»Sie sind vergangene Nacht eingetroffen ... Mitten in unseren Gottesdienst sind sie geplatzt«, sagte der Priester gerade. »Ah, da sind ja zwei von ihnen!« Er winkte Cait und Rognvald, sich zu ihnen zu gesellen. »Kommt. Ich habe Schwester Efa gerade von euch erzählt. Und dies hier«, sagte er und deutete auf die andere Frau, »ist Schwester Siaran.«

»Gottes Friede sei mit euch, Schwestern«, sagte Cait. »Es freut mich, euch kennen zu lernen. Ich bin Caitríona, und dies hier ist Herr Rognvald von Haukeland in Norwegen.«

Die beiden Nonnen falteten die Hände und verneigten sich höflich. »Gott segne und beschütze euch«, hoben sie an im Chor.

Nachdem sie sich nun vorgestellt hatten, sagte Bruder Timotheus: »Ich glaube, diese guten Leute haben eine Angelegenheit mit Äbtissin Annora zu besprechen. Ich wollte euch heute ohnehin eine Botschaft zukommen lassen; aber da ihr nun schon einmal hier seid, werde ich sie für sich selbst sprechen lassen.« Bevor Cait jedoch den Mund öffnen konnte, fuhr der Priester fort. »Doch kommt. Es ist kalt, und man wird uns schon etwas Warmes zum Trinken zubereitet haben. Lasst uns diese Dinge am Feuer besprechen.«

Sie gingen zu Dominicos Haus, wo, wie Timotheus vorhergesagt hatte, ein Kessel mit heißem, gewürztem Bier auf sie wartete, das gerade in Krüge verteilt wurde – sehr zur großen Freude der Ritter, die lautstark die Tugenden ihres Gastgebers priesen und auf dessen Wohl tranken sowie auf das seiner Söhne, seiner Frau und seiner Töchter.

Cait, Rognvald und die beiden Schwestern setzten sich auf Bänke in einer Ecke des Raums, und der Priester ging das Bier holen. »Es ist solch ein wunderbarer Morgen«, bemerkte Cait, um das Gespräch harmlos zu beginnen. »Seid ihr weit gewandert?«

Die Schwester mit Namen Efa antwortete: »Es ist nur ein kleines Stück, werte Frau.«

Das war alles, was sie sagte, und als offenbar wurde, dass sie mehr auch nicht sagen würde, meldete sich Rognvald zu Wort. »Eure Roben gleichen der von Bruder Timotheus hier. Gehört ihr demselben Orden an?«

»Ja, edler Herr«, antwortete Efa und blickte auf ihre Hände, die sie im Schoß gefaltet hatte.

»Ich verstehe«, sagte Rognvald. »Dann seid ihr auch Célé Dé.«

Die beiden Nonnen blickten einander nervös und überrascht an. »Ihr kennt die Célé Dé?«, fragte die mit Namen Siaran.

»Ich weiß alles über sie«, erwiderte Rognvald selbstbewusst. »Frau Caitríona hier ist eine entschlossene Verteidigerin des Ordens. Auf dem Land ihrer Familie im hohen Norden steht eines eurer Klöster – an einem Ort mit Namen Caithness. Habt ihr je davon gehört?«

Die Nonnen schüttelten den Kopf. »Ist das wahr, werte Frau?«, fragte Schwester Efa mit großen Augen. »Eure Familie unterhält ein Kloster?«

»Ja«, bestätigte ihnen Cait. »Und mein Onkel ist der Abt des Ordens.«

»Wirklich?«, wunderte sich Bruder Timotheus, der in diesem Augenblick mit dem Bier zurückkehrte. »Gestern kam ja die Feier dazwischen, aber ich möchte noch immer alles über diese Zuflucht im Norden hören.«

»Ihr müsst Aletheas Schwester sein«, meldete sich Schwester Siaran.

»Das ist sie«, erklärte Rognvald und strahlte vor Freude.

»Wir haben nach ihr gesucht«, sagte Cait rasch. »Bruder Timo hat uns gesagt, sie wäre bei euch.« Cait lächelte in dem Versuch, die schüchternen Schwestern zu beruhigen. »Soweit ich gehört habe, geht es ihr gut.«

»O ja«, bestätigte Efa und verfiel wieder in Schweigen.

»Wo ist sie? Ich muss sie sofort sehen. Ist es weit?«

Die beiden Schwestern blickten einander unsicher an, sagten aber nichts.

»Gibt es irgendetwas, das mich davon abhält, sie wieder nach Hause zu bringen?«, fragte Cait, der die Zurückhaltung der Nonnen allmählich auf die Nerven ging.

»Wenn Ihr gestattet, werte Frau«, sagte Timotheus und wandte sich den beiden Nonnen zu. »Wenn ich mich nicht irre, seid ihr angewiesen worden, nicht über diese Angelegenheit zu sprechen … Habe ich Recht?«

Schwester Siaran blickte weiter auf die Hände in ihrem Schoß, nickte aber.

»Da! Seht ihr?«, rief Timotheus, als wäre das die Antwort auf alle Fragen.

»Aber warum sollten sie sich weigern, darüber zu sprechen? Ich bin Aletheas Schwester«, sagte Cait. »Wir suchen sie nun schon so lange Zeit. Ich möchte sie sehen, und …«

»Bitte, bitte«, unterbrach sie Timotheus rasch, »alles zu seiner Zeit. Ich nehme an, die Äbtissin hat ihre Gründe.«

»Dann will ich euch nicht drängen«, erwiderte Cait und versuchte, ruhig und vernünftig zu bleiben. »Aber ihr müsst mich zu ihr bringen. Bitte, ich muss sie sehen … Das müsst ihr doch verstehen.«

»Aber werte Frau …«, protestierte Efa und blickte Hilfe suchend zu Bruder Timotheus.

»Es mag im Augenblick nicht gerade günstig sein ...«, begann der Priester.

»Ich will zu meiner Schwester«, erklärte Cait entschlossen, und ihr Tonfall wurde allmählich scharf. »Mir ist egal, ob es gerade günstig ist oder nicht. Wir sind sehr weit gereist und ... Menschen sind gestorben.« Ihr versagte die Stimme, und die Tränen traten ihr in die Augen. »Ich ... Ich muss sie sehen und mich selbst vergewissern, dass es ihr gut geht.«

Rognvald legte ihr die Hand auf die Schulter, und Cait gestattete ihm, sie an sich zu drücken. »Es ist wahr«, sagte der Nordmann zu Timotheus. »Wir haben auf der Suche viel ertragen. Es scheint mir sinnlos grausam zu sein, uns den Besuch zu verweigern, wo wir Alethea nun so nahe sind.«

»Verzeiht mir, meine Freunde«, sagte Timotheus. »Ich habe gesprochen, ohne vorher darüber nachzudenken.« Väterlich tätschelte er Cait die Hand. »Ihr werdet Eure Schwester sehen, natürlich werdet Ihr das. Heute noch.«

»Wir werden sofort gehen«, sagte Rognvald, »und reiten, so schnell uns die Pferde tragen.«

»O nein!«, widersprach der Priester und schüttelte verzweifelt den Kopf. »Das ist nicht erlaubt.«

»Was?«, entgegnete der Ritter. »Wollt Ihr mir damit sagen, dass Pferde dort nicht gestattet sind?«

»Männer sind dort nicht gestattet«, erwiderte Timotheus, »und auch keine Waffen. Die Abtei beherbergt nur Frauen. Ihr müsst zurückbleiben, mein Freund. Die Äbtissin ist sehr streng, was diese Frage betrifft. In all den Jahren, da ich hier bin, habe ich nicht eine einzige Ausnahme erlebt.«

»Vielleicht wird mir ja erlaubt, die Frauen ein Stück zu begleiten«, schlug Rognvald vor. »Glaubt Ihr, dass es dagegen auch Einwände geben würde?«

»Vorausgesetzt, dass Ihr Eure Waffen zurücklasst«, stimmte der Priester zu, »ja, dann nehme ich an, dürfte es gehen.«

»Ich danke Euch, Bruder«, sagte Cait. »Ich stehe wahrlich in Eurer Schuld.« Sie stand rasch auf. »Ich hole meine Sachen und bereite mich auf den Aufbruch vor.«

»Ich würde es immer noch vorziehen, unser Erscheinen anzukündigen«, bemerkte Timotheus; »aber im Licht Eurer Gefühle sehe ich keinen Grund, warum wir diese Formalität nicht umgehen sollten. Ja, warum nicht? Wenn die Schwestern ihren Besuch beendet haben, sollt Ihr sie zum Kloster zurück begleiten.«

Cait eilte davon und überließ die anderen dem Festtagsbier. Als sie kurz darauf wieder zurückkehrte, trug sie ihre besten Kleider, hatte sich das Haar gekämmt und das Gesicht so gründlich gewaschen, dass ihre Haut glühte. Fröhlich summte sie vor sich hin und eilte hinaus, wo Rognvald mit drei Pferden wartete: je eines für sich und Cait und eines für die beiden Nonnen zusammen, die nicht gerade gute Reiterinnen waren.

Bruder Timotheus und einige Bewohner des Dorfes begleiteten sie zum Rand der Siedlung und wünschten ihnen eine gute Reise. Die Nonnen wiesen den Weg, und schon bald fanden sie sich auf einem steilen Pfad wieder, welcher in die Berge hinaufführte, die um das Dorf herum emporragten. Schweigend ritten sie immer weiter hinauf, genossen die kalte, klare Schönheit des Tages und lauschten dem Zwitschern der Vögel auf den schneeverhangenen Ästen der Pinien. Nach einer Weile ließen sie die Bäume hinter sich, und der Pfad wurde immer schmaler und gewundener, je höher er sich dem leuchtend blauen Himmel entgegenwand.

Dann führte der Pfad in eine Bergfalte. Rechts und links ragten die Felswände wie Burgmauern empor, und als die Reiter wieder ins Freie kamen, sahen sie das kleine Dorf weit, weit unten in seiner Mulde wie in einer riesigen Hand mit den umliegenden Gipfeln als Finger.

Nach einer weiteren Biegung verschwand das Dorf außer Sicht, und die Reiter erreichten einen Spalt zwischen zwei Gipfeln. Die Kluft war tief und schmal und wurde von einer einfachen Brücke aus Holz und Seilen überspannt. Rognvald hielt an und stieg vom Pferd. Er untersuchte die Brücke und kam zu dem Schluss, dass er es nicht wagte, die Pferde hinüberzuführen. »Die Abtei ist nicht weit«, erklärte Schwester Efa. »Wir werden von hier aus gehen.«

»Dann werde ich euch an dieser Stelle verlassen«, sagte der Ritter an die Frauen gewandt. Er half den Nonnen aus dem Sattel und beobachtete dann, wie sie leichtfüßig die zerbrechliche Brücke überquerten. Schließlich war Cait an der Reihe. Rognvald wünschte ihr Gottes Segen und sagte: »Ich bete, dass Ihr alles gut antreffen werdet, und warte begierig auf Eure Rückkehr.«

Cait betrachtete die schwankende Brücke mit wachsendem Unbehagen und nickte. Dann ergriff sie die Seitenleinen, atmete tief durch und machte sich auf den Weg hinüber, die Augen fest auf Schwester Efas wartende Gestalt gerichtet. Rognvald blickte ihr hinterher, bis sie sicher auf der anderen Seite angekommen war, wo sie sich umdrehte und ihm zum Abschied winkte. Der Nordmann wendete die Pferde und kehrte in die Siedlung zurück.

Jenseits der Kluft führte der Pfad zwischen zwei steilen, kahlen Felswänden hindurch, bevor er einen niedrigen Tunnel erreichte, der aus dem Fels gehauen worden war. Der Tunnel war zwar feucht und kalt, aber er war nicht lang, und als Cait auf der anderen Seite wieder heraustrat, sah sie, dass der Pfad sich an einem kleinen Gebirgsfluss entlang bergab wand. Schweigend gingen die drei Frauen weiter und erreichten bald ein kleines Birkenwäldchen.

Dieses durchquerten sie, und Cait trat aus den Bäumen auf eine Hochebene. Am anderen Ende der schneeverwehten Fläche sah sie einen dicht gedrängten Haufen von Gebäuden, was, so vermutete sie, die Abtei der Grauen Marias war.

Cait und die Nonnen folgten dem Weg entlang des Flusses, und bald erreichten sie die ersten Außengebäude: zwei einfache Scheunen mit Steingattern für Schafe und Ziegen sowie vier bescheidene, aber gut gedeckte Lagerhäuser mit soliden Steinfundamenten. Als Nächstes kamen sie an einem viereckigen Feld vorbei, dessen gleichmäßige Furchen sogar unter dem Schnee zu erkennen waren. An einem Ende des Felds befand sich ein kleiner, gut gepflegter Obsthain. Auf einer Seite des Hains lag ordentlich gestapelt Feuerholz, und auf der anderen stand eine Reihe Bienenkörbe. Der vertraute Anblick der verschneiten Körbe weckte erneut das Heimweh in Cait, und ihr Herz schlug schneller.

Selbst aus der Ferne konnte sie erkennen, dass dies hier ein Ort des Friedens und der Ordnung war, ein Platz demütiger Geschäftigkeit und eifriger Pflichterfüllung. Der Hof war sauber, und das glatte Kopfsteinpflaster schimmerte durch den Schnee hindurch. Am anderen Ende des Hofs befand sich eine lange Reihe von Klosterzellen, jede mit einem winzigen Fenster und einer niedrigen Holztür ausgestattet, und auf der dritten Seite des Hofs stand ein großes, gut proportioniertes zweistöckiges Haus mit Läden vor den Fenstern. Dahinter wiederum ragte die gelbbraune Bergwand hoch über die nette, kleine Abtei empor.

Cait vermochte keines der Gebäude als Kirche oder Kapelle zu erkennen, doch die saubere Schlichtheit des Klosters gefiel ihr dennoch. Sie empfand den Ort als angenehm, noch bevor sie das Singen hörte – was sie mit seiner engelsgleichen Melodie unwillkürlich stehen bleiben ließ.

»Was ist das?«, fragte sie, und es drohte ihr den Atem zu verschlagen.

Die beiden Schwestern blickten einander an. »Das ist das Gebet vor dem Mittagsmahl, werte Frau«, antwortete Siaran.

»Es ist wunderschön«, bemerkte Cait und fühlte sich sofort an Abt Emlyns kräftige, melodiöse Stimme erinnert, mit der er vor der Festtafel in Murdos Halle Loblieder gesungen hatte, die Arme ausgebreitet und den Kopf zurückgelehnt. Das war, so erkannte sie, nun schon das zweite Mal innerhalb nur eines Tages, dass Singen sie so überrascht hatte – erst im Dorf und nun hier. »Es hat mich an etwas erinnert«, erklärte sie, und wieder zog sich ihr Herz vor Sehnsucht zusammen. *Es hat mich an daheim erinnert.*

»Alethea wird auch dort sein«, sagte sie und setzte sich wieder in Bewegung. »Lasst uns gehen und uns dazugesellen.«

Die drei eilten weiter, und rasch hatten sie den Hof überquert und den Eingang zum Refektorium erreicht. Das Singen hatte aufgehört, und Cait vernahm nun leise Stimmen von innen. An der Tür blieb sie stehen und gestattete Schwester Efa, sie zu öffnen und sie hineinzuwinken.

Vor Aufregung zitternd, sprang Cait fast über die Schwelle. Der große Raum war recht düster, aber warm. Ein einziger langer Tisch stand in der Mitte mit Bänken auf jeder Seite für je gut dreißig Nonnen, die sich hier zum Essen versammelt hatten. Als Cait den Raum betrat, verstummten sofort alle Gespräche, und die Blicke der Nonnen richteten sich auf sie. Cait schaute den Tisch entlang und suchte nach Alethea, sah sie aber nirgends.

»Willkommen«, sagte eine freundliche Stimme, und Cait drehte sich um und sah eine ältere Frau auf sich zueilen. Die Frau war wie die anderen in ein langes Gewand aus ungefärbter Wolle gehüllt, und wie Abt Emlyn zu Hause trug sie ein großes Holzkreuz an einem Lederband um den Hals. Ihr Haar war weiß, und die Knochen standen aus ihren Händen hervor, doch ihr Schritt war schnell und der Blick der dunklen Augen scharf. »Ich bin Äbtissin Annora. Wir haben gerade mit unserem Mahl begonnen. Bitte, gesellt Euch zu uns.«

»Gott möge Euch wohlgesonnen sein. Ich suche nach meiner Schwester«, sagte Cait und ließ ihren Blick abermals über den Tisch schweifen. »Bruder Timotheus hat mir gesagt, dass sie sich hier aufhält.«

Die ältere Frau lächelte. »Ihr müsst Caitríona sein. Alethea hat uns von Euch erzählt.« Die Äbtissin verkündete den Nonnen am Tisch die Identität ihrer Besucherin und bat die Schwestern, sie willkommen zu heißen. Cait begrüßte sie rasch und wandte sich dann wieder an die Äbtissin, die sagte: »Alethea hat für Euch gebetet.«

»Dann *ist* sie also hier«, sagte Cait, und die Hoffnung keimte wieder in ihr auf. »Wo ist sie? Könntet Ihr meiner Schwester bitte sagen, dass ich hier bin? Sie wird wissen wollen, dass ich sie endlich gefunden habe.«

»Seid Ihr hungrig?«, fragte die Äbtissin. »Würdet Ihr nach dem langen Marsch vielleicht gerne etwas essen?«

»Danke, nein«, antwortete Cait, und Ungeduld ließ ihre Stimme schärfer klingen. »Bitte, ich möchte meine Schwester sehen.«

»Kommt mit mir.« Die Äbtissin ergriff Cait am Ellbogen und führte sie durch eine Tür am anderen Ende des Refektoriums. Der Raum dahinter war klein und enthielt nur einen einfachen Strohsack als Bett sowie einen Stuhl und einen Tisch. In einer Ecke knisterte ein helles Feuer in einem winzigen Steinofen.

»Eurer Schwester geht es gut«, sagte Äbtissin Annora und schloss die Tür hinter ihnen. »Mehr noch … Sie ist glücklich. Aber im Augenblick könnt Ihr sie nicht sehen.«

»Warum nicht?«, verlangte Cait zu wissen und fühlte erneut Verzweiflung in sich aufsteigen. Dann schluckte sie ihre Wut hinunter und sagte: »Bitte … Ihr müsst es mir sagen. Ich bin sehr weit gewandert, und …«

»Caitríona«, sagte die ältere Nonne mit der sanften, zärtlichen Stimme einer Mutter. »Eure Schwester bereitet sich auf eine besondere Zeremonie vor, welche heute Abend stattfinden soll.«

»Eine Zeremonie …«, wiederholte Cait. Würde sie ihre Schwester denn niemals wiedersehen? »Ich verstehe nicht. Was für eine Zeremonie?«

»Alethea ist dazu aufgerufen, unserem Orden beizutreten. Heute Abend wird sie den ersten Schritt tun, eine der unseren zu werden.«

»Alethea …« Cait starrte die freundliche Äbtissin ungläubig an. »… eine Nonne …«

»Das ist ihr größter Wunsch.«

Die Kraft schien aus Caits Beinen zu schwinden, und sie setzte sich auf die Bettkante. »Aber wie kann das sein?«

»Auch wenn sie noch nicht lange bei uns ist, so hat sich Alethea doch verändert. Diese Veränderung ist grundlegend, und sie ist echt. Alethea hat uns ebenso damit überrascht wie jeden anderen.« Annora lächelte. »Sie hat sich dem Orden mit einem Eifer ergeben, welcher das Herz eines jeden erfreut, der sie sieht.«

Cait schüttelte den Kopf und versuchte, diese Mitteilung zu verarbeiten. »Aber wir sind den ganzen weiten Weg gekommen …«, sagte sie und kämpfte darum, ihre Stimme ruhig zu halten. »Wollt Ihr mir damit etwa sagen, dass sie nicht mit uns zurückkehren wird?«

»Caitríona«, sagte die Äbtissin in sanftem Ton, »versucht doch zu verstehen. Alethea hat Gottes Ruf gehört, und sie hat geantwortet. Ihr Platz ist hier.«

»Ich will sie sehen«, sagte Cait offen. »Ich will sie sofort sehen.«

»Seid versichert, dass Ihr sie sehen werdet … aber alles zu seiner Zeit. Alethea ist allein mit Gott und darf nicht gestört werden.«

»Alles zu seiner Zeit?«, schnappte Cait, unfähig, ihre Enttäuschung noch länger zu unterdrücken. »Ist sie denn hier eine Gefangene?« Sie sprang auf und ballte die Fäuste, die Arme dicht an den Körper gepresst. »Ich habe unzählige Prüfungen erduldet, die kaum zu ertragen waren. Ich habe Tag für Tag im Sattel verbracht … Mir war kalt, ich habe gehungert und war oft von Kopf bis Fuß durchnässt, und für was? Vier Krieger, ein Priester und ein tapferer Diener haben ihr Leben bei dem Versuch gegeben, sie zu befreien. Sie liegen neben dem Weg in ihren Gräbern, und …«, ihre Stimme drohte zu versagen, »… und Alethea darf nicht *gestört* werden.«

Cait starrte mit einer Mischung aus Unglauben und Verzweiflung auf die ältere Frau, und Tränen der Bitterkeit traten ihr in die Augen. Jede Prüfung hatte sie durchgestanden und wider alle Hoffnung gehofft, dass sie Alethea finden würden; sie hatte sich Tod, Zerstörung und Qualen aller Art gestellt, und das nur, um gesagt zu bekommen, dass ihre Schwester wünscht, mit Gott allein zu sein. Das konnte sie einfach nicht begreifen.

»Wenn Ihr mir nicht helfen wollt«, erklärte Cait, »werde ich sie eben selber finden!« Sie machte auf dem Absatz kehrt und trat rasch zur Tür.

»Caitríona!«, sagte die Äbtissin streng. »Haltet ein!«

Zu ihrer eigenen Überraschung hielt Cait tatsächlich inne, die Hand auf die Türklinke gelegt.

»Denkt darüber nach, was Ihr tut«, sagte Annora. »Falls Ihr je etwas für Eure Schwester empfunden haben solltet, dann bitte ich Euch, ihren Wunsch zu respektieren. Sie hat diese Entscheidung nicht leichtfertig getroffen, und sie wird Euch nicht dafür danken, wenn Ihr Euch jetzt einmischt.«

Cait spürte, wie ihre eisige Entschlossenheit dahinschmolz.

Annora wechselte wieder in einen sanften Tonfall. »Alethea nähert sich dem Ende einer Zeit des Betens und Fastens in Vorbereitung der Zeremonie, die heute Abend stattfinden wird. Morgen, nachdem das Ritual beendet ist, werdet ihr wieder zusammen sein.«

Unfähig, etwas darauf zu erwidern, nickte Cait einfach nur. Die Äbtissin nahm ihre Hand. »Kommt. Es ist ein wunderbarer Tag. Warum verbringt Ihr ihn nicht mit uns? Teilt unsere

Mahlzeit, dann werde ich Euch etwas von unserer Arbeit hier zeigen, und so werdet Ihr uns besser kennen lernen.«

Obwohl Cait keinen Hunger mehr verspürte, ließ sie sich ins Refektorium zurückführen, wo sie ein paar Bissen aß und sich dann der Melancholie ergab, die sie überkam. Als die Äbtissin sich erbot, ihr den Rest der Abtei zu zeigen, erklärte Cait, sie sei müde, und bat darum, dass man ihr einen Platz zeigte, wo sie sich ausruhen konnte. Die Äbtissin rief eine der Schwestern, eine Frau, die Cait in Alter und Erscheinung glich. »Dies ist Schwester Besa. Sie wird Euch ins Gästequartier führen.«

Cait dankte ihr und folgte der Schwester über den Hof zu einer der Zellen. »Wir haben nur wenige Gäste«, erzählte ihr die Nonne; »aber wir halten immer einen Raum bereit, für wen auch immer der Herr uns schicken mag. Es ist jener dort am Ende.« Die Schwester hob den hölzernen Riegel, stieß die Tür auf und trat ein. »Oh, es ist kalt hier drin, aber ich werde Feuer machen; dann ist es bald warm.«

Die Schwester eilte davon und ließ Cait in dem kahlen, schlichten Raum zurück: ein Tisch, gerade groß genug für eine Kerze, ein dreibeiniger Hocker und ordentlich gestapeltes Feuerholz neben einem winzigen halbkreisförmigen Herd sowie ein Strohsack auf einem Kastenbett mit einer groben Wolldecke. Ein Holzkreuz war der einzige Schmuck im Raum, das offensichtlich von einer der Nonnen gefertigt worden war; es bestand aus zwei gebogenen Pinienästen, die man mit einem geflochtenen Lederband zusammengebunden und über das winzige, runde Fenster gehängt hatte.

Cait stand noch immer in der Mitte des Raums, als Besa mit einem Arm voll Zunder und einer Pfanne voll Glut wieder zurückkehrte. »Ich nehme an, Alethea hat auch hier gewohnt«, bemerkte Cait gedankenverloren.

»Aber ja. Eine Zeit lang.« Die Schwester legte das Holz neben den Herd und schüttete vorsichtig die Glut aus der Pfanne. »Jetzt hat sie ihre eigene Zelle.«

Cait wartete darauf, dass die Nonne weitersprach, doch Besa

legte nur stumm den Zunder auf die Glut. Nach einer Weile fragte Cait: »Wie lange seid Ihr schon hier?«

Besa blickte zu ihr auf und dann rasch wieder weg, als hätte die Frage sie abgelenkt. »Mein ganzes Leben lang«, antwortete sie nach kurzem Zögern. »Oder zumindest fast.«

»Aber Ihr stammt nicht aus Aragon«, bemerkte Cait.

Die Schwester beugte sich über den Zunder und blies in die Glut. »Nein«, bestätigte sie und setzte sich auf die Hacken zurück. »Ich stamme nicht aus Aragon. Ich bin auf der anderen Seite der Berge geboren.« Wieder beugte sie sich vor, um erneut in die Glut zu blasen. Dünne Rauchfäden stiegen aus dem Herd empor, während zaghaft erste Flammen zwischen den Zweigen zuckten. »Aber dies hier ist schon so lange meine Heimat, dass ich mich an keine andere mehr erinnere.«

»Habt Ihr nie Eure Familie besucht?«

»Einmal«, sagte Schwester Besa und stand wieder auf; »mehr aber nicht.« Sie lächelte schwach und ging zur Tür. »Ich werde Euch jetzt in Frieden lassen, doch solltet Ihr etwas benötigen, findet Ihr mich direkt nebenan.«

Rasch schloss sie die Tür hinter sich und war verschwunden. Cait setzte sich auf den Hocker und beobachtete, wie die Flammen immer heller brannten. Als das Feuer kräftig genug zu sein schien, legte sie ein paar Scheite nach und zog sich dann ins Bett zurück, wo sie sich ausstreckte. Nachdem sie eine Weile trotzig an die Pinienbalken der Decke gestarrt hatte, versank sie in einem unruhigen Schlaf.

Cait träumte von Hufabdrücken und sah sich abermals auf dem Pferd, wie sie sich durch den Schnee kämpfte. In ihrem Traum schien sie vor jemandem zu fliehen – aber obwohl sie sich im Sattel umdrehte und den Hals reckte, konnte sie niemanden entdecken. Dennoch fühlte sie die beunruhigende Gegenwart, die hinter ihr immer näher herankam, und das Gefühl von etwas Bösen auf ihren Fersen wurde so groß, dass sie sich schließlich davor fürchtete, sich noch einmal umzudrehen.

Und dann, genau in dem Augenblick, da sie wusste, dass sie sich dem rasch näher kommenden Bösen würde stellen müssen, hörte sie das behäbige Läuten einer Glocke. Sofort fühlte sie, wie das unsichtbare Böse in seinem Sturmlauf ins Wanken geriet. Cait drehte sich im Sattel um, peitschte ihr Pferd und raste den steilen Bergpfad zur Abtei hinauf. Über dem wilden Pochen ihres Herzens hörte sie das rhythmische Läuten der Glocke.

Das Geräusch schwoll an und schien einen drängenderen Unterton zu bekommen, und Cait wachte auf. Es dauerte eine Weile, bis Cait erkannte, dass sie eine echte Glocke gehört hatte. Als der letzte volltönende Glockenschlag verhallte, stand sie auf und ging zum Fenster. Das Feuer auf dem Herd war erloschen und der kurze Wintertag vorbei; draußen wurde es allmählich dunkel. Cait schleppte sich zur Tür, öffnete sie und warf rasch einen Blick hinaus. Niemand war zu sehen, aber sie vermutete, dass die Glocke die Schwestern zum Gebet rief, und so ging sie hinaus … und auf halbem Weg über den Hof fiel ihr ein, dass sie nicht wusste, wo sich die Kapelle befand. Sie hatte keine gesehen, als sie in der Abtei eingetroffen war, und die Äbtissin hatte auch keine erwähnt.

Cait blieb einen Augenblick lang stehen und schaute sich um. Der Himmel schimmerte noch im letzten Licht des Sonnenuntergangs, doch über ihr funkelten schon die ersten Sterne. Ein leichter Wind wehte von den Gipfeln herab und ließ Cait frieren. Als sie sich umdrehte, um sich wieder in ihre Zelle zurückzuziehen, hörte sie die Glocke erneut, und sie beschloss, dem Geräusch zu folgen – das von irgendwo hinter dem nahe gelegenen Refektorium zu kommen schien.

Cait huschte rasch zum Ende des Gebäudes und sah in einer steilen Felswand einen breiten, aber niedrigen Eingang, den man aus dem massiven Fels des Bergs gehauen hatte. Dutzende Fußspuren im Schnee führten direkt zu dem Höhleneingang. Als Cait ihnen folgte, hörte sie Gesang aus dem Inneren der dunklen Höhle.

Nach den ersten Schritten in die Höhle hinein war die Dunkelheit vollkommen. Mit einer Hand an der Wand neben sich und die andere zitternd nach vorne ausgestreckt tastete sich Cait langsam weiter und orientierte sich dabei am Gesang der Nonnen. Die Struktur der Wand unter ihren Fingerspitzen ließ vermuten, dass dieser Gang künstlich in den Fels getrieben worden war, denn sowohl Wand als auch Boden waren vollkommen glatt und eben.

Plötzlich endete die Wand, und die Luft wurde wärmer und verbreitete den leicht muffigen Geruch von feuchtem Stein. Cait trat zögernd einen Schritt vor und betrat eine größere Kammer; eine sanfte, kaum wahrnehmbare Brise wehte von rechts über ihr Gesicht. Instinktiv drehte sie sich in Richtung des Luftzugs um und sah das schwache Schimmern von Kerzen am Rand eines weiteren Tunnels, der sich ein gutes Dutzend Schritt zu ihrer Linken öffnete. Cait erreichte den Tunneleingang im selben Augenblick, da das Licht verschwand und sie wieder in Dunkelheit versank.

Selbstbewusster geworden, tastete sie sich durch diesen Gang ebenso wie durch den ersten, nämlich mit der Hand an der Wand entlang. Der Boden war leicht abschüssig; Cait spürte, dass er nach unten führte, und ihr Schritt wurde unwillkürlich wie in aufgeregter Erwartung dessen, was sie am Ende erwartete, ein wenig schneller. Das Singen wurde lauter.

Und dann öffnete sich der Tunnel weit, und Cait stand in dem gewölbten Eingang einer gewaltigen Kammer. Nicht weit entfernt sah sie das Schimmern geisterhafter Lichter wie durch einen in Dunkelheit gehüllten Wald astloser Bäume. Bei diesen ›Bäumen‹, so erkannte sie, handelte es sich um leicht missgestaltete Steinsäulen, die vom Boden bis unter die unsichtbare Decke reichten. Das Licht stammte von den Kerzen in den Händen der Nonnen, deren Stimmen in der riesigen Leere der Kammer widerhallten.

Vorsichtig betrat Cait diesen seltsamen, erstarrten Wald und ging leise von Baum zu Baum, wobei sie an jedem Stamm anhielt und lauschte, bevor sie wieder weiterging – sie wollte nicht entdeckt werden, doch zugleich wünschte sie sich nichts sehnlicher, als bleiben und zuschauen zu dürfen.

Näher herangekommen, roch sie einen Hauch von Weihrauch – und einen süßlichen Duft, der ihren Kopf mit der Essenz von Lavendel erfüllte. Sie spürte, wie ihr Magen sich ob des kräftigen Dufts zusammenzog, und sie hielt kurz inne, um zu schlucken, dann ging sie weiter.

Der Gesang hörte auf, und so blieb auch Cait stehen. Sie hörte jemanden sprechen, war jedoch zu weit entfernt, um die Worte verstehen zu können. Nachdem die Rede oder was auch immer beendet war, folgte ein langes Schweigen, das schließlich von Glockengeläut beendet wurde. Die Nonnen hoben wieder zu singen an, und Cait huschte von einer Säule zur nächsten und schlich so vorsichtig näher.

Als die Musik endete, spähte Cait unauffällig aus ihrem Versteck hinter der letzten Säulenreihe hervor. Sie war nur noch wenige Schritt von drei flachen, breiten Stufen entfernt, die zu einer Plattform hinaufführten, wo sich die Grauen Marias um einen Altar versammelt hatten, den ein großes goldenes Kreuz, eingerahmt von zwei Kerzen, zierte; in deren flackerndem Licht schien das Gold des Kreuzes zu schmerzen und sich zu bewegen.

Äbtissin Annora stand reglos vor dem Altar. Sie hatte die Hände in Schulterhöhe gehoben und die Handflächen nach oben gekehrt, als erwarte sie, ein Geschenk zu erhalten. Auf dem Boden zwischen der Äbtissin und den wartenden Schwestern hatte man zwei reich bestickte Tücher ausgebreitet, und auf jedem dieser Tücher kniete eine junge Frau wie zum Gebet. Die Frauen waren ebenso gekleidet wie die anderen, abgesehen von den purpurroten Kapuzen, die ihre Köpfe bedeckten. Die beiden Betenden hatten die Hände gefaltet, hielten die Köpfe gesenkt und zitterten leicht. Obwohl Cait ihre Gesichter nicht sehen konnte, so erkannte sie doch die ungewöhnlich schlanke Gestalt ihrer Schwester Alethea.

Endlich … Alethea! Caits Herz machte einen Sprung, und sie presste die Hand auf den Mund, um nicht laut aufzuschreien. Sie schloss die Augen und ließ sich gegen den kalten Stein der Säule fallen, während Wellen der Erleichterung über sie hinwegströmten.

Ich glaube, o Gott aller Götter,
dass Du der ewige Vater des Lichts bist.

Die Stimme war die von Äbtissin Annora, und sofort stimmte der Chor der Schwestern in den Gesang mit ein, der jede Phrase mit leichten Variationen wiederholte.

Ich glaube, o Gott aller Götter,
dass Du der ewige Vater des Lichts bist.
Ich glaube, o Gott aller Götter,
dass Du der ewige Vater der Schöpfung bist.

Die Zeremonie wurde auf Gälisch abgehalten. Obwohl der Akzent seltsam war und einige der Worte altmodisch wirkten, verstand Cait sie recht gut, denn der Gesang besaß die gleiche Klangfarbe, an die sie sich erinnerte, seit sie zum ersten Mal alt genug gewesen war, aufrecht in der Kirche zu sitzen und Abt Emlyns volltönendem, melodischem Gesang zu lauschen, mit dem er die Heiligkeit des Gottes der Liebe und des Lichtes pries sowie seines alles erobernden Sohnes.

O Thea, dachte sie, *dass ausgerechnet du von allen Menschen dich auf solch einen Handel einlassen willst.* Sie fragte sich, was ihr Vater wohl davon halten würde, und dann erinnerte sie sich daran, dass er tot war und es nie erfahren würde. Nun, besser das, nahm sie an, als eine unangemessene Heirat. Und was Alethea betraf, war so etwas immer im Bereich des Möglichen; die Fähigkeit der jungen Frau, sich auf die lächerlichsten und ungeeignetsten Verbindungen einzulassen, war schon immer für alle, die sie kannten, eine Quelle der Sorge gewesen – außer für Duncan. Nun hatte es den Anschein, als würde sich sein langes Vertrauen in Thea auszahlen.

Als Cait ihre Fassung schließlich wieder zurückgewonnen hatte, lugte sie erneut hinter der Säule hervor. Nach dem Gebet folgte ein weiteres Lied, welches Cait die Gelegenheit gab, sich noch eine Säule weiter nach vorne zu schleichen, um besser sehen zu können.

Nachdem das Lied beendet war, näherten sich zwei Schwestern den knienden Gestalten mit langen, spitz zulaufenden, nicht brennenden Kerzen. Die Äbtissin sprach zu jeder Novizin mit leiser Stimme und erhielt eine Antwort, woraufhin man den jungen Frauen die Kerzen gab. Die beiden Frauen standen auf und gingen zum Altar, um ihre Kerzen an jenen anzuzünden, die dort brannten.

Anschließend kehrten sie wieder auf ihre Plätze zurück, knieten sich erneut und stellten die Kerzen in goldene Halter, die man inzwischen neben die Decken postiert hatte; dann legten die Novizinnen sich flach auf den Boden und breiteten die Arme zu einem Kreuz aus.

Die Äbtissin trat vor sie, streckte die Hände über ihre Köpfe und begann zu beten. Nachdem sie damit fertig war, standen die beiden Novizinnen wieder auf, nahmen erneut ihre kniende Haltung ein und beteten laut:

Dank sei Dir, o Großes Licht,
dass ich heute erhoben worden bin,
dass mein Leben erhoben worden ist;
Möge es zu Deinem Ruhm sein, Weisester Schöpfer,
und zum Ruhme meiner eigenen Seele.
O großer König, hilf meiner Seele,
mit der Hilfe Deiner Gnade,
mit der Hilfe Deiner Liebe,
mit der Hilfe Deines Erbarmens;
So wie ich meinen Leib in diese Wolle hülle,
so nimm Du meine Seele
in Deine Schnelle Sichere Hand.

Hilf mir, jedwede Sünde zu meiden,
und der Quelle jedweder Sünde abzuschwören;
So wie der Nebel sich auf dem Gesicht der Berge zerstreut,
so soll jeder böse Gedanke und jede Tat
aus meinem Herzen verschwinden.

Es folgten weitere Gebete, und nachdem diese beendet waren, standen die Novizinnen auf, und eine der Schwestern trat mit einem Krug geweihten Öls vor und salbte die jungen Frauen damit, indem sie ihnen ein Kreuz auf die Stirn malte. Dann erklärten die Novizinnen, ihr Leben dem Dienst an der Gemeinschaft zu widmen, und legten die heiligen Gelübde ab, die die Äbtissin feierlich entgegennahm.

Nach den Gelübden begannen die Nonnen erneut zu singen. Diesmal stellten sie sich dabei in zwei konzentrischen Ringen um den Altar auf und hielten die Kerzen vor sich. Cait nutzte abermals die Gelegenheit und schlich wieder ein Stück nach vorne. Von ihrer neuen Säule aus konnte sie die Novizinnen nun von der Seite sehen. Alethea stand ihr am nächsten, doch noch immer vermochte Cait ihr Gesicht nicht zu erkennen.

Die Äbtissin kehrte zum Altar zurück und nahm ein kleines Holzkreuz an einem Lederband herunter. Dann trat die ältere Frau vor Alethea und hielt das Kreuz der Jüngeren hin, damit diese es küssen konnte. Alethea beugte sich leicht nach vorne, ergriff das Kreuz und führte es an die Lippen. In diesem Augenblick breitete sich in Caits Herz eine schmerzende Sehnsucht aus. Das überraschte sie. Sie hätte nicht gedacht, dass die Zeremonie sie auf diese Art bewegen würde. Was hatte das zu bedeuten?

Cait blieb jedoch nicht viel Zeit, um darüber nachzudenken, denn Äbtissin Annora nickte, und Alethea schlug die Kapuze zurück. Nun sah Cait, dass der Kopf ihrer Schwester vollkommen kahl geschoren war. Cait schnappte erschrocken nach Luft … all das wunderbare lange dunkle Haar … weg. Seltsamerweise ließ der Anblick ihrer Schwester – kniend und mit kahlem, im Gebet gesenkten Kopf – Cait die Ernsthaftigkeit von Theas Entscheidung erkennen. *O Thea*, dachte sie, *liebe, liebe Thea, ich hoffe, dass du dieses eine Mal in deinem Leben weißt, was du tust.*

Die Äbtissin ging zu der anderen jungen Frau und wiederholte das Ritual mit dem Kreuz. Dann trat eine der Schwestern mit zwei taubengrauen Tüchern über den Händen vor. Die Äbtissin nahm sich eines der Tücher und legte es Thea wie einen Schal um die Schultern; dann beugte sie sich vor, küsste die junge Frau leicht auf die Wange und hob sie in die Höhe. Auch dieses Ritual wurde an der zweiten Novizin wiederholt, woraufhin die beiden neuesten Mitglieder der Abtei von der Äbtissin und allen anderen Schwestern umarmt wurden; so wurden sie im Orden willkommen geheißen.

Cait glaubte, dass die Zeremonie nun enden und die Grauen Marias gehen würden, doch kaum hatten sie die neuen Schwestern begrüßt, erneuerten die Nonnen ihren Kreis. Die Äbtissin drehte sich noch einmal zum Altar um. Sie kreuzte die Arme vor der Brust, verneigte sich und rief: »Im Zusammentreffen unserer Herzen und unserer Geister. Du. Im Ruf unserer Seelen, geliebter Herr. Du. Im Gewebe des Lebens unter dem Leben oben. Du, Herr und Erlöser, und Du allein.«

Mit diesen Worten trat sie vor den Altar, faltete kurz die Hände und legte sie dann um das goldene Kreuz, als wolle sie es entfernen – eine ungewöhnliche und unerwartete Geste, die Caits Aufmerksamkeit erregte. Während sie zuschaute, zog die Äbtissin die Hände wieder zurück, und Cait sah, dass sich eine Tür am Fuß des Kreuzes geöffnet hatte, hinter der sich ein Hohlraum befand. Die Äbtissin griff hinein und holte einen Becher mit Fuß hervor.

Cait konnte ihn von ihrem Versteck aus nicht genau erkennen, doch es schien ein einfaches Trinkgefäß zu sein – aus Holz oder Ton vielleicht. Der Kerzenschein betonte den Rand des Gefäßes, als die Äbtissin sich damit umdrehte und es Alethea entgegenhielt, die daraufhin den Kopf in den Nacken legte, sodass ihr die Äbtissin den Kelch an die Lippen halten und sie trinken konnte. Kaum hatte das Gefäß ihre Lippen berührt, da stieß die junge Frau einen lauten Schrei aus. Cait hob den Kopf, und im Kerzenschein sah sie das Gesicht ihrer jüngeren Schwester in einem seltsamen Licht leuchten, das über ihre Haut zu tanzen schien. Alethea schrie erneut, verlor das Bewusstsein und kippte zur Seite.

Nur mit Mühe konnte Cait sich davon abhalten, ihrer Schwester zu Hilfe zu eilen. Stattdessen biss sie sich auf die Hand und zwang sich, hinter der Säule zu bleiben. Der Becher wurde der zweiten Novizin gereicht, die ebenfalls trank und mit einem ekstatischen Lächeln auf ihren jungen Lippen zu Boden sank. Gleichzeitig bemerkte Cait einen süßen Duft in der Luft, als wäre plötzlich eine frische Brise durch die Höhle geweht.

Die beiden jungen Frauen lagen einen langen, stillen Augenblick lang vor dem Altar. Sie so friedlich schlafen zu sehen, mit solch einem seligen Gesichtsausdruck, weckte in Cait ein Verlangen, wie sie es schon lange Zeit nicht mehr empfunden hatte. *Oh, solch einen Frieden zu fühlen*, dachte sie.

Nach einer Weile schob die Äbtissin das Gefäß in sein Versteck zurück und stellte sich dann vor die ohnmächtigen Novizinnen. Sie streckte die Hände über sie aus und hob an:

Nun seid ihr die Geliebten Gottes.
Nehmt diese Geschenke des alles Gebenden an:
Die Gnade der Form,
Die Gnade der Stimme,
Die Gnade des Glücks in allen Dingen,
Die Gnade der Freundlichkeit,
Die Gnade der Weisheit,
Die Gnade der Mildtätigkeit,
Die Gnade der Bescheidenheit und der Tugend,
Die Gnade der Lieblichkeit der Seele,
Die Gnade der gefälligen Sprache.

Mit diesen Worten beugte Annora sich vor und legte jeder der jungen Frauen die Hand auf den Kopf. Dann kehrte sie wieder an ihren Platz zurück und sagte: »So wie ihr in Christi verweilt, so verweilt Er in euch. Daher erinnert euch immer daran, was auch immer euch widerfahren mag:

Ihr seid die Freude aller freudigen Dinge,
Ihr seid das Licht der herrlichen Sonne,
Ihr seid die Tür zu großzügiger Gastfreundschaft,
Ihr seid der leuchtende Leitstern,
Ihr seid die Freundlichkeit des Rehs auf dem Hügel,
Ihr seid die Anmut des Schwans auf dem See,
Ihr seid die Kraft der Stute auf der Ebene,
Ihr seid die Schönheit aller liebreizenden Wünsche
Für jetzt und in alle Ewigkeit.
Amen.

Noch einmal legte die Äbtissin den Novizinnen die Hand auf die Köpfe und sagte: »Erwacht zu einem neuen Leben.« Bei diesen Worten standen die beiden jungen Frauen auf, lächelten und schauten sich ein wenig verwirrt um – es war, als würden sie in der Tat die Welt zum ersten Mal sehen. Äbtissin Annora segnete die neuesten Mitglieder des Ordens, und die Nonnen formierten sich zum Abmarsch und begannen, sich singend aus dem Felsensanktuarium zurückzuziehen. Die beiden jungen Frauen nahmen ihre Kerzen auf und schlossen sich den anderen an, sodass die Äbtissin für einen Augenblick allein zurückblieb.

Nachdem die anderen gegangen waren, warf sich Äbtissin Annora selbst vor den Altar, kniete sich dann nieder, legte den Kopf zurück, blickte in die Dunkelheit unter der Decke hinauf und breitete die Arme aus, als erwarte sie ein Geschenk von einem unsichtbaren Herrn. Cait beobachtete das Geschehen, und irgendetwas an dieser schlichten Hingebung rührte sie. Sie fragte sich, wie lange es eigentlich her war, dass sie so gekniet und die Ruhe eines freien und offenen Herzens gefühlt hatte. Sofort wurde sie von der brennenden Sehnsucht erfüllt, wieder in Frieden mit sich selbst zu sein.

Nachdem Annora ihre Gebete beendet hatte, wartete Cait, bis sie die Schritte der Äbtissin nicht länger hören konnte; dann kroch sie aus ihrem Versteck hinter der Säule hervor. Sie überlegte, eine Kerze vom Altar zu nehmen, damit sie den Weg zurück finden würde.

Rasch trat sie an den Altar, griff nach einer der Kerzen und hielt dann inne, um das goldene Kreuz zu betrachten. Was aus der Ferne wie ein solides Stück Metall ausgesehen hatte, erwies sich bei näherer Betrachtung als mit Blattgold verkleidetes, bearbeitetes Holz. Am Fuß des Kreuzes sah Cait den Spalt, der die Nische mit dem Kommunionskelch markierte.

Sie trat näher heran und legte wie die Äbtissin beide Hände um den Fuß des Kreuzes. Obwohl sie außer dem kalten, glatten Metall nichts spürte, ließ der Druck ihrer Hände die dünne Goldschicht unter ihrer rechten Hand leicht nachgeben. Sie drückte ein wenig fester zu, hörte ein Klicken, und die kleine Tür am Fuß des Kreuzes öffnete sich, und da war der Kelch.

Eigentlich wollte Cait nur seine schlichte, unkomplizierte Form bewundern, als sie in die Nische griff und ihn herausholte. Es war, so vermutete sie, einfach nur ein Becher aus blassem, tief gemasertem Holz, dem man einen goldenen Rand sowie einen goldenen Fuß hinzugefügt hatte. Im sanften Licht der Kerzen schimmerte das Holz an jenen Stellen, wo unzählige Hände es über Jahre hinweg blank poliert hatten.

Cait drehte den Becher und blickte hinein. Er war leer, mehr noch, er war trocken – was Cait für seltsam hielt, denn sie hatte ja gesehen, wie Alethea und die andere Novizin daraus getrunken hatten. Selbst wenn sie ihn geleert hätten, hätte noch ein Rest des Weins darin sein müssen; aber da war nichts.

Cait schnüffelte an dem Gefäß. Das schwache, süßliche Aroma, das sie während der Zeremonie gerochen hatte, war noch immer vorhanden. Der Geruch erinnerte sie an Bienenwachs und Rosenblüten, nur leichter und irgendwie frischer.

Dann, mehr um die Geste nachzuahmen als irgendetwas zu erwarten, berührte sie den Goldrand mit den Lippen und neigte den Kelch. Eine warme Flüssigkeit traf auf ihre Zunge.

Cait gab einen spitzen Schrei von sich und sprang einen Schritt zurück, wobei sie den Kommunionskelch fast hätte fallen lassen. Sie beruhigte ihre Hand und blickte in den Kelch, der nun mit einer dunklen, schimmernden und scharlachroten Flüssigkeit gefüllt war.

Zitternd schloss Cait die Augen und hob den Kelch an die Lippen. Die dunkle Flüssigkeit schien von selbst über den Rand und in ihren Mund zu fließen. Sie tauchte ihre Zunge in eine schwere Süße wie die von mit Honig gesüßtem Wein.

Der Geschmack überraschte Cait so sehr, dass sie sich den Kelch von den Lippen riss. Was war das noch, was die Nonnen gebetet hatten?, fragte sie sich. Sofort erinnerte sie sich an die Worte und sprach sie laut aus:

Ich glaube, o Gott aller Götter,
dass Du der ewige Vater aller Schöpfung bist.
O Großer König, hilf Du meiner Seele
mit der Hilfe Deiner Gnade,
mit der Hilfe Deiner Liebe,
mit der Hilfe Deines Erbarmens;
hülle meine Seele in Deine Schnelle Sichere Hand.

Cait hob den Kelch und trank einen kräftigen Schluck von der süßen, dunklen Flüssigkeit. Wärme breitete sich von ihrer Kehle aus; sie strömte durch ihren Leib und floss durch ihre Glieder in ihre Finger und Zehen. Ihr Herz schlug immer schneller.

Cait blickte erneut in den Kelch und sah, dass er nun sogar mehr von der Flüssigkeit enthielt als zuvor. Ihr Atem ging immer schneller, und ihre Schläfen pochten. Ein seltsamer Schmerz kroch über sie; unsichtbare Nadeln stachen sie in Hals und Brust.

Was habe ich getan?, dachte sie. Sie atmete nur noch abgehackt und flach. Aus Furcht, das heilige Gefäß fallen zu lassen, stellte sie es vorsichtig auf den Altar und schickte sich an zurückzutreten. Dann erinnerte sie sich an die Kerze, griff danach und sah, dass sich feine Linien auf ihrer Hand zeigten, die unter der Haut zu glühen schienen – als flösse nun kein Blut, sondern ein pulsierendes Licht durch ihre Adern.

Cait warf die Hände hinter den Rücken und somit außer Sicht, als könne sie ihre Tat auf diese Art verbergen. Sie schloss die Augen, aber – Wunder über Wunder – sie konnte durch ihre Augenlider sehen. Die Welt hatte sich drastisch verändert: So stand Cait anstatt in einer Berghöhle und vor einem Steinaltar plötzlich allein in der Mitte eines niedrigen Raums. Ein einzelnes großes Fester öffnete sich zu einem frühabendlichen Himmel, wo ein einsamer Stern zu sehen war.

Die Gegenstände im Raum und der Raum selbst besaßen die Klarheit eines Traums. Dennoch hatte Cait nicht das Gefühl, als würde sie schlafen; all ihre Sinne waren klar und scharf – tatsächlich hatte sie sich noch nie so wach und so lebendig gefühlt.

Der Raum war groß, und vor Cait stand ein niedriger Tisch, der zum Essen gedeckt war. Um ihn herum waren Teppiche und Kissen auf orientalische Art angeordnet und mit einem feinen blauen Tuch bedeckt. Cait sah Schüsseln von verschiedener Größe und Krüge der unterschiedlichsten Art – nur Speisen fand sie keine. Durch das offene Fenster wehte eine leichte Brise herein, und Cait hörte das dumpfe Klingeln einer Viehglocke draußen. Die milde Abendluft roch nach sonnengebackener Erde, nach Sandelholz und Jasmin – der Duft des Ostens.

Cait trat um den Tisch herum zum Fenster und spähte hinaus. Von dem Raum aus konnte sie die Dachterrassen der umliegenden Häuser sehen; auf einigen standen Palmen in Töpfen, auf anderen große Baldachine. Cait hörte die Glocke erneut und blickte auf die schmale Straße hinunter, wo ein Hirte eine kleine Herde Schafe vor sich hertrieb, angeführt von einem langhalsigen Bock.

Ein Stück weiter die Straße hinauf ertönte Gelächter. Eine Gruppe von Männern betrat die Straße – sechs bis acht, dunkelhaarig, bärtig und alle in weite Roben gewandet und mit einem leichten, aufgerollten Mantel über der Schulter. Sie strahlten die Vertrautheit von Brüdern oder Soldaten aus; lachend und grölend stießen sie einander freundlich an; zwei hatten den Arm um die Schultern eines anderen gelegt. Sie waren glücklich, lachten, sprachen laut miteinander und freuten sich ihrer Gemeinschaft.

Cait beneidete sie um ihre Begeisterung – so unbeschwert, so überschwänglich. Männer und Schafe trafen sich in der Mitte der Straße, und für einen kurzen Moment kam keiner am anderen vorbei, bis einer der Männer einen Schrei ausstieß und mit den Füßen stampfte, was die Schafe erschrocken beiseite springen und losrennen ließ. Der Schäfer schrie entsetzt auf, wedelte drohend mit dem Stab in Richtung des wilden Jünglings und lief seinen Tieren hinterher. Die Männer blökten wie Schafe und setzten ihren Weg die Straße hinunter fort bis unter Caits Fenster, wo sie stehen blieben.

Da sie nicht gesehen werden wollte, wich Cait vom Fenster zurück, und einen Augenblick später hörte sie Stimmen im Raum unter ihr. Dann vernahm sie Schritte auf einer hölzernen Treppe, und die Stimmen wurden lauter. Die Männer kamen herauf!

Cait wirbelte herum und suchte nach einem Platz, wo sie sich verstecken konnte. Dabei entdeckte sie zwei Holzpfeiler, die den Haupttragbalken der Decke stützten. Neben einem dieser Pfeiler stand ein großer Weidenkorb mit zusammengerollten Teppichen darin. Cait huschte zu dem Pfeiler und duckte sich im selben Augenblick dahinter, da die Männer den Raum betraten; sie redeten in einer Sprache miteinander, die Cait nicht verstand.

Bei allen handelte es sich um dunkelhäutige junge Männer. Die meisten trugen kurze dunkle Bärte und lange Haare, die manche von ihnen an den Schläfen zu Locken gedreht hatten, während andere sie sich schlicht offen über die Schultern fallen ließen. Einige der Männer hatten große Stoffbeutel dabei, die sie nun auf den Tisch leerten: Sie enthielten große, runde Brotfladen, Trockenfisch und Weintrauben. Weitere Stimmen hallten von der Straße hinauf. Einer der Männer lehnte sich zum Fenster hinaus und rief etwas hinunter. Dann ertönten wieder Schritte auf der Treppe, und noch mehr Männer platzten fröhlich in den Raum und begrüßten ihre Gefährten überschwänglich.

Weitere Beutel mit Essen wurden hervorgeholt und Krüge mit Öl. Cait bemerkte den Duft gebratenen Fleischs, und kurz darauf erschienen zwei Männer mit einem ganzen gerösteten Lamm auf einem riesigen Teller. Kaum hatten sie das Lamm abgestellt, kamen drei weitere Männer mit einem ausladenden Krug Wein, in den man sofort die kleinen Krüge vom Tisch eintauchte. Dann erschienen mehrere Frauen, die ähnlich gekleidet waren wie die Männer; nur war der Stoff ihrer Kleider feiner und bunter, und sie trugen Blumen in ihren langen schwarzen Haaren. Einige hatten prall mit schwarzen Oliven oder Datteln gefüllte Schüsseln dabei.

So war der Raum bald voller Menschen, und noch immer kamen neue hinzu. Alle redeten laut durcheinander, doch der Tumult nahm Cait etwas die Angst, entdeckt zu werden. Sie nahm all ihren Mut zusammen und stellte sich neben den Pfeiler, als die Festlichkeit begann. Überall redeten Männer und Frauen; sie sprachen rasch und aufgeregt miteinander, und ihre Augen funkelten vor Freude. Plötzlich trat einer der Männer auf Caits Pfeiler zu und zog einen der zusammengerollten Teppiche aus dem Korb. Cait wollte schon wieder hinter der Säule verschwinden, doch der Mann lächelte sie nur an und ging wieder weg.

Das Reden und Lachen hielt ununterbrochen an; allerdings bemerkte Cait eine Veränderung im Raum. Wie ein Strudel in einem schnell fließenden Fluss drehte sich das fröhliche Chaos plötzlich schneller, und der Raum schien heller geworden zu sein. Cait spürte, wie ein Schauder der Erregung durch die Versammelten ging … Es war wie bei der Ankunft des Königs in der Julhalle oder kurz bevor die Braut auf der Hochzeitsfeier erscheint.

Cait suchte nach dem Grund für diese Veränderung und sah, dass sich immer mehr Leute an der Tür drängten. Sie reckte den Hals, um zu sehen, wer dort angekommen war; dann teilte sich die Menge, und er betrat den Raum.

Er trug ein einfaches Gewand, das an der Hüfte von einem Gürtel zusammengehalten wurde und dessen Ärmel er bis zu den Ellbogen hochgekrempelt hatte. Wie die anderen jungen Männer, so hatte auch er sich einen an den Seiten zusammengerollten Mantel über die Schulter gelegt, doch während die übrigen leuchtende Farben vorzogen, war sein Mantel blass, grau und unscheinbar wie der eines Tagelöhners. Sein Bart war dunkel und lockig, seine Augenbrauen gleichmäßig und seine Haut dunkel von vielen Tagen in der Sonne. Seine Augen waren groß und sein Blick scharf und wachsam.

»Meister! Jeshua!«, rief einer der jungen Männer. »Wie gefällt Euch der Raum, den wir für Euch gefunden haben?«

»Das habt ihr gut gemacht, Nathanael«, antwortete der Meister.

»Es war genau so, wie Ihr gesagt habt, dass es sein würde.«

»Jeshua …«, flüsterte Cait den Namen vor sich hin.

Auch wenn er das Gewand eines Tagelöhners trug, so besaß er doch die Haltung eines Kaisers: hoch erhobenes Haupt, gerade Schultern, und aus jeder seiner Bewegungen sprachen Selbstvertrauen und Adel. Selbst durch den ganzen Raum hindurch vermochte Cait an seinem gewinnenden Lächeln zu erkennen, dass er die Quelle des Überschwangs war, den die anderen empfanden. Er war die Sonne, die alle wärmte, die in ihrem Licht standen.

Er lächelte und lachte mit den anderen, und während Cait ihn beobachtete, nahm er den Mantel ab und legte ihn beiseite. Dann holte er sich eine leere Schüssel vom Tisch und füllte sie mit Wasser aus einem der Krüge. Anschließend nahm er noch ein Tuch, schlang es sich um die Hüfte und ging durch die Menge seiner Freunde. In der Nähe von Caits Ecke blieb er stehen, wo zwei stämmige, junge Männer miteinander redeten; er kniete sich nieder und begann wortlos, die Füße des einen zu waschen. Der Mann lachte, trat zurück und lehnte den Dienst fröhlich ab, doch Jeshua bestand darauf, und so gab der junge Mann nach und ließ sich Wasser über die staubigen Füße gießen.

Nachdem Jeshua damit fertig war, wandte er sich dem zweiten Mann zu – einem kräftigen Kerl mit rauen Händen –, der vehementer protestierte. Sie waren nahe genug an Cait, sodass sie hören konnte, was sie sagten, und während sie sprachen, vermochte Cait immer mehr Worte der fremden Sprache zu verstehen. »Meister!«, rief der Mann. »Was tut Ihr da? Steht auf! Ihr könnt mir doch nicht die Füße waschen!«

»Halte Frieden, Bruder«, sagte Jeshua. »Lass mich das tun.«

»Niemals!«, protestierte der junge Mann erneut; seine Arme waren dick und seine Schultern breit. Er war einen Kopf größer als alle um ihn herum, und seine Stimme dröhnte mit der Kraft eines Mannes, der den Großteil seines Lebens an weiten, offenen Orten verbracht hatte. Auf seinen Protest hin drehten sich andere in der Nähe um, um zu sehen, was hier vor sich ging. »Ich sollte eher *Euch* die Füße waschen.«

»Starrköpfiger Kepha«, erwiderte Jeshua, »verstehst du denn nicht? Wenn ich dich jetzt nicht wasche, wirst du später nicht an meinem Königreich teilhaben.«

»Also gut«, sagte der große Fischer und streckte die Arme aus, »dann wascht mir auch Hände und Kopf.«

»Nimm ein Bad, wenn es nötig ist, Shimeon«, entgegnete Jeshua und machte sich wieder an die Arbeit. »Deine großen Füße bereiten mir schon genügend Mühe.«

Die Zuschauer lachten, und Shimeon ertrug schnaubend die Demütigung, sich von seinem Herrn die Füße waschen lassen zu müssen. Jeshua setzte seine Arbeit fort und ging dabei durch den ganzen Raum. Cait beobachtete, wie er einem seiner Gefolgsleute nach dem anderen die Füße wusch und mit dem Tuch abtrocknete, das er um die Hüfte trug. Einige lachten ob der ungewöhnlichen Situation, während andere schwiegen und sich dem feierlichen Ritual ergaben.

Nachdem er fertig war, kehrte Jeshua zum Tisch zurück und

nahm seinen Mantel wieder auf. Dann drehte er sich zu der Versammlung um, breitete die Arme aus und sagte: »Geliebte Freunde, das Passahmahl ist bereitet. Kommt. Lasst uns zusammensitzen und es gemeinsam genießen, denn wahrlich, ich werde es nicht noch einmal essen, bis das Königreich sich erfüllt.«

Cait sah, dass einige sich über diese merkwürdige Einladung wunderten, doch ihre Fragen gingen im allgemeinen Drängen zum Tisch unter. Allerdings waren eindeutig weit mehr Leute anwesend, als an den Tisch passten, und so würden einige sich einen Platz auf einem der Teppiche suchen müssen, die überall im Raum ausgelegt waren.

Als die fröhliche Menge sich vorwärts schob, gerieten zwei der jüngeren Mitglieder der Gemeinschaft über einen Stuhl aneinander. Einer schob den anderen in dem Willen beiseite, den Platz für sich zu ergattern. Sein Freund stieß in daraufhin an und sagte: »Lass diesen Tisch den Älteren. Die Kinder können sich dort drüben hinsetzen.«

Jeshua hörte sie. »Was soll das?«, tadelte er sie in sanftem Tonfall. »Sind wir plötzlich römische Könige geworden, die über die Menschen gebieten und jeden erhöhten Platz für sich beanspruchen?« Als sie bemerkten, dass sie die Aufmerksamkeit des Meisters erregt hatten, senkten die beiden verlegen die Köpfe. »Das soll niemals so sein. Möge stattdessen der Größte unter euch sein wie der Geringste, denn im kommenden Königreich werdet ihr an meinem Tisch essen und trinken, und jeder Einzelne von euch wird auf einem Thron sitzen und über die zwölf Stämme Israels richten.«

Das rief bei den Umherstehenden ein fröhliches Lachen hervor. Am Ende des Tischs rief einer: »Ich werde König Shimeon sein!«, woraufhin ein anderer hinzufügte: »Herrscher der Fische und Schildkröten im Meer!«

»Könige werdet ihr sein«, versicherte ihnen der Meister; »doch im kommenden Königreich muss der, der herrscht, der niederste Diener seines Hauses sein.«

Die beiden sackten beschämt in sich zusammen und zogen

sich zurück; andere nahmen ihre Plätze ein, und alle setzten sich, manche auf Kissen, andere im Schneidersitz auf die Teppiche. Nachdem wieder Ruhe eingekehrt war, segnete Jeshua das Essen, und das Festmahl begann. Bald aßen alle und redeten miteinander. Immer wieder hallte Gelächter durch den Raum, wovon das meiste, wie Cait bemerkte, seinen Ursprung auf Jeshuas Seite des Tischs hatte.

Unwillig, den Blick von Jeshua zu wenden, sog Cait jede noch so kleine Geste von ihm auf, jedes Lächeln, jedes Nicken, jedes Hochziehen der Augenbrauen und jeden wissenden Blick, wenn er wie ein guter Hirte seine Herde beäugte, die sich zu seiner letzten Mahlzeit um ihn herum versammelt hatte.

Wie ist das möglich?, fragte sich Cait. *Was geschieht hier?* Dann, aus Furcht, dass diese Fragen die Vision irgendwie zerstören könnten, brachte Cait ihre Zweifel zum Schweigen und gab sich ganz dem Augenblick hin.

Eine der Frauen der Gruppe erhob sich von ihrem Platz und griff nach einem Krug. Damit ging sie am Tisch entlang, füllte die Becher mit Wein und kam so auch zu Jeshua. Seinen Becher füllte sie ebenfalls, und als sie weitergehen wollte, ergriff er ihre Hand, zog sie zu sich herunter und hauchte ihr einen Kuss auf die Wange. Niemand sonst sah diese kleine Intimität zwischen den beiden – oder falls doch, empfanden alle diese Geste als normal. Doch Cait spürte eine Wärme in sich aufsteigen und errötete … als hätte der Meister sie selbst auf diese Art geehrt.

Er ist immerhin ein Mann, dachte sie.

Die dunkelhaarige Frau lächelte, berührte ihn an der Wange und ging weiter. Jeshua stand auf und hob den Becher, als wolle er auf das Wohl seiner Anhänger trinken. Stattdessen legte er jedoch den Kopf zurück und sagte: »Vater des Lichts, ich danke dir dafür, dass du mich immer erhört hast. Lass diesen Becher dich ehren und preisen.«

Dann nahm er ein Fladenbrot aus dem Korb, segnete es ebenso und sagte: »Ich bin das lebende Brot, das aus dem Himmel gekommen ist. Jeder, der von diesem Brot isst, soll das ewige

Leben erhalten.« Mit diesen Worten riss er das Brot in zwei Hälften und hielt je eine Hälfte seinen Nachbarn zu beiden Seiten hin. »Das Brot, das ich euch gebe, ist mein Fleisch. Nehmt es und teilt es unter euch. Wenn ihr euch von nun an trefft, um das Brot zu brechen, erinnert euch daran, wie mein Leib für euch gebrochen worden ist und für die Sünden der Welt.«

Bei diesen Worten senkte sich wie ein schwerer Vorhang Schweigen über den Raum. Cait fühlte, wie sich eine Erregung im Raum ausbreitete. Einige verstanden, was gesagt worden war, andere nicht. »Wovon redet er da?«, flüsterte irgendjemand. »Was soll das?«, fragte ein anderer. »Glaubt er, dass das Brot sein Fleisch ist?«

Jeshua griff erneut nach dem Becher, hielt ihn vor sich und sagte: »Dies ist mein Blut, das ich für euch vergieße, meine geliebten Freunde. Lasst von nun an alle, die aus diesem Becher trinken, sich meiner erinnern, bis ich wieder zurückkehre.«

Eine ablehnende Stimme erhob sich unter den Anwesenden am Tisch. Es war Shimeon. »Herr und Meister! Was Ihr da sagt, ist hart. Wer soll das verstehen? Bitte sagt uns, dass Ihr einen Scherz gemacht habt.«

»Ich will euch die Wahrheit sagen. Jeder, der nicht vom Fleisch des Menschensohnes kosten oder sein Blut trinken wird, soll Gottes Reich nicht sehen. Doch jeder, der mein Fleisch isst und mein Blut trinkt, kann sich des ewigen Lebens sicher sein, denn ich lebe in ihm und er in mir.«

Mit diesen Worten reichte er den Becher dem jungen Mann neben sich. Dieser nahm das Gefäß, hob es jedoch nicht an die Lippen. Jeshua sah seinen Widerwillen. »Hab keine Angst, Yochanan. Das ist für dich. Trink.«

Und der Mann trank aus dem Becher und gab ihn rasch wieder zurück. »Ich wünschte, Ihr würdet nicht so reden, Meister«, sagte er. »Ihr wisst, dass die Tempelpriester wie Hunde nach Eurem Blut schreien.«

Das Gesicht strahlend ob der kommenden Herrlichkeit, hielt Jeshua die Hand über den Becher. »Seht, ich besiegele einen neuen Bund mit meinem Blut. Freut euch! Und wieder sage ich: Freut euch! Denn das Himmlische Königreich steht kurz bevor.«

Ein paar seiner Anhänger jubelten, doch die meisten schwiegen, denn die in den Worten ihres Meisters verborgene Bedeutung erfüllte sie mit einer düsteren Vorahnung. Jeshua nahm sich den Becher und ging von einer Gruppe zur anderen; er ließ sie alle, Männer wie Frauen, aus dem gleichen Becher trinken, und dann, als er an der Stelle vorbeikam, wo Caitríona stand, blieb er stehen und drehte sich um. »Da bist du ja«, sagte er, als hätte er die ganze Zeit schon nach ihr gesucht. »Warum verbirgst du dich in den Schatten, wenn du dich im Licht freuen sollst?«

Cait verschlug es den Atem. Sie war entdeckt. Sie blickte Jeshua an; das Blut dröhnte in ihren Ohren, und sie vermochte nicht mehr zu sprechen.

»Oh, du Kleingläubige«, tadelte Jeshua sie sanft, »der Bräutigam selbst lädt dich zu seinem Fest ein. Lege deine Zweifel und Ängste ab, und beteilige dich an den Feiern.«

Unfähig, seinen forschenden Blick zu ertragen, senkte Cait den Kopf und wandte sich ab. Irgendjemand rief etwas von der anderen Seite des Raums, doch Cait konnte die Worte nicht verstehen. Dann spürte sie die Berührung des Meisters, als dieser seine Hand unter ihr Kinn legte und ihren Kopf wieder herumdrehte.

»Frau, warum versteckst du dich?«

»Bitte, Meister, ich gehöre nicht hierher«, sagte Cait, ohne sich überhaupt richtig bewusst zu sein, gesprochen zu haben. Die Worte kamen ihr wie von selbst über die Lippen. »Ich bin Eurer Beachtung nicht würdig.«

»Tochter«, sagte Jeshua, »mein eigenes liebes Kind, weißt du denn nicht, dass der Tag der Erlösung nahe ist? Siehe, der Herr hat ein Festmahl bereitet, und er hat jene gesegnet, die er dazu eingeladen hat.« Er bot Cait den Becher an; als sie zögerte, drückte er ihn ihr in die Hand, legte seine Hand auf die ihre und sagte: »Dies ist mein Blut, das ich für dich vergießen werde. Trinke alles davon.«

Cait hob den Becher und leerte ihn. Jeshua lächelte; er zog seinen taubengrauen Mantel aus und legte ihn Cait über die Schulter. »Gesegnet seist du, Geliebte, denn auch wenn du unfruchtbar warst, so sollen deine Kinder so zahlreich sein wie die Sterne.«

Er hob die Hand an Caits Wange, lächelte erneut und küsste sie auf die Stirn. In diesem Augenblick stand einer der Männer am Tisch auf und eilte hinaus. Jeshua drehte sich um. »Geh deines Weges, J'hudah«, rief er, während schnelle Schritte die Treppe hinunterhallten. »Tu, was du tun musst, aber tu es rasch!«

Cait hörte im Raum unten die Tür zuschlagen und dann Schritte auf der Straße. Shimeon war sofort auf den Beinen. »Yochanan! Ya'akov! Kommt mit mir. Wir holen ihn wieder zurück.«

»Nein, bleibt«, sagte Jeshua. »Bleibt. Ich werde nur noch kurze Zeit bei euch sein. Wir wollen uns freuen, solange es Licht ist, denn die Dunkelheit kommt, da niemand sich mehr wird freuen können.«

Diese Worte waren in eine staunende Stille hineingesprochen. Jeshua kehrte unter leisem Raunen zu seinem Platz am Tisch zurück, das allmählich immer lauter wurde, während Fragen den Raum erfüllten und schließlich sorgenvollen Rufen wichen, der Meister solle die Bedeutung seiner besorgniserregenden Bemerkungen erklären.

Das Geräusch hallte als sinnloses Geplapper in Caits Ohren wider, und sie blickte auf den Becher in ihrer Hand und drückte ihn sich an die Brust. *Dies werde ich behalten und bis ans Ende meiner Tage wie einen Schatz hüten*, dachte sie. Sie zog den taubengrauen Mantel um die Schultern und blickte mit bittersüßer Sehnsucht zum Meister, der nun von seinen engsten Vertrauten umgeben war, die von ihm zu wissen verlangten, was er mit seinen Worten gemeint hatte. Cait schloss wieder die Augen und klammerte sich an ihren Segen.

Kinder, zahlreicher als die Sterne.

Langsam wurde sich Cait bewusst, dass sie auf dem Boden vor dem Altar lag, den Arm unter die Wange geschoben. In der Höhle war es vollkommen still, abgesehen von einem leisen *plip ... plip ... plip* in der Nähe. Cait hob den Kopf. Eine der Altarkerzen war verloschen; die andere war weit heruntergebrannt, und geschmolzenes Wachs floss gleichmäßig auf den nackten Stein. Cait stand auf und blickte sich schuldbewusst um, als fürchte sie, beobachtet worden zu sein und nun für ihre Dreistigkeit bestraft zu werden. Das Sanktuarium war leer. Sie war allein.

Dann sah sie den Becher, und die Erinnerung an die Vision traf sie mit einer Wucht, die sie fast von den Beinen gerissen hätte. Sie schwankte und griff an den Altar, um sich abzustützen.

Sie war dort gewesen. Sie hatte den Heiland gesehen. Sie, Cait, hatte ihn berührt und er sie. Sie legte die Fingerspitzen an die Stirn, dort wo er sie geküsst hatte – die Stelle brannte, als tanzten dort Flammen. Im Inneren wiederum empfand sie eine merkwürdige Unbekümmertheit, als hätte man sie ausgehöhlt, leer geschöpft und die so entstandene Leere mit überschäumendem Licht gefüllt.

»Herr und Meister«, flüsterte sie zu sich selbst. »Ich will wieder auf dem Wahren Weg wandeln. Führe mich mit deinem Heiligen Licht.«

Sie stand vor dem Altar und blickte auf den Becher, den Kommunionskelch. Ihre Suche nach der Reliquie war zu Ende; sie hatte die Mystische Rose gefunden. Mehr noch ... nachdem sie einen Teil der geheimnisvollen Kräfte der Reliquie am eigenen Leib erfahren hatte, wusste sie, dass sie etwas wahrhaft Heiligem gegenüberstand und dass sie das nicht wert war. Ihre hartnäckige, gedankenlose Jagd nach der Mystischen Rose war von ihrem Ehrgeiz und ihrer unheiligen Rachlust verdorben worden, und sie spürte das Gewicht ihrer Sünden, die wie ein filziges, verdrecktes Gewand an ihr klebten. Alles, was sie wollte, war, sich davon zu befreien und endlich wieder rein zu sein.

»Verzeih mir, Herr«, seufzte sie und senkte den Kopf. Sie sprach ein demütiges Beichtgebet, atmete die Vergebung des Meisters ein, hob die heilige Reliquie vorsichtig in die Höhe und stellte sie voller Ehrfurcht wieder in ihr Versteck am Fuß des goldenen Kreuzes zurück. Dann schloss sie die kleine Tür, schnappte sich die verbliebene Kerze, und nach einem letzten Blick in die Runde eilte sie aus dem Felsensanktuarium, durch den Verbindungsraum hindurch und in den Außengang, der sie schließlich aus der Höhle führte.

Der Hof lag noch immer im Dunkeln, obwohl der wolkenverhangene Himmel im Osten bereits rosafarben leuchtete und alle bis auf die hellsten Sterne bereits verblasst waren. Cait huschte wie ein Schatten hinter dem Refektorium entlang zu ihrer Gästezelle und schlüpfte hinein. Nach einem letzten Blick zurück schloss sie leise die Tür, zog die Stiefel aus, kroch ins Bett und zog sich die Decke über den Leib, um die Kälte draußen zu halten.

Cait lag im Bett und zitterte – halb vor Kälte und halb vor Aufregung, die sie noch immer nicht loslassen wollte. Sie hatte aus dem heiligen Kelch getrunken, und eine mystische Kommunion hatte stattgefunden. Sie hatte Gott getroffen.

Dieses Wissen erweckte eine nahezu furchterregende Unruhe in Caits Seele. Und dieses Gefühl wuchs und wuchs und wandelte sich schließlich in ein schier unglaubliches Hochgefühl, das immer heller brannte und drohte, sie zu überwältigen, sodass sie am liebsten laut gelacht oder getanzt hätte. Ihr Herz raste; ihre Hände waren heiß und trocken; ihre Finger kribbelten.

Cait kniff die Augen zu und durchlebte noch einmal die Vision des Raums über der Straße in Jerusalem. Noch einmal spürte sie die Berührung des Herrn Jesus, als er ihr den Becher in die Hand gedrückt hatte. Nur mit Mühe konnte sie die Tränen zurückhalten, die ihr vor lauter überschwänglicher Freude in die Augen stiegen.

Nach einer Weile läutete die Glocke, und Cait hörte die Schwestern draußen im Hof. Ein leises Klopfen ertönte an ihrer Tür, und Schwester Besa betrat den Raum. »Werte Frau, es ist Zeit für die Morgengebete«, sagte sie. »Wenn Ihr Euch zu uns gesellen wollt, heißen wir Euch gerne willkommen.«

»Danke«, erwiderte Cait. »Natürlich werde ich mich zu euch gesellen. Nichts würde mir besser gefallen.« Sie schlug die Decke zurück, schlüpfte rasch in die Stiefel und folgte der Nonne auf den Hof hinaus, wo sie sich den anderen Schwestern anschlossen, die ins Refektorium zogen.

Während des Winters wurden die Morgengebete in der langen, warmen Halle abgehalten. Als Cait das Refektorium betrat, hörte sie einen schrillen Schrei und wurde sofort wild umarmt. »Thea!«, keuchte sie, bevor die Jüngere ihr die Luft aus den Lungen drückte.

»Oh, Cait!« Alethea drückte sie so fest an sich, als wolle sie damit all die Tage der erzwungenen Trennung wieder auslöschen. »Die Äbtissin hat mir schon gesagt, dass du hier bist. Ich wollte dich sofort sehen.« Sie schob Cait auf Armeslänge von sich. »Du siehst gut aus, Cait. Das tust du wirklich.«

»Und du auch, Thea«, erwiderte Cait. Ihr Blick wanderte zu Theas kahl rasiertem Kopf.

Thea ließ ihre Schwester los und legte die Hand auf den Kopf. »Ich bin jetzt eine Nonne«, erklärte sie und lächelte verlegen. Sie hielt kurz inne, grübelte über dieses Wunder nach und plapperte dann munter weiter. »Aber Cait, ich hab dir so viel zu erzählen. Gestern Abend fand eine Zeremonie statt. Ich wünschte, du wärest dort gewesen. Es war wunderbar. Ich wünschte, du hättest es sehen können.«

»Das hat sie.« Äbtissin Annora stand keine zwei Schritt weit entfernt und blickte Cait streng an. »Nicht wahr?«

»Wirklich?«, fragte Thea. »Du hast die Zeremonie gesehen?«

»Das ist wahr«, gab Cait mit ehrlicher Reue zu. »Ich habe die Glocke gehört, bin den Schwestern in die Höhle gefolgt und habe alles gesehen.«

»Und dann habt Ihr aus dem heiligen Kelch getrunken«, sagte die Äbtissin und trat näher.

»Cait!« Thea schnappte nach Luft und riss die dunklen Augen auf.

»Das ist ebenfalls wahr«, bestätigte Cait. Und an die Äbtissin gewandt sagte sie: »Ich wollte niemandem gegenüber respektlos sein. Ich wusste auch wirklich nicht, dass ich damit gegen eine Ordensregel verstieß. Ich wollte nur …«

Die Äbtissin fiel ihr ins Wort. »Es handelt sich hier nicht um so etwas Schlichtes wie eine Ordensregel. Worum es hier geht, ist weitaus ernster.«

»Es tut mir Leid«, sagte Cait. »Es tut mir wirklich Leid. Aber woher wisst Ihr das?«

»Glaubt Ihr, jemand, der so lange im Dienste des Kelches steht wie ich, hätte es nicht im selben Augenblick gewusst, da er Euch gesehen hat?« Missbilligend runzelte die Äbtissin die Stirn. »Kommt mit mir … alle beide. Schwester Besa, du kommst ebenfalls mit.«

Äbtissin Annora überließ es einer anderen Nonne, den Schwestern im Gebet vorzusprechen, und führte die drei zu dem kleinen Raum am Ende der Halle, hieß die Schwestern, sich aufs Bett zu setzen, und schloss die Tür. Schwester Besa, die nicht genau wusste, was geschehen war, nahm ihren Platz vor der Tür ein.

»Bitte«, begann Cait, »Ihr habt allen Grund, zornig auf mich zu sein. Das mache ich Euch nicht im Mindesten zum Vorwurf. Ich wollte mich nicht in die Zeremonie einmischen, ich habe mir nur so sehr gewünscht, Alethea wiederzusehen, ich … Ich bitte Euch um Verzeihung. Ich wollte niemandem schaden.«

»Das ist nur eine Nebensächlichkeit.« Die Äbtissin verschränkte die Arme vor der schmalen Brust und betrachtete Cait mit dem Blick eines Falken. »Sagt mir: Habt Ihr irgendetwas gesehen, nachdem Ihr aus dem Kelch getrunken habt?«

»Das habe ich, Äbtissin«, antwortete Cait.

»Und was habt Ihr gesehen?«

Cait senkte den Blick. Die Vision war so vollkommen, so wunderschön gewesen, dass sie sie nicht durch unzulängliche Worte verderben wollte.

»Die Wahrheit. Jetzt!«, verlangte die Äbtissin. »Was habt Ihr gesehen?«

»Sag es ihr, Cait«, drängte Alethea. »Äbtissin Annora ist sehr gerecht. Die Strafe wird nicht hart sein.«

Cait schüttelte den Kopf. »Wenn ich zögere, dann nicht aus Furcht vor Strafe, sondern vielmehr, weil ich meinen eigenen Worten nicht zutraue, die Wunder zu beschreiben, die jenseits meines Verständnisses liegen.«

Bei diesen Worten legte die Äbtissin ihre Härte ab. »Erzählt es mir. Vielleicht kann ich Euch helfen.«

»Ich hatte eine Vision«, begann Cait. »Ich habe so etwas noch nie erlebt, denn es war, als geschähe alles um mich herum, und ich war dort.«

»Wo wart Ihr?«, fragte die Äbtissin.

»Ich war in dem oberen Raum mit Jesus und seinen Jüngern. Es war der Abend des Passahfestes.«

Bei dieser Enthüllung wurde die Äbtissin kreidebleich. Sowohl Thea als auch Cait sahen deutlich, wie alles Blut aus ihren Zügen wich. »Äbtissin?«, sagte Thea und stand auf, um ihr ihren Platz auf dem Bett anzubieten. »Fühlt Ihr Euch nicht gut?«

»Setzt Euch, Äbtissin«, sagte Besa, eilte ihrer Oberen zu Hilfe und nahm sie am Ellbogen. »Ruht Euch ein wenig aus, und ich werde Euch etwas Wasser holen.«

Annora winkte sie beiseite und hob die Hand, um weiteren Hilfsangeboten zuvorzukommen. Dann blickte sie Caitríona für einen langen Augenblick an, während sie darum kämpfte, ihre Fassung wiederzuerlangen. Langsam wich der Ausdruck der Überraschung und der Qual auf ihrem Gesicht einem der Akzeptanz. »So«, sagte sie leise, »es ist also endlich geschehen.«

Cait und Alethea starrten die Äbtissin an, sagten aber nichts. Ein langer Augenblick verging. Annora atmete tief durch und winkte Cait aufzustehen. »Gebt mir Eure Hände, Tochter.«

Cait streckte die Hände aus. Die Äbtissin ergriff sie, drehte sie herum und schob Cait die Ärmel hoch. Zu Caits Verwunderung waren auf den Handgelenken dunkelrote Eindrücke zu sehen. Ungläubig starrte sie die blutroten Zeichen an.

»Gelobt sei der Herr Jesus«, keuchte Schwester Besa und drehte sich mit weit aufgerissenen Augen zu der Äbtissin um. Sie bekreuzigte sich, faltete die Hände unter dem Kinn und begann zu beten.

Die Äbtissin bückte sich und zog den Saum von Caits Kleid hoch, um ihre Füße sehen zu können. »Zieht Eure Stiefel aus«, sagte sie.

Cait tat, wie ihr geheißen. Auch auf den Fußrücken waren die gleichen roten Eindrücke zu sehen wie auf den Handgelenken. Die Äbtissin richtete sich wieder auf und sagte: »Und nun Euer Kleid.«

Cait zögerte.

»Da wird noch ein Zeichen an Eurer Seite sein«, erklärte Annora, »für die Speerwunde, die Christus am Kreuz erlitten hat. Ich muss sie sehen, um sicher zu sein. Bitte.«

Cait öffnete die Bänder an ihrem Hals, zog den Mantel aus und streifte das Kleid über die Schultern und bis auf die Hüfte hinunter. Sie wagte kaum, an sich hinunterzublicken, tat es aber dennoch.

Dort, unter den Rippen an ihrer rechten Seite, befand sich ein weiterer hässlicher blutroter Eindruck; er war nicht sauber und sah so aus, als wäre sie niedergestochen worden. Vorsichtig berührte Cait die Stelle, doch die Berührung verursachte keinerlei Schmerz.

»Es besteht kein Zweifel«, schloss die Äbtissin.

»Oh, Cait«, flüsterte Alethea, »was hast du getan?«

»Nichts.« Ein Zittern der Verwunderung schlich sich in Caits Stimme.

»Tut das weh?«

»Überhaupt nicht«, antwortete Cait leicht benommen. »Ich spüre nichts davon.« Sie zog ihr Kleid wieder hoch und band es zu. »Was ist mit mir passiert?«, fragte sie.

»Dies sind die Stigmata Christi«, erklärte ihr die Äbtissin. »Seht her.« Sie streckte den Arm aus und zog die Ärmel von ihren Handgelenken. Bei ihr waren die Eindrücke nicht mehr rot, sondern blassrosa – wie die Narben einer alten Wunde. »Seht«, sagte sie, »das Zeichen der Rose.«

Es war wahr; die Zeichen sahen winzigen Rosen wirklich ähnlich – besonders verglichen mit Caits, die eher frischen Verletzungen glichen. Cait schüttelte ungläubig den Kopf. »Was hat das zu bedeuten?«

Die betagte Äbtissin strich mit den Fingerspitzen über die Stigmata. »Das bedeutet, mein liebes Kind«, antwortete sie und hob die Hand an Caits Gesicht, »dass du die nächste Hüterin des Kelches bist.«

»Die Auserwählte«, sagte die Äbtissin. Ihre Stimme schien von weit, weit weg zu kommen, und Cait hatte Mühe, die Worte zu verstehen. »Du bist auserwählt worden, Caitríona.« Sie hielt inne und betrachtete die junge Frau mitfühlend. »Und jetzt hast du eine Wahl.«

»Ihr müsst Euch entscheiden, ob Ihr den Ruf beantworten wollt«, meldete sich Schwester Besa.

»Hast du das verstanden?«, fragte die Äbtissin.

Cait starrte die Stigmata auf ihren Handgelenken an und schüttelte den Kopf. »Nein.«

»Auf diese Art wird die Nachfolge gesichert«, erklärte Äbtissin Annora. »Wann immer ein neuer Hüter vonnöten ist, wird irgendjemand auserwählt. Die Stigmata sind die sichtbaren Zeichen dafür, dass diese Wahl getroffen worden ist. Allerdings kann dich niemand zwingen zu dienen. Das ist deine Entscheidung, und du musst sie allein treffen.« Sie lächelte. »Der Herr hat dich gerufen, Caitríona, und nun musst du entscheiden, was du ihm antwortest.«

»Werdet Ihr mir helfen, Äbtissin Annora?«

»Natürlich, meine Liebe. Ich werde dir helfen, wie immer ich kann.«

»O Cait, das ist wunderbar«, sagte Thea und schlang ihrer Schwester die Arme um den Hals. »Gott hat dich als die seine gezeichnet. Stell dir das doch nur einmal vor!«

Cait lächelte zweifelnd; schon jetzt spürte sie, wie die Last ungeheurer Verantwortung auf ihre Schultern drückte. Aus dem Refektorium waren die Segensworte zu hören und dann das Knarren und Kratzen von Bänken, als die Schwestern sich zum Frühstück setzten.

»Wollt Ihr, dass ich es den Schwestern sage?«, fragte Besa.

»Noch nicht«, antwortete die Äbtissin. »Ich glaube, für Caitríona wäre es am besten, wenn sie jetzt eine Zeit lang allein sein würde. Ich werde heute Abend ein außerordentliches Kapiteltreffen einberufen; dann können wir es den anderen sagen.« Sie drehte sich zur Tür. »Nun werden wir erst einmal essen, und dann sollst du den Rest des Tages Zeit zum Beten haben und darüber nachdenken können, was du antworten wirst.« Und an Thea gewandt sagte sie: »Ich weiß, dass du begierig darauf bist, Zeit mit deiner Schwester zu verbringen, und ihr habt euch viel zu erzählen; aber unter diesen Umständen frage ich mich, ob du nicht vielleicht noch ein wenig warten könntest. Ich glaube, Caitríona würde gerne eine Weile allein sein, und du hast neue Pflichten, die es zu erledigen gilt.«

»Natürlich«, erwiderte Alethea ein wenig widerwillig. »Ich verstehe.«

»Danke, Thea.«

»Wir werden später reden.« Sie küsste Cait auf die Wange und ging hinaus. Besa folgte ihr und schloss hinter sich die Tür.

»Werdet Ihr bei mir bleiben?«, fragte Cait. »Ich habe so viele Fragen, und ich würde jetzt nicht so gerne allein mit ihnen sein.«

»Wenn du das möchtest«, antwortete Annora. »Am Ende wirst du jedoch nur Gott um Führung bitten können. Ich kann dir lediglich sagen, wie es für mich war.«

»Das«, sagte Cait, »ist genau das, was ich hören will.«

»Komm, lass uns ein wenig spazieren gehen. Der Tag ist schön, und die Kälte wird dir zu einem klaren Kopf verhelfen.«

Sie durchquerten das geschäftige Refektorium. Einige Nonnen blickten von ihrer Mahlzeit auf, als Cait und Annora vorüberkamen; auch Besa und Thea schauten kurz herüber, doch wandten sie sich rasch wieder ab, um nicht unnötig Aufmerksamkeit auf Cait zu lenken. Dafür war Cait ihnen dankbar.

Die Äbtissin führte Cait auf den Hof hinaus und dann den Pfad zu den Ställen, Scheunen und anderen Nebengebäuden hinunter. Schweigend gingen sie nebeneinander her. Cait atmete die kalte Bergluft tief ein und spürte, dass sie ein wenig die fiebrigen Gedanken aus ihrem Kopf vertreiben konnte.

Am ersten Stall hielten sie kurz an, um etwas Stroh für die Tiere in die Krippe zu legen. Im Stall war es warm, und es roch stark nach Schafen und ihrer öligen Wolle. Die Äbtissin ließ einen Torflügel offen, um etwas frische Luft hereinzulassen. Mehrere Mutterschafe hatten bereits einen runden Bauch, einschließlich eines armen, alten Schafes, das fast zu platzen drohte. »Dieses hier nennen wir Sara«, erklärte die Äbtissin. »Sie war einst unfruchtbar, aber jetzt nicht mehr. Jedes Jahr bringt sie sogar Zwillinge oder gar Drillinge zur Welt.« Sie streckte die Hand aus und streichelte dem Tier über den wolligen Kopf. »Aber dieses Lammen wird ihr letztes sein. Sara wird zu alt … wie ich.« Sie blickte zu Cait. »Es ist an der Zeit, dass eine Jüngere meinen Platz einnimmt.«

»Äbtissin Annora«, begann Cait, »ich kann sicherlich nicht …«

»Schschsch, meine Tochter, ich habe damit nicht gemeint, dass du … jedenfalls jetzt noch nicht. Wie gesagt, die Wahl liegt bei dir. Ich habe damit lediglich sagen wollen, dass auch ich in letzter Zeit das Alter gespürt habe. Ich weiß, dass die Zeit kommt, da ich meine Last ablegen und zur Seite treten muss.«

»Ich verstehe.« Cait nickte und legte nachdenklich die Stirn in Falten.

»Alles zu seiner Zeit, Kind.« Die Äbtissin musterte Cait im trüben Licht, das durch das Stalltor hereinfiel. »Aber da ist noch etwas, glaube ich.«

»Ich habe ein Geständnis zu machen«, sagte Cait. »Nachdem Ihr es gehört habt, werdet Ihr Eure Meinung über mich vielleicht ändern.«

Äbtissin Annora lachte. »Weißt du, wie viele Beichten ich mir im Laufe der Jahre angehört habe?«

»Ich bezweifle, dass Ihr das schon mal gehört habt«, erwiderte Cait und verzog das Gesicht. Es blieb ihr nichts anderes übrig, als ihre finstere Tat beim Namen zu nennen und das Urteil dafür zu akzeptieren. Sie atmete tief durch und platzte heraus: »Der Kelch … die Mystische Rose … Ich bin hierher gekommen, um ihn zu stehlen.«

Ein Ausdruck der Verwunderung breitete sich auf dem Gesicht der Äbtissin aus. »Nun, du hast Recht. In all den Jahren habe ich das noch nicht gehört. Und nun, da ich es höre, bin ich nicht sicher, ob ich es glauben soll.«

»Oh, ich versichere Euch, dass es wahr ist. Unglücklicherweise bin ich nicht besser als der schlimmste Dieb, der je gelebt hat.«

»Und auch das glaube ich nicht. Doch ich bin überzeugt, dass es hier eine Geschichte zu erzählen gibt, und ich würde sie gerne hören. Komm. Du kannst sie mir erzählen, während wir nach den Schweinen sehen.«

Sie gingen zum nächsten Stall, um den Schweinen frisches Wasser zu geben, und während sie dieser heimeligen Arbeit nachgingen, kratzte die Äbtissin einem alten Eber hinter den großen, zerfransten Ohren und lauschte Caits langer, ausschweifender Erklärung der Ereignisse, die sie schließlich in die Abtei und zu diesem entscheidenden Augenblick geführt hatten.

Cait erzählte alles – über den Mord an ihrem Vater, wie sie dem Mörder gegenübergetreten war, um ihn der Gerechtigkeit zuzuführen, und wie dies durch das Erscheinen des Weißen Priesters verhindert worden war. Sie berichtete vom Diebstahl des wertvollen Briefes, in dem sie zum ersten Mal von einem großen Schatz gelesen hatte. Dann erzählte sie davon, wie sie herausgefunden hatte, um was für einen Schatz es sich handelte, wie sie ihre Ritter zusammenbekommen hatte und wie sie dann nach Aragon gereist waren, um den heiligen Kelch Christi für sich selbst zu beanspruchen. Sie berichtete vom Angriff der Banditen, von Theas Entführung und wie sie nach ihr gesucht und gesucht hatten, wobei sie schließlich auf Fürst

Hassan Al-Nizar getroffen waren, der sie in seinen Bergpalast gebracht hatte. Anschließend fuhr sie mit dem Kampf mit Ali Waqqar fort und erklärte, wie Abus letzte Worte sie in das Dorf am See geführt hatten.

Schließlich endete sie mit den Worten: »Ich habe gebetet, Gott möge mich zum Werkzeug seiner Gerechtigkeit machen. Ich habe gehofft, den Mörder meines Vaters mit Hilfe der Mystischen Rose in den Untergang zu locken. Dafür habe ich den heiligen Kelch gebraucht, und ich bin hierher gekommen, um ihn mir zu nehmen.« Überwältigt von der Größe ihrer Verbrechen, senkte Cait den Kopf und wartete auf das Urteil der Äbtissin. »Ihr müsst mich für die schamloseste und verabscheuungswürdigste Sünderin halten. Die Kühnheit meiner Verbrechen erstaunt selbst mich.«

»Aye«, stimmte ihr Annora zu und musterte Cait eingehend. »Um die Wahrheit zu sagen, erstaunen sie auch mich. Aber ich weiß nicht, was mich mehr erstaunt … dass du dich für so minderwertig hältst oder dass du nicht merkst, dass die Schnelle Sichere Hand bei all diesen dunklen Taten am Werk gewesen ist, um sie einem glorreichen Ende entgegenzuführen.«

Cait wollte etwas dagegen einwenden, doch die Äbtissin kam ihr zuvor und fragte: »Hast du gewusst, dass der heilige Kelch sich hier befindet?«

»Nein, natürlich nicht«, antwortete Cait nach einem Augenblick. »Als Bruder Matthias ermordet wurde, war alles Wissen um den heiligen Kelch verloren, und wir haben die Hoffnung aufgegeben, ihn je zu finden. Auch haben wir Alethea und Abu verloren; also haben wir die Suche abgebrochen, um die beiden zu retten.«

»Du hast nicht gewusst, dass der heilige Kelch sich hier befindet, bis du aus ihm getrunken hast; erst dann hat er dir seine wahre Natur enthüllt.«

»Ja«, erwiderte Cait, »so war es.«

»Warum hast du das getan, glaubst du?«

Cait rief sich die Erinnerung an die Höhle wieder ins Gedächtnis zurück. »Ich habe Alethea und die andere Nonne aus dem Gefäß trinken sehen, und das hat mich derart in Verzückung versetzt, dass ich sie beneidete.«

»Es hat nichts mit Neid zu tun, wenn man die Freude des Herrn sieht und daran teilhaben will. Es war eher die Stimme des guten Hirten, die dich zu ihm gerufen hat.« Sie ließ Cait einen Augenblick Zeit, um darüber nachzudenken; dann sagte sie: »Lass uns noch ein Stück gehen.«

Cait folgte der Äbtissin wieder in den strahlenden Sonnenschein und die klare, kalte Luft hinaus. Jenseits des Feldes holten ein paar Nonnen Feuerholz von den Stapeln und trugen es auf den Klosterhof zurück. »Wir trinken nur zweimal aus dem heiligen Kelch«, erzählte Annora. »Einmal, wenn wir unsere Leben in der Abtei beginnen, und das andere mal, wenn der Todesengel vor uns tritt, um uns zur ewigen Ruhe zu geleiten. So ist es bei allen von uns.

Doch nicht alle teilen die gleiche Erfahrung, wenn sie aus dem Kelch trinken. Einige haben Visionen, das ist wahr, doch diese Visionen sind sehr selten, und noch weit weniger erleben das Gleiche. So wie jede Seele anders ist, so ist auch jede Begegnung mit dem heiligen Kelch anders. Weder Alethea noch Schwester Lora haben gesehen, was du oder ich gesehen haben. Und natürlich ist keine von ihnen mit Stigmata gezeichnet worden.«

Äbtissin Annora blieb stehen, drehte sich um und ergriff Cait an den Schultern. »Siehst du denn nicht, dass du hierher geführt worden bist? All das ist nach Seinem Willen geschehen.«

»Vielleicht«, räumte Cait zweifelnd ein.

»Nicht vielleicht. Das ist so sicher wie der Sonnenaufgang.« Sie ergriff Caits Hand und legte die Fingerspitzen sanft auf Caits Handgelenk und auf die leuchtenden Zeichen unter dem Stoff ihres Ärmels. »Sag mir, dass du das jetzt noch nicht sehen kannst.«

Cait blickte Annora an und wünschte sich verzweifelt, sie könne glauben, was die Äbtissin ihr sagte.

»Tochter, ich habe dir gesagt, dass du *auserwählt* bist.« Sie drückte Caits Hand, um ihre Worte zu betonen. »Von Beginn an bist du über den Pfad geführt worden, der dich am Ende hierher gebracht hat.«

»Alles ist so, wie es sein muss«, murmelte Cait vor sich hin. Als die Äbtissin sie daraufhin fragend anblickte, erklärte sie: »Das hat Abt Emlyn immer gesagt.« Die Erinnerung an diesen alten Spruch aus ihrer Kindheit tröstete sie ein wenig, und sie hielt sich daran fest.

Die Äbtissin ließ Cait wieder los und trat von ihr weg. »Es ist ein wunderschöner Tag, aber meine alten Knochen mögen die Kälte nicht. Ich werde dich nun allein lassen, damit du eine Weile über alles nachdenken kannst. Heute Abend sprechen wir dann wieder miteinander.«

Die ältere Frau ging Richtung Hof zurück, und Cait blickte ihr nach, bis sie hinter einem der Nebengebäude verschwunden war. So weise, dachte sie, so geduldig und verständnisvoll. Könnte es so sein?, fragte sie sich. Als Äbtissin konnte man vielleicht nach einer gewissen Zeit eine solch gütige Art entwickeln.

Cait blickte in den klaren, sonnendurchfluteten Himmel hinauf. Das Blau war blass, doch strahlend hell, und die umliegenden Gipfel gleißten so weiß, dass es fast schmerzte. Cait zog ihren Mantel enger um Hals und Schultern, schlang die Arme um die Brust und setzte ihren Spaziergang fort. In Gedanken versunken lief sie einfach dahin, bis der Klosterweg endete und der Pfad ins Tal hinunter begann. Obwohl sie das Dorf nicht sehen konnte, wusste sie, dass die Julfestivitäten noch immer in vollem Gange waren. Und Rognvald wartete auf sie.

Der Gedanke an ihn dort unten, wartend und nichts von den außergewöhnlichen Veränderungen wissend, den sie sich hier oben stellen musste, ließ sie ruhelos werden. Rognvald und die Ritter, ihre entschlossenen Beschützer und treuen Gefährten … sie hatte versprochen, sie nach Hause zu führen …

Nach Hause … Der Gedanke an das weit entfernte Caithness ließ eine willkürliche, aber willkommene Reihe vertrauter Bilder vor Caits geistigem Auge erscheinen: der Kirchhof, wo ihre Mutter begraben war und wo sie geschworen hatte, ihren Vater zu beerdigen … die Weiden und Felder um die breite, unruhige Bucht … das schieferfarbene Meer unter Sturmwolken … die kupferfarbenen Hügel, wo das Heidekraut rot blühte … Plötzlich kam ihr die Vorstellung, den Rest ihres Lebens in dieser Abtei verbringen zu müssen, wahrhaft furchtbar vor. Es war schon erstaunlich genug, dass Alethea sich für dieses Leben entschieden hatte; für Cait war das unvorstellbar.

Cait hob die Hand, betrachtete ihr Handgelenk und starrte abermals voller Ehrfurcht auf das rote Mal in ihrem Fleisch. Dort konnte alle Welt deutlich das Zeichen ihrer Berufung sehen.

Die Vision brannte noch immer in ihrem Geist mit all der Hitze und Kraft eines Freudenfeuers. Cait konnte nicht einfach leugnen, was sie gesehen hatte – genauso wenig, wie sie die sichtbaren Zeichen leugnen konnte, die das Geschehen in ihrem Fleisch hinterlassen hatte. Doch sie konnte auch nicht leugnen, wer sie war – eine stolze, bisweilen arrogante und oft sture Frau – ja, und rachsüchtig –, die es gewohnt war, selbstständig zu denken, diese Gedanken auch auszusprechen und ihren Willen durchzusetzen. Ihre Toleranz mit Narren, Unfähigen und Schurken konnte man an der Geschwindigkeit messen, mit der sie jedes Mal eine spitze Bemerkung für den Betreffenden bereit hatte. Jeder, der sie kannte, wusste, dass Caits Zunge eine scharfe und manchmal auch grausame Waffe war.

Wie, im Namen von Gottes geliebtem Sohn, sollte sie dann die endlosen Beichten von schwachen, selbstsüchtigen und gedankenlosen Sündern ertragen? Die Vorstellung, eine Schar schnatternder Frauen zu hüten und eine rein weibliche Gemeinschaft mit all den lästigen Kleinigkeiten zu leiten, ließ sie so kalt wie die schneebedeckten Gipfel in der Ferne.

Und doch, überlegte Cait, vielleicht war es genau das, wozu sie auserwählt war. Vielleicht hatte Gott sie zu einem Leben voller Opfer gerufen. Vielleicht sollte sie nie die Liebe eines Mannes kennen lernen, nie ein eigenes Kind in den Armen halten und ihre Lieben niemals wiedersehen, sondern ihren beachtlichen Willen auf ewig dem Einen Großen Willen unterwerfen … vielleicht sollte sie nie wieder sie *selbst* sein.

Derart in Gedanken vertieft, war sie in einer Sackgasse gelandet. Sie blickte den Bergpfad hinunter, der zwischen den zwei mächtigen Bergrücken hindurchführte, und es kam ihr so vor, als wären die steilen, unbezwingbaren Wände ein Symbol für ihr Dilemma. Dem Ruf zu folgen, würde bedeuten, ins Tal der Verzweiflung hinabzusteigen, aus dem es keine Rückkehr mehr gab.

Gott im Himmel, dachte sie unglücklich, *dieses Schicksal ist schlimmer als der Tod. Was soll ich tun?*

Der Wind zwischen den Felsen erzeugte ein Geräusch, das an ein Flüstern erinnerte, sodass es sich anhörte, als würden uralte Stimmen zu Cait sprechen.

Und sie sprachen wirklich. Denn als Cait ihnen lauschte, hörte sie das Rauschen der sturmgepeitschten Wellen in der Bucht von Banvarð. Sie hörte das Rascheln des Farns auf den sonnenbeschienenen Hügeln und den Regen, der auf die Stoppelfelder prasselte. Als Kind war sie durch die grüne Wildnis von Caithness gestreunt; in den langen Jahren, da ihr Vater fort gewesen war, hatte sie das Land und seine Bewohner lieben gelernt.

Caithness war der Ort, der ihr Herz bewegte, auch jetzt, und nichts – noch nicht einmal die Stigmata Christi – würde das jemals ändern. In einem Land zu leben und zu sterben, das nicht das ihre war, und Caithness niemals wiederzusehen … die Vorstellung war unerträglich.

Ich kann es nicht tun, schloss sie. *Die Äbtissin hat gesagt, ich hätte eine Wahl. Gott hilf mir, ich kann es nicht tun.*

Cait kannte ihre Schwächen nur allzu gut, doch Selbstbetrug gehörte nicht dazu. Sie wusste, wie sie dachte. Und während einige Frauen sicherlich freudig alles aufgeben würden, um sich um ihre Schwestern und das Dorf zu kümmern, so wusste Cait, dass sie der Langeweile und Gleichförmigkeit dieses Lebens alsbald überdrüssig werden würde. Irgendwann würde sie das Leben in der Abtei aufreiben, und früher oder später würde sie ihre Entscheidung bereuen. Aus Reue würde Abscheu werden und aus Abscheu Hass. Zu guter Letzt würde sie die Abtei hassen, und nach einiger Zeit würde dieser Hass dann zu einem Gift werden, das alles verdarb, was sie um ihrer Ehre wahren und schützen sollte.

Nein, es war unmöglich; Cait wusste es in ihrem Herzen und in ihrer Seele – doch nicht dass dieses Wissen es leichter machen würde, ihre Entscheidung zu verkünden. Sie atmete tief durch und beschloss, es Äbtissin Annora sofort zu sagen. Es war besser, dem Ganzen jetzt ein Ende zu bereiten, bevor es noch sehr viel weiter ging.

Cait drehte sich um und machte sich auf den Weg zurück zur Abtei, fest entschlossen, ihre Entscheidung kundzutun. Sie war jedoch nur einige Schritte weit gegangen, als sie jemanden vom Bergpfad hinter ihr rufen hörte. Cait blieb stehen, blickte zurück und sah, wie sich eine kleine Gestalt den letzten Anstieg zum Hochtal der Abtei hinaufschleppte.

Es war ein junges Mädchen; sie hatte sofort zu rufen begonnen, als sie Cait gesehen hatte. Cait lief rasch zum Pfad zurück und erreichte das Mädchen genau im selben Augenblick, als dieses im Schnee zusammenbrach. Dass sie aus dem Dorf war, daran bestand kein Zweifel. Cait glaubte, das Mädchen als die älteste von Dominicos Töchtern zu erkennen.

Ihre Lippen, Fingerspitzen und Wangen waren blau vor Kälte. In ihrer Eile war sie entweder den ganzen Weg ohne Mantel gelaufen, oder sie hatte ihn unterwegs verloren. Ihre Hände waren aufgescheuert, und durch die Löcher in ihrem Kleid sah Cait, dass Knie und Schienbeine blutig waren, wo sie auf den Felsen gefallen war und sich die Haut aufgeschürft hatte.

Cait zog ihren Mantel aus, legte ihn um das zitternde Kind und half dem Mädchen bei dem Versuch, sich aufzurichten. »Was ist? Was ist passiert?«

Das Kind schnappte nach Luft, krallte sich in Caits Kleid und plapperte etwas in ihrer unverständlichen Sprache. Cait konnte das Mädchen weder verstehen noch sich selbst verständlich machen. Sie ergriff die Hände des Kindes, rieb sie und blies ihm warmen Atem auf die frierenden Finger. »Komm«, sagte sie, nachdem das Mädchen sich wieder ein wenig beruhigt hatte. »Ich werde dich zur Äbtissin bringen. Sie wird wissen, was zu tun ist.«

Cait half dem Mädchen auf die Beine, und gemeinsam gingen sie in Richtung Abtei. Als sie den zweiten Stall erreichten, hörten die Nonnen, die Feuerholz sammelten, Caits Rufen und rannten ihr zu Hilfe. Beim Anblick der Nonnen begann das Mädchen wieder aufgeregt zu plappern. »Ich habe sie am Bergpfad gefunden«, sagte Cait. »Versteht irgendeine von euch, was geschehen ist?«

Eine der Nonnen kniete sich in den Schnee vor das Kind und ergriff die Hände des Mädchens; eine andere trat ebenfalls heran und legte den Arm um die schmalen Schultern. Die erste Nonne redete ruhig, und Cait sah, wie sich bei den Klosterfrauen ein immer besorgterer Gesichtsausdruck zeigte. »Bruder Timo hat gesagt, wir sollen schnell kommen«, erklärte die Nonne. »Viele Soldaten sind im Dorf eingetroffen; sie haben alle Leute in die Kirche gesperrt, und der Priester sagt, die Äbtissin werde sofort gebraucht.«

»Wie sehen diese Soldaten aus?«, fragte Cait. »Fragt sie das.«

Die Nonne, die die Hände des Mädchens hielt, übersetzte die Frage, hörte sich die Antwort an und blickte dann zu Cait hinauf. »Sie sagt, sie seien sehr groß und ritten auf Pferden.«

»Was ist mit ihren Kleidern?«, verlangte Cait ungeduldig zu wissen. »Was tragen sie?«

Wieder übersetzte die Nonne und erhielt eine Antwort. »Sie tragen Mäntel.« Das Kind sprach erneut, um der Beschreibung ein Detail hinzuzufügen. »Die Mäntel sind weiß, sagt sie, und haben ein rotes Kreuz genau hier.« Die Nonne deutete auf die Stelle unmittelbar über ihrem Herzen. »Und auf dem Rücken.«

Die anderen Schwestern blickten sich verwirrt an. »Wer mag das sein?«, fragten sie sich.

»Ich kenne sie«, antwortete Cait; ihr drehte sich der Magen um. »Die Templer sind hier.«

»Templer?«, wiederholte Äbtissin Annora das Wort unsicher. »Hast du sie so genannt? Aber wer sind sie?«

»Sie sind Priesterkrieger«, antwortete Cait und erkannte, wie wenig die Grauen Marias über die Dinge wussten, die sich hinter ihren schützenden Bergen ereigneten. »Sie gehören einem besonderen Orden an, der sich die Armen Ritter Christi vom Tempel Salomons nennt, aber weithin sind sie schlicht als Templer bekannt. Sie haben ihr Leben dem Schutz von Pilgern und Reisenden im Heiligen Land gewidmet sowie der Verteidigung von Jerusalem.«

»Sie sind berühmte Krieger«, führte Alethea hinzu.

»Kämpfende Priester«, sinnierte die Äbtissin und schüttelte den Kopf ob dieser seltsamen Vorstellung. »Aber was wollen sie nur von mir?«

»Sie sind wegen des heiligen Kelches hier«, erklärte ihr Cait.

»Sind sie das?«

»Es ist wahr«, bestätigte Cait. »Es tut mir Leid.«

Dieses Eingeständnis rief eine Reaktion unter den versammelten Nonnen hervor. Alle begannen sie gleichzeitig zu reden. »Ruhe!«, befahl die Äbtissin. »Ruhe … ihr alle. Kehrt zu euren Pflichten zurück. Jene von euch, die schon damit fertig sind, dürfen zum Beten in die Kapelle gehen.« Die Schwestern taten, wie ihnen geheißen, und ließen die Äbtissin, Cait und Alethea allein. »Was weißt du noch darüber?«, fragte Äbtissin Annora, nachdem die anderen gegangen waren. Sie blickte Cait streng an. »Und ich glaube, diesmal sollte ich wohl besser *alles* hören.«

»Du hast sie hierher geführt«, sagte Alethea vorwurfsvoll. »Sie sind dir gefolgt.«

»Es sieht so aus«, räumte Cait unglücklich ein. Und an die Äbtissin gewandt sagte sie: »Ich hätte Euch alles von Anfang an erzählen sollen. Aber ja, ich kenne die Templer. Ihr Anführer ist ein Mann mit Namen Renaud de Bracineaux; er hat meinen Vater in Konstantinopel ermordet.«

»Der Brief«, erwiderte die Äbtissin und fügte die Information hinzu, die Cait ihr bereits gegeben hatte. »Er hat ihm gehört.«

»Ja«, bestätigte Cait. »Er hat ihm gehört.« Flehentlich blickte sie zu der weisen Äbtissin und bat sie um Verständnis. »Ich wusste, dass er den heiligen Kelch haben wollte, und ich dachte, wenn ich ihn zuerst bekommen würde, könnte ich ihn dazu missbrauchen, de Bracineaux der Gerechtigkeit zuzuführen.«

»Und du wärst nicht davor zurückgeschreckt, diese Gerechtigkeit selbst zu üben, nehme ich an.«

»Nein«, beichtete Cait. »Das wäre ich nicht.«

»Ich verstehe.« Die Äbtissin nickte und presste die Lippen aufeinander.

»Was denkt Ihr, Äbtissin?«, fragte Alethea nach einem Augenblick.

»Ich denke, dass ich gehen, mit diesen Soldaten Christi reden und in Erfahrung bringen muss, wie diese Angelegenheit gelöst werden kann.«

»Ich werde Euch begleiten«, sagte Cait. »Vielleicht kann ich Euch helfen.«

»Cait, nein«, protestierte Alethea. »Sie werden dich wiedererkennen.«

»Nicht, wenn ich Habit trage«, erwiderte Cait.

»Dann beeil dich«, sagte Annora. »Alethea, geh in die Kapelle, warte dort mit den Schwestern und sag ihnen, sie sollen darum beten, dass Gott uns den rechten Weg aufzeigt. Caitríona, du kommst mit mir. Wir werden einen Mantel und eine Robe für dich suchen; dann gehen wir ins Dorf hinunter …

und«, fügte sie betont hinzu, »auf dem Weg kannst du mir alles sagen, was ich wissen muss.«

Die Nonnen erreichten das Dorf kurz vor Sonnenuntergang; der Himmel war bleigrau und färbte die Unterseite der Wolken violett und schmutzig orange. Die zwei einsamen Gestalten gingen durch das verlassene Dorf zu der Kirche, wo eine Reihe weiß gewandeter Männer um ein Feuer versammelt waren, das sie vor dem Holzgebäude errichtet hatten. Die Äbtissin und ihre Gefährtin marschierten direkt zu dem Ritter, der an der Tür Wache schob, und die Äbtissin sagte: »Ich bin Äbtissin Annora. Man hat mir gesagt, jemand wolle mich sehen.«

Der Templer betrachtete die beiden Frauen ausdruckslos. Beide waren in das graue Gewand ihres Ordens gekleidet und trugen Kapuzen zum Schutz vor der Kälte.

»Ich werde dem Komtur sagen, dass Ihr hier seid«, sagte der Soldat, verschwand in der Kirche und kehrte einen Augenblick später wieder zurück. »Bitte, kommt herein, Äbtissin. Komtur de Bracineaux wird Euch jetzt empfangen.«

Die Äbtissin und ihre Gefährtin traten durch die Tür und ins dämmrige Innere der Kirche. Bruder Timotheus empfing die beiden unmittelbar hinter der Tür. »Äbtissin Annora«, sagte er und eilte auf die Frauen zu, »Gott sei Dank, dass Ihr gekommen seid. Ich habe diesen Männern immer wieder gesagt, dass es sinnlos sei, alle so festzuhalten. Ich bin sicher, dass die Angelegenheit friedlich und zur allgemeinen Zufriedenheit erledigt werden kann.«

Cait blickte an dem Dorfpriester vorbei und sah de Bracineaux auf einem von Dominicos Stühlen vor dem Altar. Sein weißes Haar war matt und feucht und klebte an seinem Kopf wie nasses Laub; sein Gesicht war rot von der Kälte und vom Wind, doch der Blick seiner Augen war so scharf wie eine Schwertklinge. Neben dem Templer saß Erzbischof Bertrano; Gislebert stand hinter dem Stuhl seines Herrn, und der blonde Mann mit Namen d'Anjou ging in den Schatten hinter dem

Altar auf und ab. Die Dörfler saßen in Familiengruppen auf dem Boden; schweigend schauten sie zu und warteten. Cait suchte zwischen ihnen nach ihren Rittern, doch Rognvald und die anderen waren nicht hier. Sie fragte sich, wo sie sich wohl verstecken mochten.

Als der Priester Cait sah, öffnete er den Mund, um sie zu begrüßen, doch die Äbtissin kam ihm zuvor und sagte: »Ich bin sofort gekommen, als ich Eure Nachricht erhalten habe. Sagt mir, was so dringend ist. Und warum sind all die Leute hier? Werden sie gefangen gehalten?«

»Sie sind hier, damit das Ganze nicht ... sagen wir, unnötig kompliziert wird. Außerdem sollen sie ihren Respekt bekunden«, sagte de Bracineaux und stand langsam auf. »Immerhin geschieht es nicht jeden Tag, dass ein Erzbischof sie besucht.«

Bei diesen Worten erhob sich Bertrano ebenfalls. »Gott segne Euch, Äbtissin.« Er stellte sich ihr vor und fuhr fort: »Ich denke, Ihr werdet herausfinden, dass wir beide in dieser Angelegenheit dem Willen des Papstes und seiner Templer unterworfen sind.«

»So scheint es«, erwiderte die Äbtissin. »Aber vielleicht wäre jemand so freundlich, mir zu erklären, was denn nun so dringend meiner Aufmerksamkeit bedarf.«

»Das ist sehr einfach«, begann der Erzbischof. »Vor nicht allzu langer Zeit habe ich gehört, dass der heilige Kelch Christi in diesem Dorf aufbewahrt wird. Natürlich war ich fasziniert, und da diese Region in letzter Zeit zunehmend instabil geworden ist, seitdem die Mauren Länder von den Christen zurückerobern, beschloss ich, Rat zu suchen im ...«

»Genug!«, fiel ihm de Bracineaux in scharfem Ton ins Wort. Er trat vor und drängte sich am Erzbischof vorbei. »Danke, Bertrano, dass Ihr uns eine so ausführliche Erklärung gegeben habt, aber wenn wir hier warten, bis Ihr damit fertig seid, sind wir morgen noch hier.« Er baute sich vor den beiden Nonnen auf und verschränkte die Arme vor der Brust. »Sagt mir einfach, ob Ihr den Kelch habt«, sagte er und blickte die Äbtissin kalt an.

»Ja«, antwortete Annora. »Die heilige Reliquie, von der Ihr sprecht, wird neben unserem Konvent aufbewahrt.«

Der Komtur lächelte breit und gierig. »Gut. Seine Heiligkeit der Papst hat entschieden, dass der Kelch in meine Hände übergeben werden soll.«

»Das werde ich nicht tun«, erwiderte Annora, »solange ich den Grund nicht kenne. Seit der große Apostel nach Iberien kam, ist der Kelch in unserem Besitz. Ihr erwartet doch nicht von mir, dass ich ihn ohne Grund einfach so herausgebe.«

De Bracineaux' Blick wurde wild. »Und doch sage ich, dass Ihr ihn mir geben *werdet*.«

»Gestattet mir zu sprechen«, mischte sich der Erzbischof ein und trat zwischen den Komtur und die Nonnen. »Dies alles ist meine Schuld, denn ich habe den Papst von der Gefahr in Kenntnis gesetzt, den Kelch an die Mauren zu verlieren.«

»Na gut«, knurrte de Bracineaux. »Wenn das hilft, die Angelegenheit endlich zu einem Ende zu bringen. Wir haben schon viel zu viel Zeit verschwendet.«

»Meine liebe Äbtissin«, sagte Bertrano und trat näher, »das Land ist in Unruhe; überall toben Krieg und Streit. Daher ist es der Wunsch seiner Heiligkeit, des Patriarchen von Rom, dass der Kelch an einen Ort gebracht werden soll, wo er sicher bewacht werden kann. Ihr und die Schwestern Eures Ordens, ihr habt eure Pflicht in bewundernswerter Weise erfüllt – in der Tat kann ich eure Treue und euer Verantwortungsgefühl nur in den höchsten Tönen preisen, und ich werde dafür sorgen, dass der Papst davon erfährt –, doch Ihr müsst verstehen, dass die Zeit gekommen ist, andere Arrangements für die Aufbewahrung des größten Schatzes der Christenheit zu treffen. Er kann schlicht nicht länger hier bleiben – so viel zumindest müsste Euch klar sein.«

Annoras Gesicht verhärtete sich. »Mir ist nur klar, dass Ihr ein Problem geschaffen habt, wo keins bestand. Sicher, nun, da die ganze Welt über den heiligen Kelch Bescheid weiß, ist seine Sicherheit nicht länger gewährleistet.«

Missbilligend presste sie die dünnen Lippen aufeinander.

»In der Tat«, gestand Bertrano. »Es tut mir Leid.« Sein reumütiger Blick wanderte zu dem Templerkomtur, und er fügte hinzu: »Ihr werdet nie wissen, wie tief ich das wirklich bereue.«

»So!«, sagte de Bracineaux, und seine Ungeduld war unverkennbar. »Ihr habt den Grund gehört. Werdet Ihr uns den Kelch nun geben?«

»Wir mögen ja abgeschieden in diesen Bergen leben, aber wir sind den Gefahren gegenüber nicht blind, die Ihr erwähnt habt«, erwiderte die Äbtissin in kaltem Ton. »Offenbar ist die Zeit reif, neue Maßnahmen für die Sicherheit des Kelches zu ergreifen.«

»Dann werdet Ihr uns den Kelch geben?«, hakte de Bracineaux nach. Das war keine Frage mehr, das war eine Forderung.

»Wenn der Erzbischof mir im Namen seines heiligen Amtes versichert, dass alles, was er gesagt hat, der Wahrheit entspricht und dass dies von seinen Oberen im Glauben angeordnet worden ist«, Annora musterte Bertrano eingehend, »dann, ja, dann werde ich Euch den heiligen Kelch Christi geben.«

»Äbtissin, nein …«, protestierte Cait; was sie da hörte, trieb sie an den Rand der Verzweiflung. Sie streckte die Hand nach Annoras Arm aus, als wolle sie sie noch einmal von der Entscheidung abbringen. De Bracineaux sah die Bewegung. Seine Hand schoss vor, und er packte Cait am Handgelenk.

»Ich denke«, sagte er, »die Äbtissin hat eine weise Entscheidung getroffen.«

Angewidert von der Berührung, riss Cait ihre Hand wieder los. Dabei verrutschte ihre Kapuze ein wenig, und ihr Profil wurde sichtbar. Rasch zog sie die Kapuze wieder zurecht, doch de Bracineaux starrte sie weiter an.

Auch der Erzbischof hatte Caits Gesicht gesehen, und er öffnete den Mund, um etwas zu sagen, doch die Äbtissin ergriff Cait an der Schulter und drehte sie zur Tür. »Warte draußen auf mich, Schwester.« Während Cait fortging, wandte sich die Äbtissin wieder dem Erzbischof zu. »Nun? Wie lautet Eure Antwort?«

»Meine gute Äbtissin«, sagte Bertrano und blickte Cait hinterher, »ich bin der Erzbischof von Santiago de Compostela, und so sehr ich mir im Augenblick auch wünschen würde, es wäre nicht so: Alles, was ich Euch gesagt habe, entspricht der Wahrheit. Egal wie ungern ich dem Komtur auch zustimmen mag, versichere ich Euch im Namen meines heiligen Amtes, dass ich wahr gesprochen habe. Doch bitte wisst, dass ich dies nur mit reumütigem Herzen tue.«

»Zufrieden?«, verlangte de Bracineaux zu wissen.

»Ihr sollt den Kelch bekommen«, wiederholte Annora. »Nach unserer letzten heiligen Kommunion werde ich ihn Euch aushändigen. Ihr versteht doch sicher, dass ich den Schwestern meines Ordens Gelegenheit geben muss, sich von dem heiligen Gefäß zu verabschieden. Der Gottesdienst wird heute Abend im Konvent stattfinden, und wir werden Euch den heiligen Kelch dann morgen bringen.«

»Hervorragend«, seufzte der Erzbischof sichtlich erleichtert. »Wir werden dieses geschichtsträchtige Ereignis mit Gottes eigener Geduld erwarten.«

»Besser noch«, konterte de Bracineaux, »wir werden den Kelch holen kommen und euch die Mühe ersparen, ihn uns zu bringen.«

»Danke, aber das wird nicht notwendig sein«, lehnte die Äbtissin ab. »Stattdessen bestehe ich darauf, dass Ihr die heiligen Traditionen unseres Ordens respektiert, welche es Männern nicht gestatten, unseren Konvent zu betreten.«

Cait hatte die Tür schon erreicht und blickte nun zurück. Sie hörte Erzbischof Bertrano sagen: »Es soll so sein, wie Ihr sagt. Bis morgen dann.« Und dann war Cait zur Tür hinaus.

Schweigend stiegen Cait und die Äbtissin wieder zur Abtei hinauf. Der kurze Wintertag neigte sich seinem Ende zu, und im Zwielicht den Weg zu finden war schwer; erst als der Mond aufging und die Sterne am Himmel erschienen, wurde der Marsch wieder einfacher. Als sie den oberen, breiteren Pfad erreichten, drehte die Äbtissin sich um und wartete auf Cait. »Du bist mit meiner Entscheidung nicht einverstanden.«

»Das habe ich nicht gesagt«, erwiderte Cait.

»Nein«, räumte Annora ein, »aber dein Schweigen spricht für sich. Du hältst es für falsch, wenn ich ihn den Templern gebe.«

»Das tue ich, ja.«

»Und siehst du auch, dass mir in dieser Angelegenheit keine andere Wahl bleibt?« Als Cait nicht darauf antwortete, blieb die Äbtissin stehen. »Hör mir zu, Caitríona: Es ist so vorherbestimmt. O ja, das glaube ich. Wie auch immer du über die Werkzeuge denken magst, die Gott ausgewählt hat, um seinen Willen umzusetzen, die Tatsache bleibt bestehen: Erzbischof Bertrano hat einen Brief an den Papst geschrieben, der wiederum die Templer damit beauftragt hat, seine Wünsche auszuführen.« Sie legte der jüngeren Frau die Hand auf die Schulter. »Sie wären so oder so gekommen, um sich den Kelch zu holen.« Cait wollte etwas dagegen einwenden, aber die Äbtissin hob mahnend die Hand. »Der Papst ist mein Oberer vor Gott. Ich muss gehorchen.«

»Ungeachtet der Folgen?«, fragte Cait verbittert. »Ich dachte, Gott hätte mich auserwählt, der nächste Hüter des Kelches zu sein.« Sie streckte die Hände aus, um die Stigmata zu zeigen. »Ich bin auserwählt worden. Zumindest war es das, was Ihr gesagt habt.«

»Caitríona, die Wege des Herrn sind unergründlich. Doch weiß ich, dass seine Hand hier mit im Spiel ist. Wir kommen mit den Bruchstücken unserer besten Absichten zu ihm, und er sammelt sie auf, setzt sie wieder zusammen und erschafft sie neu für seine Zwecke. Er ist durchaus in der Lage, seinen Willen in dieser Welt durchzusetzen – zweifle nie daran.«

Sonst gab es nichts mehr zu sagen, und schweigend gingen sie weiter. Schnellen Schrittes ging die Äbtissin das letzte Wegstück an den Feldern vorbei; Cait folgte ihr, ihr Geist in Unruhe. Sicher, sie hatte bereits entschieden, dass sie nicht der nächste Hüter des Kelches werden würde; dennoch war sie nicht bereit zuzusehen, wie de Bracineaux die heilige Reliquie in seine schmutzigen Finger bekommen würde. Allerdings wusste sie nicht, wie sie das jetzt noch verhindern sollte. Die Äbtissin hatte gesprochen, und damit war die Sache erledigt.

Obwohl die Nacht schon weit fortgeschritten und sie von dem langen Aufstieg durchgefroren, hungrig und erschöpft waren, bat die Äbtissin Cait bei ihrer Rückkehr in die Abtei, die Glocke zu läuten, um die Schwestern zu versammeln. Nachdem sich alle im Refektorium eingefunden hatten, verkündete Annora: »Heute Abend ist etwas Seltsames und Schicksalhaftes geschehen. Der Erzbischof von Santiago de Compostela ist im Dorf eingetroffen; er hat den Auftrag von seiner Heiligkeit dem Papst, den heiligen Kelch in Besitz zu nehmen.« Ein mürrisches Raunen ging durch die versammelten Nonnen. »Als Äbtissin dieses Ordens habe ich geschworen, ihm zu gehorchen und mich stets dem Willen des Papstes zu unterwerfen.«

Einige der Schwestern traf das schwer. Sie erhoben die Stimmen, streckten die Hände aus und flehten zu erfahren, ob es denn keine andere Möglichkeit gebe. Die Äbtissin zeigte sich ihrem Flehen gegenüber taub. »Haltet Frieden, liebe Schwestern«, fuhr Annora fort. »Hört mit eurem Flehen auf und habt Vertrauen. Alles wird sich zum Guten wenden. Ich habe darum gebeten, uns Zeit für eine letzte Kommunion zu lassen, und dieser Bitte ist entsprochen worden. Jede Schwester wird heute Nacht an der Zeremonie teilnehmen. Nun möchte ich, dass ihr geht, euch wascht und euer bestes Habit anlegt. Lasst uns dem heiligen Kelch frohen Herzens Lebewohl sagen, den wir so lange beschützt haben.«

Die Schwestern taten, wie ihnen geheißen, und kurz darauf versammelten sie sich erneut, diesmal vor dem Refektorium, und jede hielt eine Kerze in der Hand, um den Weg ins Sanktuarium zu erleuchten. Das sanft flackernde Licht ließ den Schnee wie ein Spiegelbild des Sternenhimmels funkeln, während die Nonnen warteten. Eine der Schwestern begann zu singen, und die anderen stimmten rasch in den Gesang mit ein, und ihre Stimmen stiegen hoch in die kalte, klare Luft hinauf. Sie klangen wie der Chor der Engel, dachte Cait.

Nachdem sie sich vergewissert hatte, dass alle anwesend waren, führte die Äbtissin sie in die Kapelle, die man aus dem Felsen geschlagen hatte. Sie zogen durch die dunklen Gänge, und ihr Lied hallte von den umliegenden Wänden wider, bis sie schließlich die riesige Altarhöhle betraten, wo sie sich stumm im Kreis um den Altar aufstellten.

Nachdem sie die Altarkerzen entzündet hatte, drehte die Äbtissin sich zu den Nonnen um und sagte: »Geliebte Schwestern in Christo, unzählige Generationen lang ist unser Orden treu seiner Berufung gefolgt. Heute Nacht hat unsere lange Wacht ein Ende. Morgen werden wir den heiligen Kelch unseres Herrn den Dienern des Papstes übergeben, und ein neuer Tag voll Gottes Gnade wird beginnen.«

Diese Worte trieben vielen der älteren Nonnen Tränen in die Augen, und leises Schluchzen war aus dem Kreis der Schwestern zu hören.

»Obwohl der Kelch nicht länger der Mittelpunkt unseres Lebens hier in der Abtei sein wird, so wird das Leben doch weitergehen. Was fortan unsere Pflicht sein wird, vermögen wir nicht zu sagen; aber ich weiß, was auch immer der Herr uns als neuen Auftrag geben wird, wir werden Gott mit der gleichen Demut und dem gleichen Glauben dienen, die unseren Orden schon immer ausgezeichnet haben.

Meine lieben Schwestern, eure Tränen zeigen mir, dass ihr eure Pflicht mit ganzem Herzen erfüllt habt, und dies war auch richtig und gut so. Doch ergebt euch nicht der Trauer, und lasst stattdessen Freude in eure Herzen. Denn sicherlich ist dies das Zeichen, dass der Tag unseres Herrn nicht mehr fern ist; unsere Erlösung ist nahe.«

Die alte Äbtissin drehte sich zum Altar um. Kurz kniete sie nieder und näherte sich dann dem goldenen Kreuz. Sie legte die Hände um den Kreuzesfuß, drückte den verborgenen Knopf und öffnete das Versteck. Anschließend bekreuzigte sie sich – ein-, zwei-, dreimal, während sie ein schlichtes Gebet der Reinheit sprach – und holte dann die heilige Reliquie hervor. Schließlich drehte sie sich zu ihren Schwestern um, hob den Kelch in die Höhe und sagte: »Dies wird das letzte Mal sein, dass wir den heiligen Kelch teilen. Lasst es uns mit der Liebe zu Gott im Herzen tun und mit einem Gebet auf den Lippen, dass Gottes Werk vollendet werden möge.«

Sie nahm den Kelch wieder herunter, senkte den Kopf und stand lange schweigend und betend da. Dann hob sie mit geschlossenen Augen das Gesicht gen Himmel und sagte: »Vater des Lichts, in dem es keine Dunkelheit und keine Schatten gibt, wir, die demütigsten deiner Diener, grüßen dich mit Freude und preisen deinen Namen in Erinnerung an die unzähligen Segnungen, mit denen du uns in all den Jahren überschüttet hast. Heute Nacht entsprechen wir deinem Willen, den du uns durch deinen Diener auf Erden übermittelt hast, und legen unsere Pflicht ab, welche wir nun so lange treu erfüllt haben. Wisse, dass wir dir immer nur mit Freuden dienen wollten, o Herr, und wir bitten dich, freundlich auf deine Dienerinnen herabzublicken, um deines Sohnes, unseres Erlösers willen.«

Dann, beginnend mit dem ältesten Ordensmitglied, ließ Äbtissin Annora die Schwestern trinken. Vor jeder blieb sie kurz stehen und sprach ein paar Worte der Hoffnung und des Trostes. Cait, die neben Alethea stand, beobachtete, wie das heilige Gefäß langsam die Runde machte, und sie fragte sich, ob auch sie in den heiligen Ritus mit einbezogen werden würde.

Als der Kelch näher kam, hörte Cait Alethea beten, und so senkte auch sie den Kopf. Aber was sollte sie sagen? Ihre Gedanken und Gefühle waren derart ins Chaos geraten, dass sie noch nicht einmal mehr wusste, wie sie beten sollte. Um die Äbtissin zu ehren, musste sie dem Ruf des Weißen Priesters zuwiderhandeln, und um dem Weißen Priester zu gehorchen, musste sie die Äbtissin verraten. Schließlich besann sie sich auf ihren ersten, von Herzen kommenden Wunsch. *Herr der Heerscharen und Beherrscher des Schicksals*, betete sie, *eine große Ungerechtigkeit hat stattgefunden; das Blut meines Vaters, Dei-*

nes Dieners, schreit nach Rache. Du, dessen Urteil gegen die Bösen auf ewig Bestand hat, mach mich zum Werkzeug Deiner Rache. O Herr, erhöre mein Gebet.

Stimmen hallten aus dem Gang. Ein Schrei ertönte. Cait blickte auf und sah Männer mit Fackeln in das Sanktuarium schwärmen. In dem wild flackernden Licht erhaschte sie einen Blick auf ein rotes Kreuz auf weißem Grund, und sie wusste, dass die Templer gekommen waren, um ihren Preis an sich zu nehmen.

Das Felsensanktuarium war plötzlich voller Tempelritter. Mit gezogenen Schwertern eilten sie auf den Altar zu. Der Kreis der Nonnen brach in sich zusammen, und sie drängten sich um die Äbtissin und den heiligen Kelch. Innerhalb nur weniger Augenblicke waren sie von weiß gewandeten Rittern umzingelt. Einige der verängstigten Schwestern schrien vor Entsetzen, und andere fielen auf die Knie und falteten verzweifelt die Hände zum Gebet, während blanke Klingen sie umgaben.

Aus der Mitte der dicht gedrängten Masse heraus betrachtete Cait die ihr am nächsten stehenden Ritter. Mit angespannten Gesichtern starrten sie seltsam zögernd auf die zitternden Nonnen. Größtenteils handelte es sich bei ihnen um junge Männer, die noch nicht von den ständigen Kriegen ihres Ordens verdorben und es nicht gewohnt waren, Frauen anzugreifen – ganz zu schweigen von Nonnen. Schuldbewusst blickten sie einander an, und mit jedem Augenblick wurden sie unsicherer, ob das hier wirklich zu ihren Pflichten gehörte. Irgendjemand brüllte einen beruhigenden Befehl durch das Sanktuarium. Cait blickte in die entsprechende Richtung und sah Sergeant Gislebert mit einem Fackelträger auf jeder Seite näher kommen.

Bei Gisleberts Erscheinen drückte die Äbtissin Cait den heiligen Kelch in die Hand. »Ich werde mit ihm reden.«

Cait nahm den Kelch und spürte ein leichtes Brennen auf ihren Stigmata, als würden die Wunden an ihren Händen und Füßen und an ihrer Seite durch die Nähe des heiligen Gefäßes wieder zum Leben erweckt. Die Äbtissin drehte sich um und drängte sich durch die schützende Masse verzweifelter Schwestern, um mit Gislebert zu sprechen. »Was hat das zu bedeuten?«, verlangte sie wütend zu wissen. Bevor der Sergeant etwas darauf erwidern konnte, fuhr sie fort: »Wie Briganten dringt ihr an einen heiligen Ort vor und spottet den Traditionen unseres Ordens, indem ihr eine heilige Zeremonie mit Waffengewalt unterbrecht.« Sie trat vor ihn und schob sein Schwert beiseite. »Auf wessen Befehl begeht ihr dieses Sakrileg?«

Trotzig stand Äbtissin Annora vor Gislebert, straffte die schmalen Schultern, und heiliger Zorn funkelte in ihren Augen. Das Ausmaß ihrer Wut überraschte den Sergeanten. Er schaute sich um, als suche er die Hilfe seines abwesenden Herrn.

»Ich verlange eine Antwort!«, sagte die Äbtissin, ihre Stimme so scharf wie ein Schwert. Einige der Templer traten nervös von einem Fuß auf den anderen.

»Auf Befehl des Herrn von Jerusalem«, antwortete Gislebert unglücklich, »und unter seinem Kommando sind wir hierher gekommen, um den heiligen Kelch zu holen.«

»Ich habe mit eurem Kommandanten vereinbart, dass wir ihn euch am Morgen bringen«, sagte die Äbtissin. »Wir sind noch nicht fertig mit unserem Gottesdienst.«

»Er will ihn aber jetzt«, murmelte der Sergeant niedergeschlagen. »Wo ist er?«

»Der heilige Kelch bleibt in meiner Obhut, bis ich ihn an den Erzbischof übergebe«, sagte Annora. »Und *ich* bestimme, wann das sein wird. Bis dahin werdet ihr ihn niemals berühren.«

Gislebert hatte dieser beherzten Frau schlichtweg nichts entgegenzusetzen, und er schien nicht die geringste Ahnung zu haben, wie er diesen Streit fortsetzen sollte. Er blickte zu den zitternden Nonnen und traf schließlich eine Entscheidung. »Diskutiert die Angelegenheit mit dem Herrn Komtur aus.« Er drehte sich um und befahl einem der Ritter: »Nehmt sie mit! Nehmt sie alle mit!«

So wurde der gesamte Orden mit der Äbtissin an der Spitze in die eiskalte Nacht hinausgetrieben und im Licht der Templerfackeln den steilen Bergpfad hinuntergescheucht. Es war ein langer, mühseliger Weg, besonders für die Älteren, und die Ritter waren sichtlich verlegen, den guten Nonnen so etwas zumuten zu müssen.

Als sie schließlich das Tal erreichten, war die Nacht schon weit fortgeschritten. Sergeant Gislebert scheuchte seine widerspenstigen Schützlinge durch die leeren Straßen zur Kirche. Dort angekommen, sah Cait im Licht der weit heruntergebrannten Altarkerzen, dass man auch die Dorfbewohner noch nicht aus dem Gotteshaus gelassen hatte – die meisten von ihnen schliefen inzwischen dicht gedrängt auf dem Boden. Komtur de Bracineaux döste in seinem Stuhl, und Erzbischof Bertrano hatte sich auf der Empore vor dem Altar ausgestreckt. Baron d'Anjou wachte auf, als die Tür sich öffnete; er stand auf, stieß den Templerkomtur an und sagte: »Wacht auf, de Bracineaux. Der Sergeant ist mit Eurer Freundin zurückgekehrt.«

»Endlich«, seufzte der Komtur und setzte sich auf, als die Nonnen von der nächtlichen Anstrengung wankend den Raum betraten. Er blickte die Reihe erschöpfter Frauen entlang und schrie: »Was hast du getan, Gislebert? Ich habe dich nach der Reliquie geschickt, und du bringst mir den ganzen Konvent.«

»In der Tat«, sinnierte d'Anjou, und ein perverses Lächeln erschien auf seinen Lippen. »Diese Affäre entwickelt sich gar köstlich.«

Das Eintreten der Schwestern weckte den schlafenden Erzbischof und die Dorfbewohner. Alle standen sie auf. Einige der Dörfler eilten den Schwestern, die sie liebten und verehrten, sofort zu Hilfe, als sie deren Verzweiflung sahen; sie halfen den Frauen, sich zu setzen, legten ihnen Mäntel um die Schultern und rieben ihnen die Hände, um sie zu wärmen. Cait und Alethea fanden Plätze im hinteren Teil der Versammlung, nahe der Tür. *Wo sind sie nur?*, fragte sich Cait und ließ ihren

Blick abermals durch das dämmrige Innere der Kirche schweifen. *Was ist nur mit ihnen passiert?*

Trotz ihrer Müdigkeit marschierte die Äbtissin zu de Bracineaux und sagte: »Wir waren übereingekommen, dass ich Euch den Kelch morgen zu gegebener Zeit übergeben würde. Warum habt Ihr diese Abmachung gebrochen?«

Alarmiert ob dieser unerwarteten Entwicklung, eilte der Erzbischof sofort herbei. »Was ist passiert? Schwester Oberin, kommt, setzt Euch.« Und an de Bracineaux gewandt sagte er: »Was soll das, Komtur? Was habt Ihr diesen armen Frauen angetan?«

»Er hat seinen Soldaten befohlen, den Konvent zu stürmen«, erklärte die Äbtissin laut, »und den heiligen Kelch mit Gewalt zu holen.«

»Ist das wahr?«, verlangte der Erzbischof angewidert zu wissen.

»Haltet den Mund«, schnappte de Bracineaux verärgert.

Unbeirrt sprach die Äbtissin weiter. »Ihr wolltet Euch mit Gewalt nehmen, was ich Euch auch freiwillig gegeben hätte? Was für eine Art Mann seid Ihr, Komtur de Bracineaux?«

»Ein ungeduldiger Mann.« Er funkelte die Äbtissin an. »Vielleicht hätte ich mich an die Abmachung gehalten, hättet Ihr mich nicht hintergangen.«

»Das ist absurd!«, entgegnete die Äbtissin.

»Ach ja?«, schnaubte der Komtur. »Wollt Ihr etwa leugnen, dass Ihr unter dem Mantel Eures Ordens einen bekannten Feind der Kirche schützt?« Anklagend deutete er mit dem Finger auf Cait. »Die da … Bringt sie her.«

Als ein Templer sich seinen Weg zu ihnen bahnte, zog Cait den Kelch aus ihrer Robe, wo sie ihn den Weg vom Berg hinunter verborgen hatte. »Lass das verschwinden«, flüsterte sie ihrer Schwester zu und gab Alethea den heiligen Kelch. Dann löste sie sich von den Schwestern im hinteren Teil der Kirche und trat neben die Äbtissin. »Du hast also tatsächlich geglaubt, ich würde dich nicht wiedererkennen«, sagte de Bracineaux. »Das war äußerst unklug, werte Dame, wirklich dumm.«

Er funkelte Cait böse an. »Seht her, Erzbischof. Dies ist die Frau, die Euren Brief gestohlen hat. Ich glaube, Ihr kennt sie bereits.«

»Ich habe sie schon einmal gesehen, ja«, gestand der Erzbischof. Dann fragte er Cait: »Werte Frau, ist das wahr? Habt Ihr den Brief gestohlen?«

»Warum fragt Ihr *sie*?«, verlangte de Bracineaux wütend zu wissen. »Ihr kennt die Wahrheit doch. Warum hätte sie Euch sonst mit Lügen über meinen Tod betrügen sollen?«

»Lasst sie sprechen«, sagte Bertrano. »Ich will es aus ihrem eigenen Munde hören.« Er wandte sich wieder Cait zu. »Ist das wahr, werte Frau? Habt Ihr den Brief von Komtur de Bracineaux gestohlen?«

»Ja, das habe ich«, antwortete Cait schlicht. »Und ich würde es wieder tun.«

»Warum?«

»Was macht das für einen Unterschied?«, mischte sich de Bracineaux wütend ein. »Sie hat den Diebstahl zugegeben und mit ihren eigenen Worten das Urteil über sich gesprochen. Sie muss für ihr Verbrechen bestraft werden – und alle, die ihr bei ihren Betrügereien geholfen haben, ebenfalls.« Mit zusammengekniffenen Augen schaute er sich in der Kirche um, als beabsichtige er, sich hier und jetzt auf die Dorfbewohner zu stürzen.

Bruder Timotheus drängte sich nach vorne. »Um Himmels willen!«, schrie er. »Wir wissen nichts von irgendeinem Verbrechen. Diese Frau hat uns gegenüber nur Freundlichkeit und Respekt gezeigt. Sie ist eine wahre Edelfrau in jeder Hinsicht.«

»Ohne Zweifel kann sie so erscheinen, wie sie es gerade möchte«, erklärte de Bracineaux selbstgefällig. »Warum hast du den Brief gestohlen? Wolltest du den heiligen Kelch für dich selbst stehlen?«

»Ich habe den Brief genommen«, antwortete Cait. »Ich bin in jener Nacht in das Gemach des Komturs gegangen, um den Mord an meinem Vater zu rächen, Herrn Duncan von Caithness. Renaud de Bracineaux hat ihn in Konstantinopel ermordet«, erklärte sie in gleichmütigem Tonfall und deutete auf den Komtur. »Ich wollte nach einer Möglichkeit suchen, ihm Schaden zuzufügen, und ich habe mir vorgestellt, der heilige Kelch könne mir dabei helfen.« Sie hielt kurz inne und blickte zu Äbtissin Annora. »Ich habe mich geirrt.«

»Ja, natürlich«, sagte de Bracineaux, als sich die letzten Teile des Rätsels zusammenfügten. »Du warst an diesem Tag in der Kirche bei ihm.« Sein Gesicht verzog sich in einem Anfall von Hass und spöttischem Triumph. »Duncan hatte also eine Tochter. Ich hatte gedacht, er wäre allein, sonst hätte ich auch dich fertig gemacht.«

Der Erzbischof starrte den Komtur und Herrn von Jerusalem staunend an. »Ist das wahr? Ihr habt ihren Vater ermordet?«

»Ich habe eine alte Schuld beglichen, ja«, antwortete de Bracineaux unbekümmert. »Als Verteidiger von Jerusalem ist es mein Recht, die Feinde des Heiligen Landes auszurotten – egal wo und wann.«

»Das ist eine äußerst schmutzige Sache, mein Freund«, sagte d'Anjou und schüttelte langsam den Kopf. Er betrachtete Cait mit einer Freude in den Augen, der ihr einen Schauder über den Rücken jagte. »Wie mir scheint, habt Ihr Euch eine außerordentlich findige Feindin gemacht. Ihr solltet in Zukunft vorsichtiger sein.«

»Erzbischof Bertrano«, sagte die Äbtissin, »ich weigere mich, den heiligen Kelch unseres Erlösers einem selbstgerechten Mörder in die Hand zu geben. Wenn wir die heilige Reliquie schon aufgeben sollen, dann in die Hände von Papst Hadrian persönlich und niemand anderem.«

»Aus Euren Händen in die seinen«, erwiderte Bertrano. »Angesichts dessen, was gerade ans Licht gekommen ist, halte ich das ebenfalls für die beste Lösung.«

»Nein!«, brüllte de Bracineaux. »Das wird *nicht* geschehen. Der Kelch ist mir anvertraut worden, und ich werde meine Pflicht erfüllen.« Er trat näher, sodass er über die Äbtissin aufragte. »Ich will den Kelch. Jetzt. Gebt ihn mir.«

»Das werde ich nicht tun.«

Die Hand des Templers schoss vor und traf die alte Frau auf der Wange. Die Wucht des Schlages riss ihren Kopf zur Seite, und sie taumelte zurück. Cait fing sie gerade noch auf, bevor sie fallen konnte.

»Ich werde dich nicht noch einmal fragen, alte Frau.« De Bracineaux stand vor der nach vorne gebeugten Äbtissin. »Gib mir den Kelch.«

Bruder Timotheus sprang zwischen den Templer und die Äbtissin und hob die Hände vor das Gesicht des Komturs. »Friede! Friede!«

»Narr, geh mir aus dem Weg!« De Bracineaux stieß den Priester beiseite. Der Kirchenmann fiel und schlug mit dem Kopf auf dem Steinboden auf; er stöhnte noch einmal auf und rührte sich nicht mehr.

Sofort sprangen die Dorfbewohner schreiend hoch. Bis jetzt hatten sie das Gespräch in verwirrtem Schweigen verfolgt, doch ein Angriff auf ihren Priester war etwas, das sie verstanden. Wie ein Mann stürzten sie sich auf den Komtur und schlugen und traten nach ihm.

»Sergeant!«, brüllte de Bracineaux im Fallen.

Mit gezückten Schwertern sprangen Gislebert und d'Anjou dem gefallenen Komtur zur Seite. Auch zwei der Templer neben der Tür eilten herbei. Cait, die noch immer die Äbtissin im Arm hielt, zog die alte Frau von dem Gedränge fort.

Einen Augenblick später war der Kampf vorbei. Als das Durcheinander sich auflöste, waren drei bewusstlos und vier weitere verwundet. Gislebert, d'Anjou und die beiden Templer standen mit blutigen Schwertern über dem Komtur, bereit, jedem zu trotzen, der sich zu nahe an sie heranwagte. De Bracineaux rappelte sich auf. Er blutete an der Lippe und spie wütend: »Schafft die Leute raus hier!« Wild schwang er den Arm nach der wieder auf dem Boden kauernden Gemeinde. »Diese Schandtat wird gerächt werden. Schafft sie raus!«

Die Templer setzten sich in Bewegung, doch bevor sie sich

auch nur einen der aufständigen Dörfler schnappen konnten, flog die Tür auf. »Herr!« Ein Templer stürmte herein. »Ihr werdet sofort gebraucht!«

Draußen schrie jemand: »Mauren!«

De Bracineaux wirbelte zur Tür herum. »Was?«

»Beeilt Euch, Herr. Wir werden angegriffen.«

Komtur de Bracineaux funkelte den Boten an. »Wie viele?«

»Dreißig, Herr. Vielleicht auch mehr.«

Der Templerkomtur drehte sich um und rief: »D'Anjou, haltet die Leute hier drin fest.« Dann rief er dem Sergeanten zu, er solle ihm sein Schwert und seinen Schild bringen, und stapfte aus der Kirche ins rote Licht der Morgendämmerung hinaus.

Kaum war er verschwunden, da eilten die Dorfbewohner zu ihren Verwundeten. Erzbischof Bertrano ging zu dem niedergestreckten Priester, und die Nonnen eilten ihrer verletzten Äbtissin zu Hilfe. Annora winkte jedoch ab und sagte: »Ich bin nicht verletzt. Geht und helft den anderen.«

»Bleibt, wo ihr seid! Alle!«, schrie d'Anjou, doch niemand beachtete ihn. Nach nur wenigen Augenblicken war die Kirchentür geöffnet, und die Dörfler drängten hinaus.

Cait winkte Alethea, zu ihr zu kommen. »Warte hier mit der Äbtissin.«

»Wo gehst du hin?«, fragte Thea, doch Cait lief bereits davon.

Cait bahnte sich einen Weg durch das Gedränge an der Tür und blickte hinaus. Von Norden her trieben Wolken heran, und Schatten breiteten sich wie ein Schleier über das Tal in der Morgendämmerung. Die Templer rannten zu ihren Pferden, während de Bracineaux sie zu den Waffen rief. Über all dem Lärm von Männern und Pferden hörte Cait das rhythmische Donnern von Hufen, und durch eine Lücke zwischen den Häusern hindurch sah sie, wie die angreifenden Reiter den

See umrundeten. Einen Augenblick später kam die erste Reihe am Ende der breiten Fläche in Sicht, die dem Dorf als Straße diente.

Selbst im schwachen Licht des frühen Morgens erkannte Cait an den Turbanen und Waffenröcken, dass es sich in der Tat um Mauren handelte – und sie kamen schnell heran. *Ali Waqqar*!, dachte sie atemlos. Die Banditen hatten sie gefunden, und nun stürzten auch sie sich in die Schlacht. Die Hände hilflos und verzweifelt zu Fäusten geballt, beobachtete Cait, wie die Mauren rasch näher kamen. Dann konnte sie einzelne Männer in der dunklen Masse erkennen. Dort, in der Mitte der Schlachtreihe, ritt der Banditenführer. Sie erkannte ihn an seiner massigen Gestalt, und sie verließ der Mut.

Doch dann erregte eine Bewegung in der Schlachtreihe ihre Aufmerksamkeit. Die Reiter teilten sich, und Fürst Hassan erschien in der Lücke; er saß auf seinem schwarzen Hengst, und seine Krieger sammelten sich hinter ihm. Neben ihm ritt Halhuli, und ebenso wie die anderen Kämpfer trugen der Fürst und der Katib kleine, runde schwarze Schilde und lange Lanzen mit schmalen Spitzen.

Die Templer hatten sich rasch zum Kampf gerüstet. Die Geschwindigkeit, mit der sie sich auf den Feind vorbereiteten, war bemerkenswert – ein hervorragendes Beispiel für ihr viel gerühmtes Können und ihre Disziplin. Sie hatten auch früher schon gegen Araber gekämpft und zeigten keine Angst.

Auf ein einziges Wort ihres Kommandanten hin formierten sie sich zur Schlachtreihe und ritten den Angreifern entgegen. Cait beobachtete alles von der Kirchentür aus. Plötzlich hörte sie hinter sich eine Bewegung, und jemand packte sie am Arm und zog sie zurück. »Bitte«, sagte sie. »Ich muss das sehen.«

»De Bracineaux hat dich falsch eingeschätzt«, sagte Baron d'Anjou; »aber mir wird dieser Fehler nicht passieren. Wir können dich ja wohl kaum frei da draußen rumlaufen lassen, oder? Das wäre nicht gut. Wer weiß schon, was für Ärger du uns machen würdest?«

Verachtung und Ekel keimten in Cait auf, als sie dem Baron in die toten Augen blickte. »Ich bitte Euch«, sagte sie und schluckte ihre Abscheu hinunter. »Lasst mich da stehen bleiben.«

»Na gut, wenn auch nur, weil ich es mir selbst ansehen will. Wir werden zusammen hier bleiben, du und ich.« D'Anjou trat dicht neben sie und hielt ihren Arm weiter fest im Griff. Andere drängten sich inzwischen um sie – Dörfler, die den Kampf sehen wollten, und Nonnen, die um Rettung beteten. Die Menge setzte sich in Bewegung, und Cait und d'Anjou wurden auf den Platz hinausgeschoben. Bald hatten sich alle aus der Kirche zu ihnen begeben – einschließlich Erzbischof Bertrano und einem benommenen und reichlich verwirrten Bruder Timotheus, der die Hand auf den verletzten Kopf drückte.

Die Templer trieben ihre Pferde zum Galopp an. Dann richteten sie die Lanzen aus und bereiteten sich auf das Zusammentreffen mit den anstürmenden Mauren vor. Aus ihren Kehlen stieg der Schrei empor: »Für Gott und Jerusalem!«

Der Schlachtruf der Templer wurde von einem mächtigen Schrei der Araber beantwortet und übertönt: *»Allahu akhbar!«*, schrien sie und trieben ihre Pferde ebenfalls an. Sie stürmten über den Schnee heran; die Beine ihrer Pferde waren in der aufgewühlten weißen Masse nicht mehr zu erkennen, sodass die Reiter wie Racheengel auf Wolken in die Schlacht zu fliegen schienen.

»Nun werden wir ja sehen, ob die Mauren Mumm genug in den Knochen haben, um einen echten Kampf zu überstehen«, bemerkte d'Anjou.

»Die Templer sind in der Unterzahl«, erklärte Cait.

»Meine liebe, irregeleitete Frau«, erwiderte der Baron, »die Templer sind immer in der Unterzahl. Sie ziehen es so vor.«

Die beiden Schlachtreihen näherten sich mit schier atemberaubender Geschwindigkeit, und Cait, die den Blick nicht mehr abwenden konnte, hielt die Luft an. Im letzten Augenblick teilte sich die Schlachtreihe der Mauren in zwei exakt gleich große Hälften. Der Großteil der Templer fand sich plötzlich mitten in einem sich rasch verteilenden Feind und mit tödlich entblößten Flanken wieder.

Ein Schrei ging durch die Zuschauer bei der Kirche. Einige der Nonnen sanken auf die Knie und beteten laut; andere standen einfach nur da und verfolgten mit großen Augen das Spektakel. Überall um sich herum hörte Cait, wie die Dorfbewohner aufgeregt das Manöver diskutierten, und die Nonnen beteten mit immer größerem Eifer.

De Bracineaux, ein kühner und entschlossener Feldherr, erkannte die Gefahr und gab sofort das Zeichen zum Rückzug. Anstatt zuzulassen, dass seine Männer umzingelt wurden, wählte er die Flucht. Es dauerte nur einen Augenblick, und die Templer rissen ihre Pferde herum. Sie kamen wieder zurück, die Mauren dicht auf den Fersen.

Auf halbem Weg zur Kirche bewegte sich jedoch etwas in einem der Häuser, und eine weitere berittene Streitmacht erschien. Rognvald ritt an ihrer Spitze. Er führte gut zwanzig maurische Krieger und hatte Dag und Yngvar an seiner Seite; Svein und Rodrigo befanden sich unmittelbar hinter ihm.

Das plötzliche und unerwartete Erscheinen der Ritter ließ die Dorfbewohner vor Freude jubeln. D'Anjou versuchte sie niederzubrüllen, doch ohne Erfolg. Er konnte sich ja auch nicht verständlich machen. So wandte er sich an den Priester. »Sag ihnen, sie sollen das Maul halten!«, brüllte er Bruder Timotheus an. »Sofort!«

»Wenn sie nicht reden dürfen«, erwiderte der Priester in freundlichem Tonfall, »werden sie wohl Steine für sich sprechen lassen.«

Rognvalds Truppe hielt auf die sich zurückziehenden Templer zu, die sich plötzlich zwischen zwei Feinden in der Zange sahen.

Umzingelt und von jedweder Rückzugsmöglichkeit abgeschnitten, hielten die Templer an, und de Bracineaux formierte seine Männer zu einem engen Verteidigungsring. Schulter an Schulter schützten sie sich mit ihren mächtigen Schilden und einem tödlichen Lanzenwald. Die Mauren wirbelten um den Kreis herum und jubelten triumphierend. Nicht ein Schlag war geführt worden, und schon war der Feind so weit in die Enge getrieben, dass er sich entweder ergeben oder sterben musste.

Die schnellen arabischen Pferde rasten wie ein Wirbelwind immer und immer wieder um die Templer herum, während diese reglos wie ein Fels in der Brandung in ihrer Stellung verharrten.

Dann begann die Schlacht ernsthaft.

Zunächst schienen die Mauren damit zufrieden zu sein, die Templer einfach schreiend zu umkreisen und sie zu verspotten. Dann löste sich plötzlich einer der Mauren aus dem wirbelnden Kreis und schlug nach einem der Templer – es war ein rascher Hieb mit dem Schwert, und der Mann war schon wieder fort, bevor der Gotteskrieger reagieren konnte. Kaum war der Maure an seinen Platz zurückgekehrt, da wiederholte ein anderer diese Art des Angriffs und in der Folge noch weitere. Schon bald schlugen alle Mauren immer wieder willkürlich zu, doch ohne Erfolg: Die Templer waren nicht bereit, ihre Formation aufzulösen und anzugreifen. Trotz ihrer zahlenmäßigen Überlegenheit gelang es den Mauren nicht, sich einen Vorteil zu erkämpfen.

Die Finten wurden eine Zeit lang fortgesetzt, und d'Anjou, der den mangelnden Mut der Mauren leid war, die sich den Templern nicht offen stellen wollten, machte seinem Ärger Luft. »Diese feigen Bastarde«, schnaufte er angewidert. »Sie weigern sich zu kämpfen wie Männer, diese Hunde.«

Die Mauren umkreisten die Templer weiter in mehreren Ringen, während jene im innersten Ring immer wieder einen Angriff gegen die Wand der Templer führten. Cait fühlte, wie die Hoffnung, die in ihr aufgekeimt war, allmählich wieder schwand. Die Templer würden sich nicht in einen Kampf ziehen lassen, den sie nicht gewinnen konnten, und Hassans Männer schienen entweder unfähig oder nicht willens zu sein, die Konfrontation zu erzwingen.

Die Hände unter dem Kinn gefaltet, beobachtete Cait das

scheinbar sinnlose Manöver. Dann ... ein paar weitere Hiebe, ein paar wilde Stöße, und plötzlich ging ein Schrei durch die Mauren. Im selben Augenblick sah Cait, wie die Spitze einer der Templerlanzen in den Schnee fiel, und einen Moment später fiel eine zweite Lanze.

D'Anjou sah es ebenfalls, und er wusste, was das bedeutete. »Diese verdammten Teufel!«, spie er. »Steht und kämpft!«

Drei weitere Templer verloren ihre Lanzen in schneller Folge. Die Ritter rührten sich nicht. Sie saßen in ihren Sätteln, als wären sie dort festgebunden, und starrten grimmig auf den um sie herumwirbelnden Feind. Dann und wann erhaschte Cait einen Blick auf Rognvald, Yngvar, Dag oder Svein und den spanischen Ritter, die sich ebenfalls mit um die Templer drehten.

Die Einzelangriffe wurden zunehmend wilder und schneller, und die vor der Kirche versammelten Dorfbewohner beobachteten ängstlich, doch fasziniert, wie eine Templerlanze nach der anderen den erbarmungslosen maurischen Schwertern zum Opfer fiel. Doch noch immer hielten die Templer stand. Der erste Hinweis darauf, dass sie tatsächlich ins Wanken gerieten, war, als einer aus ihren Reihen die Überreste seiner Lanze zu Boden warf und zum Schwert griff. De Bracineaux beruhigte seine Männer mit einem Befehl; der Ring zog sich enger zusammen, und die Gotteskrieger hielten weiter stand.

Erst als die Hälfte der Lanzenspitzen abgeschlagen worden war, lösten sich die Templer aus ihrer Formation. Ihr Angriff war schnell und wild. Cait konnte kein Signal erkennen; für sie sah es so aus, als wären die Tempelritter im einen Augenblick noch vollkommen reglos, ja starr gewesen, und im nächsten war die Schlacht in vollem Gange. Die ruinierten Lanzen flogen in den Schnee und die Schwerter heraus, und die Ritter trieben ihre Pferde in die sich drehende Wand des Feindes.

Sie trafen hart und schnell – zwanzig Templer schlugen zu wie ein Mann. Das Klirren der Schwerter war wie das Krachen eines gewaltigen Baumes, kurz bevor er umstürzt.

Die Wucht des Angriffs trug die Templer tief in die Reihen der Mauren hinein. jene, die der Angriffsspitze am nächsten waren und nicht mehr rechtzeitig ausweichen konnten, wurden schlicht über den Haufen geritten. Männer und Pferde stürzten zu Boden, und mehr als ein Araber wurde unter seinem Tier begraben.

Die hinteren Reihen der Mauren lösten sich auf, um ihren Kameraden Raum zur Flucht zu geben, und von einem Augenblick auf den anderen brach das Chaos unter den Mauren aus. Überall bäumten sich Pferde auf und traten mit den Hufen. Die Wucht des Angriffs war furchtbar. Wieder und wieder stürmten die Templer vor, stießen ihrem geschickt ausweichenden Feind hinterher, und ihre Schwerter hoben und senkten sich in tödlicher Harmonie.

Überrascht und ohne Formation gaben die Mauren dem Angriff nach. Die wirbelnden arabischen Reihen dünnten am Punkt des Angriffs aus, und die Templer nutzten die erste Gelegenheit, die sich ihnen bot. Sie stießen in die geschwächte Schlachtreihe hinein, und eine kleine Lücke tat sich auf. Für einen kurzen Augenblick war der Weg frei. Zu zweit und zu dritt preschten die christlichen Ritter durch die Bresche und durchbrachen so den schrecklichen Wirbel.

Als sich die Lücke schließlich wieder schloss, lag mehr als ein Dutzend Mauren tot im Schnee, und nicht einer der Templer war vom Pferd geworfen worden. Cait zählte die Gefallenen in Hassans Streitmacht, und dann zählte sie sie erneut, um sicherzugehen. Aber es gab kein Vertun: Der zahlenmäßige Vorteil des Fürsten war beachtlich zusammengeschrumpft.

Die Mauren unternahmen einen Versuch, die Kontrolle über das Schlachtfeld wiederzuerlangen. Rasch teilten sie sich in zwei Abteilungen – eine unter Rognvald, die andere unter Hassan –, und diese bildeten zwei Flügel, während die christlichen Ritter ihre Schlachtreihe ebenfalls neu formierten. Doch de Bracineaux ließ nicht zu, dass seine Truppen noch mal umzingelt wurden. Während die beiden Flügel der Mauren sich also auf die Templer zu bewegten, befahl der Komtur seiner gesamten Streitmacht, sich dem Angriff an der nächstgelegenen Spitze entgegenzuwerfen.

Erneut reichten die kräftigeren Pferde und die stärkere Panzerung der Templer aus, um dem Angriff des Feindes nicht nur die Wucht zu nehmen, sondern auch um tief in die Reihen der nur leicht gerüsteten Mauren einzudringen. Vier weitere Tote oder Verwundete waren die Folge, und die christlichen Ritter wendeten rasch, um sich dem gemeinsamen Angriff der beiden maurischen Flügel zu stellen. Wieder zählte Cait die übrig gebliebenen Kämpfer: Hassans Truppen zählten einschließlich Rognvalds und seiner Männer dreißig, während die Templer nach wie vor zwanzig Mann stark waren. Mehr noch: Die Templer hatten nun das Dorf im Rücken; solange sie nicht wieder aufs Feld gelockt wurden, konnten sie nicht mehr umzingelt werden.

»Nun ist die Sache ausgeglichen«, bemerkte d'Anjou sichtlich zufrieden. »Lasst das Schlachten beginnen.«

Cait biss sich auf die Lippen und gönnte d'Anjou nicht die Befriedigung einer Antwort. In der Zwischenzeit hatte der Erzbischof die Nonnen um sich versammelt und führte sie nun im Gebet für ein rasches Ende der Schlacht und eine friedliche Lösung.

Nun standen sich die beiden Streitkräfte direkt gegenüber; weniger als hundert Schritt trennte die Templer von den Mauren. Und so machten sie erst einmal Halt. Die Pferde wurden allmählich müde. Dampf quoll aus ihren Nüstern und stieg von ihren verschwitzten Flanken auf.

Einen kurzen Augenblick lang herrschte vollkommene Stille, abgesehen von den gemurmelten Gebeten der Schwestern und des Erzbischofs, die im Schnee knieten. Dann kam Bewegung in die maurische Schlachtreihe, und Cait sah Rognvald ein paar Schritt nach vorne reiten. »Renaud de Bracineaux«, rief er, »um Eurer Männer willen fordere ich Euch auf, Euch zu ergeben.«

Das brachte ihm ein Lachen des Templerkomturs ein, der ebenfalls ein paar Schritt nach vorne ritt, dem Nordmann auf halbem Weg entgegen. »Ich soll mich *ergeben*?«, lachte er. »Wegen Euch? Euer Selbstvertrauen ist lobenswert, mein Herr, aber es ist unangebracht. Wir gewinnen diese Schlacht.«

»Ihr habt tapfer gekämpft«, sagte Rognvald anerkennend. »Es wäre die reinste Verschwendung, solch gute Ritter in den Tod zu führen. Legt Eure Waffen nieder, und das Töten kann aufhören.«

De Bracineaux lachte erneut. »Das Töten hat noch gar nicht begonnen.« Dann drehte er sich um und ritt zu seinen Leuten zurück.

»Ich gebe Euch eine letzte Chance«, rief ihm Rognvald hinterher. »Bei Gott, der mich erschaffen hat, Templer, wenn Ihr diesen Kampf nicht aufgebt, schwöre ich, dass Ihr das Schlachtfeld nicht lebend verlassen werdet.«

Die Antwort des Komturs war ein plötzlicher Sturmangriff. Noch bevor de Bracineaux seine Templer erreicht hatte, hatten diese sich bereits in Bewegung gesetzt. Rognvald richtete sich im Sattel auf und winkte Hassans Truppen mit einer harten Geste, sich dem Angriff zu stellen. Die Mauren flogen über die schmale Fläche, die die beiden Schlachtreihen voneinander trennte.

Erst als sich die Kämpfenden einander näherten, erkannte Cait, dass sich bei den Mauren etwas verändert hatte: Sie trugen nun Lanzen. Während Rognvald mit dem Templerkomtur gesprochen hatte, hatten die Mauren ihre Schwerter durch kräftige, lange Lanzen ersetzt, die sie nun gegen die anstürmenden Templer richteten.

Mit einem Donnern trafen die Krieger aufeinander. Die Wucht des Zusammenpralls war so heftig, dass Schnee von den Dächern in der Nähe fiel und die gefrorene Erde bebte. Sieben Templer wurden vom Pferd geworfen, und zwei standen nicht mehr auf; sie lagen im Schnee, und zerbrochene Lanzenschäfte ragten aus ihren Leibern.

Die beiden Schlachtreihen rasten aneinander vorbei, und kaum hatten sie sich vom jeweils anderen gelöst, da wendeten sie und bereiteten sich auf einen weiteren Angriff vor. Wieder ertönte der Befehl, und wieder trieben die Kämpfer ihre Pferde an, und wieder erschütterte das Donnern des Zusammenpralls die eiskalte Luft. Cait wandte im letzten Augenblick den Blick ab, und als sie sich wieder umdrehte, lagen vier weitere Templer tot oder verwundet im Schnee. Nur noch neun von ihnen standen gegen Hassans dreißig.

De Bracineaux wusste, dass er keinen weiteren Angriff mehr riskieren konnte, und so rissen die Templer ihre Pferde herum und flohen hinter dem Rücken von Hassans Mauren. Drei Mauren schlugen sie dabei nieder, doch der Rest umzingelte rasch die neun verbliebenen Templer. Im Nahkampf waren Lanzen nutzlos, also wurden sie gegen Schwerter getauscht. Dies war nun der Kampf, den de Bracineaux haben wollte, und wieder erstritten sich seine Männer dank ihres Könnens und ihrer überlegenen Panzerung einen Vorteil gegenüber den Mauren.

Einer nach dem anderen fielen die Mauren den Templerschwertern zum Opfer – drei fielen gleichzeitig, gefolgt von weiteren drei und schließlich noch zwei in rascher Folge. Cait beobachtete mit wachsender Sorge, wie die Templer sich langsam durch die Mauren hackten.

»De Bracineaux wird sich ihre Köpfe zum Abendessen servieren lassen«, sagte d'Anjou. Seine Augen glühten förmlich vor Freude ob dieses Gemetzels. »Vielleicht sollte ich schon einmal ein Kochfeuer vorbereiten.«

Cait versuchte, sich von ihm loszureißen, doch er verstärkte seinen Griff und hielt sie fest. »Ihr wolltet doch zusehen, werte Frau«, spottete er. »Und Ihr *werdet* zusehen!«

Eine Bewegung ging durch die maurischen Reihen, und Cait sah, wie ihre Ritter sich durch das Getümmel drängten, um sich auf die Templer zu stürzen, die wieder in einen Verteidigungsring gezwungen worden waren. Rognvald und Yngvar schoben sich von der einen Seite an den Ring und Dag, Svein und Rodrigo von der anderen. Die Nordmänner – größer als ihre maurischen Kameraden und den Kampf mit schweren Waffen gewöhnt – nahmen die Hauptlast des Angriffs auf sich und rückten mit erbarmungsloser Wildheit vor.

Rognvalds Arm hob und senkte sich in tödlichem Rhythmus, und er teilte vernichtende Schläge gegen die Templer vor sich aus. Schilde, Helme und Schwerter zerbrachen vor dem Ansturm der Nordmänner. Das Geräusch ihrer furchtbaren Hiebe hallte über das gesamte Schlachtfeld: *Krach!* Ein Schild flog entzwei. *Krach!* Ein Helm wurde gespalten. *Krach!* Eine Klinge zertrümmert. Entwaffnet sprang der unglückliche Templer lieber vom Sattel auf den Boden, anstatt sich Rognvalds tödlichem Hieb zu stellen. Der Normannenfürst wirbelte herum und suchte sich einen neuen Feind.

Langsam neigte sich die Waagschale wieder zugunsten der Mauren.

Sowohl Yngvar als auch Svein gelang es, je einen Templer vom Pferd zu werfen, sodass nur noch sechs übrig blieben. Als sie sahen, dass sie endlich die Oberhand über die sturen, tapferen Templer gewannen, verdoppelten Hassans Männer ihre Anstrengungen. Die Mauren stießen ein furchtbares Triumphgeheul aus, als sie zum letzten Angriff vorrückten.

Cait beobachtete Fürst Hassan, der sich an Rognvalds Seite durchkämpfte, und so sah sie nicht den tödlichen Kampf, der sich auf der anderen Seite der immer kleiner werdenden Templerreihen abspielte. Doch im selben Augenblick, da ein weiterer Templer durch die Klingen der Nordmänner fiel, löste sich ein einzelner Reiter aus der Reihe und galoppierte zum Dorf, Yngvar und Svein dicht auf den Fersen.

Der fliehende Templer erreichte die Kirche und zügelte ein paar Schritt von d'Anjou und Cait entfernt sein Pferd; noch bevor sein Tier zum Stillstand gekommen war, sprang er aus dem Sattel. Dann warf er seinen zerschlagenen Helm weg und sprang auf sie zu. Es war de Bracineaux. »Du!«, knurrte er und griff nach Cait. »Du kommst mit mir.«

De Bracineaux blutete aus einem Schnitt auf seiner Stirn, und sein Gesicht war vor Erschöpfung aschfahl. Er riss Cait von d'Anjou los.

Cait schrie und schlug nach ihm, doch der Komtur packte sie mit der freien Hand, während er in der anderen noch immer das Schwert hielt, und schlang den Arm um ihre Hüfte. Mit Leichtigkeit hob er sie in die Höhe und schleppte sie aus der Menge, die sich vor der Kirche versammelt hatte.

»Halt!«, schrie der Erzbischof und erhob sich von seinem Gebet im Schnee. »Lasst sie gehen! So etwas tut man nicht!«

»Haltet Euch da raus, Priester«, sagte d'Anjou und stieß ihn wieder in den Schnee. »Das geht Euch nichts an.«

»In Gottes Namen«, schrie Bertrano, »ich flehe Euch an: Lasst sie gehen. Macht diesem Blutvergießen ein Ende.« Er rappelte sich wieder auf und eilte dem Komtur hinterher. »De Bracineaux!«, rief er. »Haltet ein!«

»Schafft ihn mir vom Leib!«, brüllte der Templerkomtur über die Schulter zurück.

Baron d'Anjou stellte sich dem Kirchenmann in den Weg. »Ich habe gesagt, Ihr sollt Euch raushalten, Priester.« Er packte den Erzbischof am Arm und riss ihn herum. »Behelligt Gott mit Euren Gebeten und überlasst uns den Rest.«

»Lasst mich los, mein Herr!« Bertrano schüttelte den Baron ab. »Ihr werdet mir nicht sagen, was ich zu tun habe und was nicht.« Er drehte sich um, eilte wieder dem Komtur und seiner Gefangenen hinterher und schrie, de Bracineaux solle sie freilassen und den Kampf beenden.

Erneut packte der Baron den Erzbischof am Arm und versuchte ihn zurückzuziehen, doch der große Mann schüttelte seinen Angreifer abermals ab und stapfte weiter. Er erreichte sogar de Bracineaux und legte dem Templer die Hand auf die Schulter. »Legt Euer Schwert nieder, Komtur«, befahl der Erzbischof. »Handelt Frieden aus. Ich werde mit ihnen sprechen.« Er packte die Schwerthand des Templers und versuchte seinen Griff zu lösen. »Lasst die Frau gehen.«

»Zurück!«, knurrte de Bracineaux und stieß den Kirchenmann mit dem Ellbogen beiseite. »D'Anjou! Haltet ihn von mir fern!«

D'Anjou packte den Erzbischof am Gürtel und zog ihn ein paar Schritte zurück. Der Kirchenmann schwang jedoch den Arm herum und warf den Baron beiseite. Dann drehte er sich wieder um und eilte dem Templer hinterher. D'Anjou stürzte ihm nach. »Bleibt zurück!«, fauchte er.

Bertrano schüttelte ihn ein weiteres Mal ab. D'Anjou versuchte ihn zu packen, verfehlte ihn aber. Der Erzbischof tat einen weiteren Schritt, dann stolperte er und fiel zu Boden.

Er wand sich im Schnee und drückte die Hand auf die Seite. Mehrere Nonnen eilten ihm zu Hilfe. Eine von ihnen schrie, als sie Bertranos Hand sah. Blut sammelte sich im Schnee, Blut aus der Wunde an Bertranos Seite. »Ich habe Euch gewarnt«, sagte Baron d'Anjou und wischte seinen Dolch mit einer Hand voll Schnee ab. »Ihr hättet auf mich hören sollen.«

Tretend und kratzend gelang es Cait, sich aus dem Griff des Komturs zu winden, doch de Bracineaux packte sie am Haar und schleifte sie hinter sich her. »Du hast mich verdammt viel gekostet, meine Liebe«, keuchte er. »Jetzt sollst du es alles Stück für Stück bezahlen.«

Cait schlug mit den Fäusten nach ihm, doch gegen de Bracineaux' Panzer vermochte sie damit kaum etwas auszurichten. An ihren Haaren zerrte er sie auf die Knie hinunter und hielt ihr die schartige Klinge seines Schwertes an den Hals. Cait spürte, wie der kalte Stahl sich in ihr weiches Fleisch fraß, und aus den Augenwinkeln heraus sah sie zwei norwegische Ritter näher kommen.

»Das ist nahe genug!«, schrie de Bracineaux Svein und Yngvar zu. »Noch einen Schritt weiter, und die werte Frau wird ihren Kopf verlieren.« Als wolle er den Wahrheitsgehalt seiner Drohung demonstrieren, riss de Bracineaux Caits Kopf in die Höhe und presste die scharfe Klinge härter gegen ihre Kehle. Cait spürte, dass etwas gegen ihre Schulter drückte, und sie erkannte den goldenen Knauf von de Bracineaux' Dolch, der an seinem Gürtel hing. Wenn sie den in die Finger bekommen könnte, hätte sie vielleicht eine Chance, sich selbst zu verteidigen.

»Lass sie gehen, Templer«, sagte Yngvar. »Wir werden dich gerecht behandeln.«

»Glaubt ihr wirklich, dass ich irgendeinem eurer Versprechen trauen würde?«, erwiderte der Komtur. »Nein, ich habe eine bessere Idee. Werft eure Waffen weg; vielleicht lasse ich sie dann leben.«

Cait rutschte ein Stück zur Seite, sodass der Dolch nicht mehr genau hinter ihrer Schulter war. De Bracineaux bestrafte sie für die Bewegung, indem er ihren Kopf noch ein Stück höher riss und den Druck der Klinge verstärkte. Cait hörte ein Pferd herangaloppieren. »Lass sie frei, de Bracineaux«, rief der Reiter. Cait hörte die Stimme, und Hoffnung keimte in ihr auf: Es war Rognvald. »Lass sie gehen, und wir werden uns auf Bedingungen für einen Frieden einigen.«

»*Ich* werde euch die Bedingungen diktieren!«, brüllte der Komtur. »Diese Frau stirbt, es sei denn, ihr gebt mir den Kelch.« Als niemand darauf reagierte, drückte de Bracineaux Cait wieder herunter und begann, die Klinge über ihren Hals zu ziehen. Cait spürte, wie ihre Haut riss und Blut den Hals hinunterrann.

Rognvald wollte absteigen, doch der Templerkomtur schrie: »Bleib, wo du bist!« Erneut riss er Caits Kopf in die Höhe, um den Norwegern den Schnitt zu zeigen. »Bringt mir den Kelch!«, kreischte er. »Jetzt!«

Rognvald drehte sich zu den Leuten um, die noch immer vor der Kirche standen, und rief, man solle den Kelch herbeibringen. »Ihr solltet an Eure Männer denken«, sagte Rognvald an den Komtur gewandt. »Neun Templer atmen noch. Ihre Leben und Eures sind verwirkt, wenn Ihr dieser Frau auch nur ein Haar krümmt.«

»Der Teufel soll sie holen«, erwiderte de Bracineaux. »Der Teufel soll euch alle holen.« Er drehte sich zur Kirche um. »D'Anjou! Wo ist dieser Kelch?«

In diesem Augenblick erschien Alethea an der Tür der Kirche. »Er ist hier«, sagte sie.

Alethea hielt das heilige Gefäß mit beiden Händen und trat vor. Die Menge machte ihr eine Gasse frei, und Alethea ging langsam und feierlich wie bei einer Prozession. Sie hielt den Kelch hoch, auf dass alle ihn sehen konnten, und das Morgenlicht schimmerte auf dem goldenen Rand, sodass es den Anschein hatte, als schwebe ein Heiligenschein über der jungen Frau.

Der Komtur sah die wertvolle Reliquie, und seine Lippen verzogen sich zu einem hässlichen, hämischen Grinsen. Noch immer hielt er seine Geisel fest im Griff, das Schwert an ihrer Kehle. Cait spürte warmes Blut ihren Hals hinunterlaufen. Sie hörte Rognvald irgendetwas sagen; er versuchte den Templer zu überreden, seinen Plan endlich aufzugeben. Einige der Nonnen und Dorfbewohner drängten sich vor der Kirche, schrien und weinten verzweifelt. Cait hörte das alles, doch die Geräusche hatten keinerlei Bedeutung für sie; sie konnte nur mit wachsendem Entsetzen zuschauen, wie Alethea einen langsamen Schritt nach dem anderen mit dem heiligen Kelch näher kam.

Nachdem Alethea sich de Bracineaux bis auf drei Schritt genähert hatte, blieb sie stehen. »Hierher, Mädchen!«, knurrte de Bracineaux. »Gib ihn mir.«

Alethea blickte ihn ausdruckslos an und kniete sich langsam in den Schnee.

»Hierher!«, forderte de Bracineaux wütend. »Zu mir!«

Thea machte keinerlei Anstalten, näher zu kommen. Stattdessen hob sie den heiligen Kelch hoch über ihren Kopf wie eine Opfergabe.

Der Templerkomtur schrie erneut, sie solle ihm den Kelch geben, doch Alethea blieb weiter im Schnee knien und hielt den Kelch knapp außerhalb seiner Reichweite.

De Bracineaux grunzte ungeduldig. Er löste seinen Griff um Caits Haar, ließ das Schwert aber an ihrer Kehle und streckte die freie Hand nach dem Kelch aus. Er beugte sich weit nach vorne und trat sogar einen halben Schritt auf den Kelch zu. Die Arme ausgestreckt, griff er nach dem goldenen Rand und pflückte den heiligen Kelch aus Aletheas Händen. In diesem Augenblick schwang sein Dolch frei an seinem Gürtel.

Alethea bewegte sich mit der Geschwindigkeit und dem Geschick einer Katze. Ihre langen Finger schlossen sich um das Heft der Waffe. Mit einer einzigen, eleganten Bewegung zog sie den Dolch aus der Scheide und trieb die Spitze de Bracineaux unters Kinn.

Überrascht schrie der Komtur und ließ Kelch und Schwert fallen. Cait sackte nach vorne und brach dann im Schnee zusammen.

De Bracineaux packte Aletheas Handgelenk und versuchte, den Dolch herauszuziehen. Alethea wiederum legte ihre andere Hand um die des Templers und stieß den Dolch mit aller Kraft bis zum Heft hinein. Einen Augenblick lang standen die beiden in dieser seltsamen, tödlichen Umarmung einfach nur da; und dann, mit einem erstickten Schrei der Wut und des Schmerzes, riss de Bracineaux seine Hand los. Er schlug mit dem Arm und warf das Mädchen beiseite.

Alethea fiel rücklings in den Schnee. De Bracineaux zog die Klinge aus seinem Hals, drehte sich zu ihr um, sprang vor und schlug wild mit dem Dolch nach Thea, während das Blut in Strömen aus dem Loch in seiner Kehle quoll.

Sofort sprang Rognvald herbei, das Schwert zum Schlag bereit.

Alethea lag, wo sie gefallen war, und blickte zu de Bracineaux hinauf; keinerlei Furcht war in ihren Augen zu erkennen, nur ruhiger Trotz. Komtur de Bracineaux machte einen Schritt, dann noch einen. Blut nässte seinen Bart und tränkte seinen Waffenrock. Er griff nach Thea, und der Dolch schimmerte in der Sonne rot. Doch als er zustechen wollte, gaben seine Beine nach. Er fiel auf die Seite, und das Blut spritzte in einem scharlachroten Bogen in den Schnee.

Rognvald stellte sich mit dem Schwert in der Hand zwischen Thea und den Templer. De Bracineaux richtete sich noch einmal auf die Knie auf und musterte Thea mit trüben Augen, als wolle er verstehen lernen, warum eine Nonne ihm so etwas Unverständliches angetan hatte. Er öffnete den Mund, um etwas zu sagen, doch statt Worten kam nur Blut.

Alethea stand auf, schob sich an Rognvald vorbei, stellte sich vor de Bracineaux und blickte mitleidlos auf ihren niedergestreckten Feind hinab. Unfähig zu sprechen, hob de Bracineaux verständnislos den Blick, und seine Lippen formten ein einziges Wort: *Warum?*

»Weil«, antwortete Alethea, als der tödlich verwundete Templer wieder in den Schnee fiel, »Herr Duncan *zwei* Töchter hatte.«

Rognvald eilte an Caits Seite und kniete sich neben sie in den Schnee. Alethea sprang rasch vor und trat de Bracineaux den Dolch aus den schlaffen Fingern. Dann bückte sie sich, hob den heiligen Kelch auf und trat einen Schritt zurück, als der Templer ein letztes Mal danach griff.

»Werte Frau«, sagte Rognvald, »Ihr seid verletzt.«

»Nein«, erwiderte Cait, während sie versuchte aufzustehen. »Ich …« Der Schmerz ließ sie nach Luft schnappen.

Rognvald half ihr, sich wieder zu setzen. »Ruht Euch einen Augenblick aus. Lasst mich mal die Wunde sehen.« Er legte sein Schwert beiseite, schüttelte den Handschuh von der Hand und drückte die Fingerspitzen unmittelbar unter dem Kinn auf Caits Hals, wo ein dünnes Blutrinnsal ihre Kehle hinunterrann. »Das ist ein böser Schnitt«, bemerkte er, »aber nicht sonderlich tief, glaube ich.«

»Helft mir auf die Beine.«

Rognvald nahm sie gerade in die Arme, um sie hochzuheben, als hinter ihnen ein Tumult ausbrach. Rognvald drehte sich um und sah, wie Baron d'Anjou sich auf sie stürzte – ein wildes Grinsen auf dem Gesicht und einen Dolch in der Hand. Er rannte mit überraschender Schnelligkeit, und so überbrückte er die Entfernung in nur einem Augenblick. Rognvald wirbelte herum; er wusste, dass er zu spät war, dennoch griff er nach seiner Klinge und warf sich zwischen d'Anjou und Caitríona, um sie mit seinem Leib zu schützen.

Yngvar sprang von der Seite herbei und schlug mit dem

Schwert, als d'Anjou an ihm vorbeistürmte. Mit Leichtigkeit duckte d'Anjou sich unter dem Hieb durch. Er bereitete sich auf den Todesstoß vor. Cait sah, wie er den Arm zurücknahm und ... wie sein Sturmlauf plötzlich zum Stehen kam. Der Baron wirbelte herum und in Sveins wilde, knochenbrechende Umarmung. D'Anjou stieß einen leisen Überraschungsschrei aus, und Cait sah, wie sich sein Rückgrat versteifte, als die Klinge des Nordmanns zwischen seine Rippen drang. Der Baron brüllte vor Wut, stieß sich von Svein ab und schlug wild mit dem Dolch um sich. Rognvald, der inzwischen sein Schwert wieder gepackt hatte, trat hinter ihn, und mit der Erfahrung eines Mannes, der schon so manchen wahnsinnigen Hund von seinem Schicksal erlöst hatte, versetzte er ihm einen schnellen Hieb am Halsansatz. D'Anjou geriet ins Wanken, und der Dolch fiel ihm aus der Hand. Als seine Knie unter ihm nachgaben, blickte er mit leicht tadelndem Gesichtsausdruck zu Cait. »Scheiße«, seufzte er und fiel nach vorne neben den sterbenden Templer.

Dann herrschte für Cait nur noch Chaos. Es war, als hätte sich plötzlich eine dichte Wolke über sie herabgesenkt und sie ihrer Hör- und Sehfähigkeit beraubt. Sie spürte Rognvalds starke Arme unter sich, spürte Bewegung, und sie vermutete, dass er sie zur Kirche trug. Alethea war auch dort; sie trug den heiligen Kelch. Mehrere Nonnen flatterten schnatternd um Cait herum und verbanden die Wunde an ihrem Hals.

Fürst Hassan war ebenfalls dort und noch einige andere einschließlich Bruder Timotheus. Cait hörte Stimmen, spürte Bewegung und dann wieder frische Luft auf ihrem Gesicht, und sie sah die Berge in der Sonne schimmern ... Leichen im aufgewühlten, blutigen Schnee ... Verletzte, die sich die triefenden Wunden hielten ... Nonnen mit weißen Händen, die braune maurische Glieder verbanden ... Pferde mit langem, feuchtem Winterfell, die Köpfe gesenkt und vor Erschöpfung schnaubend; Schweiß dampfte im kalten Sonnenlicht ... Und dann wurde alles dunkel, und als Cait wieder erwachte, befand sie sich nicht länger in der Kirche. Man hatte sie wohl in Dominicos Haus gebracht, und dort redeten Leute ganz in ihrer Nähe, doch sie konnte sie nicht sehen.

Cait hob die Hand an den verletzten Hals und fühlte einen Verband. Sie versuchte aufzustehen, doch die Bewegung verursachte einen wilden Schmerz. Cait legte sich wieder zurück, wartete, bis der Schmerz wieder abgeklungen war, und lauschte den Stimmen im angrenzenden Raum – nüchterne, gedämpfte, ernste Stimmen.

Nach einer Weile wich der pochende Schmerz in ihrem Hals einem stechenden, aber leichteren. Erneut versuchte sie aufzustehen, diesmal vorsichtiger, und es gelang ihr, den Kopf so zu halten, dass es keine Wirkung auf ihre Wunde hatte. Ihr Kopf drehte sich, und sie war nicht sonderlich sicher auf den Beinen, doch sie stützte sich am Bett ab und ging dann langsam in den nächsten Raum. Rognvald war dort, zusammen mit Fürst Hassan und Bruder Timotheus; Dominico und seine Familie huschten umher und bereiteten eine Mahlzeit zu. Auf einer Bank an der gegenüberliegenden Wand saßen Yngvar und Svein, die langen Beine ausgestreckt. Dag und Rodrigo hockten auf Stühlen nicht weit entfernt. Sie hielten Krüge in den Händen und tranken durstig in kräftigen Schlucken, bis das Bier ihnen über die Bärte rann.

Alle waren sie beschäftigt, sodass niemand Cait in der Tür stehen sah. Sie trat einen Schritt vor, und Elantra, Dominicos Frau, blickte auf und eilte ihr zu Hilfe. Die anderen bemerkten die plötzliche Bewegung, drehten sich um und sahen, wie Cait mithilfe der kleinen Frau zu gehen versuchte. »Werte Frau«, sagte Rognvald; er sprang sofort auf und stand augenblicklich neben ihr. »Kommt. Setzt Euch.« Er packte sie am Ellbogen und führte sie zum Tisch, während Elantra zum Herd eilte. »Wie fühlt Ihr Euch?«

»Schon ganz gut«, antwortete Cait; sie erkannte ihre eigene Stimme kaum. Sie klang, als hätte sie Feuersteinsplitter verschluckt, und das Sprechen schmerzte; aber abgesehen von dem Schmerz in ihrem Hals und einer Reihe blauer Flecken auf ihrem Arm fühlte sie sich einigermaßen stabil. »Wie es scheint, werdet ihr mich jetzt noch nicht los.«

»Und ich hoffe, das wird auch noch sehr, sehr lange so bleiben«, erwiderte Rognvald so leise, dass die anderen ihn nicht hören konnten. Cait blickte auf und sah eine Wärme und Zuneigung in seinen Augen, die sie noch nie gesehen hatte.

»Es tut mir Leid, Ketmia«, sagte Fürst Hassan und stand auf, als sie den Tisch erreichten. »Wir sind sofort aufgebrochen, als Herr Rognvald uns die Nachricht vom Auftauchen der Templer brachte, aber wären wir eher hier gewesen ...«

Cait ließ ihn nicht aussprechen. *»Ich* bin es, die *Euch* danken muss, edler Herr.« Sie ergriff seine Hände und küsste ihn auf die Wange. »Das ist nur ein kleiner Dank, doch er kommt von Herzen. Ich schulde Euch sehr viel, und diese Schuld wird stetig größer.«

Dann drehte sie sich zu Rognvald um und sagte: »Auch Euch schulde ich mehr, als ich sagen kann. Ich danke Euch, mein guter Freund. Vielleicht finde ich eines Tages eine Möglichkeit, es Euch zu vergelten.« Sie küsste auch ihn und setzte sich dann auf den ihr angebotenen Stuhl. »Wo ist Alethea?«

»Sie hilft den Schwestern, die sich um Erzbischof Bertrano kümmern«, antwortete Bruder Timotheus in ernstem Ton. Er hielt kurz inne, um seine Erregung hinunterzuschlucken. »Sie tun alles, was sie können, aber ...« Ihm versagte die Stimme, und der Rest blieb unausgesprochen.

»Es sieht nicht gut aus, Ketmia«, informierte sie Hassan. »Halhuli ist bei ihnen. Was auch immer für den Priester getan werden kann, wird getan. Dennoch fürchte ich, dass wir wenig mehr tun können, als zu beten.«

»Wir haben gerade darüber gesprochen, als Ihr zu uns gekommen seid«, sagte Rognvald. »Sein Tod wird ...«

»Der Himmel möge das verhüten!«, warf Bruder Timotheus ein. »Wir dürfen die Hoffnung nicht aufgeben.«

»Sollte der Erzbischof sich nicht mehr erholen«, sagte

Rognvald ein wenig vorsichtiger, »würde sein Tod Hassan und das Dorf in Gefahr bringen.«

»Die Schuld für seinen Tod würde ohne Zweifel den Mauren in die Schuhe geschoben werden«, erklärte der Fürst. Vergeltungsmaßnahmen wären die Folge. Der spanische König würde darauf bestehen.«

Cait nickte. »Ich verstehe.«

»Und dann ist da noch die Frage, was wir mit den überlebenden Templern tun sollen«, fuhr Rognvald fort. »Insgesamt sind es neun – de Bracineaux' Sergeant ist einer von ihnen.«

»Ich halte es für unmöglich, dass sie von den bösen Plänen ihres Komturs gewusst haben«, erklärte Bruder Timotheus. »Wir müssen ihnen gegenüber Milde zeigen.«

»Aber wir können ihnen nicht gestatten, einfach so davonzureiten, als wäre nichts geschehen«, sagte Hassan.

»Wollt Ihr sie in den Kerker werfen?«, fragte der Priester.

Angesichts einer drohenden, langwierigen Diskussion stand Cait auf. »Bitte, entschuldigt mich. Ich möchte Bertrano sehen. Wo ist er?«

»Er ist in der Kirche«, antwortete Timotheus. »Wir hielten es bis jetzt für besser, ihn nicht zu bewegen.«

»Gestattet mir, Euch zu begleiten«, sagte Rognvald. Er stand auf und ergriff Cait am Arm. Cait legte ihre Hand auf die seine und genoss kurz die Berührung. Dann drückte sie leicht die Hand, ließ sie wieder los und sagte: »Es geht mir schon viel besser, werter Herr. Bleibt und beendet Euer Gespräch. Ich werde wieder zurückkehren, sobald ich gesehen habe, wie es dem guten Herrn Bischof geht.«

Sie ging zum Ausgang, wo Elantra die Tür für sie öffnete; dann schlurfte sie in die kühle, frische Winterluft hinaus. Die Sonne stand hoch am Himmel; es war schon nach Mittag, und der Himmel war klar, hell und blau. Die Toten hatte man inzwischen vom Schlachtfeld entfernt; nun lagen sie in ordentlichen Reihen neben der Kirche, wo Fürst Hassans Männer und die meisten Dorfbewohner sich an ihnen zu schaffen machten und ihnen Rüstung, Waffen, Kleider und Stiefel auszogen – alles, was für die Lebenden noch von Nutzen war.

Als sie sich der Kirche näherte, sah sie, dass irgendjemand versucht hatte, ein Grab auszuheben. Ein langes schmales Rechteck war in den Schnee gekratzt und die Grassode darunter aufgeschnitten worden. Doch der Boden war zu hart, und so hatte man die Arbeit aufgegeben. Unten am See sah Cait Männer einen Scheiterhaufen errichten; also würde man die Leichen verbrennen.

Als Cait die Kirche betrat, wartete sie kurz, um ihre Augen an das trübe Licht zu gewöhnen. Dann sah sie an der Südwand einen Haufen wattierter Mäntel; darum kauerten vier Nonnen und Halhuli, der untätig die Hände in den Schoß gelegt hatte. Als Cait die Kirche betrat, drehten Halhuli und die Nonnen sich um; dann widmeten sie sich wieder der Krankenwache, während Alethea sich erhob, um ihre Schwester zu begrüßen. Die beiden umarmten einander, ohne ein Wort zu sagen; sie standen einfach nur da und hielten sich gegenseitig fest. Nach einer Weile flüsterte Cait: »Danke, Thea.«

Sie umarmten sich noch eine Weile länger; dann sagte Alethea: »Sie wollten das Dorf und die Abtei niederbrennen. Nachdem sie den heiligen Kelch in den Fingern hatten, wollten sie alles zerstören.«

»Woher weißt du das?«

»Die Templer haben es gestanden. Dag, Svein und die anderen haben die Gefangenen gesichert, und die haben ihnen erzählt, de Bracineaux hätte die Zerstörung von allem befohlen sowie die Ermordung eines jeden, weil er keine Zeugen hatte haben wollen.«

Cait schüttelte verwirrt den Kopf, und ihr Hals begann erneut zu schmerzen.

Alethea sah sie zusammenzucken. Vorsichtig berührte sie den Verband um Caits Hals. »Ich denke, da wird eine Narbe zurückbleiben.«

»Ich werde mich schon wieder erholen … es heißt, Bertrano nicht.«

Alethea nickte. »Seine Verletzung ist sehr schlimm, aber sie scheint ihm wenigstens keine allzu großen Schmerzen zu bereiten.«

Gemeinsam gingen sie zu dem behelfsmäßigen Bett, wo man den Erzbischof hingelegt hatte. Halhuli stand auf und sagte: »Ich habe es ihm bequem gemacht. Nun können wir nur noch warten und beten, dass der Große Heiler an ihm ein Wunder vollbringt.« Cait dankte ihm, woraufhin er sich verneigte und ging.

Die Nonnen machten Platz für Cait und Alethea, sodass diese sich neben den Erzbischof hocken konnten. Bertrano lag vollkommen ruhig; in friedlicher Meditation hatte er die Hände auf dem Bauch gefaltet. Cait glaubte, er würde schlafen, doch nachdem sie sich mit Aletheas Hilfe niedergekniet hatte, öffnete Bertrano die Augen und lächelte schwach. »Ihr werdet Euren Kopf durchsetzen, meine Liebe«, sagte er. »Das ist gut.«

»Und wir werden immer noch den heiligen Kelch haben«, erwiderte Cait und erwiderte sein Lächeln. »Ich muss Euch um Vergebung bitten, mein Herr Erzbischof. Wäre ich nicht gewesen, nichts von alldem wäre geschehen. Es tut mir Leid.«

»Wärt Ihr und Eure unerschrockene Schwester nicht gewesen, liebe Frau, wäre de Bracineaux jetzt schon auf halbem Weg nach Jerusalem mit dem heiligen Kelch in der Tasche. Und doch vergebe ich Euch. Einen Erzbischof zu belügen ist eine Sünde – wenn auch nur eine sehr kleine Sünde; schließlich macht das jeder. Dennoch kann ich Euch nicht empfehlen, es zur Gewohnheit werden zu lassen.« Er hob die Hand und machte das Kreuzzeichen. »Im Namen des Vaters, des Sohnes und des Heiligen Geistes, *ego te absolvo*.«

Cait beugte sich vor und hauchte dem Bischof einen Kuss auf die Wange. »Ich danke Euch, mein Herr Erzbischof.«

»Und Ihr, mein liebes Mädchen«, sagte Bertrano an Alethea gewandt, »Ihr seid ein sehr tapferer und furchtloser Gegner. Auch Euch erteile ich die Absolution. Alles Übel, das der Komtur erlitten hat, hat er selbst über sich gebracht. Er allein ist der Grund für seinen Tod.«

»Meine Gedanken galten einzig meiner Schwester«, erwiderte Alethea, »und dem heiligen Kelch.«

»Er hätte ihn behalten, das wisst ihr«, sagte Bertrano. »Hätte de Bracineaux ihn erst einmal in den Fingern gehabt, er hätte ihn nie wieder herausgegeben.«

»Nun, jetzt ist er in Sicherheit«, sagte Alethea.

»Nein.« Der Erzbischof schüttelte schwach den Kopf. »Hier wird der heilige Kelch nie wieder sicher sein. Früher oder später werden andere kommen und ihn sich holen.«

In diesem Augenblick erschien Äbtissin Annora mit einer dampfenden Schüssel auf einem Tablett. Schwester Besa begleitete sie; sie trug einen Stapel sauberer, gefalteter Tücher auf dem Arm. Annora nickte Cait freundlich zu und stellte das Tablett neben das Bett. »Wir müssen den Verband wechseln«, sagte sie und kniete sich mit Aletheas Hilfe neben Cait.

»Einen Augenblick«, sagte der Erzbischof und wandte sich Cait zu. »Annora hat mir erzählt, Ihr wäret auserwählt worden, der nächste Hüter des heiligen Kelchs zu sein.«

»So sieht es aus«, antwortete Cait.

»Zeig es ihm«, flüsterte Alethea.

Cait streckte die Hände aus, die Handflächen nach oben und zog die Ärmel hoch, sodass der Kirchenmann die Stigmata auf ihren Handgelenken sehen konnte.

Vorsichtig legte Erzbischof Bertrano einen Finger auf ein Zeichen. »Gottes Torheit ist weiser als die Weisheit der Menschen. Er hat Euch eine schwere Bürde auferlegt, mein Kind. Dennoch liegt dort die einzige Freiheit für Euch … wenn Ihr denn akzeptiert. Das ist es, was ich glaube.«

»Ebenso wie ich«, erwiderte Cait und erkannte, dass sie mit dieser Bestätigung sich entschieden hatte, ihre Berufung anzunehmen.

»Gut.« Bertrano lächelte, dann ließ Schmerz ihn das Gesicht

verziehen. Er schloss die Augen und hielt die Luft an. Als der Krampf vorbei war, öffnete er die Augen wieder; sie waren etwas trüber geworden und sein Blick weniger intensiv.

»Vielleicht solltet Ihr Euch jetzt besser ausruhen«, schlug Alethea vor.

»Schon bald werde ich alle Ruhe haben, die ich brauche«, erwiderte Erzbischof Bertrano.

»Lasst uns jetzt den Verband wechseln«, meldete sich Annora. »Dann werdet Ihr Euch besser fühlen.«

»Nur noch einen Augenblick, dann könnt Ihr mich haben«, bat der Erzbischof. »Ich habe Caitríona gesagt, dass der heilige Kelch hier nicht länger sicher ist. Aufgrund meiner teuflischen Einmischung wissen bereits zu viele Leute davon. Wenn er hier bleibt, wird er für das Dorf nur Ärger bringen; die Menschen hier würden keinen Frieden mehr finden.« Er ergriff Caits Hand. »Aber es hat Gott gefallen, Euch zu wählen. Daher bitte ich Euch: Nehmt ihn. Bringt ihn weit weg von hier und versteckt ihn gut. Eines Tages wird die Zeit kommen, da er wieder enthüllt werden wird. Bewahrt ihn bis dahin sicher auf.«

Cait hob die Hand des Erzbischofs an die Lippen. »Bei der Kraft und der Weisheit Gottes, das werde ich, mein Herr Erzbischof.«

»Nun, dann ist das ja geklärt.« Bertrano lächelte wieder. »Wenn ich nun Euch noch um einen letzten Gefallen bitten dürfte, liebe Frau Äbtissin?«

»Sicher«, antwortete Annora. »Alles, was Ihr wollt.«

»Bevor ich sterbe, würde ich gerne das heilige Sakrament aus dem Kelch empfangen.«

»Natürlich, mein Herr Erzbischof.«

»Glaubt Ihr, wir könnten das jetzt tun? Ich möchte den Fährmann nicht warten lassen.«

»Sofort, mein Herr.« Die Äbtissin holte den heiligen Kelch von seinem Platz auf dem Altar, und Cait und Alethea beobachteten, wie sie einem Sterbenden das Sakrament reichte. Annora kniete sich neben das Bett und sprach so leise mit

Bertrano, dass niemand sie hören konnte, doch am Ende, als Bertrano aus dem Kelch trank, erhellte ein Lächeln von solch vollkommener Freude sein Gesicht, dass alle, die es sahen, glaubten, ein Spiegelbild der himmlischen Glorie gesehen zu haben.

Nach dem Sakrament brachte die Äbtissin den Kelch wieder zum Altar zurück. Cait und Alethea hockten sich wieder neben das Bett und wünschten dem sterbenden Kirchenmann Lebewohl. Bertrano segnete sie und legte sich dann zurück. Er gestattete den Nonnen, sich um seine Wunde zu kümmern, und während die Äbtissin und Schwester Besa den Verband wechselten, schlichen Cait und Alethea leise weg. Draußen blieben sie kurz neben der Kirche stehen, um sich de Bracineaux' blutverschmierten Leichnam anzuschauen.

Der Templerkomtur wirkte irgendwie kleiner und älter; der Tod hatte ihn schrumpfen lassen. Mit blinden Augen blickte er in den endlosen Himmel empor, und die Narbe auf seiner Stirn verlieh ihm einen nachdenklichen Gesichtsausdruck. Cait schaute ihn an und empfand weder Hass noch Freude ob seiner Niederlage – nur Trauer ob all der Leben, die diese erbarmungslose Jagd gekostet hatte.

Schließlich drehten die beiden Schwestern sich wortlos um und gingen zu Dominicos Haus, wo Elantra inzwischen die Mahlzeit servierte. Die Nordmänner waren ebenfalls noch dort; halb verhungert hielten sie sich die Schüsseln unter den Mund und schaufelten den Brei mit Brot hinein. Bruder Timotheus rief Cait und Alethea zu, sich zu ihm an den Tisch mit den anderen zu gesellen. Cait schickte Alethea mit den Worten vor: »Sag ihm, dass ich gleich kommen werde. Ich möchte erst mit meinen Rittern sprechen.«

Cait ging zu Yngvar. Der Nordmann hörte auf zu essen und blickte wortlos zu ihr hinauf; Cait beugte sich vor und küsste ihn auf die Wange. Dann tat sie das Gleiche bei Svein, Dag und Rodrigo.

»Euer Mut wird nur noch von Eurem Können und Eurer

Treue übertroffen«, sagte sie. Die Ritter blickten ihre Herrin freudig an. »Ihr habt meine Bewunderung und meine Dankbarkeit. Und«, fügte sie hinzu, »sobald wir wieder nach Hause zurückgekehrt sind, sollt ihr eure Belohnung bekommen.«

»Edle Frau«, sagte Yngvar und blickte zu Svein und Dag neben sich, »es wäre keine kleine Belohnung, Euch weiter dienen zu dürfen.«

»Wir haben darüber gesprochen«, sagte Dag. »Und ihr werdet gute Kämpfer brauchen, wenn Ihr wieder zu Hause seid. Das glauben wir zumindest.«

»Und was denkt Herr Rognvald?«

»Er hat es uns freigestellt, in dieser Angelegenheit unsere eigene Entscheidung zu treffen«, antwortete Svein und fügte hinzu: »Ich glaube, er hat auch selbst schon Pläne.«

»Ich verstehe.« Cait nickte. »Nun gut. Dann hört mich an – ihr alle. Ich werde nicht nein sagen, doch willige ich auch noch nicht ein. Es ist ein weiter Weg nach Caithness, und bevor wir dort ankommen, kann noch viel geschehen. Ihr könntet eure Meinung ändern. Sollte das der Fall sein, fühlt euch nicht gebunden.«

»Das ist fair«, erklärte sich Svein für alle einverstanden, »und wir werden uns daran halten. Nur sagt uns, ob Ihr unser Angebot freundlich in Betracht zieht.«

»Mein lieber Svein und ihr alle«, antwortete Cait, »ich weiß euer Angebot über die Maßen zu schätzen. Ich werde euch nie vergessen, was ihr für mich und Alethea getan habt.«

Svein ergriff ihre Hand und drückte sie an die Lippen. »Ich bin Euer Diener, edle Frau.«

Cait drehte sich zu dem spanischen Ritter um, der sich das Geschehen anschaute. »Und du, Rodrigo? Hast du dich auch entschieden?«

»Edle Frau, nichts würde mir größere Freude bereiten, als in Euren Diensten zu bleiben. Diese Männer hier sind meine Freunde geworden, und ich würde nicht zögern, mich mit ihnen zusammenzutun. Aber ich habe Paulo versprochen, auf ihn zu warten. Es geht ihm schon besser, aber er ist noch immer zu schwach zum Reiten. Mit Eurer Erlaubnis, edle Frau, werde ich warten wie versprochen.«

»Was das betrifft«, sagte Yngvar, »so hat der Fürst angeboten, wir könnten in seinem Palast überwintern.«

»Er hat beim Barte des Propheten geschworen, dass er unser Vertrauen nie wieder missbrauchen wird«, fügte Svein hinzu. »Und nach dem, was ich heute gesehen habe, glaube ich ihm auch.«

»Das ist ein großzügiges Angebot«, räumte Cait ein. »Wir werden sehen.«

Sie überließ die Ritter ihrer Mahlzeit und gesellte sich zu den anderen an den Tisch. Sie versuchte, ein wenig zu essen, doch das Schlucken schmerzte sie im Hals, und so gab sie es auf und hörte stattdessen nur den Gesprächen zu. Der Tag verging, und als die Dämmerung sich ins Tal schlich, die Schatten sich vertieften und der Himmel eine violette Farbe annahm, kam einer von Fürst Hassans Männern ins Haus, um mitzuteilen, dass der Scheiterhaufen bereit sei. So gingen sie alle hinaus zum See, wo man einen großen Holzturm errichtet hatte. Die Mauren hatten sich zu einem weiten Kreis um den Scheiterhaufen formiert, und die Dorfbewohner sowie einige der Nonnen hatten sich am Ufer versammelt, um zuzusehen.

Auf den Befehl des Fürsten hin trat Halhuli vor, nahm sich eine Fackel, hob sie dreimal und rief dabei jedes Mal etwas auf Arabisch. Dann reichte er die brennende Fackel dem Krieger neben ihm. Dieser tat es Halhuli nach und gab die Fackel dann an den Nächsten weiter. So ging es reihum, bis alle überlebenden Krieger den Ritus vollzogen hatten.

Schließlich erreichte die Fackel den Fürsten. Dieser nahm sie an, trat vor, und nachdem auch er sie dreimal gehoben und dazu etwas gerufen hatte, senkte er die Fackel und legte sie an den vorbereiteten Zunder. Flammen zuckten hell in der dunkelblauen Dämmerung.

Hassan ging zur anderen Seite des viereckigen Scheiterhaufens und zündete auch dort den Zunder an; auf den nächsten beiden Seiten tat er das Gleiche. Als er seine Umrundung beendete, leckten die Flammen bereits am Gitterwerk des Totenfeuers, sprangen von Scheit zu Scheit und schlugen immer höher in den Himmel hinauf. Im orangenen Flackern der Feuers tanzten die Schatten der Zuschauer auf dem Schnee. In dem turmartigen Gebilde lagen die Toten, die man ordentlich in ihre Mäntel gewickelt und auf eine stabile Plattform gelegt hatte, und schließlich fingen auch sie Feuer. Silberfarbener Rauch stieg von den brennenden Leichen empor.

Als die Flammen ernsthaft mit ihrer Arbeit begannen, löste sich Bruder Timotheus aus dem Kreis der Zuschauer und trat vor den Scheiterhaufen. Er hob die Hände gen Himmel und rief mit lauter Stimme über das Brüllen des Feuers hinweg:

Ihr kehrt heim in dieser Nacht im tiefsten Winter;
In euer ewiges Heim geht ihr.
Schlaft, Freunde, schlaft – und hinfort mit dem Leid;
Schlaft, Freunde, schlaft – und seid ohne Furcht;
Schlaft, Freunde, schlaft – und erfahrt Vergebung.

Der schwarze Zorn des Gottes des Lebens
Fällt auf das Dunkel des Todes, wenn ihr geht.
Der weiße Zorn des Herrn der Sterne
Fällt auf den dunklen Pfad, der jenseits dieser Welt führt.
O du großer Gott der Erlösung,
überschütte diese Seelen mit deiner heilsamen Gnade,
so wie das Feuer seine helle Hitze ausgießt,
und nimm sie in deine liebenden Arme.
Auf immer und ewig. Amen.

Nachdem er geendet hatte, trat er wieder in den Kreis zurück, und die Menschen schauten schweigend zu, bis der Scheiterhaufen in sich zusammenfiel und Funken hoch in den Nachthimmel stoben.

Damit die maurischen Toten nicht die Schande erdulden mussten, mit dem Feind, der sie getötet hatte, das Leichenfeuer zu teilen, hatte Fürst Hassan die Errichtung eines zweiten, kleineren Scheiterhaufens für die Templer und ihren entehrten Komtur angeordnet. Während die Zuschauer langsam ins Dorf zurückkehrten, wurde auch dieser zweite Scheiterhaufen entzündet; doch abgesehen von Timotheus, der ein Gebet für die irregeleiteten Templer sprach, blieb niemand zurück, um zuzuschauen.

Bei ihrer Rückkehr wartete Äbtissin Annora vor Dominicos Haus auf sie, um ihnen die Nachricht zu bringen, dass Erzbischof Bertrano gestorben war. »Am Ende hat er noch seinen Frieden gefunden«, berichtete sie, »und ist mit einem Seufzen von uns gegangen.«

»Es tut mir Leid, das zu hören«, sagte Rognvald. »Er war ein guter Mann.« Er drehte sich zu Fürst Hassan um. »Und mir tut ebenfalls Leid, dass Eure schlimmsten Befürchtungen sich bestätigt haben.«

»Hierfür wird noch weit mehr Blut fließen«, erwiderte Hassan betrübt. »Das ist Allahs Wille. So sei es.«

»Es wird *kein* weiteres Blutvergießen mehr geben«, erklärte Cait mit fester Stimme. »Wir werden den Leichnam des Erzbischofs nach Santiago bringen, damit er dort beerdigt werden kann, und wir werden ihnen sagen, dass er durch die Hände der Templer gestorben ist. Die Schuld für seinen Tod wird nicht den Menschen hier aufgebürdet werden. Dafür werde ich sorgen.«

»Ich bin Euch äußerst dankbar, Ketmia. Unglücklicherweise liegt Santiago ein gutes Stück entfernt«, erwiderte der Fürst. »Wenn Ihr dort ankommt, wird nicht mehr viel übrig sein, was man begraben könnte.«

»Im Sommer vielleicht«, bemerkte Alethea; »aber jetzt ist Winter, und wenn wir nicht trödeln, wird die Kälte seinen Leichnam vor dem Verfall bewahren.«

»In Norwegen sind solche Dinge durchaus bekannt«, erbot sich Rognvald. »Es könnte auch hier funktionieren.«

»Und selbst wenn er dem Verfall anheim fallen sollte«, sagte Cait, »wären wir nicht schlimmer dran als zuvor. Doch Alethea hat Recht: Wenn wir überhaupt eine Chance haben wollen, müssen wir ohne Verzögerung aufbrechen.« Sie drehte sich zu Hassan um. »Es tut mir Leid, aber wie es aussieht, können wir Euer Angebot nicht annehmen, den Winter in Al-Jelál zu verbringen.«

»Ach«, erwiderte Hassan, »es wäre mir ein so großes Vergnügen gewesen. Doch ich verstehe Euch. Trotzdem«, fügte er rasch hinzu, »vielleicht hättet Ihr nichts dagegen, wenn ich Euch ein Stück auf dem Weg begleiten würde.«

»Nicht im Mindesten«, antwortete Cait. »Nichts würde mir mehr Freude bereiten.« Sie sah, wie ein Schatten der Enttäuschung über Rognvalds Gesicht huschte. Als er sich umdrehte, hakte sie sich bei ihm unter. »Nun, da wäre vielleicht noch etwas«, sagte sie und fügte hinzu: »Mein Herr, wart Ihr jemals in Caithness?«

Am Ende des folgenden Tages war alles bereit, und beim nächsten Morgengrauen verabschiedeten sich die Gefährten von Bruder Timotheus und seiner treuen Gemeinde und brachen auf; der Erzbischof begleitete sie in einem Wagen voll Eis und Schnee. Auch Fürst Hassan begleitete sie mit einem Trupp seiner Mauren; sie würden sie bis Palencia bringen, wo Gislebert und die neun überlebenden Templer an Gouverneur Carlo übergeben werden sollten – mit der Bitte, dass dieser sie lange genug festhalten solle, bis ein ausführlicher Bericht über die Taten des abtrünnigen Komturs de Bracineaux den Papst erreichte und Cait und ihre Leute sich in Bilbao wieder eingeschifft hatten.

In Al-Jelál hielten sie lange genug an, um einen zweiten Wagen zu holen, der dem ersten folgte. In diesem Wagen saß Paulo – der darauf bestand, dass es ihm schon so gut ging, um sich den Anstrengungen der Straße zu stellen – sowie drei Nonnen der Abtei von Klais Mairis, welche Äbtissin Annora ausgewählt hatte, um einen neuen Orden der Grauen Marias in

Caithness zu gründen: Schwester Siaran, Schwester Besa und das neueste Mitglied des Ordens, Schwester Alethea. Als Geschenk für den neuen Orden begleitete die Schwestern ein großes goldenes Kreuz – und verborgen im Fuß des Kreuzes lag der allerheiligste Kelch, die Mystische Rose.

Epilog

Die Erinnerung an diese Nacht ist so lebendig und echt wie der morgendliche Sonnenaufgang. Ich muss nur das Bild heraufbeschwören – das Felsensanktuarium, der in Weiß gehüllte Altar, das große vergoldete Holzkreuz, das im Kerzenlicht schimmert, der Innere Kreis ganz in Weiß gewandet –, und ich bin wieder dort auf meinen Knien, den gesegneten Kelch in den Händen.

Als ich in ihn hineinblicke, ist er leer; doch während ich ihn an meine Lippen hebe, füllt er sich plötzlich mit einer purpurroten Flüssigkeit. Ich gieße die Flüssigkeit in meinen Mund und schmecke die schwere Süße – des Lebens, der Hoffnung, der ewigen Freude, dem Ewigen dienen zu dürfen. Mit jeder Erinnerung trinke ich erneut aus dem heiligen Kelch, und mein Eid wird wie die erquickende Flüssigkeit wieder erneuert.

Sich zu erinnern bedeutet für mich, noch einmal in die Vision einzutreten, die mir in jener Nacht zuteil geworden ist. »Nicht jeder sieht eine Vision«, erklärte mir Zaccaria. »Und nicht jeder sieht das Gleiche in der Vision. Du bist reich gesegnet worden, Bruder.«

Das ist nur wahr, doch wie es geschrieben steht: Jenen, denen viel gegeben worden ist, soll auch viel abverlangt werden. Meine Freude hat einen Preis, doch was dieser Preis bedeutet, das vermögen nur jene zu verstehen, die wie ich dazu geboren worden sind, ihn zu zahlen.

Caitríona wusste es. Und auch Pemberton.

In jener Nacht, als ich die süße, lebensverändernde Flüssigkeit in meinen Mund nahm und das heilige Feuer in meinen schwachen Gliedern spürte, verschwand die höhlenartige Kammer, der Altar und die Männer, die die Zeremonie überwachten – alles! Ich nahm die Augen vom Kelch und sah, dass ich vor einem Mann im schlichten Gewand eines Priesters kniete. Es war ein junger Mann, das Haar dunkel und gelockt und der Bart dicht, doch durchbrochen von einem Lächeln so hell wie ein Blitz an einem wolkenverhangenen Tag. »Sei gegrüßt, Freund«, sagte er. »Ich habe auf dich gewartet.«

»Bruder Andreas.« Ich musste ihn nicht fragen; ich wusste, wer er war. »Wie kann ich Euch dienen, Herr.«

»Ich bin kein Herr, und so musst du auch nicht vor mir knien.« Er ergriff meinen Ellbogen. »Kniet ein Diener vor dem anderen? Steh auf, Bruder, und lass uns von Diener zu Diener über den Großen König sprechen.«

Er nahm meine Hand, drehte sie um und entblößte mein Handgelenk. Und dort, auf meiner Haut, war das leuchtend rote Stigma: das Zeichen der Rose. Auch auf dem anderen Handgelenk war das Zeichen zu sehen, und ich starrte sie voller Verwunderung an.

»Da du auserwählt worden bist«, sagte Bruder Andreas, »musst du nun wählen.«

Ich nahm all meinen Mut zusammen, um etwas darauf zu erwidern, doch bevor ich sprechen konnte, hob Bruder Andreas warnend die Hand und sagte: »Aber ich möchte nicht, dass du dich unwissend entscheidest, denn du musst wissen, dass es sowohl ein Segen als auch eine Last ist, der Hüter zu sein, und ich möchte, dass du die Kosten überdenkst.«

»Dann nennt sie mir.«

»Jeder, der in den Dienst des Kelches tritt, wird sein Leben in der Welt verlängern – weit jenseits des Alters anderer sterblicher Männer und Frauen. Du wirst weder altern noch unter Gebrechen leiden. Deine Zeit wird in Jahrzehnten, nicht in Jahren gemessen werden, und du wirst viel an Weisheit gewinnen.«

Ich dachte gerade, dass diese Last nicht allzu groß zu sein

schien, als Andreas sagte: »Und wisse auch, dass du deine Freunde altern und sterben sehen wirst und auch deine Kinder und Kindeskinder. Und nicht nur das … Du wirst viele geliebte Menschen körperlich wie geistig verfallen sehen und das Böse erleben, das endlos über die Welt hinwegzieht. Du wirst liebe Freunde leiden und sich quälen sehen. Am Wegesrand wirst du gute Männer über ihre eigene Schwäche stolpern sehen, und dein Herz wird brechen – nicht einmal, sondern tausendmal.«

Ich blickte auf die wundähnlichen Zeichen auf meinen Handgelenken, und endlich verstand ich, was es bedeutete, der Hüter zu sein, und was von mir verlangt wurde. *Konnte ich solch eine Last tragen?*, fragte ich mich. *Konnte ich zusehen, wie jene, die ich liebte, dem Tod erlagen? Konnte ich daneben stehen und zusehen, wie die Welt litt, und doch nicht dem erdrückenden Schmerz erliegen?*

»Was Ihr von mir verlangt, ist schwer«, sagte ich.

»Es ist schwer, ja«, bestätigte mir Bruder Andreas. »Es steht geschrieben: Viele sind berufen, doch nur wenige auserwählt. Doch falls es dir die Entscheidung ein wenig erleichtern sollte, höre mich, wenn ich dir sage, dass es nach dir keinen Hüter mehr geben wird. Du wirst der letzte sein. Du wirst es erleben, dass die ganze Welt den Großen König preist und dass die Schätze, welche die Célé Dé so treu bewacht haben, endlich wieder enthüllt werden. Mit dir wird der lange Gehorsam der treuen Diener Christi belohnt werden, und die Belohnung wird die Herrlichkeit der Zeitalter sein.«

In diesem Augenblick verstand ich, was Pemberton mir hatte sagen wollen. *Der Schmerz wird vom Frieden verschluckt und die Trauer in Herrlichkeit.*

Er war ein Hüter gewesen. Er hatte den Schmerz und die Trauer gekannt, die mir nun bevorstanden, und er hatte mich wissen lassen wollen, dass sich alles zum Guten wenden würde. Dass zu guter Letzt die Schmerzen Linderung finden würden, die ich würde erdulden müssen, und dass die Trauer, die ich erfahren würde, ihren Lohn in der kommenden Herrlichkeit fand. Am Ende würde der Segen bei weitem größer sein als die Last.

»Die Zeit der Entscheidung ist gekommen, Bruder«, sagte der Weiße Priester. »Was wird es sein?«

»Es ist eine Ehre, auserwählt worden zu sein«, antwortete ich, »und ich werde mein Bestes tun, mich als würdig zu erweisen. Ja, ich werde dienen.«

Bruder Andreas lächelte und segnete mich. Dann erzählte er mir von den Prüfungen, die mir bevorstanden, und wie ich mich vorbereiten solle, um sie zu bestehen. Wir sprachen darüber und über andere Dinge, bevor er wieder ging, und ich wachte mit der brennenden Sicherheit aus der Vision auf, dass der Weg, der vor mir lag, schon vor langer, langer Zeit vorgezeichnet worden war.

Ich war der Letzte in einer Reihe, die bis zu einem jungen Mann von den Orkney-Inseln zurückreichte – zu Murdo, der nicht willens gewesen war, einfach daneben zu stehen und zuzuschauen, wie man ihm sein Geburtsrecht nahm. Töricht, tollkühn, stur und ungestüm, Murdo, Duncan und Caitríona, alle blieben sie der Vision treu, die ihnen geschenkt worden war, die Vision, einen Ort auf der Welt zu schaffen, eine Zuflucht, »weit, weit weg vom Ehrgeiz kleingeistiger Menschen und ihrem endlosen Streben«. Gemeinsam erschafften sie diesen Ort, wo die meisten und wertvollsten heiligen Schätze unter dem Himmel aufbewahrt werden konnten – bis zu dem Tag, da die Welt sie erneut schauen, sich ihrer erinnern und glauben sollte.

SPANIEN
FRANKREICH
Golf von Biscaya
ASTURIEN
Santiago de Compostela
Iria
GALICIEN
León
Bilbao
Vitoria
Aragón
Pronakaelli
Berdun
Carcastillo
Burgos
Logroño
Milagro
Palencia
LEÓN
ARAGÓN
Ebro
Porto Cales
PORTUGAL
Tejo
KASTILIEN
Balansiyya (Valencia)
Lixbona (Lissabon)
KALIFAT DER ALMOHADEN
Säulen des Hercules
Mittelländisches Meer
N
W
O
S